Eine ehrbare Familie

John Gardner

Eine ehrbare Familie

Der Roman eines britischen Clans, der zwischen den Kriegen die Fäden der europäischen Geheimdienste in Händen hielt

Scherz

Erste Auflage 1988
Einzig berechtigte Übertragung
aus dem Englischen von Susanne Lepsius
Titel des Originals: «The Secret Generations»

Schutzumschlag von Graupner & Partner
unter Verwendung eines Fotos
vom Fackelträger-Verlag.

Inhalt

Erster Teil

Dezember 1909 – Juni 1914

I

Der Marktflecken Haversage, eingebettet in eine Talsenke, hatte Triumphe und Niederlagen in seiner langen Geschichte erlebt.

Die Railtons waren Nachfahren des normannischen Ritters Pierre de Royalton, der sich unter Wilhelm dem Eroberer 1066 auf dem Schlachtfeld von Hastings ausgezeichnet hatte. Zur Zeit Heinrichs VIII. kam die Familie nach Haversage, ließ das «de» fallen und nannte sich ohne Adelsprädikat Railton.

Die Railtons bauten ein großes Herrenhaus auf einem Hügel, genannt Redhill, widmeten sich der Landwirtschaft, führten Reformen durch und wurden dadurch zum Vorbild für andere Großgrundbesitzer. Ein Railton wohnte stets im Herrenhaus Redhill, verwaltete den ausgedehnten Besitz und kümmerte sich als Gutsherr um das Wohlergehen des Dorfes. Die anderen Familienmitglieder dagegen verteilten sich im Dienst ihres Monarchen über das britische Weltreich. Sie dienten in Heer oder Marine oder vertraten ihr Land als Diplomaten. Die besten von ihnen, die geborenen Patriarchen, kehrten nach Redhill zurück, um dort ihren Lebensabend zu verbringen.

Das hatte auch Sir William Arthur Railton getan, der in der Familie schlicht «Der General» hieß.

Die gesamte Familie hatte Weihnachten 1909 wie üblich in Redhill verbracht. Der jüngere Bruder des Generals, Giles, kam mit seinem Sohn Andrew, dem Marineoffizier, dessen Frau Charlotte und den drei Söhnen: Caspar und den Zwillingsbrüdern Rupert und Roy. Giles' zweiter Sohn Malcolm war mit seiner jungen Frau Bridget aus Irland angereist, während Marie – Giles' einzige Tochter – mit ihrem französischen Ehemann Marcel Grenot und ihren zwei Kindern Paul und Denise die beschwerliche Fahrt von Paris bis Haversage auf sich genommen hatte.

Auch des Generals eigene zwei Söhne waren dagewesen: Charles, der jüngere, mit seiner erstaunlich nachlässig gekleideten Frau Mildred und ihrer Tochter Mary Anne und John, der ältere,

Politiker und Parlamentsmitglied, mit seiner jungen zweiten Frau Sara und James, seinem Sohn aus erster Ehe, die so tragisch geendet hatte.

Es waren für alle sehr glückliche Feiertage, denn die Festtage in Redhill hatten immer einen ganz besonderen Charme, und der General war in bester Stimmung gewesen.

Dienstag nach Weihnachten waren sie alle ihre getrennten Wege gegangen und hatten den General allein mit seinen Angestellten zurückgelassen: mit Porter, seinem alten Diener, der Köchin und deren Tochter Vera, die als erstes Hausmädchen diente, den zwei Zimmermädchen sowie Ted Natter, dem Stallknecht, Billy Crook, dem Hausburschen, und einigen anderen.

Giles Railton wollte Silvester bei seinem Sohn Andrew und dessen Frau Charlotte und seinen Enkeln verbringen. Es war früh am Nachmittag, und er war im Begriff, sein Haus in Eccleston Square zu verlassen, als Porter, der Diener des Generals, ihn mit erstickter Stimme anrief, um zu sagen, daß sein Herr einen plötzlichen Anfall erlitten habe.

Giles benachrichtigte sofort seinen Sohn Andrew, verschwieg aber den Ernst der Lage; dann nahm er den nächsten Zug nach Haversage, wo Ted Natter ihn mit dem Einspänner abholte.

Selbst an diesem trüben Abend wirkte der gelbrote Ziegelbau einladend wie immer – ein Anblick, der sich Giles tief ins Gedächtnis eingeprägt hatte, denn Redhill bedeutete für ihn seine Kindheit, die Schulferien, die ersten Reitstunden, Weihnachten, seine Eltern, Herbst und lange Winter, den Zyklus von vielen Frühlingen und Sommern.

Der Einspänner hielt in der hufeisenförmigen Auffahrt, und Giles blickte in die Höhe. Ein plötzlicher, schwacher letzter Wintersonnenstrahl blitzte an einem der in Blei gefaßten Fenster im zweiten Stock auf, als versuche Gott vergeblich, eine Hoffnungsbotschaft zu senden.

Der Arzt erwartete ihn mit der Krankenschwester. Auf dem sonst so betriebsamen Haus lastete die gedrückte und verschreckte Atmosphäre, die ein sich plötzlich nahender Tod verbreitet.

Der General lag bewußtlos, wie schlafend, im oberen Stockwerk. Nachdem der Arzt gesagt hatte, daß es nur noch eine Frage von Stunden sei, ließ Giles den jungen Billy Crook zu sich kommen und befahl ihm, hinunter ins Dorf zu laufen, um dem Pfarrer Bescheid zu sagen. Er bat die Krankenschwester, ihn bei irgendwelchen

Veränderungen zu benachrichtigen, dann ging er mit berufsmäßiger Zielstrebigkeit ins Arbeitszimmer des Generals.

Das Zimmer lag an der Rückfront des Hauses und blickte nach Süden. Im Sommer konnte man durch die hohen Fenstertüren in den geschützten Rosengarten gehen, von dessen höchstem Punkt aus man fast den ganzen Besitz und die gutseigenen Bauernhöfe sah.

Giles ging schnell die Papiere durch. Er wußte genau, was vernichtet und was behalten werden mußte. Und so kam es, daß er als erster das Testament las und sofort die daraus entstehenden Probleme erkannte.

Erst nachdem er die Papiere sorgfältig aussortiert hatte, informierte Giles, der einzige Bruder des Generals, die Familie über den bevorstehenden Tod des alten Soldaten. Er starb noch am gleichen Abend um zehn Uhr.

Bald läutete unten im Städtchen die Totenglocke, ihr dumpfer, melancholischer Klang ließ die mit Rauhreif bedeckten Äste erzittern, die Töne drangen wie eine Warnung in jeden Haushalt.

Auf dem Marktplatz schneuzte sich der Schlachter Jack Calmer laut ins Taschentuch, hielt im Essen inne und sah seine Frau und seine Tochter Rachel an. «Wir sollten ein Gebet für ihn sagen. Er war ein guter, aufrechter Mann.»

Sie hörten die Glocke in den Gasthäusern. Die Männer, die den General gekannt und sogar unter seinem Kommando gekämpft hatten, setzten ihre Bierkrüge ab und erhoben sich respektvoll. Sie wußten, sein Tod bedeutete unweigerlich Veränderung.

Die Glockenschläge konnte man meilenweit hören, weit über das Städtchen hinaus. Man hörte sie im Armenhaus, und Miss Ducket vergoß eine Träne, denn sie hatte den General noch als jungen Mann gekannt. Viele Menschen wurden durch das gleichmäßige Geläute daran erinnert, daß der Winter ihres eigenen Lebens bereits angebrochen war und daß die Uhr auf dem Kaminsims für sie alle tickte. Auch der Farmaufseher von Redhill, der junge Bob Berry, hörte sie und empfand Angst, aber aus anderen Gründen, desgleichen der Gutsverwalter Jack Hunter.

John, Charles und ihre Familien trafen am nächsten Morgen vor dem Mittagessen ein; Andrew und seine Familie kamen am Nachmittag an. Marie und ihr Mann, Marcel Grenot, bestiegen wieder den Zug, nachdem sie gerade von den Weihnachtsfeierlichkeiten nach Paris zurückgekehrt waren. Malcolm und Bridget, die Neujahr bei Bridgets Eltern verbracht hatten, wurden am folgenden Abend erwartet.

Es war also Giles, der darauf achtete, daß die Familiengeheimnisse gewahrt wurden, und es war ebenfalls Giles, der die beiden Söhne des Generals von dem Testament des alten Mannes in Kenntnis setzte. Giles sah Probleme voraus und tat sein Bestes, ihnen entgegenzuwirken.

Die Probleme, die das Testament aufwarf, hatten hauptsächlich mit Besitzansprüchen und Finanzen zu tun, aber auch mit den unterschiedlichen Charakteren und Ambitionen von John und Charles, den zwei Söhnen des Generals. In Johns Fall war das Problem doppelt schwierig wegen seiner jungen Frau Sara, die einige Familienmitglieder für unreif, verwöhnt und eigensinnig hielten.

Johns erste Ehe hatte tragisch geendet. Seine Frau Beatrice war bei der Geburt ihres ersten Kindes, James, gestorben. Der Junge war erst von einer Reihe von Kinderfrauen versorgt und dann, wie in der Familie üblich, in das strenge Wellington-Internat geschickt worden. James war jetzt siebzehn Jahre alt.

Johns großes Interesse galt der Politik, und ein Jahr nach Beatrices Tod war er Parlamentsmitglied geworden. Sein Leben bestand aus Arbeit, er liebte sein Land glühend, sein Traum war, Minister zu werden.

Im Unterschied zu seinem Bruder Charles schien John sich nicht allzuviel aus Frauen zu machen, und so war die Familie verständlicherweise höchst verblüfft gewesen, als er vor knapp drei Jahren seine Verlobung mit Sara Champney bekanntgab. Sara war fünfundzwanzig Jahre jünger als John, und seit ihrer Heirat war der früher so einsiedlerische John in Begleitung seiner jungen Frau ein oft gesehener Gast in der Londoner Gesellschaft.

Was immer die private Meinung der Familie Railton über Sara sein mochte, eins stritt ihr niemand ab: Sie schien John sehr zu lieben und war ein großer Erfolg bei allen wichtigen Regierungsmitgliedern, was für Johns Karriere nur von Nutzen sein konnte.

Aber nun, nach dem Tod des Generals, war Johns Laufbahn als Politiker in Frage gestellt. Abgesehen von einigen Legaten und der beträchtlichen Apanage von zweitausend Pfund im Jahr für Charles, ging der gesamte Familienbesitz an den erstgeborenen Sohn John – ein großes Vermögen, aber auch eine große Verpflichtung.

Neben dem Herrenhaus Redhill, den ausgedehnten Ländereien,

den Pachthöfen und den hohen Renditen aus den Häusern im Städtchen Haversage gehörten zum Familienvermögen auch noch vier elegante Stadthäuser in London: eins in Cheyne Walk, das John mit Sara bewohnte, eins in South Audley Street, geräumig genug für Charles, Mildred und Mary Anne, eins in der King Street, in dem Andrew und seine Familie lebte. Das vierte Haus, in Eccleston Square, war bei weitem das schönste. Der Vater des Generals hatte es vor Jahren Giles direkt überschrieben, allerdings mit dem Vorbehalt, daß es nur innerhalb der Familie vererbt werden dürfe.

Jetzt hatte der General anscheinend gefunden, daß es an der Zeit sei, die vier Londoner Häuser direkt an die einzelnen Familienmitglieder zu vererben. King Street würde an James, Johns Sohn, gehen, sobald er einundzwanzig Jahre alt war; Andrew erhielt South Audley Street und Charles Cheyne Walk. John Railton war der Haupterbe, ihm fiel das Herrenhaus Redhill zu, alle Ländereien und Pachthöfe, das Einkommen aus den Häusern in Haversage und Umgebung sowie alle übrigen Vermögenswerte.

Das Dilemma, das aus dieser Erbschaft für John entstand, war allen Familienmitgliedern wohl bewußt: Redhill verlangte die ganze Kraft seines Besitzers, der mindestens sechs Monate im Jahr im Herrenhaus wohnen mußte. Aber John war Berufspolitiker und stand mitten in einem Wahlkampf. Konnte er mit gutem Gewissen seine Karriere als Politiker weiterverfolgen und gleichzeitig Redhill verwalten?

Am Tag nach des Generals Tod hatte Giles Railton die beiden Söhne des Generals, John und Charles, ins Arbeitszimmer des Verstorbenen gebeten, um das Testament zu besprechen.

Charles war bester Laune gewesen, denn die zweitausend Pfund jährlich verschafften ihm die Freiheit, die er sich seit langem ersehnt hatte. John Railton dagegen ging nach dem Gespräch bedrückt und sorgenvoll die breite, geschwungene Freitreppe zur Galerie oberhalb der großen Eingangshalle hinauf.

Die Erbschaft als solche hatte ihn nicht überrascht, dennoch war er verwirrt. Er war ein fleißiger und pflichtbewußter Mann und hatte nur zwei große Leidenschaften: seinen Beruf und Sara. Und nun überlegte er angestrengt, wie er am besten die Enttäuschung, die er seiner jungen Frau bereiten mußte, abmildern könnte.

Er und Sara schliefen in einem Zimmer, das fast direkt über dem Arbeitszimmer des Generals lag; die Fenster blickten auf den

Rosengarten. Er gab ihr gemeinsames Geheimklopfzeichen und öffnete die Tür. Die schweren roten Vorhänge waren zugezogen, ein Feuer brannte im Kamin und sandte Schatten aus, die über dem Bett tanzten, auf dem Sara halb angekleidet lag. Die Flammen zuckten rot über ihr Gesicht, sie sah aus, als hätte sie geweint. Sara hatte den General sehr geliebt und schien betrübter über seinen Tod zu sein als seine zwei Söhne. Sie bat John, die Tür abzuschließen, und breitete die Arme aus, entweder um Trost zu geben oder zu empfangen.

Er ging zum Bett, aber schloß die Tür nicht ab, setzte sich neben sie und ergriff ihre Hand. Und dann brachte er ihr so schonend wie möglich bei, daß er vermutlich die Politik aufgeben würde und daß sie beide auf jeden Fall das Haus in Cheyne Walk an Charles abgeben und nach Redhill ziehen müßten.

Ihr langes blondes Haar lag lose ausgebreitet wie ein Fächer auf dem Kopfkissen, ihre großen Augen weiteten sich, während er sprach, und ihr Gesicht nahm einen erschreckten Ausdruck an.

Dann langsam wandelte sich ihre Miene, und sie sagte in einem Tonfall ungläubigen Zorns: «Du kannst doch nicht die Politik aufgeben! Besonders nicht mitten im Wahlkampf!»

John sagte, er würde wohl noch eine Zeitlang weitermachen, um den Wahlkreis für die Partei zu sichern...

«Und unser Haus!»

«Es war nie *unser* Haus, Sara. Es ist Familieneigentum, und ich habe neue Verantwortungen zu tragen. Ich glaube nicht, daß ich Redhill mit allen Ländereien, Pachthöfen und was sonst noch dazugehört, verwalten *und* noch eine politische Karriere machen kann.»

«Du meinst, wir müssen uns in diese Einsamkeit vergraben?»

Sie mochte Redhill, aber nur für Besuche. Sie hatte oft gesagt, sie würde es schwierig finden, :n Redhill zu leben.

«Aber Johnny, wir werden so weit weg sein...»

«Von London. Ja.»

Sei standhaft, hatte Giles gesagt. Und so teilte John seiner Frau mit ruhiger Stimme die Tatsachen mit: «Mein Großvater hat seine Karriere als Regierungsmitglied aufgegeben, um den Besitz zu verwalten. Der General ließ sich vorzeitig pensionieren, als das Erbe ihm zufiel. Und jetzt bin ich an der Reihe, meine Pflicht zu erfüllen.»

«Warum nicht Charles?»

«Weil er mein jüngerer Bruder ist. Der General hat *mir* Redhill hinterlassen. Es ist wie eine Familienfirma, Sara.»

«Sag das nicht, es klingt, als sprächst du von einem Krämerladen.» Sie biß sich auf die Unterlippe. «Also gut, wir müssen hier wohnen. Aber sei kein Narr und gib nicht deine politische Karriere auf. Schließlich hat Asquith, und er ist immerhin der Premierminister, dir nach den Wahlen einen Posten im Kabinett versprochen. Und damit wird die Sache doch anders aussehen, nicht wahr?» sagte sie sanft.

Er nickte kurz, ging zum Fenster und zog die Vorhänge auf. Ja, dadurch würde die Sache tatsächlich anders aussehen, aber es bedeutete immer noch, daß Sara Herrin von Redhill sein würde. Sie würden einen Kompromiß schließen müssen.

Giles Railton blickte beim Abendessen in die Runde, hörte nur mit halbem Ohr dem leisen Geplauder von Johns junger Frau Sara zu, die zu seiner Linken saß.

Er hatte wenig Geduld mit Sara, die nur an sich selbst zu denken schien. So jedenfalls schätzte er sie ein. Seltsam, daß John so eine Frau geheiratet hatte. Wenn es Charles gewesen wäre – nun, das hätte ihn nicht gewundert, Charles mit seinen ewigen Weibergeschichten und Saufgelagen.

Sein Blick fiel auf den jungen James am anderen Ende des Tischs. Er hatte das gutgeschnittene Gesicht aller Railtons, aber sein Ausdruck war verschlossen. Armer, junger Bursche, dachte Giles. Seine Mutter war bei seiner Geburt gestorben, dann mußte er sich mit einer Stiefmutter abfinden, die nur einige Jahre älter als er selbst war. Und nun hatte er auch noch seinen heißgeliebten Großvater verloren. William hatte oft gesagt, daß der junge James häufiger als alle anderen mit seinen Problemen zu ihm käme.

Giles' Sohn Andrew führte mit Charles über den Tisch hinweg eine diskrete Unterhaltung, während seine Frau, die zarte, porzellangleiche Charlotte leise mit John sprach. Charles, stellte Giles bei sich fest, war bereits leicht betrunken, seine Augen waren glasig und seine Lider schwer.

Andrews und Charlottes Kinder – Giles' Enkel – saßen schweigend da; sie wußten, konnten es aber noch nicht ganz glauben, daß ihr Großonkel, der Familien-Patriarch, tot war. Der junge Caspar, ungefähr einen Monat älter als James, schien in eine eigene Welt verloren, während die Zwillinge Rupert und Roy in ein nervöses

Gekicher verfallen waren. Giles wünschte einen Augenblick lang, daß er sich erinnern könnte, wie man sich mit fünfzehn Jahren fühlte. Sein anderer Sohn, Malcolm, dessen einzige Leidenschaft die Landwirtschaft war, und seine Tochter Marie mit ihrem Ehemann Marcel wurden jeden Moment erwartet.

Plötzlich, wie das so gelegentlich geschieht, trat eine Stille ein, die Gespräche brachen wie auf Verabredung ab. Alle Gesichter wandten sich Giles zu, als erwarte ein jeder, daß er etwas Bedeutsames sagen würde.

Aber Giles Railton fiel zum ersten Mal in seinem Leben nichts zu sagen ein. Im stillen stellte er jedoch in diesem Augenblick fest, daß er von allen Familienmitgliedern seine Tochter Marie und seinen Neffen James am meisten liebte, während sich seine ganze Verachtung auf Charles konzentrierte. Er fragte sich, was nun, nach dem Ableben des Generals, aus den Railtons werden würde und was er persönlich dazu beitragen könnte, ihre Zukunft zu beeinflussen. Er war zutiefst beunruhigt und bedrückt, doch dann faßte er einen Entschluß, und ein eiserner Wille ergriff von seiner Seele Besitz. Er hoffte auf eine ruhige, ungetrübte Zukunft, aber gleichzeitig glaubte er an die Wahrheit des Sprichworts: «In Zeiten des Friedens bereite den Krieg vor.» Der Dienst an seinem Land richtete sich nach diesem Wissen, und so beschloß er, in diesem Sinne auch für seine Familie zu sorgen und schon jetzt seine Vorkehrungen zu treffen.

Wie ein Großmeister bei einem Schachspiel plante Giles seine Züge, um Ehre und Besitz der Familie zu schützen und dafür zu sorgen, daß diejenigen, die er liebte, überlebten. Er würde die Schwachen dazu benutzen, um die Starken zu retten.

Mit dem Tod des Generals trat die Railton-Familie in ein neues Stadium ihrer langen Geschichte ein. Giles würde in der Verhaltensweise der Familie in der kommenden Dekade eine entscheidende Rolle spielen. Doch das Schicksal der Railton-Familie war nur ein Teil einer weiter gespannten und komplizierten Geschichte, die bereits ein Jahr zuvor, ohne das Wissen der Beteiligten, in einer Seemannskneipe in Kiel begonnen hatte.

2

Als Gustav Steinhauer das Lokal betrat und feststellte, daß es die ordinärste, mieseste, gefährlichste, betrunkenste, hurenreichste Kaschemme des Kieler Hafenbezirks war, dachte der preußische Beamte, daß er vermutlich einen Fehler begangen hatte, und als der riesige Maat einen Streit vom Zaun brach, wußte er es mit Bestimmtheit.

Er war von Berlin nach Kiel gereist, um den Maat Hans-Helmut Ulhurt zu begutachten, einen riesigen Kerl, aber gut proportioniert, mit Schultern und Armen wie aus Granit gehauen.

Jeder schien ihn zu kennen und zu bewundern. Steinhauer dachte im stillen, daß er vermutlich genau der richtige Mann für ihn sei. Er war zweifellos viel herumgekommen und wirkte schlau und gewandt.

Dann plötzlich öffnete sich die Tür, und drei englische, leicht angetrunkene und sehr naiv aussehende Matrosen erschienen.

Sie waren ebenfalls Maats, vermutlich von der *Cornwall*, dachte Steinhauer, denn dieses Schulschiff der Königlich Britischen Marine stattete dem Hafen gerade einen Höflichkeitsbesuch ab, obwohl es der Besatzung schwerfallen würde, auf Höflichkeit bei den deutschen Matrosen in Kiel zu stoßen. Jedermann wußte in diesem Mai des Jahres 1909, daß der deutsche Kaiser die Vormachtstellung zur See anstrebte, und so waren schon seit einigen Jahren die englischen und deutschen Werften emsig damit beschäftigt, in einem verbissenen Wettstreit Schiffe zu bauen. Die englische Marine war in deutschen Häfen nicht sehr willkommen, und die Besatzungen britischer Schiffe keine gerngesehenen Gäste, besonders nicht in einer Spelunke wie dem «Büffel».

Wie um diese feindliche Einstellung unter Beweis zu stellen, senkte sich tiefes Schweigen über den rauchgeschwängerten Raum, und eine unheildrohende Spannung lag in der Luft.

Die Engländer gingen geradewegs zum Tresen und bestellten sich in gebrochenem Deutsch Schnaps. Steinhauer bemerkte in Sekundenschnelle, daß jeder im Raum auf den großen blonden Ulhurt blickte, und er erinnerte sich, daß dem Mann der Ruf von Gewalttätigkeit vorausging. Sogar der Besitzer drehte sich nach ihm um, so als bitte er den Maat um die Erlaubnis, die Ausländer bedienen zu dürfen.

Steinhauer sollte sich in den kommenden Jahren noch oft an diesen Augenblick erinnern. Ulhurts Gesicht nahm einen fast sanften, erwartungsvollen Ausdruck an, aber dahinter lauerte etwas Tödliches.

«So, so, die englische Marine schickt sich jetzt an, die deutsche Sprache zu morden», Ulhurt sprach ein perfektes Englisch, ohne den typisch gutturalen Akzent der Deutschen. Steinhauer war erstaunt und erfreut. Ulhurt schob, noch während er sprach, den Stuhl zurück und stieß mit der Sohle seines großen Stiefels den Tisch um. Er wirkte entspannt, aber Steinhauer hatte Männer wie ihn oft in ähnlichen Situationen beobachtet und wußte daher, daß der Maat fest entschlossen war, die drei Engländer zusammenzuschlagen.

«Wißt ihr was?» fing Ulhurt an. «Die englische Marine ist Scheiße.» Und mit dieser Feststellung stürzte er sich auf den größten Engländer, versetzte ihm einen Stoß, und seine kräftigen Arme schlugen wie Axthiebe in die Magengrube seines Gegners.

Eine sekundenlange Stille folgte, dann brach in der Bar die Hölle los. Aber während dieser kurzen Pause schlug einer der anderen Engländer mit einem Stuhl nach Ulhurt. Steinhauer begriff schnell, daß diese drei Männer nur eine Art Vorhut bildeten, denn plötzlich war die Kneipe voll von englischen Matrosen, die mit Fäusten – und zu Steinhauers Entsetzen auch mit Messern – um sich schlugen.

Steinhauer versuchte, die Eingangstür zu erreichen, wurde aber zur Seite geworfen wie eine lästige Puppe. Den Rest verfolgte er nur noch wie durch einen Schleier.

Er nahm den ohrenbetäubenden Lärm wahr, die Schmerzensschreie, das Gekreische der Frauen, das Gestöhne dieser Männer, die sich ohne Rücksicht auf Verluste bekämpften, und beobachtete den Maat Ulhurt. Für einen so großen Mann war Ulhurt erstaunlich wendig und flink: ein Straßenkämpfer, ein erfahrener Bar-Krakeeler, der anscheinend fast lässig seine Feinde fertigmachte. Er kämpfte mit Händen, Kopf, Ellbogen, Knien und Stiefeln, gab sich nur selten eine Blöße und war immer auf der Hut vor einem Angriff von hinten.

Doch allmählich wurde Ulhurt zurückgetrieben, aber hinter ihm war keine Wand, sondern nur der Tresen, und das war sein Verderben.

Inzwischen warfen seine Gegner nicht mehr nur mit Flaschen, sondern zerbrachen sie, um die zersplitterten, gezackten Enden als Waffen zu benutzen. Ulhurt, mit dem Rücken zum Tresen, stieß mit einem scharfkantigen Flaschenhals nach jedem Engländer, der sich ihm näherte. Völlig unerwartet hoben zwei junge britische Matrosen hinter dem Tresen ein volles Hundertliterfaß Bier hoch und stießen es, als würden sie einen Sack Kartoffelschalen über Bord werfen, in Richtung Ulhurt, der nicht ausweichen konnte.

Er sah das Faß auf sich zukommen, aber zu spät! Er sprang zur Seite, aber das Faß streifte seinen rechten Oberschenkel, er fiel hin, wurde gegen die Wand gepreßt, und sein ausgestrecktes Bein war der vollen Wucht des Fasses ausgesetzt. Steinhauer beobachtete, wie der Mund des Mannes sich zu einem lautlosen Schmerzensschrei öffnete. Später behauptete er, daß er das grauenvolle Krachen der Knochen gehört hätte, als das Bein zermalmt wurde – an achtundzwanzig Stellen gebrochen, wie der Chirurg sagte.

Oh, Scheiße, dachte Steinhauer. Seine letzte Hoffnung! Ulhurt kannte sich in der Seefahrt aus, Hafenanlagen, Gewalttätigkeit, drahtlose Telegrafie waren ihm vertraut, und er sprach fünf Sprachen fließend. Er wäre ideal gewesen. Und nun waren ihm mit Ulhurts Bein alle Hoffnungen in die Brüche gegangen.

Dann kamen die Hafenpolizei und die britische Marinepatrouille. Männer wurden verhaftet und abgeführt, andere auf Wagen geladen und ins nahe liegende Marinekrankenhaus gebracht.

Draußen auf dem Bürgersteig zeigte Steinhauer einem deutschen Marine-Polizeioffizier seine Ausweispapiere, der ihn daraufhin mit großem Respekt behandelte.

Am Morgen ging er ins Krankenhaus und erfuhr, daß das Bein des Maats bis zum Oberschenkel amputiert worden war. «Sein Leben hängt an einem seidenen Faden», sagte der Chirurg. «Aber ich glaube, der seidene Faden hält. Der Mann hat eine Ochsennatur.»

Gustav Steinhauer fuhr nach Berlin zurück. Zwei Wochen später wurde der nunmehr einbeinige Maat Hans-Helmut Ulhurt zu seinem größten Erstaunen in eine Privatklinik im Berliner Vorort Neuweißensee verlegt. Sein privater Geheimkrieg würde bald beginnen, nur wußte er das noch nicht.

3

Am 17. Januar 1910 gegen elf Uhr früh machte sich Charles Railton auf den kurzen Weg vom Foreign Office zum Kriegsministerium. Für Charles war die Verabredung überraschend gekommen, doch die wenigen Menschen, die sich beim britischen Geheimdienst auskannten, hätten ihm sagen können, daß diese Verabredung ein einschneidendes Ereignis in seinem Leben sein würde.

Es gibt keinen Aktenvermerk über Charles Railtons Besuch in dem winzigen Zimmer, das Captain Vernon Kell als Büro diente. Captain Kell war der erste Chef des britischen Sicherheitsdiensts, der damals noch MO5 hieß und später in MI5 umbenannt wurde. Im Januar 1910 steckten der britische Sicherheitsdienst und die Spionageabwehr noch in den Kinderschuhen.

Charles war ein typischer Railton, sehr groß mit dichtem blondem Haar, einem ausgeprägten Kinn, hoher Stirn und einer langen, aristokratischen Nase und klaren blauen Augen, die, wenn notwendig, ebenso geschickt lügen konnten wie seine Zunge, was bei Damen gelegentlich sehr notwendig war. Doch bis zu diesem 17. Januar hatte Charles sich für einen Versager gehalten.

Charles war von Natur aus ein Abenteurer, und er war gegen seinen Wunsch und Willen in den diplomatischen Dienst gesteckt worden. John, sein älterer Bruder, war über die Armee in die Politik gelangt, und daher sollte Charles in die Diplomatie, wofür er nicht das geringste Talent besaß, was sich in den letzten Jahren nur zu deutlich erwiesen hatte. Seine augenblickliche Stellung war die eines Verbindungsmanns zwischen dem Foreign Office und der Admiralität, ein untergeordneter Posten, den er mit fünf anderen jungen Männern teilte und den er nur aufgrund der Beziehungen seines Vaters erhalten hatte – eine Tatsache, die ihm wohl bewußt war und ihm die letzten Illusionen über seine Befähigung geraubt hatte. Aber nun war der General tot, und an diesem Morgen des 17. Januar war er ins Foreign Office gegangen, sein Kündigungsschreiben in der Tasche.

Seine Frau, die stille, dunkelhaarige Pfarrerstochter Mildred, hatte ihn an diesem Morgen voller dunkler Vorahnungen das Haus in der South Audley Street verlassen sehen. Seit dem plötzlichen Tod des Generals und der unerwarteten Erbschaft war sie zutiefst beunruhigt, da sie fürchtete, daß er ohne die Disziplin, die sein täglicher Dienst im Foreign Office ihm auferlegte, wieder in seinen früheren Lebenswandel (den er sogar während der Ehe nie ganz aufgegeben hatte) zurückfallen würde. Sie wußte, er hatte andere Frauen gehabt, und hatte deswegen bittere Tränen vergossen; überdies hatte sein Trinken ihr große Sorgen bereitet. Doch dann war vor sechzehn Jahren ihr einziges Kind, das Mädchen Mary Anne, zur Welt gekommen, und Charles hatte sich gebessert. Aber nun machte sie sich von neuem Sorgen, denn abgesehen von allem anderen hatte sie am vorangegangenen Abend all ihren Mut zusammengenommen und ihrem Mann gebeichtet, daß sie – nach so langer Zeit – wieder schwanger war. Ein Zustand, der sie nicht sonderlich erfreute. Sie wußte, wie sehr ihr Mann unter der Langeweile seiner Arbeit litt, und hatte all seine wilden Pläne mit angehört, die er während der letzten zwei Wochen wie ein Lied mit unterschiedlichen Refrains wiederholt hatte. Und so hatte sie Angst um ihn, um ihre Tochter und um ihr noch ungeborenes Kind.

Aber weder sie noch Charles hatten mit dem Bruder des Generals, Onkel Giles, gerechnet. Giles hatte das Problem erkannt, eine Antwort gefunden und gehandelt. Und so hatte Charles die Nachricht bekommen, sich bei Captain Vernon Kell im Kriegsministerium zu melden. Die Anweisung hatte Charles so plötzlich erreicht, daß er nicht einmal die Zeit gehabt hatte, sein Kündigungsschreiben abzugeben.

Die Tür trug die Aufschrift: MO5 Capt. V. Kell. Charles hatte noch nie von MO5 gehört. Er klopfte an, und eine angenehme Stimme bat ihn einzutreten.

Vernon Kell saß hinter einem kleinen Schreibtisch in einem bescheidenen Zimmer, das restliche Mobiliar bestand aus einem Tischchen, zwei Stühlen und einem Aktenregal. An den Wänden hingen Landkarten, und auf dem Schreibtisch vor Kell stapelten sich Broschüren. Kell sah wie ein typischer Offizier aus: Schnurrbart und kantiges Gesicht, aber sein Ausdruck war freimütig und freundlich. Als er sich erhob, bemerkte Charles, daß Kell einen Augenblick lang die Schultern sinken ließ, sie allerdings sogleich wieder hob, aber mit sichtbarer Anstrengung. Auch schien ihm das Luftholen Mühe zu machen.

«Sie sind Railton, nicht wahr?» Er sprach stockend. «Entschuldigen Sie», er klopfte sich auf die Brust. «Geht gleich vorbei. Asthma. Verdammt lästig. Hatte es als Kind, ist wiedergekommen. Geben Sie mir eine Minute Zeit.»

Charles nickte, setzte sich auf einen der Stühle und wartete, bis Kell wieder normal atmete. Seine Gesundheit schien sehr angegriffen für einen Mann, der nach Charles' Schätzung ungefähr so wie er selbst Ende Dreißig war.

«Tut mir aufrichtig leid», sagte Kell nach einer Weile, und sein Gesicht bekam wieder Farbe. «Ich hätte zu Hause bleiben sollen, hatte einen Anfall während des Wochenendes. Habe Qualen gelitten als Kind, dachte, ich hätte es überstanden, als ich auf die Kadettenschule ging, aber es ist wiedergekommen.» Er lächelte und sah Charles kurz und prüfend an. Doch Charles hatte den Eindruck, daß er ihm mit diesem einen kurzen Blick fast bis in die Seele gesehen, die geheimsten Winkel seines Verstandes erforscht und sich ein Urteil gebildet hatte.

«Was haben Sie denn so getrieben in letzter Zeit? Keiner hat Ihnen vermutlich gesagt, was Sie hier sollen? Hab ich recht?» Kell hatte eine natürliche, ungezwungene Art, sich zu geben, er war gar nicht «aufgeblasen», wie es der General genannt hatte. Der General verabscheute «Aufgeblasenheit».

«Ich war ein besserer Laufbote zwischen dem Foreign Office und der Admiralität, die Antwort auf Ihre zweite Frage ist ‹nein›.» Er hielt Kells Blick stand und sagte in einem neutralen Tonfall, daß er vorhabe zu kündigen.

Kell räusperte sich. «Diplomatie liegt Ihnen wohl nicht, hm? Hätten wahrscheinlich in die Fußstapfen Ihres Vaters treten sollen. Übrigens mein herzlichstes Beileid, Charles – wenn ich Sie Charles nennen darf.»

«Natürlich.»

«Gut, mein Name ist Vernon. Ich sollte eigentlich Stabsoffizier sein, wäre es auch, wenn ich nicht dieses verdammte Asthma hätte. Erst haben sie mich an einen Schreibtisch angenagelt und dann mir diesen Job aufgehalst, mir und Sprogitt – mein Assistent.» Er machte eine Kopfbewegung in Richtung auf eine Tür in der Ecke. «Sprogitt sitzt dort in einem Zimmer, das man nur als Besenkammer bezeichnen kann. Er und ich sind die zwei einzigen hier, deshalb halte ich Ausschau nach jemand, der mir helfen kann. Typisch, nicht? Erst machen sie mich zum Chef von MO5, und dann geben sie mir kein Personal.»

Nach einer kurzen Pause fragte Charles, was MO5 bedeute.

«Militäroperation fünf. Mir ist die ganze Sache so neu wie Ihnen. Was wissen Sie eigentlich über den Sicherheitsdienst? Oder wie diese Spinner da oben es nennen, den Geheimdienst?»

Charles gestand, daß er fast nichts darüber wisse.

«Nun, dann setze ich Sie wohl besser ins Bild.»

Während der nächsten Stunde erklärte Kell die Gründe, warum man ihn gebeten hatte, diese Dienststelle aufzuziehen. Er beschrieb in klaren, präzisen Worten die augenblickliche Situation der Geheimdienste, soweit sie Großbritannien betraf. «Gegen Ende des letzten Jahrhunderts existierte ein zweiköpfiges, nutzloses Monstrum: der militärische Informationsdienst und die Marine-Informationsdivision. Jeder hatte seinen Direktor, DMI für Militär und DID für die Admiralität. Zusätzlich gibt es noch eine Dienststelle, die im Britischen Reich und in Europa Agenten beschäftigt; einige sind Gauner, andere patriotische Männer und Frauen. Das Foreign Office ist äußerst unzufrieden mit der Arbeit des militärischen Informationsdienstes, und der Generalstab mißtraut dem Foreign Office. Die Marine-Informationsdivision ist halbwegs zuverlässig. Aber nun will das CID, Chefbüro für Imperiale Defensive, alles reorganisieren. Es hat weitreichende Kompetenzen. Aber auch das Foreign Office ist fest entschlossen, einen wirksamen Geheimdienst aufzubauen. Zwar untersteht dieser noch immer dem Kriegsministerium, auch wenn der Chef ein Marineoffizier ist. Übrigens ein fähiger Mann namens Smith-Cumming.»

«Und Ihre Abteilung MO5, was ist deren Aufgabe?»

«Kurz gesagt soll MO5 das Land gegen Spionage abschirmen. Und mit Spionage meine ich nicht nur ausländische Agenten, sondern auch unsere eigenen Aufrührer.»

«Sie meinen die Ultra-Radikalen? Die irischen Geheimbündler wie die Fenier und Leute dieser Art?»

Kell nickte. «Ja, Revolutionäre, die Fenier, Anarchisten, Aufwiegler und so weiter.»

«Und was wäre meine Aufgabe?» fragte Charles.

«Ich hoffe, daß Sie für mich arbeiten und mir helfen, den Spionen das Handwerk zu legen.»

«Aber ich bin ganz unerfahren ...»

«Ich auch», sagte Kell, «aber die Arbeit ist interessant, eine reizvolle Aufgabe, besonders da niemand etwas Ähnliches je zuvor getan hat. Ich möchte eine gut funktionierende Organisation aufbauen, aber ich unterstehe dem CID, dem Chefbüro für Imperiale Defensive. Wenn ich mir meine Leute selbst auswählen und meine eigenen Methoden anwenden dürfte, dann könnten wir ein wirklicher Machtfaktor werden. Also, Charles, wollen Sie mit mir zusammenarbeiten?»

Charles nickte nach einem kaum wahrnehmbaren Zögern, und Kell sagte herzlich, es freue ihn. In Wahrheit gefiel ihm Charles nicht sonderlich. Irgend etwas in seinem Gesicht, in seinen Augen, in seinem ganzen Gehabe sagte ihm, daß Charles Railton nicht das moralische Niveau hatte, das man von einem Mann seiner Herkunft erwartete. Aber Kell glaubte, daß man Menschen ummodeln konnte, und wenn jemand aus Railton einen tüchtigen Beamten für diese neue Dienststelle machen konnte, dann war er es, Vernon Kell. Er berichtete nun Charles in kurzen Worten, daß er bereits eine Menge über seine neue Tätigkeit von Inspektor Patrick Quinn – Paddy Quinn – gelernt habe, dem Chef der Londoner Geheimpolizei.

«Quinn war sechs Jahre lang der Chef der sogenannten Irischen Abteilung, die für die Bekämpfung der irischen Aufrührer zuständig ist. Aber Quinn ist nicht nur ein äußerst tüchtiger Polizist, sondern auch ein Fachmann für viele Dinge, die für uns ausgesprochen nützlich sind, wie Verhör-Technik, Erfahrung mit den Arbeitsmethoden von Rebellen, Überwachung, Operationen im Untergrund. Im übrigen ist Quinn auch Königlicher Leibwächter. Wir haben also einen guten Berater an ihm», schloß Kell seinen Bericht.

«Und wann fange ich an?» fragte Charles.

«Am besten sofort. Und machen Sie sich keine Sorgen wegen Ihrer Überstellung, das wird erledigt.»

Und noch bevor Charles recht wußte, wie ihm geschah, saß er vor einem Stapel Papiere und Dokumente. Und einige Stunden später hatte er bereits eine sehr viel genauere Vorstellung dessen, was von ihm erwartet wurde.

Kell war der Ansicht, daß die Zeit auf keinen Menschen wartet, und Charles würde die gleiche Ausbildung wie sein neuer Chef hinter sich bringen müssen: einen Kurs in drahtloser Telegrafie, einen weiteren im Codieren und Chiffrieren in der Admiralität. Danach würde ihm Quinn einige «ungewöhnliche Fertigkeiten» beibringen. «Ach ja, Sie haben ja Sprogitt noch nicht kennengelernt.» Er rief den Namen des Mannes laut in Richtung der Tür, die sich öffnete und den Blick auf ein winziges Büro freigab, wo Sprogitt die meiste Zeit verbrachte.

An Charles' erstem Tag im MO5 arbeiteten er und Vernon Kell ohne Mittagspause bis lange nach fünf Uhr, aber als sie schließlich das Kriegsministerium verließen, hatten sie bereits für MO5, diese neue Dienststelle, die später unter dem Namen «Die Firma» bekannt werden sollte, einen kompletten Organisationsplan aufgestellt.

Der Abend war kalt, und ein frostiger Dunst umhüllte die Gaslaternen von Whitehall. Aber Charles nahm kein Taxi und ging auch nicht wie sonst in seinen Club. Statt dessen ging er zu Fuß nach Hause und genoß die Frische der kühlen Luft.

Nach dem Essen erzählte er Mildred, daß in seinem Berufsleben ein Wechsel eingetreten sei, er hätte einen neuen Arbeitsbereich zugewiesen bekommen, doch auf nähere Erklärungen ließ er sich nicht ein.

Bevor er einschlief, dachte er über einen Aspekt dieses ereignisreichen Tages nach, der seine Neugier erweckt hatte. Er hatte Vernon Kell ganz beiläufig gefragt, wer ihn für die Arbeit bei MO5 empfohlen hätte.

«Natürlich Ihr Onkel, Giles Railton.» Kell hatte erstaunt geklungen, als hätte Charles ihn etwas gefragt, das nur zu offensichtlich war.

Aber warum? fragte sich Charles, warum war das so offensichtlich? Warum war die Wahl auf *ihn* gefallen? Gewiß, Onkel Giles war ein hoher Beamter im Foreign Office. Aber wieso wußte so ein alter Langweiler wie Giles etwas über den britischen Geheimdienst?

Fast zur gleichen Zeit, als Charles sein Haus in South Audley Street erreichte, schrillte in einem sehr viel ärmeren Stadtviertel, in der Caledonian Road, eine Klingel. Ein Mann stieß die Tür zur Nummer 402 A, einem Herrenfriseurladen, auf, was automatisch den Klingelton auslöste.

Drinnen waren die Gasflammen hochgestellt, die zwei Friseursessel standen leer, und der süßliche Geruch von billigem Rum vermischte sich mit den unverkennbaren Gerüchen Londons, die durch die Tür hereinwehten – eine Mischung aus Unrat, Pferdeäpfeln und Ruß.

Einen Augenblick lang blieb der Mann bewegungslos stehen und wartete, bis die lärmende Warnung der Glocke verstummte. Er war modischer gekleidet als die übrigen Bewohner dieses schäbigen Bezirks. Er trug einen langen, dunklen Mantel mit einem Pelzkragen; der Schnitt verriet seine ausländische Herkunft.

Als die Glocke verstummte, erschien ein junger Mann mit einer nicht sehr sauberen Schürze im Türrahmen im Hintergrund des Ladens.

«Guten Abend...» sagte er mit einer gutturalen Aussprache, hielt aber plötzlich inne, als er das Gesicht des Fremden sah, wandte sich um und rief aufgeregt die Treppe hinauf: «Karl!» Und dann noch lauter auf deutsch: «Karl, komm! Der Herr ist wieder da!»

Der Besucher machte einen Schritt in den Laden, blieb stehen und ging dann selbstsicher weiter, sein hochgezwirbelter Schnurrbart zitterte wie die Schnurrhaare eines Raubtiers, das eine interessante Fährte wittert. Der junge Friseur wartete an der hinteren Tür des Ladens und blickte nervös nach oben, als er schwere Fußtritte auf den Stufen vernahm.

Der ältere Mann, der die Treppe herunterkam, war offensichtlich der Besitzer des Friseurladens. Seine Bewegungen verrieten eine selbstverständliche Autorität, seine ganze Erscheinung war gepflegter und adretter als die seines jungen Gesellen, sein Haar kurz geschnitten, sein Gesicht etwas feist. «Ach, Sie sind's!» knurrte er, aber er klang dennoch erleichtert. «Wilhelm, schließ die Tür ab.» Wilhelm ließ das Rouleau hinunter und drehte den Schlüssel im Schloß herum. Erst als dies geschehen war, fing der Besitzer wieder zu sprechen an. «Erfreut, Sie zu sehen... Herr... Weiß?»

«Namen sind Nebensache. Kann ich Sie privat sprechen?»

Der Besitzer führte seinen Besucher zur Treppe, nickte Wilhelm kurz zu und bedeutete ihm, unten im Laden zu bleiben.

Im oberen Stockwerk fragte der Besucher: «Sind Sie zu einem Entschluß gekommen?» Er staubte mit einem Handschuh einen Stuhl ab und setzte sich, ohne auch nur für eine Sekunde den Friseur aus den Augen zu lassen.

«Ja», hob der Friseur bedächtig an, als wähle er seine Worte sorgsam aus. «Ja, ich bin bereit, meinem Vaterland zu dienen. Aber ich brauche Hilfe. Allein schaffe ich es nicht. Der junge Wilhelm ist zuverlässig. Er wird den Mund halten. Ich werde es tun, aber der Junge muß auch ein wenig Geld bekommen.»

«Geld bereitet keine Schwierigkeiten. Aber *Sie* tragen die Verantwortung.» Er zog ein großes, zusammengefaltetes Stück Papier aus der Tasche. «Bevor ich gehe, müssen Sie sich diese Namen und Adressen, die ich hier habe, einprägen. Es ist mir egal, wie lange Sie dazu brauchen. Aber ich gehe erst, wenn ich sicher bin, daß Sie sie in- und auswendig können. Verstanden?»

Der Friseur nahm das Papier mit spitzen Fingern, als sei es Dynamit – was es in gewisser Weise auch war.

Der Mann, den der Friseur mit Herrn Weiß angesprochen hatte, bestieg um Mitternacht die Fähre nach Ostende.

Er stand an der Reling und starrte auf die Lichter Englands, die langsam in der kalten Nacht verblaßten. Doch seine Gedanken kreisten nicht um den Friseur, auch nicht um seine Arbeit in London. Gustav Steinhauer hatte wichtigere Dinge im Kopf, Dinge, die ihm einen enormen Einfluß, eine einmalige Machtposition in Preußen verschaffen würden.

Er war voller Ungeduld, nach Berlin zurückzukehren. Diese kleinen Beutezüge im Ausland waren wichtig, aber es waren die Sonderaufträge des Kaisers, die den Stolz seines Lebens ausmachten. Und der wichtigste Faktor in diesem Spiel war Hans-Helmut Ulhurt. Es hatte einige Monate gedauert, bis Ulhurt sich erholt hatte, und er war noch immer in einer Privatklinik und mußte lernen, mit einem Holzbein zu gehen. Aber er machte Fortschritte.

Das einzige, was Ulhurt zu beunruhigen schien, war die Tatsache, daß die Kaiserlich Deutsche Marine keine Anklage wegen der Schlägerei im «Büffel» gegen ihn erhoben hatte. Steinhauer hatte ihm gesagt, er solle sich keine Sorgen machen, was das deutsche Marineministerium beträfe, sei er von der Erdoberfläche verschwunden.

«Dafür aber gibt es eine Menge neuer Arbeit für Sie, die ganz gewiß auch jene Art von Schlägereien einschließt, die Ihnen anscheinend so viel Spaß machen. Setzen Sie Ihre ganze Energie ein, um wieder gesund zu werden, lernen Sie, sich genauso flink auf einem Bein zu bewegen wie zuvor auf zwei Beinen», hatte Steinhauer ihm geraten. «Mit der Zeit wird Ihnen das schon gelingen. Ihre Freunde müssen hohe Strafen wegen dieser Nacht in Kiel verbüßen. Tun Sie also, was ich Ihnen sage, und halten Sie den Mund. Befolgen Sie meine Befehle, dann wird Ihnen nichts passieren.»

Während seiner Rückreise nach Berlin überkam Steinhauer plötzlich ein ungutes Gefühl. Es war jetzt schon zwei Jahre her, daß der Kaiser ihn zu einer Privataudienz befohlen hatte – eine Ehre, für die er jahrelang gekämpft, geplant und intrigiert hatte.

Gustav Steinhauer stammte aus einer einfachen bürgerlichen Familie, aber durch einen erfolgreichen Onkel und eine in den Kleinadel eingeheiratete Kusine hatte er einen indirekten Zugang zum Hof.

Gustav war außergewöhlich begabt und überdies noch sehr fleißig. Mit fünfundzwanzig Jahren sprach er vier Fremdsprachen fließend, hatte einflußreiche Freunde erworben und sich im Auswärtigen Amt in der Wilhelmstraße eine Position erobert.

Es war während seines ersten Jahrs in der Wilhelmstraße, daß Gustav Steinhauer seine Vorliebe für Intrigen und Täuschungsmanöver entdeckte. Schon nach zwei Jahren war es ihm gelungen, häufig zwischen der Wilhelmstraße und dem Hof hin- und herzupendeln, um dem Kaiser und seinen Beratern Klatsch und Gerüchte zu hinterbringen, die sich als nützlich erweisen könnten.

Steinhauer hatte sich wohl gemerkt und vergaß es nie, daß der vor langer Zeit entlassene Bismarck sich, was geheime Nachrichten betraf, auf einen einzigen Mann und auf ein kompliziertes Spionagenetz verlassen hatte – der Mann hieß Eduard Stieber, er war verhaßt, aber mächtig gewesen. Steinhauers höchstes Ziel war, der Stieber des Kaisers zu werden. Kurz vor Weihnachten 1908 schien dieses Ziel unerwartet in greifbare Nähe zu rücken. Was damals besprochen worden war, hatte ihn schließlich zu dem Maat Ulhurt in Kiel geführt. Niemand in England, der mit der MI 1c – dem Geheimdienst – und mit der winzigen MO5 in Verbindung stand, konnte die Rolle voraussehen, die Steinhauer und sein einbeiniger Schützling eines Tages spielen würden. Und ganz gewiß konnte keiner aus der Railton-Familie, selbst wenn sie von der Existenz des Mannes gewußt hätten, auch nur ahnen, welche Verheerung Steinhauer in ihrem engsten Umkreis anrichten würde.

Die Audienz beim Kaiser kam so unerwartet, daß Steinhauer keine Zeit blieb, nachzudenken oder nervös zu werden. Er hatte seinen Onkel besucht und ihn in höchster Aufregung vorgefunden.

«Seine Majestät wünscht, dich zu sehen.» Onkel Brandt war erregt im Zimmer auf und ab gegangen. Er trug Uniform, da er an diesem Tag Dienst tat.

«Mich?» Steinhauer schluckte. «Wann?»

«Sofort. Der Hof begibt sich in zwei Tagen nach Österreich. Seine Majestät hat mich gestern zu sich beordert. Er fragte nach dir... Er erwartet dich jetzt.»

Wenige Minuten später wurde er durch die marmornen Korridore geleitet, und ehe er sich's versah, stand er vor dem Kaiser, der ernst und etwas angsteinflößend aussah mit seinem hochgezwirbelten Schnurrbart und dieser seltsamen Aura von Macht und Würde, die ihn umgab.

Eine volle Minute lang musterte der Kaiser ihn von Kopf bis Fuß, als wolle er ihn abschätzen. Dann sprach er: «Sie sind Gustav Steinhauer vom Auswärtigen Amt?»

«Ja, Majestät.»

«Sie haben uns einige nützliche Informationen geliefert. Ich vertraue Ihnen.»

«Ich danke Euer Majestät.»

«Ich habe Arbeit für Sie, Steinhauer. Eine gefährliche, aber lohnende Aufgabe. Wollen Sie sie übernehmen?»

«Ich tue alles, was Majestät wünschen. Majestät brauchen nur zu befehlen. Für Euer Majestät und das Vaterland bin ich zu allem bereit.»

Der Kaiser nickte kurz. «Ausgezeichnet. Wie Sie wissen, ist meine große Leidenschaft die See. Es ist unbedingt notwendig, daß die Welt erkennt, daß das Vaterland und nicht England die Weltmeere beherrscht.» Er holte tief Luft, bevor er weitersprach. «Wenn Sie Ihren Dienst bei mir antreten, dürfen Sie das nie aus den Augen lassen.»

Dann fing der Kaiser an, in Einzelheiten zu gehen.

Gustav Steinhauer war entzückt, fast berauscht von der Macht, die in seine Hände gegeben worden war.

Als der Zug endlich in den Lehrter Bahnhof einlief, rief sich Gustav Steinhauer des Kaisers besondere Befehle, die er an jenem Tag vor Weihnachten 1908 erhalten hatte, erneut ins Gedächtnis.

Dem Kaiser war zu Ohren gekommen, daß das Armee-Oberkommando den gesamten Geheimdienst an sich reißen wollte, inbegriffen alle Agenten, die das Auswärtige Amt über ganz Europa verteilt hatte. Dieser Plan sollte innerhalb der nächsten zwei, höchstens drei Jahre in die Tat umgesetzt werden.

Der Kaiser hatte Steinhauer seine große Sorge anvertraut, daß sich diese Umstellung negativ auf die Geheimdienste auswirken würde, besonders was die Marine betraf.

«Mir ist völlig klar, Steinhauer», hatte Seine Majestät gesagt, «daß Ihre Position es Ihnen ermöglicht, mit den bereits in fremden Ländern stationierten Spionen Kontakt aufzunehmen. Aber diese Frauen und Männer werden unter der Kontrolle der Militärs stehen, wenn das Oberkommando sich durchsetzt. Was ich brauche, ist ein Mann, der einzig und allein für mich arbeitet. Und ich glaube, in Ihnen habe ich diesen Mann gefunden. Habe ich recht?»

«Selbstverständlich, Euer Majestät.»

«Nun gut. Dann werden Sie gewisse Dinge ausschließlich mir und mir allein berichten. Sie werden Ihren eigenen Agenten – einen Mann, der die See kennt, der mit Sabotage und anderen Spionagetricks vertraut ist – nach England einschleusen. Über diesen Mann haben Sie die volle Kontrolle. Und wer immer Ihre neuen Vorgesetzten sind, die Existenz dieses Mannes werden Sie ihnen nicht verraten.»

«Jawohl, Euer Majestät.»

«Gut!» Der Kaiser nickte kurz. «Ausgezeichnet. Nun, was diesen Mann betrifft: Er wird ein Schattendasein führen. Sie werden ihn ausfindig machen, ihn ausbilden und ins Ausland schicken. Die Berichte seiner Tätigkeit gehen an mich persönlich. Haben Sie mich verstanden?»

Steinhauer hatte seinen Monarchen genau verstanden. Er hatte elf mögliche Kandidaten unter die Lupe genommen, aber jeder hatte einen Makel. Und dann war er auf den Maat Hans-Helmut Ulhurt aufmerksam geworden – die ideale Lösung. Ein Mann, der alle Bedingungen erfüllte, aber auch ein Mann, den man nicht nur ausbilden, sondern auch zähmen mußte. Ein Mann, der Disziplin brauchte.

Nach seiner ersten Unterredung mit dem Kaiser, in deren Verlauf ihm seine Pflichten deutlich klargemacht worden waren, traf Gustav Steinhauer seine persönlichen Vorkehrungen für den Fall, daß irgend etwas schiefgehen sollte.

Es gelang ihm, noch zwei weitere Privataudienzen beim Kaiser zu bekommen und den eitlen Herrscher zu zwei Dingen zu überreden: Erstens zu einem Brief, aus dem klar hervorging, daß er, Steinhauer, im persönlichen Auftrag des Kaisers handelte, und zweitens bat er um Geld. Steinhauer erklärte dem Kaiser, daß die Rekrutierung und Ausbildung eines hochspezialisierten Geheimagenten äußerst teuer sei. Der Kaiser stimmte zu. Er sah auch sofort ein, daß Steinhauer unmöglich den Fonds des Auswärtigen Amtes und noch weniger den des nach Vormacht strebenden Militärs in Anspruch nehmen konnte.

Auf diese Weise hatte sich Steinhauer eine unabhängige Machtposition erobert, was ihn in die Lage versetzte, einem gewissen Hans-Helmut Ulhurt in der Klinik in Neuweißensee die notwendige, sorgfältige Pflege zukommen zu lassen. Er kaufte einfach die Klinik und stellte Personal seiner Wahl an.

Wenn er in Berlin war, versuchte Steinhauer, jeden zweiten Tag der Klinik einen Besuch abzustatten. Sein Ziel war, den Maat vollständig von sich abhängig zu machen.

Bald stellte er zwei Dinge fest: Ulhurt konnte freundlich und zugänglich sein und mit viel Sachkenntnis über eine Menge Dinge reden; aber er war auch voll aufgestauten Ärgers, und dann konnte er gefährlich wie eine Schlange sein. Man würde ihn trainieren müssen wie einen intelligenten Hund, der seine Beute aufstöbert und tötet und Nachrichten apportiert.

Nach seiner Rückkehr aus London erklärte Steinhauer dem Maat Ulhurt, er müsse eine Spezialausbildung absolvieren. Ulhurt wußte bereits gut Bescheid über drahtlose Telegrafie, aber nicht gut genug. Im übrigen müßte er lernen, mit Sprengstoff umzugehen, und einen Kurs in Chiffrieren nehmen.

«Sobald Sie wieder völlig gesund und beweglich sind, werde ich Sie auf eine Seereise mitnehmen.»

«Um mir wieder einen echten Seemannsgang anzugewöhnen?» Der Maat verzog sein Gesicht zu einem Grinsen.

«So ungefähr. Es gibt Leute und Länder gleich hinter dem Horizont, mit denen Sie sich vertraut machen müssen. Nennen wir es: Erfahrungen sammeln.»

«Nennen Sie es, wie Sie wollen.» Ulhurt erhob sich vom Bett, ging ohne Stock zur Tür und wieder zurück.

«Bald werden Sie neue Ausbilder hier haben.» Steinhauer stand noch im Begriff, die Kurse für Ulhurt zusammenzustellen. «Verschiedene Leute werden Ihnen alle notwendigen Fertigkeiten beibringen, und überdies werde ich Ihnen einen Spezialisten für orthopädisches Turnen schicken.»

«In der Schule habe ich meinem Turnlehrer mal die Zähne ausgeschlagen.» Ulhurt blickte auf seine Hand. «Er versuchte, gewisse Leibesübungen an mir auszuprobieren. Wissen Sie, was ich meine?»

«Ich kann's mir vorstellen.»

«Da, schaun Sie!» Er hielt ihm eine Hand hin von der Größe eines kleineren Bananenbündels. «Sie können noch immer die Narben von seinen ausgeschlagenen Zähnen sehen.»

«Sie haben eine interessante und aufregende Zukunft vor sich.» Steinhauer versuchte zu lächeln, denn der riesige Maat wirkte plötzlich niedergeschlagen.

«Sogar mit nur einem Bein?»

«Besonders mit nur einem Bein.»

«Scheißbande, diese Engländer, Schweinekerle!» Ulhurt schlug auf sein Holzbein.

«Geben Sie den englischen Matrosen die Schuld?» Steinhauers Gesicht war ausdruckslos.

«Wem anders? Mein ganzes Leben ist verpfuscht.»

«Ich habe Ihnen doch schon gesagt, daß Ihr Leben nicht verpfuscht ist. Der Grund, warum Sie hier sind, ist, Sie auf Ihre zukünftige Arbeit fürs Vaterland –»

«Das Vaterland kann mich mal ...»

«Ulhurt, muß ich Sie daran erinnern, daß Sie verdammtes Glück hatten? Die anderen sind –»

«Ich weiß. Diese verfluchten englischen Matrosen – umbringen könnte ich sie alle miteinander, diese Kacker.»

«Diese Möglichkeit wird Ihnen bald geboten werden. Hören Sie mir einen Moment zu. Je eher Sie sich an Ihr Holzbein gewöhnen, desto schneller können Sie es den englischen Matrosen heimzahlen. Sie haben bereits phantastische Fortschritte gemacht. Ich weiß, es ist im Moment schwer für Sie, aber ich werde Ihnen ein kleines Geheimnis anvertrauen. Bloß vergessen Sie nicht, daß es ein Geheimnis ist, etwas, das nur Sie und ich wissen.»

Der große Kopf nickte mürrisch.

«Die Aufgabe, auf die ich Sie vorbereite, betrifft englische Matrosen. Sie wird Sie in engen Kontakt mit ihnen bringen und es Ihnen ermöglichen, Rache zu nehmen. Arbeiten Sie also, und lernen Sie, was wir Ihnen beibringen können, dann haben Sie ein gutes Leben vor sich.» Steinhauer lächelte und klopfte dem Mann auf die breite Schulter. Er fühlte die Muskeln unter seiner Hand und dachte nicht zum ersten Mal, daß dieser Mann genug Körperkräfte besaß, um mit vollendeter Leichtigkeit Menschen umzubringen.

Alles schien bei ihm möglich. Er hatte die körperlichen Kräfte, die Erfahrung als Seemann, kannte alle Länder der Welt, sprach

Französisch, Italienisch, Schwedisch und Englisch wie ein Einheimischer. Wie kam es, fragte sich Steinhauer, daß ein so intelligenter Mann zwei Seelen in seiner Brust vereinte? Einerseits war er ein tüchtiger Matrose, andrerseits ein betrunkener Hurenbock und Raufbold.

In einem momentanen Anfall von Zuneigung zu diesem verwundeten Riesen fragte er, ob er etwas für ihn tun könne.

«'ne Frau!» Ulhurt schien erstaunt, daß Steinhauer nicht von selbst auf die Idee gekommen war. «Am liebsten 'ne Schwarze. Schwarz ist zur Zeit meine Lieblingsfarbe, weil ich um mein Bein traure.»

Noch am gleichen Abend brachte einer von Steinhauers Vertrauensleuten eine große, gutaussehende Mulattin in die Klinik. Sie kam vom Alexanderplatz in einer Kutsche mit verhängten Fenstern und kehrte in den frühen Morgenstunden dorthin zurück mit genug Geld, um sich zwei Ruhetage zu gönnen. Der Krankenwärter berichtete Steinhauer, daß der Patient Fortschritte mache und sich nach der nächtlichen Verlustierung doppelt Mühe gegeben habe.

Sechsunddreißig Stunden später kehrte Steinhauer in die Klinik zurück und suchte Ulhurt in seinem Zimmer auf. Der riesige Maat lag auf seinem Bett, und Steinhauer, voll von hinterlistigen Plänen, zog sich einen Stuhl heran.

«Ihre Arbeit beginnt», sagte er leise, als könne ihn jemand belauschen.

«Englische Matrosen?» Ulhurt grinste bösartig.

«Leider nein. Noch nicht. Etwas ist passiert, und Sie sind der einzige Mann, der damit umgehen kann.»

Ulhurt starrte ihn mit ausdruckslosen Augen an.

«Wir beide», fuhr Steinhauer fort, «leben in einer zwielichtigen Welt, mein Freund. Geheimnisse werden zuweilen nicht gewahrt. Wir haben einen Agenten hier in Berlin – der Name tut nichts zur Sache.» Er warf einen nervösen Blick zur Tür. «Dieser Agent ist ein Verräter, er hat für uns gearbeitet, während er vorgab, für ein anderes Land tätig zu sein. Wir selbst haben das so arrangiert, so daß wir der fremden Macht falsche Informationen zukommen lassen konnten...»

«Wer ist die fremde Macht?»

«England.»

Der Maat grinste, und Steinhauer fuhrt fort: «Es hat sich aber herausgestellt, daß dieser Agent nützliche und korrekte Informationen an die Engländer weitergegeben hat.»

«Ja, und?»

Steinhauer sah wieder vorsichtig um sich. Er wirkte ausgesprochen aufgeregt. «Es war mein Fehler. Falls der Agent verhört wird, bin ich geliefert. Mehr brauche ich wohl nicht zu sagen.»

«Sie sitzen in der Scheiße, wenn ich nicht...» Der Maat lächelte vergnügt.

«Ja, so kann man es auch formulieren.» Steinhauer nickte. «Die Person muß zum Schweigen gebracht werden. Meine Chefs haben bereits Verdacht geschöpft. Der Agent lebt in einer kleinen, billigen Wohnung über dem Pschorrbräu – der Bierkneipe an der Ecke Friedrich- und Behrenstraße, Nummer 16, Wohnung 4 im zweiten Stock. Man kann sie durch die Kneipe erreichen, aber es gibt auch einen Privateingang in der Behrenstraße. Kennen Sie die Gegend?»

«Das kann man wohl sagen.» Ulhurts Augen glitzerten. «Sie wollen, daß ich...»

«Sie werden eine gute Belohnung erhalten, wenn Sie schnell, tüchtig – und lautlos handeln. Gehen Sie um sieben Uhr in die Wohnung, der Agent erwartet einen meiner Leute. Und dann...»

«Den Rest überlassen Sie mir.»

Steinhauer faltete nervös die Hände. «Es gibt eine Schwierigkeit.» Er zögerte. «Der Ort wird überwacht. Man darf Sie beim Rein- und Rausgehen nicht erkennen. Aber wir haben Sie ja genug gedrillt...»

«Keine Sorge. Sieben Uhr.»

«Ich werde hier auf Ihre Rückkehr warten.»

Um halb sieben Uhr abends humpelte Ulhurt in die gerammelt volle Kneipe in der Friedrichstraße. Alle Tische waren besetzt, und hübsche Kellnerinnen mit vier, manchmal fünf Bierkrügen in der Hand stapften wie nach einem komplizierten Plan durch die engen Gänge.

Ulhurt fand einen freien Stuhl und bestellte sich ein Pils. Er beobachtete eine halbe Stunde lang seine Umgebung, ganz besonders den Türbogen, der zur Treppe und somit zu den Wohnungen führte.

Um fünf vor sieben zahlte er für sein Bier, stand auf und ging zur Treppe. In den wenigen verbleibenden Minuten fand er den anderen Ausgang – einen schlecht beleuchteten Korridor, von dem aus Treppen zu der Tür in der Behrenstraße führten.

Es gab nur vier Wohnungen über der Kneipe, zwei auf jedem Stockwerk. Die großen Türen waren schmierig, die Farbe abgeblättert. Vor der Tür Nummer 4 zog er ein Paar dicke Handschuhe aus seiner Tasche und eine herausgerissene Klaviersaite, deren zwei Enden er um seine Handgelenke schlang. Er klopfte dreimal leise an die Tür, dann ließ er seine Hände sinken und faltete sie.

Eine Sekunde lang war er verblüfft, als die Tür sich öffnete. Vor ihm stand die Mulattin, die ihn in der Klinik besucht hatte. Sie trug nur einen seidenen Kimono, durch den ihr dunkler, lockender Körper sich klar abzeichnete.

«Ach, du bist's, komm rein.» Sie schien erfreut, ihn zu sehen. Ulhurt war schließlich sogar für eine Hure ein sehr zufriedenstellender Partner. Sie öffnete die Tür ohne Zögern. Ulhurt schloß sie mit einem Fußtritt, drehte sich um, streifte den Draht über ihren Kopf und erwürgte sie. Das Ganze ging in Sekunden vor sich. Die Mulattin gab keinen Laut von sich.

Er legte sie auf den Teppich mit dem tief in ihren schönen Hals eingegrabenen Draht. Dann verließ er die Wohnung.

Auf der Behrenstraße waren nur wenige Menschen. Ulhurt blieb nicht stehen, um nach einem Polizei-Überwacher Ausschau zu halten. Er humpelte, so schnell er konnte, zur nächsten Stadtbahnstation.

Er war nicht mehr als fünf Schritte gegangen, als er merkte, daß er verfolgt wurde. Soweit er es beurteilen konnte, von vier Männern. Ulhurt bog in den nächsten Durchgang ein. Er war schmal und dunkel, nur ganz am Ende leuchtete eine Laterne, die hoch oben an einer Mauer angebracht war. Trainiert wie er war, würde er mit allen vieren fertig werden, wenn sie dumm genug waren, ihm zu folgen.

Sie waren so dumm. Zwei stürzten auf ihn zu und befahlen ihm stehenzubleiben.

Ulhurt drehte sich um, lehnte sich gegen die Mauer, versetzte dem ersten Mann mit seinem gesunden Bein einen Tritt in die Lenden. Der andere, ein kleiner, plumper Bursche, lief geradewegs in die granitharte Faust des Maats und sackte lautlos zusammen.

Die zwei anderen riefen irgendwas, sie hatten den Durchgang eben erst erreicht. Ulhurt grinste und beschloß, das Weite zu suchen. Er merkte, daß er, wenn notwendig, sehr schnell gehen konnte, und hatte fast das Ende des Durchgangs erreicht, als er im Lichtkegel der Laterne eine Gestalt auftauchen sah.

Und die Gestalt hielt eine Pistole in der Hand. Ihm wurde blitzartig klar, daß er den Mann mit der Pistole nicht schnell genug erreichen konnte. Nun gut, dann nicht. Aber er würde um sein Leben kämpfen. Er stieß einen röhrenden Schrei aus und war im Begriff, sich auf den Gegner zu stürzen, als Steinhauers kühle Stimme die nächtliche Stille durchschnitt. «Halt, Sie haben die Prüfung bestanden. Ich hätte Angst gehabt, das Ding zu benutzen.» Er ließ die Pistole in seine Manteltasche gleiten. Ulhurt starrte ihn wortlos an und wußte nicht, ob er wütend werden oder lachen sollte.

«Ich mußte wissen, wie Sie reagieren», erklärte Steinhauer später. «Ob Sie töten würden, egal, um wen es sich handelt.»

«Ich hätte auch Sie fast um die Ecke gebracht.» Der Maat lächelte gehässig. «Schade um das Mädchen. Sie war ehrlich gut.»

«Von der Sorte gibt es eine Menge.»

Am folgenden Abend fuhr wieder eine Kutsche vor der Klinik vor mit einer weiteren Belohnung für den Maat. Eine andere Mulattin, groß mit langen, wohlgeformten Beinen, die Ulhurt umschlangen wie die eines Ringers. Niemand verlangte von ihm, *dieses* Mädchen zu töten...

4

Giles Railton hängte behutsam die Hörmuschel des Telefons auf. Er hatte Vernon Kells Anruf einsilbig, wie es seine Art war, beantwortet. Giles haßte das Telefon. Nun, die Neuigkeiten waren zufriedenstellend, obwohl Kell nicht sonderlich begeistert von Charles zu sein schien. Aber zumindest gehörte sein Neffe jetzt jener Welt an, in der Giles schon jahrelang zu Hause war.

Giles saß in seinem Arbeitszimmer im zweiten Stock des eleganten Hauses in Eccleston Square, nur wenige Türen von Winston und Clemmie Churchill entfernt.

Als seine französische Frau Josephine noch lebte, hieß Giles' Arbeitszimmer in der Familie «Vaters Versteck». Die Kinder durften das Zimmer nicht betreten, und Giles erinnerte sich noch gut an die laute Empörung des zehnjährigen Andrew: «Warum dürfen wir nicht mit Papas Soldaten spielen?»

Josephine war es schwergefallen, dem kleinen Jungen den Grund zu erklären. Fünf Jahre später war sie nicht mehr in der Lage, ihm etwas zu erklären. Sie war an einem Freitagabend munter und glücklich von einem Einkaufsbummel heimgekehrt und mit einem Hirnschlag am Fuß der Treppe tot umgefallen.

Giles rief sich nur selten diesen schrecklichen Tag ins Gedächtnis zurück. Er dachte überhaupt nur selten an seine Vergangenheit, es sei denn, er fand es nützlich, auf persönliche Erfahrungen zurückzugreifen. Die Ereignisse der letzten Wochen jedoch hatten ihn gezwungen, die Sicherheit seiner privaten, geistigen Festung zu verlassen. Der Tod seines älteren Bruders hatte nicht nur alte Erinnerungen geweckt, sondern auch eine Lawine dringender Probleme ausgelöst. Eines dieser Probleme war, zumindest im Moment, durch Vernon Kells Anruf beseitigt worden.

Im Unterschied zu den anderen Railtons war Giles nicht von hohem Wuchs. Er hatte mit vierzehn Jahren eine Größe von einem Meter fünfundsechzig erreicht und war dann nicht mehr gewachsen. Aber ansonsten wies er alle typischen Railton-Merkmale auf:

die vorspringende Nase, die hellen Augen und das volle Haar, das jetzt anfing, grau zu werden. Giles war einundsechzig Jahre alt.

Es war seltsam, überlegte er, daß in der Railton-Familie die Kinder oft in so großen Abständen zur Welt gekommen waren. Die beiden Söhne des Generals, John und Charles, waren zwölf Jahre auseinander. Giles wußte auch noch von einem anderen Kind des Generals, das vor zwölf Jahren geboren worden war, aber natürlich nie erwähnt wurde. Der General hatte gewiß kein Mönchsleben geführt nach dem Tod seiner Frau Nellie, die im Herbst 1884 bei einem Reitunfall ums Leben gekommen war.

In den Augen seiner Kollegen war Giles Railton nur einer der vielen hohen Staatsbeamten – ein Veteran, der auf den unvermeidlichen Herbst seiner Tage wartete. Doch nichts lag der Wahrheit ferner, denn Giles Railton hatte erst kürzlich den Höhepunkt seiner Karriere erreicht.

In den amtlichen Papieren und Dokumenten wurde er als «ranghöchster Berater für auswärtige Angelegenheiten» geführt. Doch sein offizielles Dossier enthielt mehr Fiktionen als Fakten, und das schon seit Jahrzehnten. Die Akten erwähnten nicht die Rolle, die er beim Erwerb der Suez-Kanal-Aktien für die Regierung gespielt hatte, noch seine Reisen nach Indien oder seinen zweijährigen Aufenthalt in Ägypten. Die gestochene Handschrift verriet weder seine häufigen Aufenthalte und Reisen durch ganz Europa noch deren Anlaß und Zweck. Auch seine heimlichen Zusammenkünfte in Rußland waren nirgends vermerkt. Während die Diplomaten mit dem Zaren und dessen Beratern verhandelt hatten, hatte Giles sich mit Lenin, Trotzki und anderen Revolutionären getroffen, um deren gefährliche politische Ideen zu begreifen und zu analysieren.

Es war in diplomatischen Kreisen wohl bekannt, daß er jetzt Vorsitzender eines Komitees für das Chefbüro der Imperialen Defensive, kurz CID genannt, war, aber niemand nahm diesen Posten sehr ernst.

Viele meinten, daß er vielleicht glücklicher an einer Universität wäre, zum Beispiel als Professor der Geschichte, wobei sie allerdings übersahen, daß sein Interesse sich rein auf die Militärgeschichte und das Studium der Strategie und Taktik beschränkte; daher seine Begeisterung für das Spielen mit Soldaten in seinem «Versteck». Dort umgab er sich mit Landkarten, Büchern und Hunderten von Zinnsoldaten. Diese fixe Idee stammte noch aus seiner Kindheit, als er es seinem älteren Bruder gleichtun wollte.

Für Giles war sein älterer Bruder William sogar noch in den letzten Jahren eine Art Gott gewesen und vermutlich der einzige Mensch, vor dem er keine Geheimnisse hatte.

Giles hatte sich fast gegen seinen eigenen Willen politischen Ideen zugewandt, die ihn schlaflose Nächte kosteten. Er machte sich Sorgen um die Regierung Asquith und deren Pläne für Reformen, besonders was die irische Frage und die Selbstregierung Irlands anbetraf. Doch am meisten Sorgen machte er sich um seine Familie. Sonderbarerweise war seine Familie und deren Geschichte für ihn von großer Bedeutung, obwohl er ererbte Privilegien und Standesunterschiede für sehr anfechtbar hielt.

Seine Söhne Andrew und Malcolm und seine Tochter Marie wußten über seine Tätigkeit Bescheid und brachten daher für das gelegentlich seltsame Verhalten ihres Vaters volles Verständnis auf. Andrew war mit dem geheimnisumwitterten Gewerbe seines Vaters auch beruflich in Berührung gekommen, denn er hatte die letzten zwei Jahre in der Admiralität als Flaggoffizier des Direktors der Marine-Informationsdivision, dem DID, verbracht. Marie und ihr französischer Mann, der Diplomat, waren sogar noch mehr einbezogen, und an Weihnachten und auch nach der Beerdigung hatten die drei mehrere, sehr private Unterhaltungen geführt. Malcolm dagegen hatte sich strikt geweigert, hineingezogen zu werden, während seine ihm jüngst angetraute Frau Bridget sich neuerdings zugänglicher zeigte. Giles hatte etwas ganz Besonderes mit ihr im Sinn.

Nun, nachdem Charles für MO5 rekrutiert worden war, beschloß Giles, einige Dinge in die Wege zu leiten, die Marie bei ihrer Arbeit in Paris helfen konnten.

Er zog seinen Mantel an, dann wandte er sich an seinen Diener Robertson: «Ich weiß nicht, wann ich zurück sein werde. Sagen Sie der Köchin, sie soll mir etwas Kaltes herrichten. Sie können alle ins Bett gehen, ich nehme die Hausschlüssel mit.» Dann ging er hinaus in die frostklirrende Nacht.

Er nahm ein Taxi zum Trafalgar Square, von da aus ging er zu Fuß zum Strand. Aus schierer Gewohnheit hielt er einen Moment inne, bevor er um eine Ecke bog, und überquerte mehrmals die Straße, wobei er sich umschaute, ob ihm jemand folgte.

Erst als er sich versichert hatte, daß er allein war, ging er in Richtung von Charing Cross. Sein Ziel war ein schmaler Durchgang, in dem sich unter anderem ein kleiner Zeitschriften- und

Tabakladen befand. Hier war Giles Railton unter dem Namen Mr. Harding bekannt. Der Ladenbesitzer hielt ihn für einen vornehmen Herrn, der sich gelegentlich einen kleinen Seitensprung erlaubte, denn er zahlte gut für das eine Zimmer über dem Laden, das durch eine kleine Tür direkt von der Straße aus zu erreichen war. Der Schlüssel zu der Tür befand sich im Besitz von Mr. Harding.

Hinter der Eingangstür führte eine Treppe zu einem winzigen Vorraum, von dem aus sich eine Tür in ein sauberes Zimmer öffnete, in dem zwei Sessel, ein Bett und ein Tisch standen. Keine Bilder, keine Bücher, keine Zeitungen, denn Giles wollte nicht, daß die Aufmerksamkeit seiner Besucher abgelenkt würde.

Er zog die schweren Vorhänge zu, bevor er den Gasglühstrumpf und das Kaminfeuer anzündete, denn im Zimmer war es fast so kalt wie draußen. Nur ein sehr gewitzter Beobachter hätte von der Straße aus den winzigen Lichtspalt zwischen den Vorhängen bemerkt.

Die junge Frau hatte ihre Instruktionen erhalten. Ein Bote hatte sie direkt von Redhill zu einer Adresse in Putney gebracht, von wo aus sie von zwei verschiedenen Überbringern weiterbefördert worden war. Die Zeit war zwischen sieben und zehn Uhr abends festgesetzt. Falls Mr. Hardings Licht nicht brannte, sollte sie im Abstand von fünfzehn Minuten bis zehn Uhr abends am Haus vorbeigehen. Wenn auch dies nicht klappte, müßte sie es am folgenden Abend noch einmal versuchen.

Die junge Frau war Ende Zwanzig und modisch, aber nicht teuer gekleidet. Sie sah aus wie eine Zofe an ihrem freien Tag und machte den Eindruck, als sei sie auf der Reise, denn sie trug einen kleinen Koffer, abgesehen von ihrer Handtasche, in der sich ihr französischer Personalausweis, der Gegenwert von zweihundert Pfund in französischen Franc und ein wenig englisches Geld befanden. Sie lief unter dem Namen Monique.

Sie klopfte dreimal kurz hintereinander an der Eingangstür. Giles half ihr aus dem Mantel, als sie das Zimmer betrat, und wartete, bis sie es sich in einem der zwei Sessel bequem gemacht hatte.

«Diesmal gibt es keine großen Schwierigkeiten», fing er an. «Aber ich möchte Sie darauf aufmerksam machen, daß die Menschen, um die es geht, mit mir verwandt sind. Aber lassen Sie sich dadurch nicht beeinflussen. Machen Sie Ihre Arbeit gründlich, und berichten Sie mir immer die Wahrheit, so unangenehm sie auch sein mag.» Er gab Monique die Adresse von Marcel und Marie Grenot – die Adresse seiner eigenen Tochter und seines Schwiegersohns.

«Soll ich nur beobachten?» Sie sprach völlig akzentfreies Englisch, was nicht weiter verwunderlich war, da sie in Warwick geboren war. Sie stammte aus einer alten Offiziersfamilie und sprach fließend Französisch.

Er nickte. «Beobachten Sie, und berichten Sie mir. Aber Sie sind auch zum Schutz dieses Paares da. Ist Ihnen die Nachrichten-Übermittlung klar?»

Sie sagte, es hätte gut funktioniert während ihres letzten Pariser Auftrags. Sie würde versuchen, so nahe wie möglich dranzubleiben.

Giles sah erfreut aus. «Das wäre allerdings wichtig. Ich muß unbedingt alles erfahren. Die Franzosen können sehr unangenehm werden, wenn es sich um Spione handelt, selbst zu Freunden.»

Er gab ihr noch weitere Anweisungen; zum Schluß überreichte er ihr die Fahrkarte für die Nachtfähre nach Calais und ein Bahnbillett dritter Klasse nach Paris. Beide Billetts galten nur für eine Fahrt.

Während er auf einem anderen Weg nach Eccleston Square zurückkehrte, dachte Giles an das letzte Gespräch, das er mit seiner Tochter Marie über ihre Arbeit geführt hatte. Es hatte am Weihnachtsnachmittag im Arbeitszimmer des Generals stattgefunden. Der Rauhreif hatte den Rosengarten weiß gefärbt, und das Tageslicht war langsam verblaßt. Ihr Mann hatte im Ledersessel gesessen und die Apathie seines Landes scharf kritisiert.

«Sie sagen: ‹Warum sollten die Deutschen uns angreifen? Sie werden keinen neuen Krieg beginnen, und gegen die Engländer unternehmen sie ganz bestimmt nichts. Schließlich sind die königlichen Familien miteinander verwandt.›» Er hatte eine geradezu bühnenreife französische Aussprache. «Die maßgeblichen Politiker meines Landes sind wie Taubstumme. Sie nicken und lächeln und machen den Eindruck, als würden sie alles verstehen. Aber tatsächlich begreifen sie nur sehr wenig.» Er zuckte die Achseln. «Und unsere Generale sind für einen modernen Krieg schlecht ausgerüstet.»

Giles sagte, daß es wohl kaum zu einem Krieg kommen würde, aber dachte bei sich, daß es immer besser war, auf der Hut zu sein.

«Es ist das gleiche hier.» Seine Stimme klang müde. «Die Politiker wie die übrigen Bewohner dieses Landes sind vor allem darauf bedacht, den Status quo zu erhalten. Die Militärs denken an vergangene Schlachten und planen längst überholte Feldzüge. Niemand lernt aus der Geschichte.»

Nach einem kurzen Schweigen warf Marcel seiner Frau einen Seitenblick zu. «Marie tut alles, was sie kann. Sie befolgt deine Anweisungen genau.»

Giles' Lächeln war so frostig wie das Wetter draußen. Er fragte seine Tochter, ob sie noch immer eine Liebelei mit dem deutschen Militärattaché vortäusche.

Marcel erwiderte bitter, daß von vortäuschen wohl kaum die Rede sein könnte.

«Ihr Heuchler!» rief Marie empört. «Ich liebe meinen Mann und sonst niemand. Frankreich ist das Land meiner Wahl, aber ich bin und bleibe Engländerin.» Plötzlich grinste sie. «Außerdem ist er nicht der Militärattaché, sondern nur sein Sekretär.»

«Klaus von Hirsch», sagte Marcel mürrisch, «hat einen schlechten Ruf bei den Damen.»

«Was ihn, wie mein Vater so richtig feststellte, besonders zugänglich macht. Der Sekretär des deutschen Militärattachés redet eine Menge, wenn er erst mal Vertrauen gefaßt hat.»

«Und du hast sein Vertrauen?» Giles machte keine Ausnahmen, er behandelte seine Tochter wie jede andere Agentin.

«So scheint es. Es wird nur noch wenige Monate dauern, bis ich im Besitz von allen Einzelheiten des deutschen Schlachtplans bin.»

«Welcher Plan?»

«Oh, du weißt schon – der berühmte Plan des Graf von Schlieffen. Laß mir etwas Zeit, und du wirst alles bekommen.»

Giles bemerkte, daß der Schlieffenplan allmählich reichlich überholt sei. «Generalstabschef des Kaisers, Graf Schlieffen, hat sich vor drei Jahren aus Gesundheitsgründen pensionieren lassen. Sein Nachfolger ist General Moltke, ein fähiger Mann, und er wird zweifellos seinen eigenen Feldzugsplan haben.»

«Da bin ich mir nicht so sicher.» Marie konnte so hartnäckig wie ihr Vater sein. «Graf von Schlieffen wird noch heute sehr verehrt. Die Generalstabsoffiziere erstatten ihm auch jetzt noch Bericht. Klaus hat mir gesagt, Moltke wage es nicht, den Plan zu verändern – und der Plan bezieht mit Sicherheit Belgien und Frankreich ein. Also, soll ich weitermachen?»

Giles nickte. «Ja, mach weiter wie bisher, und verschaff mir soviel Einzelheiten wie möglich über den Plan. Auf *jede* nur erdenkliche Weise.»

Als er jetzt auf dem Rückweg, nachdem er Monique ihre Instruktionen gegeben hatte, über dieses Gespräch nachdachte, erkannte Giles Railton, daß er nicht die geringsten Gewissensbisse darüber empfand, daß er seiner Tochter sozusagen erlaubt hatte, ein Verhältnis mit einem deutschen Offizier anzufangen.

Er war kein zimperlicher Mann. Vor einiger Zeit, Ende der achtziger Jahre, hatte er einen seiner ältesten Freunde erdrosselt, als er herausgefunden hatte, daß dieser Informationen an die irischen Rebellen weitergegeben hatte. Er hatte keine Sekunde gezögert und auch keine schlaflosen Nächte nach der Tat verbracht. Später hatte er einen oft wiederkehrenden Traum, in dem er einem exotischen Schmetterling vorsichtig die Flügel ausriß. Er hatte den Traum noch jetzt gelegentlich, brachte ihn aber nie in Verbindung mit jener Tat, die er aus eigenem Antrieb, für sein Land, vollbracht hatte.

Es war nach zehn Uhr, als er Eccleston Square erreichte. Das Haus lag im Dunkeln. Er aß und verzog sich in sein «Versteck», wo er eine große Maßstabskarte des Schlachtfelds von Crécy aus seiner umfassenden Sammlung hervorholte. Er hatte die Karte, so wie alle anderen, selbst gezeichnet. Dann zog er mehrere Schubladen heraus, in denen, bis ins letzte Detail getreu, Zinnsoldaten lagen: Die Truppen von Eduard III. und dem «Schwarzen Prinzen».

Giles stellte die englische Armee hinter Abbéville auf und verfolgte die Truppenbewegungen des Jahres 1346. Wenn Giles Railton an irgend etwas glaubte, dann war es an die Theorie, daß man aus den Torheiten und Weisheiten der Vergangenheit lernen könne. Doch während er seine Zinnsoldaten-Truppen auf der Landkarte hin- und herbewegte, weilte ein Teil seiner Gedanken bei seiner Schwiegertochter Bridget, die sich jetzt mit Malcolm auf dem Weg nach Irland befand. Er hoffte, daß Bridget – jetzt eine Railton in Giles' Augen – trotz des mangelnden Interesses ihres Ehemanns, begreifen würde, wem sie Loyalität schuldete.

Andrew musterte sich beim Rasieren im Spiegel. Es fiel ihm schwer, zu glauben, daß er schon Ende Dreißig und zum Korvettenkapitän aufgestiegen war. Und manchmal war er über sein eigenes Glück erstaunt. Wie alle Seeleute zog er es vor, auf einem Schiff zu sein, aber seine augenblickliche Stellung befriedigte ihn durchaus. Sein

Sohn Caspar stand kurz vor einer lebenswichtigen Entscheidung, während die Zwillinge, Rupert und Roy, sich der ersten Hürde näherten, die für ihre Zukunft ausschlaggebend sein würde. Andrew war unmäßig stolz auf seine Söhne.

Aber auch sein privates Leben konnte nicht besser sein. Sogar nach siebzehnjähriger Ehe war Charlotte für ihn noch immer die ideale Frau und eine gute Mutter. Sie hatte einen klaren, wachen Verstand und war immer begierig darauf, dazuzulernen, so daß sie über fast alles miteinander reden konnten. Sie führte sein Haus mit militärischer Präzision, obwohl sie manchmal etwas mehr trank, als gut für sie war.

Auch nach all dieser Zeit genoß sie ihre gemeinsamen Liebesnächte noch und gab sich ihm mit einer für ihn immer wieder überraschenden Leidenschaft hin.

Nachdem er sich angezogen hatte, ging er in Charlottes Zimmer. Trotz der frühen Stunde war sie bereits wach. Er sagte ihr, er würde zur üblichen Zeit am Abend heimkehren und habe sie nur kurz vor dem Frühstück und bevor er zur Admiralität ginge, sehen wollen.

Sie lächelte ihn verschlafen an. «Ach, Lieber, was tust du eigentlich den ganzen Tag lang im Büro?» Dann war sie plötzlich hellwach. «Andrew, in letzter Zeit sprichst du kaum je über deine Arbeit. Was tust du nun wirklich im Büro? Früher hast du soviel darüber erzählt...»

Andrew hatte sich gescheut, mit seiner Frau über seine Tätigkeit beim Direktor der Marine-Informationsdivision zu sprechen. «Die Admiralität ist einfach nicht mehr so interessant wie früher.» Er hoffte, damit ihre Fragen abgebogen zu haben.

Ihr Gesicht bewölkte sich. «Vermutlich arbeitest du jetzt beim neuen Admiralsstab.»

«Ja, mehr oder weniger.» Er beugte sich zu ihr hinunter und küßte sei. «Bis heute abend, Liebling.»

«Ich freu mich schon jetzt darauf.» Sie lächelte und ließ sich auf ihre Kissen zurücksinken.

Heute abend, dachte er. An irgendeinem Abend würde er ihr mehr über seine Arbeit erzählen müssen. Es war unbedingt notwendig, Ehefrauen bis zu einem gewissen Grad zu informieren, damit sie nicht ins Fettnäpfchen traten, besonders nicht bei offiziellen Empfängen.

Er ging hinunter ins Eßzimmer, um zu frühstücken. Ein Kuvert lag neben seinem Teller, und er erkannte sofort die Handschrift seines Vaters. Es enthielt einen Briefbogen, der mit Zahlen bedeckt war. So wichtig die Nachricht auch sein mochte, erst mal würde er frühstücken, beschloß er. Er nahm sich Eier mit Speck von der Anrichte und vertiefte sich in die *Times*. Als er fertig war, ergriff er eine zweite Tasse Kaffee und das Kuvert und ging in sein Arbeitszimmer.

Er schloß die Tür ab, legte die Nachricht seines Vaters auf den Schreibtisch und nahm ein Buch aus dem Regal an der rechten Wand.

Andrew interessierte sich für Geheimschriften und Codes, seit er knapp vierzehn Jahre alt gewesen war. Als Zeitvertreib hatte sein Vater sich für ihn die einfachste Chiffrierformel ausgedacht, einen ganz gewöhnlichen Buchcode, bei dem Nachrichten durch Zahlenblöcke verschlüsselt wurden, die der Seite, der Zeile und der Reihenfolge der Wörter entsprachen. Kein sehr raffiniertes System, aber ein nützliches, denn die Zahlen waren natürlich nur für jemand verständlich, der wußte, welches Buch dem Code zugrunde lag. Anfangs benutzten sie William Shakespeare, denn alle Railtons waren große Verehrer des Dichters. Aber dann erschwerte Giles den Code, als er zwei Bände eines dreibändigen Geschichtswerks mit dem anspruchsvollen Titel entdeckte: «Eine Übersicht der Weltgeschichte von der Schöpfung bis zur Gegenwart».

Es war 1795 von einem Pfarrer namens J. Adams verfaßt worden. Sie hatten das Buch in den folgenden Jahren oft für ihre privaten Mitteilungen benutzt.

Für die Verschlüsselung der letzten Nachricht hatte Giles Band eins benutzt. Das Buch war in einer blumenreichen Sprache geschrieben, die die wörtliche Übertragung zuweilen etwas komplizierte. Aber Andrew brauchte nicht länger als drei Minuten, bis der Klartext vor ihm lag: Der Verfasser schlägt vor, daß Du heute beim Militärtribunal Deinen Hauptmann nicht begleitest.

So, so! Andrew lächelte ein wenig spöttisch. Sollte dies ein Fall sein, wo der Vater nicht durch die Gegenwart des Sohns abgelenkt sein wollte? Oder handelte es sich einfach darum, daß zu viele Railtons die Intrigen-Suppe verderben könnten? Das «Militärtribunal» war die erste Vollversammlung des CID, um den Geheim- und Sicherheitsdienst umzuorganisieren. Normalerweise hätte Andrew seinen «Hauptmann», das hieß, seinen Chef, den Direktor der DID, begleitet.

Sobald er die Admiralität erreichte, ging er zum DID, um sich für seine Abwesenheit bei der nachmittäglichen Versammlung zu entschuldigen. Dann begab er sich in sein Büro und vertiefte sich in die wichtige und streng geheime Aufgabe, die ihm übertragen worden war.

Die Wochen vergingen, und die Railtons stellten sich auf ihre neuen Rollen ein, die ihnen nach dem Tod des Familienoberhaupts, des Generals, zugefallen waren.

Asquith hatte wie vorausgesehen die Wahlen gewonnen, aber die liberale Mehrheit war erschreckend geschrumpft. John Railton, der in seinem Wahlkreis mit fliegenden Fahnen gesiegt hatte, wurde nicht ins Kabinett berufen.

Charles reiste im Land herum, das Wohin und Warum war in tiefes, wolkiges Schweigen gehüllt.

Mildred fühlte sich mit fortschreitender Schwangerschaft jeden Tag deprimierter. Sie wagte Charles nicht zu sagen, daß sie unter schrecklichen Ängsten wegen des Babys und der Niederkunft litt.

Die jüngeren Familienmitglieder kehrten in ihre Internate zurück. Giles führte seinen privaten Krieg, manchmal im geheimen, zumeist jedoch in offiziellen Komitees, wo er bald entdeckte, daß sein Kampf gegen sture Finanzbeamte und gegen noch verkalktere Militärs ging. Es war nur zu offensichtlich, daß die Generale und die militärischen Berater in der Zukunft nur mit Scharmützeln gegen Negerstämme im Bereich des britischen Imperiums rechneten. Die Marine verstand die Nützlichkeit eines gut funktionierenden Geheimdienstes für einen modernen Krieg sehr viel besser. Sie gab sich keinen Friedensillusionen hin. Die Generale jedoch konnten sich mögliche Strategien und Taktiken eines kommenden Konflikts nicht mal vorstellen.

Giles hatte einige heftige Zusammenstöße mit Sir Douglas Haig, der, als er erfuhr, daß der Geheimdienst plante, Ausländer als Agenten anzuwerben, vor Wut fast platzte und schrie: «Ich habe so etwas Schändliches noch nie gehört. Ein Mitglied der Königlichen Zivilverwaltung, das Ausländer dazu anstiftet, ihr eigenes Land zu verraten, und sie dafür auch noch bezahlt!»

Bei einer anderen Gelegenheit verfocht Haig die Meinung, daß das Einholen von militärischen Informationen immer die Aufgabe der Kavallerie gewesen sei und weiterhin so bleiben würde. «Wenn ich Informationen brauche, dann hole ich sie mir auf eine faire und anständige Weise. Und wenn ein Offizier sie sich auf illegale Weise beschafft, dann weiß er, daß er, falls er entlarvt wird, mit seinem Leben zahlt.»

Giles Railton hörte sich die törichten Reden mit großer Sorge an, denn sein Verstand sagte ihm, daß Europa allmählich zu einem Pulverfaß wurde, und ihm schwante, daß die erste Explosion vermutlich in nächster Nähe detonieren würde – nämlich in Irland.

5

Kein geborener Railton war je mit den kohlschwarzen Haaren und Augen gesegnet gewesen, die Bridget Kinread in die Familie brachte, als sie Malcolm heiratete. Der General wie auch Giles hatten beide Gefallen an ihrem Aussehen, ihrer klaren Haut und ihrer Heiterkeit gefunden. Doch keiner von ihnen hatte sie je in einer ihrer düsteren Stimmungen erlebt, die so unerwartet kamen wie Sommergewitter.

Und in einer solchen Stimmung befand sie sich jetzt. Sie saß am Fenster ihres früheren Jungmädchenschlafzimmers und beobachtete, wie der Nebel sich über dem Tal verdichtete. Sie hatte gehofft, daß Malcolm seine Meinung doch noch ändern würde, obwohl es dazu eigentlich zu spät war.

Aber Malcolm hatte seine Meinung nicht geändert. Er hatte das Gut Glen Devil gekauft, hundertfünfzig Morgen Ackerland und ein altes georgianisches Herrenhaus. In einem Monat würden sie dort einziehen – und ganz Irland wußte es.

Es war immer das gleiche in ihrem Geburtsland. Oft hatte sie das Gefühl, Irland mit seinem leidenschaftlichen Nationalstolz sei mehr ein Dorf als ein Land.

Hätte Malcolm doch bloß ein Gut in England gekauft, dachte sie. Trotz seiner guten Erziehung, seiner vornehmen Herkunft, seiner Erfahrung in der Armee hatte er keine Ahnung, in was er sich da eingelassen hatte und welchem Druck sie eines Tages ausgesetzt sein würden. Sie hatte versucht, ihm dies alles zu erklären, aber wie die meisten seiner Landsleute hatte er es einfach nicht begriffen. Die Engländer hatten die Iren nie wirklich verstanden. Hätten sie es getan, dann wäre der bittere Fluß des Hasses, der durch so viele irische Leben floß, schon vor langer Zeit ausgetrocknet.

Viele Male in ihrer Kindheit hatte Bridget an demselben Fenster gesessen und sich über ihre melancholischen Anwandlungen gewundert. Sie schämte sich ihrer Gedanken über Irland und die Iren. Aber seit sie denken konnte, hatte sie eine negative Einstellung zu

Irland gehabt, die sich während ihrer Schulzeit in England noch verstärkt hatte.

Bis sie als Malcolms Frau zurückgekehrt war, hatte Bridget ihrer Heimat nur kurze Ferienbesuche abgestattet. Und jetzt war sie eine erwachsene Frau von dreißig, die die Welt gesehen hatte, und ihr Ehemann gehörte einer der bekanntesten Familien Englands an.

Er hatte sich in die irische Landschaft verliebt, aber auch ein gewisser Snobismus war mit im Spiel gewesen, als er sich entschloß, Glen Devil zu kaufen. «Wir können hier in einem größeren Stil leben als all die anderen Railtons in England, und man bringt den Gutsherren noch größeren Respekt entgegen», hatte er ihr gesagt.

Nach der Beerdigung des Generals hatte sie sich hilfesuchend an Giles gewandt. «Schwiegervater, Malcolm will unbedingt Landwirt werden. Gibt es für ihn nicht irgendeine Möglichkeit in Redhill? Du weißt, er ist wirklich tüchtig.»

Giles hatte sie mit kalten Augen gemustert und den Kopf geschüttelt. «Bridget, meine Liebe, Redhill gehört jetzt John, und wenn Malcolm Landwirt in Irland werden will, kann ich ihn daran nicht hindern. Aber du bist jetzt eine Railton, und es gibt Dinge, die du für deine neue Familie tun kannst. Dinge von großer Wichtigkeit.»

Sie hatte ihn erstaunt angesehen und erst verstanden, was er meinte, als er anfing, sie über ihre Vergangenheit und über die Leute, die sie in Dublin kannte, auszufragen.

«Meine Ehrbegriffe mögen altmodisch sein», hatte Giles gesagt. «Ich liebe mein Land, die Monarchie und Gott. Ideale verblassen natürlich, wenn man älter wird, trotzdem hoffe ich, daß auch du unsere Ideale teilst. Deine neue Familie dient seit Jahrhunderten England, willst auch du es tun?»

Sie sagte ja, und dann fing er an, ihr zu erklären, was sie zu tun hatte.

Und jetzt war Bridget Railton mit Ausnahme von Michael Bergin, dem Stallknecht, allein in ihrem Elternhaus. Ihre Eltern waren mit Malcolm nach Wicklow, der nächstliegenden Stadt, gefahren. Jeder, der sie kannte und mit ihr sprechen wollte, würde das wissen und kommen. Noch während sie dies dachte, sah sie einen Reiter über das Feld galoppieren. Und trotz des Nieselregens erkannte sie Padraig O'Connell. Sie kannten sich beide seit ihrem fünften Lebensjahr.

Sie glitt von der Fensterbank, blickte kurz in den Spiegel, glättete ihr Haar und zupfte ihren Spitzenkragen auf ihrem einfachen braunen Wollkleid zurecht. Von oben auf der Treppe konnte sie bereits Michael Bergin hören, der Padraig durch die Küchentür in ihres Vaters Haus einließ.

«Ich kann dich hören, Padraig O'Connell», rief sie, erstaunt über den ruhigen Klang ihrer Stimme. «Du solltest dich schämen, eine verheiratete Frau zu besuchen, wenn sie allein im Haus ist.»

Er lachte rauh und unfroh – das hohle Lachen eines Gespenstes hatte ihr Vater einmal gesagt, nachdem er bis zum Morgengrauen mit Padraig getrunken und über Politik geredet hatte.

Er stand in der Eingangshalle am Fuß der Treppe, seine Kleidung war feucht vom Nieselregen, seine dunklen Augen blickten zu ihr hinauf, sein langes Haar war wirr, sein Mund lächelte – aber so wie sein Lachen war auch sein Lächeln hohl wie das eines Gespenstes, es erreichte nie seine Augen.

«Wenn du Vater sprechen willst, er ist mit meinem Mann in der Stadt.» Sie stand auf der untersten Stufe, ihre schwarzen Augen blickten ihn kalt an.

«Das weiß ich. Ich bin gekommen, weil dein Mann nicht hier ist und» – seine Stimme senkte sich um eine Note – «und auch nicht dein Vater, Bridget. Ich muß mit dir reden. Wo?»

Sie wies mit einer Handbewegung auf den Salon, und er ging ihr voraus, als gehöre ihm und nicht ihrer Familie das Haus.

«Du weißt, warum ich gekommen bin?» Er wandte sich zu ihr um, als sie die Tür hinter ihm schloß.

«Wenn du's mir sagst, werde ich es wissen, obwohl ich, um ehrlich zu sein, es lieber nicht wissen würde.»

«Spricht man so zu einem Jugendfreund?»

«Ich möchte dich nicht mehr sehen, Padraig, weder dich noch deinesgleichen. Du weißt, was ich meine.»

Er nickte, und sie dachte, daß eine greifbare, innere Ruhe von diesem Mann ausging. Die Ruhe der Gewißheit, der Zielstrebigkeit. «Ich weiß genau, was du meinst, Bridget, aber du kannst dich deinen freundschaftlichen und patriotischen Verpflichtungen nicht entziehen. Die nächsten Jahre mögen friedlich dahingehen, obwohl ich daran zweifle. Und deshalb muß ich mit dir reden.» Er legte seine knochige Hand auf ihren Arm, und sie dachte, daß alles dürr an ihm war, angefangen von seinem Lachen bis zu seinem Körper, sogar sein Atmen war flach und sparsam. Sie versuchte, sich aus seinem Griff zu befreien, aber er hielt sie fest. «Dein englischer

Mann hat das Gut Glen Devil gekauft, was nur eins bedeuten kann: daß du zurückgekommen bist und hier wohnen wirst.»

«Vielleicht werden wir einen Verwalter anstellen», log sie.

«Du lügst. Dein Mann will Glen Devil selbst bewirtschaften. Und jetzt höre mir gut zu, denn ich will mit dir über dein Volk, dein Land reden. Du weißt, was vor sich geht?»

«Ich kann es mir denken.»

«In den nächsten Jahren wird es geschehen, Bridget. Wir steuern auf eine Krise zu. Wenn im Parlament die irische Selbstregierung erzwungen wird, dann werden sich die Protestanten auflehnen. Man sagt an allen Ecken in Dublin und in Belfast, daß die Protestanten in Irland eine eigene Regierung bilden wollen, wenn der Gesetzentwurf angenommen wird. Wir haben es schon früher gehört. Schon der pockennarbige Vater des jetzigen britischen Innenministers Lord Randolph Churchill hat vor langer Zeit gesagt: ‹Wenn die Selbstregierung kommt, wird Ulster sich wehren, und das zu Recht.›»

«Ich interessiere mich nicht für Politik.»

«Ach, nein? Aber er hat es gesagt, und sie werden sich wehren, nur nicht zu Recht. Ein geeintes Irland, das sich selbst regiert, sein eigener Herr ist, das ist Recht.» Dann wieder sein hohles Lachen, als er gälisch sprach: «Sinn Fein – nur wir allein.»

«Nur wir allein!» Bridget lachte ihm ins Gesicht. «Und was erwartest du, daß nur wir allein tun? Alle Protestanten totschlagen, hier und in den neun Grafschaften? Die Briten umbringen, die Soldaten abschlachten, um selbst abgeschlachtet zu werden?»

Er verstärkte seinen Griff auf ihrem Arm. «Wie immer es ausgeht, die Sache muß geklärt werden, und zwar bald, in den nächsten Jahren. Vielleicht noch eher. Hör mir zu. Wenn der Gesetzentwurf angenommen wird, dann haben wir endlich das erreicht, was wir immer wollten. Aber es wird Schwierigkeiten geben, Kampf und Totschlag. Aber wenn er abgelehnt wird, werden die Republikaner rebellieren und die Republik von sich aus errichten. Die Stimmung ist auf dem Siedepunkt angelangt, es brodelt überall...»

«Und du und deinesgleichen, ihr werdet alles dazu tun, daß der Topf überkocht. Nicht wahr?»

«So ist es. Der Haß flackert erneut auf. Waffen werden hereingebracht. Wenn das Gesetz wirksam wird, geht der Kampf los, und wenn nicht, bricht die Revolution aus auf dieser grünen Insel. So oder so, das Gewitter braut sich zusammen und wird sich bald entladen.»

«Und was hat das mit mir zu tun? Ich werde hier sein in Glen Devil und vermutlich zusehen müssen, daß ihr meinen Mann umbringt...»

«Nicht unbedingt. Viele Engländer stehen auf unserer Seite, weil wir im Recht sind. Aber es gibt zwei Sachen, die du tun mußt, Bridget Kinread...»

«Railton», verbesserte sie ihn scharf.

«Für mich heißt du Kinread, bis dein Mann sich in unseren Augen bewährt hat. Sorge dafür, daß dein Engländer begreift, wem er in diesem Land die Stange zu halten hat.»

Sie zuckte die Achseln, ohne sich zu äußern.

O'Connell fuhr fort: »Aber es genügt nicht, deinem Mann beizubringen, daß er Farbe bekennen muß und sich aus der Misere dieses Landes nicht heraushalten kann. Ich kenne seine Familie. Ich weiß, wer sie sind und was sie tun.»

«Ach, wirklich?»

«Sie sind einflußreich, Diplomaten, Militärs, Politiker. Du wirst sie zweifellos öfters besuchen, oder sie werden nach Glen Devil kommen. Und das ist die zweite Sache, Bridget. Sie werden offen vor dir reden, du wirst gewisse Dinge erfahren... Verstehst du, was ich meine?»

«Wenn ich dich richtig verstehe, bittest du mich, für dich zu spionieren, dir Bericht zu erstatten.»

Er schüttelte den Kopf. «Nein, ich bitte dich nicht darum, du *wirst* es tun. Alles Wichtige, den kleinsten Informationskrümel, den du am Tisch deiner neuen, vornehmen, englischen Familie aufpickst, alles, was Irland betrifft, wirst du an uns weitergeben. Kapiert?»

Sie nickte kurz, wohl wissend, daß er es als Zustimmung auslegen würde, und es dennoch nicht wissen wollend.

«Gut.» Diesmal wirkte sein Lächeln fast menschlich. «Du brauchst dich nur an den jungen Michael Bergin im Stallhof deines Vaters zu wenden, und ich werde es möglich machen, dich allein zu treffen. Wenn du nach Glen Devil ziehst, wird dort ein Angestellter deines Mannes mir Bescheid sagen. Niemand sonst braucht davon zu wissen.»

Sie wandte sich ab und bat ihn zu gehen.

«Niemand, Bridget», sagte er mit der Hand auf der Türklinke, «wird je erfahren, von wem die Informationen stammen. Aber sie können dein Rettungsanker sein, denn falls du nicht...»

«Wirst du mich töten, mich und meinen englischen Ehemann.»

«Nur wenn du mich dazu zwingst.» Er öffnete die Tür und ging, ohne sich umzudrehen. Sie hörte seine schweren Stiefel auf den Bohlen des Korridors, der zur Küche führte.

Einige Augenblicke später vernahm sie den Hufschlag seines Pferds im Hof. Sie ging vom Salon in die Eingangshalle. Michael Bergin lehnte an der Küchentür. Er nickte ihr höhnisch zu, dann drehte er sich um und verschwand. Michael würde derjenige sein, der ihr die Kehle durchschneiden würde.

Bridget ging nach oben, nahm Papier und einen Umschlag aus dem Schreibtisch ihres Vaters und fing zu schreiben an. Sie adressierte ihren Brief an Mr. Harding, Untermieter bei einem Zeitungs- und Tabakhändler in der Nähe von Charing Cross.

Giles Railton hatte ihr seine Anweisungen gegeben. Der Brief enthielt eine Anfrage über die Bestellung einer Frauenzeitschrift, die außerhalb Londons nicht erhältlich war. Aber die Notiz enthielt einige verschlüsselte Worte. Wenn Giles Railton sie bekam, würde er wissen, daß die Fenier Kontakt mit ihr aufgenommen hatten.

«Ich werde dir Informationen geben, die du an sie weiterreichen kannst», hatte er ihr an dem Nachmittag nach der Beerdigung des Generals gesagt. «Es werden Informationen sein, die für sie wichtig sind und die sie glauben werden. Und dafür wirst du mir alles berichten, was du erfährst: Namen, Zeitangaben, Pläne. Wirst du das tun?»

Sie hatte ja gesagt, so wie sie bei Padraig O'Connell zustimmend genickt hatte, ohne wirklich eine Entscheidung getroffen zu haben. Erst als sie den haßerfüllten Blick von Michael Bergin bemerkt hatte, stand ihr Entschluß fest. Von nun an war Bridget Kinread eine Railton. Und wenn Malcolm sich weigerte, an den Intrigen seines Vaters für Gott und England teilzuhaben? Nun, das war seine Angelegenheit. Sie weigerte sich nicht.

Es war Mitte März, und Sara war allein in Redhill. John hatte im Parlament zu tun und darauf bestanden, daß sie in Haversage blieb. Es sei eine gute Gelegenheit, hatte er gesagt, ihre Position als Herrin von Redhill zu festigen.

Sie hatte gehofft, ihr Stiefsohn James würde ihr Gesellschaft leisten, da er zehn Tage Ferien hatte, aber er hatte ihr geschrieben, er würde mit einem Freund, dem Sohn des dortigen Arztes namens Savory, nach Farnborough fahren.

Seit dem Tod des Generals hatte Sara die meiste Zeit in Redhill verbracht, und – obwohl sie es nur ungern zugab – genoß sie den Frieden und die ländliche Stille.

Es wäre falsch gewesen zu behaupten, daß sie London mit seinem regen gesellschaftlichen Leben nicht vermißte, aber in der ruhigen und so verschiedenen Atmosphäre von Redhill fing sie allmählich an, ihre frühere hektische Existenz in Frage zu stellen. Sie würde natürlich London nie ganz aufgeben, aber das Herrenhaus hatte sie bereits in seinen Zauberbann gezogen.

Sie verbrachte viele Stunden damit, von Zimmer zu Zimmer zu gehen, fasziniert von der Tradition, die jede Wand auszuströmen schien. Sie liebte die riesige Eingangshalle, die große Freitreppe, die Galerie und die Empfangsräume mit ihren hohen Decken, die Eichenpaneele des Eßzimmers, aber ganz besonders das Arbeitszimmer des Generals. Auch entzückten sie die Ausblicke von fast jedem Zimmer, am meisten die von den oberen Räumen an der Rückfront des Hauses, von wo aus man das grasbedeckte Hügelland sehen konnte.

Von ihrem Schlafzimmer aus, das sie mit John teilte, überblickte sie meilenweit das wellige Gelände, in dessen Mitte eine Gruppe von Büschen stand, die aus der Entfernung wie eine Oase wirkte. Die Familie wie auch das Dienstpersonal nannten diesen Ausblick «Ägypten», denn die Büsche sahen genau wie Palmen aus, die in einer scheinbar endlosen Dünenlandschaft standen.

Das Haus, obwohl in gutem Zustand, hatte noch immer die gleichen Tapeten, Vorhänge und Teppiche wie vor vierzig Jahren. Und während Sara durch die Räume und Korridore wanderte, kreisten ihre Gedanken ständig um Erneuerungen und Verbesserungen.

Es hatte nur wenig geschneit im März, aber der Frost und die Kälte waren noch nicht gewichen, trotzdem ging Sara so oft wie möglich nach Haversage. John hatte ihr geraten, sich möglichst oft in dem Städtchen sehen zu lassen und in den Läden einzukaufen, da die Besitzer es als Kompliment betrachten würden, wenn sie persönlich käme.

Und so war sie öfters mit Ted Natter den Hügel hinab nach Haversage gefahren, meistens im Einspänner, gezogen von einem gutmütigen grauen Pony.

An diesem bestimmten Tag kehrten sie auf dem ihr bereits vertrauten Weg vom Marktplatz die Hill Street entlang nach Redhill zurück. Die Räder knirschten auf dem Kies der Auffahrt, die kahlen Äste der Ulmen zeichneten sich gegen den klaren, kalten Himmel ab, das bleiche goldene Sonnenlicht lag hauchzart auf dem Ziegelbau.

Das Herrenhaus von Redhill war schon seiner Größe wegen imposant. Der älteste Teil, «der Kern des Hauses», wie der General ihn genannt hatte, war fast quadratisch. Er war Anfang des 16. Jahrhunderts gebaut worden und unverändert geblieben. Er hatte unüblich große, bleigefaßte Fenster, und die eisenbeschlagene Eichentür war in einen reichverzierten Steinbogen eingelassen.

An diesen ursprünglichen Bau waren später rechts und links zwei Flügel angebaut worden, so daß das ganze Gebäude, hätte man es aus der Luft sehen können, die Form eines H hatte. Zwei eckige Hufeisen, eins an der Vorder-, eins an der Hinterfront. Die Flügel waren so geschickt angefügt worden, daß es schwierig war, einen Unterschied zwischen Stil und Baumaterial festzustellen.

Dieses architektonische Meisterstück verdankten die Railtons ihrem Vorfahren, Walter Railton, mit dem Spitznamen Buck.

Für Sara und für viele Railton-Frauen vor ihr war Buck eine romantische Figur. Sein Porträt aus dem Anfang des 18. Jahrhunderts hing in der Bibliothek, die nur durch das Arbeitszimmer des Generals zu erreichen war. Buck sah wie ein großer Schwadroneur aus mit spöttischem oder einladendem Blick – die Beurteilung hing vom Geschlecht des Beschauers ab. Doch für jeden schien er über die Jahrhunderte starke Signale auszusenden.

Sara dachte oft, daß John, wäre er nicht in die Politik gegangen, den gleichen Blick wie sein Vorfahre hätte. Aber John, so brillant und politisch klug er auch war, fehlte etwas, das alle anderen Railton-Männer, die Sara kannte, besaßen, insbesondere Buck Railton. Es war undefinierbar und hatte auch nichts mit sexueller Anziehungskraft zu tun. Zu dieser Erkenntnis war Sara seit langem gekommen, obwohl sie intuitiv von Anfang an gewußt hatte, daß John kein leidenschaftlicher Liebhaber war.

Sie dachte jetzt, als sie nach ihrer Rückkehr in der Bibliothek saß, wieder darüber nach. Das Feuer loderte im Kamin, und sie blickte zu Bucks Porträt hinauf. Vage Fragen schossen ihr durch den Kopf. Sie fühlte sich plötzlich tief deprimiert. Sie ging ans Fenster, das auf den Rosengarten blickte. Die winterliche Sonne schien noch, und sie sah hinaus auf die Zypressen, die den Weg säumten, auf den Gartenpavillon und auf das sogenannte Labyrinth am Ende des Gartens. Dahinter dehnte sich, soweit das Auge reichte, das Acker- und Weideland des Besitzes aus. Und in weiter Ferne konnte man gerade noch «Ägypten» erkennen.

Um gegen ihre merkwürdige Stimmung anzugehen, lief Sara auf ihr Zimmer, zog sich Reitstiefel und Reitrock an und ging zu den Ställen.

Billy Crook war zu Ted Natter geschickt worden, um ihm Bescheid zu geben, und Ted hatte Fancy gesattelt, eine fromme gescheckte Stute.

«Sie ist ein fügsames Tier, Mrs. Railton», sagte Ted Natter, als Sara im Stallhof erschien.

Aber Sara war nicht in fügsamer Laune. «Wenn ich ein lammfrommes Pferd will, Ted, dann sage ich Ihnen das. Ich will ein temperamentvolles Tier haben.»

Im Sattelraum, während seine Herrin im Hof ungeduldig auf und ab stelzte, sagte Natter mürrisch zu Billy Crook: «Sie will was Temperamentvolles, dann kannse Turk haben und zum Teufel mit ihr.»

Doch trotz seiner Mürrischkeit war Natter ein verantwortungsvoller Mann. Turk war der Grauschimmel des Generals gewesen, ein schönes Tier, temperamentvoll, aber leicht zu lenken. Natter hatte den General verehrt und hätte nie einem Mann von über siebzig ein schwieriges Pferd gegeben. Und so hatte er keine Bedenken, Lady Sara – wie das Personal sie unkorrekterweise nannte – auf Turk allein davonreiten zu sehen. Sie hatte die Begleitung von Natter oder von Billy Crook entschieden abgelehnt.

Sie ritt in scharfem Tempo und mit großer Aufmerksamkeit, ihre Wangen röteten sich von der Kälte, und ihre aufgewühlten Gefühle kühlten sich ab. Sie war wieder sie selbst, und als sie an eine besonders hohe Hecke kam, spornte sie Turk an, darüberzuspringen. Er schien ein wenig langsamer zu werden und zu zögern, aber Sara feuerte ihn mit aufgeregten Zurufen an. Es war das erste Mal, daß sie in diesem Tempo ein so hohes Hindernis auf so einem großen Tier nahm.

Dann sprang Turk, sie klammerte sich mit Händen, Knien, Schenkeln fest, um oben zu bleiben. Eine Sekunde lang schien die Zeit stehenzubleiben, und es war in dieser Sekunde des Schwebens über der Hecke, daß sie die Gefahr erkannte.

Vor ihr, auf der anderen Seite der Hecke, sah sie eine Gruppe von Männern, die im Graben direkt unter ihr arbeiteten. Sie hörte ihre Schreie und sah, wie sie auseinanderstoben. Danach hatte sie das Gefühl, mitten in der Luft zu hängen, der Himmel war dort, wo die Erde hätte sein sollen. Dann wirbelte alles vor ihren Augen herum. Sie spürte heftige Schmerzen, und Dunkelheit verschluckte sie.

Als nächstes spürte sie, wie Wärme sie überflutete. Sie wußte, sie lag auf dem Rücken. Aus weiter Ferne vernahm sie Stimmen. Als sie die Augen öffnete, schwamm undeutlich ein wettergebräuntes junges Gesicht über ihr, als sei es vom Körper getrennt.

«Wo ist Turk?» fragte sie. «Ist ihm etwas passiert?»

Der junge Mann kniete neben ihr. «Spadger versucht, ihn einzufangen. Er ist weitergaloppiert. Er scheint unverletzt zu sein. Aber um Sie mache ich mir Sorgen.»

«Und die Männer? Ich sah Männer.»

«Keiner ist zu Schaden gekommen», er lächelte. Er sprach mit leicht ländlichem Dialekt, aber lange nicht so ausgeprägt wie Ted Natter oder die Dienstmädchen. «Ich habe jemand ins Herrenhaus geschickt, um einen Arzt holen zu lassen.»

Sie richtete sich auf und bewegte vorsichtig ihre Glieder. «Arzt? Warum einen Arzt?»

«Sie hatten einen schweren Sturz, Mrs. Railton.»

«Aber nein, ich bin nur etwas unsanft auf dem Boden gelandet, das ist alles. Sagen Sie ihnen, ich brauche keinen Arzt.»

Er nickte und gab einem der Landarbeiter einen kurzen Befehl: «William – he, William, komm zurück... Wir brauchen keinen Doktor...»

«Tut mir leid.» Sara war übel, und sie zitterte, aber sie war sicher, daß sie sich nicht ernsthaft verletzt hatte.

«Sind Sie wirklich nicht verletzt, Mrs. Railton?»

Sie lächelte. «Nein, bestimmt nicht. Wie heißen Sie?»

«Berry. Bob Berry. Ich bin der Gutsaufseher hier.»

Sie stellte plötzlich fest, daß sie sich auf seinen Arm stützte. Einer der Männer führte Turk am Zügel zurück. Das Pferd schien ruhig zu sein, obwohl es hin und wieder den Kopf hochwarf.

«Ist Ihnen wirklich nichts passiert?» fragte Berry noch einmal.

«Nichts, außer ein paar deftigen blauen Flecken.» Sie prüfte ihre Beine und ihr Gleichgewicht, ihre Schultern schmerzten und peinlicherweise auch ihr ganzes Hinterteil. «Ich habe noch mal

Glück gehabt, Mr. Berry. Es hätte auch schlimm ausgehen können.»

Er ergriff Turks Zügel. «Es war schlimm letztes Mal...» Berry hielt inne, als hätte er etwas Unvorsichtiges gesagt.

«Letztes Mal?»

«Sie sollten es eigentlich nicht erfahren, Mrs. Railton. Die Hecke! Sie heißt allgemein Lady Nellies Hecke. Es war lange vor meiner Zeit. Die Frau des Generals stürzte an dieser Hecke. Es war bei einer Jagd...»

«Oh, Gott!» Sara wurde schwindlig. Sie hatte von dem schrecklichen Jagdunfall gehört. Lady Railton war sofort tot gewesen. «Ich wußte nicht, daß es *diese* Hecke war. Du lieber Himmel!»

«Schaffen Sie es zurück ins Herrenhaus, Mrs. Railton?»

Sie nickte unsicher.

«Soll ich das Pferd am Zügel führen?»

«Oh, wären Sie so nett? Ich bin wirklich nicht verletzt, aber... nachdem ich weiß, daß es Lady Nellies Hecke war...»

«Können Sie aufsitzen, Mrs. Railton? Dann führe ich Turk.»

Um sich abzulenken, erkundigte sich Sara auf dem Heimweg nach Berrys Arbeit und stellte fest, daß alles, was er ihr erzählte, sie äußerst interessierte.

Er sprach von den Milchkühen, vom Weideland und über das Rotationssystem, nach dem auf den Feldern abwechselnd Getreide, Kartoffeln und Gemüse angebaut wurde. Seine Stimme hatte etwas Beruhigendes, Gleichmäßiges, wie der Ablauf der Jahreszeiten. Ein zufriedener Mann, sagte sie sich, der das Land und die Tiere liebt, jemand, der jeden Tag Resultate sieht.

«Sie haben Glück, daß Sie sich so wohl fühlen in Ihrer Haut, Mr. Berry.»

«Ja, ich fühle mich sehr wohl hier, solange ich bleiben kann.»

«Sie wollen uns doch nicht etwa verlassen?» Sie zog die Zügel an und blickte auf ihn hinunter.

«Nicht aus eigenem Willen...»

«Nun, dann...?»

«Ich sollte mit Ihnen darüber nicht sprechen, Mrs. Railton.»

Sie runzelte die Stirn und sah die Besorgnis in seinen Augen. «Ich will es aber hören.» Sara war erstaunt über die Autorität in ihrer Stimme.

Es war eine einfache Geschichte. Berry war ein Bauernsohn aus Oxfordshire. Er hatte die Tochter des Gasthofwirts aus dem

Nachbardorf zwei Jahre lang umworben, bevor er sich vor drei Jahren um den Posten in Redhill bewarb. Er vermutete, daß einer der Gründe, warum der General ihn angestellt hatte, seine bevorstehende Heirat gewesen war. Und er wisse auch, daß des Generals Sohn, Mr. John Railton, als Gutsaufseher einen verheirateten Mann bevorzuge. So hatte man es immer in Redhill gehalten.

Aber im Leben geht nicht immer alles so glatt. Am gleichen Tag, als das Anstellungsschreiben des Generals eintraf, erklärte ihm seine Braut, daß sie ihn nicht heiraten wolle.

«Der General war ein verständnisvoller Mann. Er sagte mir, es würde keinen Unterschied machen, und ich würde sicher bald die richtige Frau finden.

Aber die richtige Frau hat nicht meinen Weg gekreuzt, und am Michaelifest wird Mr. John Railton mein Vertrag zur Verlängerung vorgelegt.»

Sara setzte ihr Pferd wieder in Bewegung. «Und Sie fürchten, mein Mann wird Sie durch jemand anderen ersetzen, weil Sie nicht verheiratet sind?»

«Er hat alles Recht dazu, Mrs. Railton. Aber bitte erwähnen Sie die Angelegenheit nicht ihm gegenüber.»

Sie hielt das Pferd wieder an und sah ihm in die Augen. «Ich werde es nur erwähnen, wenn er die Absicht hat, Sie zu ersetzen, bevor Sie die richtige Frau finden.» Sie lächelte. «Das ist das mindeste, was ich für Sie tun kann, Mr. Berry. Ich möchte Sie nicht verlieren.»

Natter kam ihnen im Stallhof entgegen. Sara bedankte sich bei Berry für seine Hilfe und versicherte ihm noch einmal, daß ihr Mann ihn nicht entlassen werde.

«Nichts Schlimmes passiert, Ted, Gott sei Dank!» sagte Berry zu ihm.

«Da bin ich mir nicht so sicher, Mr. Berry. Im Haus herrscht helle Aufregung.»

Er hatte nicht übertrieben.

Vera Bolton, die Tochter der Köchin und Saras Zofe, wartete bei der Tür, um ihre Herrin abzufangen, bevor sie das Haus betrat. «O Mrs. Railton, ein Glück, sind Sie heil und gesund zurück. Mr. John ist aus London eingetroffen und wartet auf Sie. Er geriet außer sich vor Angst, als er hörte, Sie seien an Lady Nellies Hecke gestürzt. Er macht sich solche Sorgen um Sie und ...»

«Und was?»

«Am besten Sie gehen sofort zu ihm. Er ist im Arbeitszimmer des Generals.»

John saß im Stuhl seines Vaters hinter dem Schreibtisch; sein Gesicht war aschfahl. Er sah um Jahre gealtert aus. Er sprang auf und ging eilends auf sie zu, als sie in der Tür erschien. «Liebling! Gottlob ist dir nichts passiert! Tut dir wirklich nichts weh? Als ich hörte, daß du an Lady Nellies Hecke...»

«Ich brauche nur ein heißes Bad, das wird meinen Prellungen guttun. Ich bin ziemlich hart aufgeschlagen, aber das ist auch alles.»

Er nahm ihr das Versprechen ab, nie mehr ohne Natter oder Billy Crook auszureiten, aber sie sah an seinem Gesicht, daß er noch immer beunruhigt war.

«Was ist los, John?» Sie legte den Arm um seine Schulter. «Was ist geschehen?»

«Ich habe ein Telegramm von Dr. Savory aus Farnborough bekommen.»

«James?»

Er nickte, ging zum Schreibtisch und gab ihr das Telegrammformular.

Sie nahm es und las: «James leicht verletzt in Flugmaschinenunglück. Halte es fürs beste, ihn heute nach Hause zu bringen. Savory.»

6

Im Internat Wellington hielten seine Altersgenossen James Railton entweder für einen albernen Snob oder für einen Einzelgänger.

Zu jener Zeit war Wellington, wie die meisten Internate, alles andere als luxuriös: eiserne Disziplin, strenger Unterricht, ungenießbares Essen.

All dies schien James nichts auszumachen, und als ihm als älterer Zögling Verantwortung übertragen wurde, besserte sich auch sein Verhältnis zu seinen Mitschülern.

1909 bestand er nach seinem Schulabschluß die Eintrittsprüfung in die Militärakademie von Sandhurst. Zur Erleichterung seiner Familie. Denn die Prüfung war schwierig, und auch die Tatsache, daß er der Enkel eines Generals war, verschaffte ihm keine Vorteile.

An Weihnachten hatte er zu seinem Großvater gesagt: «Ich mußte Essays und Berichte schreiben. Wozu soll das gut sein? Ich will Soldat werden und kein Schreiberling.»

Sein Großvater hatte gelacht. «Du wirst bald einsehen, wofür es gut ist. Denk an die Zukunft. Ich habe immer versucht, Dinge vorauszusehen – ganz im Gegensatz zu unserem augenblicklichen Generalstab. Die Zeiten bleiben nicht stehen, James, große Veränderungen liegen in der Luft.»

«Wie zum Beispiel Flugzeuge?» hatte James listig gefragt.

«Ja, Flugzeuge, der Verbrennungsmotor, die Modernisierung der Flotte und der Armee. Denk an die Zukunft, mein Junge.»

«Genau das versuche ich zu tun.» Und dann war eine kurze Rede gefolgt, deren Folge das Telegramm aus Farnborough war.

James hatte seine wahre Leidenschaft entdeckt. Er wollte fliegen, unter allen Umständen fliegen wie die Gebrüder Wright oder Cody, der das erste Flugzeug in England flog.

Diese Leidenschaft veranlaßte James dazu, seinen bereits gut entwickelten militärischen Sinn auf diese neue Möglichkeit auszurichten. Er war sich durchaus bewußt, daß er hinterlistig nur die

Erfüllung seines Ziels anstrebte, als er vor seinem Großvater das Fliegen erwähnte und sich mit Martin Savory anfreundete.

Savory lebte in Farnborough, wo viel geflogen wurde. Daher die vorgetäuschte Freundschaft. Aber darüber machte sich James keine Gewissensbisse, genausowenig wie über das Verschweigen der fünfhundert Pfund, die sein Großvater, ohne das Wissen seiner Eltern, bei der Coutts Bank auf seinen Namen deponiert hatte.

Zu den Osterferien lud Martin Savory seinen angeblichen Freund ins Haus seiner Eltern nach Farnborough ein. Die Tage waren klar und kalt mit gelegentlichen Abendnebeln. James gelang es ohne Mühe, mit Martin ein Arrangement zu treffen, das für beide von Vorteil war.

Jeden Abend durchstrolchten sie gemeinsam die Umgebung, und Martin erklärte James die Lokalität und machte ihn auf örtliche Besonderheiten und Sehenswürdigkeiten aufmerksam, die sie angeblich am folgenden Tag besichtigen würden.

Am folgenden Morgen verließen die beiden jungen Männer zusammen das Haus. Dann trennten sie sich. Martin, um den Mädchen des in der Nähe liegenden Lyzeums nachzustellen, die sich gerne ein wenig knutschen ließen, und James, um zu einer weitausgedehnten, ebenen, von kleinen Wäldchen und Baracken umsäumten Grasfläche zu gehen, wo bei klarem Wetter Flugzeuge aufstiegen und landeten.

Seit Sam Cody als erster von diesem Feld aufgestiegen war – es war noch immer das Trainingsgelände einer militärischen Ballonfabrik –, hatten sich in Farnborough viele Piloten, Erfinder und Mechaniker eingefunden. Schon nach wenigen Tagen hatte sich James mit einigen Angestellten der Ballonfabrik angefreundet. Die Unterhaltungen mit ihnen waren eine wichtige Ergänzung zu dem Wissen, das er sich mit vielen einschlägigen Büchern angelesen hatte. Technisch gesehen wußte James alles über Flugzeuge, nur die Praxis fehlte ihm.

Eines Morgens ging James über das Flugfeld auf einen großen Schuppen zu, wo, wie er wußte, Allicott Verdon Roe an seiner jüngsten Maschine arbeitete.

Er hatte erst einige Schritte getan, als er ein ungewohntes Geräusch vernahm: James war stolz darauf, daß er die verschiedenen Motorengeräusche voneinander unterscheiden konnte, doch dieses Geräusch war ihm neu. Es klang sanft und stetig wie

Bienengesumme und kam aus Süden. Er drehte sich um und sah in die Richtung.

Das Flugzeug flog mit leicht erhobener Rumpfspitze dicht über den Bäumen und setzte zum Landen an. Es war eine schöne, kastenartige Maschine, bestens ausgerüstet, mit rückwärtigem Antriebspropeller. Lange, dreieckige Verspannungen hielten das Höhensteuer weit vor den Flügeln, während das offene Gestell zu zwei eingeschalten Steuerrudern zurückschwang. Ein Paar Gleitkufen wie Skier hingen herunter, an jeder waren ungewöhnlich kleine Räder befestigt, während ein anderes Paar winzige Räder hinten am kastenartigen Schwanz zu sehen war.

«Eine Farman!» sagte James laut, als er die Formen des Flugzeugs genau erkennen konnte. Ein Farman-Doppeldecker hatte den Preis für die längste Strecke letztes Jahr bei Issy gewonnen. Er beobachtete fasziniert, wie das Flugzeug graziös in Schräglage ging und an Höhe verlor. Der Pilot war jetzt deutlich zu sehen, dem eiskalten Wind und jedem Wetter schutzlos ausgesetzt, während der Propeller hinter ihm schwirrte.

Der Motor erstarb langsam, als das Flugzeug auf dem Gras aufsetzte, sich drehte und keine hundert Meter von James entfernt zum Halten kam.

Der Pilot trug einen Helm, eine Schutzbrille und einen langen Ledermantel, so daß James weder seine Züge noch sein Alter ausmachen konnte. Als der Pilot hinunterstieg, war James erstaunt, daß er mit einem unverkennbaren amerikanischen Akzent sprach, denn die Farman war ein französisches Flugzeug.

«Wo finde ich den Oberboß hier, Junge?»

James fragte, ob er den Direktor der Ballonfabrik meinte oder einen Beamten.

«Schätze, den Kommandanten. Ich bin sozusagen hier in Militärgeschäften. Sind Sie Flieger?»

«Ja», log James. «Ich bin hier in Ferien, bevor ich nach Sandhurst gehe.»

«Nun, wenn Sie nichts Besseres zu tun haben, dann halten Sie mal den Kasten im Auge, bis ich rausfinde, ob man mich erwartet.»

James sagte, er würde gerne auf die Farman aufpassen und ob er auf den Pilotensitz klettern dürfe, um sich die Steuerung anzusehen?

«Ja, warum nicht?» Der Amerikaner streckte ihm die Hand hin.

«Mein Name ist Farthing. Richard – meine Freunde nennen mich Dick.»

«Railton. James Railton.»

Der Amerikaner nickte kurz, und James sah ihm nach, als er davonging – ein großer, muskulöser Mann. Ungefähr zehn Jahre älter als ich, dachte James. Auch war ihm ein lustiges Funkeln in seinen Augen aufgefallen, so als betrachte der Amerikaner die Welt und das Leben als einen gelungenen Scherz, den man nicht zu ernst nehmen dürfe.

James kletterte in die Farman – eine Farman III vermutete er –, setzte sich auf den Pilotensitz und prüfte, welche Hebel das Leitwerk, die Querruder und das Höhensteuer in Gang setzten. Der Mechanismus war denkbar einfach: starkes, verschraubtes Holz, Räder und Flügel, von denen aus Drahtseile zu den verschiedenen Klappflächen führten.

Er vergaß die Kälte und die Uhrzeit, sogar der Boden verschwand, als er in Tagträume fiel. Er wußte genau, was ein Pilot in der Luft zu tun hatte. Was ihm fehlte, war die Praxis. Auch die größte Phantasie konnte die Wirklichkeit nicht ersetzen. Wenn er doch nur einmal aus einer Höhe von mehreren hundert Metern von oben auf die Erde hinabsehen könnte, den Wind spüren, den Horizont sich neigen sehen, sich frei fühlen, die Wolken mit der Hand berühren könnte... nur einmal!

Die Stimme des Amerikaners riß ihn jäh aus seiner Träumerei. «James! Kommen Sie herunter?»

Dick Farthing stand unter dem Flügel und grinste ihn an.

«Ich habe nur gedacht, wie toll es wäre, wenn ich einmal...» Er kletterte hinunter.

«Das wird sich machen lassen. Aber zuerst brauche ich Ihre Hilfe. Ich weiß nicht, wo ich unterkommen kann. Kennen Sie irgendein nettes Hotel?»

«Das Queens-Hotel sieht ganz vertrauenerweckend aus, aber ich fürchte, es ist ziemlich teuer.»

«Das schert mich einen Dreck.» Dick lachte wieder. Er lachte oft und herzlich. «Farman zahlt. Ich bin nur hier, um ihr Flugzeug der britischen Armee vorzuführen. Helfen Sie mir, die Kiste drüben in den Schuppen zu bringen?» Er wies auf den Schuppen, in dessen nächster Nähe die Leute von Allicott Verdon Roe arbeiteten und der, wie er wußte, leer stand.

«Ich hoffe, sie geben Ihnen einen Schlüssel, sonst werden die

Roe-Leute auf Ihrer Kiste herumturnen», sagte James stirnrunzelnd.

Farthing zog ein Schlüsselbund aus der Tasche. «Die britische Armee war sehr entgegenkommend», sagte er und hielt lachend das Schlüsselbund hoch. «Sie haben mich übrigens erwartet. Aber es wird sicher eine Woche dauern, bis ein Spezialist hierherkommt.»

James half ihm, die Maschine zu starten. Er schwang den Propeller und stellte fest, daß die Farman ihre Schwächen hatte, denn man mußte zwischen den zwei schmalen Holmen des weit offenen Rumpfs stehen und scharf hinhören, um die Anordnungen des Piloten zu verstehen. Der Motor sprang beim ersten Abwärtsschwung des Propellers an. Zuerst knatterte er, aber unter der erfahrenen Hand Dicks beruhigte er sich.

James duckte sich unter den Holmen und der Leinwand und winkte seinem neuen Freund zu. Der Motor brummte leise, und die Farman rollte über das Feld. James rannte hinterher.

Die Roe-Belegschaft war freundlich, aber neugierig, doch Dick hielt sie vom Flugzeug fern, indem er sagte, er hätte seit fast vierundzwanzig Stunden nichts mehr gegessen. Seine Ausdrucksweise war kurz und bündig, wurde aber durch seine liebenswürdige Art wettgemacht. Er redete unentwegt auf James ein, der ihn durch das Haupttor bis zum Queens-Hotel begleitete. Dort trug er sich ins Register ein und bestand darauf, daß James mit ihm zu Mittag aß.

James erkannte schnell, daß Dick Farthing, obwohl er viel sprach, äußerst diskret war. Ja, mehr noch, er stellte einige schnelle, präzise Fragen, so daß er, als sie das Hotel erreichten, bereits eine Menge über James' Herkunft und seine Zukunftspläne wußte. «Ihr Vater ist Parlamentsmitglied!» rief Dick aus, und in seinem Tonfall schwang Respekt mit. «Das könnte eine große Hilfe sein. Farman hofft, daß eure Militärs sich für seine neuen Flugmodelle interessieren. Ein Parlamentsmitglied kennenzulernen, wäre ein guter Anfang. Scheint mir ein richtiger Glücksfall zu sein, daß ich Sie getroffen habe.»

Während des Mittagessens erfuhr James einiges über den Amerikaner. Ihre Herkunft ähnelte sich. Dick stammte ebenfalls aus einer Offiziers- und Diplomatenfamilie. «Mein alter Herr ist einer der Auslandsberater des Präsidenten, einer meiner Onkel, Bradley, ist Offizier und ein anderer Senator. Ich bin das schwarze Schaf der Familie.» Wenn Farthing lächelte, zog sich sein rechter Mundwinkel hoch und sein rechtes Auge schloß sich halb, was seinem Lächeln etwas Verschwörerisches gab.

Dick war siebenundzwanzig Jahre alt und der älteste von fünf Brüdern. Er hatte die amerikanische Militärakademie West Point absolviert und war anfangs Infanterieoffizier gewesen. Aber dann hatte er sich, wie so viele seiner Generation, für die Fliegerei begeistert. «Vater war natürlich außer sich. Hat mir angedroht, mich zu enterben, aber ich habe meinen angeborenen Charme spielen lassen.» Er grinste, um zu zeigen, daß er sich über sich selbst lustig machte. «Wenn Krieg kommt, muß ich in die Armee zurück, aber ich hoffe, daß sie bis dahin ein Fliegerkorps haben.»

James sagte, genau das hoffe er auch. «Der Generalstab kann sich zu nichts entschließen. Sie sehen einfach nicht die ungeheuren Möglichkeiten.»

Dick nickte zustimmend. «Dennoch, Ihre Leute scheinen an dem neuen Farman-Modell interessiert zu sein. Sie wollen sich die Farman III unbedingt ansehen. Wollen Sie mir ein wenig zur Hand gehen, oder sind Sie beschäftigt in den nächsten Tagen?»

James war über das Angebot entzückt. «Ich hoffe, ich darf sie mal fliegen?»

«Kein Problem. Haben Sie schon Ihre Flugerlaubnis?»

«Nein.» James wollte seinen neuen Freund nicht anlügen.

«Nun, wenn Sie schon einige Erfahrung haben, genügt das.»

Sie verabredeten sich für den kommenden Morgen. James konnte es kaum erwarten, Martin Savory die aufregende Neuigkeit mitzuteilen.

Der folgende Morgen war wieder klar und schön, aber frostig. Sie arbeiteten viele Stunden lang, überprüften den Motor und die Verspannungen. Dick hatte sich vom Hotel einen Picknickkorb mitgeben lassen und kündete an, er werde nach dem Mittagessen einige Runden fliegen.

«Nur um die Kiste in Übung zu halten. Wenn wir in der Luft sind, zeige ich Ihnen, was Sie zu tun haben, und dann können Sie allein fliegen.»

Es gab nur eine Möglichkeit, fliegen zu lernen: zuhören, zuschauen, möglichst viel abschauen und dann hinein und hinauf. James, mit dem grenzenlosen Selbstvertrauen der Jugend, war sicher, er würde es schaffen.

Sie warfen den Motor an, das Flugzeug rollte über das Gras und hob ab. Dick saß am Steuer. Fünfzehn Minuten später kam er zurück und steuerte auf James zu. Als der Motor abgestellt war und der Propeller sich nicht mehr drehte, sprang er hinaus. «Wollen Sie jetzt einen kleinen Rundflug machen?»

Dick borgte ihm seine Fliegerausrüstung, und James kletterte in den harten, kleinen Pilotensitz im Vorderteil des Flugzeugs. Dick erklärte ihm noch mal die Apparatur, das Leitwerk, Höhensteuer und Querruder und sagte ihm genau, wie stark er drosseln müsse und bei welchem Tempo er landen könne.

James' Kehle war trocken, Schweiß stand ihm trotz der Kälte auf der Stirn, seine Handflächen waren feucht. Er hatte einen guten Ausblick nach vorn, so daß er den Steigwinkel leicht berechnen konnte. Er hörte Dick, der rief, ob er startbereit sei.

James hatte die Vibration und den Lärm nicht vorausgesehen. Er war sich dieser beiden Dinge am Boden zwar bewußt gewesen, aber jetzt, als er selbst am Steuer saß, gewann alles neue Perspektiven. Die Farman verwandelte sich von einem toten Objekt in ein lebendiges Wesen.

Er konzentrierte sich und steuerte voller Stolz das Flugzeug über das Feld, dann drehte er sich in Windrichtung und hielt das Höhensteuer zurück, um das Schwanzende am Boden zu halten.

Er öffnete leicht die Drosselklappe, verminderte die Tourenzahl und mußte sich anstrengen, um das Vorderteil des Flugzeugs in die richtige Position zu drehen. Endlich gelang ihm das, und er überblickte die weite Grasfläche mit den ungefähr zwei Meilen vor ihm liegenden Baumgruppen.

Er blickte um sich, wie die anderen Piloten es taten, um zu sehen, ob kein anderes Flugzeug in der Nähe oder über ihm war. Dann stieß er den Steuerknüppel nach vorn und gab Vollgas.

Der Lärm hinter ihm wurde lauter und irritierender, als die Maschine sich vorwärts bewegte. Zuerst spürte er die Bewegung kaum, dann versuchte das Flugzeug heftig nach links abzudrehen. Er korrigierte schnell die Steuerung und mußte noch stärker auf das Höhensteuer drücken, um das Schwanzende am Boden zu halten, während die Farman über das Gras holperte und erschreckend schnell an Geschwindigkeit gewann.

Alles schien zu verschwimmen mit zunehmendem Tempo, der Wind schlug ihm ins Gesicht, versuchte durch seinen Lederhelm zu dringen und durch seine Schutzbrille. Dann hörte der hintere Teil auf, hin- und herzuschwingen, und er raste geradeaus wie auf einer gezogenen Linie.

Jetzt! dachte er und löste leicht das Höhenruder, dann umschloß er mit festem Griff den Knüppel, als sich der hintere Teil der Farman erhob. Der Winkel der Maschine veränderte sich. Dann ein Holpern und andere Geräusche, der Wind pfiff durch die Drahtseile und die Holme, die Leinwand spannte sich, der Motor knatterte.

James merkte nicht, daß er laut auf das Flugzeug einredete, so wie er früher, als er reiten gelernt hatte, auf sein Pferd eingeredet hatte. «Halt fest. Zurück jetzt. Zurück!» Die Nase schien sich zu senken, und er brauchte seine ganze Kraft, um das Höhensteuer nach hinten zu ziehen. «Ruhig. Ruhig.» Die Räder und Kufen holperten über das unebene Gras.

Dann setzte plötzlich Stille ein. Kein Geholper von unten mehr, nur das Pfeifen des Windes über den Flügeln und durch die Drahtseile. Und dann: ein erhebendes Gefühl, das James niemals vergessen würde.

Es dauerte gute dreißig Sekunden, bis James begriff, daß die Maschine abgehoben hatte.

Die Farman mußte mindestens schon fünfhundert Meter gestiegen sein, ehe James sich so weit erholt hatte, die Maschine abzufangen. Er spürte nicht die Kälte und den Wind, er hörte nicht mehr den Lärm. Auf seinem luftigen Platz zwischen den Drahtseilen vermeinte er im Scheitelpunkt der Welt zu sitzen. Unter ihm dehnte sich die Landschaft bis zum Horizont aus, entrollte sich vor seinen Augen wie eine lebendige Relieflandkarte. Die Aufregung und das berauschende Erlebnis ließen ihn fast vergessen, den Motor zu drosseln.

Langsam verlor die Maschine an Höhe. Er betätigte die Querruder und das Leitwerk, brachte die Maschine in Schräglage und kurvte nach links. Der linke Flügel senkte sich beängstigend, einen Augenblick lang dachte er, das ganze Flugzeug würde aus dem Himmel fallen und ihn am Boden unter sich begraben. Das andere Querruder! Die Flügel blieben schräg, die Erde neigte sich. Ein leichter Druck auf das Höhensteuer. «Bravo, alter Bursche. Und jetzt ziehen wir eine Runde.»

Die Farman war wieder im Gleichgewicht. Und James konnte es kaum glauben, daß *er* flog, daß das Flugzeug *ihm* gehorchte, tat, was er wollte, genau wie es in den Büchern beschrieben war.

Die sanfte Kurve brachte ihn auf die Südseite des Felds auf den entgegengesetzten Kurs, den er beim Abflug genommen hatte.

Er flog in ungefähr vierhundert Meter Höhe, vermutete er, und die Sicht auf die Baracken, Menschen und das Gelände kam ihm so unwirklich vor, daß er plötzlich wild begeistert schrie: «Ich fliege! Ich fliege.»

Als er ungefähr anderthalb Meilen über das Feld hinausgeflogen war, legte sich James sanft in die nächste Kurve und beschrieb einen großen Halbkreis. Zuerst kreuzte er den Wind, dann flog er mit dem Wind, so daß er die Maschine ständig regulieren mußte. Merkwürdig, dachte er, auf dem Boden war es fast windstill gewesen, während hier oben der Wind so stark war, daß er das Flugzeug mal in die Höhe schleuderte, mal nach unten drückte, so daß James dauernd Leitwerk, Querruder, Höhensteuer und Drosselung betätigen mußte.

Er mußte sich jede Sekunde aufs äußerste konzentrieren, aber die Begeisterung zu fliegen wurde dadurch nicht vermindert. Voller Stolz stellte er fest, daß er direkt auf das Feld zusteuerte, drosselte den Motor und korrigierte das Höhensteuer. Die Maschine glitt sanft dem Boden entgegen.

Er war ungefähr bis auf hundertfünfzig Meter heruntergekommen, als er feststellte, daß er zu niedrig flog und ständig an Höhe verlor. Die hohe Hecke, die das Flugfeld umsäumte, kam ihm erschreckend schnell entgegen.

Er brauchte einige Sekunden, um zu begreifen, was geschah, dann packte ihn panische Angst. Er versuchte, die Maschine wieder hochzuziehen, aber sie schien einen eigenen Willen entwickelt zu haben. Ihr Vorderteil hatte sich so tief gesenkt, daß sie auf dem Leitwerk zu stehen schien.

Der Lärm war ohrenbetäubend, und er wurde auf dem harten Sitz hin- und hergestoßen. Und nun hörte er das Aufheulen des Motors, als der Propeller verzweifelt versuchte, sich in der Luft festzukrallen. Dann kam ein furchtbares dumpfes Geräusch, die Farman entglitt seiner Kontrolle und fing an zu taumeln.

Der hintere Teil schlug zuerst auf, die Holme brachen. James hatte gerade noch Zeit genug, die Drosselklappe und den Benzinhahn zu schließen. Er hörte, wie der eine Flügel abriß, und das schauerliche Geräusch des Propellers, der sich in die Erde malmte.

Dann verlor er das Bewußtsein.

Als er zu sich kam, lag er auf dem Boden des Schuppens, Dick Farthing beugte sich über ihn und rief seinen Namen.

Er hörte seine eigene körperlose Stimme sagen: «Verzeih mir, Dick.» Dann kehrte langsam Leben in seinen Körper zurück. Er versuchte vorsichtig, seine Glieder zu bewegen. Es gelang. Er hatte sich nichts gebrochen, aber das Flugzeug war in Trümmern. Er hörte nicht auf, sich bei Dick zu entschuldigen. Er konnte nur noch an den Haufen Holz, Metall und Leinwand denken, der eben noch eine schöne Farman gewesen war und nun eine Ruine, unreparierbar – und das alles durch seine Schuld. Zum ersten Mal seit vielen Jahren standen James die Tränen in den Augen.

Man hatte nach einem Arzt geschickt, und unglücklicherweise kam Martin Savorys Vater, der ihn sofort mit nach Hause nahm.

Er hatte ein paar Schnittwunden und Quetschungen abbekommen und war reichlich durcheinander. Doch dies hielt Doktor Savory nicht davon ab, ihn genau nach den «Streifzügen» und dem Verbleib seines Sohns auszufragen. Doktor Savory war durchaus nicht unfreundlich zu ihm, aber James dachte bei sich, daß er nicht gern in Martins Schuhen stecken würde.

Zu James' Verwunderung war sein eigener Vater mehr irritiert als ärgerlich. Aber am meisten erstaunte ihn, daß John Railton ähnlich wie der General reagierte. Er schien James' Wunsch zu fliegen durchaus zu verstehen. «Wenn du unbedingt mit Flugzeugen herumspielen willst, bevor du nach Sandhurst gehst, warum hast du mir das nicht gesagt?» fragte er.

Später hörte er vom Reitunfall seiner Stiefmutter und sagte sich, daß sein Vater sich vermutlich große Sorgen gemacht hatte, was ihn wohl milde gestimmt hatte.

Sara hatte schon früher darauf bestanden, daß er sie beim Vornamen nannte. Und jetzt versuchte sie trotz des Schocks, den sie an Lady Nellies Hecke erlitten hatte, James' Vertrauen zu gewinnen. Seit ihrer Heirat hatte sich Sara um James' Freundschaft bemüht, und nun ergriff sie diese günstige Gelegenheit und ließ sich alles über seine Leidenschaft für die Fliegerei erzählen.

Zum Schluß kam natürlich die ganze Wahrheit heraus, auch die fünfhundert Pfund, die der General heimlich für James bei der Bank deponiert hatte. John Railton setzte sich sofort mit Dick Farthing in Verbindung, um zu erfahren, wieviel Geld der Unfall kosten würde. Er warnte James, daß er mit seinem Erbe und den fünfhundert Pfund für den Schaden einstehen müsse, den er angerichtet hatte.

John stellte aber noch eine weitere Bedingung: James müsse, bis er sein Offizierspatent erhalten habe, alle Ferien und Urlaube in Redhill oder im Londoner Haus verbringen. «Und wenn du schon unbedingt fliegen willst, James, dann laß dich gefälligst gründlich ausbilden.»

James erwiderte aufgeregt: «Es ist die Zukunft, Vater! Eines Tages werden Flugzeuge militärisch eine große Rolle spielen. Und ich will vor den anderen einen Vorsprung haben, einer der Anführer sein.»

John Railton lächelte im stillen. Er bewunderte die Begeisterung seines Sohns, aber er konnte sich beim besten Willen nicht vorstellen, daß diese motorisierten Papierdrachen je einen militärischen Wert haben könnten.

Steinhauer geriet immer mehr unter Druck. Das Militär wollte den Geheimdienst, wie der Kaiser vorausgesehen hatte, unter seine Kontrolle bringen. Sie hatten sogar schon ihren Kandidaten für die Position des Chefs aller Geheimdienste ernannt und Steinhauer gesagt, daß er ihm direkt unterstellt sein würde.

Ein Militärexperte hatte Steinhauer mehrere Stunden lang über die Spione und Agenten in anderen europäischen Ländern und über die Polizeispitzel, die für den Geheimdienst des Auswärtigen Amts tätig waren, ausgefragt.

Man hatte seine Schränke ausgeräumt und vermutlich auch seine Briefe geöffnet.

Steinhauer fing an, sehr vorsichtig zu werden. Er fuhr nur noch in unregelmäßigen Abständen nach Neuweißensee, wechselte die Züge an ausgefallenen Stationen und paßte auf, ob jemand ihm folgte.

Einer Sache war er sicher: Falls er Ulhurt ausbilden, disziplinieren und nach England bringen konnte, dann würde es ihm gelingen, ihn als seinen eigenen Agenten zu halten. Er würde nie mit den schon existierenden Agenten in Kontakt kommen. Steinhauer war der festen Meinung, daß die Art, wie die Militärs den Geheimdienst handhabten, nur in einer Katastrophe enden konnte. Alle ihre jetzt im Ausland lebenden Agenten würden entlarvt, gefangengenommen und ausgewiesen werden.

Als die Übernahme der Militärs offiziell bekannt wurde, setzte sich Steinhauer mit zwei ihm wohlbekannten, dubiosen Herren in Verbindung. Einer war ein Waffen- und Sprengstoffspezialist, der schon vor langer Zeit die Armee verlassen hatte, um sich einer lukrativeren Tätigkeit in der Verbrecherwelt zu widmen. Den anderen hatte Steinhauer schon früher privat beschäftigt. Es war ein unauffälliger Bursche mit schlichten Ansprüchen, aber seine Dienstleistungen ließ er sich hoch bezahlen; die Regierung machte nur selten Gebrauch von ihm. Der Mann hieß Wachtel, und sein Beruf war Mörder. Er hatte die ganze Welt bereist und kannte mehr Methoden, jemand lautlos und schnell ins Jenseits zu befördern als jeder Berufssoldat. Ihm wurden über hundert politische Morde zugeschrieben, von denen die Hälfte als gewöhnliche Morde zu den Akten gelegt worden waren. Niemand hatte ihm je das Geringste nachweisen können.

Diesen beiden Männern hatte er eine gute Bezahlung für Ulhurts Ausbildung zugesagt. Auf ihre Diskretion war hundert Prozent Verlaß.

Hans-Helmut Ulhurt machte schnelle Fortschritte. Die stümperhafte chirurgische Behandlung in Kiel hatte anfangs an seinen Kräften und an seinem Selbstvertrauen gezehrt, aber nun ging es mit der Genesung des riesigen Matrosen sprunghaft voran.

Wenn Steinhauer ihn besuchte, sprachen sie nur englisch zusammen, und Ulhurt beherrschte die Sprache jetzt sogar noch besser als zuvor. Und die Experten berichteten, daß er auf ihr Spezialtraining begeistert und mit viel Geschick reagierte.

Er wußte jetzt genau, wieviel Sprengstoff nötig war, um dem modernsten Schlachtschiff den größtmöglichen Schaden zuzufügen; er konnte eine Bombe herstellen, Zeitzünder an Sprengladungen montieren und schnell und unauffällig töten.

Der Mörder Wachtel sagte, der Matrose sei ein Naturtalent. «Er hat bereits gute Kenntnisse, was den Nahkampf anbetrifft, er geht ausgezeichnet mit einem Messer oder Revolver um, aber was mich am meisten beeindruckt, sind seine Reaktionen, wenn er unbewaffnet ist», berichtete er Steinhauer. «Er kann jemand mit einem Faustschlag töten, und zwar lautlos. Aber besonders gut ist er im Erdrosseln. Alle Achtung! Und dazu kann er auch noch improvisieren.»

Steinhauer arbeitete mit Ulhurt, ging mit ihm Landkarten und Diagramme durch, damit sein Agent die Geographie Englands lernte, besonders die der Hafenanlagen. Ausgesprochenen Wert legte er darauf, daß Ulhurt die Konstruktionszeichnungen der Schlachtschiffe der britischen Marine studierte, sich mit den Vorschriften in Häfen und Trockendocks und der Arbeitsweise der Marine und ihren Traditionen vertraut machte.

Sie nahmen auch alltägliche Dinge durch wie Eisenbahn- und

Busfahrten in England, Einkaufen und das englische Hotelwesen. Steinhauer hielt die Zeit für gekommen, Ulhurt nach Großbritannien zu schicken, um sich mit Land und Leuten vertraut zu machen. Der Maat kannte natürlich alle großen Häfen Englands, aber er hatte nie Zeit gehabt, sich das Inland genau anzusehen.

Also sah Steinhauer sich nach verschiedenen Möglichkeiten um, Ulhurt unauffällig nach England einzuschleusen. Er verbrachte einen Abend mit dem Kapitän eines Handelsschiffs namens *Seeschwalbe* und erfuhr zu seiner größten Freude, daß er mit dessen Hilfe Ulhurt nicht nur einen fast einmonatigen Aufenthalt in England ermöglichen konnte, sondern später im Jahr auch eine Woche in Irland.

Steinhauer hielt Irland für ein äußerst nützliches Übungsgelände für Spione; die irischen Rebellen hatten die Deutschen schon seit längerer Zeit um Waffen und Munition gebeten.

Giles Railton hörte von James' Abenteuer ungefähr zehn Tage später, als er mit John im Travellers Club zu Mittag aß.

«Er hat recht, John.» Seine sonst so kalten Augen zogen sich belustigt zusammen. John verstand nicht, weshalb. Onkel Giles schien die ganze Episode zu amüsieren. «Er hat vollkommen recht. Flugzeuge werden eines Tages militärisch ungemein wichtig sein. Ich wünschte bloß, dein Junge könnte Leute wie General Douglas Haig davon überzeugen. Aber du hast mich wohl kaum zum Mittagessen eingeladen, um mir von James zu erzählen, nicht wahr?» Giles wußte bereits, warum John ihm eine Einladung auf dem offiziellen Briefbogen des Parlaments durch einen Boten hatte zustellen lassen.

John blickte um sich, als hätte er Angst, belauscht zu werden. «Nein», sagte er leise. «Nein, ich habe noch einen anderen Grund. Ich weiß natürlich, Onkel Giles, daß du mit dem Geheimdienst zu tun hast. Aber ich wußte nicht, was für eine wichtige Rolle du spielst.»

Giles zuckte die Achseln. «Was meinst du damit?»

John berichtete kurz. Er sei vor zwei Tagen zu einer privaten Unterredung mit dem Premierminister nach Downing Street befohlen worden. Asquith hätte keine langen Umstände gemacht, sondern gesagt: «Railton, obwohl ich mein neues Kabinett gleich nach den Wahlen bekanntgegeben habe, möchte ich eine Neuernennung hinzufügen. Ich will Sie in meinem Kabinett haben ...» Er hielt die

Hand hoch, als John sich anschickte, ihm zu danken. «Ich brauche Sie... besonders *Sie*, und zwar aus einem ganz bestimmten Grund.»

Auf Johns fragenden Blick hin sagte Asquith seltsamerweise: «Das Chefbüro für Imperiale Defensive.»

«Ach so?»

Der Premierminister nickte. «Ihr Onkel Giles beschäftigt sich schon seit einiger Zeit sehr aktiv mit einem Aspekt der Tätigkeit des CID. Da entweder ich oder ein Kabinettsmitglied beim CID vertreten sein muß, möchte ich, daß Sie diese Aufgabe übernehmen. Aber was mir noch wichtiger ist, ich will, daß Sie an einem Spezial-Unterausschuß teilnehmen, dessen Vorstand Ihr Onkel übernommen hat. Der Generalstab hat Douglas Haig nominiert – einen durchaus intelligenten Mann, aber ein Dorn im Fleisch von Giles Railton. Mein Wunsch ist, ihm in die Flanke zu fallen, wenn es sein muß mit der Hilfe der Railtons.» Er lachte trocken.

Und so hatte John seinen Onkel Giles eingeladen, bevor seine Beförderung öffentlich bekanntgegeben wurde, um ihm mitzuteilen, daß sie zusammenarbeiten würden.

Giles versuchte, wie immer sparsam mit Worten, seinen Neffen auf seine Seite zu ziehen. Am Ende seines Monologs kam er auf seinen Nachbarn Winston Churchill zu sprechen, mit dem er am Vorabend gegessen hatte.

«Und wie war er?» fragte John.

«Pessimistisch. Er hat Angst um Europa, mehr noch, um die ganze Menschheit.»

«Weltuntergangsprophezeiungen? Winston neigt gelegentlich zu Schwarzseherei.»

«Er meint, wir stünden vor einem Abgrund.»

«Unsinn.»

Giles hob die Augenbrauen. «Bist du so sicher? Er kann sehr überzeugend wirken. Er sagt, der König, der Kaiser, der Zar, der französische Präsident seien wie Nero, sie tändelten herum, während Europa zu einem Pulverfaß würde.»

«Zuviel Kognak. Er regt sich noch immer über den Balkan auf, nicht wahr?»

«Nicht nur über den Balkan.» Giles machte eine ernste Miene. «Er ist beunruhigt über den tiefen Graben zwischen der Aristokratie, dem Bürgertum und den wirklichen Armen in Europa, das Tempo der Aufrüstung in allen Ländern, die unstabilen Währungen und den Aufruhr, der in den Völkern gärt. Er fürchtet, daß wir auf einen grauenvollen Weltbrand zusteuern.»

«So ein Blödsinn. Große Vermögen werden verdient, der Handel blüht und gedeiht. Zugegeben, auf dem Balkan und sogar in Rußland gibt es einige Unruhestifter. Aber die Werften in Deutschland und England sind auf Jahre hinaus ausgelastet. Es gibt Arbeit für jeden, der zupacken will.» John Railton lächelte ein wenig herablassend, dachte Giles.

«Es wäre interessant zu wissen, wie viele Menschen im alten Rom ähnliche Bemerkungen gemacht haben, bevor das römische Weltreich unterging.»

Am gleichen Tag, an dem John und Giles Railton gemeinsam zu Mittag aßen, erschien in Redhill ein unangemeldeter Gast. Dick Farthing war gekommen, um James zu beruhigen. Farman würde selbst die Kosten für die abgestürzte Maschine übernehmen. Man mache James keine Vorwürfe, fuhr Dick fort, aber man riete ihm, die Anfangsgründe des Fliegens auf einer einfacheren Maschine zu lernen. «Sie haben mich ganz schön reingelegt, James.» Dicks braune Augen funkelten belustigt, und sein Mund verzog sich zu dem charakteristischen schiefen Lächeln.

James, von seinem Absturz noch immer reichlich angeschlagen, sagte: «Bitte, bleiben Sie wenigstens über Nacht. Sie müssen meine böse Stiefmutter kennenlernen. Sie ist eine tolle Frau.»

7

In England herrschte Frieden und Ordnung im Winter des Jahres 1910. Aber nicht in anderen europäischen Ländern. Churchills Befürchtungen erwiesen sich als wohlbegründet. Unter der ruhigen, geordneten Oberfläche brodelte es – die ersten untrüglichen Anzeichen eines kommenden Erdbebens machten sich bemerkbar.

Während des Februars dieses Jahres erschien beim deutschen Militärattaché in Paris und seinem Sekretär Klaus von Hirsch ein Besucher.

Der Neuankömmling aus Berlin war ein Offizier. Hauptmann Walter Nicolai. Er wurde höflich begrüßt und von Botschafter Baron Wilhelm von Schoen in Privataudienz empfangen, der ein offizielles Essen folgte. Danach wurde er an seine militärischen Kollegen verwiesen.

Und so kam es, daß er am Abend nach seiner Ankunft in Paris bei einer Flasche Schnaps mit dem Militärattaché und seinem Sekretär zusammensaß.

«Sie haben sich keinen üblen Posten ergattert, Nicolai», sagte der Attaché und hob sein Glas. «Sie machen also die Runde bei unseren ausländischen Botschaften? Klingt ganz nach Urlaub.»

«Es ist kein Urlaub, aber es ist Zeitvergeudung.» Walter Nicolai leerte sein Glas. «Würde es Ihnen gefallen, vor ausländischen Diplomaten zu katzbuckeln? Ich bin schließlich Soldat.»

Klaus von Hirsch lachte. «Sie werden sich schnell ans Katzbukkeln gewöhnen. Es hat schließlich auch seine guten Seiten. *La ville lumière* hat allerlei zu bieten. Wein, Weib und Gesang. In London geht es nicht so munter und frei zu. Sagten Sie nicht, Ihr nächstes Reiseziel sei London?»

Hauptmann Nicolai seufzte tief. «Leider! All diese hochnäsigen Engländer mit ihren frigiden Frauen.»

«Und das ungenießbare Essen.» Hirsch rümpfte die Nase.

Der Militärattaché zog eine Augenbraue hoch. «Klaus hat sich hier in Paris in eine sehr anziehende Engländerin verliebt.»

«Die mit einem Franzosen verheiratet ist. Mein Pech!» sagte Hirsch wehmütig.

Der Militärattaché lachte, dann wandte er sich an Hauptmann Nicolai. «Sagen Sie, Nicolai, was ist eigentlich der Grund für diese Freundschaftsbesuche bei den Botschaften? Letzte Woche in Rom, jetzt Paris und danach London?»

«Das Ganze ist eine Narretei.» Der Hauptmann hielt sein Schnapsglas zum Auffüllen hin. «Ich bin Soldat und kein Schreiberling...» Er zögerte. «Nun, da ich schon hier bin, bring ich das Unerfreuliche wohl besser hinter mich, damit wir uns angenehmeren Dingen zuwenden können.»

«Bringen Sie schlechte Nachrichten aus Berlin?» Der Attaché richtete sich kerzengerade auf.

Nicolai machte eine abwehrende Handbewegung. «Nein, nicht eigentlich. Nicht für Sie. Es ist einfach die Dummheit der Generale, die der Meinung sind, daß wir einen Geheimdienst aufbauen müssen, der ausschließlich dem Militär untersteht. Kontrolliert von der Armee für die Armee. Ein militärischer Geheimdienst. Keine Zivilisten...»

«Außer als Agenten natürlich.»

Der Attaché hatte diesen Einwurf sarkastisch gemeint, aber Nicolai überhörte ihn geflissentlich. «Anscheinend haben wir bereits eine Menge Agenten, die für uns arbeiten, besonders in England und Frankreich.» Er hielt inne, als sei er des Themas überdrüssig. «Man hat mich als Chef des Geheimdienstes vorgeschlagen – daher meine Besuche bei den Botschaften. Ich soll Sie instruieren...»

«Mich instruieren?» sagte der Militärattaché mit einem drohenden Unterton.

Nicolai machte eine entschuldigende Geste. «Ich bin noch nicht zum Chef des neuen militärischen Geheimdienstes ernannt. Aber ich soll Sie beauftragen... Sie bitten... Namen von Leuten, die eventuell in Frage kommen, nach Berlin weiterzugeben, an den Generalstab.»

«Von eventuellen Verrätern? Agenten?»

«So ist es.»

«Das ist keine Aufgabe für einen Soldaten. Und nicht die Pflicht eines Militärattachés.»

«Wirklich nicht?» Nicolai ließ die Frage in der Luft hängen. «Nun, ich habe Ihnen gesagt, was zu sagen ist. Jetzt Schluß damit.»

«Was soll das Ganze?» fragte Klaus von Hirsch. «Wenn wir Krieg hätten, könnte ich es noch verstehen. Aber alles ist ruhig. Was soll man mit einem Geheimdienst mitten im tiefsten Frieden?»

Der Militärattaché sagte mürrisch: «Wenn alle sagen, ein Krieg ist unmöglich, dann ist es an der Zeit, nach dem Schwert zu greifen.»

«So ist es.» Walter Nicolais Miene war ernst geworden. «Gebietsvergrößerung, nicht Krieg – so wenigstens lautet die Parole. Andrerseits, was geschieht, wenn der verehrte alte Mann in Österreich ...»

«Franz Joseph?»

«Er ist alt, gebrechlich, krank, verläßt nie mehr seine vier Wände. Er wird bald sterben. Und wer wird sein Nachfolger?»

«Ja, allerdings, wer?» stimmte der Attaché zu. «Franz Ferdinand, der Erzherzog?» Er lachte nervös. «Der Erztrottel? Ich habe noch nie einen Diplomaten oder Politiker getroffen, der ihn respektiert. Aber das ist kein Kriegsgrund.»

Klaus von Hirsch hob leicht beschwipst sein Glas. «Wir leben in einem Jahrhundert des Friedens.»

«Hoffen wir es», erwiderte Nicolai, wieder die Liebenswürdigkeit selbst.

Sie stießen auf den Frieden an. Dann schlug der Militärattaché vor, sich in den Trubel der Lichterstadt zu stürzen. Als sie das Zimmer verließen, legte Nicolai seine Hand auf die Schulter von Hirschs. «Apropos, diese englische Dame, die Sie verehren ...»

Monique hatte eine kleine Wohnung genau gegenüber dem eleganten Gebäude in der Nähe der Place de l'Opéra gemietet, dessen zweiten Stock die Grenots bewohnten. Von ihrem Fenster aus konnte sie das Kommen und Gehen des Ehepaars und deren Besucher beobachten.

Sie hatte sich als junge, gutbürgerliche Witwe ausgegeben, die zurückgezogen leben wollte («sie hält streng auf ihren guten Ruf ...» so die Portiersfrau). Und daher war keiner erstaunt, daß sie nur höchst selten ihre Wohnung verließ.

Monique hatte starke Zweifel, was die eheliche Treue von Madame Grenot betraf. Madame Grenot empfing tagsüber, zumeist am Nachmittag, viele Besucher, alle männlichen Geschlechts. Einer von ihnen erweckte Moniques besonderes Interesse – ein großer, gutaussehender preußischer Offizier mit der federnden Gangart eines Athleten – der Sekretär des deutschen Militärattachés. Er kam jeden Dienstag, Donnerstag und Freitag pünktlich um drei Uhr nachmittags. Monique fragte sich – nicht ohne weibliche Bosheit –, was für athletische Leistungen an diesen drei Wochentagen in der Wohnung der Grenots vollbracht wurden.

Aber sie tat Marie Grenot unrecht. Giles' Tochter hatte Klaus von Hirsch bislang auf Distanz gehalten.

«Aber warum sträuben Sie sich, Marie?» Diese Frage hatte Klaus von Hirsch oft gestellt und wiederholte sie jetzt wieder, als er versuchte, Marie zu umarmen.

Doch Marie entwand sich ihm, ging zum Sofa und setzte sich. Sie war erstaunlich graziös für eine so große Frau, und ihre Bewegungen waren abgemessen und präzise. Ihr Mann hätte bestätigen können, daß seine hochgewachsene, schöne Frau im Bett leicht wie eine Feder war und durch irgendeinen Zaubertrick mit dem Körper ihres Partners zu verschmelzen schien. Jetzt sagte sie in strengem Tonfall: «Setzen Sie sich hin, Klaus. Letzte Woche sind wir zu weit gegangen.» Dann fügte sie sanfter hinzu: «Lassen Sie mir Zeit, Sie wissen doch, wie ich bin ...»

Klaus verzog den Mund wie ein Schuljunge, dem man nicht zu spielen erlaubt.

«Aber Klaus, machen Sie nicht so ein Gesicht. Sie wissen doch, daß ich gern mit Ihnen schlafen möchte, aber ich würde zu große Gewissensbisse haben.» Sie sah ihn an. «Glauben Sie, daß eine Frau zwei Männer gleichzeitig lieben kann?»

«Warum nicht? Ein Mann kann ja auch zwei Frauen lieben.» Klaus wußte instinktiv, daß dies die richtige Antwort war. Er stand auf, um zum Sofa zu gehen.

Aber sie hob warnend die Hand. «Nein, Klaus. Nicht heute ... aber ich verspreche Ihnen ... vielleicht am Donnerstag. Könnten wir uns am Donnerstag nicht irgendwo treffen, wo wir allein sind ...»

«Ich habe am Donnerstag keine Zeit.»

«Dann am Freitag. Aber warum haben Sie am Donnerstag keine Zeit?»

«Ein wichtiger Besucher. Ich muß ihn am Donnerstag nach Calais begleiten. Er fährt nach London.»

«Gott, wie ich ihn beneide. Ein deutscher Offizier vermutlich?»

Klaus nickte. «Sie dürfen es niemand weitersagen, aber er ist der zukünftige Chef unseres militärischen Geheimdienstes.»

«Geheimdienst? Spione?» Sie schlug die Hände zusammen, als könne sie es nicht glauben.

Klaus spreizte seine Finger und senkte die Hand, um ihr anzuzeigen, leiser zu sprechen. «Es ist noch nicht offiziell, aber so gut wie. Die Armee will den Einfluß der Zivilisten beschneiden, und Hauptmann Nicolai soll das Ganze übernehmen.»

«Wie aufregend! So eine verantwortungsvolle Aufgabe!»

«Im Kriegsfall gewiß. Aber in unserer friedlichen Welt...»

Sie lachte, ein heller Klang wie von einer kleinen Glasglocke. «In unserer friedlichen Welt... O Klaus, Ihr Deutschen habt doch Kriegspläne. Sie selbst haben es mir erzählt.»

«Alle Länder haben Pläne für einen Krieg. Unser Generalstab hat einen längst überholten Plan, den vom alten Graf von Schlieffen. Aber es wird nicht zum Krieg kommen, wir haben es gestern abend beschlossen.» Er warf den Kopf zurück und lachte laut, aber sein Lachen wirkte gezwungen, fand Marie.

«Wer sind ‹wir›?»

«Der Militärattaché, Hauptmann Nicolai und ich. Bei viel Schnaps und Champagner haben wir beschlossen, daß es keinen Krieg geben wird. Und ganz gewiß nicht mit England, denn die Verwandten von König Eduard regieren fast in ganz Europa. Und Verwandte bekriegen sich nicht. Daher kein Schlieffenplan, kein Durchmarsch durch Belgien, um die Franzosen zu überrumpeln.»

«Belgien ist neutral.» Marie fühlte, wie sich ihr der Magen umdrehte und ihr ein Schauer über den Rücken lief.

«Im Krieg sind alle Mittel recht – und in der Liebe.» Er stand auf und duckte sich neckend wie zum Angriff. «Ich werde ein Einkreisungsmanöver ausprobieren.» Er näherte sich ihr, sie lachte wieder hell auf und nannte ihn einen Narren, dann überließ sie sich seinen Küssen.

Bevor er ging, entrang er Marie ein Versprechen. Am Freitag würden sie sich in einem diskreten Stundenhotel treffen, wo sie vor neugierigen Blicken sicher wären.

Nach Klaus' Weggang und vor der Rückkehr ihres Mannes schrieb Marie einen Brief an ihren Vater. Es gab keinen Grund anzunehmen, daß ihre Briefe abgefangen würden, und so schrieb sie ganz offen über die bevorstehende Ankunft von Hauptmann Nicolai in England und die neuen Pflichten, die ihm vom deutschen Oberkommando übertragen worden waren. Zum Schluß bestätigte sie ihm den lang gehegten Verdacht, daß der Schlieffenplan einen Durchmarsch durch das neutrale Belgien vorsah, falls es zu einem Krieg mit Frankreich käme.

Auf der gegenüberliegenden Straßenseite in ihrer kleinen Wohnung trug Monique die Zeit, die Klaus bei Marie Grenot verbracht hatte, in ihren Terminkalender ein. Eine Stunde später sah sie das Dienstmädchen mit einem Brief zum Briefkasten gehen und machte sich eine entsprechende Notiz. Am Abend schrieb sie ihrerseits einen Brief an Giles Railton, nur daß ihr Bericht sorgfältig chiffriert war.

Sie tat dies zweimal wöchentlich. Und die Wochen vergingen wie im Flug. Bald würde der Frühling kommen.

Auf Veranlassung seiner neuen militärischen Chefs verließ Gustav Steinhauer Berlin, um die wichtigsten Agenten in England aufzusuchen. Er wollte ihnen mitteilen, daß sie von nun an nicht nur von ihm, sondern auch von den Militärs Befehle erhalten würden.

Er fuhr an die Südküste Schottlands und verbrachte einige Tage an den Flottenstützpunkten. Dann kehrte er nach London zurück, um dem Herrenfriseur in der Caledonian Road einen Besuch abzustatten, dessen Laden das «Postamt» für alle Instruktionen, die England betrafen, war.

Danach gelang es Steinhauer, einige Tage für private Zwecke abzuzweigen. Seine militärischen Chefs würden es nie erfahren, denn er hatte seine Spuren sorgsam verwischt. Sogar die deutsche Botschaft war von seinen Ankunfts- und Abfahrtsdaten nicht unterrichtet worden.

Er traf verschiedene Verabredungen und erkundete Verstecke für Sprengstoff, Zündkapseln und andere für seinen Agenten Ulhurt nützliche Dinge. Danach setzte er nach Irland über, wo er sich mit einem Vertreter der Fenier in einem Café in Dublin traf.

Es war ein sehr nützlicher Gesprächspartner, da er der Mittelsmann zwischen den Anführern der irischen Rebellen und deren Gefolgschaft war. Steinhauer versprach ihm das Blaue vom Himmel, wie zum Beispiel eine geheime Waffenlieferung aus Deutschland.

«Aber wie immer», sagte Steinhauer salbungsvoll, «hat alles seinen Preis. Sollten sich je – was ich für unmöglich erachte – gewisse Probleme zwischen Deutschland und England ergeben, dann wären wir natürlich daran interessiert, bei den Iren Unterstützung zu finden ... Ich denke dabei hauptsächlich an unsere Flotte ...»

«Oh, das versteh ich durchaus.» Padraig O'Connell nickte begeistert.

«Ein guter Freund von mir wird sich bald bei Ihnen melden. Sie können offen mit ihm reden. Sollten Sie mir irgend etwas mitteilen wollen – über britische Manöver hier zu Land oder zu See – werden wir uns natürlich erkenntlich zeigen. Mein Freund ist gern bereit, alles... nun, sagen wir Unerfreuliche für Sie zu erledigen. Ich glaube, wir verstehen uns?»

O'Connell nickte grinsend und sagte, er hielte es durchaus für möglich, für so einen Mann Beschäftigung zu finden.

Nach diesem Gespräch kehrte Steinhauer nach Berlin zurück, wo er einen äußerst ungeduldigen Ulhurt vorfand.

«Ich will mich endlich nützlich machen.»

«Geduld, Geduld. Sie werden bald Gelegenheit dazu haben. Aber zuerst will ich mit Ihnen über Ihre Codenamen reden.»

Der riesige Maat sah ihn verständnislos an.

«Sie werden zwei Codenamen haben. Ich werde Sie den ‹Fischer› nennen, denn Sie werden im Meer nach Seelen fischen wie Sankt Petrus in der Bibel.»

Ulhurt lachte höhnisch. Doch Steinhauer fuhr unbeirrt fort: «Ihr drahtloser Chiffriername wird ‹Sankt› sein für Sankt Petrus und der ‹Angler›. Kapiert?»

«Halten Sie mich für'n Idioten?»

«Nein.»

«Na gut. Chiffriername, Codename ist in Ordnung. Aber mein lieber Mann, Sie scheinen in einer Welt von Gespenstern und Kobolden zu leben.» Ulhurt lachte wieder, diesmal fast feindselig.

Steinhauers Gesicht erstarrte zu einer undurchdringlichen Maske. «Sie ahnen nicht, wie nah Sie der Wahrheit kommen.»

Die Lichter brannten bis spät in die Nacht im «Versteck» auf dem zweiten Stock in Giles Railtons Haus in Eccleston Square.

An diesem Abend hatte Giles keine Zeit für seine Zinnsoldatenspiele. Er beugte sich tief über den mit Papieren übersäten Tisch und machte sich Notizen für den kommenden Tag. Während er arbeitete, umkreisten seine Gedanken die Gefahren, die noch in der Zukunft lagen. Er vermutete, daß sich wohl jedes Land einen immerwährenden Frieden wünschte. Aber wünschen war nicht genug.

Giles legte seine Notizen beiseite und schob einen anderen Papierstapel in den Lichtkegel der grün beschirmten Leselampe. Zuerst nahm er einen an Mr. Harding adressierten Brief von Bridget Railton zur Hand. Dort schien alles nach Wunsch zu gehen. Dann der Brief seiner Tochter Marie Grenot zusammen mit Moniques

Bericht. Sie stimmten überein wie ein gut geführtes Kontobuch. Morgen würde er aufgrund dieser Informationen handeln. In der Angelegenheit Hauptmann Walter Nicolai hatte er bereits Schritte eingeleitet...

Am folgenden Morgen nahm Giles ein Taxi zum Kriegsministerium, und eine halbe Stunde später saß er Vernon Kell gegenüber.

Kell war außer seinem Assistenten Sprogitt allein. «Charles arbeitet wie ein Wilder», sagte Kell. «Er hat sich sehr verändert. Ist Tag und Nacht auf den Beinen. Ich schicke ihn von einem Kurs in den anderen. Paddy Quinn hat gerade bei der Polizei Fahrstunden für ihn gebucht.»

Giles fragte sich, wie lange der Eifer bei seinem Neffen anhalten würde. Nicht länger als ein paar Monate, vermutete er. Dann kam er unvermittelt auf den Grund seines Besuchs zu sprechen. «Sie können sich wohl schon denken, warum ich hier bin?»

«Walter Nicolai.»

Giles nickte.

«Sie haben gute Informationsquellen, Sir. Er traf genau an dem Tag ein, den Sie vorausgesagt haben.»

«Wie ist sein Besuch verlaufen?» Giles hatte den Londoner Aufenthalt von Hauptmann Nicolai Kell überantwortet.

«Quinns Leute haben sich seiner angenommen. Preußischer Offizier, Militärfamilie, jung, begeisterter als die meisten aufstrebenden jungen Offiziere.» Kell warf Giles einen spöttisch vielsagenden Blick zu. «Anscheinend haben sich kürzlich die Armee und das Auswärtige Amt wegen des Geheimdienstes in die Haare gekriegt. Und die Armee hat die Oberhand gewonnen. Hauptmann Nicolai hat einen einflußreichen Gönner. Er ist der Schützling von Oberst Ludendorff – Chef der Stabsabteilung Zwei. Die Armee hat vor, ihren eigenen Geheimdienst aufzubauen, und Nicolai soll der Chef werden.»

Nicolai hatte während seines gesamten Londoner Aufenthalts die Botschaft nicht verlassen. Aber er hatte einen interessanten Besucher empfangen – einen Zivilisten namens Gustav Steinhauer. Die Geheimpolizei hatte das Register von Steinhauers Hotel eingesehen. Steinhauer hatte eine falsche Berliner Adresse angegeben. Der Name der Straße war auf keinem Stadtplan eingezeichnet. Und so hatte sich Kell an einen seiner Mittelsmänner gewandt – einen Berliner.

Die Geheimpolizei hatte ebenfalls einige Erkundigungen eingezogen. Steinhauer schien viel zu reisen. Er gab sich als Papierfabrikant aus, hatte aber nie eine Firma aufgesucht, die sich mit Papier befaßte. Statt dessen interessierte sich Steinhauer für Werften. Er war zweimal für mindestens zwei Tage nach Irland gefahren.

«Eigentlich hätten wir Steinhauer beschatten sollen», sagte Kell mürrisch. «Aber Paddy Quinn hat nicht genug Leute.»

Giles erinnerte ihn an die nachmittägliche Sitzung des Unterausschusses für die Revision des Geheimdienstes. Kell rümpfte die Nase. Nach seiner Meinung wurde zuviel Zeit mit Reden vergeudet. Er wäre lieber bei seiner Arbeit geblieben.

«Kommen Sie, ich lade Sie zum Mittagessen ein.» Giles' Tonfall war für ihn erstaunlich herzlich. «Und dann werden wir gemeinsam dem Unterausschuß die Stirn bieten.»

John war an diesem Tag in schlechter Verfassung. Er war überarbeitet und vermißte Sara, die zu seinem Erstaunen, ohne zu murren, in Redhill geblieben war. Außerdem hatte er einen Brief von seinem Sohn James erhalten, den man ihm in seinem Club kurz vor dem Mittagessen ausgehändigt hatte.

> Lieber Papa,
> ich habe meine Examen mit Glanz bestanden, so daß ich am 3. September dieses Jahres in Sandhurst eintreten kann. Diese Nachricht erfreut Dich hoffentlich.
> Ich habe auch an Onkel Andrew geschrieben, um ihm die gute Nachricht mitzuteilen, denn Caspar hat sicher auch schon seine Resultate bekommen.
> Das Wetter hier ist anhaltend schön, ideal zum Fliegen. Ich danke Dir vielmals für die Zahlung an Dick Farthing. Er hat es irgendwie arrangiert, daß ich für meine letzten Flugstunden eine Farman benutzen darf, weil er auch der Meinung ist, es sei das beste Flugzeug zum Lernen. Es gibt zur Zeit viel Platz auf dem umliegenden Hügelland, da das Vieh noch nicht draußen ist.
> Dick ist in den letzten zehn Tagen dreimal hierhergeflogen, um mir Unterricht auf dem Boden zu geben. Gestern hat er mir einen kurzen Überlandflug erlaubt und war sehr zufrieden mit mir.
> Sara findet das Ganze sehr aufregend und will auch unbedingt fliegen lernen! Sie scheint Dick sehr zu mögen. Er ist jedesmal über Nacht geblieben und erst im Morgengrauen zurückgeflogen.

An einem Morgen ist Sara sogar aufgestanden, um ihm auf Wiedersehen zu sagen. Sie ist wirklich eine großartige Stiefmutter, und Du wirst dich bestimmt freuen zu hören, daß sie großes Interesse für die Landwirtschaft und das Haus entwickelt hat. Neulich hat sie den alten Froud kommen lassen und ist mit ihm durchs Haus gegangen, um neue Gardinen und Teppiche für das Arbeitszimmer des Generals auszusuchen.
Lieber Papa, Du mußt bald kommen. Ich weiß, daß Sara Dich sehr vermißt. Sie ist zu mir mehr wie eine Schwester als eine Stiefmutter. Sie kümmert sich um alles, was auf dem Gut vorgeht und reitet oft mit Bob Berry über die Felder. Er bringt ihr viel bei über Ackerbau und Viehzucht.
Mir scheint jedoch, daß sie sich mit Jack Hunter schlecht verträgt. Gestern sagte er dem Wildhüter, er solle Fußangeln im Gebüsch in der Nähe der Straße auslegen, weil sich dort Leute herumtreiben, und Hunter sagt, das müsse ein für allemal unterbunden werden. Zufällig kam Sara mit Bob Berry in den Stallhof und sah die verdammten Dinger aufgereiht am Boden liegen. Zuerst wußte sie nicht, was sie waren, aber als sie es erfuhr, dachte ich, sie würde einen Wutanfall bekommen. Sie ließ Hunter kommen und sagte ihm sehr unverblümt ihre Meinung. Sie verbot ihm, diese unmenschlichen Folterwerkzeuge zu benutzen, bevor er nicht mit Dir gesprochen habe.
Hunter wurde sehr ärgerlich, aber sie wies ihn streng zurecht und setzte ihren Willen durch. Du wärst auf sie stolz gewesen.
Bitte komm bald, Papa. Du fehlst uns sehr. Unser amerikanisches Flieger-As kommt am Dienstag wieder. Wir wollen Mittwoch morgen fliegen. Und so kommt er schon einen Tag früher, um mit uns zu Abend zu essen. Sara hat ein wahres Festessen bestellt: Hasensuppe, Seezunge à la crème, Kapaun und Mrs. Boltons köstliche Nachspeise. Ich wünschte, Du könntest dabeisein, weil das alles auch zu Ehren von meinem bestandenen Examen stattfindet.
Komm bald,

Dein Dich liebender Sohn James

John Railton war sich des Altersunterschieds zwischen Sara und ihm nur zu bewußt. Am liebsten wäre er schnurstracks vom Club zum Bahnhof gefahren, um den nächsten Zug nach Haversage zu nehmen. Denn heute war Dienstag. Nicht mit einem Gedanken verdächtigte er Sara der Untreue, aber Richard Farthing wie auch Bob Berry waren beide gutaussehende, kräftige junge Burschen, und Frauen in Saras Alter waren einem Flirt nicht abgeneigt.

Er hatte eine Menge Sorgen. Die Leute fingen an zu klatschen. Bob Berry war noch immer unverheiratet. Ein Skandal war nicht auszuschließen, besonders da Sara sich mit Hunter zerstritten hatte. Hunter war ein rachsüchtiger Mann, und seine sexuellen Neigungen waren John immer suspekt gewesen.

Nicht zum ersten Mal fragte er sich, ob es nicht ein Fehler gewesen war, nach des Generals Tod seinen Parlamentssitz zu behalten, ganz zu schweigen von dem neuen Kabinettsposten, den er gerade angenommen hatte.

Aber einstweilen konnte er nur nach Downing Street gehen und dem Premierminister Bericht über die Sitzung des Unterausschusses erstatten. Anschließend würde er Asquith um eine Woche Urlaub bitten, und mit etwas Glück könnte er noch den Abendzug nach Haversage erreichen.

In der Klinik in Neuweißensee gab Steinhauer dem «Fischer» Anweisungen für seinen ersten Einsatz. In einigen Wochen sollte Ulhurt seine Erkundigungsfahrt nach England antreten, um sich mit Land und Leuten vertraut zu machen und sich unauffällig irgendwo einzunisten. Dann würde er einige Zeit in Irland verbringen müssen, um mit den Feniern Verbindung aufzunehmen.

Steinhauer befahl ihm, keine Spionage zu betreiben, aber den Feniern seine Unterstützung anzubieten. «Wenn Sie gebeten werden, sich nützlich zu machen, werden Sie *alles* tun, was man von Ihnen verlangt. Aber» – und hier erhob Steinhauer warnend den Finger – «keine Saufereien! Kein Herumhuren! Sie stehen im Dienst des Vaterlands.»

«Glauben Sie, ich werde mich in allen Londoner und Dubliner Kneipen vollaufen lassen und alle Frauen vögeln?»

«Das halte ich für sehr möglich. Und wenn Sie das tun, werden Sie unberechenbar. Mein Leben steht genauso auf dem Spiel wie das Ihre. Also reißen Sie sich zusammen und bringen Sie mir einen ordentlichen Bericht zurück.»

Ulhurt nickte. Es war unmöglich zu sagen, was er dachte.

8

Der Direktor der Marine-Informationsdivision hatte es sich zur Gewohnheit gemacht, nach jeder Sitzung des Unterausschusses, dem Andrews Vater vorsaß, bei Andrew im Büro vorbeizuschauen. Der Direktor war ein höflicher Mann und hoffte, mit dieser Geste Andrew seine Hochschätzung zu zeigen.

Andrews neue Aufgabe in der Division bestand darin, eine Abteilung aufzubauen, die für alle Arten von Codes und Chiffren zuständig war, inbegriffen deren Nutzen für die britische Marine und deren bezahlte Agenten, sowie auch für die Auswertung der Chiffren der anderen großen Seemächte.

«Es sieht mir ganz danach aus», sagte der Admiral an diesem Abend, «als ob der neue Geheimdienst alles an sich reißen will. Zum Glück haben wir ihnen für die Auslandsabteilung einen von unseren Leuten vor die Nase gesetzt. Über den haben wir wenigstens ein wenig Kontrolle.» Er sprach von Kommandeur Smith-Cumming, der jetzt dem Geheimdienst vorstand, bekannt unter dem Namen MI 1c. «Aber er braucht unsere Unterstützung. Was ist unser schwächster Punkt, Andrew?» Der Admiral funkelte ihn an.

«Die geplante Reihe von Telegrafie-Stationen entlang der Küste, Sir.»

«Sie finden also, wir sollten Druck dahinter setzen?»

«Die Pläne für eine Reihe von Stationen entlang der Küste sind immer wieder auf die lange Bank geschoben worden, von der Armee wie von der Marine.»

«Ich werde mich der Sache annehmen. In der Zwischenzeit verfassen Sie mir einen Bericht über andere Vordringlichkeiten.»

Als Andrew nach Hause kam, umkreisten seine Gedanken den Bericht, den er am nächsten Morgen beginnen müßte.

Ein Brief seines Neffen James lag oben auf einem kleinen Haufen Post auf dem Silberteller in der Halle. Andrew erkannte ihn sofort an den unbekümmerten Schnörkeln, die der junge Mann seiner ansonsten klaren Handschrift zufügte.

Charlotte saß im Salon und unterhielt sich mit Mildred. Als Andrew das Zimmer betrat, hörten sie auf zu reden, als hätte er ein intimes Gespräch unterbrochen.

Das Gespräch war tatsächlich intim gewesen. Sie hatten über Mildreds Schwangerschaft gesprochen. Charles' Frau war vierunddreißig und machte sich berechtigterweise Sorgen. Charlotte, die mit ihrem Mann viel gereist und daher erfahrener als andere Frauen war, hatte in der Familie die Rolle der Vertrauten übernommen. Sie hatte Mildred etliche ihrer Bekannten aufgezählt, die ebenfalls in diesem fortgeschrittenen Alter Kinder bekommen hatten, die völlig gesund und kräftig geraten waren. Nachdem sich dieser Gesprächsstoff erschöpft hatte, sprachen sie über Sara.

Die Railton-Frauen hatten, wie ihre Männer oft untereinander feststellten, ein bemerkenswertes Talent, selbst auf weitere Entfernung Familienklatsch aufzuschnappen. Und so wußte Mildred bereits über den Amerikaner Dick Farthing und James' Unfall in Farnborough Bescheid. Aber Charlotte wußte noch mehr.

«Sara ist reizend, und ich habe sie besonders gern, aber sie ist so jung!» Andrews Frau hatte eine lebhafte Sprechweise, aber jetzt war ihr Tonfall seltsam monoton, als sei sie nicht ganz aufrichtig.

«Der Amerikaner kommt nach Redhill, wenn John nicht da ist?» fragte Mildred leicht schockiert und konnte es kaum abwarten, mehr zu hören.

Charlotte seufzte. «Ja, es schickt sich nicht, obwohl James im Haus ist. Sara lebt ganz allein auf dem Land, es muß ihr schwerfallen nach all dem gesellschaftlichen Trubel in London. Jeder hat erwartet, sie würde ständig unter den fadenscheinigsten Gründen nach London fahren. Aber nein, sie bleibt klaglos in Haversage.»

«Du meinst doch nicht etwa ...?»

«Um eine Frau wie Sara muß man sich kümmern», sagte Charlotte mit Nachdruck. «Mein Gott, Millie, du bist doch nun lange genug mit einem Railton verheiratet, um zu wissen, wie sie alle sind.» Sie verzog den Mund. «Laß uns offen reden, Millie, die Frauen der Railtons lernen schnell, auch diese Seite des Lebens zu genießen ...»

«Charlotte!» rief Mildred entrüstet.

«Aber Millie, nun tu nicht so. Wir sind beide erfahrene Frauen. Unsere Männer haben einen gewissen Ruf auf diesem Gebiet. Wie lange bist du mit Charles verheiratet, sechzehn, siebzehn Jahre? Ich wette, er entfacht deine Begierde mindestens zweimal in der

Woche, auch jetzt noch. Mir macht es Spaß; ich geb es offen zu. Ja, manchmal denk ich, in unserem Alter... Aber es gibt Abende, an denen ich Andrew herbeisehne, und dann tu ich auch alles, um ihn zu verführen.» Sie hielt einen Augenblick inne, als hänge sie köstlichen Gedanken nach. «Und nun stell dir mal Sara vor! John ist älter, viel älter und daher ein erfahrener Liebhaber. Denk ich mir wenigstens. Ich bezweifle, daß Sara ohne – du weißt schon was – auskommt. Er läßt sie zu oft allein. Und der Teufel macht sich müßige Hände zunutze – obwohl es nicht die Hände sind, über die ich mir Sorgen mache.»

«Ich kann nicht glauben, daß sie so töricht ist», sagte Mildred geziert. Ihre sexuellen Erfahrungen mit Charles waren nicht so rosig. In den ersten Jahren war alles wunderbar und überwältigend gewesen, aber danach hatte sie sich nur noch unbehaglich und schuldbewußt gefühlt.

Charlotte warf einen Blick in den Spiegel über dem Kamin, dann wandte sie ihr schönes Gesicht wieder ihrem Gast zu. «Auf dem Land liegen die Dinge anders. Denk an den General. Weder die Familie noch die Dienstboten sind ihm je auf die Schliche gekommen und dabei...»

«Aber doch nicht Sara...»

«Nein. Ich gebe dir ganz recht. Aber die Gefahr besteht, wenn sie so lange mit jungen Männern allein gelassen wird. Sie ist ungemein anziehend und noch so jung.» Ein wenig Neid schwang in Charlottes Stimme mit.

In diesem Moment betrat Andrew den Salon. Er küßte beide Frauen, und Charlotte flüsterte ihm zu, daß ihr ältester Sohn Caspar im Arbeitszimmer auf ihn wartete. Sie lächelte. «Er hat gute Neuigkeiten.» Nach ein paar höflichen Worten zu Mildred entschuldigte sich Andrew und ging.

Gott sei Dank, dachte er, die Neuigkeit war also gut. Andrew war der einzige Railton, der sich von Kindheit an zur See und zur Marine hingezogen fühlte. Er hatte gehofft, daß Caspar seine Leidenschaft erben würde, aber er war enttäuscht worden. Der Junge hatte die Armee vorgezogen und sich seit seinem zehnten Lebensjahr mit militärischen Dingen umgeben.

Als Andrew sein Arbeitszimmer betrat, stand Caspar auf. Andrew lächelte aufmunternd, aber sein Anblick gab ihm einen kleinen Stich, denn ihm wurde plötzlich bewußt, daß Caspar nicht länger mehr ein Knabe war. Er wurde siebzehn nächste Woche und sah auch so aus. Seine Haut war gröber, männlicher geworden, und seine Augen hatten die knabenhafte Sanftmut verloren.

«Deine Mutter sagt mir, du hättest eine Neuigkeit für mich.»

«Ja, Vater.» Er gab Andrew einen Umschlag, der an Caspar Railton adressiert war. Das Emblem verriet den Absender: die Königliche Militärakademie in Sandhurst.

Andrew grunzte zufrieden. «Eigentlich brauche ich den Brief gar nicht zu lesen, nicht wahr? Du hast dein Eintrittsexamen bestanden.»

«Ja, Vater. Im September gehe ich nach Sandhurst.»

Andrew gab ihm die Hand, um ihm zu gratulieren, und bemerkte, daß der Händedruck seines Sohns kräftiger geworden war. Sie unterhielten sich einige Minuten, dann wandte Andrew seine Aufmerksamkeit den Briefen, die er in der Halle vorgefunden hatte, zu und sagte, er müsse sie lesen, bevor er sich zum Abendessen umzöge.

Zuerst machte er zwei Rechnungen auf, dann den Brief von James (beide Jungens würden also zusammen in Sandhurst sein – keine schlechte Idee). Roy schrieb aus Wellington ein paar höfliche, kurze Zeilen. Der letzte Brief stammte von seinem Zwillingsbruder Rupert.

Rupert und Roy waren in einem Abstand von sechs Stunden geboren; sie waren keine eineiigen Zwillinge, was den großen Unterschied in ihren Charakteren erklären mochte. Sie waren nun fünfzehn Jahre alt, gingen aber schon jetzt getrennte Wege. Roy wollte unbedingt Diplomat werden, wofür er auch äußerst geeignet war. Wie die meisten Railtons war er sprachbegabt. Rupert hingegen, den Andrew von seinen Kindern am meisten liebte, obwohl er dies nie zugeben oder zeigen würde, hatte mit der Familientradition gebrochen und war statt nach Wellington nach Osborne gegangen, wo er zwei Jahre geblieben und dann in die Marineakademie in Dartmouth eingetreten war. Ende des Jahres würde er die Akademie als Leutnant zur See verlassen und seinen Dienst auf einem Kriegsschiff antreten. Andrew war sich darüber klar, daß seine Vorliebe für Rupert hauptsächlich auf die Begeisterung des Jungen für die Marine zurückzuführen war.

Andrew freute sich, daß seine Söhne so erfolgreich waren. Sein Leben konnte nicht besser sein. Und auch am politischen Horizont ballten sich keine Wolken.

Andrew Railton erhob sich, ging in sein Schlafzimmer, um sich umzuziehen, und wartete auf den Gongschlag, der ihn zum Abendessen rief.

James hatte zuviel gegessen, er stieß seinen Stuhl zurück und merkte, daß ihm schwindlig war. Er schrieb es dem Alkohol zu.

«Ich weiß nicht, wie Ihnen zumute ist, Dick» – er grinste Dick Farthing etwas dümmlich an – «aber wenn ich mich morgen wie ein verdammter Adler in die Lüfte schwingen soll, dann geh ich wohl besser ins Bett.»

Sara, die wie üblich die beiden Männer bei Portwein und Zigarren allein im Speisezimmer zurückgelassen hatte, lachte laut auf, als die beiden den Salon betraten. James hielt sich torkelnd an Dick fest, der seinerseits lächelte.

«Jemand hat mich reingelegt, Sara, ich ... mir ist ... ich muß ins Bett ...»

«Der Wein hat dich reingelegt, James. Du bist betrunken wie tausend Mann. Verzieh dich – aber schnell.» Sara lächelte Dick Farthing an.

James schwankte unsicher zur Tür. «Reingelegt», wiederholte er. «Nacht, Dick.» Dann stolperte er nach vorn und gab Sara ungeschickt einen Wangenkuß. «Gut'n Nacht Schwester, Stiefmutter, Totschlägerin von Gutsverwaltern. Jeder Abschied ist ein kleiner Tod ... oder sowas ähnliches.»

«Zu Bett, James.» Sara lachte. Nachdem sich die Tür geschlossen hatte, sagte sie besorgt zu Dick: «Meinen Sie, er kann morgen fliegen?»

Dick ließ sich in einen Sessel fallen. «Der Junge ist an Alkohol nicht gewöhnt.» Sein Mund verzog sich verächtlich. «Und er hat, wie Sie gesehen haben, nicht einmal viel getrunken. Aber er wird sich seinen Rausch schon ausschlafen. Und morgen früh wird ihm der kalte Wind dort oben auch noch die letzten Alkoholnebel vertreiben. Das Herz schlägt schneller, wenn man die Verantwortung für ein Flugzeug hat. Der Tod sitzt immer mit auf dem Pilotensitz, Sara.»

Sara starrte schweigend ins Feuer. Seit ihrer Kindheit hatte sie in den Flammen nicht mehr nach Gesichtern gesucht. Jetzt sah sie mehrere: häßliche, tanzende, verzerrte Gesichter.

Nach einer Weile sagte Dick: «Sara, wie soll es weitergehen?»

Sie wußte, was er meinte. Sie starrte weiter ins Feuer, die Wärme rötete ihre Wangen, und ein ganzes Heer von Gesichtern zog an ihrem inneren Auge vorbei.

Obwohl Dick Farthing nur einige Male zu Besuch gekommen war, hatten sie viele Stunden miteinander verbracht und oft bis tief in die Nacht geplaudert. Und Sara verspürte immer stärker den beunruhigenden Wunsch, sich in zwei Ichs aufspalten zu können: in die liebende Ehegattin, die John umsorgte, und in die Geliebte, die sich voll und ganz diesem großen, anziehenden Amerikaner hingab.

Er schritt durchs Zimmer, setzte sich neben sie und wiederholte: «Sara, wie soll es weitergehen?»

Sie versuchte, der Wahrheit auszuweichen, indem sie fragte: «Was meinen Sie mit weitergehen?»

Seine Hand strich zärtlich über ihr Haar. «Sie wissen genau, was ich meine, Sara.» Dann, nach einer fast unerträglich langen Pause, fügte er hinzu: «Letzte Woche habe ich versucht, mich mit James an einem anderen Ort zu treffen. Ich kann nicht mehr nach Redhill kommen.»

«Nicht mehr kommen ...? Sie können doch nicht einfach ...»

«Nein, vielleicht kann ich nicht ...» flüsterte er. «Ich weiß nur, daß ich nicht mehr hierherkommen sollte. Ich habe Sie mehr als nur gern, Sara ...»

Sie konnte ihren Blick nicht von seinen Augen abwenden. Sie hörte ihre eigene Stimme wie aus weiter Ferne. «Ja, ich weiß, Dick ...»

«Nein, Sara, ich glaube, Sie verstehen mich falsch. Natürlich begehre ich Sie, welcher Mann täte das nicht? Aber ich will mehr, ich will das Unmögliche. Ich will Sie ganz besitzen – als meine Ehefrau.»

Sie runzelte die Stirn, ihr Kopf schmerzte, aber sie sagte mit ruhiger Stimme ohne jede Hysterie: «Bitte besitzen Sie mich auf die einzige mögliche Weise. Ja, ich mag alles an Ihnen, und auch ich würde gern ... Aber es darf nicht sein. Wäre es denn wirklich so schlimm, wenn wir ...»

«Zusammen ins Bett gehen? Ja, ich halte das für sehr falsch. Und deshalb sollte ich nicht mehr nach Redhill kommen. Ich weiß nicht, ob ich die Kraft aufbringe, der Versuchung zu widerstehen.»

«Dann reden Sie nicht mehr von Abschiednehmen.» Ihre Stimme verriet noch immer keine Erregung, sie war zu ihrem eigenen Erstaunen innerlich völlig ruhig. «Wir tun John damit kein Leid an. Bitte, Dick, nehmen Sie mich, dann haben wir zumindest ...»

Draußen in der Halle schrillte das Telefon. Sara dachte unwillkürlich an den General, der den Apparat ein Jahr vor seinem Tod hatte installieren lassen. Dick Farthing ging zurück zu seinem Stuhl. Das Klingeln verstummte, und einen Moment später klopfte Porter an die Tür.

«Entschuldigen Sie, wenn ich störe, Madam. Der Anruf kam von Mr. Railtons Club. Er kommt mit dem letzten Zug. Natter holt ihn vom Bahnhof ab.»

Sara dankte dem alten Butler und fragte, ob ein spätes Abendessen für ihren Mann bereitstünde. «Ich möchte früh ins Bett gehen. Ich habe leichte Kopfschmerzen. Sagen Sie bitte Mr. John, er möge doch gleich, wenn er eintrifft, zu mir nach oben kommen.»

Das Schweigen, das auf Porters Weggang folgte, lastete so schwer auf ihnen wie ein heraufziehendes Gewitter. Dick Farthing stand auf und goß sich einen Kognak ein, während Sara auf dem Sofa zurücksank und in die Flammen starrte. Unsinnigerweise empfand sie ihren Mann als Eindringling.

Sara erschien am folgenden Morgen nicht zum Frühstück, und als John herunterkam, sah sein Sohn zu seiner größten Bestürzung, daß sein Vater plötzlich alt und abgespannt aussah. John begrüßte Dick herzlich und dankte ihm für alles, was er für James getan hatte.

«Sara fühlt sich nicht wohl», sagte er zu allen.

«Doch hoffentlich nichts Schlimmes, Pa?»

Dick, der John nicht anzublicken wagte, murmelte nur, daß sie am Vorabend recht munter gewesen sei. Doch dann verbesserte er sich und sagte: «Nein, richtig, sie hatte Kopfschmerzen und ging bald nach James zu Bett.»

«Vermutlich bekommt sie eine Erkältung.» John schien nicht besonders beunruhigt. «Sie hat kein Fieber, aber fühlt sich ein wenig schwach. Doch nun, was ist mit dem Fliegen?»

Asquith hatte John eine Woche Urlaub gegeben. John war fest entschlossen, in Redhill nach dem Rechten zu sehen. Er würde Dick zeigen, daß er seine Frau nicht vernachlässigte, er würde Berry diskret warnen und zwischen Sara und dem Gutsverwalter Hunter Frieden stiften.

Nach dem Frühstück gingen die Männer zum Flugfeld, und John war von den Fortschritten seines Sohns tief beeindruckt. James kreiste über dem Gut und dem Dorf und zog einige Runden im Tiefflug über dem Gelände, um seine Geschicklichkeit zu beweisen.

Dick verabschiedete sich kurz vor drei Uhr, um noch bei Tageslicht Farnborough zu erreichen. Vater und Sohn sahen dem großen Doppeldecker nach, der südöstlichen Kurs auf Hampshire nahm. Dann gingen die beiden langsam nach Hause.

Sara erwartete sie, ausgeruht und heiterer gestimmt. Sie fühlte sich auch tatsächlich besser, obwohl ihr Inneres noch in Aufruhr war. Sie ahnte, daß ihre Gefühle für Dick Farthing nicht abkühlen würden, dennoch nahm sie sich vor, John eine gute und treue Ehefrau zu sein, gleichgültig wie schwer ihr dabei ums Herz sein würde.

Eine Überzeugung hatte sie gewonnen, als sie nachmittags mit verweinten Augen auf dem Bett gelegen hatte; wenn sie ein Kind hätte, möglichst einen Sohn, dann würde sich ihre Beziehung zu John festigen. Sie sprach sie sogar laut aus, als Vera Bolton ihr Haar bürstete.

«Nun, Madam, wenn alles andere fehlschlägt, dann sollten Sie mit Martha Crook sprechen …» Vera errötete plötzlich und hielt ihre Hand vor den Mund, als wolle sie die Worte wieder einfangen. Martha Crook war die Mutter des Stalljungen Billy und arbeitete als Näherin im Herrenhaus. Mutter und Sohn wohnten im hübschen Glebe Cottage, eine halbe Meile entfernt vom Herrenhaus und eine Meile entfernt vom Glebe-Haus, wo der mürrische Gutsverwalter Hunter wohnte.

Sara drang in das Mädchen, ihr zu sagen, was sie meinte, aber Vera erwiderte nur verlegen: «Ich hätte es nicht sagen sollen.»

«Aber Sie haben es nun einmal gesagt. Also was meinen Sie damit, daß ich mit Martha Crook sprechen soll?»

«Bitte, Madam, bitte vergessen Sie das Ganze.»

Als sie merkte, daß sie auf diese Art nichts erreichte, versuchte Sara es auf andere Weise: «Glebe Cottage ist ein hübsches Haus, und Billy macht sich sehr nützlich auf dem Gut. Aber ist es für eine Näherin nicht sehr ungewöhnlich, ein eigenes Cottage zu besitzen? Was wurde aus Martha Crooks Mann?»

Vera errötete wieder. «Ich glaube, Sie fragen das besser Mr. John, Madam. Ich hätte Martha Crook nie erwähnen dürfen.»

Als sie nach dem Abendessen mit John im Salon saß, fragte Sara ihren Mann unumwunden, was es mit Billy und seiner Mutter auf sich hätte.

«Ich hätte es dir längst sagen sollen», erwiderte John stirnrunzelnd. «Alle hier in der Gegend wissen darüber Bescheid. Martha

Crook war die letzte in der langen Reihe von Geliebten des Generals. Er war ein sehr viriler alter Mann.» Johns Stimme klang gedrückt, als wolle er sich für etwas entschuldigen.

«Wie *alle* Railtons.» Sara sagte dies völlig unkokett, es war vielmehr aufmunternd gemeint.

James, der bei ihnen saß, lachte schallend und erntete einen strengen Blick seines Vaters.

«Es fing an nach meiner Mutter Tod», sagte John. «Er suchte sich immer Näherinnen aus und stellte seine Bedingungen. Martha Crook war die letzte. Wir dachten, es würde wie üblich verlaufen, keine war länger als ein Jahr geblieben. Aber Martha war anders. Sie war früher einmal Hebamme und Krankenschwester gewesen. Nun, der Rest ergab sich von selbst. Der General machte ihr ein Kind. Billy ist mein Halbbruder. Aber er weiß es nicht. Die Familie hat eine Übereinkunft getroffen: Martha arbeitet weiterhin als Näherin, aber sie bekommt ein hohes Gehalt von uns und lebt mietfrei im Glebe Cottage. Wenn Billy erwachsen ist, und das wird nicht mehr lange dauern, werde ich mich auch um ihn kümmern. Martha hat nie eine Forderung gestellt und die ganze Zeit über geschwiegen.»

Später, nach James' Fortgehen, sagte Sara, daß jemand ihr vorgeschlagen habe, zu Martha Crook zu gehen, wenn sie ein Kind haben wolle. «Warum sollte ich gerade zu ihr gehen, John?»

«Du hast schon eine Menge über das Landleben erfahren, und so weißt du auch, wie die Leute hier sind. All diese heidnischen Dinge wie Talismane, Zaubersprüche, der Glaube an Magie existieren noch heute dicht unter der christlichen Oberfläche. Martha hat einen gewissen Ruf als weise Frau, und vermutlich nützt sie das aus. Ich habe gehört, daß sie noch immer als Hebamme arbeitet, und die Frauen gehen zu ihr, wenn sie Kinder haben wollen – und gewiß auch, wenn sie sie loswerden wollen.»

«Mein Gott, John, das klingt alles so mittelalterlich. Wir leben schließlich im Jahre 1910.» Sara war ziemlich empört über die Geschichte vom General und Martha Crook. Und das Verhalten der Familie gegenüber Martha Crook mißfiel ihr. Auch fand sie, daß Billy eine gute Ausbildung verdiene.

«Auf dem Land ist alles anders, Sara, du solltest sie einmal aufsuchen.»

Und da sie schon beim Thema waren, beschloß John, Saras Streit mit dem Gutsverwalter zur Sprache zu bringen. «Ich höre, du hast

Hunter untersagt, Fußangeln zu legen», sagte er beiläufig, ohne zu ahnen, was für einen Sturm er entfesseln würde.

Sara sah ihn mit blitzenden Augen an. «Ja, John. Ich wollte mit dir über Hunter reden. Der Mann ist wie ein bösartiges Tier. Du mußt ihn entlassen!»

«Entlassen? Er ist unersetzbar. Er war des Generals engster Vertrauter.»

«Er ist pervers, ein Monstrum, der nur noch nicht verhaftet und eingesperrt ist, weil du ihn schützt.»

«Sara!» John Railton war über die Heftigkeit seiner Frau zutiefst bestürzt. Obwohl er wußte, daß sie recht hatte. Hunter war vieles oft nachgesehen worden. «Jemand hat dir etwas erzählt...»

«Ja. Es ist wie mit Martha Crook und deinem Halbbruder Billy – eine dunkle Geschichte, von der nur die Familie weiß. Er ist ein Verbrecher, und ihr alle deckt ihn, nur weil er des Generals Vertrauter war und ein tüchtiger Gutsverwalter ist. Aber der Mann ist von Grund auf verderbt und meint, er könne sich alles erlauben.»

«Sara, Fußangeln legen ist auf dem Land gang und gäbe. Wir müssen das Wild schützen...»

«Es sind nicht nur die Fußangeln. Es handelt sich um den Mann selbst. *Ich* lebe hier die meiste Zeit, und ich will nicht, daß er länger auf dem Gut arbeitet!»

John fragte sie, was sie über Hunter wisse und von wem sie es erfahren hatte.

Sie setzte sich aufrecht hin, ihre Züge verhärteten sich. Und John begriff zum ersten Mal, wie sehr die wenigen Wochen in Redhill sie verändert hatten. «Hunter hat vor einigen Tagen den alten Natter angeschrien, in *meiner* Gegenwart. Ich fand es unerhört! Dazu war es auch noch unberechtigt. Aber Hunter ist ein frecher, respektloser Bursche. Als Hunter fortritt, habe ich gehört, was Natter vor sich hinmurmelte. Ich habe den Sinn nicht ganz verstanden und James gefragt. Er hat mir alles erklärt. Es war ihm furchtbar peinlich. Ich bin sicher, John, daß dein Sohn und mehrere andere Leute es nicht gerne sehen, daß du einen Mann beschäftigst, der blutjunge Mädchen und Knaben ins Glebe-Haus lockt und sich dort an ihnen vergeht. Und du, John, beschützt ihn! Und das finde ich unverzeihlich.»

John mußte sich zugeben, daß seine Frau im Recht war. Der General hatte seltsame Ansichten. Für ihn war Hunters perverse Neigung nur eine Art von Verschrobenheit gewesen. Aber John wußte sehr wohl, daß Hunter gegen die göttlichen wie die menschlichen Gesetze verstieß. Es war einfach so, daß die männlichen Mitglieder der Railton-Familie sich mit Hunter abgefunden hatten, ohne weiter über seine Abartigkeit nachzudenken.

«Und durch wen soll ich ihn ersetzen, falls ich ihn wirklich entlasse?» fragte John schließlich.

«Ganz einfach, durch Bob Berry. Er ist ein ausgezeichneter Mann. Er könnte Hunters Arbeit ohne weiteres mit übernehmen. Die beiden Posten sind leicht zu vereinen.»

John lächelte. «Ich wollte sowieso über Berry mit dir reden. Es ist eine Tradition in Redhill, ja mehr noch eine Notwendigkeit, daß der Gutsaufseher verheiratet ist. Der General hat bei Berry eine Ausnahme gemacht. Aber ich habe keine Lust, dies weiterzuführen. Er muß Ende des Jahres gehen.»

Sara erhob sich langsam. Sie stellte sich vor ihn hin mit erhobenem Kopf, ihre Augen glimmten stahlhart: «John» – ihre ruhige Stimme verriet eine Entschlossenheit, die John bei ihr noch nie gehört hatte – «John, du bist mein Ehemann, und ich habe dir vor dem Altar Gehorsam gelobt. Aber du bist auch der Besitzer von Redhill. Und du brauchst mich hier. Die Idee, auf dem Land zu leben, hat mir mißfallen, aber ich habe mich damit abgefunden. Ja mehr noch, es gefällt mir hier. Wenn du deine politische Karriere fortsetzen willst, mußt du mir die Leitung des Guts überlassen. Ich will dich nicht erpressen, denn du bist mein geliebter Mann, doch solltest du Bob Berry entlassen, werde ich meine Koffer packen und zurück nach London ziehen und nie mehr dieses Haus betreten. Das gleiche gilt für Hunter. Wenn du willst, daß ich bleibe, muß er gehen.»

John erwiderte erst mal nichts. Er brauchte Zeit zum Nachdenken. Doch nach zwei weiteren Unterhaltungen mit Sara gab er nach. «Gut, ich werde Hunter fortschicken und ihm eine Rente zahlen. Und ich werde mit Berry reden.» Er kam sich wie ein Schwächling vor. Aber er wollte den größten Teil seiner Zeit auf die Politik verwenden. Und Sara war glücklich in Redhill. Die paar Veränderungen würden keinen Schaden anrichten.

Bob Berry seinerseits war bereits im Begriff, das Problem, das ihn seit des Generals Tod bedrückt hatte, zu lösen. Er hatte zarte Bande zu der sechzehnjährigen Tochter von Jack Calmer angeknüpft, dem besten Schlachter Haversages.

Die junge Rachel Calmer war zum ersten Mal in seinem Leben

erschienen, als sie mit einem Auftrag aufs Gut geschickt worden war. Jeder andere hätte den Auftrag in zehn Minuten erledigt, Rachel hatte gut drei Stunden dafür gebraucht. Danach folgten ausgedehnte Spaziergänge mit Berry.

Rachel war ein hübsches, schlankes Mädchen mit dunklem Haar, das ihr ein fast zigeunerhaftes Aussehen gab. Auch war sie äußerst zielbewußt. Im Frühsommer teilte sie ihrem Freier mit, daß sie ein Kind von ihm erwarte.

Und damit war Bob Berrys Zukunft vorgezeichnet. Das Aufgebot wurde bestellt, und kurz danach erfolgte seine Ernennung zum Gutsverwalter.

Hunter nahm seine Entlassung ruhig auf, was viele Leute erstaunte. Aber John hatte dafür gesorgt, daß er ein jährliches Einkommen und ein Haus weit entfernt in einer anderen Grafschaft erhielt.

Giles, auf seine verschwiegene Art, war seit so vielen Jahren eine Art Ein-Mann-Geheimdienst, daß er schon seit langem keiner offiziellen Dienststelle mehr Rechenschaft schuldig war. Natürlich leitete er seine Erkenntnisse – oder zumindest den größten Teil – an die Regierung weiter, aber seine Wege waren verschlungen und oft gefährlich und führten ihn in die entlegensten Gegenden Europas.

Mit Hilfe seiner Schwiegertochter Bridget Kinread hatte sich ihm eine ergiebige neue Informationsquelle in Irland eröffnet. Doch längst bevor sein Sohn Malcolm Bridget kennengelernt hatte, war es Giles gelungen, einige Agenten in die wiederaufblühende Fenierbewegung einzuschleusen.

In der Vergangenheit hatte er seinen Vertrauensmann persönlich aufgesucht und war der Empfänger seiner Nachrichten gewesen. Der Mann hieß Declan Fearon, aber Giles hatte ihm den Decknamen «Schlange» gegeben. Ein sehr zutreffender Name, der Giles amüsiert hatte.

Und dann kam der Tag, wo Giles Railton seinen jüngeren Kollegen Vernon Kell aufsuchte, um ihn um einen Gefallen zu bitten. Er hatte auf Umwegen erfahren, daß sein Neffe Charles sich gut herausmachte, und nun schlug er vor, daß Charles zur Erweiterung seiner Kenntnisse mit dem Mann, genannt die «Schlange», Kontakt aufnehme. Es war zum ersten Mal, daß Giles diese geheime Informationsquelle preisgab, und Kell war dementsprechend beeindruckt und stimmte Giles zu, daß diese Geheimmission für Charles' weitere Ausbildung sehr nützlich sein könne.

Und so geschah es, daß Giles Vernon Kell ins Bild setzte, der seinerseits Charles Anweisungen gab. Der Agent würde Charles an drei aufeinanderfolgenden Abenden zwischen sieben und neun Uhr in seiner Behausung in West Cork erwarten. Ein Kennwort wurde verabredet, und Charles war voller Aufregung, daß man ihm die Überbringung detaillierter Geheimberichte aus Irland anvertraute!

Hans-Helmut Ulhurt – der «Fischer» – verließ, angeblich als zweiter Maat auf dem Handelsschiff *Seeschwalbe*, Anfang April die Stadt Hamburg.

Sie löschten ihre Fracht in Liverpool, außer einer Ladung Maschinenteile, die sie auf der Rückfahrt in Dublin abliefern sollten. Der Aufenthalt in Liverpool war auf vier Tage angesetzt, aber unglücklicherweise ergaben sich Schwierigkeiten bei der Steuerung, so daß das Schiff warten mußte, bis Ersatzteile aus Hamburg eintrafen.

Alles in allem lag die *Seeschwalbe* vierzehn Tage in Liverpool auf der Werft. Während dieser Wartezeit reiste der «Fischer» nach Portsmouth, Southampton, Plymouth und London und von dort aus weiter nach Schottland.

Es fiel ihm leicht, sich als Engländer auszugeben, und er hatte keine Schwierigkeiten beim Reisen. Im Gegenteil, er fand einige sehr angenehme Kumpane und schlief mit fünf jungen Frauen, die von seinen Seemannsgeschichten, seinem Holzbein und einem anderen Teil seiner Anatomie, der ihnen viele vergnügliche Stunden verschaffte, höchst entzückt waren.

Er versprach diesen Damen, sie wieder zu besuchen. Besonders angetan war er von einer Mrs. Gregor, die eine Pension in Invergordon besaß.

Abgesehen von diesen Seitensprüngen benahm sich der «Fischer» tadellos. Er betrank sich nur ein einziges Mal und das allein in einem Hotelzimmer in London.

Nach der unerwarteten Verzögerung lieferte die *Seeschwalbe* die Maschinenteile in Dublin ab, wo sie planmäßig sechs Tage vor Anker ging.

Am ersten Morgen suchte Steinhauers Mann Bewleys Café auf, wo er «zufällig» mit einem Mann ins Gespräch kam, der ihm einige Botschaften ausrichtete von einem gemeinsamen deutschen Bekannten.

«Unser Freund hat mir einmal gesagt, er kenne einen Mann, der bereit wäre, für einige gute Kameraden fast alles zu tun», sagte der Ire ruhig, nachdem er dem «Fischer» einige für dessen Chef interessante Nachrichten übermittelt hatte.

Der «Fischer» nickte. «Ja, das stimmt. Ich selbst bin der Mann. Kann ich Ihnen irgendwie behilflich sein?»

Der Ire sah ihn mit klaren, harten blauen Augen an, die Ulhurt an zerbrochenes Glas erinnerten. «Einige meiner Freunde haben ein ernsthaftes Problem», begann er. «Sie haben herausgefunden, daß sich in ihrer Mitte ein Verräter befindet. Und mit einem Verräter kann man nur eins tun...»

«Das weiß ich nur zu gut.»

«Der Haken ist, daß der Mann in einer kleinen Gemeinde wohnt, wo ihn jeder kennt. Würden meine Freunde sich selbst der Sache annehmen, würden sie unweigerlich erwischt werden. Sie brauchen einen Außenseiter, jemand, der unbemerkt kommen und wieder verschwinden kann.»

Der «Fischer» nickte. «Wird gemacht. Sagen Sie mir nur, wo und wer. In achtundvierzig Stunden ist alles erledigt.»

Padraig lehnte sich im Stuhl zurück. «Ausgezeichnet. Sie müssen den Zug nehmen. Der Mann wohnt in Rosscarbery, einem Dorf in West Cork.» Er gab dem Deutschen genaue Anweisungen. «Wir wollen an dem Kerl ein Exempel statuieren», schloß er seine Ausführungen.

Charles war mit der Dampffähre in Rosslare gelandet, beladen mit einer Angelrute und allem sonstigen Anglerzubehör. Er sah wie ein typischer Tourist aus, der sich auf eine angenehme Woche des Fischens freut.

Er bestieg den Zug nach Cork und fuhr dann weiter mit dem Omnibus. Die Nacht verbrachte er in einem Gasthof fünf Meilen von Rosscarbery entfernt. An der Bar erregte er keinerlei Verdacht. «Eine Menge Engländer kommen zum Fischen her», wurde ihm mitgeteilt. Der Wirt gab ihm ein paar nützliche Hinweise, und Charles verbrachte den nächsten Tag an einem in der Nähe liegenden Flüßchen, ohne einen einzigen Fisch zu fangen.

Um vier Uhr nachmittags kehrte er in den Gasthof zurück, packte sein Angelzeug ein und verkündete, daß er einen langen

Spaziergang machen würde. Niemand war erstaunt – alle Engländer waren verrückt, und wenn ein Engländer um diese Zeit spazierengehen wollte, nun bitte, sie hatten nichts dagegen.

Rosscarbery steht auf einem felsigen Hügel. Der einzige Zugang zum Dorf ist eine steil ansteigende Straße, die direkt auf den Marktplatz führt. Diese Hauptstraße gabelt sich auf halber Hügelhöhe und ist über einen Damm erreichbar.

Es war ein windiger Märzabend, tief hängende Wolken näherten sich von Westen, und die letzten, schwachen Strahlen einer bleichen Sonne fielen schräg aufs Meer, das zu Charles' Linken lag. Vor ihm erstreckte sich der lange Damm, der zur Straße und zum Hügel führte. Er legte eine kurze Pause ein. Vernon Kell hatte ihm geraten, nicht zu früh zu erscheinen. «Es ist alles ganz einfach», hatte er hinzugefügt. «Sie müssen sich nur an die angegebene Zeit halten. Der Mann, der die ‹Schlange› genannt wird, wohnt am anderen Ende des Dorfs auf der Westseite des Hügels.» Charles hatte die Landkarte studiert, vom Damm aus würde er ungefähr eine Stunde zum Haus der «Schlange» brauchen.

Er blieb stehen und blickte aufs Meer, dachte über das sich ständig bewegende Wasser nach und lauschte den Wellen, die sich an den Felsen brachen. Dann überquerte er schließlich den Damm und ging gemächlich den Hügel hinauf. Zuweilen wandte er den Kopf, um zu sehen, ob jemand ihm folgte. Als er den Marktplatz erreichte, gingen gerade die Lichter an. Eine schwarzgekleidete Frau eilte aus dem einzigen Lebensmittelladen, drei Männer lungerten vor einer Bar herum. Niemand schien sich für ihn zu interessieren. Obwohl später die Beschreibung eines großen schlanken Fremden bei allen Polizeistationen vorlag.

Es war genau fünf Minuten vor sieben Uhr, als er in die Gasse einbog, wo die «Schlange» wohnte. Er wußte, es war das letzte Haus auf der rechten Seite, und als er sich ihm näherte, kam ein Mann auf ihn zu. Charles sah ihn sich nicht näher an, nahm aber vage wahr, daß der Fremde seine Mütze tief ins Gesicht gezogen hatte, sehr groß und breitschultrig war und leicht hinkte.

Einige Minuten später klopfte Charles dreimal kräftig an die Tür von Giles' Vertrauensmann, bereit, sein Kennwort zu geben.

Niemand öffnete ihm, obwohl im Haus Licht brannte.

Er klopfte wieder, dann stieß er mit seinem Stock gegen die Tür. Sie sprang weit auf. Ein würgendes Grauen ergriff ihn.

Die «Schlange» war ein großer, fetter Mann gewesen. Jetzt sah er wie ein grotesk eingeschrumpfter Luftballon aus, der mit Blut und Gedärmen gefüllt gewesen war und den man aufgeschlitzt hatte.

Der kleine, ehemals ordentliche Raum sah wie ein Schlachthaus aus. Blut klebte an den Wänden und floß über den Boden, sog sich in die Vorhänge ein und bildete grausige Muster auf den Bildern. Das Opfer – die «Schlange» – lag zerhackt und verstümmelt in der Mitte des Zimmers. Das Instrument dieser Todesorgie, eine große, scharfe Axt, lag unachtsam fortgeworfen in einer Ecke neben einem umgekippten Tisch.

Charles übergab sich.

Erst als er wieder fast auf dem Marktplatz angelangt war, schossen ihm drei Gedanken durch den Kopf: erstens, daß er als Fremder unweigerlich verdächtigt werden würde; zweitens, daß der Mord erst kurz vor seiner Ankunft begangen worden war; drittens, daß der Mann, dem er in der Gasse begegnet war, einen auffallend langen Mantel getragen hatte. Falls er der Mörder war, müßten seine Kleider unter dem Mantel von oben bis unten mit Blut befleckt gewesen sein.

Die Leiche wurde erst vierundzwanzig Stunden nach der Tat entdeckt. Zu dieser Zeit befand sich Charles schon wieder in England. Später erfuhr er von Quinn, daß in der fraglichen Nacht zwei Fremde in der Umgebung von Rosscarbery gesichtet worden waren. Einer davon war fraglos Charles selbst, der andere offensichtlich der Mann, den Charles kurz in der Gasse gesehen hatte. Eine Woche später fand die Polizei in der Nähe des Hügels von Rosscarbery einen Haufen verbrannter Kleider. Der Mord blieb unaufgeklärt. In einem Bericht jedoch wurde erwähnt, daß einer der halbversengten Knöpfe aus dem Kleiderhaufen möglicherweise auf einen Deutschen als Täter hinwies.

Charles wurde noch monatelang von Alpträumen verfolgt. Er sah immer wieder den verstümmelten Körper und den Mann vor sich, der ihm leicht hinkend auf der engen Straße entgegenkam.

9

Der Winter schlich sich leise davon. Mitte April kamen die Knospen heraus, die Bäume verloren ihr skelettartiges Aussehen und schmückten sich mit einem zarten grünen Filigran. Der Frühling kündigte sich an.

Mildred Railton wies erste Anzeichen ihres Zustands auf, aber Charles war bereits voller Sorgen. Die Idee, daß seine Frau in ihrem Alter noch einmal schwanger war, beunruhigte ihn, besonders da er bis spät abends im Büro der MO5 arbeitete.

Eines Nachmittags Ende April kehrte Vernon Kell von einer Besprechung in der Admiralität zurück. Er sah verstört aus und sagte, noch bevor er die Tür hinter sich schloß: «Charles, der König ist krank.»

«Krank? Zu viel Wein? Er kommt doch gerade aus Biarritz zurück, wo er sich sicher nicht gelangweilt hat.»

«Lassen Sie die Scherze!» fuhr Kell ihn an. «Diesmal ist es ernst.» Bevor er weitersprechen konnte, klingelte das Telefon.

«Könnten Sie sofort nach Eccleston Square kommen?» fragte Giles ruhig am anderen Ende der Leitung.

Vernon Kell fand Giles Railton im «Versteck» vor. «Haben Sie die Neuigkeit schon gehört?»

«Der König?»

«Ja, bald wird die Öffentlichkeit es erfahren.»

«Ist es wirklich so ernst?»

«Ja, sehr. Offensichtlich ging es ihm schon auf der Reise nicht gut. Der König liegt im Sterben. Und wir müssen nachdenken, was das für die europäische Politik bedeutet. Ich kann nicht verhehlen, daß ich mir große Sorgen mache. Europa ist in Aufruhr, und niemand scheint den Ernst der Lage zu begreifen. Sogar unsere Arbeiter sind rebellisch, nicht so rebellisch wie in anderen Ländern, aber wenn wir nicht aufpassen, greift die Stimmung zu uns über.»

Die beiden Männer redeten länger als drei Stunden miteinander, und Kell hatte einige sehr schwerwiegende Themen im Kopf, die er unbedingt mit Charles und Quinn besprechen wollte.

Giles hatte sich am Morgen mit seinem Neffen John getroffen, und sie hatten ebenfalls lange über die komplizierte internationale Lage diskutiert, obwohl John mehr daran interessiert war, über seine Frau zu reden. «Ich finde es fast unverständlich, Onkel Giles. Als der General starb, hat sie die Idee, ständig auf dem Land leben zu müssen, einfach unerträglich gefunden. Aber schon nach ein paar Wochen hat sie sich völlig eingelebt.»

Giles sagte, das wundere ihn gar nicht. «Bei deiner Mutter war es genauso. Dieses Haus übt eine seltsame Anziehung auf Frauen aus.»

Aber im stillen wunderte auch er sich. Redhill – das Herrenhaus, das Gut – war wie eine neue Liebesgeschichte für Sara. Die Zeit würde zeigen, wie sich alles weiterentwickelte. Mittlerweile aber lief das Stundenglas für den König aus.

Zwei Tage später, am Abend des 5. Mai, wußte das ganze Land, daß König Eduard VII. schwer erkrankt war.

Die Königin bat des Königs treue Gefährtin und Mätresse, Mrs. Keppel, in den Buckingham Palace zu kommen. Der König arbeitete sogar noch an seinem letzten Tag. Gelegentlich bekam er Ohnmachtsanfälle und wurde mit Sauerstoff behandelt.

Am Nachmittag des 6. Mai verlor Eduard VII. das Bewußtsein. Eine schweigende Menge versammelte sich vor dem Palast.

Kurz nach Mitternacht klopfte es an der Tür von South Audley Street.

Mildred erwachte und fragte, wer es sei. Ein junges Dienstmädchen sagte ihr, ein Herr wünsche Mr. Railton zu sprechen.

Es war Sprogitt, er stand linkisch in der Halle. «Sir», flüsterte er, «Seine Majestät ist vor einer Viertelstunde verschieden. Captain Kell bittet, daß Sie sofort ins Büro kommen möchten. Er hat das Gefühl, daß der Tod des Monarchen die nationale Sicherheit gefährdet.»

Charles nickte. Der «Onkel Europas» war im Alter von neunundsechzig Jahren gestorben. Charles begriff noch nicht, daß dies das Ende einer Epoche war. Auch wußte er nicht, daß seine Arbeit bald gefährlich werden würde.

Die Informationen, die der «Fischer» zurückbrachte, waren präzise formuliert, doch für Steinhauer von keinem großen Interesse – mit Ausnahme des Namens Railton. Er hatte ihn schon früher gehört, konnte ihn aber nicht genau einordnen. Der Name war dem «Fischer» von dem Iren O'Connell gegeben worden, der sich damit brüstete, einen privaten Informanten namens Railton zur Hand zu haben. Ein Engländer, der in Irland lebte und engverwandt war mit einer bekannten englischen Familie.

Steinhauer arbeitete noch immer in der Wilhelmstraße, und seine neuen Vorgesetzten beschäftigten auch einige Leute im Auswärtigen Amt, aber der Hauptsitz des Geheimdienstes befand sich im Westen der Stadt in der Courbierrestraße und war allgemein als Nummer 8 bekannt. Einen Tag nach der Rückkehr des «Fischers» wurde Steinhauer von Major Nicolai nach «Nummer 8» gerufen. Nicolai erschien in Begleitung einer bildhübschen, schlanken Blondine. «Ach, Steinhauer», sagte der Major betont jovial, «darf ich Ihnen eine der Damen vorstellen, die wir hier ausbilden.» Er erwähnte keinen Namen, aber die junge Frau errötete, als Steinhauer ihr die Hand küßte. Nicolai lächelte sie an und sagte, er würde sie später sehen. Darauf möcht' ich wetten, dachte Steinhauer, als er ihr nachsah, wie sie mit einem anderen Offizier verschwand.

«Und wo haben Sie das Früchtchen aufgetan?» fragte Steinhauer, der sich von Offizieren noch nie hatte einschüchtern lassen.

Nicolai lächelte sauer. «Sie ist uns von einem Baum direkt in den Schoß gefallen. Wenn es je Ärger mit England geben sollte, könnte sie uns von größtem Nutzen sein.»

«Ärger mit England?» Steinhauers Herz setzte einen Schlag aus. Eine Sekunde lang dachte er, sie wären seines Spezialagenten habhaft geworden. «Gott schütze uns vor Ärger mit England.»

«Der englische König liegt im Sterben», sagte Nicolai, als erkläre dies alles.

«Ach so?»

«Und was das Mädchen betrifft, so werde ich vielleicht Ihre Hilfe brauchen. Aber erst mal wollte ich mit Ihnen über die Neuorganisation sprechen.»

«Seit Ihre Leute das Ganze übernommen haben, höre ich nichts als Neuorganisationen. Warum beschränkt ihr euch nicht auf den rein militärischen Geheimdienst? Es würde das Leben ungemein vereinfachen.»

Nicolai seufzte. «Ich bin ganz Ihrer Meinung.» Er ließ sich auf einen Stuhl fallen. «Aber der Generalstab hat andere Ideen. Tut mir leid, Steinhauer, aber ich habe schlechte Nachrichten für Sie.»

«Und zwar?»

«Die verschiedenen Leute, die Sie so sorgfältig über England verteilt haben, in den Häfen und Werften und so weiter...»

Steinhauer nickte.

«Ich bin angewiesen worden, Ihnen mitzuteilen, daß sie von nun an der Marine unterstehen.»

«Warum zum Teufel...»

«Weil der Generalstab diese Agenten als Marine-Agenten betrachtet, da sie die Werften und Häfen beobachten.» Er zuckte die Achseln. «Sie werden also Ihrer Kontrolle entzogen. Sollte es Ihnen an Arbeit mangeln, wenden Sie sich vertrauensvoll an mich.»

Donnerstag, der 19. Mai 1910, war der Tag, wie alle Zeitungen bezeugten, an dem die Erde den Schweif des Halleyschen Kometen durchqueren würde. Die Astrologen und die Weltuntergangspropheten maßen dem Ereignis große Bedeutung zu. Der Halleysche Komet wurde als Vorbote des Unheils angesehen, obwohl Beweise für diese Theorie schwer zu erbringen waren.

Es ist unwahrscheinlich, daß das Gewitter in der Nacht vom 18. zum 19. Mai irgend etwas mit dem Kometen zu tun hatte. Es beschränkte sich auf London, aber noch während des ganzen Morgens des 19. goß es in Strömen.

Die Leiche König Eduards VII. lag in der Großen Halle von Westminster aufgebahrt, und trotz des Regens erstreckte sich die Schlange seiner Untertanen, die ihm die letzte Ehre erweisen wollten, über fünf Meilen.

Aber Vernon Kell, Charles Railton, Patrick Quinn und einige seiner Männer – diskret in der Menge verteilt – befanden sich nicht mal in der Nähe von Westminster Hall.

Sie hatten den strömenden Regen vermieden und sich in aller Frühe auf dem Victoria-Bahnhof postiert. Quinn und seine Leute hatten seit des Königs Tod dort ihren Dienst versehen, denn alle gekrönten Häupter Europas mit ihrem Gefolge sollten auf dem Victoria-Bahnhof zur Trauerfeier eintreffen.

Im Zimmer der MO5 im Kriegsministerium wurden während der Stunden, die auf Sprogitts mitternächtlichen Besuch bei Charles folgten, Pläne ausgearbeitet. Quinn war bereits vor Charles eingetroffen, aber voller Ungeduld fortzukommen, da er dringend im Palast gebraucht wurde. Doch er hatte ein Anliegen und beschloß, es trotz seines Zeitmangels vorzutragen.

Er sagte: «Wir müssen mit der größten Ansammlung ausländischer Regierungsoberhäupter rechnen, die wir je gesehen haben. Und ich möchte Ihnen anraten, meine Herren, Ihr Augenmerk auf unliebsame Besucher wie Geheimdienstoffiziere fremder Herkunft zu richten. Wenn Sie es wünschen, stehen meine Männer und ich Ihnen zwecks Überwachung gern zur Verfügung.»

Und so wurden alle erdenklichen Vorsichtsmaßnahmen getroffen, lange bevor die Bevölkerung noch vom Tod ihres Monarchen erfuhr.

Und nun, am Morgen des 19. Mai, standen Vernon Kell, Charles Railton und einige Geheimpolizisten auf dem Victoria-Bahnhof und warteten auf die Ankunft von Kaiser Wilhelm mit seinem Gefolge.

Der neue König, Georg V., vormals Herzog von York, ging, umgeben von seinem Stab, auf dem Bahnsteig auf und ab, scheinbar voller Ungeduld, seinen Vetter, den Kaiser, zu begrüßen. Der rote Teppich war bereits ausgerollt, und rot bezogene Stufen standen bereit, um dem deutschen Kaiser das Aussteigen zu erleichtern.

Im Büro des Stationsvorstehers, das hoch über den zahlreichen Bahnsteigen lag, warteten Quinn, Kell und Railton, Ferngläser in der Hand, während ein stenografiekundiger Unteroffizier geduldig daneben stand, um die Kommentare der drei Offiziere aufzunehmen.

Der Zug fuhr ein. Die bekannte Figur mit dem hochgezwirbelten Schnurrbart stieg aus und begrüßte ihren Vetter. Sie küßten sich auf beide Wangen. Danach füllte sich der Perron mit dem Gefolge des Kaisers.

Die drei Beobachter streiften den Kaiser nur mit einem flüchtigen Blick. Ihr Interesse galt den Offizieren, die den Kaiser begleiteten.

Einige Gesichter erkannten sie wieder, entweder von früheren Zusammentreffen oder von oft betrachteten Fotografien. Der eine oder der andere der drei nannte laut Namen, die der Unteroffizier pflichtgemäß notierte: Namen von Diplomaten, Ratgebern, Militär- und Marineattachés, Adjutanten.

Quinn marschierte später im Trauerzug als Leibwächter der

königlichen Familie mit, während Charles, Kell und der stenografiekundige Unteroffizier in einem leeren Zimmer eines Regierungsgebäudes mit Blick auf den Eingang zur Westminster Hall standen.

Von zwei verschiedenen Fenstern aus beobachteten sie die sich langsam fortbewegende Prozession der Kaiser, der Könige, der Prinzen und Potentaten, der militärischen Eskorten, des Garderegiments, der Kavallerie und der Militärkapellen, der deutschen, russischen und österreichischen Armeeregimenter und der ganzen heraldischen Elite Englands.

Giles beobachtete die Prozession von einem anderen günstigen Platz aus. Und als er dieses einzigartige Schauspiel betrachtete, stieg eine dunkle Vorahnung in ihm auf, die aus seinem hochentwickelten Sinn für Geschichte kam. Der Anblick dieser ganzen Pracht und Macht erinnerte ihn an den letzten Akt einer Oper. Und im Herzen wußte er, daß nichts mehr so sein würde wie früher.

An einem schönen Sonntag im August wurde im Herrenhaus Redhill Wichtiges diskutiert.

Die Wochenendeinladung war Saras Idee gewesen. Giles hatte als einer der ersten die Einladung bekommen und Sara angerufen und sie um einen Gefallen gebeten: «Könntest du Captain und Mrs. Vernon Kell einladen? Er ist der Chef von Charles», hatte er ganz beiläufig gesagt.

Das Wochenende in Redhill war für alle eine willkommene Unterbrechung. Sara hatte keine Ahnung, daß Giles ihre Einladung als Vorwand zu einer Zusammenkunft mit Kell und Charles benutzte, um Geheimsachen zu diskutieren. Auch wollte er Charles aus nächster Nähe beobachten.

Charles hätte fast abgesagt, denn Mildred war in den letzten Monaten ihrer Schwangerschaft ständig müde und von ihren Ärzten angehalten, viel zu ruhen. Aber Mildred liebte Redhill und hatte darauf bestanden, hinzufahren. Zusätzlich hatte Charles seine Tochter Mary Anne, die mit James fast gleichaltrig war, dazu überredet, mitzukommen.

Mary Anne, ein schlankes, lebhaftes Mädchen, deren Augen die Farbe der Nordsee im Winter hatten (eine Beschreibung, die von Andrew stammte), bereitete ihren Eltern schon seit einiger Zeit Kopfzerbrechen.

Sie sollte bald in die Gesellschaft eingeführt werden, aber Mary Anne widersetzte sich allen diesbezüglichen Plänen. Mildred hatte sogar schon eine Gästeliste für den Einführungsball im Anschluß an die obligate Vorstellung bei Hof zusammengestellt. Aber Mary Anne hatte keinerlei Interesse gezeigt. Und dann, bei einer stürmischen abendlichen Auseinandersetzung, hatte sie erklärt, daß sie sich aus diesem ganzen gesellschaftlichen Brimborium nichts machte und nur ein Ziel im Auge habe.

«Bitte, Mama und Papa», hatte sie mit kühler, sachlicher Stimme gesagt, «ich weiß, daß ich mich auf den Bällen nur langweilen würde. Ich halte diese Vorstellung bei Hof mit allem Drum und Dran für Zeitvergeudung und Geldverschwendung. Ich will Krankenpflegerin werden und später Ärztin. Der Weg zum Arztberuf führt für Frauen nur über die Krankenpflege.»

Charles und Mildred waren aus allen Wolken gefallen.

Sie versuchten, ihrer Tochter den Plan mit allen Mitteln auszureden, aber Mary Anne blieb fest. Alle drei wußten, daß eine endgültige Auseinandersetzung unvermeidbar war, aber im Moment herrschte eine Art Burgfrieden.

Giles spürte die Spannung zwischen der Tochter und ihren Eltern, sagte sich aber, daß dies bei einem so willensstarken jungen Mädchen wie Mary Anne nur natürlich war. Abgesehen davon hatte er keine Zeit, sich um Familienstreitigkeiten zu kümmern.

Giles hatte John seit fast einem Monat nicht gesehen, und sein Anblick beunruhigte ihn. John hatte an Gewicht verloren und sah erschreckend hohlwangig aus. Sein Haar war noch grauer geworden, und seine Gesichtsfarbe änderte sich ständig, mal war sie aschfahl, mal fiebrig gerötet.

Sie trafen sich nach dem Abendessen im Arbeitszimmer des Generals. John sank in den Stuhl hinter dem Schreibtisch seines verstorbenen Vaters, offensichtlich ermattet und lustlos.

«Sara macht sich Sorgen», sagte er als Antwort auf Giles' Frage nach seiner Gesundheit. «Aber ich wage ihr nicht die Wahrheit zu sagen.»

«Und was ist die Wahrheit?»

John lachte kurz und bitter auf. «Daß ich eine Ausnahme in der Familie bilde, der einzige Railton, der nicht uralt wird.»

«John, mein Lieber...»

John hob abwehrend die Hand. «Es ist nun mal so, wir können nichts dran ändern. Mein Hausarzt hat gesagt, ich hätte ein ‹klappriges› Herz, der Spezialist drückte sich präziser aus.»

«Aber kannst du dich nicht ausruhen, Urlaub nehmen...»

«Um ein Jahr, vielleicht zwei Jahre länger zu leben? Das ist nicht meine Art, so verhält sich kein Railton. Der General hätte seit seinem sechzehnten Jahr jederzeit in einer Schlacht fallen können. Ich werde Anfang Fünfzig sterben. Vielleicht mach ich's noch ein Jahr, mit Glück sogar zwei...»

Giles nickte. Er hätte sich genauso verhalten.

Und so saßen an diesem Sonntagnachmittag die vier Männer auf der Gartenterrasse des Herrenhauses. Die Frauen hatten sich zurückgezogen, während die anderen männlichen Gäste, einschließlich James Railton und Dick Farthing, das neue Flugzeug ansahen, mit dem Dick gekommen war. Mildred ruhte.

Der Himmel war tief blau, die Sonne prallte auf die Steine der Terrasse, wo die vier Männer saßen und den Schmetterlingen zusahen, die über den Blumenbeeten taumelten. Giles eröffnete die Unterhaltung, indem er sagte: «Dies ist eine ideale Gelegenheit, einen Überblick über die momentane Situation zu geben und John ins Bild zu setzen.» Verdächtige ausländische Besucher der Trauerfeierlichkeiten, die auffallend oft den Friseurladen in der Caledonian Road besuchten, hatten ihnen endlich Gelegenheit gegeben zu handeln. Sie hatten mit Erlaubnis des Innenministers die Post des Friseursalons kontrolliert. Das erste abgefangene Päckchen enthielt ein Dutzend Haarschneidemaschinen mit ausführlichen deutschen Gebrauchsanweisungen. Bei näherer Prüfung ergab sich, daß in den Text mehrere Anweisungen eingeschleust worden waren, außerdem adressierte und frankierte Postkarten und Briefe zur Weiterbeförderung. Die Briefe enthielten genaue Angaben über Objekte, die erkundet und überwacht werden sollten.

Ähnliche Päckchen und dicke Briefumschläge trafen jeweils im Abstand von zwei Wochen ein. Die meisten waren von einem Fräulein Reimers in Potsdam abgesandt. Sie alle enthielten Postkarten und Briefe zur Weiterbeförderung. Des weiteren gab es Botschaften für Gustav Steinhauer, Papierfabrikant von eigenen Gnaden, der während des Besuchs von Hauptmann Nicolai in London die Aufmerksamkeit auf sich gezogen hatte.

Die Empfänger der Anweisungen wohnten an Orten, die voneinander so weit entfernt waren wie Edinburgh und Exeter. Die MO5 hatte mit der Hilfe der Geheimpolizei den ganzen Spionagering unter Bewachung gestellt.

Dreißig Agenten erhielten ihre Anweisungen über dieses »Postamt«. Die meisten ihrer Befehle konzentrierten sich auf das Auskundschaften von Hafenanlagen und Befestigungen. Die Bezahlung sei schäbig, sagte Giles zu John. «Der Friseur erhält ein Pfund pro Woche für seine Dienste.»

«Und er hegt keinerlei Verdacht?» fragte John.

Kell schüttelte verneinend den Kopf. «Wir können ihn im Moment nur überwachen und abwarten. Sollte es zu einer Krise kommen, können wir die ganze Bande innerhalb von Stunden festnehmen. Doch eins steht fest, wir haben das gesamte deutsche Spionagenetz im Vereinten Königreich unter unserer Kontrolle.»

«Nun, das ist gewiß – » begann John, als ein gellender Schrei vom Haus her seinen Satz unterbrach.

Charles sprang auf, er hatte die Stimme seiner Tochter Mary Anne wiedererkannt. «O mein Gott, Mildred!»

Als er ins Haus stürmte, nahm Charles zwei rennende Gestalten wahr. Vera, das Dienstmädchen, lief wie ein Windhund über die Felder, ihr Häubchen flog ihr vom Kopf, ihr schwarzes Kleid und die gestärkte Schürze bauschten sich hoch auf. Bill Crook folgte ihr und hatte sie fast schon eingeholt.

Sara stand leichenblaß in der Halle, den Telefonhörer in der Hand. Sie hinderte Charles mit einer Geste, die Treppen hinaufzulaufen, während sie sprach: «Ja, Doktor ... so schnell Sie können ... vielen Dank.» Sie hängte den Hörer in die Gabel, dann wandte sie sich an Charles. «Geh nicht zu ihr. Sie wird es nicht wollen ...»

«Haben die ...»

«Mary Anne, Mrs. Kell und eins der Mädchen sind bei ihr. Ja, die Wehen haben begonnen. Aber es sieht nicht gut aus.» Sie nahm ihn beim Arm. «Ich will dir die Wahrheit nicht vorenthalten. Der Arzt wird so schnell wie möglich kommen. Aber ich habe auch Martha Crook holen lassen. Sie ist vermutlich die beste Hilfe in dieser Situation.»

»Aber ...» Charles sah sie verwirrt an.

«Solltest du Zweifel haben, kann ich dir nur sagen, daß Dr. Squierey es selbst vorgeschlagen hat. Seine erste Frage war: ‹Haben Sie Mrs. Crook geholt?› Beruhige dich also, Mildred ist in guten Händen.»

Charles öffnete den Mund, brachte aber keinen Laut heraus, doch Sara schien seine Gedanken zu lesen. «Ja, Charles, wenn Lebensgefahr besteht, werde ich dafür sorgen, daß du bei ihr bist. Aber jetzt geh zu den anderen Männern zurück. Dies hier ist Frauensache.»

Giles war Charles gefolgt. Er nahm ihn beim Arm und führte ihn auf die Terrasse zurück. Dort versuchten sie, ihr Gespräch über die Notwendigkeit, die Land- und Seekräfte auszubauen, weiterzuführen, aber die Worte rauschten an Charles vorbei. In seinen Ohren gellte noch immer der Schmerzensschrei seiner Frau.

Sara hatte Martha Crook gelegentlich gesehen, seitdem John ihr die Wahrheit über die Vergangenheit dieser Frau erzählt hatte. Sie hatte graue Haare, die sie in einem Knoten trug, und strahlte eine außerordentliche Ruhe aus, als besäße sie die geheime Gabe, innere Ängste zu besänftigen. Ihre Stimme war weich und ihre Hände noch weicher, als sie Mildreds geschwollenen Leib abtastete. Sogar Mildred, trotz ihrer Ängste, fühlte sich erleichtert, als sie die beruhigenden Worte hörte. «Nun, nun, keine Aufregung, alles wird gut werden. Atmen Sie tief ein, wenn die Schmerzen einsetzen, ja, brav, genau so ...»

«Die Schmerzen... dort... die ganze... Zeit...» brachte Mildred stöhnend hervor, dann stieß sie wieder einen schrillen Schrei aus. Martha bedeutete Sara mit einer Handbewegung, vom Bett wegzutreten und ihr in eine entfernte Ecke des Zimmers zu folgen.

Martha Crooks dunkelbraune Augen hatten einen ernsten Ausdruck, als sie mit leiser Stimme sprach, so daß nur Sara sie hören konnte. «Es sieht schlecht aus, Mrs. Railton. Beten Sie zu Gott, daß der Arzt nicht zu bald kommt, sonst muß die arme Dame sterben.»

«Wie bitte?» fragte Sara verwirrt und angsterfüllt.

Martha legte ihre Hand auf Saras Mund. «Leise! Ich weiß nicht, was der Arzt der Dame sich gedacht hat. Vielleicht weiß er nicht einmal Bescheid, aber das Kind muß im Mutterleib umgedreht werden, es ist in einer Steißlage, und Dr. Squierey ist dazu nicht fähig. Ich war mehrmals dabei, als er es versucht hat, aber er hat den Trick nicht raus. Die Dame muß starke Schmerzen aushalten, aber mit Gottes Hilfe und ein wenig Glück kann ich das Baby umdrehen. Wenn es mir mißlingt, dann ist es um beide geschehen.» Sie holte tief Luft und blickte auf die Patientin. «Leider ist das Baby auch noch sehr groß, was die Sache erschwert. Aber wir müssen es versuchen ...» Sie gab mit ruhiger Stimme kurze und klare Anweisungen: «Halten Sie die Patientin an Armen und Unterschenkeln fest und verhindern Sie, daß sie nach unten blickt. Sie darf unter keinen Umständen sehen, was ich tue. Und nun holen Sie mir heißes Wasser und Desinfektionsmittel.»

Während der nächsten Stunde schrie Mildred fast ununterbrochen, doch glücklicherweise verlor sie zeitweilig das Bewußtsein. Mary Anne, Mrs. Kell, Sara und das Mädchen hielten sie fest. Martha Crook sprach mit sanfter Stimme auf sie ein, während sie mit geschickten Händen sich langsam in Mildreds Unterleib vortastete.

Mildreds Haar war glitschig von Schweiß, ihre Schreie wurden lauter, als das kleine Wesen in ihr umgedreht wurde. Allmählich wurden ihre Schreie leiser, als ihre Kräfte schwanden.

Endlich richtete Martha Crook sich auf und beugte sich mit einem triumphierenden Blick über ihre Patientin. Im Flüsterton sagte sie: «Und nun, meine Liebe, müssen Sie alle Ihre Kräfte zusammennehmen.»

Zuerst schien Mildred sie nicht zu hören, doch dann öffnete sie die Augen und blickte Martha Crook vertrauensvoll an. Es war, als sei plötzlich eine mystische, primitive und ganz direkte Beziehung zwischen den beiden Frauen entstanden. «Alle Ihre Kräfte», wiederholte Martha Crook leise. «Jetzt, pressen Sie, ja, so, bald wird Ihr kleiner Sohn geboren werden. Und das wollen Sie doch, nicht wahr?»

Mildred nickte. Die Pein und die Qualen der letzten Stunden schienen wie fortgeblasen. Sie tat, was Martha Crook ihr sagte, lautlos und ohne Fragen zu stellen. Der Rest war einfach und leicht. Der Junge kam ohne weitere Komplikationen zur Welt. Er schnüffelte zweimal, als wollte er den Ort beschnuppern, in den man ihn so plötzlich versetzt hatte, dann stieß er einen kräftigen Schrei aus.

Der Arzt hörte den Schrei, als er die Treppe hinaufkam. Seine Aufgabe war jetzt relativ leicht. Er mußte sich nur noch darum kümmern, daß Mrs. Railton gut versorgt würde, und seine Anweisungen geben, um eine Sepsis zu verhüten, die er jedoch für unwahrscheinlich hielt. Er hatte Martha Crook schon öfters bei der Arbeit gesehen.

Sara ging nach unten, um dem erleichterten Charles zu sagen, daß er einen kräftigen Sohn bekommen habe, er solle jedoch Mildred erst mal schlafen lassen, da es eine schwere Geburt gewesen sei. Als sie ins Krankenzimmer zurückkam, war Martha Crook schon fort. Sie war leise über die Hintertreppe verschwunden und ging mit leichtem Schritt über die Felder zum Glebe Cottage zurück.

Mildred schlief viele Stunden. Charles sah seinen neugeborenen Sohn und dessen Mutter nach dem Abendessen. Beide wirkten ausgeruht und munter. Und nur diejenigen, die bei der Geburt des kleinen William Arthur, genannt nach dem General, mit dabeigewesen waren, wußten, daß ein Wunder vollbracht worden war.

Beim Abendessen am gleichen Tag bemerkte Giles, daß James ungewöhnlich schweigsam war. Er erwähnte es Sara gegenüber.

Sie lächelte. «Du wirst es nicht glauben, aber James ist verliebt. Zum Glück alles sehr passend. Seine Auserwählte wohnt auf der anderen Seite von Haversage und stammt aus einer alten Offiziersfamilie. Sie wird MMM gerufen wegen ihrer Initialen: Margaret Mary Mitchel. Ein nettes Mädchen. James schwebt in den Wolken, seit er sie kennengelernt hat. Nur gut, daß er nächsten Monat auf die Militärakademie kommt. Entweder wartet sie auf ihn, oder es wird nichts draus.»

Giles Railton nickte. Sein Großneffe James und seine Tochter Mary verkörperten für ihn die Zukunft der Familie. Beide waren durchaus fähig, auf sich selbst aufzupassen, trotzdem fühlte er sich als ihr Schutzengel.

Was ihn aber wirklich beunruhigte, war Johns eingefallenes Gesicht, besonders weil er wußte, wie schlecht es um die Gesundheit seines Neffen bestellt war. Aber auch die Blicke, die Sara und der junge amerikanische Pilot ständig austauschten, gaben ihm zu denken. Giles kannte das Leben, und Geheimnisse blieben nicht lange vor ihm verborgen. Auch hatte er Johns Worte über die Beziehung zwischen James, Sara und dem Amerikaner nicht vergessen. «Er ist wie ein Bruder zu den beiden.» Giles war die Bitterkeit im Tonfall nicht entgangen.

10

James hatte sich mit seinem Vetter Caspar immer gut vertragen, und so hatten sie sich von ihren Vorgesetzten die Erlaubnis eingeholt, in der Königlichen Militärakademie Sandhurst, ein Zimmer und einen Bedienten teilen zu dürfen.

James ging gerne nach Sandhurst; das einzige, was er bedauerte, war die Trennung von Margaret Mary Mitchel. Er hatte sie auf dem Ball von Lady Dartmouth während der Londoner Saison kennengelernt.

An sich hätte es James vorgezogen, auf dem Land zu bleiben, denn Dick brachte an manchen Wochenenden eine Farman rüber, aber von jungen Männern wie James und Caspar wurde erwartet, daß sie die jungen Mädchen aus ihren Kreisen während der Saison auf Bälle und Gesellschaften begleiteten.

James hatte sich nie viel aus dem weiblichen Geschlecht gemacht, aber auf Lady Dartmouths Ball lernte er gleich am Anfang des Festes Margaret Mary kennen. Und ohne recht zu wissen, was er tat, hatte er jeden Tanz für sich reserviert – was höchst unüblich war.

Sie hatte ihn vom ersten Moment an bezaubert. Sie hatte eine Mähne roten Haars, eine schlanke, knabenhafte Figur, ein lausbubenhaftes, zu ihrem großen Leidwesen mit Sommersprossen übersätes Gesicht und einen großen Sinn für Humor. Sie war ganz anders als die albernen Gänse, die er bisher getroffen hatte. Nicht schön im klassischen Sinn, aber sehr begehrenswert.

Aber es waren nicht nur ihre körperlichen Vorzüge, die James so anziehend fand, sondern vor allem, daß sie außer über ihr Lieblingspony oder ihre Schulzeit auch noch über andere Dinge reden konnte. Schon beim ersten Zusammentreffen stellte er fest, daß sie über vieles Bescheid wußte, von dem er keine Ahnung hatte, zum Beispiel über Musik, die ihre große Leidenschaft war.

Zu James' Entzücken kannte sie seinen Namen, was sich dadurch erklärte, daß sie nur sechs Meilen entfernt von ihm auf der anderen Seite von Haversage wohnte. Sie stammte wie er aus einer alten

Offiziersfamilie, ihr Vater war Sir Bertram Mitchel, pensionierter Oberst der Königlichen Artillerie und ein Kriegskamerad des Generals.

James erfuhr später, daß Sir Bertram das Leben in Challow Hall, seinem Landsitz, der Stadt vorzog. Hauptsächlich, weil seine Frau sich in Indien, wo der Oberst eine Zeitlang stationiert gewesen war, eine unangenehme Form der Malaria geholt hatte.

Seine Tochter jedoch erfreute sich bester Gesundheit. Die beiden machten gemeinsame Ausflüge, James ging nach Challow Hall, um Margaret beim Klavierspielen zuzuhören, und Margaret kam nach Redhill, um James beim Fliegen zuzusehen.

Am Wochenende, bevor James nach Sandhurst fuhr, ging er mit Margaret ins Gehölz und küßte sie. Zuerst nur schüchtern, aber als sie seinen Kuß erwiderte, mehrmals und mit Leidenschaft. Sie vergaßen die Zeit und sprachen über ihre Gefühle. Beide wußten nicht so recht, was mit ihnen geschah, aber sie waren sich vollkommen sicher, daß sie den Rest des Lebens miteinander verbringen wollten.

Das Paar beschloß, sich noch nicht offiziell zu verloben. Margaret Mary wußte, daß ihr eine lange Wartezeit bevorstand, was sie aber nicht weiter beunruhigte, da sie keinerlei Zweifel an ihren Gefühlen hegte.

Die beiden jungen Leute gaben sich der Illusion hin, daß niemand etwas von ihrer Beziehung ahnte. Aber die beiden Familien waren über den wahren Stand der Dinge längst aufgeklärt. Saras Bemerkung zu Giles während des Wochenendes in Redhill, daß Sandhurst ein ausgezeichneter Prüfstein für die Ernsthaftigkeit dieser Bindung sei, fand in Challow Hall ein verständnisvolles Echo, obwohl auch Margaret Marys Eltern nichts gegen die Verbindung einzuwenden hatten.

James und Caspar lebten sich schnell in Sandhurst ein. Aber James war höchst erstaunt, als der Kommandeur ihm empfahl, auch weiterhin regelmäßig zu fliegen, aber noch verwunderlicher fand er die Anweisung, daß er sich mit erhöhter Aufmerksamkeit dem Studium der deutschen und französischen Sprache widmen sollte.

James hatte keinerlei Schwierigkeiten, sich der täglichen Routine anzupassen. An den meisten Sonnabenden, wenn das Wetter es erlaubte, fuhr er ins nahe gelegene Farnborough, um zu fliegen. Nach einigen Monaten machte er seinen Flugschein.

Mindestens einmal im Monat konnte er zu Besuch nach Challow

Hall oder Redhill. Es war eine relativ kurze und bequeme Fahrt. Er führte also ein ausgefülltes, glückliches Leben, tat all die Dinge, die ihn am meisten interessierten, und seine Gefühle für Margaret Mary vertieften sich. Kurz vor Weihnachten 1912 heiratete James, Leutnant des Hampshire-Regiments, Miss Margaret Mary Mitchel in der Dorfkirche von Haversage.

Die zwei jungen Leute waren reifer geworden und akzeptierten ihre gegenseitige innige Zuneigung mit amüsiertem Ernst. Einige ältere Familienmitglieder bemerkten, es sei sehr angenehm, zwei Vertretern der jungen Generation zu begegnen, die nicht ihre ganze Zeit auf Festen vertrödelten und die Nächte durchtanzten.

Die Neuvermählten verbrachten drei glückliche Wochen in Paris, von denen sie drei Tage Marcel und Marie Grenot opferten. Margaret Railton, wie sie jetzt hieß, wußte jedoch nichts von dem versiegelten Päckchen, das James Marie heimlich zusteckte. Die Übergabe dieses Päckchens hatte eine lange Vorgeschichte. Sie markierte einen Wendepunkt in James' Leben und hatte indirekt den Weg zu seiner Heirat geebnet.

Es hatte alles Anfang des Jahres 1912 begonnen, als James aus den Weihnachtsferien in die Militärakademie zurückgekehrt war. Eine Woche nach seiner Rückkehr erhielt er eine persönliche, versiegelte Nachricht des Kommandeurs mit dem Befehl, sich um die unübliche Zeit von zehn Uhr abends bei ihm einzufinden.

Er erschien im Privatquartier des Kommandeurs, der ihn in ein kleines Arbeitszimmer führte, ihn zum Sitzen aufforderte und ihm einen Kognak und eine Zigarre anbot.

Nach ein paar Höflichkeitsfloskeln kam der Kommandeur zur Sache. «Ich muß mich für die späte Stunde entschuldigen, Railton, aber es ist besser so. Aus gewissen Gründen will ich vermeiden, daß unser Treffen hier bekannt wird.»

James fragte sich verwirrt, was nun folgen würde.

«Zuerst einmal» – der Kommandeur lächelte wohlwollend – «möchte ich Ihnen sagen, daß Ihrer Ernennung nichts im Wege steht. Sie wird im Sommer offiziell bekanntgegeben. Ziehen Sie irgendein besonderes Regiment vor?»

James nippte an seinem Kognak. «Es heißt, daß ein Fliegerkorps gegründet werden soll. Dem würde ich gern angehören.»

Der Kommandeur lächelte, dann schlug er unerwartet vor, daß James sich zum 2ten Bataillon des Hampshire-Regiments melden solle.

James war im Begriff zu sagen, daß er nicht recht wüßte, was er gerade bei den Hampshires zu suchen habe, als der Kommandeur fortfuhr: «Das Regiment wird Sie bestimmt akzeptieren. Es ist übrigens mein eigenes Regiment. Aber nun bitte, hören Sie mir gut zu. Ich bin mir gar nicht sicher, ob Sie dort je Dienst tun werden. Mehr kann ich im Moment nicht sagen. Vielleicht kommen Sie ins Fliegerkorps oder irgendwo anders hin. Meine Aufforderung an Sie ist von anderer Seite angeregt worden. Und sie wird für Sie angenehme Nebenwirkungen haben. Sind Sie noch immer daran interessiert, die kleine Mitchel zu heiraten?»

«O ja, sogar sehr, Sir.»

«Gut, der erste Vorschlag ist also das Hampshire-Regiment. Der zweite ist für Sie noch wichtiger. Wenn Sie die Offiziersstelle bei den Hampshires diesen Sommer annehmen, kann ich Ihnen versprechen, daß Sie nach Sandhurst zurückversetzt werden, was mich zu Ihrem direkten Vorgesetzten macht. Und als solcher gebe ich Ihnen meine sofortige Erlaubnis zu heiraten.»

«Ich wäre also ein Mitglied des hiesigen Stabs?»

«Wir halten viel von Ihnen, Railton. Denken Sie darüber nach. Ich wäre dankbar, wenn Sie mir Ihre Entscheidung noch vor dem Wochenende mitteilen könnten.»

James brauchte keine Zeit zum Nachdenken. Das ist also meine Zukunft, dachte er. Heirat an Weihnachten mit dem Offizierspatent in der Tasche, dann ein fabelhafter Posten in Sandhurst.

Einige Wochen nach diesem Gespräch erhielt James einen Brief von seinem Onkel. Der Brief war entwaffnend direkt.

Lieber James,
ich weiß, daß Du Dich sonnabends fast immer freimachen kannst. Daher bitte ich Dich, mich am nächsten Sonnabend in London zu besuchen, um eine wichtige Familienangelegenheit zu besprechen. Unter den gegebenen Umständen wäre es besser, Du kämst weder nach Eccleston Square noch in meinen Club. Ich wäre Dir daher dankbar, wenn Du mich um zwölf Uhr mittags vor dem Duke of York's Theatre treffen könntest.
Bitte beantworte diesen Brief nicht. Ich werde bis 12.30 Uhr auf Dich warten.
Mit den besten Grüßen
Herzlichst
Dein Onkel Giles Railton.

James war ein zu typischer Railton, um bei Giles' Brief nicht einen gewissen Nervenkitzel zu spüren. Keine hundert Pferde hätten ihn davon abhalten können, zu dieser Verabredung zu gehen. Am vereinbarten Tag traf er sogar zehn Minuten zu früh vor dem Duke of York's Theatre ein.

Doch kein Giles! Passanten gingen vorbei, der Verkehr floß in geordnetem Chaos dahin. Dann, um Schlag zwölf Uhr, hielt ein Taxi, und zwei gutgekleidete Männer stiegen aus.

Einer blieb am Wagenschlag stehen, der andere ging schnurstracks auf James zu.

«Mr. Railton?»

«Ja.»

Der Mann übergab James eine Karte, ließ ihm aber kaum Zeit zum Lesen der Nachricht, die in Giles' Handschrift geschrieben war: «James – geh mit den beiden Herren. Du kannst ihnen vertrauen. Sie werden Dich zu jemand sehr wichtigem führen. Hör genau zu, was er Dir zu sagen hat. G. R.»

Der Mann riß ihm die Karte fast aus der Hand, ergriff James am Arm und sagte: «Folgen Sie mir bitte.»

James stieg ins Taxi. Der andere Mann stieg auf der anderen Wagenseite ein, so daß James eingekeilt zwischen den beiden Unbekannten saß.

Die Vorhänge wurden heruntergezogen, der Wagen setzte sich in Bewegung, kurvte öfters hin und her und gewann an Tempo. Der Mann, der ihn angesprochen hatte, entschuldigte sich für die heruntergezogenen Vorhänge. «Es ist nicht ratsam für Sie zu wissen, wohin wir fahren. Zu Ihrer eigenen Sicherheit. In unserem Beruf müssen wir viele merkwürdige Dinge tun.»

Sie fuhren schweigend fast eine Stunde lang. Als das Taxi endlich hielt, wurde James bedeutet, sitzen zu bleiben.

Der zweite Unbekannte stieg aus und ließ die Wagentür offen. Einen Moment später kam er zurück und gab ein Zeichen, daß alles in Ordnung sei.

Der andere sagte zu James: «Wenn Sie aussteigen, beeilen Sie sich. Direkt vor Ihnen werden Sie ein Haus sehen, gehen Sie die Stufen hinauf und durch die grüne Eingangstür. Wir werden die ganze Zeit bei Ihnen bleiben.»

James tat, wie ihm befohlen. Er ging die paar Steinstufen hinauf, die zu einer grün gestrichenen Eingangstür führten, die einen Spalt offenstand.

Die Tür schloß sich hinter ihnen. Sie standen in einer teppichlosen, kahlen Halle.

«Rechts, die Treppe hinauf, bitte.»

«Dürfte ich wohl erfahren ...» fing James an.

Einer der Unbekannten gab ihm einen kleinen, aber freundlichen Stoß. «Jemand möchte Sie sehen.» Sie führten ihn durch das Haus, Korridore entlang und durch uneingerichtete Zimmer, dann blieben sie vor einer großen Tür stehen. Der Mann, der James ursprünglich angesprochen hatte, klopfte an die Tür. Eine kräftige Stimme rief: «Herein.»

«Mr. Railton, Sir.» James betrat das Zimmer. Vor ihm saß ein Herr in einem bequemen Ledersessel hinter einem Schreibtisch. James schätzte sein Alter auf ungefähr fünfzig.

«Gut gemacht, Jungens.» Der Herr hinter dem Schreibtisch nickte James' zwei Begleitern wohlwollend zu. «Lassen Sie uns bitte jetzt allein. Ich werde Sie später rufen lassen.» Er forderte James mit einer Handbewegung auf, in dem alten Sessel ihm gegenüber Platz zu nehmen.

James' Gesprächspartner war ein großer, freundlich wirkender Mann in einem eleganten grauen Anzug. Sein rundes Gesicht wirkte fast wie gegerbt, als sei er irgendwann einmal länger Wind und Wetter ausgesetzt gewesen. James vermutete, daß er der Königlichen Marine angehört hatte. Er machte den gleichen Eindruck, den James oft bei Andrews Kollegen beobachtet hatte.

«Ich hätte gern eine Erklärung, Sir ...» fing James an. «Mein Onkel ...»

«Der bewundernswürdige Giles Railton.» Der Marine-Mann lachte vergnügt. Er strömte Charme förmlich aus. Sicher sehr begehrt bei den Damen, dachte James.

«Giles Railton», fuhr sein Gegenüber fort, «hat mich auf Sie aufmerksam gemacht. Ich suche nach jungen Leuten mit Schwung und Schneid. Nach Männern mit Lust auf Abenteuer.»

«Erlauben Sie, Sir, darf ich, bevor wir dieses Gespräch fortsetzen, erfahren, mit wem ich rede?»

«Oh, verzeihen Sie.» Seine Entschuldigung klang aufrichtig. «Nennen Sie mich einfach C. Die meisten tun es. Und ich versichere Ihnen, Railton, Ihr Onkel Giles, der übrigens ein guter Freund von mir ist, hätte uns nie zusammengebracht, würde er sich von unserem Treffen nicht viel versprechen. Aber erst mal, haben Sie etwas dagegen, wenn ich Ihnen ein paar Fragen stelle?»

Später sollte James feststellen, daß nur wenige Menschen diesem geheimnisvollen Mann etwas abschlugen. Er war daran gewöhnt, daß man ihm gehorchte, und besaß die Fähigkeit, mit ruhigem Charme die Leute zum Gehorsam zu überreden. Trotz der zur Schau getragenen Liebenswürdigkeit ahnte James jedoch, daß sich unter dem Samthandschuh eine eiserne Faust verbarg.

C erkundigte sich nach James' Ausbildung, seinem Elternhaus, nach seiner Zeit in Sandhurst und nach seinen Zukunftsplänen.

«Sie scheinen alles über mich zu wissen, Sir.»

C lachte laut und herzlich. «Natürlich tu ich das. *Ich* war es schließlich, der die Sache mit dem Hampshire-Regiment und Ihrer Rückversetzung in die Militärakademie gedeichselt hat. Und das alles in der Hoffnung, daß Sie meinem kleinen Plan zustimmen. Wie steht es mit Ihrem Französisch und Deutsch?»

Nachdem er sich von James' guten Kenntnissen in beiden Sprachen überzeugt hatte, lächelte C freundlich und sagte, man habe ihm erzählt, daß eine baldige Heirat bevorstünde.

«Im Vertrauen gesagt, Sir, wenn alles gutgeht, wollen wir Weihnachten heiraten.»

«Großartig. Aber nun, wie steht's mit der Fliegerei?»

Sie unterhielten sich fast zwei Stunden lang. C fragte James über seine politischen Ansichten aus und ging dann auf Flugzeuge und deren eventuellen Nutzen im Krieg über.

An einem gewissen Punkt sagte er: «Sie haben viele gute Ideen, Railton. Nehmen wir einmal an, ein Krieg bricht aus und wir müßten einen Spion per Flugzeug hinter der Frontlinie absetzen. Wäre das möglich?»

«Wenn Sie sich das richtige Gelände aussuchen, wo man mit einiger Sicherheit unbemerkt landen und wieder aufsteigen kann, wäre das durchaus möglich.»

C nickte zufrieden. Sie setzten ihr Gespräch fort.

Schließlich richtete C sich kerzengerade im Stuhl auf. «Sie gefallen mir, Railton. Entschuldigen Sie die Geheimnistuerei bei der Hinfahrt. Aber in unserem Gewerbe ist Vorsicht geboten. Wir haben Sie schon eine Zeitlang im Auge, aber nach unserer heutigen Unterredung möchte ich Ihnen sagen, daß wir es gerne sähen, wenn Sie bei uns arbeiten würden. Wir können Sie gut gebrauchen.»

«Sir, wer sind Sie nun eigentlich?»

«Der Chef des Geheimdienstes für alle Belange außerhalb des

britischen Territoriums. Mir unterstehen die Agenten – oder Spione, wenn Sie wollen – in allen fremden Ländern. James, wollen Sie dem Geheimdienst beitreten? Sie müßten natürlich zuerst ein Spezialtraining durchmachen.»

Und so wurde James unauffällig und schmerzlos in ein Arbeitsgebiet eingeführt, das sein ganzes kommendes Leben bestimmen sollte. Er kehrte nach Sandhurst zurück. Im Sommer wurde er zum Leutnant bestellt. Und bald sollte er erfahren, daß dicht unter der Oberfläche des normalen Lebens eine andere, schattenhafte Welt existierte.

Ohne Vorwarnung erhielt er, meist per Boten, Befehle, die ihn an zwielichtige Orte führten, wo andere Regeln galten. Er lernte Codes, drahtlose Telegrafie und Überwachungsmethoden. Er studierte die Stadtpläne aller größeren Städte Europas und lernte die Übermittlungswege für Geheimnachrichten.

Es klang alles enorm einfach, fast wie ein Kinderspiel. Doch er mußte sehr bald entdecken, daß die Wirklichkeit ganz anders war.

Auf seiner Hochzeitsreise, als er Mary Grenot das Päckchen übergab, führte er den ersten Auftrag für seinen neuen Kommandeur C aus.

Giles Railton mußte – ohne James' Wissen – seiner Tochter unauffällig Informationen zukommen lassen, denn sie war offiziell davor gewarnt worden, ihren deutschen militärischen Kontaktmann in Paris zu sehen.

11

Der Mann, den James Railton als C kannte, war natürlich niemand anderer als der Marineoffizier Captain Mansfield Smith-Cumming, der Direktor des neugegründeten Spionageabwehrdienstes (Auslandsabteilung), später umbenannt in MI6, während Vernon Kells entsprechende Abteilung für die innere Sicherheit die neue Bezeichnung MI5 erhalten würde.

Giles Railton stand mit diesen beiden Abteilungen ständig in Verbindung und teilte viele Geheimnisse mit ihnen. Beide Abteilungen waren noch im Anfangsstadium und lernten ihr Gewerbe auf gemächliche Art. Mit der Rekrutierung von Männern wie James bereitete sich C auf einen eventuellen Krieg vor.

Das Jahr 1913 nahm seinen üblichen Gang. Im Hochsommer erfuhr die Familie Railton, daß James und Margaret keine Zeit verloren hatten. Ein weiterer Railton war auf dem Weg.

Patrick Quinn hatte sich aus der Welt des geheimnisumwitterten Gewerbes zurückgezogen, sein Nachfolger wurde der scharfsinnige Basil Thomson – ein militärisch aussehender Fachmann mit wenig Skrupeln behaftet, der jedoch, wenn er wollte, durchaus liebenswürdig sein konnte.

Während des Sommers 1913 beschloß Giles, seine Schwiegertochter Bridget in Irland zu besuchen. Allerdings auf möglichst unauffällige Art, denn er war sich des Risikos wohl bewußt. Smith-Cumming wie auch Vernon Kell teilten seine Meinung, daß sich die englischen Agenten in Irland in einer gefährlichen Lage befanden.

Das Parlament war fest entschlossen, den Iren die Autonomie zu gewähren. Als im Januar 1913 das Gesetz nach der dritten Lesung im Parlament angenommen wurde, brach in Dublin großer Jubel aus. Nicht jedoch in Ulster. Neun Monate später sollten die Ulsterleute ein Dokument unterzeichnen, in dem sie bei ihrem Leben schworen, die Selbstregierung Irlands bis zum letzten Atemzug zu bekämpfen.

«Es ist nur eine Frage der Zeit, aber zu blutigen Auseinandersetzungen kommt es bestimmt», sagte Giles zu Bridget. Sie hatten sich um halb sechs Uhr früh an einem Waldrand getroffen. Der Himmel war perlgrau. Es versprach, ein schöner Tag zu werden.

Nur Giles wußte, daß drei von Vernon Kells Männern, die getrennt angereist waren, sie aus sicherer Distanz bewachten. Er hatte Brot und Käse mitgebracht, und sie aßen, während sie sich unterhielten.

«Ich weiß», sagte Bridget. Sie lebte in ständiger Angst. Giles wußte es und war gelegentlich erstaunt über ihren Mut.

«Beide Parteien haben bislang noch nicht genug Waffen. Aber sie werden sie bekommen, ich fürchte, sogar sehr bald. Und dann gibt es ein großes Blutvergießen.»

Giles dachte einen Augenblick lang über die schreckliche Lage von Doppelagenten nach. «Wir müssen einige echte Informationen für dich finden, die du weitergeben kannst, damit sie noch mehr Vertrauen zu dir fassen.»

Sie sprachen noch eine halbe Stunde länger. Bridget gab Giles Namen an von Feniern, die sich, wie sie wußte, aktiv zum Kampf rüsteten. Giles erklärte ihr neue Möglichkeiten der Nachrichtenübermittlung. Er wünschte, er hätte es mit Malcolm zu tun, aber Malcolm wußte nicht einmal, daß er in Irland war.

«Sobald wir etwas Überzeugendes zum Weitergeben haben, laß ich's dich wissen», sagte er zum Schluß. «Und sei vorsichtig.»

Als das Jahr dem Ende zuging, gebar Margaret Railton einen kräftigen Knaben. Sie nannten ihn Donald Giles. James war mit knapp zwanzig Vater geworden und freute sich darüber wie ein Kind.

Weihnachten wurde in Redhill gefeiert, und mit Ausnahme von den Grenots und Malcolm und Bridget war die ganze Familie anwesend. Die letzten Tage des Jahres vergingen schnell. Um Mitternacht des 31. Dezember hörten die Railtons die Kirchenglokken läuten. Das Jahr 1914 hatte begonnen.

Doch niemand ahnte, wieviel Grauen und Schrecken es bringen würde.

Padraig O'Connell saß an einem frühen Morgen am Straßenrand. Es war der 28. Juni 1914. Die Sonne erklomm langsam den Horizont und schickte ihre ersten Strahlen über die Hügel.

Zu seiner Rechten huschte ein flüchtendes Reh vorbei, und dann sah er seinen Vertrauensmann. Er schritt über die Felder direkt auf ihn zu.

Sie begrüßten sich wie Fremde, die sich auf einem Spaziergang begegneten.

«Also?» Padraig wandte sich dem Mann zu, der mit steinerner Miene neben ihm stand.

«Also was?»

«Was ist durchgesickert? Was weiß man in London?»

«Das, was ganz Irland weiß.» Der Vertrauensmann sah ihn lange an. «Man weiß, daß das englandtreue Ulster-Freiwilligenkorps gut bewaffnet ist – ungefähr vierzigtausend Gewehre.»

«Ist das alles? Keine weiteren Geheimnisse?»

«Nur Gerüchte. Es heißt, die Waffen für die Anhänger der Selbstregierung seien in Deutschland gekauft und würden innerhalb eines Monats geliefert. Die Waffen sollen per Schiff in der Nähe von Kingstown ankommen.»

Padraig lächelte. Diese letzte Nachricht hatte er selbst ausgestreut und gehofft, daß die Gegenseite sie für bare Münze hielt. Aber die Waffen würden weit entfernt von Kingstown landen. «Ist das alles?»

«Alles, was ich weiß.»

«Ihr Ehrenwort?»

«Mein Ehrenwort.»

«Geben Sie weiterhin acht. Falls irgend etwas anderes an London weitergegeben wird, sagen Sie es dem Jungen, und ich setze mich mit Ihnen in Verbindung.»

Der Mann wandte sich zum Gehen, dann blieb er stehen und fixierte O'Connell. «Ich tue dies nur aus einem einzigen Grund. Ich liebe meine Frau mehr als England. Ich will, daß sie in Ruhe gelassen wird. Ich will sie in Sicherheit wissen.»

«Dann tun Sie, was ich Ihnen sage», Padraig O'Connell lächelte verächtlich. «Sie werden über die Waffenlieferung an die irisch-republikanische Bruderschaft nach London berichten.»

«Wie bitte?»

«O ja. Sie genießen doch das Vertrauen von vielen Beamten in Dublin, nicht wahr?»

«Ja.»

«Dann werde ich Ihnen das Datum und den genauen Landeplatz, wo die Waffen und die Munition ankommen, bekanntgeben. Das kann Ihr Prestige bei den Dublinern nur erhöhen.»

«Aber damit verraten Sie doch Ihre eigene Sache!»

«Nicht, wenn ich Ihnen Angaben mache, die nicht ganz akkurat sind. Die Soldaten werden nicht am richtigen Landungsplatz warten, aber ganz in der Nähe, und das zwei Stunden zu spät.»

«Ich verstehe.»

«Ach, wirklich? Bravo! Sie werden also berichten, daß die Waffen am 26. Juli in den frühen Morgenstunden in Howth ankommen. Wissen Sie, wo Howth liegt?»

«Nördlich von Dublin. In den frühen Morgenstunden, sagten Sie?»

«Ich werde Ihnen noch eine genauere Zeitangabe geben, sobald ich sie weiß. Aber nehmen Sie sich keine Freiheiten heraus, Mister Railton. Sie sind der einzige Außenseiter, der eingeweiht ist. Ihr Ruf bei den Dubliner Beamten wird nicht darunter leiden, wenn die Polizei und die Armee fast am richtigen Landungsplatz und nur zwei Stunden zu spät eintreffen, um meine Jungens zu erwischen. Haben Sie das begriffen?»

«Ja.» Malcolm hatte einen bitteren Geschmack im Mund.

O'Connell grinste, als er der hohen, leicht gebeugten Gestalt nachsah. Die Engländer sind solche Dummköpfe, dachte er. Man brauchte sich nur die zwei Railtons anzusehen – die Irin mit ihrem englischen Mann. Beide arbeiteten für ihn und gegen die englandhörigen Ulsterleute, und keiner wußte, was der andere tat. Wenn einer der beiden ein falsches Spiel spielen sollte, würde der andere ihn unwissentlich verraten. Und wenn das geschah...

Am gleichen Tag, dem 28. Juni 1914, trafen sich die Railtons in Redhill.

Charles und Mildred waren da mit Mary Anne, die noch immer darauf bestand, Krankenpflegerin zu werden. Giles traf später ein.

Andrew und Charlotte erschienen allein. Rupert war auf See, Caspar bei seinem Regiment, Roy in London. Als junger Beamter im Foreign Office mußte er Dienst tun. Auf Anweisung seines Großvaters Giles hatte er seinem Vater nicht genau gesagt, für wen er arbeitete.

James und Margaret hatten das Baby mitgebracht, das von allen mit Zärtlichkeiten überhäuft wurde.

Zufällig hatte am Vorabend Dick Farthing angerufen und gefragt, ob er vorbeikommen dürfe. Niemand hatte etwas dagegen, nur Sara schien nicht sonderlich erfreut.

John Railton erwachte in der Früh mit leichten Kopfschmerzen. Er badete, zog sich an und ging hinunter zum Frühstück. Er wirkte gut gelaunt, denn es war ein klarer, schöner Morgen, der einen vollkommenen Sommertag versprach.

«Ich habe Lust, einen Spaziergang zu machen», sagte er nach dem Frühstück. Es war kurz nach zehn. «Kommt jemand mit?»

«Ja, ich, gern», sagte Sara. Sie hatte sich vorgenommen, besonders nett zu ihm zu sein. Sie verdankte ihm so viel. Redhill hatte ihr Leben verändert, ihr Verständnis für ihre Umwelt vertieft. James und Margaret sagten, sie würden nachkommen. Andrew und Charlotte erhaschten einen verliebten Blick, den das junge Paar austauschte, und beide wünschten im stillen, sie wären noch im Stadium der ersten Verliebtheit.

Sara nahm Johns Arm, und sie gingen durch die Balkontüren ins Freie. Die Rosen waren in voller Blüte – eine blutrote Pracht, eingebettet in dunkles Grün. John sagte, es sei die beste Zeit des Sommers, pflückte eine Blüte und gab sie Sara. «Wie wunderschön», sagte sie.

«Sie verblaßt neben dir, Sara. Du bist das Licht meines Lebens.»

«O John, du hast dich an einem Dorn gestochen.»

«Das macht doch nichts», erwiderte er lachend und saugte kurz an seinem Daumen. Dann hörten sie das Geräusch eines Motors. «Das wird Dick Farthing sein», sagte er.

«James und Margaret können sich um ihn kümmern», flüsterte Sara zärtlich. «Laß uns allein hier bleiben. Es ist einfach hinreißend, einen eigenen Rosengarten zu haben.» Sie sog den Duft der Blumen, des Getreides von den Feldern, die Frische der Morgenluft ein. «Nichts ist betörender als die Düfte eines englischen Sommers», sagte sie. Dann runzelte sie die Stirn, als sie James, Margaret und Dick über den Rasen auf sie zukommen sah, und fluchte leise: «Zum Teufel mit ihnen.»

«Hallo, wie geht's?» rief Dick.

«Er ist in einem Ford Tourer gekommen, stell dir vor!» sagte Margaret lachend.

John Railton hob den Arm zum Willkommensgruß. Doch plötzlich durchfuhr ihn ein heftiger Schmerz. Er hörte wie aus weiter Ferne Saras Aufschrei und spürte Arme um sich, die ihn am Fallen hinderten und ihn sanft auf den Boden gleiten ließen.

James kniete neben seinem Vater, Dick stellte sich hinter Sara, die auf beide Knie gesunken war und Johns Kopf in ihren Händen hielt.

«Nichts...» Er wollte sagen, es sei nichts Wichtiges, es würde vorbeigehen, aber ihm fehlte der Atem.

Trotz der Schmerzen roch er die Süße der Luft, den sanften, lieblichen Duft der schwarzen Nacht, die sich langsam über ihn senkte.

Er hörte nicht mehr den Schrei von James: «Papa! Papa!» Auch nicht seinen tränenerstickten Befehl: «Dick, hol einen Arzt.»

Sara liefen die Tränen über die Wangen, während sie leise wieder und wieder Johns Namen flüsterte.

Der Tod des Generals vor etwas über vier Jahren hatte den Railtons eine Veränderung angezeigt; Johns Tod bedeutete einen Wendepunkt. Doch im allgemeinen Weltgeschehen war sein Tod nur wie eine ironische Randbemerkung in einer griechischen Tragödie, gemessen am Tod zweier anderer Menschen, die ebenfalls an diesem Sommertag starben und damit die Welt aus den Angeln hoben.

Am selben 28. Juni des Jahres 1914 wurden in Sarajewo der Erzherzog Franz Ferdinand und seine Frau, die Großherzogin Sophie, ermordet, eine Tat, die den Lauf der Geschichte änderte. Die Hoffnungen von Millionen Menschen wurden durch die Kugel eines Anarchisten zunichte gemacht.

Zweiter Teil

Juli 1914 – Dezember 1915

12

Zwei Wochen nach der Ermordung des Erzherzogs Franz Ferdinand und dem zufällig gleichzeitigen Tod John Railtons saß Giles im Arbeitszimmer des Generals im Herrenhaus von Redhill.

Johns Beerdigung hatte eine Woche nach seinem Tod stattgefunden. Und nun war Giles nach Redhill zurückgekehrt, um eine ernsthafte Unterhaltung mit Sara zu führen, denn das Testament ihres Mannes hatte die Familie in eine Krise gestürzt. John hatte mit allen Traditionen gebrochen.

Er hatte alles, was er besaß, «seiner geliebten Frau Sara» hinterlassen. Die Bestimmungen des Testaments waren unmißverständlich und nicht anfechtbar. John hatte Sara als eine Railton betrachtet und auch für den Fall ihrer Wiederverheiratung keine einschränkende Klausel eingefügt. Sie konnte also jederzeit durch Heirat ihren Namen ändern, was bedeuten würde, daß der gesamte Besitz der Railtons der Kontrolle der Familie entzogen war.

An diesen Tatsachen war nicht zu rütteln. Auch der Vorschlag – und Giles machte ihn gegen seine innere Überzeugung –, daß Malcolm die Verwaltung des Guts übernehmen solle, stieß bei Sara auf taube Ohren. «Obwohl mir nichts ferner liegt, als den echten Railtons den Besitz der Familie vorzuenthalten.»

Sara sah blaß und abgespannt aus. Die Unterhaltung mit Giles war nicht leicht für sie. «Du hast mir eben erklärt, daß ein Krieg kurz bevorsteht, Onkel Giles. Und wenn dem so ist, werden die Männer eingezogen, und dann ist es das beste, wenn ich hier bleibe und die Leitung des Guts behalte – wenigstens vorläufig.»

Sie hatte sich sehr über Giles' Andeutung, daß bei ihrer Wiederverheiratung große Schwierigkeiten entstünden, geärgert. «John ist kaum unter der Erde, ich finde das alles äußerst taktlos, Onkel Giles...»

«Bitte, Sara, nenn mich Giles...»

«Nein. Wie kannst du mir unterstellen, daß ich an eine neue Heirat denke?»

Er versuchte, sie zu unterbrechen, aber sie sprach ungerührt weiter. «Sollte ich irgendwann einmal später beschließen, eine neue Ehe einzugehen, dann werde ich mich mit der Familie und den Rechtsanwälten beraten. Aber so wie die Dinge liegen, mache ich hier weiter. Bitte, laß mich in Ruhe, ich werde mich im Interesse von uns allen um das Gut kümmern.»

Giles sah ein, daß es keinen Sinn hatte, weiter mit ihr zu diskutieren. Er gab verstimmt nach.

Beim Abendessen beobachtete er Sara mit erneutem Interesse. Die Tatsache, daß sie ein Mitglied der Railton-Familie war, schien ihr eine unerwartete Autorität verliehen zu haben. Nur wenige junge Frauen hätten sich dazu entschlossen, einen großen Besitz zu verwalten, der wie eine Familienfirma geführt wurde.

Sie sprachen jetzt über die Familie. Giles erkundigte sich nach James, den er nur kurz bei der Beerdigung gesehen hatte.

«Natürlich ist er traurig. Andererseits ist er unendlich glücklich mit Margaret.» Sara lächelte. «Was er allerdings beruflich tut, ist mir schleierhaft. Er scheint viel Zeit in London zu verbringen und fährt häufig ins Ausland.»

«Ach wirklich?» Giles' Augen verrieten nichts. Er wußte genau, was James trieb. «Ins Ausland? Ja, doch, ich erinnere mich vage, daß mir jemand erzählt hat, er sei vor einigen Wochen auf Reisen gewesen.»

Sara bemerkte erst jetzt, als Giles die Augenbrauen hochzog, wie grau sie geworden waren. «Er war einen ganzen Monat lang in Deutschland. Was hat ein Armeeoffizier auf der Kieler Regatta zu suchen, Giles?»

«Seine Kollegen kennenzulernen.» Giles brauchte nicht einmal direkt zu lügen. James war als militärischer Beobachter dort gewesen. «Die Delegation in Kiel war etwas Besonderes. Sogar Churchill war dort...»

«Und die Hälfte aller höheren Offiziere der Marine. Andrew schien ziemlich verstimmt, daß man ihn nicht aufgefordert hat.»

«Andrew ist schließlich nur Fregatten-Kapitän, kein sehr hoher Rang. Obwohl mir dieses ganze Kieler Unternehmen nicht ganz verständlich ist. Entweder ist Churchill sehr naiv oder ränkevoller als üblich.» Giles lächelte leicht spöttisch. «Churchill hat die seltsame Idee, durch einen offenen Informationsaustausch mit den Deutschen ließe sich die Spionagemanie stoppen.»

Er nahm einen Schluck des ausgezeichneten Pouilly Fumé, den

Sara zur Forelle servieren ließ, bevor er fortfuhr: «Das kann jetzt auch nicht mehr viel nützen.»

«Hältst du die Lage wirklich für so ernst?»

«Ja, alles Vertrauen schwindet dahin. Ich habe der deutschen Marine nie über den Weg getraut, aber der Einsatzfähigkeit unserer Flotte noch viel weniger.»

«Besonders, seit du einen Enkel dabei hast!»

Sara, dachte Giles, neigte nicht zur Ironie, aber wie sie jetzt über Rupert sprach, grenzte haarscharf daran. Er nickte. «Ja, Andrew ist sehr stolz darauf, daß einer seiner Söhne in seine Fußstapfen tritt. Rupert dient auf der *Monmouth*.»

«Oh, *das* weiß ich!» Sara lachte. «Andrew kann es nicht oft genug betonen. Rupert ist ganz offensichtlich das Familien-Prunkstück, seit er auf einem Panzerkreuzer dient.»

Sara fing an, über ihre Pläne für das Gut zu sprechen, doch Giles hörte ihr nur halb zu. Seine Gedanken wandten sich den Familiengeheimnissen zu. Besonders die letzten Informationen von Bridget, seiner Schwiegertochter, bereiteten ihm einiges Kopfzerbrechen.

Bridget hatte Einzelheiten über eine Waffenlieferung für die Fenier in der Nähe von Dublin berichtet. Giles gab die Nachricht pflichtgemäß an die Militärs weiter, die ihm ihrerseits mitteilten, sie beschäftigten einen eigenen Gewährsmann in Dublin. Seine Nachrichten wichen in einigen Punkten von Bridgets Bericht ab. Sie waren überzeugt, daß die Informationen ihres Vertrauensmanns die korrekten waren. Giles hätte sein Geld auf Bridget gesetzt.

Er sollte sich zwei Tage später an diesen Gedanken zurückerinnern, als Roy in sein Büro kam und berichtete, daß es der Polizei und dem Königlich Schottischen Küstenschutzregiment mißlungen sei, die Waffenlieferung abzufangen. «Sie wurde um drei Uhr früh in der Nähe von Howth an Land gebracht», sagte Roy abschließend. Genau das hatte Bridget gemeldet, während der militärische Gewährsmann von einer Landung um fünf Uhr früh in Malahide gesprochen hatte. Zwei Stunden zu spät und einige Meilen vom tatsächlichen Landeplatz entfernt.

Padraig O'Connell leerte sein Glas und grinste seinen Kameraden Fintan Dermott an. «Wir haben die Engländer ganz schön reingelegt, Fintan. Aber unsere Jungens waren großartig. Haben wie wahre Soldaten der Revolution gearbeitet.»

«Ja, und die Polizei und die verfluchte britische Armee haben nur neunzehn Gewehre erwischt.» Fintan spuckte auf den Kneipenfußboden. «Die Schweine sind unerbittlich hinter unseren Jungens her, aber geben kein Tönchen von sich, wenn den englandhörigen Ulster-Freiwilligen die Waffen auf einem silbernen Tablett präsentiert werden.»

Sie saßen in einer Bar auf der O'Connell Street. Kaum hatte Fintan geendet, hörten sie Hohngelächter und Schreie von draußen. «Irgendwas ist dort im Gange», sagte Padraig, «komm, laß uns nachschauen.»

Draußen auf der breiten Hauptverkehrsstraße konnten sie eine sich heranwälzende Menschenmenge sehen – schäbig gekleidete Männer, Frauen und Kinder kreischten und tanzten in der Mitte der Straße.

«Soldaten», murmelte Fintan, als er zwischen der Menge Khakiuniformen sah.

Padraig nickte. «Das Königlich Schottische Küstenschutzregiment. Einige dieser Schweine waren vergangene Nacht mit dabei.»

Sein Freund grinste. «Los, komm, laß uns Radau machen.»

Es war ein kleiner Trupp von zwanzig Mann, angeführt von einem Feldwebel und einem Leutnant. Alle sahen müde aus von der Nachtaktion. Aber die Männer marschierten mit eisernen Mienen, nur der Leutnant warf hin und wieder einen Blick auf die Menge, die laut schrie: «Briten raus ... Freiheit den Iren ... Briten haut ab ...»

Die Soldaten marschierten in Richtung der Brücke über den Liffey. Die Menschenmasse schwoll an. Der Feldwebel murmelte seinen Leuten ermutigende Worte zu: «Nur mit der Ruhe, Jungens. Bald sind wir wieder in der Festung.» Doch der Sprechchor wurde immer lauter, immer gehässiger. Das Gesicht des Leutnants begann nervös zu zucken.

Padraig und Fintan liefen neben der Menge her und genossen die Schmähworte und das Hohngelächter.

Der Trupp bog in den Kai entlang des Flusses ein. Das Gekreische wurde lauter: «Briten raus ... Briten raus ...»

Dem Leutnant versagten die Nerven, und bevor der erfahrene Feldwebel eingreifen konnte, war der Befehl gegeben.

Padraig traute seinen Augen nicht, als er sah, daß der Leutnant seinen schweren Revolver aus dem Halfter zog. Der Trupp machte eine Kehrtwendung, die erste Reihe kniete sich hin. Padraig schrie: «Fintan, wirf dich hin!» Er griff nach dem Arm seines

Kameraden, um ihn aufs Pflaster zu werfen, als die Feuersalve losging.

Die Kugel streifte zuerst O'Connells Arm, bevor sie Fintan Dermott tötete.

Die Menge flüchtete, von Panik ergriffen. Verwundete stöhnten, Frauen und Kinder schrien im Kugelhagel. Dann kam der harsche Befehl des kaltblütigen, kampferprobten Feldwebels: «Feuer einstellen!»

Padraig sah eine Frau, ihr Schal war rot von Blut, das ihr aus dem Mund strömte. Ein Mann lag auf dem Rücken, die Augen glasig im Tod. Um ihn herum wälzten sich Verwundete in Schmerzen, ein kleiner Junge rief verzweifelt nach seiner Mutter. Die Menge drängte und schubste sich zurück auf die Hauptstraße. Der Trupp verließ die Kampfstätte im Eilschritt.

O'Connell hielt Fintans Leiche im Arm. Ein unbändiger Haß überwältigte ihn. Er schrie, ohne es zu wissen, ohne sich zu hören: «Ihr Schweine! Ihr gottverdammten Mörder!»

Und dann, auf dem Pflaster des Kais, wo drei Tote und unzählige Verwundete lagen, schwor er Rache. Seine Seele würde nicht eher Ruhe finden, bevor er nicht die Briten aus seinem Land, aus Irland vertrieben hätte.

In ganz Europa schien die Sonne. Die Leute fuhren in die Ferien, niemand dachte an Krieg. Die Ermordung des Erzherzogs war auf dem fernen Balkan geschehen, wo Bluttaten an der Tagesordnung waren.

Ende Juli trafen James und Margaret in Redhill ein.

Sie hatten versprochen, eine Woche zu bleiben, doch zu Saras Erstaunen verließ James kaum das Haus. Sie wollte ihm ihre Verbesserungen auf dem Gut zeigen, aber James begleitete sie nie weiter als bis zum Rosengarten. Margaret fand keinen Vorwand, im Haus zu bleiben, und begleitete Sara über die Felder. «Wir tun eine Menge für die Gemeinde», sagte Sara, «aber wir könnten aus dem Land und den verpachteten Bauernhöfen mehr herauswirtschaften. Es ist schießlich keine Sünde, mit seinem Besitz Geld zu verdienen.»

Margaret nickte geistesabwesend. So sehr sie Sara mochte, konnte sie sich nicht für deren landwirtschaftliche Pläne begeistern. Margaret interessierte sich für Musik, Literatur und Theater. Sie war eine hervorragende Pianistin. Doch im Moment machte sie sich Sorgen um James. Obwohl er überzeugend die Rolle des passionierten, robusten Soldaten spielte, überzeugte er seine eigene Frau nicht. James und Margaret waren nicht nur körperlich voneinander angezogen, sie waren auch geistig eng verbunden, und Margaret wußte, daß sich hinter dem harten Äußeren ihres Mannes eine sehr einfühlsame Seele verbarg. Aber in letzter Zeit schien er sich vor ihr abzuschirmen.

Auf der Fahrt nach Redhill hatte er unvermittelt gesagt: «Es wird so weit kommen, und weder Politiker noch Priester oder Juristen und auch nicht gedungene Mörder können daran etwas ändern.»

«Krieg?» hatte sie gefragt und gespürt, wie sich eisige Kälte in ihrem Inneren ausbreitete. «Aber wer sollte England angreifen? Was haben wir mit den Streitereien auf dem Balkan zu tun? Sollen doch die Serben, die Österreicher, die Russen und Deutschen das untereinander ausmachen.»

«Das werden die Ereignisse nicht zulassen. Der deutsche Kaiser wartet nur auf einen Vorwand, um loszuschlagen. Und wir sind sicher, daß die Ermordung des Erzherzogs ihm diesen Vorwand liefert. Wir sind ganz sicher, daß in einer Woche der Krieg ausbricht.»

«Wer sind *wir*, James?» hatte sie gefragt.

James hatte sie kurz angeblickt. «Die militärische Führung.» Dann hatte er ausdruckslos hinzugefügt: «Margaret, du mußt doch eine Idee haben, worin meine Arbeit besteht.»

«Ich finde es seltsam, daß ein Ausbilder in Sandhurst ständig in Europa herumreist. Du verschwindest manchmal wochenlang. – Ich habe keinen Grund anzunehmen, daß du eine Geliebte hast...»

«Margaret!»

Sie lachte plötzlich. James liebte ihr Lachen. «Nun, ich kann mich nicht über dich beklagen. Meine Freundinnen erzählen mir, sie würden in dieser Hinsicht ziemlich vernachlässigt, wenn ihre Männer sich eine kleine Schauspielerin oder Lebedame auftun.»

«Mein Gott, diskutiert ihr etwa euer...»

«Liebesleben», kam sie ihm zu Hilfe. «Ja, natürlich tun wir das. Sehr viel mehr haben die Gänschen, mit denen ich verkehren muß, leider nicht im Kopf.»

Er legte seine Hände auf ihre Schultern und blickte ihr in die Augen. «Ich stehe im Dienst unseres Geheimdienstes. Meine Reisen ins Ausland sind ein Teil meiner Arbeit.»

«Und was tust du, wenn du im Ausland bist?» Ihre Stimme klang plötzlich gedämpft, als sei sie in der Kirche.

«Manchmal ist es eine Art Eignungsprüfung. Zweimal mußte ich gewisse Dinge herausfinden, mit Leuten sprechen. Aber du mußt mir versprechen, mit niemandem, auch nicht mit Sara, darüber zu reden.»

Sie nickte. «Du bist also ein Spion?»

«Nein, so einfach ist das nicht. Spion ist kein Wort, das wir benutzen...»

Sie legte ihre Hand auf seinen Arm. «Ich weiß, James. Ich habe mir schon längst so etwas gedacht. Ihr Railtons seid alle solche Geheimniskrämer.» Sie schwieg einen Augenblick lang. «Danke, daß du aufrichtig zu mir warst. Ich mache mir natürlich Sorgen. Ich liebe dich so sehr. Und wenn es zum Krieg kommt, werde ich mir noch mehr Sorgen machen. Aber ich verspreche dir, ich werde dir nie wieder Fragen stellen.»

Und nun, als sie mit Sara über die Felder ging, holte sie sich das Gespräch noch mal ins Gedächtnis zurück. Aber ein Ausruf Saras riß sie aus ihren Gedanken. «Oh, Gott, was will er?» Billy Crook kam auf einem Grauschimmel auf sie zugesprengt und hielt das Pferd vor den zwei Frauen an. Billy war jetzt fast siebzehn, ein großer, gutaussehender Bursche. Er hob die Hand zum Gruß und wandte sich direkt an Sara: «Mr. James hat mich geschickt. Er bittet Sie, so schnell wie möglich nach Hause zu kommen.»

Sara dankte ihm und bemerkte zum ersten Mal, daß er unverwechselbar die Nase und die Augen der Railtons geerbt hatte. Sie nahm sich vor, etwas für ihn zu tun.

«Was kann James bloß wollen...» fing Sara an, dann sah sie Margarets Gesichtsausdruck. «O nein! Meinst du wirklich Krieg? Das kann doch nicht sein!»

«Ich muß sofort nach London zurück», sagte James ruhig, als sie ins Haus kamen. Margaret fragte, ob das Schlimmste zu befürchten sei.

«Ich fürchte ja. Die Österreicher haben Belgrad beschossen. Halb Europa scheint zu mobilisieren, und die deutsche Armee bereitet sich offensichtlich darauf vor, durch Belgien zu marschieren. Ultimaten und Depeschen fliegen wie Konfetti herum.»

Eine Stunde später gingen sie zum Auto.

Sara beobachtete sie. James war in letzter Zeit sehr viel reifer geworden. Sie vermutete, daß seine Ehe ihm dabei geholfen hatte. Aber es gab noch etwas anderes an ihm – eine innere Reserve, die fast mönchisch wirkte. Es gab einen Bereich in ihm, den Sara nicht erreichen konnte, und sie fragte sich, ob Margaret dorthin vordringen konnte.

In Berlin arbeitete Steinhauer Tag und Nacht. Eine der wichtigsten Aufgaben war, eine Reihe von Nachrichten an sechs Spione in England zu schicken.

Bevor der «Fischer» Deutschland verließ, hatte Steinhauer in weiser Voraussicht hinter dem Rücken des offiziellen Geheimdienstes drei neue «Postämter» eingerichtet. Eins in Schottland, eins in den Midlands und ein drittes an der Südküste Englands. Der «Fischer» hatte den Auftrag, alle drei einmal im Monat aufzusuchen.

Steinhauer schickte sechs Briefe an sechs verschiedene Namen ab. Verborgen in alltäglicher Korrespondenz befanden sich darin ein Befehlswort und spezielle Codes für jeden der sechs Agenten. Er nannte sie Angler, Staub, D12, D14, Brauer und Sankt. Aber nur Angler und Sankt waren echt, das heißt, die gleiche Person, nämlich Ulhurt. Die anderen waren erfunden, um Steinhauers Vorgesetzte zu verwirren. Das Befehlswort für Angler und Sankt lautete «Haken». Dieses einzige Wort bedeutete, daß der «Fischer» mit seinen Sabotageakten beginnen sollte.

In London wußten alle Railtons, daß der Kriegsausbruch nur noch eine Frage von Stunden war. Caspar rief seine Mutter Charlotte an, um zu sagen, daß er seinen Marschbefehl jede Minute erwarte und sie sich nicht aufregen möge, wenn er eine Zeitlang nichts von sich hören ließe.

Mary Anne, die ihren Willen durchgesetzt hatte und im St.-Thomas-Krankenhaus eine Krankenpflegeausbildung begonnen hatte, kam mit dem Gerücht nach Hause, daß die Lernschwestern sofort nach der Abschlußprüfung an der Front eingesetzt werden sollten.

Andrew schlief in der Admiralität, und auch Charles verbrachte den größten Teil seiner Zeit in den nunmehr beträchtlich vergrößerten Büros von MO5.

Giles, der seinen Enkel Roy fast ständig bei sich hatte, verließ nur selten seine Räume im Foreign Office. Und es war dort, kurz nachdem James aus Redhill eintraf, wo die erste Railton-Familientragödie passierte.

Das Telegramm kam auf normalem Weg. Roy erkannte sogar den

Codenamen, nur der Inhalt war ihm unverständlich. Es kam von einer der vielen Deckadressen, die Roy alle kannte. Er legte es sofort seinem Großvater vor.

Als Giles das Telegramm las, bemerkte Roy, wie sich Giles' Gesicht veränderte. Er sah plötzlich alt aus. In seinen Augen spiegelte sich Schrecken und Unverständnis, und seine Hände fingen an zu zittern.

«Ist Ihnen nicht wohl, Sir...?»

«Laß mich allein, Roy», sagte Giles mit der müden Stimme eines alten Mannes. «Komm in fünf Minuten wieder. Ich muß einen Moment allein sein.»

Nachdem Roy gegangen war, starrte Giles Railton auf das vor ihm liegende Papier. Er las es zum zweiten Mal: «Mrs. Juno verließ Paris unerwartet heute früh mit dem blauen Buch stop unerklärlich stop erbitte Ratschlag stop Martha.»

Er brauchte kein Codebuch, um den Text zu entziffern. Der Originaltext lautete: «Mme Grenot verließ Paris plötzlich heute früh mit Klaus von Hirsch. Benötige Ihre Instruktionen. Monique.»

Giles' Tochter Marie war mit dem Sekretär des deutschen Militärattachés der Pariser Botschaft verschwunden. Sie hatte Mann und Kinder im Stich gelassen und ihr Land und ihre Familie verraten. Giles strich sich über die Stirn, als hätte er Fieber. Wie konnte das passieren? fragte er sich.

Vielleicht hatte Giles Railton nicht zwischen den Zeilen von Moniques regelmäßigen Berichten lesen wollen. Sie hatte ihm fraglos viele Hinweise gegeben, daß einiges nicht so war, wie es sein sollte.

Vier Jahre lang hatte Monique das Ehepaar Marie und Marcel Grenot Tag und Nacht überwacht.

Nachdem Marie mitgeteilt worden war, ihre Tätigkeit wegen der mißtrauischen, ja fast paranoiden Haltung Frankreichs Spionen gegenüber einzustellen, hatte Giles ernstlich mit dem Gedanken gespielt, Monique von Paris abzuziehen. Aber ein sechster Sinn sagte ihm, alles beim alten zu lassen.

Später, als die ersten Schockwellen, die Maries Verschwinden mit Klaus von Hirsch hervorgerufen hatten, langsam verebbt waren, gab Giles sich ohne Zögern zu, daß es an Warnsignalen nicht gefehlt hatte. Trotz aller Bitten, vorsichtig zu sein, trotz ihrer zwei Kinder, trotz ihrer Versicherungen, sie sei eine liebende Ehegattin und

Mutter, war Marie mit ihrem deutschen Liebhaber durchgebrannt. Niemand, und zuallerletzt ihr Vater, hatte mit dem unwägbaren Phänomen «Liebe» gerechnet.

Am Anfang, vor einigen Jahren, war Marie durchaus glücklich gewesen mit ihren Kindern und ihrem ergebenen, wenn auch humorlosen französischen Ehemann. Damals lebte der General noch, und er wie auch Maries Vater, waren der Ansicht, daß der Flirt mit dem Sekretär des deutschen Militärattachés für England nur vorteilhaft sein könnte.

Einige Monate vor seinem Tod hatte der General zu Marie gesagt: «Dein Vater hat dich mit einer Geheimmission betraut. Du bist eine der ersten Railton-Frauen, die wie Soldaten Befehle auszuführen haben.» Er hatte sie besonders liebevoll angelächelt. «Man hat dir eine militärische Aufgabe übertragen.»

Als sich die Bindung zu Klaus von Hirsch festigte, hatte man Marcel ständig beruhigen, manchmal sogar anlügen müssen. Nach längerer Zeit des Hinauszögerns hatte Marie beschlossen, daß es notwendig sei, ihren Bewerber zu erhören. Es war ein höchst angenehmes Opfer gewesen. So angenehm, daß sie es immer häufiger wiederholte. Was sie, sowenig wie ihr Vater, nicht einkalkuliert hatte, war, daß diese anfangs geheuchelte Liebesgeschichte in eine für jede Ehe kritische Zeit fiel: Marie war bereits vierzehn Jahre mit dem etwas sturen Marcel verheiratet.

Dazu kam noch, daß Marie schon seit 1910 von ihrem Mann enttäuscht war, ohne es sich jedoch einzugestehen. Er hatte sich zu einem Pedanten entwickelt mit allen dazugehörigen, irritierenden Eigenschaften. Marie litt wie so viele Frauen an der Eintönigkeit eines bis auf die Minute geregelten Haushalts. Ihre körperliche Anziehungskraft für ihn hatte nachgelassen, und da keiner von beiden liebeserfahren war, konnten sie ihr Intimleben mit keinerlei neuen Experimenten aufheizen.

Aber es gab einen noch weit ernsteren Störfaktor in der Ehe der Grenots. Durch die unerbittliche Strenge Marcels hatten sich Maries Kinder – Paul und Denise – ihren Eltern entfremdet.

Die erste sonderbare Begebenheit, die Monique an Giles berichtete, war, daß Klaus von Hirschs Dienstzeit in Paris verlängert worden war, etwas absolut Unübliches in diplomatischen und militärischen Kreisen.

Das zweite Auffällige war, daß Marie trotz des Verbots, ihre Agententätigkeit fortzusetzen, weiterhin den deutschen Offizier häufig sah. Eine Tatsache, die Monique bekannt war und die sie an Giles weitergab. Dieser wiederum war sich wohl bewußt, daß seine Tochter den Deutschen nunmehr aus rein privaten Gründen sah. Aber er beachtete diese Warnsignale nicht. Die Gefahr, die seiner geliebten Tochter womöglich drohte, galt ihm nichts, verglichen mit dem Vorteil, den er sich von der Beziehung Maries zu einem deutschen Offizier versprach, der über die Anwendung des Schlieffenplans im Kriegsfall Bescheid wußte. Es war nicht anzunehmen, daß der junge Klaus von Hirsch zu diesem Zeitpunkt auch nur die geringste Ahnung hatte, daß seine Geliebte Informationen nach England weitergab – obwohl es nicht ganz auszuschließen war.

Die Bedeutung der Situation war von Anfang an klar. Marie war die Beziehung im Jahre 1910 zweifellos mit offenen Augen eingegangen. Sie hatte es als ihre patriotische Pflicht angesehen. Ihre Untreue war wie eine Wunde, die ein Soldat auf dem Schlachtfeld erleidet. Aber noch nie war eine Wunde so angenehm und süß gewesen. Klaus bereicherte ihr Liebesleben, er tat Dinge, von denen sie nur in ihren kühnsten, fiebrigsten Momenten geträumt hatte.

Während der ersten zwei Jahre ihrer Affäre und sogar später noch, als sie bereits wußte, daß sie Klaus fast bis zur Hörigkeit liebte, war Marie ihrer Pflicht England und ihrer Familie gegenüber gewissenhaft nachgekommen. Sie horchte Klaus aus, aber das schränkte weder ihr Vergnügen ein noch das volle Erblühen ihrer Liebe.

1912 litt Marie Folterqualen beim Gedanken, daß ihr Liebhaber nach Berlin zurückversetzt werden würde, denn im Frühjahr dieses Jahres war seine Dienstzeit bei der Botschaft abgelaufen.

Zu jener Zeit war das Liebespaar schon übermäßig vorsichtig geworden. Sie trafen sich zwei- oder dreimal in der Woche, gewöhnlich in einer von Klaus unter einem Decknamen gemieteten Wohnung in der Nähe der Tuilerien.

Und so geschah es, daß Marie sich an einem bitterkalten Nachmittag Anfang März 1912 auf Umwegen zu dieser Wohnung begab. Das unfreundliche Wetter und die kahlen Bäume, die sich skelettartig gegen den Himmel abhoben, schienen ihre innere Verzweiflung zu versinnbildlichen. Dieses Treffen würde ihr letztes sein, und Marie, von Natur aus nicht so leicht unterzukriegen, hatte ernsthafte Zweifel, ob sie diese Trennung überstehen würde.

Als sie den Ort des Stelldicheins erreichte, waren ihre Hände so kalt, daß es ihr schwerfiel, den Schlüssel aus der Tasche zu ziehen und im Schloß umzudrehen. Innen lehnte sie sich an die Tür der kleinen Dreizimmerwohnung. Sie wußte, daß Klaus bereits da war, er kam immer etwas früher als sie.

Sekunden später erschien er in der Tür, die vom Wohnraum ins Schlafzimmer führte. Er war in Hemdsärmeln, in seiner rechten Hand hielt er ein Glas, über dessen Rand er ihr zulächelte.

«Willkommen, Liebling!» sagte er fröhlich lachend.

Sie wurde böse. Wie konnte er an einem so herzzerreißenden Tag vergnügt sein?

«Klaus, mir ist nicht zum Lachen zumute.»

Er stellte sein Glas ab und ging auf sie zu. «O doch, mein Schatz. Heute ist ein Tag der Freude, der Liebe und des Champagners!»

Sie öffnete den Mund, schloß ihn aber sogleich, als er sie umarmte. «Ich bleibe in Paris», flüsterte er. «Ich muß nicht zurück nach Berlin. Nicht einmal zum Rapport. Sie haben meine Dienstzeit verlängert.»

Zuerst konnte sie es fast nicht glauben. Aber er fuhr fort: «Und ich sag dir noch etwas anderes, Liebling. Wenn ich endgültig nach Berlin zurückmuß, nehm' ich dich mit.»

Sie protestierte. Der letzte Vorschlag war nicht durchführbar. Es war einfach unmöglich. Doch am Ende des Nachmittags wußte sie, daß genau das geschehen würde. Wenn er Paris verlassen müßte, würde sie mit ihm gehen. Es war die einzige Möglichkeit.

Später konnte Marie Grenot sich ohne weiteres jede Einzelheit jenes Märznachmittags, an dem ihr Schicksal besiegelt wurde, ins Gedächtnis zurückrufen. Oft sah sie in den folgenden Monaten und Jahren die reifbedeckten Bäume der Tuilerien vor sich, die man aus dem Schlafzimmerfenster erspähen konnte, und vermeinte, den Geschmack der heißen Eßkastanien, die Klaus von einem Wägelchen auf der Straße geholt hatte, auf ihrer Zunge zu spüren.

Es waren diese alltäglichen Nebensächlichkeiten, an die sie sich erinnerte, als die schlechten Tage kamen.

Bevor sie nach Hause ging, stand Marie am Wohnzimmerfenster und blickte über die Dächer von Paris. Der kalte Nebel vermischte sich mit dem Rauch, der aus den Schornsteinen aufstieg, die Lichter der Großstadt flammten auf wie ein Feuerwerk. Sie vergaß dieses Bild ihr Leben lang nicht.

Während der nächsten Wochen kämpfte Marie mit Schuldgefühlen und begann zum ersten Mal die wahren Motive ihres Vaters zu prüfen. Ihr wurde plötzlich bewußt, daß es ihr Vater war, der das erste Zusammentreffen mit Marcel Grenot arrangiert hatte. Ihr Vater und ihr Onkel, der General, hatten ihre aufblühende Zuneigung zu Marcel nach Kräften unterstützt und ihr zur Ehe zugeredet. Und warum? Jetzt lag die Antwort klar auf der Hand. Damit sie in Paris lebte, wo sie ihrem Vater von Nutzen sein konnte. Weder ihr Vater noch der General hatten auch nur einen Gedanken an ihr persönliches Glück verschwendet. Sie und Marcel waren nur Schachfiguren im Geheimspiel der Nationen.

Nachdem sie zu dieser Erkenntnis gekommen war, keimten die ersten Samen der Bitternis in ihr, die mit der Zeit zu Feindseligkeit wuchsen. Ihr eigener Vater war verantwortlich für das, was geschehen war und noch geschehen würde. Sollte er den Preis dafür zahlen.

Zu Hause war sie niedergeschlagen und unwirsch. Glücklich konnte sie nur mit Klaus sein, und selbst diesen hatte sie verraten, indem sie ihn als Informationsquelle benutzt hatte. Die hinterlistigen Intrigen ihres Vaters schürten in ihr allmählich einen glühenden Haß, so daß sie, als der Tag der Entscheidung kam, Klaus von Hirsch ohne Gewissensbisse und ohne Bedenken nach Berlin folgte.

Es war ein heißer Sommertag, der 31. Juli 1914.

Marie wußte, daß alle diplomatischen Bemühungen, den Krieg zu vermeiden, umsonst gewesen waren, so daß sie auf alle kommenden Schwierigkeiten vorbereitet war. Man konnte nicht im selben Haus mit Marcel wohnen, ohne den Ernst der Lage zu erkennen. Auch hatte ihr Vater sich offiziell mit ihr aus London in Verbindung gesetzt. Marie faßte also mit offenen Augen ihren Entschluß, während Europa unaufhaltsam auf seinen Untergang zusteuerte. Ihr Sohn Paul, jetzt siebzehn Jahre alt, war Offiziersanwärter. Er diente bei der Fünften Armee unter General Laurezac, einem alten Freund von Marcels Familie. Die ein Jahr jüngere Denise war in den Sommerferien zu Hause. Aber Marie dachte nur noch an ihre Zukunft. Sie hatte seit langem einen gepackten Koffer in der Wohnung an den Tuilerien stehen.

Am 31. Juli sollte sie Klaus um drei Uhr nachmittags treffen, aber er setzte sich viel früher mit ihr in Verbindung.

Sie benutzten die sicherste Art der Nachrichtenübermittlung: persönliche Briefe, die ein romantisch angehauchtes französisches Hausmädchen der deutschen Botschaft seiner jüngeren Schwester übergab und von dieser persönlich bei Madame Grenot abgeliefert wurden.

Die Schwester des Hausmädchens erschien kurz vor zehn Uhr morgens bei den Grenots. Marie verließ das Haus eine halbe Stunde später und ging direkt in die Wohnung.

Die Unterhaltung war kurz.

«Kommst du mit mir nach Berlin?»

«Natürlich, wenn du es wirklich willst.»

«Du weißt, daß ich es will. Aber Marie, es wird nicht leicht sein für dich in Berlin, besonders da wir nicht verheiratet sind und dein Mann überall bekannt ist. Ganz abgesehen von der Position, die dein Vater in London einnimmt. In wenigen Tagen bricht der Krieg aus...»

«Gibt es keine Hoffnung...?»

«Ich glaube nicht.» Er schüttelte den Kopf. Sie bemerkte nicht, daß er sie während des ganzen Gesprächs nicht einmal angesehen hatte. «Deutschland wird Belgien ein Ultimatum stellen, in dem freier Durchzug für die deutsche Armee gefordert wird. In der Botschaft meint man, daß Belgien sich dagegen wehren wird, und dann wird Großbritannien nicht tatenlos danebenstehen. Du weißt, was das für dich bedeutet.»

«Mir ist alles egal, Klaus. Ich will nur bei dir sein. Wann fahren wir?»

«Ein Teil der Botschaftsangehörigen ist schon abgereist. Ich muß Paris in einer Stunde verlassen.» Zwei Koffer standen neben der Tür.

Marie ging ohne weitere Worte ins Schlafzimmer, um ihren Koffer zu holen. In weniger als einer Stunde waren sie an der Gare du Nord. Auf den Bahnsteigen drängten sich unvorstellbare Menschenmengen. Ein Hauch des drohenden Verhängnisses lag in der Luft.

Niemand kontrollierte sie, als sie den Mittagszug nach Berlin bestiegen. Und sie beachteten die junge Frau nicht, die an der Bahnsteigschranke stand, nahe genug, um zu sehen, daß sie beide in den Zug nach Berlin stiegen.

Als die Lokomotive ein schrilles Pfeifen ausstieß und sich in Bewegung setzte, wandte sich Monique stirnrunzelnd ab, um zu ihrer Wohnung zu gehen und ihre Nachricht an Giles Railton abzufassen.

Am nächsten Morgen kam Marie in Berlin an. Die Nachricht

ihrer Flucht hatte ihren Mann Marcel erreicht. Er war verletzt, wütend und bitter und verbot seinen Kindern sofort, jemals wieder den Namen ihrer Mutter zu erwähnen. Paul teilte er dies in einem Telegramm mit, der erschütterten, schluchzenden Denise sagte er es mündlich. Sie wurde auf Giles' Anordnung hin noch am selben Tag nach London geschickt.

13

Zehn Tage nach Kriegsausbruch blickte ein sehr müder Charles Railton aus dem Eisenbahnfenster auf die flache, schöne Landschaft Norfolks.

Bis zu diesem Morgen hatte Charles keine Ahnung, daß er in einem Zug nach Norfolk sitzen würde, aber er hatte an seinem Reiseziel nichts auszusetzen.

Am letzten Friedenstag hatte Vernon Kell Charles in sein Büro gerufen und ihm mitgeteilt, die Zeit zum Handeln sei nun gekommen. Am gleichen Abend drang Charles mit einer Gruppe Geheimpolizisten in den Friseurladen in der Caledonian Road ein.

In den folgenden Tagen verbrachte Charles seine meiste Zeit mit der Geheimpolizei, um alle Mitglieder des «Friseurladen-Netzwerks» in Gewahrsam zu nehmen. Innerhalb der ersten vierundzwanzig Stunden des Kriegs wurden einundzwanzig Verdächtige festgenommen, und seitdem hatten Railton und Kell viele Stunden lang den Verhören beigewohnt.

Und dann plötzlich wurde Charles trotz aller Arbeitsüberlastung nach Norfolk geschickt.

Er war wie üblich ins Büro gegangen, nachdem er zum ersten Mal seit Wochen zu Hause übernachtet hatte. Er fand eine Nachricht von Kell vor mit der Bitte, sich sofort bei ihm zu melden.

Kells Büro war wie ein Generalszelt mitten auf einem Schlachtfeld. «Ich habe einen seltsamen und kitzligen Auftrag für Sie», fing er an. «Vermutlich kommt nichts dabei heraus, aber wie Sie sehen, sind höchste Stellen an der Sache interessiert.» Er öffnete eine Schublade und zog ein Stück Papier heraus. «Dies ist eine gekürzte Kopie. Das Original und den vollen Text kriegen wir natürlich nie zu sehen. Mr. Churchill kam spät gestern abend von der Admiralität herüber. Das Ganze muß natürlich streng geheim behandelt werden.»

Charles runzelte die Stirn beim Lesen. Es war ein Brief der jungen Mrs. Churchill an ihren Mann, den Ersten Lord der Admiralität.

Charles legte die Kopie auf den Schreibtisch zurück. «Wenn ich Mr. Churchill wäre, hätte ich den Brief hierhergebracht, noch bevor ich ihn zu Ende gelesen hätte.»

Mrs. Churchill befand sich mit ihren zwei Kindern, Randolph und Diana, in den Ferien in dem mondänen Ort Cromer an der Küste von Norfolk. Der Brief enthielt eine durchaus ernstzunehmende Warnung. Mrs. Churchill war von zuverlässiger Seite ein Gerücht hinterbracht worden, daß eine deutsche Aktion, sie zu entführen, bereits eingeleitet sei.

«Winston hat mir gesagt, daß das Komplott von einer äußerst vertrauenswürdigen und gut informierten Person aufgedeckt worden sei. Und das muß ich ihm einfach glauben. Ich habe ihn um nähere Angaben gebeten, aber er hat nur wiederholt, daß seine Quelle äußerst gut unterrichtet sei.»

Charles dachte über die Situation nach. Das Ganze klang ein wenig nach einem billigen Kriminalroman. Er fragte Kell, ob er glaube, die Drohung sei echt.

Kell räusperte sich. «Sagen wir, Winston glaubt es. Er machte einen sehr besorgten Eindruck gestern abend.»

«Und sie glaubt es.» Charles wies auf den Brief. «Sie meint sogar, die Einzelheiten zu kennen: Entführung per Flugzeug, als Lösegeld eines der Schlachtschiffe. Und sie verhält sich sehr mutig.» Er zitierte wörtlich einen Absatz des Briefs, den er gerade gelesen hatte: «Ich werde nicht zulassen, daß dieser Schurkenstreich gelingt. Du darfst nicht einmal das kleinste U-Boot oder das älteste Schiff opfern. Solltest du das Lösegeld zahlen, würde ich mein Leben lang unpopulär sein, und das will ich nicht. Wenn ich dagegen sterbe, weil das Lösegeld nicht gezahlt wird, dann werde ich als Heldin gefeiert werden und du als Spartaner...»

«Nach meiner Meinung war es der letzte Satz, der Winston nervös gemacht hat.» Kell lächelte dünn. «Aber wie dem auch sei, er hat verlangt, daß sie nicht merkt, wenn wir sie überwachen. Thomson hat zwei seiner Geheimpolizisten nach Cromer beordert, und ich schicke Sie als unseren Überwacher.»

«Wenn Sie es für richtig halten.» Charles versuchte, seine Freude zu verbergen.

«Ich brauche jemand in Cromer, dem ich vertrauen kann. Wenn wir die Sache ignorieren und etwas passiert, dann käme uns das teuer zu stehen. Ich möchte, daß Sie den Nachmittagszug nach Cromer nehmen.»

Detektivinspektor Brian Wood, mit dem er schon in der Sache Caledonian Road zusammengearbeitet hatte, erwartete ihn am Bahnhof in Cromer.

«Ich hab mir schon gedacht, daß Kell Sie schicken würde, ich habe nur Konstabler Dobbs zu meiner Unterstützung hier, und wir sind, seit wir angekommen sind, ununterbrochen auf Posten.» Er führte Charles zu einem wartenden Taxi und sprach über unverfängliche Dinge, bis sich Charles im Queen's Arms ins Hotelregister eingetragen hatte. Queen's Arms war der Name eines alten, soliden Gasthofs mit fünf Gästezimmern. Er lag an der Südspitze der Stadt, an der Straße nach Norwich, mit Blick auf die Nordsee. Ein ideal gelegener Standort, der Charles' volle Zustimmung fand.

«Was halten Sie von der Sache?» Sie waren in Charles' Zimmer. Wood hatte die Tür offen gelassen und sich auf einen Stuhl gesetzt, von dem aus er den Korridor überblicken konnte. Eine Vorsichtsmaßnahme, um nicht belauscht zu werden.

Wood war ein vorsichtiger, erfahrener Polizeibeamter, der sich auf kein Risiko einließ. «Schwer zu sagen. Ich habe mir das Haus genau angesehen, in dem Mrs. Churchill wohnt. Es liegt nicht günstig für uns. Es gibt drei Eingänge...»

«Wohnt nur sie dort und die Kinder?»

Wood schüttelte den Kopf. «Leider nicht. Mrs. Churchill und ihre zwei Kinder, ihre Schwägerin Lady Gwendeline Churchill mit ihrem kleinen Sohn John, zwei Dienstmädchen, eine Köchin und der Butler.»

Charles stöhnte. «Haben Sie vielleicht auch gute Nachrichten?»

«O ja. Das Personal ist in Ordnung. Die Mädchen stammen aus dem Ort und haben die Familie schon früher bedient. Die Köchin arbeitet schon lange bei Lady Gwendeline, und der Butler ist ein Familienfaktotum.»

«Und die örtliche Polizei?»

Der Inspektor grinste. «Ich fand es besser, sie noch nicht einzuweihen. Wollte mich erst mal allein umschauen.»

«Irgendwas Verdächtiges?»

«Nein, bis jetzt nicht. Aber ich wäre nicht erstaunt, wenn die örtliche Polizei *uns* festnehmen würde. Sie sind hier alle ganz verrückt mit Spionen. Das zumindest hat man mir in der Bar erzählt – mit entsprechend anzüglichen Blicken. Wir sind Fremde, und allen Fremden wird erst mal mißtraut. Es gehen Gerüchte über Lichtsignale um und über Geräusche niedrig fliegender Flugzeuge.»

«Nun, das Gelände ist flach und hat nur wenig Gebüsch und Bäume, sehr geeignet für ein Flugzeug. Es könnte ganz in der Nähe der Stadt landen.»

Wood nickte und sah plötzlich besorgt aus. «Wenn an der Sache wirklich was dran ist, dann sind wir unterbemannt.»

«Das ist nichts Neues in unserem Beruf. Und Ihr Konstabler Dobbs, bewacht er jetzt die Churchills?»

Wood nickte gedankenverloren. Er war ein großer, derber junger Mann, der mehr wie ein Bauer als ein Polizeibeamter aussah. «Ich frage mich», sagte er nachdenklich, «ob wir nicht mit der hiesigen Polizei sprechen sollten. Muß natürlich den Chef erst um Genehmigung bitten.»

«Wir müssen unser Wissen für uns behalten. Das Ganze ist verdammt kitzlig. Aber irgendwas sollten wir schon sagen.» Charles zögerte, die örtliche Polizei in die Aktion einzubeziehen, denn er traute ihr nicht ganz. Natürlich waren es gute, tüchtige Leute, die sich in der Gegend auskannten, aber wenn es um geheime Dinge ging, war gerade das ein Nachteil. Sie waren Einheimische, und Einheimische reden miteinander. Der Kreis der Mitwisser würde sich unweigerlich vergrößern. «Wir müssen uns irgendeine Geschichte zusammenschustern», sagte er schließlich zu Wood. «Womöglich brauchen wir ihre Unterstützung, wenn es zu einer Krise kommt.»

Sie beschlossen, daß sie keinem Außenseiter die Bewachung der Churchills übertragen würden. «Das ist viel zu riskant.» Wood runzelte die Stirn. «Selbst wenn wir drei vierundzwanzig Stunden Dienst machen müssen. Die Sache muß geheim bleiben. Ich werde den Chef anrufen und ihm eine Geschichte vorschlagen. Aber so wie ich ihn kenne, fällt ihm eine bessere ein.»

Eine Stunde später waren sie auf dem Weg zur Polizeistation von Cromer mit einer erfundenen Geschichte über anonyme Briefe, die vor Flugzeugen und nächtlichen Lichtsignalen warnten. Von der Bedrohung der Familie Churchill würde jedoch nicht die Rede sein.

Polizeichef Dove erwartete sie bereits. «Der Oberkommissar hat mich angerufen. Bat mich um meine Unterstützung, die ich ihm natürlich zusagte.» Er war ein aufgeblasener, behäbiger Mann mit einem Schnauzbart und leicht vorquellenden Augen. Er funkelte Charles an: «Höre, Sie sind nicht einer der Unsrigen, sonderbar, was?»

Charles sagte, daß er nicht verstünde, was der Polizeichef meine.

«Kein Polizeibeamter, meine ich, sonderbar, nicht wahr?»

Wood versuchte, Charles zu Hilfe zu kommen. «Mr. Rathbone bekleidet einen gleich hohen Rang wie Sie, Sir.» Rathbone war Charles' Deckname.

Doves Augen schienen aus ihren Höhlen zu quellen, als Wood Charles' hohen Rang erwähnte, dennoch knurrte er: «Arbeite ungern mit Zivilisten zusammen, kennen die Routine nicht, halten sich nicht an die Regeln. Was in einem Ort wie Cromer besonders wichtig ist. Wir haben eine Menge vornehmer Gäste hier, Leute mit Titeln. Und da ist Rücksicht geboten, verstehen Sie?»

«Ich bin an den Umgang mit hochgestellten Persönlichkeiten gewöhnt», sagte Charles mit liebenswürdigem Lächeln.

«Das wird sich herausstellen», sagte Dove hochtrabend. «Aber ich bin bereit, Ihnen meine Hilfe angedeihen zu lassen. Doch erst mal will ich wissen, warum Sie eigentlich hier sind.»

«Die Geheimpolizei und meine Dienststelle arbeiten eng zusammen –», begann Charles.

Aber Dove unterbrach ihn. «Das möchte ich erst mal von meinen eigenen Leuten hören.»

Wood sah äußerst verlegen aus. Mit einem Seitenblick auf Charles ergriff er das Wort: «Es handelt sich um einen Sonderfall, Sir. Der Krieg...»

«Ach, der Krieg» – Polizeichef Dove lächelte überlegen – «darüber brauchen wir uns keine Sorgen zu machen. Der ist bis Weihnachten vorbei.»

«Ob dieser Krieg an Weihnachten vorbei ist oder noch zwanzig Jahre dauert, steht hier nicht zur Debatte», sagte Charles scharf. «Wir haben es mit nächtlichen feindlichen Aktionen zu tun. Wir haben Berichte über Lichtsignale und niedrig fliegende Flugzeuge erhalten.» Charles setzte sich und fuhr fort: «Was wir von Ihnen wissen wollen, Mr. Dove: Wie oft sind Ihnen und Ihren Untergebenen solche Zwischenfälle seit Kriegsanbruch gemeldet worden?»

Dove murmelte, er würde den zuständigen Beamten, Inspektor Partridge, holen, und stampfte wütend aus dem Büro.

Als er zurückkehrte, versuchte er, seine Besorgnis zu verbergen. «Wenn den Berichten nicht nachgegangen wurde, werde ich überprüfen, warum nicht...»

«Genau wie wir», sagte Charles feindselig. «Desgleichen unsere Vorgesetzten. Wie ich Ihnen schon sagte...» Ein Klopfen an der Tür kündigte die Ankunft von Inspektor Partridge an. Charles erkannte sofort, daß er ein tüchtiger, ehrgeiziger und erfahrener Polizeibeamter war. Er erwies sich als eine ergiebige Informationsquelle. Es stellte sich bald heraus, daß Partridge den Berichten und Gerüchten sorgfältig nachgegangen war, ohne sich um seinen wichtigtuerischen Chef zu kümmern, den er offensichtlich verachtete.

«Wir werden überschwemmt mit den seltsamsten Geschichten.»

Der Inspektor hatte eine unbefangene Art zu sprechen und ließ sich von der Gegenwart seines Chefs nicht einschüchtern. «Die meisten davon sind Hirngespinste, aber es gab auch einige interessante Hinweise, wie etwa die Lichtsignale, Sir, aus der Richtung des Golfplatzes dicht bei der Küste, in der Nähe von Overstrand. Es gibt da einen Kellner im Hotel de Paris. Er arbeitet seit einem Jahr dort. Letzte Woche hat er sich auf Grund des neuen Ausländergesetzes bei uns gemeldet. Er ist holländischer Staatsangehöriger, aber wir wissen, daß er sich einbürgern lassen will. Seit er hier ankam, spricht er davon –»

Wood fragte schnell: «Der Name?»

«Sklave. Joost van Sklave.»

«Ich wette *von* Sklave.» Wood stand auf. «Darf ich Ihr Telefon benutzen? Ich werde die Einbürgerungspapiere überprüfen lassen und Erkundigungen beim Ausländermeldeamt einholen.»

Partridge hob abwehrend die Hand. «Bitte, hören Sie mich bis zu Ende an. Sklave weiß nicht, daß ich ihn habe beobachten lassen. Zwei Dinge an ihm sind auffallend. Er fährt alle zwei Wochen nach Norwich, wo er eine Frau namens Hilda Fox besucht. Die Frau kam vor fünf Jahren hier an. Ihr richtiger Name ist Hilda Fuchs.»

«Ich werde auch sie überprüfen lassen», sagte Wood, aber Partridge hielt ihn zum zweiten Mal zurück.

«Ich bin noch nicht am Ende. Sklave hat die Gewohnheit, lange Spaziergänge zu machen, besonders nachts, er dehnt sie sogar bis zum Golfplatz in der Nähe von Overstrand an der Küste aus.»

«Haben Sie ihn erwischt?» Charles beugte sich gespannt vor.

«Nein, wir haben ihn bei nichts erwischt. Aber wir wissen, daß er eine sehr starke Signallampe besitzt. Hilft Ihnen das weiter?»

«Vielleicht.» Charles wandte sich an Wood. «Brian, vielleicht fragen Sie doch besser beim Ausländermeldeamt an, ob sie irgendwas über Sklave und Fuchs wissen. Wenn nicht, bitten Sie Ihren Chef, daß er jemand auf diese Fuchs ansetzt. Haben Sie die Adresse, Partridge?»

Der Inspektor nickte.

«Gut. Und dann sollten wir ab sofort Sklave beschatten lassen. Brian, nachdem Sie mit Ihrem Chef gesprochen haben, werde ich meinen anrufen.» Schließlich wandte er sich an Dove. «Ich möchte Sie daran erinnern, daß diese ganze Angelegenheit Geheimsache ist. Bitte, sprechen Sie mit niemand darüber. Auch nicht mit Ihrer Frau.»

«Mrs. Dove ist...»

«Ich weiß, verschwiegen wie ein Grab. Aber trotzdem nicht.» Charles erhob sich und folgte Brian Wood aus dem Raum.

Eine warme, drückende Nacht folgte auf die Hitze des Tages. Dobbs hatte nach einer kurzen Ruhepause Brian Wood bei der Bewachung des Churchill-Hauses abgelöst, während Charles, Wood, Partridge und vier Detektive in Zivil mit der Beschattung des Kellners Sklave begannen.

Den vier ortsansässigen Polizisten war gesagt worden, daß es sich um eine Routineüberwachung handle. In Wahrheit wurden sie als Reserve belassen. Wood hatte sie an strategischen Punkten in der Nähe vom Hotel de Paris, entlang der Straße nach Overstrand postiert – ungefähr drei Kilometer oberhalb der Küste mit guter Sicht auf den näher an Cromer gelegenen Golfplatz.

Alle vier hatten den strikten Befehl, ihre Posten nicht zu verlassen, es sei denn, Wood oder Mr. Rathbone gäben drei kurze Pfeifsignale.

Charles bezog seinen Posten in der Nähe des Hotels, er schlenderte an der Seeseite entlang mit einem schweren, unter seinem Mantel verborgenen Revolver.

Wood und Partridge befanden sich in nächster Nähe, Wood in Sichtweite von Charles, während Partridge die Hinterfront im Auge behielt. Sklave, hatte Partridge gesagt, sei nicht mißtrauisch. «Bisher jedenfalls nicht. Er hat keinen Grund anzunehmen, daß wir ihm auf der Spur sind. Er ist ein Gewohnheitsmensch. Sollte er heute einen seiner nächtlichen Spaziergänge unternehmen, dann wird er kurz vor elf Uhr das Hotel durch den Dienstbotenausgang verlassen.»

Und genau das geschah.

Partridge, der einzige, der ihn vom Sehen kannte, stand auf dem stadteinwärts führenden Teil der Straße. Als verschiedene Angestellte das Hotel verließen, blickte Charles aufmerksam zu ihm hinüber und wartete, daß er sich eine Zigarette anzündete – das Signal, daß es Sklave war.

Kurz vor elf überquerte eine schmale Gestalt die Straße, und Charles sah das Streichholz aufflammen. Von diesem Augenblick an richtete er seine ganze Aufmerksamkeit auf den Mann, von dem er nun wußte, daß er Sklave war. Das Ausländermeldeamt hatte ihnen einige Auskünfte geben können. Sklave hatte sein Alter mit zweiundzwanzig angegeben. Er war in Amsterdam als Sohn eines Cafébesitzers geboren und unverheiratet. In London war man schon dabei, diese Angaben zu überprüfen, sowie auch die Herkunft von Mrs. Fox.

Charles überlegte, daß Sklave einen idealen Spion abgab. Laut der Berichte war er sehr beliebt im Hotel, ein ruhiger, hilfreicher, unaufdringlicher Mann – ein perfekter Kellner und sehr nützlich, denn außer seiner «Muttersprache» Holländisch, sprach er auch Französisch, Deutsch und Spanisch.

Wie Partridge vorausgesagt hatte, ging Sklave zügigen Schritts in Richtung des Golfplatzes in der Nähe von Overstrand.

Charles trug schwere Stiefel mit Gummisohlen und folgte ihm lautlos.

Sklave blickte weder nach rechts noch nach links und auch nicht über die Schulter. Er trug Nagelstiefel, die laut auf dem Pflaster aufschlugen, so daß Charles einen sicheren Abstand wahren konnte. Das Geräusch erlaubte auch Wood, sich weiter nach vorne zu wagen, so daß sie ihr Opfer nie aus den Augen verloren. Als Verdächtiger war Sklave beinahe zu gut, um echt zu sein.

Sie brauchten dreiviertel Stunden, bis sie den Golfplatz erreichten. Der Mond schien, und die schmale Gestalt war deutlich zu sehen, als sie am vierten Loch anhielt und sich dem Meer zuwandte. Charles bemerkte sofort, daß Sklave sich die günstigste Stelle ausgesucht hatte. Das Land rundherum war flach und ohne Bäume oder Büsche.

Sklave setzte sich ins Gras und wartete.

Früher am Abend hatte der Mond wie ein großer silberner Ball tief am Himmel gehangen. Jetzt nahm sein Licht allmählich ab, kurz darauf war es völlig dunkel. Die Stille wurde nur von der Brandung und gelegentlichen Vogelschreien unterbrochen.

Langsam gewöhnten sich die Augen der Bewacher an die Dunkelheit, sie wurden wie die Katzen, sahen und hörten das kleinste Geräusch. Charles fühlte, daß sich jemand in seiner Nähe bewegte, und zog seinen Revolver aus dem Halfter. Aber es war nur Brian Wood. Er kam durchs Gras gekrochen und fragte Charles flüsternd, wie er die Lage beurteile.

«Entweder weiß er, daß wir hier sind, und will uns eine Lektion erteilen, oder er wartet auf irgend etwas, oder es gefällt ihm hier einfach.»

Wood nickte. Sie warteten weiter fast bis vier Uhr früh.

Dann geschah es, ohne Warnung. Charles hatte die zusammengekauerte Gestalt ständig im Auge behalten. Plötzlich erhob sie sich, der schmale Körper des Kellners zeichnete sich jetzt dunkel sandfarben gegen den Himmel ab. Wood und Charles erhoben sich ebenfalls.

Sklaves Haltung erinnerte an ein Tier, das Witterung aufnahm. Sein Kopf war leicht zur Seite geneigt. Dann hob er den rechten Arm und hielt ihn nach vorne ausgestreckt. Charles sah, daß er in einem Winkel von ungefähr fünfundvierzig Grad eindeutig aufs Meer wies. Dann strahlte das Licht auf wie ein Feuerstrahl in der Hand eines Zauberers: an–aus, an–aus, an–aus. Dann Dunkelheit.

Doch keine komplette Dunkelheit. Charles erspähte ein schwaches Aufleuchten am Himmel, direkt über ihm. In der nächsten Sekunde war es wieder verschwunden. Dann tauchte es wieder auf. Sklave knipste seine Taschenlampe erneut an, der Lichtstrahl wies in die Richtung, aus der das Aufleuchten gekommen war.

Als er das Geräusch vernahm, fiel es Charles schwer, es zu identifizieren – eine Art Klatschen, als schlüge der Wind gegen ein Segel. Das Geräusch wurde lauter, und dann sah er die Flugmaschine, die mit abgestelltem Motor zum Landen ansetzte. Der Pilot mußte in beträchtlicher Höhe über die Nordsee geflogen sein, um dann mit abgestelltem Motor auf die Küste zuzugleiten, wo er schließlich Sklaves Lichtsignale aufgefangen hatte. Eine bemerkenswerte Leistung. Charles fragte sich, wie oft der Pilot dieses Manöver schon durchgeführt hatte.

Mit lautem Aufprall landete die Maschine auf dem Golfplatz. Das Schwanzende schleuderte hin und her, während die Geschwindigkeit abnahm. Am Schluß wendete der Pilot das Flugzeug, so daß es wieder in seiner Anflugsrichtung stand.

Der Himmel hatte sich perlgrau verfärbt, und die ersten Streifen der Dämmerung durchzogen den Horizont. Das Flugzeug glich einem großen schwarzen Vogel mit rüsselartigem Schnabel. Eine Aviatik BII, hergestellt in Österreich, mit zwei Mann Besatzung, der imponierenden Geschwindigkeit von achtzig Stundenkilometern und vier Stunden Flugzeit – gerade genug, um über die stürmische Nordsee hin- und zurückzufliegen.

Sklave stand jetzt am Flugzeugrumpf und half jemand aus der Pilotenkabine; zuerst wurde ihm eine Art Handkoffer übergeben, dann stieg eine Gestalt aus.

Sklave und sein neuer Begleiter aus den Wolken bewegten sich mit einer Präzision, die man sonst nur auf Exerzierplätzen sieht. Wood flüsterte: «Jetzt, Sir? Sollen wir sie verhaften?»

Charles flüsterte zurück: «Noch nicht. Am Piloten bin ich nicht interessiert. Lassen wir sie erst mal gehen. Wollen mal sehen, wohin sie uns führen.»

Einer der beiden Männer – es war unmöglich zu sehen welcher – hatte sich ans vordere Ende des Flugzeugs begeben. Schwer atmend drehte er zweimal am Propeller. Der Motor sprang mit einem so ohrenbetäubenden Brüllen an, daß Charles dachte, es müsse alle Toten im Friedhof von Cromer aufwecken.

Den Lärm ausnützend, sagte Charles zu Wood: «Können Sie Partridge finden?»

Wood nickte, sein Gesicht war in der Dämmerung bereits erkennbar.

«Dann sagen Sie ihm, er soll den beiden folgen. Ich muß wissen, was sie vorhaben. Berichten Sie alle halbe Stunde.»

Wood nickte wieder. «Und wo finde ich Sie?»

«Auf der Polizeistation. Aber verhaften Sie nur, wenn Schwierigkeiten entstehen.»

Wood entfernte sich, als das Flugzeug holpernd über das Gras rollte und schließlich mit einem Aufheulen des Motors abhob.

Der Lärm verebbte, das Flugzeug wurde kleiner, kurvte in die Höhe und nahm Kurs auf seine Heimat.

Charles war so fasziniert, daß erst der Laut von Stimmen ihn in die Wirklichkeit zurückversetzte. Joost van Sklave und sein Begleiter stapften über das Gras und kamen direkt auf ihn zu. Charles legte sich flach auf die Erde, und Sklave und der Neuankömmling gingen dicht an ihm vorbei. Sklave sprach ein schnelles, aufgeregtes Deutsch.

Die Polizeireviere in England sind berühmt für ihren guten Tee. Um halb acht Uhr früh, nachdem Charles Railton eine Nacht im Gras liegend verbracht hatte, war dieser Tee so anregend wie Champagner.

Aber seine Sorgen konnte er nicht vertreiben.

Charles hatte den Golfplatz erst verlassen, nachdem er sich vergewissert hatte, daß die anderen in der Morgendämmerung verschwunden waren.

Um acht Uhr fünfzehn erschien Brian Wood und grinste Charles an. «Sie werden es nicht für möglich halten...» Dann bemerkte er den diensthabenden Sergeanten und folgte Charles in eines der Büros.

«Dreiste Halunken.»

«Also was ist?» fragte Charles ungeduldig.

«Unser Besucher hat sich kurz nach sieben Uhr fünfzehn ins Register des Hotel de Paris eingetragen. Sklave trennte sich ungefähr einen Kilometer vor der Stadt von ihm und ging übers Feld zu seiner Arbeitsstätte. Der Deutsche schlenderte umher, endete am Bahnhof, wartete dort, bis der erste Zug ankam, und ging dann frech wie Oskar wieder ins Hotel.»

«Haben wir die Eintragung überprüft?»

«David Partridge ist gerade dabei.» Wood zog eine goldene Uhr aus der Westentasche. «Er sagt, die Hotels seien es gewohnt, daß er frühmorgens bei ihnen auftaucht und die Eintragungen nachprüft. Er kenne die meisten von der Nachtschicht. Beim Haus der Churchills hat sich nichts ereignet. Ich habe mit Dobbs kurz gesprochen.»

Partridge ließ nicht lang auf sich warten. «Ich habe eine große Überraschung für Sie. Die Person, die mit dem Flugzeug angekommen ist, sah doch wie ein Mann aus, nicht wahr? Langer Mantel, Hut und so. Ist aber kein Mann, sondern eine Frau.»

«Also, ich wäre jede Wette eingegangen...» Brian Wood schüttelte den Kopf. «Ich war doch da und hab gesehen...»

«Findlater, einer meiner Leute, war nah genug, um zu sehen, wie die Verdächtige die Straße überquerte und aufs Meer schaute. Dabei setzte sie ihren Koffer ab, nahm den Hut ab und schüttelte ihre Haare – lange blonde Haare, sagt Findlater. Auch beschreibt er sie als einen niedlichen Käfer, wenn Sie wissen, was ein niedlicher Käfer ist, Partridge.»

Das Mädchen hatte sich als Miss Madeline Drew aus London,

Chelsea Mansions 35, eingetragen. «Sie hat schon vor einem Monat ein Zimmer im Hotel de Paris gebucht», teilte Partridge ihnen mit. «Angeblich ist sie eine Gouvernante in Ferien. Ich habe einen meiner Leute im Hotel zurückgelassen.»

Charles sagte zufrieden zu Wood: «Ich wünschte, wir hätten Partridge bei der Geheimpolizei.»

Wood nickte. «Werde sehen, was sich tun läßt, sobald wir diese Sache hinter uns haben. Wie gefällt Ihnen die Idee, David?»

«Sehr gut!» Partridge klang plötzlich aufgeregt wie ein Schuljunge. «Ich könnte mir nichts Besseres vorstellen, Sir.»

Wood blickte gedankenvoll aus dem Fenster. «Die Frage ist, was tun wir nun?»

Charles seufzte. «Warten, wie immer. Und Befehle von oben entgegennehmen.»

Am dritten Tag gerieten sie in leichte Aufregung, als Miss Drew an dem von Churchill gemieteten Haus klingelte.

«Sie hat sich erkundigt, ob sie eine Gouvernante brauchen», berichtete Partridge. «Mrs. Churchill hat sie sogar empfangen.»

«Selbst wenn sie keine Stellung bekommt, ist ihr Gesicht den Dienstboten bekannt.»

Charles hatte den Eindruck, daß die ganze Sache sehr sorgfältig geplant war. Bald würde etwas geschehen, dachte er. Die anderen waren nicht so sicher.

«In wenigen Tagen ist Neumond», gab Wood zu bedenken. «Selbst der beste deutsche Flieger kann den Nachtflug nicht vor dem nächsten Monat wagen.»

«Und die Churchills fahren Ende nächster Woche nach London zurück», erwiderte Charles. «Ich glaube, wenn etwas passiert, dann sehr bald. Vielleicht sogar noch heute nacht. Ich bin der Meinung, daß wir diese Drew verhaften sollten, wenn sie noch mal im Haus der Churchills vorspricht.»

Wood dachte einen Moment nach. «Sollte es ihr gelingen, Mrs. Churchill zu entführen, wie bringt sie sie außer Landes?»

«Haben Sie schon mal was von Schiffen gehört?»

Nichts passierte in dieser Nacht, noch in der nächsten. Doch am folgenden Nachmittag schlug Partridge Alarm. Er berichtete, daß Sklave seine Routine durchbrochen habe. Es war der freie Tag des Kellners und er war seit zwei Wochen nicht in Norwich gewesen. «Doch heute ist er nicht hingefahren wie gewöhnlich. Er blieb den ganzen Tag auf seinem Zimmer.»

Charles blickte auf die graublaue Nordsee. Ihm war höchst ungemütlich zumute.

Am Spätnachmittag sprach er mit Kell, und sie trafen weitere Vorkehrungen. Eine Infanteriekompanie, die in der Nähe stationiert war, wurde herbeigeholt und biwakierte unauffällig auf der anderen Seite von Overstrand. Die Männer wurden mit Munition ausgestattet, aber der Kommandeur gab nur die allernotwendigsten Instruktionen.

Um zehn Uhr abends traf der Bericht ein, daß Sklave anscheinend ziellos in die Richtung von Overstrand schlenderte.

Kurz vor elf Uhr sah Charles, der vor dem Hotel auf Posten stand, wie die junge Miss Drew heraustrat und die Küstenstraße entlang zum Haus der Churchills ging.

Wood beschattete Sklave, und Charles konnte deutlich Dobbs auf seinem üblichen Posten sehen. Charles beschleunigte seinen Schritt auf der anderen Straßenseite, überholte die Frau, um mit Dobbs zu sprechen, bevor sie das Haus erreichte. «Sie haben hier polizeiliche Vollmacht», sagte er atemlos. «Wenn Miss Drew auch nur die Hand auf die Klinke des Gartentors legt, nehmen Sie sie fest.»

Er hatte kaum zu Ende gesprochen, als sie sahen, daß die Frau beabsichtigte, das Haus zu betreten. Sie schritt lässig auf das Eisentor zu, das zu den Stufen vor der Eingangstür führte.

«Jetzt, Dobbs!» Sie liefen über die Straße, um ihr den Weg abzuschneiden.

Ihre Hand lag schon auf der Klinke des Eisentors, als sie die beiden Männer kommen sah. Ihr Ausdruck verriet Erstaunen. Charles stellte in diesem Moment fest, wie attraktiv sie war. Als die beiden Männer sie fast erreicht hatten, tat sie das einzig Logische. Sie drückte unbekümmert die Klinke hinunter.

Dobbs kam gerade noch rechtzeitig, um sich zwischen sie und die Stufen des Hauses zu stellen. «Tut mir leid, Miss, aber ich darf Ihnen nicht erlauben weiterzugehen.» Sein Tonfall war fast onkelhaft.

«Warum denn nicht? Wer sind Sie überhaupt? Wie können Sie es wagen, mich aufzuhalten?»

Charles hatte sich ihr lautlos von hinten genähert und sah, wie sie einen kleinen Beutel unauffällig in ein Blumenbeet des Vorgartens gleiten ließ.

«Ich bin Polizeibeamter, Miss...» fuhr Dobbs fort.

«Aber ich muß in dieses Haus, ich...»

Charles holte den Beutel zwischen den Rosen hervor und sprach zum ersten Mal: «Es tut mir leid, Miss Drew, aber wir müssen Sie bitten, uns aufs Polizeirevier zu folgen.»

Sie wandte sich ihm voll zu. Ihre Augen waren auffallend – ein helles Haselnußbraun, fast grün – und ihr weiches Haar hatte einen goldenen Glanz. «Aufs Polizeirevier?» Ihr Lachen paßte zu ihrem Äußeren, es war melodisch, kein albernes Kichern, sondern weich klingend wie die mittleren Saiten eines Cellos.

«Ich nehme an, Sie sind auch Polizeibeamter.» Ihr Tonfall war herablassend. «Nun, zu Ihrer Beruhigung. Ich habe bei meinem letzten Besuch bei Mrs. Churchill eine wertvolle Brosche verloren, die ich mir abholen will.»

«Wir werden die Sache mit der Brosche klären, Miss Drew – auf dem Polizeirevier.»

Charles musterte die junge Frau. Sie sprach akzentfreies Englisch. Ihr graues Sommerkleid war dezent elegant. Sie hatte eine leichte Stupsnase und die Angewohnheit, ihre Lippen ironisch zu kräuseln. Jetzt zuckte sie die Achseln und sagte: «Nun, ich habe immer die Gesetze eingehalten, und Sie scheinen das Gesetz zu vertreten...» Ihre Selbstkontrolle und Unverfrorenheit nötigten Charles Respekt ab. Und sogar als sie das Polizeirevier erreichten, hatte sie nichts von ihrer Würde eingebüßt. Dobbs blieb in einem kleinen Verhörzimmer mit ihr zurück, während Charles sich auf die Suche nach einer Polizeibeamtin machte.

Bevor er ins Verhörzimmer zurückkehrte, untersuchte er den kleinen Beutel. Er enthielt ein Fläschchen Chloroform und eine Anzahl von Watte- und Gazetupfern.

Im Verhörzimmer stand Dobbs mit der Polizeibeamtin an der Tür. Charles setzte sich der jungen Frau gegenüber und begann zu sprechen.

«Ich möchte erst mal klären, daß ich *kein* Polizeibeamter bin. Mein Name ist Charles Rathbone. Ich gehöre dem militärischen Geheimdienst an. Ich habe nicht das Recht, Anklage gegen Sie zu erheben, aber ich habe das Recht, Sie zu verhören. Und ich muß Sie warnen, daß die Polizei auf Grund der neuen Sicherheitsgesetze Anklage gegen Sie erheben wird.»

Sie blickte ihn verwirrt an. «Aber was soll ich denn verbrochen haben?» Unter anderen Umständen hätte ihr Protest überzeugend geklungen. «Ich bin hier kurz in den Ferien und war auf dem Weg zu Mrs. Churchills Haus, um zu fragen, ob meine Brosche gefunden wurde. Ist das ein Verbrechen, Mr. Rathbone?»

«Ihren vollen Namen, bitte...»

«Was werfen Sie mir vor?»

«Ihren Namen, bitte.»

Nach einem Moment antwortete sie im halben Flüsterton: «Madeline Letitia Drew.»

«Adresse?»

«Chelsea Mansions 35, London.»

«Beruf?»

«Ich bin Gouvernante bei Mr. und Mrs. Hartney. Sie haben einen Sohn und eine Tochter und wohnen in Chelsea Mansions 35.»

Charles vermutete, daß sie hoffte, ihre Geschichte würde eine Zeitlang standhalten. Brian Wood hatte die Adresse überprüft. Die Hartneys wohnten in Chelsea Mansions 35, und sie hatten eine Gouvernante, die aber nicht Miss Drew hieß.

Er reichte ihr ein amtliches Formular über den Tisch und bat sie, es zu unterzeichnen. Es war eine Bestätigung, daß ihre Angaben der Wahrheit entsprachen. Sie setzte mit ruhiger Hand ihren Namen darunter.

Er nahm das Stück Papier zurück, sah ihr in die Augen und zerriß es wortlos. Dann wandte er sich an Dobbs und die Polizeibeamtin mit der Bitte, das Zimmer zu verlassen.

Erst nachdem die beiden Beamten gegangen waren, hatte er den Eindruck, daß die junge Frau an Sicherheit verlor. Ihre Augen verrieten ein leichtes Mißbehagen, ihre Haltung verkrampfte sich.

Er lehnte sich im Stuhl zurück und musterte sie scharf. «Miss Drew, ich habe das Formular zerrissen, weil ich Ihnen helfen möchte. Würde ich es der zuständigen Stelle vorlegen, zusammen mit dem anderen Beweismaterial, würden Sie zweifellos in kürzester Zeit erhängt oder erschossen werden.»

Er gab ihr eine kurze Zusammenfassung der Tatbestände: ihre von der Polizei beobachtete Ankunft mit dem Flugzeug; ihre Verbindung zu Sklave; ihre Überwachung; seine Kenntnis des Plans, Mrs. Churchill zu entführen; die Dinge, die er im Beutel gefunden hatte; die Tatsache, daß sie nicht die Miss Drew sei, die bei den Hartneys arbeitete.

Als er seine Aufzählung beendet hatte, konnte sie ihm nicht in die Augen sehen.

«Vermutlich wartet Sklave auf ein Unterseeboot, nicht wahr?»

Sie saß mit gesenktem Kopf vor ihm, die Hände hielt sie im Schoß verschränkt. Charles zählte bis dreißig, bevor er weitersprach. «Sie brauchen mir nicht zu antworten. Polizei und Militär sind am Strand, um ihn abzufangen. Er wurde schon, bevor man Sie einflog, überwacht. Sie werden ihn erwischen, tot oder lebendig, bevor die Nacht vorbei ist. Und das ist der Grund, warum ich Ihnen eine Chance gebe. Glauben Sie mir, wir sind genauestens über alles unterrichtet. Aber wenn Sie weiterhin auf Ihren Lügen bestehen, dann kann ich Ihnen leider nicht helfen. Seien Sie also vernünftig, und sagen Sie mir die volle Wahrheit. Ich verspreche Ihnen, daß Ihnen nichts passiert.»

Sie schwieg und rührte sich nicht. Charles erhob sich. Kurz vor der Tür drehte er sich noch einmal um.

«Die nächsten Leute, die Sie verhören, werden nicht so freundlich mit Ihnen umgehen. Ich rate Ihnen daher an, mit mir zusammenzuarbeiten. Erzählen Sie mir alles, aber es muß sofort sein.»

Er dachte, er sei gescheitert. Er hielt schon die Türklinke in der Hand, als sie mit leiser Stimme sagte: «Wie soll ich wissen...?»

Er schüttelte den Kopf. «Daß ich mein Versprechen halte? Das können Sie nicht wissen. Sie müssen mir vertrauen. Es ist jetzt nach Mitternacht, zu spät, um Sklave zu warnen. Sagen Sie mir die Wahrheit, und ich gebe Ihnen mein Ehrenwort, daß ich alles tun werde, Ihnen zu helfen.»

Eine Minute schien so lang wie eine Ewigkeit. Dann brach sie zusammen. Tränen strömten über ihr Gesicht. «Gott, hilf mir», schluchzte sie. «Ich werde Ihnen alles sagen.»

Charles atmete erleichtert auf. Sein Plan war gelungen. Im stillen dankte er seinem Onkel Giles, daß er ihn für diese Mission empfohlen hatte.

Sie fing an zu reden, aber so schnell, daß Charles sie unterbrechen mußte: «Wenn Sie mir wirklich alles erzählen wollen, müssen Sie mir genaue Einzelheiten über die augenblickliche Situation hier in Cromer berichten. Wenn Sie darüber die Wahrheit sagen, wissen wir, daß wir Ihnen vertrauen können.»

Er wußte, es würde eine lange Nacht werden. Sollte sie beschlossen haben, wirklich alles zu erzählen, würde sie zuerst die wichtigsten Dinge hervorsprudeln. Und danach müßte er in mühsamer Kleinarbeit alle Einzelheiten aus ihr herausholen, einige vermutlich sogar herausquetschen, denn nach der ersten Beichte würden Schuldgefühle folgen.

Während er ihr zuhörte, merkte er, daß er von der jungen Frau bereits sehr eingenommen war. Seit der Geburt ihres letzten Kindes hatte er sich innerlich von Mildred entfernt und geglaubt, daß alle Begierde in ihm gestorben war. Aber jetzt, als er Madeline betrachtete, fühlte er den Wunsch, sie in die Arme zu nehmen. Eine höchst unprofessionelle Regung, die ihn beunruhigte. Er fragte sich, wie ihre Haut sich anfühlen, ob sie seine Leidenschaft erwidern würde. Seine Phantasie gaukelte ihm lustvolle Bilder vor, und es kostete ihn die größte Anstrengung, sich auf ihre Worte zu konzentrieren.

Nach einer halben Stunde wußte er alle Einzelheiten des Komplotts. Der Plan war gewesen, Mrs. Churchill in einem Unterseeboot zu entführen. Ein Taxifahrer war bestochen worden, um die Bewußtlose an den Strand zu transportieren. Sklave sollte an einer einsamen Bucht oberhalb Overstrand warten.

Da Miss Drew ihre Verabredung mit dem Taxifahrer nicht eingehalten hatte, war anzunehmen, daß Sklave nervös geworden war und vermutlich dem U-Boot ein Signal gegeben hatte, das Unternehmen aufzugeben.

Nachdem Charles dies alles erfahren hatte, ließ er die Polizeibeamtin kommen und bat sie, der Angeklagten Tee und etwas zu essen zu geben, während er kurz Dobbs instruierte. Danach informierte er telefonisch den militärischen Kommandoposten und rief die Admiralität an, damit eine Fregatte losgeschickt werden konnte, um nach dem U-Boot zu fahnden.

Dobbs machte sich auf die Suche nach Wood und Partridge mit der Anweisung, Sklave zu verhaften, aber möglichst erst im allerletzten Moment.

Als das alles in die Wege geleitet war, ging Charles zu der Frau zurück und hörte ihr weiter mit großer Geduld zu.

Ihr richtiger Name war Hanna Haas. Sie war sechsundzwanzig Jahre alt, die illegitime Tochter eines deutschen Geschäftsmanns und einer englischen Krankenschwester. Frederick Haas hatte Mutter und Tochter nach Deutschland geholt, und Hanna war in Berlin aufgewachsen. Mit fünfzehn, nachdem sie die Schule beendet hatte, war sie nach London zurückgekehrt und hatte sechs Jahre erst als Kinderschwester, dann als Gouvernante bei einer englischen Familie gearbeitet. 1909 bat Haas sie, nach Berlin zurückzukehren, da ihre Mutter krank sei. Zwei Jahre lang hatte sie die schwer leidende Mutter gepflegt. Nach deren Tod hatte

Frederick Haas ihr eine Ausbildung als Krankenschwester ermöglicht. Durch ihren Vater hatte sie in dieser Zeit deutsche Offiziere kennengelernt.

Zu ihrem großen Erstaunen wurde sie sehr vom deutschen Geheimdienst umworben. Zuerst verhielt sie sich ablehnend, aber bald verfiel sie dem Reiz des Abenteuers. Während ihrer Ausbildung unterstand sie direkt Walter Nicolai, der ihr auch die Anweisung gegeben hatte, nach der Entführung von Mrs. Churchill in England zu bleiben, eine Stellung zu finden, die sie mit Heeres- oder Marineangehörigen zusammenbrachte, und Informationen zu sammeln. Keine schwierige Aufgabe für eine Frau mit ihrem Aussehen und ihren Fähigkeiten. Man hatte sie mit einer Menge technischer Hilfsmittel für Nachrichtenübermittlung ausgestattet, und sie kannte viele Namen von wichtigen Leuten im deutschen Geheimdienst. Auch hatte sie interne Kenntnisse, wie diese Dienststelle funktionierte. Sie konnte zweifellos mit großem Nutzen als Doppelagentin in England eingesetzt werden.

«Fühlen Sie sich Deutschland gegenüber zu absoluter Treue verpflichtet?» fragte Charles.

Sie sagte, ohne zu zögern: «Seit sie mich nach England geschickt haben, fühle ich mich wie in einer Falle. Offen gesagt, Mr. Rathbone, bis ich hier ankam, habe ich das alles wie eine Art Spiel betrachtet. Völlig unwirklich. Aber seit ich eingeflogen worden bin, gab es viele Momente, wo ich in Versuchung war, einfach aufs nächste Polizeirevier zu laufen. Aber ich hatte Angst, daß sie mich einsperren würden, und noch mehr Angst, was meine deutschen Vorgesetzten mit mir machen würden, wenn sie herausfänden, daß ich sie verraten habe.» Sie unterdrückte ein Schluchzen. «Ich fühle mich mehr englisch als deutsch. Ich schwöre bei Gott, das ist die Wahrheit. Und es ist auch verständlich. Die einzigen Verwandten, die ich habe, leben in England.» Sie erwähnte eine Tante in Coventry und eine andere Tante und einen Onkel in London. «Mr. Rathbone, ich bin Engländerin. Und ich bin beschämt über das, was ich getan habe.»

Wood, Partridge und die anderen kehrten in der Morgendämmerung ins Revier zurück. Sklave hatte offensichtlich das U-Boot gewarnt. Sie hatten es sogar ungefähr einen Kilometer vor der Küste auftauchen gesehen. Wood hatte befohlen, Sklave zu verhaften, doch der hatte einen Revolver gezogen und geschossen. Zwei Kugeln, von Wood persönlich abgefeuert, hatten ihn getötet.

«Tut mir leid.» Der Geheimpolizist klang bedrückt. «Ich habe versucht, auf die Beine zu zielen, aber das Licht war so schlecht, und er bewegte sich.»

Der Taxifahrer wurde von der örtlichen Polizei in den frühen Morgenstunden verhaftet und ohne Aufsehen interniert, da es wichtig war, daß keinerlei Verdacht auf Hanna Haas fiel.

Kurz nach neun Uhr am gleichen Morgen führte Charles ein langes Telefongespräch mit Vernon Kell.

Zuerst hatte Kell gefunden, es wäre das beste, Hanna C's Leuten zu übergeben, doch dann sagte er: «Wissen Sie, Charles, eigentlich sind Sie für diese Haas verantwortlich. Passen Sie auf sie auf, und bringen Sie sie möglichst schnell nach London. Wir haben hier ein Haus, wo Sie Ihre Verhöre abschließen können. Und dann werden wir weitersehen.»

Genau das hatte Charles gewollt. Er bestieg später am Morgen den Zug nach London in Begleitung von Brian Wood und einer hübschen, blonden, schüchternen jungen Frau.

Wie sich später ergab, sollte diese blonde, schüchterne junge Frau viele Menschenleben drastisch verändern.

«Mir ist es egal, was Ihre Hinterwäldler wie Natter oder der unersetzliche Mr. Berry sagen, ich...»

«Sie sind keine Hinterwäldler...» Sara warf ihm einen strengen Blick zu, dann fing sie an zu lachen.

«Also gut, Bauerntölpel, wenn Ihnen das mehr zusagt.» Dick Farthing gab vor, verärgert zu sein. Bei jedem anderen hätte man vermutet, er sei leicht angetrunken, aber einige Glas Wein beim Abendessen und einige Glas Portwein nach dem Essen waren nicht genug, um Dicks eiserner Konstitution etwas anzuhaben.

Sie saßen jetzt allein im Speisezimmer, die Dienstboten waren zu Bett gegangen, nur der alte Porter wartete vor der Tür, um den Kaffee zu servieren, sobald sie in den Salon gingen.

«Wie dem auch sei«, fuhr Dick fort, «es besteht nicht die geringste Chance, daß dieser verdammte Krieg an Weihnachten zu Ende ist.»

Saras Gesicht wurde ernst. «Sie mögen recht haben.» Saras Gesicht schimmerte im Kerzenlicht, und Dick bemerkte, daß das tief ausgeschnittene Abendkleid ihre vollen, runden Schultern voll zur Geltung brachte. Sie war ihm noch nie so begehrenswert erschienen.

Er war uneingeladen gekommen und hatte von Haversage aus telefoniert, um zu sagen, daß er Sara gern in Redhill besuchen würde.

Jetzt blickte er in ihre großen Augen und sagte: «Eins muß ich den Briten lassen, feige sind sie nicht. Wenn der Ball erst mal ins Rollen kommt, kann man sich auf sie verlassen.»

«Ach, glauben Sie das nicht. Es gibt viele Männer, denen die Knie schlottern und die alles tun, um nicht kämpfen zu müssen.» Sie seufzte. «Aber Mr. Berry will sich melden, und die arme Martha Crook ist außer sich. Billy ist verschwunden. Er hat nur einen Zettel hinterlassen, daß er zu den Soldaten will. Sie hat keine Ahnung, wo er ist.»

Dick blickte betreten drein. «Um Ihnen die Wahrheit zu sagen: Ich will auch zur Armee, wenn man mich nimmt. Aber unser Präsident, der sture Mr. Wilson, scheint fest entschlossen, Amerika aus diesem Krieg herauszuhalten.»

«Ja, warum tun Sie es dann nicht? Ich meine, warum melden Sie sich nicht?»

«Genau das ist der Grund, warum ich gekommen bin. Sara, können wir nicht einen Kaffee trinken und in den Salon gehen?»

«Ja, natürlich.» Ihre Stimme klang leicht beunruhigt. Sie hatte Dick seit Johns Tod nur dreimal gesehen. Er hatte sich untadelig benommen. Aber heute spürte sie eine Veränderung in seinem Verhalten.

Porter brachte den Kaffee und fragte, ob er einen Kognak einschenken solle. Aber Sara schüttelte den Kopf und sagte, sie würden sich selbst bedienen. Porter zog sich murmelnd mit einem tadelnden Blick zurück.

«Ach, der gute, alte Porter», sagte Sara. «Er hält so auf Konventionen.» Aber Dick schien sie nicht gehört zu haben. «Dick?»

Er fuhr hoch. «Entschuldigen Sie, Sara, ich habe Träumen nachgehangen.»

Sie goß den Kaffee mit leicht zitternder Hand ein. Dann fragte sie ihn nach seinen Träumen.

«Oh, ein immer wiederkehrender Traum, egal, ob ich wach bin oder schlafe.» Obwohl er ihr gegenübersaß, streckte er seine Hände aus, als wolle er sie berühren. «Sara, Sie müssen doch wissen, daß ich Tag und Nacht von Ihnen träume. Wenn es mir möglich wäre, würde ich Sie heute bitten, meine Frau zu werden ... Ich meine natürlich, wenn das Trauerjahr um ist ...»

Schweigen senkte sich über den Raum. Vor Saras geistigem Auge stiegen Bilder auf: sie und Dick Farthing in diesem Zimmer vor und nach Johns Tod. Das Hügelland, wo Dick James das Fliegen beigebracht hatte, Dicks Flugzeug, das in der Morgendämmerung über dem Haus kreiste. Dieser große Amerikaner hatte ihre innersten Gefühle aufgerührt.

«Was meinen Sie mit ‹Wenn es mir möglich wäre›?»

Er holte tief Luft. «Ich bin hierhergekommen, um ... mich von Ihnen zu verabschieden.»

Sara war selbst über die Heftigkeit ihrer Reaktion überrascht. Und Dick, der erriet, daß er ihr einen Schock versetzt hatte, fügte hastig hinzu: «Oh, nicht für immer. Ich war im Begriff, dem englischen Fliegerkorps beizutreten, sie haben mich angenommen. Doch dann erhielt ich ein Telegramm. Mein Vater und mein Onkel, der Senator, wollen, daß ich sofort nach Hause komme. Sie scheinen eine wichtige Aufgabe für mich zu haben. ‹Du hast eine Pflicht deinem Land gegenüber zu erfüllen›, so hat Vater sich ausgedrückt. Aber wenn ich meinen Willen durchsetze, bin ich in ein paar Monaten, wenn nicht schon Wochen zurück. Sara, Sie wissen, ich habe Sie fast vom ersten Moment an geliebt. Ich weiß, es gab eine Zeit, wo es Ihnen ähnlich ergangen ist, weil ...»

«Weil wir fast eine große Dummheit begangen hätten ...»

«Ja.»

«Mein lieber Dick, natürlich habe sich Sie sehr gerne. Aber ... nach diesem Abend ... ich vermute, ich hatte Schuldgefühle. Ich fand ...»

«Sie sollten John treu bleiben. Sie liebten ihn mehr als mich.»

Sie stellte ihre Tasse hin, ging zu ihm und legte ihre Hand auf seinen Mund. «Ja, teilweise haben Sie recht, aber nicht ganz. Ich habe oft an Sie gedacht seit jenem Abend.» Sie runzelte die Stirn. «Ich will einer Entscheidung nicht ausweichen, Dick, zumindest nicht auf die Dauer. Aber bitte lassen Sie uns von der Sache vorerst nicht reden – noch nicht. Ich weiß, es ist schwierig. Aber bitte, merken Sie sich eins, sollte ich mich je wieder verheiraten, dann hoffentlich mit Ihnen.»

Er setzte zum Sprechen an, aber Sara kam ihm zuvor. Sie erhob etwas ihre Stimme: «Dick, Sie müssen fort von hier. Sie sagen, Sie kämen zurück. Während Sie in Amerika sind, werde ich an Sie denken.» Sie wunderte sich über ihre Selbstbeherrschung. Ihr ganzer Körper sehnte sich nach ihm, aber sie fuhr in einem ruhigen

Tonfall fort: «Bitte, Dick, zwingen Sie mich zu keiner Zusage – nicht heute. Wenn Sie zurückkommen und unsere Gefühle die gleichen sind, wenn mehr Zeit vergangen ist, dann werden wir darüber sprechen, aber nicht jetzt.»

Dick Farthing schwieg eine Weile lang, und als er sprach, sah er sie nicht an. «Wenn das Ihr Wunsch ist, Sara, kann ich mich nur fügen. Wir werden über das Thema erst wieder sprechen, wenn ich zurückkomme. Aber meine Gefühle werden sich nicht ändern.» Er wandte ihr sein Gesicht zu, und plötzlich lächelte er verschmitzt. «Wenn ich zurückkomme, heirate ich Sie, es sei denn, Sie haben einen besseren gefunden.»

Sie küßte ihn auf die Wange und flüsterte: «Vielen Dank. Und Sie wissen, ich werde niemand anderen finden.»

Langsam, nach einem weiteren zärtlichen Kuß, löste sie sich von ihm, stand auf, ging zum Tisch und schenkte Kognak ein.

Er hob sein Glas. «Auf meine Rückkehr?» Und er sah sie fragend an. Sie nickte und fühlte sich plötzlich glücklich.

Dick erkundigte sich nach James. «Ich habe ewig nichts von ihm gehört ...»

«Margaret sagt, er sei fast immer unterwegs, mal hier, mal dort. Er war in Antwerpen während der Belagerung, ich habe den Eindruck, daß er auf Geheimmissionen geschickt wird. Er ist Ihnen ähnlich, so wie Sie taucht er auf wie ein Irrlicht, schläft achtundvierzig Stunden, verwöhnt einen Tag lang seine Familie und verschwindet wieder. Margaret sagt, er hätte sich sehr verändert.»

«Der Krieg wird viele Menschen verändern.»

Sara erzählte ihm, daß die Familie sich am meisten Sorgen um Caspar mache. «Er ist mit seinem Regiment irgendwo auf dem Kontinent, ich glaube in Belgien.»

Er nickte. «Und die Zwillinge Rupert und Roy?»

«Rupert ist auf der *Monmouth*. Ein alter Kahn, aber immerhin ein Panzerkreuzer. Andrew sagt, er sei nicht gefährdet, sie schwimmen irgendwo an der südamerikanischen Küste herum.»

«Und was macht Roy?»

Sie lachte unfroh. «Nach meiner Meinung ist er der Undurchsichtigste von allen Railtons und der Talentierteste. Er ist wie sein Vetter James sehr sprachbegabt. Er arbeitet für den rätselhaften Giles. Ist also auch weit vom Schuß. Mich würde nicht wundern, wenn Roy eines Tages die *Eminence grise* von Whitehall würde.»

Dick verzog den Mund. «Ich habe nie recht begriffen, was Giles Railton eigentlich im Foreign Office macht.»

«Da sind Sie nicht der einzige, mein Lieber. Kurz nach meiner Heirat habe ich John gefragt, was Giles tut. Vermutlich wird Sie die Antwort erstaunen, aber John hatte gelegentlich poetische Anwandlungen, er sagte: ‹Mein Onkel lebt auf der unsichtbaren Seite des Monds, gelegentlich kehrt er auf die Erde zurück und taucht in Hunderten von Verkleidungen an den seltsamsten Orten auf.› Dann zitierte er ein russisches Sprichwort: *Der Mond scheint, aber wärmt nicht.*» Sie lachte wieder freudlos. «Wäre ich eine echte Railton, hätte ich Ihnen das sicher nicht wiederholt. Onkel Giles ist der rätselhafteste Mann vom Mond, der einem geheimnisvollen Gewerbe nachgeht. Genug davon!»

Er zuckte die Achseln, als wolle er sagen, es genüge ihm nicht. Sara schmunzelte. «Eins werde ich noch hinzufügen. Ich traue Giles nicht über den Weg, weder was die Familie noch was sein Land, ja nicht einmal was ein Menschenleben anbetrifft.»

Dick wechselte schnell das Thema. «Und Andrew? Er hoffte doch, Kommandant eines Schiffs zu werden.»

«Das ist ihm nicht gelungen. Er ist angekettet an die Admiralität. Aber er scheint recht zufrieden zu sein. Das gleiche gilt für Charles. Aber auch er spricht nie über seine Arbeit. Eine verschwiegene Familie, meine Railtons.»

«Ja, *meine* Railtons», wiederholte er. «Sie sind eine der Ihren geworden. Sollten Sie je meine Frau werden, werde ich mir keine Illusionen machen über die Familie, in die ich einheirate.»

Indem er die Heirat wieder erwähnte, hatte Dick sein Versprechen gebrochen. Schweigen trennte sie plötzlich wie eine Mauer. Jeder hing seinen Gedanken nach.

Nach einer Weile schlug Sara vor, einen kurzen Spaziergang zu machen. Sie führte ihn zu ihrem Lieblingsplatz – dem Rosengarten.

«Können Sie es denn ertragen, jetzt noch hierherzukommen?» Er erinnerte sich an den schrecklichen, noch gar nicht lange zurückliegenden Tag, als John sterbend bei diesen Rosenbüschen lag.

«Ich komme oft hierher. Es ist ein Ort des Friedens.»

«Johns Frieden?» fragte er.

«Ich stelle mir gerne vor, daß er hier Frieden fand. Klingt das sentimental?»

«Vielleicht, wenn eine andere Frau es gesagt hätte.» Er drehte sich um und umarmte sie.

Sara erwiderte seine Umarmung trotz ihrer guten Vorsätze. Ihre Augen blieben offen, sie starrte in die Dunkelheit und auf das große Haus, das wie ein drohender Schatten im Mondlicht emporragte.

Dick sah es ebenfalls und fröstelte unwillkürlich, als er sich daran erinnerte, was Sara über Giles Railton gesagt hatte.

Der Kuß war gewollt leidenschaftslos, obwohl er lange dauerte. Sara ertappte sich dabei, ein Gebet zum Himmel zu schicken: Gott, laß Frieden kommen, verhindere das grausame Sterben auf den Schlachtfeldern.

Doch in ihrem Innersten wußte sie, daß ihr Gebet nicht erhört werden würde.

«Wenn diese verdammten Militärs doch nur zuhören würden», sagte Giles mißmutig. Er saß C an dessen mit Papieren übersäten Schreibtisch gegenüber. «Wir haben sie vor den Truppenzusammenziehungen gewarnt. Es war ein klassischer Angriff. Der Schlieffenplan mit einigen Abwandlungen von Moltke.»

Smith-Cumming grunzte. «Nicht Ihr Fehler. Wenn jemand schuld hat, dann die Franzosen und unser Generalstab. Man reagiert auf einen Angriffsplan nicht so, wie wir und die Franzosen es taten.»

Doch Giles hörte ihm nicht zu. «Wir haben sie im voraus gewarnt, ja, es ist uns sogar gelungen, diesen Idioten die Stärke der deutschen Truppen, die durch Belgien marschieren würden, anzugeben. Aber nein, sie haben uns erst geglaubt, als ihre Hauptkampflinie durchbrochen wurde. Wenn sie uns doch nur endlich glauben wollten.»

Der Chef des Geheimdienstes schnitt eine Grimasse. «Wir können nichts weiter tun, als sie weiterhin mit akkuraten Nachrichten versorgen. Vielleicht geht diesen vertrottelten Strategen eines Tages doch noch ein Licht auf. Unsere Arbeit hat nur dann einen Zweck, wenn die Militärs Nutzen aus ihr ziehen. Wir müssen –» Ein Klopfen an der Tür unterbrach ihn.

Es war ein Bote, der die jüngsten Depeschen aus dem Hauptquartier der britischen Streitkräfte brachte. Nach ihrer Lektüre sahen die beiden Männer noch besorgter aus.

Giles Railton bekam einen Wutanfall. «Nach all den Informationen, die wir ihnen gegeben haben, sind diese Narren dennoch in die Falle gegangen. Gott allein weiß, wie viele von unseren Jungens wegen dieses Irrsinns ins Gras beißen müssen.»

Smith-Cumming gelang es sogar in dieser grimmigen Situation, kurz und rauh aufzulachen. «Sie haben nicht einmal die Informationen meiner Agenten zur Kenntnis genommen, daß jeden Tag fünfhundertundfünfzig Militärzüge über die Rheinbrücken fahren. Nun, jetzt wissen sie's.»

Die Depeschen lagen auf Smith-Cummings Schreibtisch, stumme Zeugen der grausamen Wahrheit. Die britischen Streitkräfte waren mit einhunderttausend Mann in der Nähe von Mons auf die Erste Deutsche Armee gestoßen und hatten den Rückzug antreten müssen.

Giles sagte zornig: «Einer muß für diese Katastrophe zahlen.»

Er konnte nicht wissen, daß ein Mitglied der Familie Railton als einer unter vielen Tausenden für diese Katastrophe schon gezahlt hatte.

14

Kurz vor sechs Uhr abends stieg Charles Railton die Steinstufen zu der Eingangstür seines Hauses in Cheyne Walk hinauf. Es war der erste Freitag im September, und die Blätter färbten sich bereits rot und golden. Der Sommer schwand dahin und mit ihm die Chancen, einen entscheidenden Sieg in Frankreich zu erringen.

Es war bezeichnend für Charles' Schuldgefühle, sofort anzunehmen, daß Mildred mit weiblicher Intuition die tiefsten Geheimnisse seines Gewissens erahnte, als er sie schluchzend im Wohnzimmer vorfand.

«O Charles!» Sie lief mit rotverweinten Augen und triefender Nase auf ihn zu.

Eine Sekunde lang war Charles so verwirrt, daß er nicht einmal nach dem Grund ihrer Tränenflut fragte. Er führte sie sanft zum Sofa, und sie berichtete ihm, daß Caspar verwundet war.

«Mein Gott!» Er vergrub sein Gesicht in die Hände. «Wie grauenvoll. Und er ist erst zwanzig. Ein Arm und ein Bein sagst du?»

Sie nickte. «Andrew hat von der Admiralität einen Boten mit einem kurzen Brief geschickt. Ich war den ganzen Nachmittag über bei Charlotte.» Sie hielt inne und schniefte. «Ich habe mich bei ihr natürlich zusammengenommen und mich erst gehenlassen, als ich zu Hause war. Er stand mir immer vor Augen, so wie er bei unserer letzten Abendgesellschaft ausgesehen hat.»

Charles schüttelte bedrückt den Kopf und fragte, wie Charlotte die Nachricht aufgenommen hatte.

«Sie ist natürlich völlig verzweifelt. Caspar war so gut aussehend... so aktiv, so... so...»

«Die Ärzte meinen aber, daß er überlebt?»

Mildred hob die Augenbrauen, was ihr Gesicht zu einer verzerrten tragischen Maske verunstaltete. «Er hat sich von dem Schock erholt. Zum Glück hat er keinen Wundbrand. Soweit möglich, sieht es günstig aus. Morgen bringen sie ihn nach England zurück.»

Charles fragte, wie Andrew die Nachricht aufgenommen habe.

«Ach, du kennst doch Andrew. Wie immer, stark, schweigsam. Er meinte nur, zumindest brauchten sie nicht zu trauern. Wie man hört, sind die Verlustlisten schrecklich. Gott sei Dank ist William erst vier Jahre alt. Ich könnte es nicht ertragen ...»

Charles tat sein Bestes, sie zu trösten.

»Aber eins ist fast wie ein Wunder ...» fing Mildred an.

«Ja, was?»

»Sein Bursche hat ihm das Leben gerettet. Und weißt du, wer es ist? Martha Crooks Sohn Billy. Und Martha Crook hat mein Leben gerettet und William Arthur zur Welt gebracht in Redhill.»

«Ich wußte nicht, daß der Junge schon alt genug ist, um zu dienen ...»

«Alt genug? Keiner von ihnen ist alt genug, aber alle sind tapfer genug.» Sie berichtete Charles, daß Billy den schwerverwundeten Caspar im Kugelhagel zwei Kilometer zum Verbandsplatz geschleppt hatte. «Er ist bereits wieder in England. Sie schicken ihn in ein Ausbildungslager, damit er Feldwebel werden kann, hat Giles mir gesagt. Anscheinend, aber das ist noch nicht offiziell, soll Billy mit dem Viktoriakreuz ausgezeichnet werden.»

Charles konnte das Bild des jungen, verstümmelten Caspar nicht aus seinen Gedanken verbannen, was unerklärlicherweise seine Gewissensbisse verstärkte.

«Bleibst du zum Abendessen?» fragte Mildred. Und der wahre Grund seiner Schuldgefühle drängte sich jetzt voll in sein Bewußtsein. Er zögerte, wußte aber sogleich, daß eine Umkehr nicht mehr möglich war. Mit ruhiger Stimme antwortete er, daß er wieder fortmüsse. Sie stellte ihm keine Fragen, weil sie genau wußte, daß seine Tätigkeit keine Erklärungen erlaubte.

Charles wußte fast noch vor Madeline Drews Verhaftung, was mit ihnen beiden geschehen würde. Und damit war sein Leben noch gefährlicher, noch undurchsichtiger geworden.

Nach der Rückkehr aus Cromer wurde Charles mit Kell zu Winston Churchill in die Admiralität befohlen. Churchill dankte ihnen herzlich. «Sie haben meine Frau aus einer großen Gefahr gerettet und ihr eine unerträgliche Demütigung erspart.» Die Augen des kleinen, dynamischen Mannes glitzerten. «Und dafür stehe ich ein Leben lang in Ihrer Schuld. Aber Sie haben auch Ihrem Land einen großen Dienst erwiesen, und dafür steht das Land in Ihrer Schuld. Da es sich um eine private Angelegenheit handelt, kann Ihnen leider keine öffentliche Anerkennung ausgesprochen werden. Aber ich werde mich dafür einsetzen, daß Sie, Railton, einen Orden bekommen.»

Außer einem halben Dutzend Angehöriger der Geheimpolizei und drei oder vier MO5-Mitgliedern wußte niemand von der Existenz von Hanna Haas, alias Madeline Letitia Drew.

Vernon Kell sah keinen Grund, warum er Charles die Betreuung der jungen Frau entziehen sollte. «Sie müssen Vater, Onkel, Bruder und Beichtvater für sie sein», sagte Kell, ohne die andere Beziehung zu erwähnen, die Charles' Gewissen plagte.

Kell veranlaßte, daß sie in einem «Sicherheitshaus» untergebracht wurde, einer kleinen, freundlichen Villa in Maida Vale, die vom Geheimdienst gekauft worden war und ständig überwacht wurde.

Charles' Instruktionen waren knapp und deutlich. «Sie ist eine wichtige und wertvolle Informationsquelle», hatte Kell gesagt. «Aber wir dürfen nicht vergessen, was immer sie auch jetzt sagt, daß sie *freiwillig* einen gefährlichen Auftrag für den deutschen Geheimdienst übernommen hat. Bis zu ihrer Verhaftung war sie durchaus bereit, diesen unerhörten Entführungsplan auszuführen. Seien Sie also auf der Hut. Miss Haas kann womöglich versuchen, Sie an der Nase herumzuführen, Ihnen das Blaue vom Himmel versprechen und dann plötzlich verschwinden oder für die Gegenseite arbeiten.»

Charles wurde angewiesen, möglichst viel Zeit mit Madeline zu verbringen. «Studieren Sie ihren Charakter, versuchen Sie, sie auf unsere Seite zu ziehen, aber entlassen Sie sie erst in diese böse Welt, wenn Sie ihrer absolut sicher sind. Machen Sie die Frau – nun wie soll ich mich ausdrücken – von sich abhängig.»

Kell war ein gläubiger Christ, und Charles wußte, daß sein Vorgesetzter nur eine seelische und ideologische Abhängigkeit im Sinn hatte. Obwohl ihm gewiß auch klar war, daß eine sexuelle Bindung zwischen Charles und Miss Haas sowohl beruflich wie auch privat von Vorteil sein könnte.

Während der ersten Tage in Maida Vale erforschte Charles den Familienhintergrund der jungen Frau. Er fragte sie über ihren deutschen Vater Frederick Haas und ihre tote Mutter aus. Er erkundigte sich, wie lange sie als Kindermädchen und Gouvernante in England gearbeitet hatte, nach ihrer Tante in Coventry und nach ihrem Onkel und ihrer Tante in London.

Ihre Angaben über ihre Verwandten wurden von der Geheimpolizei überprüft, besonders von Brian Wood und David Partridge, der inzwischen nach London versetzt worden war.

Vier Tage nachdem Charles sein Verhör begonnen hatte, erhielt er die Mitteilung, daß die Tante in Coventry, eine Miss Lottie Drew, und die zwei anderen Verwandten, George und Netta Turrill, alle drei ordentliche, loyale Bürger Englands waren. Sie hatten sich allerdings einer gewissen Zurückhaltung befleißigt, als die Sprache auf Miss Drew kam. Lottie Drew drückte die allgemeine Verlegenheit in folgenden Worten aus: «Die Mutter ist mit einem deutschen Kerl auf und davon und hat ein Kind von ihm gekriegt. Natürlich kann das Mädchen immer in mein Haus kommen, aber eine richtige Verwandte ist sie nicht.»

Das Haus in Maida Vale war hübsch, sauber und gemütlich. Die Haushälterin, halb als Wächterin, halb als Gesellschafterin engagiert, war Kell und der Geheimpolizei wohlbekannt. Madeline Drew wurde gut verpflegt und rücksichtsvoll behandelt. Charles hoffte, daß diese angenehme Umgebung ihm helfen würde, eine echte Beziehung zu Madeline herzustellen.

Am dritten Tag ihres Beisammenseins stellte Charles fest, daß sein sexuelles Verlangen erwidert wurde. Ihre schlanke Gestalt mit den straffen Brüsten erregte ihn, und ihre Bewegungen und Blicke sandten unmißverständliche Signale aus.

Er wählte an diesem Morgen seine Fragen besonders sorgsam aus. Die Stimmung war gelockert. Sie saßen in bequemen Sesseln in dem kleinen Wohnzimmer, dessen Fenster auf einen gepflegten Garten mit niedrigen Hecken, einem winzigen Rasenstück und Kletterrosen blickten.

Seine ersten zwei Fragen nach ihren Hauptinteressen und wie sich der deutsche Geheimdienst ihr gegenüber verhalten hatte, waren beantwortet. Es war jetzt kurz vor dem Mittagessen, und Charles beugte sich vor. «Madeline ...» Sie hatten sich von Anfang an mit dem Vornamen angeredet. «Madeline, ich muß jetzt ein heikles Thema anschneiden, aber ich kann es nicht umgehen. Ich muß Sie nach Ihren Freunden fragen ...» Charles zögerte und suchte nach dem richtigen, harmlosen Ausdruck. «Ich meine intime männliche Freunde. Verstehen Sie, was ich meine?»

Sie senkte den Kopf; das Sonnenlicht, das durchs Fenster fiel, verlieh ihren Haaren einen goldenen Glanz. Dann richtete sie sich auf und sah ihn aus klaren Augen an. «Ich habe noch nie einen Liebhaber gehabt. Ich bin unberührt ... zumindest körperlich.»

«Was meinen Sie damit?»

Sie erhob sich langsam und ging zum Fenster. «Ich weiß nicht, was Liebe ist.» Er verstand sie kaum, da ihr Gesicht von ihm abgewandt war.

«Was meinen Sie damit?» wiederholte er und erinnerte sich an die Worte der Haushälterin: «Sie ist ein verwöhntes Mädchen, Mr. Rathbone.» Wie die meisten MO5-Mitglieder kannte sie nur seinen Decknamen. «Sie wäscht nicht mal eine Tasse oder ein Glas ab. Ich muß dauernd hinter ihr herräumen, und das bin ich nicht gewohnt.» Die Frau war darüber sehr aufgebracht.

Jetzt drehte Madeline sich zu ihm um. «Ich habe noch nie jemand geliebt. Aber wenn Liebe bedeutet, daß man alles mit einem Mann teilen möchte – die Gedanken und das eigene Verlangen –, dann habe ich in den letzten Tagen Liebe gefunden.»

Er zögerte eine Sekunde lang, dann ging er mit drei großen Schritten auf sie zu und umarmte sie. Er strich ihr zärtlich über die Haare, zog ihren Kopf an sich und küßte sie. Dann richtete er sich auf, umklammerte ihr Handgelenk und murmelte: «Nein, nein, Madeline... noch nicht.»

«Wann, Charles, bitte wann?»

Er wußte, die Wachbeamten draußen konnten sie nicht sehen, und die Haushälterin würde erst am Spätnachmittag wieder erscheinen. «Heute nacht.»

«Aber Mrs. Drood wird hier sein.»

«Überlaß mir das. Wenn wir den ganzen Nachmittag arbeiten, dann ist mein täglicher Bericht fertig. Ich werde dem alten Drachen sagen, daß wir Zeit verloren haben, und gebe ihr den Abend frei. Wir können hier essen und dann...»

Sie sah ihn ernst an. «Also, heute abend.»

«Ja, aber wir müssen fleißig sein am Nachmittag und... hm...» Er wollte noch etwas Nettes sagen, aber ihm fiel nichts ein. Lang verheiratete Männer haben die Gabe, Komplimente zu machen, verloren.

Sie war konzentriert und hilfsbereit, als er sie nach den Anweisungen ausfragte, die sie von Nicolai für ihre Verhaltensweise nach der Entführung erhalten hatte. Sie hatten sich bereits darüber unterhalten, aber Charles wollte erstens überprüfen, ob sie sich nicht widerspräche, zweitens hoffte er, ihr würde spontan irgendeine triviale Einzelheit einfallen, die eventuell zu einer wichtigen Information führen könnte.

Wie immer die Entführung auch ausginge, sie sollte sich nach Coventry begeben. Dort würde man sich Ende September mit ihr in Verbindung setzen. Nicolais Leute waren vorsichtig. Sie hatte keinen Namen, keine Adresse vom Geheimdienst bekommen. Jemand würde sich bei *ihr* melden.

Mrs. Drood, die Haushälterin, eine schlanke, gutaussehende Frau, die Tüchtigkeit förmlich ausstrahlte, kehrte kurz nach vier Uhr zurück. Charles ging in die Küche, wo sie den Nachmittagstee vorbereitete. Ihr Gesicht verriet den Ärger, den sie über diese Art von niedriger Arbeit empfand.

Er sagte ihr, daß die Arbeit heute nicht gut vorangegangen sei und er daher gegen acht Uhr noch einmal zurückkäme, um sein Pensum zu erreichen. Er wäre ihr dankbar, wenn sie den Abend freinähme und das Haus bei seiner Ankunft verließe. «Miss Drew fühlt sich durch Ihre Anwesenheit eingeschüchtert und ist dann weniger zugänglich. Das hat natürlich nichts mit Ihrer Person zu tun, Mrs. Drood, aber Sie wissen ja, wie heikel solche Unterredungen sind.»

Wieder im Wohnzimmer, stellte er ein paar Fragen und kritzelte auf seinen Notizblock: «Ich habe ihr gesagt, ich käme heute abend noch einmal zurück. Sie geht fort.» Er gab Madeline den Zettel; sie las ihn und gab ihn zurück.

Charles ging um halb sechs und begab sich direkt nach Hause.

An diesem ersten von vielen Abenden verließ er Cheyne Walk kurz nach sieben, ging in seinen Club, holte zwei gute Flaschen Champagner, nahm ein Taxi, stieg an der Straßenecke aus und legte das letzte Stück zu Fuß zurück. Mrs. Drood erwartete ihn, zum Ausgehen bereit. «Ich spiele Bridge heute abend», teilte sie ihm in einem Tonfall mit, als sei Bridgespielen eine intellektuelle Höchstleistung, die nur wenigen vergönnt war. «Ich werde, wie Sie angeordnet haben, um Mitternacht wieder hier sein. Ein kaltes Mahl steht in der Küche bereit.»

Madeline wartete im Wohnzimmer. Sie lächelte, als sie die Tür hinter Mrs. Drood zufallen hörte. »Warum sagt sie ‹kaltes Mahl›; statt wie alle anderen ‹kaltes Abendessen› zu sagen?»

Charles erklärte ihr, daß Mrs. Droods Vater ein Bischof gewesen sei. Madeline grinste und ging nach oben, während er versuchte, Mrs. Droods «kaltes Mahl» etwas appetitanregender zu arrangieren.

Er öffnete eine der Champagnerflaschen, goß zwei Gläser voll und rief Madeline. Sie erschien auf der Treppe in einem beigebraunen seidenen Kimono. Ein Hauch von Parfüm ging von ihr aus. Französisch und teuer, dachte Charles.

«Oh, Champagner!» Sie hob das Glas, nahm einen Schluck, ging nahe an ihn heran, legte eine Hand auf seine Schulter und wies mit der anderen auf die Treppe. «Ich habe die Vorhänge vorgezogen, und das Licht im Schlafzimmer brennt schon seit einer Stunde.» Sie sah ihm prüfend ins Gesicht, dann lächelte sie. «Können wir die verbotenen Früchte zuerst haben?»

Als er nackt im Bett lag, glitt sie aus dem Kimono, unter dem sie schwarzseidene, spitzenbesetzte Unterwäsche trug. Charles war zu seinem eigenen Erstaunen schockiert, aber auch überrascht, denn ihr Anblick in dieser Aufmachung erhöhte noch sein Verlangen. Es war eine neue Erfahrung für ihn, denn Mildred hatte sich immer im Badezimmer ausgezogen.

Es wurde bald offenbar, daß Madeline trotz ihrer eigenen Unerfahrenheit eine Menge über Schlafzimmer-Künste gehört haben mußte. Sie tat Dinge, nach denen Charles sich oft mit schlechtem Gewissen gesehnt, es aber für unwahrscheinlich gehalten hatte, sie je selbst zu erfahren. Er wußte, sie würde die große Liebe seines Lebens sein, gleichzeitig erinnerte er sich an die ersten glücklichen Jahre mit Mildred. Doch Madeline Drew tilgte alle früheren Erinnerungen aus seinem Gedächtnis.

Während der nächsten Woche, bevor Madeline ihre endgültigen Instruktionen erhalten hatte und scharf überwacht zu ihrer Tante nach Coventry geschickt wurde, liebten sie sich so oft wie möglich – sogar während sie arbeiteten.

Ihre Beziehung wurde täglich enger, erfüllte ihrer beider Geist und Körper. Und in Madelines Arme kehrte er auch zurück, als er von Caspars Verwundung erfuhr. Er machte lediglich einen Umweg über die King Street, um Andrew und Charlotte sein Mitgefühl zu bekunden.

«Ich muß gestehen, ich fürchte mich vor dem Augenblick, wenn man ihn aus dem Zug trägt», hatte Andrew zu ihm gesagt, als sie zur Tür gingen. Charlotte hatte kaum gesprochen. Sie war stark gepudert, um die Tränenspuren zu verdecken.

Am folgenden Abend ging Giles Railton zu später Stunde in die King Street, um Andrew und Charlotte zu besuchen und sich nach seinem Enkel zu erkundigen. Caspar war inzwischen in London angekommen. Andrew hatte drei Stunden lang auf die Ankunft des Lazarettzuges gewartet.

Giles blickte Andrew an, als versuche er, ein Fenster zu seiner Seele zu finden, und erkundigte sich in dem kalten, präzisen Tonfall, den viele Menschen fürchten gelernt hatten, schonungslos nach jedem Detail. Er kannte seinen Sohn und wußte, daß sich hinter der strengen, schweigenden Fassade ein mitfühlendes Herz verbarg.

Und so erkannte Giles, der einen fast unheimlichen Instinkt für die Wahrheit hatte, jetzt auch, daß die Verstümmelung seines Sohnes Andrew tief getroffen hatte. Er kündigte Charlotte für den folgenden Nachmittag den Besuch seiner Enkelin Denise an. «Du kannst sie um jede Art von Hilfe bitten, die du brauchst, Charlotte.» Seine Einstellung dem jungen Mädchen gegenüber war fast rüde zu nennen, aber Denise hatte in der kurzen Zeit in seinem Haus bewiesen, daß sie sehr tüchtig war.

Caspar befand sich, soweit man es beurteilen konnte, außer Lebensgefahr und lag in einem Londoner Krankenhaus.

Giles versprach, Caspar so bald wie möglich zu besuchen. Tatsächlich fand er aber erst Ende des Monats Zeit, ins Krankenhaus zu gehen.

Inzwischen gab Vernon Kell Charles weiterhin Anweisungen, wie er mit Madeline Drew umgehen sollte, ohne sich jedoch der tiefen Gefühle der beiden füreinander gewahr zu werden. Am Anfang der letzten Septemberwoche begleitete er Charles mehrmals nach Maida Vale und blieb oft stundenlang. Gemeinsam instruierten sie Madeline, gaben ihr Namen von Vertrauensleuten, machten Signale aus, falls der deutsche Geheimdienst mit ihr in Verbindung träte, und nannten ihr zwei Adressen, an die sie schreiben, telegrafieren oder zu denen sie flüchten konnte, falls sie in Gefahr war.

Den 26. und 27. September sollte sie im Hotel Carlton in London verbringen, vorgeben, auf jemand zu warten, und dann den Zug nach Coventry nehmen. «Diese zwei Tage brauche ich», sagte Kell, «um die kleine Gruppe zu testen, die Sie beschützen soll. Gehen Sie also aus, und verhalten Sie sich normal.»

Sie saßen in dem kleinen Wohnzimmer, in dem Charles und Madeline sich zum ersten Mal geküßt hatten. Die Bäume im Garten waren inzwischen fast kahl. Kell nickte ihr aufmunternd zu. «Railton wird Sie an Ihrem letzten Abend aufsuchen.» Charles sah ein rasches Aufflackern in ihren Augen, als sein Vorgesetzter irrtümlich seinen richtigen Namen gebrauchte. Es lag etwas von Wiedererkennen, ja sogar von Besorgnis darin. Doch die nächsten Tage waren so hektisch, daß Charles den Zwischenfall vergaß.

Am 27. September, am Vorabend von Madelines Abfahrt nach Coventry, kam Charles gegen sieben Uhr abends ins Carlton, wo er sich im Restaurant mit ihr verabredet hatte. Sie sprachen über den Krieg, wandten sich aber bald erfreulicheren Themen zu.

Nachdem sie ihr Essen beendet hatten, verabschiedete sich Madeline. Charles beglich die Rechnung und ging zehn Minuten später. Als er sicher war, daß niemand ihn beobachtete, schlüpfte er über die Dienstbotentreppe in den vierten Stock, wo ihr Zimmer lag.

Sie liebten sich mit einer Verzweiflung, als ginge morgen die Welt unter. Der Raum lag fast im Dunkeln, die Vorhänge waren nicht zugezogen und das dämmrige Licht des kühlen Septemberabends verwandelte die Möbel allmählich in drohende Schatten. Charles lag auf dem Rücken, und Madeline, auf einen Arm gestützt, starrte in der verschwommenen Dunkelheit in sein Gesicht.

«Charles?» Der fragende Tonfall ließ ihn den Kopf wenden. «Versprich mir, daß man mich bewacht und beschützt.»

«Natürlich.» Er legte den Arm um ihren Hals. «Solange du tust, was wir dir sagen.» Er rückte näher an sie heran. «Madeline, bitte mach keine Dummheiten.»

«Sei nicht töricht, wie ...?»

Er verschloß ihr sanft den Mund mit der Hand. «Ich muß dich warnen, Liebling, daß meine Vorgesetzten vor nichts haltmachen, falls du welche machst. Und auch ich könnte dir dann nicht helfen. Sie würden dich finden, wo immer du dich auch versteckst. Ich kenne einige, denen es so ergangen ist. Und wenn du ins Ausland fliehst, endest du mit aufgeschlitzter Kehle.»

Sie strich ihm mit der Hand über die Wange. «Nicolais Leute können auch brutal sein. Mach dir keine Sorgen, Charles, ich werde nichts riskieren, denn eines Tages möchte ich mit dir zusammenleben.»

Schuldgefühle stiegen ihm wie Galle im Hals hoch. Er schwieg und dankte Gott, daß er ihr nicht in die Augen sehen mußte.

«Willst du das nicht auch, Charles?»

«Natürlich.» Aber er wußte, seine Stimme klang nicht überzeugend. Er war dieser Frau zwar hörig, aber er würde Mildred nie verlassen.

Lange Zeit herrschte Schweigen in dem Raum mit seinen drohenden Schatten.

«Du heißt mit richtigem Namen Railton, nicht wahr? Charles Railton und nicht Charles Rathbone.»

Er gab es zu. Eigentlich sollte sie es nicht wissen. «Mein Vorgesetzter hat neulich aus Versehen meinen richtigen Namen genannt.»

Er sah, daß sie nickte. «Ich habe den Namen in einem anderen Zusammenhang gehört.»

«Ach.»

Sie fragte ihn, ob er eine Schwester oder Kusine habe. «Jemand, der mit einem Franzosen verheiratet ist, der so ähnlich wie Greenot oder Graneau heißt?»

«Ja, meine Kusine Marie. Aber warum willst du das wissen?»

«Mir kam der Name bekannt vor. Ich habe ihn schon gehört, und wußte aber nicht mehr wo. Und dann gestern abend fiel es mir plötzlich wieder ein. Es ist komisch, nicht wahr, wie das Gedächtnis sich alles notiert, man braucht nur die richtige Seite aufzuschlagen.»

Er wartete schweigend, bis sie fortfuhr. Von draußen drang der Lärm des Verkehrs bis zu ihnen.

«In ‹Nummer 8› in Berlin – ich habe dir davon erzählt – arbeitete ein Mann namens Steinhauer.»

«Was ist mit Steinhauer?» Alle Zärtlichkeit war aus seiner Stimme verschwunden, sein ganzes Denken konzentrierte sich auf den Namen, den er so gut kannte. Er war oft in Verbindung mit dem Friseurladen in der Caledonian Road aufgetaucht.

Er hörte, wie sie tief Atem holte. «Ich erinnere mich, daß ich an einem Nachmittag in ‹Nummer 8› war, wir haben Landkarten studiert. Major Nicolai kam herein. Er war in sehr guter Laune. Als meine Informationsstunde vorbei war, fragte er mich, ob ich mit ihm zu Abend essen wollte. Ich sagte zu.

Wir waren bereits im Gehen, als Steinhauer durch die Eingangstür kam. Er muß ein wichtiger Mann sein, denn der diensthabende Unteroffizier nahm Haltung an und schlug die Hacken zusammen. Du weißt, wie formell die Deutschen sind.»

«Ja.» Er hatte das Gefühl, daß gleich ein Gewitter über seinem Kopf losbrechen würde.

«Nun, dieser Steinhauer sagte, er müsse dringend mit dem Major sprechen. Er grinste triumphierend.»

»Ja, weiter.»

«Sie baten mich, in dem schmalen Korridor vor Nicolais Büro Platz zu nehmen. Versehentlich ließen sie aber die Tür offen, so daß ich alles hören konnte. Aber Charles, es war so ein seltsames Gespräch, es ergab keinerlei Sinn für mich. Dennoch erinnere ich mich noch an jedes Wort.»

Charles fragte, was das alles mit seiner Kusine Marie zu tun hätte.

«Steinhauer sagte, er hätte eben gerade eine höchst erfreuliche Nachricht erhalten. Hirsch, der Sekretär des Pariser Militärattachés, hätte sich wieder gemeldet und gesagt, er sei nicht ganz sicher, aber er habe das Gefühl, Madame Marie Grenot – ich weiß jetzt den Namen wieder – würde mit ihm Frankreich verlassen und nach Berlin kommen. Nicolai bemerkte spöttisch, daß dieser Hirsch auch eine Nonne verführen könnte, wenn er unbedingt wolle, woraufhin Steinhauer sagte, daß diese Madame Grenot offensichtlich sterblich verliebt in Klaus von Hirsch sei.»

Charles sah alle seine schlimmsten Vorahnungen bestätigt, und eine große Traurigkeit ergriff ihn. Nicht nur weil er sich von Madeline trennen mußte, sondern vor allem, weil seine Kusine Marie einen großen Familienskandal heraufbeschworen hatte.

Charles hatte Marie immer besonders gemocht. Er erinnerte sich an ihr sprudelndes, südliches Temperament, das sie von ihrer französischen Mutter geerbt hatte, an ihre etwas männliche Art, in der sie ein Zimmer betrat. Sie war fast zwei Jahre jünger als er, und als er siebzehn war, hatte er seine ersten täppischen Zärtlichkeiten an ihr ausprobiert – wie es so oft zwischen Vettern und Kusinen geschieht. «Erzähl weiter», sagte er zu Madeline.

«Nun, und dann wurde dein Name erwähnt. Nicolai sagte, diese Nachricht sei tatsächlich erfreulich. Sein nächstes Wort weiß ich noch auswendig. ‹Ihnen ist vermutlich klar, mein lieber Steinhauer, daß Madame Grenot eine geborene Railton ist. Und Sie wissen, wohin uns das führen kann: mitten hinein in den britischen Geheimdienst.› Steinhauer sagte, man müsse geschickt mit ihr umgehen, und Nicolai antwortete: ‹Oh, das kriegen wir schon hin. Wenn es sein muß, werde ich persönlich geschickt mit ihr umgehen.› Und dann haben beide laut gelacht.»

Madeline spürte, daß ihre Geschichte Charles sehr getroffen hatte, und sie versuchte, ihn zu beruhigen. Aber erst auf dem Heimweg wurden ihm die vollen Ausmaße seines Dilemmas klar. Von Rechts wegen hätte er diese höchst wichtige Information sofort an Vernon Kell weitergeben müssen. Aber das hätte ein Kreuzverhör bedeutet. Und Charles war sich gar nicht sicher, ob er in seiner jetzigen Verfassung Kells gezielten Fragen standhalten könnte. Die andere Möglichkeit war, sich seinem Onkel Giles, Maries Vater, anzuvertrauen, unter dem Motto, es sei schließlich in erster Linie eine Familienangelegenheit. Aber er brauchte achtundvierzig Stunden, bis er sich zu diesem Schritt entschloß.

Am Abend des 29. September besuchte Giles Railton seinen Enkel Caspar im Krankenhaus. Seine Gedanken waren nicht völlig auf diese schwierige Aufgabe eingestellt, denn er hatte einen langen und überraschungsreichen Tag hinter sich.

Am Morgen, als er ins Büro ging und an den bevorstehenden Besuch bei Caspar dachte, wußte er noch nicht, daß er bereits einen Enkel verloren hatte. Der junge Paul, Sohn von Marie und Marcel Grenot, Bruder von Denise, war vor zwei Wochen in der Nähe von Sombre gefallen.

Als er das Außenministerium betrat, fand Giles seinen Neffen Charles vor, der auf ihn wartete. «Tut mir leid, aber ich konnte ihn nicht einfach fortschicken», sagte Roy. Giles nickte.

Charles kam sofort auf den Kern der Sache zu sprechen. «Es handelt sich um Marie», begann er, und Giles blickte ihn ausdruckslos mit kalten Augen an.

Als Charles, nachdem er seine Informationen weitergegeben hatte, die mit einem kurzen «Danke sehr» zur Kenntnis genommen worden waren, das Ministerium verließ, starrte Giles eine lange Zeit die Wände seines Büros an. Er wußte, er mußte eine Entscheidung treffen – und zwar schnell. Der alte Fuchs vermutete, daß sein Neffe in ein gefährliches und verschlagenes Spiel verwickelt war. Denn warum sonst hatte er sich nicht direkt an Vernon Kell gewandt, der die Information an Smith-Cumming weitergeleitet hätte? Charles' Ausrede, es sei schließlich in erster Linie eine Familienangelegenheit, war zu durchsichtig. Sein Neffe verbarg etwas. Seine Informationsquelle vielleicht? Charles hatte sich strikt geweigert, seine Informationsquelle anzugeben, er hatte nur versichert, daß sie sehr zuverlässig sei. Giles hatte nicht nachgebohrt. Vielleicht war es eine Frau. Giles kannte viele Fälle, wo Geheimdienstler in eine von Frauen gelegte Falle gestolpert waren.

Nach einer Stunde des Nachdenkens schrieb Giles Railton einen einzigen Namen auf seinen Notizblock, starrte eine Weile darauf, dann riß er den Zettel ab, nahm ihn und warf ihn ins flackernde Kaminfeuer. Er beobachtete, wie der Name *James Railton* schnell vom Feuer zerstört wurde. Giles beschloß, mit Smith-Cumming zu sprechen.

Giles' Geist war daher voll in Anspruch genommen, als er das kleine Privatzimmer betrat, in dem Caspar lag.

Sein Enkel sah erschreckend jung und blaß aus, unter seinen Augen waren tiefe Schatten von den vielen Medikamenten, Schmerzen hatten sein Gesicht gezeichnet.

«Hallo, Großvater, ich hab verdammtes Pech gehabt, was?» Aber sein Lächeln war so ungezwungen, daß dem skrupellosen alten Mann fast die Tränen kamen.

«Ja, Caspar, du hast, weiß Gott, Pech gehabt.» Er holte tief Luft. «Und was hast du nun vor, Junge?»

«Mir ein Holzbein zu beschaffen. Mit dem Arm können sie nichts machen. Kricket werd ich wohl nicht mehr spielen können.»

«Warum nicht?»

«Nun ... mit einem Holzbein und einem Arm ...»

«Nur weil niemand mit einem Arm und einem Bein Kricket gespielt hat, bedeutet das noch lange nicht, daß es unmöglich ist. Du wirst eben der erste sein.»

Caspar blinzelte. Sein Großvater war ein barscher alter Pirat, aber er hatte nicht ganz unrecht.

«Ich spreche ganz im Ernst. Also, was sind deine Pläne?»

«Ich habe nicht den geringsten Schimmer.» Caspar schüttelte den Kopf und bat um eine Zigarette, die sein Großvater für ihn anzündete. «Was immer du sagst, sehr aktiv wird mein Leben von nun an nicht mehr sein.»

«Da stimme ich dir nicht zu. Du weißt, womit ich mein Geld verdiene, nicht wahr?»

Caspar hatte eine sehr bestimmte Vorstellung, aber in der Familie bestand eine unausgesprochene Vereinbarung, nie darüber zu sprechen. Er schüttelte daher den Kopf. «Irgendwas Wichtiges im Foreign Office.»

Giles lachte stillvergnügt, was bei ihm selten war. «Nichts besonders Wichtiges. Ich bringe gewisse Dinge in Einklang, bin so eine Art Wachhund für alle jene, die mit Spionage zu tun haben.»

«Der Geheimdienst?» Caspar senkte seine bereits müde Stimme.

«So ist es. Und dort kann man dich gut gebrauchen. Der Geheimdienst hat schon viele seltsame Vögel beschäftigt. Sobald du dich erholt hast, komm und besuche mich. Ich bin sicher, wir finden etwas für dich, das dich auf Trab hält. Ein einarmiger und einbeiniger Mann kann immer noch von großem Nutzen sein. Halte dich bitte nicht für einen Krüppel. Wirst du mich aufsuchen, wenn sie dich aus dem Krankenhaus entlassen?»

«Natürlich, Großvater.» Caspars Augen bekamen einen neuen Glanz.

Als Giles ging, stieß er zufällig mit Andrew auf dem Korridor zusammen. «Charlotte trifft mich hier. Es ist ungefähr die einzige Zeit, wo wir uns sehen.»

«Hält sich tapfer, der Caspar», sagte Giles. «Aus dem wird noch mal was.»

«Ja, läßt sich nicht unterkriegen, der Junge.»

«Und wie sieht's sonst aus in der Admiralität? Hält dich Zimmer 40 auf Trab?«

«Du hörst nicht auf, mich zu erstaunen, Vater.» Andrew zwang sich ein Lächeln ab. «Woher weißt du von der Existenz von Zimmer 40?»

Giles Railton legte den Finger an die Nase. «Sie sind ein wenig eifersüchtig im Kriegsministerium.» Er verzog spöttisch den Mund. «Sie bilden sich ein, alles über Codes und Chiffren zu wissen.»

Andrew Railton, der sich noch vor wenigen Jahren für einen glücklichen Mann gehalten hatte, ging durch eine kritische Phase. Die Verletzungen von Caspar hatten ihn tief deprimiert und ernüchternd auf ihn gewirkt. Nur seine vielfältigen Aufgaben in der Admiralität bewahrten ihn davor, seine Gereiztheit auch äußerlich zu zeigen.

Seit seiner Kindheit liebte er das Meer und alles, was damit verbunden war; sein langer Turnus zu Land hatte ihn verdrossen, und einige Monate vor Kriegsausbruch hatte er dem Direktor der Marine-Informationsdivision ständig in den Ohren gelegen, man möge ihm doch endlich ein Schiffskommando geben.

Aber der streng blickende, bärtige Admiral hatte ihn gebeten abzuwarten. «Fahren Sie fort, Informationen über Codes, Chiffren und drahtlose Telegrafie einzuholen, Railton. Sie werden erst wieder zur See fahren, wenn ihre Lordschaften es für richtig halten.»

Andrew gehorchte den Befehlen, schrieb seine Berichte und

führte ein zufriedenstellendes Privatleben. Nur die Tatsache, daß seine vielseitigen Anregungen niemand zum Handeln zu veranlassen schienen, machte ihn allmählich wütend. Andrew fühlte sich abgestellt. Er fand sich mehr für den aktiven Dienst als für Schreibtischarbeiten geeignet. Sein Berufsleben langweilte und irritierte ihn – ein ewiges Karussell von Formularen, Briefen und Berichten.

Aber dann änderte der Wind seine Richtung, und das Leben wurde wieder erfüllt und interessant. Ungefähr eine Woche nach der Kriegserklärung wurde Andrew durch einen Boten ins Büro seines Vorgesetzten bestellt. Dort fand er seinen Chef in ein Gespräch vertieft vor mit einem grauhaarigen, klug aussehenden Mann, der sehr elegant gekleidet war.

«Kommandeur Railton, ich möchte Sie mit dem Direktor der Marine-Ausbildung, Sir Alfred Ewing, bekannt machen», sagte der DID. «Alfred, das ist der Offizier, von dem ich sprach.»

«Freut mich, Sie kennenzulernen, Railton.» Andrew hatte das unbehagliche Gefühl, von einer bemerkenswerten intellektuellen Autorität abgeschätzt zu werden. Eine Sekunde lang stieg ihm der Geruch von Kreide und kalt-feuchten Schulzimmern aus alten Zeiten wieder in die Nase.

«Wie ich verstehe, stellen Sie Untersuchungen über Codes und Chiffren an.» Alfred Ewing lächelte.

«Speziell, was Nachrichten für Militär und Marine betrifft, die über drahtlose Telegrafie gesandt werden.»

Ewing nickte. «Erzählen Sie mir mehr darüber.»

Andrew begann eine Art grundlegende Vorlesung über Codes. Er fing bei den ägyptischen Hieroglyphen an, dann ging er zu den chinesischen Methoden aus dem 11. Jahrhundert über, die Schlüsselwörter in Gedichte eingeflochten hatten. Er erwärmte sich sichtlich für sein Thema. «Und dann nicht zu vergessen die biblischen Chiffren ...»

«Ja, ja.» Ewing winkte ungeduldig ab. «Darüber weiß ich Bescheid. Aber was ist mit den modernen Codes und Chiffren? Kennen Sie das Quellenmaterial? Können Sie mir da Hinweise geben?»

Andrew erklärte, im Britischen Museum gebe es genug Material, um einen Mann ein Leben lang zu beschäftigen, ganz zu schweigen von Lloyds und dem Zentralpostamt.

Der DID schaltete sich ein. «Sir Alfred plant, hier in der

Admiralität eine Abteilung aufzubauen, die sich ausschließlich mit dem Dechiffrieren feindlicher Nachrichten beschäftigt. Eine Sache, die Ihnen, Railton, wie ich weiß, besonders am Herzen liegt. Sie könnten Sir Alfred zeigen, wo die Informationen zu finden sind. Und Sie werden der Verbindungsmann zwischen der neuen Abteilung und mir sein.»

Während der nächsten Wochen verbrachte Andrew fast seine ganze Zeit mit Sir Alfred. Gemeinsam wälzten sie staubige Bücher im Britischen Museum, studierten Handelschiffren bei Lloyds und im Zentralpostamt, prüften die neuesten Chiffreabbildungen bei der Marconi-Company. Bald brauchten sie mehr Leute und mehr Platz, und schließlich wurde der neuen Abteilung ein Büro zugewiesen: Zimmer 40 im alten Gebäudeteil der Admiralität. Zimmer 40 wurde zu einem wichtigen Faktor in der geheimen Kriegführung.

Gegen Ende Oktober begann Andrew, sich über Rupert Sorgen zu machen. Obwohl er seine Tage mit Mathematikern verbrachte, die an der Entschlüsselung von Codes herumtüftelten, hörte er doch noch mancherlei aus der Admiralität. Und so vernahm er mit größter Besorgnis, daß die Streitkräfte von Admiral Cradock den Befehl bekommen hatten, das deutsche ostasiatische Geschwader aufzustöbern.

Er teilte seine Ängste Charlotte nicht mit, die bereits über Caspars Zukunft völlig verzweifelt war. Sie glaubte weiterhin, Rupert sei genauso außer Gefahr wie sein Zwilling Roy, der unter seinem Großvater im Foreign Office arbeitete.

Am Mittwoch, dem 5. November, geschah es dann.

Andrew ging wie jeden Tag um die Mittagszeit von seinem Büro im alten Gebäudeteil zur Admiralität hinüber. Auf dem Gang begegnete er Churchill und Admiral Fisher, beide Männer mit sehr ernsten Gesichtern. Fisher sah sogar aschfahl aus.

«Ich kann nicht verstehen, warum Cradock befehlswidrig gehandelt hat», hörte er Churchill sagen. «Er hätte unter keinen Umständen eine so starke feindliche Übermacht angreifen dürfen.»

«Es sei denn, er wurde überrascht», erwiderte Fisher, blickte hoch und sah Andrew. «Sind Sie nicht der junge Railton?»

«Ja, Sir.»

«Winston, das ist... was ist Ihr Rang jetzt? Kommandeur?» Andrew nickte. «Kommandeur Railton. War mein Artillerieoffizier auf der *Renown.*» Plötzlich hielt er inne, als sei ihm nicht wohl. «O mein Gott! Hatten Sie nicht einen Sohn auf der *Monmouth?*»

«Ja, Sir, ja. Warum ... ist etwa ...?» Andrew fühlte, wie sich sein Magen zusammenkrampfte.

«Die *Monmouth* ist versenkt worden und ebenfalls die *Good Hope*», sagte Churchill. «Aber es gibt Überlebende. Wir können nur hoffen, Railton.»

Dann ging er weiter mit gesenkten Schultern, als erdrücke ihn seine Verantwortung.

Andrew stand wie angewurzelt im Korridor, seine Augen brannten, er fragte sich, ob und wie Ruperts Ende gekommen war.

Ein ganzer Monat verging, bevor Andrew und die inzwischen völlig verzweifelte Charlotte erfuhren, daß Rupert überlebt hatte. Doch mehr als ein Jahr verging, bevor sie sich die ganze Geschichte von den Überlebenden stückchenweise zusammensetzen konnten.

Rupert war ganz am Anfang der Schlacht nach einem Volltreffer der einzig Überlebende auf dem Achterdeck gewesen. Er hatte geholfen, die überall auf dem Schiff rasenden Feuersbrünste zu bekämpfen, war dann über Bord geweht und, nach zwei Stunden im Wasser, wie durch ein Wunder von der *Glasgow* aufgefunden worden.

Rupert kam kurz vor Weihnachten nach London zurück, doch er war in einem noch viel schlimmeren Zustand als sein Bruder Caspar, der jetzt verbissen entschlossen versuchte, auf seinem Holzbein gehen zu lernen. Rupert war wie die leere Hülle des jungen Mannes, der so begeistert und fröhlich in den Krieg gezogen war. Es war nur zu offensichtlich, daß er niemals mehr ein normales Leben führen würde. Er wirkte hohlwangig und wie von Gespenstern gehetzt, die Augen starrten ins Leere, und sein Gesicht drückte ständiges Erstaunen aus. Der einst so muntere, hübsche junge Mann atmete, bewegte sich, lief, aber kein Leben ging von ihm aus.

Anfangs sprach er mit niemand und scheute die Nähe des Wassers, sogar die Badewanne. Und dann, als eine Art von Leben in seinen Körper zurückkehrte, kam das Schlimmste zutage. Nach dem Grauen und dem Schock der Schlacht hatte sich Ruperts Bewußtsein in die Kindheit geflüchtet. Er wurde wieder zu einem sechsjährigen kleinen Jungen.

Ein Marinearzt sagte bedauernd zu Charlotte und Andrew: «Leider ist unser Wissen über diese Art von Problemen noch sehr beschränkt. Doch gewisse Dinge sind offensichtlich. Sein Geist hat sich in die relative Sicherheit der Kindheit geflüchtet. Niemand außer Gott kann wissen, ob er je wieder normal werden wird.»

Und so waren innerhalb von zwei Jahren zwei hoffnungsvolle junge Mitglieder der Familie Railton vom Schicksal geschlagen worden: der eine körperlich, der andere geistig. Charlotte und Andrew mußten das alte Familienfaktotum – die Kinderschwester Miss Briggs – aus ihrem Ruhestand holen: Sie sollte sich um Rupert kümmern.

Es war herzzerreißend, den kräftigen jungen Mann mit längst vergessenem Spielzeug spielen zu sehen und seiner Babysprache zuzuhören. Er fürchtete sich vor den kleinsten Dingen, weinte oder bekam Wutanfälle, und auf Spaziergängen klammerte er sich an Miss Briggs' Hand.

Charlotte sah vergrämt aus und hatte das Lachen verlernt, während Andrew sich völlig in sich zurückzog und nächtelang über die Unsinnigkeit der Welt nachdachte.

Eines Morgens saß Andrew in gedrückter, finsterer Stimmung in seinem Büro, als sein Kollege Alastair Denniston hereinkam, beschwingt und lächelnd, denn die lange Nachtarbeit war sehr erfolgreich gewesen.

Andrew blickte ihn aus trüben Augen an und sagte aus seinen Gedanken heraus: «Meinen Sie, Alastair, daß Gott schläft?»

Dennistons üblicher trockener Humor versiegte, als Mitleid ihn überwältigte. «Wenn Gott schläft, Andrew, wacht Er auch wieder auf. Aber bis das geschieht, müssen wir uns selbst helfen – so gut es geht.»

Andrew nickte. Eine ähnliche Verzweiflung und Niedergeschlagenheit wie die seine würde sich in den nächsten Jahren in vielen Häusern breitmachen. Die alte, etwas arrogante britische Lebensweise war für immer vorbei. Und bevor sich neue Werte etablieren konnten, mußte die Welt noch durch viel Grauen und Verrat gehen.

15

James Railton saß im Salon im ersten Stock des Hotels Kaiserhof und blickte über die Vororte von Friedrichshafen. Der Kaffee war ausgezeichnet, fast so gut wie der in der Schweiz, wo er zwei Tage zuvor gewesen war.

In diesem Teil Deutschlands zumindest herrschte Optimismus. Er würde C berichten, daß fast alle Deutschen, mit denen er zusammengetroffen war, von einem schnellen Sieg gesprochen hatten. Natürlich gab es Ausnahmen. Er dachte dabei an das zufällige Gespräch am vorangegangenen Abend.

Er hatte nach dem Essen in der Hotelhalle einen Kognak getrunken. Ein Herr setzte sich neben ihn, der blaß und deprimiert aussah, obwohl er offensichtlich dem Offizierskorps angehörte.

«Waren Sie schon früher hier?» fragte der Herr.

«Zweimal aus Geschäftsgründen.» James war zurückhaltend und ein wenig gehemmt wegen seines nachgeahmten Schweizerdeutschs.

«Ach, Sie sind kein Deutscher.» Das klang vorurteilslos.

«Schweizer.»

«So, so, Ihr Schweizer habt das bessere Los gezogen.»

«Wieso?»

«Nun mal ehrlich, was halten Sie von diesem Krieg?»

James hatte sich herausgewunden: «Der Ehre muß immer Genüge getan werden.»

«Ist das tatsächlich Ihre Meinung?» Der Herr hatte sich vorgebeugt. «Vielleicht bin ich ein Narr oder ein Landesverräter, aber dieser Krieg hätte nie passieren dürfen. Ich habe gute Freunde und Verwandte in England.»

«Ah, so?»

Der Deutsche hatte gelächelt. «Sie sagen, Sie sind Schweizer?»

«Aus Zürich.»

Der andere schüttelte den Kopf. «Das nehme ich Ihnen nicht ab.

Fragen Sie mich nicht, warum. Aber – wer weiß – eines Tages könnte ich Ihnen behilflich sein. Rufen Sie mich an, wann immer Sie mich brauchen.»

James hatte die Visitenkarte des Herrn in seiner Brieftasche: Major Joseph Sterkel. Die Adresse lautete: Berlin, Elisabethstraße. James war in seiner Unterhaltung mit dem Major äußerst vorsichtig gewesen, dennoch hatte er den Eindruck gewonnen, daß sein Gesprächspartner begierig darauf war, mit jemand, der Verbindung zu England hatte, zu sprechen.

James erwartete eine neue Wendung im Kriegsgeschehen. Aber er hätte lieber gehandelt als nur beobachtet.

Er hoffte, es würde an diesem Morgen alles wie geplant verlaufen. Es war sein zweiter Besuch innerhalb von zehn Tagen in Friedrichshafen. Keiner schien seiner Person zu mißtrauen, aber James wollte alles Aufsehen vermeiden.

Im Kaiserhof kannte man ihn als Herrn Graber, der etwas mit Finanzen und Konstruktionen zu tun hatte. Man nahm allgemein an, daß sein Interesse den Zeppelinwerken galt, die nur einen Kilometer entfernt vom Hotel lagen. Im hellen Morgenlicht erschien das Gelände greifbar nahe, James vermeinte, daß er nur den Arm auszustrecken brauchte, um die Hallen zu berühren. Vermutlich lag Regen in der Luft, denn dann traten sehr oft solche optischen Täuschungen der Verkürzung auf.

James starrte ungeduldig auf die Hallen und Wasserstoffanlagen und hoffte, die Flugzeuge würden innerhalb der nächsten Stunde kommen.

Aber selbst wenn dies nicht geschah, müßte er später am Tag abreisen. Es wäre unklug, länger als vierundzwanzig Stunden in Deutschland zu bleiben. Im Hotel stellte man keine Fragen, aber wenn ein Polizeibeamter seine Papiere zu sehen forderte, säße er in der Patsche. Denn James war nicht mit offizieller Erlaubnis nach Deutschland eingereist.

Auf dem gegenüberliegenden Ufer des Bodensees, in der neutralen Schweiz, war er im Bahnhofshotel Kreuzlingen als Herr Franke bekannt. Ein Geschäftsmann aus Berlin, der ein präzises Hochdeutsch mit preußischem Tonfall sprach. Hier in Friedrichshafen konnten sie sein Schweizerdeutsch kaum verstehen. C hatte ihm nur zwei Wochen gegeben, um diesen eigenständigen Dialekt zu lernen.

Er blickte wieder aus dem Fenster, und seine Augen suchten den

Himmel ab, während er in Gedanken alle Stationen seiner Fahrt zurückverfolgte, die ihn an diesen Ort gebracht hatte. Er war durch das zerstörte Frankreich mit einem Diplomatenpaß in die Schweiz gereist. Dann hatte er sich vorschriftsmäßig in Nichts aufgelöst und war am Bodensee in der Gestalt von Herrn Franke aus Berlin, der einige Tage Ferien machte, wieder aufgetaucht. Dem Chefportier vom Bahnhofshotel in Kreuzlingen hatte er mitgeteilt, daß er ein paar Tage bergsteigen wollte. Damit begann der zweite Teil seines Abenteuers. Eine lange, dunkle Nacht in einem Fischerboot, das ihn an das gegenüberliegende Ufer gebracht und ihn ungefähr einen Kilometer von Friedrichshafen abgesetzt hatte. Von dort aus war er zu Fuß in den Kaiserhof gegangen.

Ob die Flugzeuge heute kämen oder nicht, er jedenfalls müßte seine nächtliche Rückfahrt antreten.

In der Hotelhalle saßen nur noch zwei andere Gäste, doch in den angrenzenden Gesellschaftsräumen spielte jemand Klavier – eine von Chopins Sonaten, er wußte nicht mehr welche. Aber es war eine von Margarets Lieblingssonaten, diejenige, dachte er, mit dem Trauermarsch.

Sein Zuhause und seine Frau drängten sich plötzlich in den Vordergrund seiner Gedanken. Der Mann, der behauptet hatte, Abwesenheit erhöhe die Liebe, war ein Idiot. Erzwungene Abwesenheit war ein Todfeind der Liebe, und verbunden mit Sehnsucht erzeugte sie gelegentlich quälende Zweifel. Jedesmal, wenn er nach Hause zurückkehrte, fast immer unangemeldet, brauchte er zwei Tage, um die enge Beziehung zu seiner Frau wiederherzustellen, und dann mußte er schon wieder weg. Wenn ihre Ehe diese Härteproben unbeschädigt überstand, dann würde sie jedem Sturm standhalten.

In letzter Zeit hatte er ein seltsames Phänomen bemerkt. In Momenten der Krise sah er eine Reihenfolge von Bildern vor seinem geistigen Auge, die oft so lebendig waren, daß sie an Halluzinationen grenzten: Margaret saß mit bloßen Schultern am Klavier, ihre Arme bewegten sich graziös wie die einer Tänzerin. Sekundenlang vermeinte er, den Duft ihrer Haare zu riechen, ein Duft, der ihm fast die Sinne raubte.

Er trank seinen Kaffee und blickte wieder in den Himmel. Er hoffte, sie würden rechtzeitig kommen.

Der Plan war klug und sorgfältig vorbereitet. Die Anregung stammte vom britischen Militärattaché in Bern. Anfang des Monats waren Teile von vier Flugzeugen in Kisten verpackt und mit Piloten, Mechanikern und Besatzung von Southampton nach Le Havre und von dort aus nach Belfort im Südosten Frankreichs transportiert worden. Dort hatte man die Flugzeuge wieder zusammengesetzt.

Einmal war schon falscher Alarm gegeben worden, aber vor drei Tagen hatte man James ein neues Datum genannt: den Vormittag dieses 21. Novembers.

Auf dem Fluggelände der Zeppelinwerke herrschte große Geschäftigkeit. Er konnte eine Einheit Soldaten sehen, die auf die Hallen zumarschierten, ihre Münder öffneten und schlossen sich. Offensichtlich sangen sie ein Lied, und er konnte sich auch denken welches, er hatte es bei seinem letzten Besuch in Friedrichshafen gehört.

Flieg, Zeppelin, flieg
Gewinn für uns den Krieg
Zerstör England im Feuer
Flieg, Zeppelin, flieg.

Es war durchaus möglich, daß England von den großen Luftschiffen angegriffen würde. Vielleicht würden sie das Land nicht zerstören, aber sie waren zweifellos eine große Gefahr.

Er blickte hoch, um sich zu vergewissern, daß der obere Teil des Schiebefensters wie üblich offenstand. Wenn sie kamen, wollte er nicht, daß das Glas durch den Luftdruck zersprang. Als er den Kopf hob, hörte das Klavier auf zu spielen, und die erste Explosion erfolgte – der dumpfe Knall eines Flugabwehrgeschützes irgendwo am Rand des Felds.

Einer der anderen Gäste in der Hotelhalle ließ seine Zeitung fallen und fuhr hoch. James erspähte das erste Flugzeug, eine Avro 504, eine Maschine, die nicht für Bomben gebaut, aber wegen ihrer Robustheit gewählt worden war.

Er konnte die Motorengeräusche, überlagert von Kanonenschüssen, jetzt deutlich vernehmen. Die anderen Gäste in der Halle hatten ängstlich und aufgeregt ihre Stühle verlassen und stellten sich neben James.

Die Form des tieffliegenden Flugzeugs wurde mit jeder Sekunde deutlicher sichtbar.

Schmutzige schwarze Wölkchen explodierten in der Nähe der

Maschine, die an Höhe verlor, und die Kanonen eröffneten von allen Seiten das Feuer.

Das Flugzeug näherte sich, und James sah, daß andere ihm folgten. Bislang konnte man drei erkennen. Dann fielen die ersten Bomben zwischen die Zeppelinhallen.

Die zweite Avro war jetzt direkt über dem Gelände und warf ihre Bomben ab, doch nur drei lösten sich, die vierte war offensichtlich in dem Ausklinkmechanismus unter dem Flügel steckengeblieben. Mit einem großen Knall und einer hellroten Flamme explodierte einer der Wasserstofftanks links von den Hallen. Gleichzeitig platzte ein Geschoß der Flugabwehrkanone in der Nähe des Flugzeugs, das vom Luftdruck hochgeschleudert wurde. Sein Motorengeräusch änderte sich, und die Flugzeugnase wies nach unten.

Nun näherte sich das dritte Flugzeug in ungefähr zweihundert Meter Höhe, die Bomben fielen wie ein Haufen Steine, von einem kleinen Jungen wahllos hinuntergeworfen. Sie explodierten mit einem dumpfen Aufprall, so daß die Hotelfenster klirrten. Eine von ihnen traf einen Teil der Zeppelinhalle und riß sie entzwei wie ein Messer ein Stück Papier.

Die zweite Maschine befand sich in Schwierigkeiten, es gelang ihr nicht, an Höhe zu gewinnen, aber sie wendete und nahm Kurs auf England. James zweifelte, daß sie es auch nur bis Belfort schaffen würde. Die anderen waren bereits in den Wolken verschwunden. Zumindest hatten sie etwas Schaden angerichtet, aber vor allem hatten sie einen großen Schock und ungläubige Verwirrung hervorgerufen.

James mußte noch eine Aufgabe erfüllen, bevor er in die Schweiz zurückkehrte, nämlich herausfinden, wie groß der angerichtete Schaden tatsächlich war. Er wußte bereits, daß er ziemlich gering war, vermutlich nur ein zerstörter Wasserstofftank und vielleicht ein beschädigter Zeppelin, falls sich einer in der bombardierten Halle befunden hatte.

Aber allein die moralische Schlappe war als Sieg zu werten. Es war wirklich erstaunlich, daß es mindestens drei Flugzeugen gelungen war, bis zu dieser streng bewachten deutschen Flugbasis vorzudringen, denn Friedrichshafen war nicht nur der Geburtsort des Zeppelins, sondern auch das wichtigste Testgelände. Es lag ungefähr tausend Kilometer von England entfernt und galt als völlig sicher. Dennoch war der Luftangriff gelungen – der erste dieser Art.

Draußen war die kalte Luft mit Rauch vermischt, der vom Fluggelände herüberwehte. Die Menschen liefen aufgeregt herum und blickten gelegentlich zum Himmel auf, als erwarteten sie einen weiteren Luftangriff.

In einer Bar trank James Schnaps mit einem Mann, der auf dem Gelände mit dabeigewesen war. Er war intelligent, kein Typ, der zu Übertreibungen neigte. Einige Leute seien getötet worden, aber Gott sei Dank wäre der Schaden nicht allzu groß. In einer Woche sei alles wieder repariert. Er kippte seinen zweiten Schnaps in einem Zug hinunter und meinte: «Die englischen Piloten werden Ärger bekommen. Einer der Toten ist ein Schweizer Mechaniker.»

James gab seiner Entrüstung gebührend Ausdruck, aber dachte im stillen: Der blöde Hund hätte zu Hause bleiben sollen. Wenn ein Neutraler sich im Zeppelinwerk aufhielt und womöglich noch den Deutschen half, dann geschah es ihm nur recht, getötet zu werden.

Um zehn Uhr abends bestieg James wieder das Fischerboot. Er lag halb dösend und frierend im Heck. Ein eiskalter Wind fegte über den Bodensee. Er dachte an Margaret und an den seltsamen Zwischenfall, der geschehen war. Als er das Hotel verlassen hatte, war er an dem Raum vorbeigegangen, aus dem die Chopin-Sonate erklungen war. Und trotz seiner Eile hatte er einen Blick in den Raum geworfen, aber kein Klavier entdecken können.

Er mußte Margaret davon erzählen, sobald er sie wiedersähe, obwohl Gott allein wußte, wann das sein würde. Im Moment lautete sein Befehl, die Schweiz bei erster Gelegenheit zu verlassen und sich in Calais mit dem Vertreter der Marine-Informationsdivision in Verbindung zu setzen.

Dies bedeutete vermutlich, daß er nach Belgien zurückkehren sollte, hinter die deutsche Frontlinie. Schon während der Kämpfe um Antwerpen hatte James einige Zeit im Rücken des feindlichen Vormarschs verbracht, um Agenten anzuwerben, die über die deutschen Truppenbewegungen berichten sollten – besonders solche mit der Eisenbahn. Die Idee war, ein Netzwerk von Einheimischen aufzubauen, die regelmäßig Berichte schickten, so daß die Stabsoffiziere ständig auf dem laufenden blieben. Das Netzwerk hatte den Codenamen «Frankignoul» nach seinem Hauptagenten, der einem Offizier unterstand, bekannt als Evelyn, und der im Küstenhafen Folkestone stationiert war.

Aber als James endlich in den frühen Morgenstunden des folgenden Tages ins Bahnhofshotel in Kreuzlingen zurückkehrte, wartete ein Telegramm auf ihn.

Es kam aus Bern und besagte, Herr Franke möge Herrn Gimmell beim Crédit Suisse in Bern anrufen.

Herr Gimmell war C. Die Instruktion, ihn in der Bank anzurufen, bedeutete, daß James sich so schnell wie möglich persönlich in London melden solle.

Selbst wenn sein Aufenthalt in London nur kurz sein würde, so könnte er doch zumindest Margaret wiedersehen.

Da James so oft unterwegs war, hatte Margaret ein kleines Haus in Kensington Gardens gemietet, und in dieses hübsche und gemütliche Heim kehrte James drei Tage nach Empfang des Telegramms zurück.

Es war spät am Nachmittag, Nebel und Frost hingen in der Luft. Margaret saß im Wohnzimmer und wartete, daß die Kinderschwester mit Donald herunterkam, um gute Nacht zu sagen. Die Vorhänge waren noch nicht zugezogen, und Margaret stieß einen fast kindlichen Freudenschrei aus, als sie James' Silhouette erkannte, der mit einem schweren Koffer aus einem Taxi stieg.

Er war nicht so müde wie üblich, dennoch wehrte er ihre unzähligen Fragen ab und ging zuerst nach oben, um ein Bad zu nehmen. Es war fast halb neun, als sie sich zu Tisch setzten. James erklärte Margaret, daß er sich eigentlich sofort nach Ankunft bei seinen Vorgesetzten hätte melden sollen. «Also, kein Wort, Mrs. Railton. Wenn jemand fragt, bin ich hier erst lange nach Mitternacht eingetroffen.»

«Du weißt ja, ich bin so vage mit Zeit, Liebling, ich kann Mittag nicht von Mitternacht unterscheiden», kokettierte sie lachend.

Er liebte sie in dieser Stimmung und sagte: «Du solltest für den Geheimdienst arbeiten und allen deutschen Generalen den Kopf verdrehen, dann wäre der Krieg schnell vorbei.»

«Kann ich nicht erst mal dir den Kopf verdrehen? Der Arzt hat gesagt, es sei bestimmt nicht gesundheitsschädlich...»

«Der Arzt?»

«O verdammt, jetzt habe ich mich verplappert, und ich wollte es doch als große Überraschung für dich aufheben.»

«Was denn, um Himmels willen, Margaret?»

Sie sah ihn aus großen, unschuldigen Augen an. «Wir haben's mal wieder geschafft. Du wirst zum zweiten Mal Vater.»

Er stahlte über das ganze Gesicht. «Und dir geht es gut?»

«Prächtig. Du warst so oft und so lange fort, daß ich schon über zwei Monate schwanger bin. Dr. Madingly sagt, alles sei in Ordnung. Während der nächsten Monate kann ich ein ganz normales Leben führen. Der Doktor ist wirklich eine Nummer. Er hat extra betont, daß ein *normales* Leben auch jede Menge Spaß im Bett einschließt.»

James stieß einen vorgetäuschten tiefen Seufzer aus. «Du bist ein seltsames Geschöpf, Margaret. Du siehst aus, als könntest du kein Wässerchen trüben, und dann bist du ganz scharf auf... nun, du weißt schon was.»

«Sei doch kein Spießer, Liebling. Natürlich bin ich das. Nicht nur Männer haben Gelüste.»

Er stand auf, ging zu ihr hinüber, beugte sich über sie und streichelte ihr die Schultern und Brüste. Sie schob seine Hand sanft weg und sagte: «Erst die Nachspeise, dann das Schlafzimmer.»

Sie lagen in der Dunkelheit des Zimmers, und sie fragte ihn, wie lang er bleiben könne. Wie immer sagte er ihr die Wahrheit. Er müsse am nächsten Morgen seine Vorgesetzten sehen, und er wisse nicht, was dabei herauskäme.

«Wie war's diesmal?»

«Nichts Aufregendes, keine Probleme.»

Fünf Minuten lang schwiegen sie, dann fragte sie sehr leise: «James? Letzten Sonnabend?»

«Hmm?» Er klang schläfrig, obwohl er hellwach war. Der letzte Sonnabend war der 21. November gewesen.

«Warst du in Gefahr? Ich will keine Einzelheiten wissen, aber es ist wichtig. Letzten Sonnabend am Vormittag, warst du in Gefahr?»

«Ja, man könnte sagen, daß ich in Gefahr war. Aber warum fragst du?»

«Es klingt blöd. Aber ich war im Wohnzimmer. Ich fing zu spielen an – ganz ohne Grund. Chopin. Ich habe nicht gut gespielt, es war ein schwieriges Stück, die Sonate in b-Moll...»

«Die mit dem Trauermarsch?»

«Musiker würden es nicht ganz so ausdrücken, Liebling, aber du lernst. Ja, die mit dem Trauermarsch. Und das war das Merkwürdige. Ich habe das Stück fast nicht zu Ende spielen können. Ich fing an und fühlte, daß du mir ganz nah bist. Und da war dieses erschreckende Gefühl, daß irgend etwas passiert ist. Es war so lebendig wie ein Alptraum, dann verschwand die Angst, und ich

wußte, du warst in Sicherheit. Es war alles so wirklichkeitsnah, James, du warst hier, in diesem Haus. Du standst neben dem Klavier, ich spürte deine Gegenwart, konnte dich fast sprechen hören, als ich spielte.»

James blieb noch lange wach liegen und fragte sich, ob er ihr erzählen sollte, daß er im Hotel, kurz bevor die Flugzeuge kamen, aus einem Raum, in dem kein Klavier stand, Klavierspiel gehört hatte.

James hatte C seit Mitte September nicht gesehen und war erstaunt über die düstere Stimmung, die im Haus in der Northumberland Avenue herrschte, in dem die Marine-Informationsdivision jetzt untergebracht war.

Der diensthabende Offizier bat ihn zu warten und führte ihn dann zu C's Büro. Er klopfte kurz an, öffnete die Tür, und James betrat das ihm bereits bekannte Zimmer. Doch statt C sah er sich seinem Onkel Giles gegenüber.

«Setz dich, James, ich fürchte, du mußt mit mir vorliebnehmen. Hast du einen Bericht bei dir?»

«Ja», sagte James seufzend. Er war früh aufgestanden und hatte alles aufgeschrieben, was er in Friedrichshafen beobachtet hatte.

«Hervorragende Leistung und ein kleiner Knacks in der feindlichen Kampfmoral. Der tatsächliche Schaden war minimal.»

Giles murmelte ein kaum hörbares: «Verdammt.» Laut sagte er: «Die zwei Piloten, die heil zurückgekommen sind, wurden wie Helden empfangen. Die Franzosen haben ihnen die *Légion d'Honneur* verliehen.»

«Verdientermaßen.» James nickte.

Giles grunzte und blätterte im Bericht.

«Wo ist C?» fragte James.

Giles legte die Papiere beiseite. «C hatte einen Unfall in Frankreich. Sah ihn gestern im Krankenhaus. Sein Sohn fuhr den Wagen, hat plötzlich die Kontrolle verloren. Der junge Mann ist tot. C hat ein Bein verloren.»

James zog die Augenbrauen zusammen wie unter Schmerzen, er dachte automatisch an Caspar.

«Er tat etwas sehr Außergewöhnliches», fuhr Giles fort. «Nach dem Unfall erwachte er aus der Ohnmacht und sah sein halb abgetrenntes Bein. Dann hörte er die Schreie des Jungen. Erinnerst du dich an das lange Messer, das er immer bei sich trug?» James

nickte. «Nun, C säbelte sein Bein mit dem Messer durch, um zu dem Jungen gelangen zu können.»

James zuckte zusammen. Die Handlung war sehr bezeichnend für C. Eine Weile herrschte Schweigen zwischen den beiden. Dann fragte James, ob sein Onkel weitere Aufgaben für ihn hätte.

«Ja.»

Um die lastende Stimmung etwas aufzulockern, fragte James scherzhaft: «Soll ich vielleicht nach Preußen fliegen und Kaiser Wilhelm eine Kugel verpassen?»

Sein Onkel sah ihn aus eiskalten Augen an: «Es gibt Dinge, über die man nicht scherzt. Deine Frau wird sich freuen, Du wirst eine Zeitlang in England bleiben.»

Es war das letzte, was James erwartet hatte.

«Du hast gute Arbeit geleistet.» Giles' Gesicht war so starr wie eine Maske. «Ich habe das Ganze mit C abgesprochen. Du wirst einen weiteren Deutschkurs nehmen.»

«Aber mein Deutsch –»

«Ist nicht gut genug, um dich als Berliner auszugeben.»

«Ja, und dann?» fragte James.

«Und dann!» Giles preßte verdrossen die Lippen zusammen. «Du weißt Bescheid über deine Kusine Marie?»

«Natürlich. Obwohl wir nie darüber gesprochen haben. Sie ist zum Feind übergegangen.»

«Nein.» Bitternis erhärtete seine Züge. «Aber die Sicherheit Englands – und des Geheimdienstes – ist gefährdet. Hör mir aufmerksam zu...» Giles gab ihm die jüngsten Informationen bekannt, ohne Charles' Namen zu erwähnen. Es könne sein, sagte er, daß Marie verführt worden sei mit der Absicht, sie nach Berlin zu bringen, um sie dort irgendwie zu benutzen. «Dies entschuldigt ihr Verhalten in keiner Weise. Aber wir müssen etwas unternehmen, und zwar bald. Du, James, wirst nach Berlin fahren, vermutlich Anfang Januar, und sie herausbringen. Falls dir das nicht gelingt, wirst du dafür sorgen, daß sie niemals mehr Deutschland verläßt. Niemals! Hast du das verstanden?»

Am 26. November explodierte das vor Sheerness vor Anker liegende Schlachtschiff *Bulwark.* Über siebenhundert Mann Besatzung fielen dem Anschlag zum Opfer.

Der «Fischer» war in voller Aktion! Am folgenden Tag schlug er wieder zu. Diesmal tötete er nur einen einzigen Mann. Dieser

spezielle Mord machte ihm sehr viel mehr Spaß als die Hunderte von Matrosen, die von seiner Bombe zerrissen worden waren. Er hatte sie eigenhändig in seinem Gasthauszimmer zusammengebastelt. Zu der Zeit brachte niemand den Sabotageakt mit dem Mord in Verbindung.

Seine Vorgesetzten waren sehr befriedigt über die Versenkung der *Bulwark.* Steinhauer fuhr nach England, aber nicht nur um seinem Agenten zu gratulieren, sondern um den Fortgang eines von Nicolais Lieblingskomplotts zu überwachen. Der deutsche Geheimdienstchef hatte keine Ahnung, daß einer von Steinhauers Leuten das Schlachtschiff versenkt hatte. Die Briten erklärten in der Öffentlichkeit, die Explosion sei ein Unfall gewesen, aber MO5 und die Geheimpolizei leiteten Untersuchungen ein, die jedoch zu nichts führten.

Kent, Ohio, USA.
28. Oktober 1914

Geliebte Sara,
Verzeihen Sie diese intime Anrede, aber sie entspricht meinen Gefühlen, die ich nicht verleugnen will oder kann. Gott allein weiß, wann dieser Brief Sie erreichen wird, denn ich höre, daß die Post zwischen unseren beiden Ländern eine Ewigkeit dauert.
Wie Sie sehen, bin ich in Ohio, ich wohne bei meinem Bruder Joe, der auf Urlaub von der Armee ist. Nächste Woche muß er wieder seinen Dienst antreten, aber er kommt zu Weihnachten nach Washington, wo wir das Fest mit den «alten Herrschaften» feiern werden. Vater und Mutter hassen diesen Ausdruck, daher necken wir sie damit.

Der Brief war erst heute, am 7. Dezember, angekommen und mußte sich mit Saras kurzem, aufgeregtem Bericht über Caspar und Rupert gekreuzt haben. Dick schrieb anschließend über die herbstliche Landschaft und daß er mehrere Testflüge unternehme, seinem Onkel Bradley, dem Colonel in der US-Armee, zu Gefallen. Er fügte auch hinzu, wie sehr er sich nach Sara sehne und daß er Redhill vermisse. Dann fuhr er fort:

Washington war trübselig. Aber ich muß aufpassen, was ich schreibe. Präsident Wilson ist ein merkwürdig widersprüchlicher Mann. Eigentlich ist er mehr ein Schulmeister als ein Präsident,

aber er ist sehr zugänglich. Er hat zwei Hauptziele: Amerika aus diesem Krieg herauszuhalten und Frieden in Europa zu stiften. Obwohl ich sicher bin, daß er keine Ahnung hat, wie er das fertigbringen kann.

Meine große «Vaterlandspflicht» scheint mir eine Art Farce und ganz unmöglich, weil sie gewissermaßen mit Ihrer Familie zu tun hat. Ich weiß, Sie werden die Rätsel entwirren.

Als ich in Washington ankam, stellte mich mein Vater einem Armeeoffizier vor, einem Captain Ralph Van Deman. Van Deman wünschte eine Privatunterhaltung mit mir, bei der sich herausstellte, daß er alles über «die andere Seite des Monds» wußte. Sie erinnern sich, wir sprachen in Redhill darüber. Die Stabsoffiziere halten nichts von dem Captain und seinen Ideen, aber er ist hartnäckig und wird sich durchsetzen. Meinen Vater jedenfalls hat er bereits von seinen Ideen überzeugt, und wir beide sprachen mit dem Präsidenten, der sagte, er könne zur Zeit offiziell nicht Stellung nehmen.

Und hier kommt nun, was mich persönlich betrifft. Irgendwoher wissen alle, daß ich mit den Railtons befreundet bin. Mir wurde vorgeschlagen, nach England zu fahren, um meine Freundschaft mit den R's zu vertiefen und sie auszuhorchen. Ich habe gesagt, ich dächte nicht daran, eine persönliche Freundschaft auszunutzen, um Informationen zu bekommen. Der Präsident ließ sich nichts anmerken, aber ich bin sicher, er verstand mich.

Als ich das letzte Mal Redhill verließ, wollte ich schon nach wenigen Stunden zurückkehren, um Ihnen noch einmal zu sagen, was ich für Sie empfinde. Sie sind immer in meinen Gedanken anwesend. Es gibt so viele Dinge, die ich mit Ihnen teilen möchte, Sara. Ich werde so bald wie irgend möglich zu Ihnen zurückkehren, und dann werde ich Sie bitten, meine Frau zu werden.

Liebste Sara, verzeihen Sie meine Offenheit. Grüßen Sie alle, und schreiben Sie mir. Und warten Sie auf mich! Ich brauche Sie.

Für immer der Ihre,
Dick

Sara legte den Brief beiseite, ihre Augen waren feucht. Sie setzte sich an ihren Schreibtisch im Arbeitszimmer des Generals und blickte in den Garten. Die Bäume waren jetzt kahl, und ein feiner Nieselregen fiel. Bald würde es schneien.

Die Regentropfen waren die Tränen Gottes, dachte sie. Tränen

über die jungen Männer in Frankreich. Der Krieg schien einen toten Punkt erreicht zu haben. Beide Seiten gruben sich ein, die Schützengräben reichten fast vom Kanal bis an die Schweizer Grenze. Dieser Zustand würde, so hatte man ihr gesagt, bis zum Frühjahr andauern. Und falls Dick nach England käme, bevor der Krieg zu Ende war, konnte sie ihn nicht heiraten. Natürlich liebte sie ihn, sie begehrte und brauchte ihn, aber nach dem Schrecklichen, was Caspar und Rupert zugestoßen war, hatte sie sich geschworen, daß kein Mann ihr Bett teilen oder sie zum Altar führen dürfe, bevor dieses Gemetzel nicht beendet war. Sie hatte gesehen, wie Charlotte frühzeitig ergraut und wie dieser Felsen im Meer, Andrew, zusammengefallen war. Und an all dem war nur der Krieg schuld.

Sie dachte an die anderen Mitglieder ihrer angeheirateten Familie. Ihr Unbehagen Giles gegenüber war seit der Eröffnung von Johns Testament nicht von ihr gewichen. Mit Charles und Mildred verband sie eine Art herzliche Kameradschaft, aber ihr war aufgefallen, daß die Ehe nicht sehr gut ging.

James und Margaret hingegen waren glücklich wie Kinder. James blieb bis Anfang des neuen Jahrs in London. Danach würde Margaret wohl erneut in diesem schrecklichen Schwebezustand der Ungewißheit leben müssen.

Aber das war ein Problem, mit dem viele Frauen fertig werden mußten. Sie sah es täglich in ihrem Umkreis. Zum Beispiel Martha Crook. Billy war auf Heimaturlaub gekommen und als Held gefeiert worden. Jetzt war er als Unteroffizier wieder an der Front, das weinrote Band des Viktoriakreuzes an der stolzgeschwellten Brust.

Es klopfte an der Tür; Vera Bolton trat ein und sagte, sie bereite die Zimmer für die Weihnachtsgäste vor und hätte Mr. Caspar ins blaue Zimmer im ersten Stock einquartiert. «Von dort aus ist es am einfachsten, hinunterzukommen, Miss Sara.» Alle Dienstboten hatten sich angewöhnt, sie mit «Miss Sara» anzureden.

Es klopfte wieder, diesmal war es Porter, der sagte, die junge Rachel Calmer sei an der Hintertür mit einer Mitteilung von Mr. Berry. Aus irgendeinem unerfindlichen Grund hatte Bob Berrys Heirat mit der Schlachterstochter nicht Porters Zustimmung gefunden. Und obwohl die beiden bereits zwei Kinder hatten, ein Mädchen und einen Jungen, nannte Porter Rachel Berry immer noch bei ihrem Mädchennamen.

Sara beendete die Verteilung der Gästezimmer – fast die ganze

Railton-Familie würde zum Fest nach Redhill kommen –, bevor sie Vera bat, Mrs. Berry zu rufen.

Rachel kam mit hochroten Backen herein, die Kleider feucht vom Nieselregen. Sie hatte das derb-fröhliche Aussehen ihres Schlachter-Vaters. Aber trotz ihrer Jugend hatte sie Bob Berry offensichtlich wohlgetan. Er war zufrieden mit seiner Arbeit, zuverlässig und voller neuer Ideen. Das einzige, was Sara Sorgen machte, war seine häufig wiederholte Bitte, ihn für den Rest des Krieges freizugeben, damit er zur Armee gehen könnte.

«Bob hat mich gebeten, Ihnen diesen Brief zu übergeben, Miss Sara.» Sie zog einen zerknitterten Umschlag aus der Manteltasche. Rachel zeigte keinerlei Unterwürfigkeit wie die meisten Landarbeiter, sondern blickte Sara unbefangen in die Augen. «Er mußte nach Haversage, um, ich weiß nicht was, zu erledigen, aber hat gesagt, die Erklärung stände im Brief.»

Sara nahm den Umschlag, bat Rachel Platz zu nehmen und erkundigte sich nach den Kindern, während sie mit des Generals silbernem Dolch, den sie als Brieföffner benutzte, den Umschlag aufschlitzte.

Sara überflog die wenigen, ordentlich geschriebenen Zeilen. Ihre erste Reaktion war Ärger und Schock, doch schon Sekunden später gewann ihre Selbstdisziplin die Oberhand.

Sie starrte auf das Papier in ihrer Hand und versuchte, ihre Gedanken zu ordnen. Bob hatte etwas wirklich Unentschuldbares getan. Er hatte sie, Sara, gebeten, seiner Frau die schlechte Nachricht mitzuteilen.

Er schrieb:

Geehrte Miss Sara,

Sie werden zweifellos sehr ungehalten sein, wenn Sie diesen Brief lesen. Aber Rachels und der Kinder wegen bitte ich Sie, mir zu verzeihen.

Ich habe Sie des öfteren gebeten, mich freizugeben, damit ich zur Armee kann. Und mir scheint, je mehr junge, kräftige Männer sich jetzt zum Militärdienst melden, desto eher wird der Krieg gewonnen sein.

Ich bin jung und kräftig, aber ich weiß, daß die unverheirateten Männer zuerst eingezogen wurden. Aber jetzt ist auch ein besonderer Aufruf an die verheirateten Männer ergangen. Sie halten mich vermutlich für töricht, aber ich würde allen Selbstre-

spekt verlieren, wenn ich jetzt nicht für mein Land kämpfen würde.

Es gibt eine Menge Männer, die für den Militärdienst zu alt sind, und ich bin sicher, Sie werden schnell Ersatz für mich finden. Rachel wird Ihnen bestimmt helfen, und ich bitte Sie, ihr zu erlauben, weiterhin in Redhill zu wohnen. Sollten Sie mich nicht zurückhaben wollen, nachdem wir die Deutschen besiegt haben, werde ich meine Frau und meine Kinder woanders unterbringen. Ich fürchte, meinem Eintritt in die Armee geht eine feige Handlung voran. Ich hatte nicht den Schneid, Rachel die Wahrheit zu sagen. Es tut mir leid, Miss Sara, und ich hoffe, Sie verzeihen mir, aber wir haben uns immer gut verstanden seit Ihrem Sturz an der Hecke vor vielen Jahren. Ich bitte Sie inständig, meine Handlungsweise zu verstehen und Rachel die Neuigkeit möglichst schonend beizubringen.

Robert Berry

Sara faltete den Bogen zusammen und legte ihn auf den Schreibtisch. Langsam schwand ihr Ärger. Sie ergriff Rachels Hand und sagte: «Meine Liebe ...» Dann wußte sie nicht, wie sie fortfahren sollte. Sie wiederholte: «Meine Liebe, ich fürchte, ich habe eine sehr schlechte Nachricht für Sie.»

Sie sah in Rachels Augen, daß die junge Frau die Wahrheit erriet. Das rotbäckige Gesicht wurde schneeweiß. «O mein Gott ... Miss Sara ... es tut mir so leid. Er hat's getan, nicht wahr? Die dumme Nuß ist zu den Soldaten gegangen?»

«Ja, Rachel, so ist es.» Sara war auf Tränen, Händeringen, Hysterie vorbereitet gewesen, statt dessen sah sie eine hübsche, fauchende Teufelin vor sich, die jetzt rotglühend vor Zorn hochsprang. Sara durchfuhr der nicht ganz fernliegende Gedanke, daß Berry vielleicht nicht nur aus reiner Vaterlandsliebe zu den Fahnen geeilt war.

«Und was wird aus mir, Miss Sara? Wie soll ich mich und die Kinder ernähren, wenn Bob zu den Soldaten gegangen ist? Ich hätte nie gedacht, daß er uns das antut ...» Eine gewisse Verschlagenheit kroch in ihren Blick. «Vielleicht nehmen sie ihn nicht, ich meine, wenn Sie mit Ihren Beziehungen ein Wort einlegen würden –»

«Nein.» Sara unterbrach sie mit harter Stimme. «Ich werde bei niemand ein Wort einlegen. Und sie werden ihn nehmen. Lord Kitchener braucht mehr und mehr Freiwillige. Und es gab einen

speziellen Aufruf für verheiratete Männer. Sie wissen, er will für sein Land kämpfen *und* für Sie, für Ihre Kinder, für uns alle. Ich habe mich geweigert, ihn freizugeben, aber er hat seinen Entschluß gefaßt. Vielleicht war es der Richtige. In der Zwischenzeit, Rachel, werde ich Ihnen helfen, die Bauernhöfe zu verwalten. Sie sind jetzt die Gutsaufseherin und werden es bleiben, bis Bob zurückkommt. Auch Sie haben der Railton-Familie gegenüber eine Verpflichtung. Morgen fahre ich nach London und werde mir Rat holen. Und wenn ich zurückkomme, werden wir uns gemeinsam an die Arbeit machen. Wenn die Männer den Mumm haben, die Deutschen in Frankreich zu bekämpfen, müssen die Frauen zeigen, daß sie auch aus hartem Holz geschnitzt sind.»

Rachel starrte sie mit offenem Mund an. «Sie meinen, ich soll das Gut bewirtschaften, die Bücher führen, in aller Herrgottsfrüh auf den Beinen sein und dazu noch meine Kinder versorgen?»

«Genau das meine ich. Wir werden Ihnen eine Hilfe für die Kinder beschaffen. Sie werden das gleiche Gehalt wie Bob verdienen. Und dafür werden Sie mich unterstützen. Aber auch andere Frauen werden uns zur Hand gehen.»

Saras monatliche Reise nach London war mühselig, aber auch unterhaltsam. John Railton hatte in seinem Testament bestimmt, daß sie einmal im Monat persönlich der Railton-Familienanwaltsfirma King, Jackson und King Bericht erstatten mußte. Der alte Mister King war gestorben, und sein Sohn Jonathan, ein dünner, geistloser junger Mann, der öfters lange Schweigepausen einschaltete, empfing nun an seines Vaters Stelle Sara jeden Monat in seinem Büro in Gray's Inn.

Der junge Mr. King behandelte Sara mit größter Zuvorkommenheit, aber gab ihr deutlich zu verstehen, daß er diese Zusammentreffen als reine Routine ansah und sie daher so kurz wie möglich zu halten gedächte.

Sara verließ sein Büro fast immer kurz vor zwölf Uhr mittags, verbrachte den Rest des Tages mit Einkäufen und genoß alle Vorteile, die die Stadt zu bieten hatte, die sie einstmals so ungern verlassen hatte.

Bei diesem Besuch hatte sie sich bei Charlotte und Mildred angesagt, denn Bob Berrys patriotische Anwandlung hatte sie auf die Idee gebracht, die anderen Railton-Frauen für die Verwaltung des Guts einzuspannen. Während sie im Taxi saß auf dem Weg von

Gray's Inn zum Hotel Carlton, dachte Sara noch einmal über ihren Plan nach. Sie würde zu Charlotte und Mildred sagen, daß die Railton-Frauen gebraucht würden, um den geliebten Familienbesitz in Ordnung zu halten, da die Männer im Krieg seien. Sie würde vorschlagen, daß jede von ihnen eine Woche im Monat in Redhill verbringen sollte, um sie bei der Planung und der Verwaltung des Besitzes zu unterstützen, und hatte bei sich beschlossen, daß es am günstigsten sei, ihr Vorhaben schon vor Weihnachten zur Sprache zu bringen, weil die beiden Frauen dann Zeit hätten, darüber nachzudenken und sich notfalls mit ihren Ehemännern zu besprechen.

Als das Taxi durch die geschäftigen Straßen fuhr, verstand Sara mehr denn je, warum Bob Berry sich nicht anders hatte entscheiden können. Von allen Hauswänden forderten die Plakate die jungen Männer zum Dienst fürs Vaterland auf. «England erwartet, daß jeder Mann seine Pflicht erfüllt! Kein Preis ist zu hoch, wenn Ehre und Freiheit auf dem Spiel stehen. Dein Land braucht dich!»

Als sie den Taxichauffeur zahlte, sah Sara Charles. Sie wollte ihm gerade zuwinken, bemerkte aber noch rechtzeitig, daß er nicht allein war. An seinem Arm hing eine junge, hübsche Blondine, die anhimmelnd zu ihm aufblickte, als er ein Taxi herbeiwinkte.

Sara suchte längere Zeit nach dem Wechselgeld, dann ging sie langsam ins Hotel. Sie wußte nicht recht, wie sie Mildred begrüßen oder was sie zu ihr sagen sollte.

16

«Vernon, es tut mir leid, ich habe die größte Sünde in Ihren Augen begangen», sagte Charles Railton zu Vernon Kell in dessen Büro.

Am selben Morgen hatte in der Admiralität eine kurze Zeremonie stattgefunden. Lord Kitchener hatte einen Orden an Charles' Aufschlag geheftet, und Winston Churchill hatte ihm die Hand geschüttelt und sich für den großen Dienst bedankt, den Charles ihm und Clementine erwiesen hatte.

Der Orden war dann wieder entfernt worden, und man hatte ihm gesagt, daß er nichts über die Auszeichnung verlauten lassen dürfe – «nicht bevor dieser Krieg beendet ist».

Gleich nach der Zeremonie bat Giles seinen Neffen, ihm in sein Büro zu folgen, wo er ohne Umschweife seine Frage stellte: «Du hast also die Information erhalten, daß Marie von Klaus von Hirsch nach Deutschland gelockt wurde?» Die Augen von Giles Railton waren völlig ausdruckslos. «Bitte behalte das für dich, Charles. Aber wir werden aufgrund dieser Information etwas unternehmen müssen. Ich will nicht, daß die Sache auf uns zurückfällt.»

Charles verstand seinen Onkel augenblicklich und sagte: «Du willst meine Informationsquelle persönlich verhören?»

Giles lächelte. «Ja, ich würde mit deiner Informationsquelle gern direkt sprechen.» Sein Lächeln verschwand. «Ich hoffe, du weißt es zu schätzen, daß ich mich an dich wende, statt direkt zu deinem Vorgesetzten zu gehen.»

Charles wußte, es war jetzt an der Zeit, zumindest halbwegs aufrichtig zu sein. Giles hatte offensichtlich bereits Verdacht geschöpft.

«Gibt es irgendwelche Probleme?» Giles zog die Augenbrauen hoch.

«Ich bin nicht ganz sicher. Meine Informationsquelle ist voll im Einsatz.» Charles wandte sich dem Fenster zu. Es war die erste Woche im Dezember, und die Straßen waren trotz des Kriegs

voller Menschen. Nach einer Pause sagte Charles: «Ich muß dir etwas beichten.»

«Beichten?»

Charles lächelte seinen ausdruckslosen Onkel an. «Die Information, die ich dir zukommen ließ, schien mir mehr eine Familienangelegenheit...»

Giles starrte ihn entsetzt an.

«Vermutlich war es falsch von mir, aber ich habe die Sache nicht in meinem Bericht an Vernon Kell erwähnt.»

«Du bist ein Idiot, Charles.» Es war ohne Bosheit gesagt. «Es ist *keine* Familienangelegenheit...»

«Es betrifft meine Kusine Marie, deine Tochter. Die ganze Sache betrifft uns alle. Ich fand, du solltest Bescheid wissen. Marie ist in Berlin, also im Ausland. Das hat mit meiner Abteilung nichts zu tun.»

«Aber die Informationsquelle steht unter deiner Aufsicht, Charles. Du hättest Kell unterrichten müssen. Gebrauch deinen Verstand, Menschenskind. Für deine Dienststelle ist diese Nachricht Gold wert. Ich rate dir dringend, Kell zu informieren, bevor ich zu ihm gehe mit der Bitte, mir das Paßwort zu seiner Zauberhöhle zu verraten.»

Gleich nach dem Essen ging Charles also zu Kell, um ihm seine gekürzte Version zu erzählen.

«Das Drew-Verhör...» begann er.

«Ja, was ist damit?» Kell klang freundlich, doch reserviert, was verständlich war, denn Madeline Drew fing an, einige interessante Tatsachen zu liefern.

«Während des Verhörs kam etwas zur Sprache, was meine Familie betrifft.»

«Ah, ja?»

«Sie wissen es vermutlich schon, obwohl niemand in der Familie darüber spricht. Meine Kusine...»

«Marie Grenot? Ja, die meisten Leute, die davon gehört haben, bedauern es sehr. Hat Drew Marie Grenot erwähnt?»

Charles berichtete alles, außer seinem eigenen unkorrekten Verhalten Madeline gegenüber.

Als er geendet hatte, fügte Charles hinzu, er hoffe, Kell würde ihn verstehen. «Es schien mir eine reine Familienangelegenheit zu sein, und ich habe Onkel Giles gesagt, daß Sie von der Sache nichts wüßten. Er hat mich einen Idioten genannt, womit er vermutlich recht hat.»

Kell dachte längere Zeit nach, und als er endlich sprach, sah er Charles nicht an. «Genau genommen *war* es idiotisch. Sie hätten es in Ihrem Bericht erwähnen müssen. Deshalb liegt es jetzt allein bei Ihnen, die Sache wieder in Ordnung zu bringen. Wann treffen Sie das Mädchen wieder?»

«Morgen.»

«In Coventry?»

«Ja, am üblichen Ort.»

«Versuchen Sie, das Mädchen nach London zu bestellen. Um Giles Railton werde ich mich kümmern. Wenn er die ‹Möwe› sehen will, muß er nach unserer Musik tanzen.»

Seit Madeline Drew nach Coventry gefahren war, hatte man sich auf verschiedene Codenamen geeinigt. Mr. Rathbone – Charles – hieß «Anton», weil Madeline unter dem Namen «Möwe» geführt wurde. Charles hatte sich für die Werke von Anton Tschechow begeistert und sich vor zwei Jahren eine Aufführung der *Möwe* angesehen. Daher die Codenamen. Doch hier endeten die literarischen Assoziationen, denn die Überwachungs- und Sammelaktionen liefen unter dem Namen «Regenvogel» und die erhaltenen Informationen unter «Gold».

Als Madeline zu ihrer Tante nach Coventry zog, bezogen auch die Überwacher ihre Posten und warteten auf das Signal, daß jemand Kontakt aufgenommen hatte. Zwei Wochen lang geschah nichts. Dann, eines Morgens, als Charles mit hundert anderen Dingen beschäftigt war, erreichte ihn eine Nachricht, und er begab sich eilends nach Coventry.

Ein Hotelzimmer wurde für ihn bestellt, und Brian Wood erwartete ihn. Wood hatte beschlossen, sich von der Wachmannschaft fernzuhalten, da er der Verbindungsmann zu Charles war. «Heute morgen», sagte er geheimnisvoll, «ist es passiert. Sie kam ungefähr um halb elf Uhr heraus, kramte in ihrer Handtasche herum und ließ wie verabredet einen Handschuh fallen.»

«Sie sind der Sache nachgegangen?»

«Sie werden sie heute abend um sechs Uhr treffen, in einem Haus in der Nähe der Kathedrale. Es ist zwar eine Absteige, aber dafür ungefährlich. Die Besitzerin wird denken, Sie seien einer der vielen verheirateten Männer, die auf ein Abenteuer aus sind.»

«Und die Absicherung?»

«Alles in Ordnung. Sie nimmt einen bestimmten Weg. Wir haben ein Telefon installiert.» Er nannte die Nummer. «Wenn der untere

Teil des Schiebefensters offensteht, weiß sie, daß sie unbesorgt heraufkommen kann. Wenn das Fenster zu ist, heißt es: abhauen. Eine Stunde später versucht sie's dann noch mal. Wenn das nicht klappt, ist Schluß für heute, und wir versuchen's morgen wieder.»

Charles war noch nie im Schlafzimmer einer Prostituierten, aber die Einrichtung entsprach genau seiner Vorstellung: viel Plüsch, Spitzendeckchen auf dem Kaminsims, ein weißgekleidetes Püppchen, das die Augen schloß, wenn man es auf den Rücken legte, ein Toilettentisch voller Fläschchen und Tiegel, ein breites Messingbett mit einem Kissen, auf dem «Ruhe sanft» gestickt war.

Das Zimmer roch muffig, und Charles öffnete eilig das Fenster. Das neue Telefon, das wie ein futuristischer mechanischer Mann aussah, der in seiner gebogenen Klaue eine Keule hielt, stand fast anklagend auf dem Toilettentisch. Es klingelte genau zehn Minuten vor sechs.

«Alles klar», sagte Wood am anderen Ende.

Charles setzte sich in den üppig gepolsterten Sessel und wartete. Sie kam pünktlich um sechs. Berlin, dachte er, hat sie gut ausgebildet.

Sie ging auf ihn zu, ihre Wange war kalt, ihr Atem warm an seinem Ohr. Sie schmiegte sich an ihn und flüsterte: «Oh, Charles, es scheint eine Ewigkeit herzusein, ich habe mich so nach dir gesehnt.» Dann hob sie den Kopf von seiner Schulter und küßte ihn mit unverhohlener Begierde.

Sie war wie eine fleischfressende, wunderschöne Blume, und Charles wie ihr Insekten-Opfer, unfähig, ihr zu widerstehen.

Atemlos ließen sie voneinander, und er fragte sie, ob sie Neues für ihn habe. Schmollend antwortete sie, ja, natürlich hätte sie das. Die Deutschen hätten sich mit ihr in Verbindung gesetzt. Doch noch während sie sprach, kleidete sie sich aus.

Charles blieb keine andere Wahl, als das gleiche zu tun, und kurz darauf lagen sie beide in dem großen Messingbett.

Nachdem beide erschöpft, aber befriedigt nebeneinander lagen, fragte Charles sie nach ihrem Bericht. Sie sah ihn schalkhaft an. «Wir wollten es uns zur Regel machen, mindestens dreimal miteinander zu schlafen, bevor ich dir etwas erzähle.»

«Wir können hier nicht lange bleiben. Das Haus wird überwacht, wie du wohl weißt.»

«Das ist eine Sache, über die ich mit dir reden muß, Charles. Die Leute, die mich bewachen, sind ungeschickt. Sie sind zu offensicht-

lich. Es beunruhigt mich. Wenn mein ‹neuer Freund›, von dem ich dir gleich erzählen werde, zurückkommt, erkennt er einen von ihnen bestimmt wieder. Sie machen alles nach Schema, ohne jegliche Variante.»

«Gut, ich werde mich darum kümmern», sagte er leichthin, aber innerlich war er zutiefst beunruhigt. Zu Paddy Quinns Zeiten wäre so etwas bestimmt nicht passiert.

Madeline sagte: «Liebling, ich schwöre dir, ich bin in Gefahr. Diese Leute in Berlin sind alles andere als dumm.»

Eine Weile lang konnte er ihren Redefluß nicht stoppen, aber allmählich brachte er sie dazu, ihm einen zusammenhängenden Bericht zu liefern. Sie saßen sich jetzt in den beiden Sesseln gegenüber.

«Vor zwei Tagen kam ein großer Mann in einem dunklen Mantel und Hut zu mir. Eigentlich war es zum Lachen, er sah genau wie eine Groschenheftzeichnung von einem Spion aus. Er schob eine Karte unter die Tür und klingelte einmal, wartete aber nicht.»

Die Karte war eine Reklame von einem Teesalon, auf der Rückseite stand klar und deutlich ihr Name. «Ich habe die Karte über eine Kerzenflamme gehalten, so wie sie es mir beigebracht haben. Unter dem Einfluß der Wärme ist die Geheimschrift zum Vorschein gekommen. Sie lautete: ‹2.30 heute nachmittag. Setzen Sie sich an einen freien Tisch.›»

Sie war in den Teesalon gegangen und hatte sich an einen freien Tisch gesetzt. «Ungefähr Viertel vor drei Uhr kam der gleiche große Mann herein, lächelte, ging mit ausgestreckten Händen auf mich zu und rief erfreut: ‹Madeline, wie nett, Sie hier zu treffen.› Er hat dunkle Haare, eine Hakennase, einen Bart und trägt eine Brille. Er spricht deutsch mit Akzent. Vielleicht ist er Russe oder Serbokroate, ich weiß es nicht. Er sagte, er könne nur fünfzehn Minuten bleiben und ich müsse zuerst gehen. Dann hat er mich gefragt, was in Cromer geschehen sei. Ich erzählte ihm die Geschichte, die wir uns zusammengebraut haben, und er sagte, ein Bericht müsse darüber verfaßt werden. Im übrigen könne es ein paar Wochen dauern, bis ich neue Instruktionen bekäme. In der Zwischenzeit soll ich warten. Er sei nur gekommen, um die Cromergeschichte von mir zu hören. Zum Schluß wies er mich an, ihn G zu nennen.»

G hatte noch gesagt, sie würde einen Brief bekommen. «Aber ich habe das Gefühl, er könnte zum Haus meiner Tante zurück-

kehren. Deshalb bin ich so beunruhigt über die Untüchtigkeit deiner Leute. Der Mann ist nicht dumm.»

«Kannst du ihn mir noch einmal beschreiben? Versuch doch mal, seinen Akzent nachzumachen.»

Schließlich waren alle Fragen beantwortet, und sie wollte wieder mit ihm schlafen. Er weigerte sich nicht.

Charles fuhr nach London zurück und berichtete Kell. Das Leben ging weiter. Madelines Überwacher wurden neu organisiert.

Zwei Wochen später war Charles wieder in Coventry. G hatte riskiert, Madeline im Haus ihrer Tante abzuholen, die Überwacher waren ihnen gefolgt. Als das Paar sich trennte, hatte ein Geheimpolizist den «Adler», wie man G nannte, beschattet, ihn aber in London am Euston-Bahnhof verloren.

Für Madeline hatte sich nichts geändert. Sie würde ihre Befehle bekommen.

In der folgenden Woche traf sie wieder mit G zusammen. Diesmal gab er ihr zu verstehen, daß die Befehle eingetroffen seien. Man erwarte von ihr, daß sie viel reise, zumeist mit dem Zug, teilweise nach London, teilweise in die Hafenstädte an der Südküste. Berlin wolle Einzelheiten über Truppenbewegungen wissen. Sie erhielt ein Büchlein mit Abbildungen der Regimentsabzeichen. Die Einteilung der Arbeit bliebe ihr überlassen. G würde sie in fünf Tagen wieder aufsuchen. Er gab ihr zweihundert Pfund für ihre Ausgaben.

Nun, da sie wußten, worin ihre Aufgabe bestand, arrangierte Charles ein weiteres Treffen, um ihr zu sagen, daß sie G einige echte Informationen geben solle – ‹Hirse› wie Kell es nannte. Sie solle G's Anweisungen ruhig befolgen, aber nur gewisse ausgesuchte Einzelheiten an ihn weiterleiten, die Charles ihr brieflich zukommen lassen würde.

Dieses Treffen fand einen Tag nach Charles' «Beichte» in Kells Büro statt. Er nahm wieder den Zug nach Coventry, um das Mädchen zu sehen, das seine Gedanken beherrschte.

In Coventry, in dem Huren-Schlafzimmer, schnurrte sie zufrieden und beugte sich nackt über ihn. «Findest du, ich habe gute Arbeit geleistet? G ist sehr zufrieden mit mir. Er meint, ich solle so weitermachen, bis er ein neues Rendezvous vereinbare. Habt ihr herausgefunden, wer er ist?»

Sie hatten es herausgefunden. G war als Russe beim Ausländer-

amt unter dem Namen Muller registriert. Er wohnte in Bloomsbury.

«Hätten sie es herausgefunden, würde ich es dir nicht sagen, mein Schatz. Es wäre regelwidrig, und das weißt du so gut wie ich.» Charles lächelte und gab ihr einen Klaps auf die Kehrseite.

Nach einigen Minuten fragte sie ihn, ob er ihren neuen Zeitplan für die Reisen der kommenden Woche hätte. G gab ihr nur die Ortsnamen an, Charles dagegen organisierte das Wann und Wohin.

«Wie wär's mit zwei Tagen London?»

«Mit dir, Charles?»

«Im Hotel Carlton. Eine Nacht kann ich mich freimachen.»

Sie jauchzte wie ein Kind. «Oh, das ist fast schon wie Weihnachten...»

Er legte seine Hand auf ihren Mund. «Freu dich nicht zu früh. Die eine Nacht wird wunderbar sein, aber der folgende Tag mag dir nicht so gefallen. Ein hohes Tier will dich wegen Marie Grenot sprechen.» Sie müsse unbedingt bei der Geschichte bleiben, die sie ihm über Marie erzählt habe, bleute er ihr ein, andererseits müsse er sie aber warnen. «Bitte, vermeide unter allen Umständen, den Eindruck zu erwecken, daß unsere Beziehung mehr als nur rein beruflich ist. Es könnte uns beiden sehr schaden.»

Es war an jenem Morgen, nachdem sie die «wunderbare» Nacht zusammen verbracht hatten, als Sara sie gemeinsam das Hotel verlassen sah. Zu diesem Zeitpunkt wußte Madeline noch nicht, daß Giles Railton sie verhören würde. Noch wußte sie, daß sie von Charles ein Kind erwartete.

Das Dorf Ashford liegt an der Hauptstraße nach Dublin. Es hat sechs Pubs, und in einem davon saß Malcolm Railton mit Padraig O'Connell bei einem Bier.

Es war zehn Uhr abends in der zweiten Dezemberwoche.

«Soso, die Engländer glauben also, die Fenier-Bewegung hätte sich totgelaufen?» O'Connell blickte über den Rand seines Glases hinweg, seine Augen sahen rot aus im Widerschein des Torffeuers.

«Nein, ich glaube nicht, daß sie so töricht sind. Aber sie stellen sich vor, daß sich alles hier beruhigt hat, nachdem die Iren an englischer Seite den gemeinsamen Feind bekämpfen.»

O'Connell lachte schallend. «Können die Blödmänner nicht lesen? Oder ist die *Irish Independent* in England verboten?» Er sprach von einem Leserbrief, der vor ungefähr zwei Monaten

publiziert worden war. Er stammte von einem in Dublin geborenen Foreign-Office-Diplomaten, Sir Roger Casement, in dem er alle Iren aufrief, gegen die Briten statt gegen die Mittelmächte zu kämpfen.

«Doch, doch, aber meiner Meinung nach wird Casement nicht für voll genommen. Er ist untergetaucht, und wenn er sich hier in Irland oder in England blicken läßt, werden sie ihn festnehmen.»

«Nun, Freund Malcolm, *Sie* finden heraus, wieviel Ihre Leute wissen, und ich werde Ihnen sagen, was *ich* weiß. Aus irgendeinem verdammten Grund vertrau ich Ihnen, obwohl Sie ein englischer Schweinehund sind. Werden Sie es für mich herausfinden?»

«Ich werde mein Bestes tun. Sie können sich auf mich verlassen.»

«Also gut. Und hier das Neueste...» Padraig sprach leise. «Die Engländer sind viel zu beschäftigt mit ihrem Krieg, um zu merken, daß die irischen Patrioten sich bewaffnen und organisieren, sich bereit machen, sie ein für alle mal aus diesem Land hinauszuwerfen.»

Am folgenden Morgen wurden zwei Telegramme vom Dubliner Postamt in der O'Connell Street abgeschickt.

Eins ging an Sara in Redhill. Bridget und Malcolm Railton drückten darin ihr Bedauern aus, zum Weihnachtsfest nicht kommen zu können.

Das andere ging an Mr. Gordon Rainer in Paddington.

Das zweite Telegramm war chiffriert und teilte dem Empfänger etwas mit, das dieser zum Teil schon wußte. Nämlich, daß Sir Roger Casement in Berlin war, um Deutschlands Unterstützung für einen irischen Auftrag zu erbitten.

Giles Railton legte die dechiffrierte Nachricht in seinen abschließbaren Schreibtisch, als Charles Madeline Drew in sein Büro führte.

Giles, üblicherweise so kühl und zynisch, wurde plötzlich zuvorkommend, fast herzlich, als er mit dem Mädchen allein war, nachdem er Charles fortgeschickt hatte. Giles hatte immer gefunden, daß es sich auszahlt, liebenswürdig zu sein, bevor er jemand verhörte. Jeder Großinquisitor hätte bei ihm noch in die Lehre gehen können.

Sechs Stunden vergingen, bevor Charles gerufen wurde, um Madeline abzuholen. Das Mädchen war kreideweiß und zitterte am ganzen Körper. «Der Mann ist grausam, ein schrecklicher Mensch», schluchzte sie.

Giles sah aus wie ein Eisberg. Und sehr zu Charles' Beunruhigung vermied er während der Weihnachtsferien, mit ihm zu reden, während Madeline ihm keinerlei Anhaltspunkte gab, was während des Verhörs verhandelt worden war.

Weihnachten 1914 lagen die alliierten Heere den Armeen der Mittelmächte frierend und elend in Schützengräben gegenüber, die sich, südlich von Ostende angefangen, durch die Picardie und Champagne bis nach Lothringen zogen.

In Europa regnete es, in Haversage und Redhill fiel Schnee.

Die ganze Railton-Familie, mit Ausnahme von Bridget und Malcolm und natürlich den Grenots, hatte sich zum Weihnachtsfest im Herrenhaus zusammengefunden. Zu Saras Mißvergnügen etablierte sich Giles im Arbeitszimmer des Generals und verbrachte dort fast die ganze Zeit seines Aufenthalts.

Die Kinder und einige der Erwachsenen vergnügten sich im Schnee, bauten Schneemänner und fuhren auf alten Schlitten die Abhänge hinunter.

Caspar sah erstaunlich heiter aus. Er kam in einem Rollstuhl in Begleitung einer schönen, gertenschlanken Krankenschwester namens Phoebe, die ihn bemutterte. Er bestand darauf, mindestens zwei Stunden am Tag sein Holzbein auszuprobieren. Sein Mut und seine Entschlossenheit nötigten allen Bewunderung ab.

Erst am letzten Tag dieses trübseligen Weihnachtsfestes wurde der Familie klar, daß Phoebe die Tochter von Lord Mercer und Erbin des berühmten Baumwoll-Millionärs war. Es entging ihnen auch, daß sie Mary Anne auf die Zehen getreten war.

Mary Anne war in Uniform erschienen. Sie sollte im Januar zusammen mit einigen anglikanischen Schwestern nach Frankreich geschickt werden.

Heiligabend verbrachte sie einige Zeit mit ihrem Vetter Caspar.

«Bist du sicher, du stehst das durch, Mary Anne?»

«Ich habe alle meine Examen glänzend bestanden und lange auf verschiedenen Stationen gearbeitet.»

Caspar lächelte, aber nicht herablassend. «Mary Anne, ich hoffe nur, das ist Vorbereitung genug. Selbst erfahrene Berufssoldaten sind schockiert von der Barbarei der modernen Waffen. Ich hoffe nur, du bist robust genug.»

«Ich war robust genug, als wir früher Krieg spielten.»

«Dies ist kein Krieg spielen», fuhr Caspar sie scharf an. Dann

lächelte er wieder. «Ja, du warst ein Wildfang. Onkel Charles hat dich wie einen Jungen behandelt, nicht wahr?»

Sie nickte. «Ja, er hätte es lieber gehabt, wenn ich ein Junge gewesen wäre. Nun, sein Herzenswunsch hat sich erfüllt. Er hat ja jetzt den kleinen William Arthur, nur daß er neuerdings nur noch selten zu Hause ist, so daß er wenig von seinem Söhnchen hat. Aber eins kann ich dir versichern, Caspar, so viel Prügel wie ich bekommen habe, wird Klein William Arthur nicht kriegen.»

Caspar bewegte sich in seinem Stuhl, und sein Gesicht verzog sich vor Schmerzen.

«Ist alles in Ordnung, Caspar?»

«Natürlich nicht, Mary Anne.» Sie hatten sich seit ihrer Kindheit immer nahegestanden, aber jetzt sah Mary Anne zum ersten Mal Tränen in Caspars Augen. «Entschuldige, Mary, aber wie würdest du dich fühlen mit nur einem Arm und einem Bein? Wenn es ganz schlimm wird, pumpt Phoebe mich mit Morphium voll; die Ärzte sagen, mit der Zeit verschwinden die Schmerzen. Aber es sind nicht die Schmerzen, die mich quälen, sondern die mitleidigen Blicke der anderen. Ich brauche ihr Mitleid nicht. Ich will arbeiten ...»

In diesem Moment betrat Phoebe das Zimmer. «Sie dürfen ihn nicht ermüden», sagte Phoebe in dem leicht überheblichen Tonfall der erfahrenen Krankenschwester.

Mary Anne lachte. «Selbst in seinem jetzigen Zustand, liebe Phoebe, kann *ich* ihn nicht ermüden.»

Caspar amüsierte sich im stillen über diesen Wortwechsel.

Am Weihnachtstag, als die Geschenke verteilt wurden, war Giles freundlich und gut gelaunt, aber Charles bemerkte, daß sein Onkel ihn nicht ein einziges Mal ansah. Während der restlichen Festtage – mit Ausnahme des Weihnachtsessens – vergrub sich Giles ins Arbeitszimmer des Generals. Er sah nur drei Familienmitglieder allein: James, Caspar und Roy.

James zitierte er am zweiten Weihnachtstag zu sich. Als sie sich gegenübersaßen, fragte Giles seinen Neffen, wie ihm Oxford gefiele. Er hatte für James einen kurzen Aufenthalt in der Universitätsstadt arrangiert, um sich dort mit dem Berliner Dialekt und anhand von Stadtplänen und Fotografien mit der Stadt vertraut zu machen, die er nur einmal in seinem Leben besucht hatte.

«Oxford gefällt mir gut, Onkel, obwohl der alte Professor Bucholz und Dr. Meyer strenge Zuchtmeister sind. Und Margaret ist natürlich traurig, daß sie mich nur am Wochenende sieht.»

«Es wäre unklug, wenn sie in Oxford wohnen würde.»
«Das versteht sie natürlich. Trotzdem ist sie traurig.»
Giles schenkte ihm eins seiner seltenen Lächeln, und James erkundigte sich nach C. «Er wird im neuen Jahr seine Arbeit wieder aufnehmen.» Giles klang etwas unzufrieden, als entzöge man ihm einen kleinen Teil seiner Macht. «Er ist hart im Nehmen. Ich sah ihn letzte Woche. Er erinnert mich an ein altes Schlachtroß, das auf den Boden stampft vor Ungeduld, sich wieder ins Kampfgetümmel zu stürzen.»
«Bekomme ich meine endgültigen Anweisungen von C?»
«Offiziell ja, aber ich werde dabeisein.»
«Wieviel Zeit bleibt mir noch?»
Giles sah ihn nicht an. «Wenig. Das Abfahrtsdatum hängt von den Berichten aus Oxford ab. Wir wollen dich erst nach Berlin schicken, wenn wir sicher sind, daß du dort nicht auffällst.»
James grunzte. Er war innerlich bereits voller Ungeduld. «Wie komme ich nach Deutschland rein?»
«Auf die gleiche Art wie nach Friedrichshafen. Nur daß du sofort die Identität wechselst und direkt nach Berlin fährst. Deine neue Identität ist der wichtigste Faktor. Du mußt schon jetzt versuchen, wie ein Deutscher zu denken. Wenn du erst mal dort bist, hast du keine Zeit mehr, dich anzupassen.»
Die Frauen saßen im großen Salon. Als James hereinkam, sagte Sara ihm, Margaret hätte sich in ihr Schlafzimmer zurückgezogen.
«Und wir alle wissen, was das bedeutet», murmelte sie und sah Porter nach, der davonschlurfte, um Caspar zu holen. Vor dieser Unterbrechung hatten die Frauen mit Charlotte gesprochen und versucht, ihr zu helfen. Ihren Kummer zu verstehen war nicht schwierig. Sie alle hatten den Mut von Caspar bewundert und den trostlosen Zustand von Rupert gesehen. Er hatte während der ganzen Ferien mit primitiven Spielsachen gespielt und in der Kirche einen Wutanfall bekommen, der so schlimm gewesen war, daß Miss Briggs, die Kinderschwester, ihn hinausführen mußte.
«Ich habe mich mit meinem Schicksal abgefunden», sagte Charlotte. «Ich kann mit Caspars Verstümmelung leben, weil er damit leben kann. Und Rupert lebt in einer anderen Welt. Nein, meine große Sorge gilt Andrew. Er hat sich völlig verändert.» Und in der Tat, Andrew, dieses fast zu perfekte Beispiel eines Marineoffiziers war nicht mehr wiederzuerkennen. Sara hatte zu ihrer großen Beunruhigung festgestellt, daß er weit über das übliche Maß trank.

Charlotte hatte berichtet, daß er viel zu tun hätte in der Admiralität. «Obwohl Gott allein weiß, ob er seine Arbeit ordentlich macht! Er ist jeden Abend, wenn er nach Hause kommt, halb betrunken.» Dann fragte sie, ob einer der anderen männlichen Familienmitglieder die Rede ihres Schwiegervaters nach dem Weihnachtsessen erwähnt hätte, als die Damen sich schon zurückgezogen hatten. Alle schüttelten den Kopf. «Nun, ich weiß, daß Andrew bereits recht betrunken war, aber er fand, selbst für den engsten Familienkreis sei sein Vater reichlich indiskret gewesen.»

Dann wiederholte sie, was Andrew ihr erzählt hatte.

Nach dem Abendessen hatte Giles sich am Kopfende des Tisches erhoben, Andrew, Charles, James, Roy und Caspar angeblickt und einen Toast ausgebracht. «In unserer Familie gibt es einige Geheimnisse», hatte er begonnen. «Dennoch wissen wir mehr oder weniger über unsere verschiedenen Aufgaben Bescheid. Ich bezweifle, daß es noch eine andere Familie in diesem Land gibt, deren Söhne mit so vielen Schattengestalten arbeiten und die so viele Geheimnisse in ihrem Inneren bewahren. Wir alle sind Mitglieder einer einzigartigen und sehr seltsamen Gesellschaft. Wir leben in einer Welt der Geheimhaltung. Wir sind stolz darauf und hören nicht auf die politischen oder militärischen Auguren, die sagen, unsere Art von Arbeit sei herabwürdigend und verächtlich. Auch sie werden unseren besonderen Beitrag zum Kriegsgeschehen eines Tages verstehen und schätzen lernen. Unsere Arbeit ist ehrenhaft und dient unserem Vaterland. Wir sind eine neue Generation. Eine der Verschwiegenheit verpflichtete Generation. Trinken wir also auf die verschwiegene Generation!»

Caspar war das einzige Familienmitglied, das mit dieser geheimen Tätigkeit nichts zu tun hatte. Aber nun, am zweiten Weihnachtsfeiertag, wurde er von Phoebe in des Generals Arbeitszimmer gebracht.

«Du wolltest mich sehen, Großvater.»

Giles blickte auf, musterte kurz den jungen Offizier in seinem Rollstuhl und dann Phoebe. Sie lächelte und zog sich auf seinen wortlosen Befehl hin zurück.

«Ja, ich wollte dich sehen. Hast du nachgedacht über die Sache, über die wir im Krankenhaus gesprochen haben?»

«Du meinst diesen Geheimkram?»

«Ja, den meine ich.»

«Ich will Deutsche töten. Mein ist die Rache.»

«Auf dem Schlachtfeld wirst du es nicht mehr können, aber warum nicht aus der Ferne?»

«Was kann *ich* schon tun?»

«Eine Menge.» Giles lehnte sich vor, als wolle er den jungen Mann ins Vertrauen ziehen. «Der Chef des Geheimdienstes hat auch ein Bein verloren. Du wirst dich gut mit ihm verstehen. Und er braucht einen klugen Kopf mit militärischer Erfahrung. Ich wollte dich als seinen Adjutanten vorschlagen.»

«Und was hätte ich als solcher zu tun?»

Giles schwieg eine Weile, dann senkte er die Stimme – ein alter Schauspielertrick –, um Aufmerksamkeit zu erregen und den geheimen Charakter des Gesprächs zu unterstreichen. Giles war ein schlauer, alter Schauspieler. «Was ich sage, muß in diesen vier Wänden bleiben.»

«Natürlich.»

Giles erklärte ihm, daß sich seiner Meinung nach die Militärs und die Politiker in der augenblicklichen Sackgasse bald in die Haare kriegen würden. «Zwei verschiedene Denkweisen werden aufeinanderprallen. Die einen werden für einen Zermürbungskrieg plädieren, Schützengraben gegen Schützengraben. Die größte Belagerung, die Europa je gesehen hat. Die anderen werden die Schützengräben umgehen wollen – eine Art von Durchbruch von hinten und keinen Frontalangriff. Einen Durchbruch, der die Frontlinie *umgeht.*»

«Und?»

«Beide Parteien werden lange brauchen, bis sie den wesentlichen Punkt dieses Krieges verstehen. Zum Schluß wird alles nur noch vom Nachschub abhängen.»

Er erklärte Caspar das Spionagenetzwerk, das er hinter den feindlichen Linien aufgebaut hatte, um alle feindlichen Truppenbewegungen auszukundschaften. «Du wärst eine große Hilfe für uns, wenn du alle diese Berichte vergleichen könntest. Das wäre doch ein Anfang, nicht wahr? Aber natürlich mußt du dich erst mal erholen.»

Eine lange Pause folgte, die nur vom Knacken des Holzfeuers unterbrochen wurde. «Großvater, wenn ich halbwegs wiederhergestellt bin, will ich es probeweise versuchen. Es klingt interessant, aber ich muß Resultate sehen, bevor ich zufrieden bin.»

Ein winziges Stück Eis schmolz in Giles Railtons Seele.

Wie Sara zu Dick Farthing einmal bemerkt hatte, war Roy Railton der bei weitem brillanteste der Familie. Aber er war sehr geschickt im Verbergen dieser Tatsache, weshalb man ihn oft für schüchtern hielt.

Im übrigen besaß er die seltene Gabe der völligen Unauffälligkeit. Er war ein junger Mann, der lieber zuhörte und beobachtete, statt sich in Gespräche einzumischen, und diese Schweigsamkeit wirkte wie eine Art Tarnkappe.

Als Porter ihn am späten Nachmittag des zweiten Weihnachtstags aufstöberte, war er im Geist weit von seiner Familie entfernt; seine ganze Aufmerksamkeit war von Gibbons «Aufstieg und Fall des Römischen Reichs» in Anspruch genommen. Trotzdem hätte er ohne weiteres sagen können, wo sich jedes einzelne Familienmitglied im Moment aufhielt. Er war daher nicht erstaunt über die Aufforderung, sich zu seinem Großvater ins Arbeitszimmer des Generals zu begeben.

«Bevor wir uns wieder im Büro treffen», begann Giles, «möchte ich ein kurzes Privatgespräch mit dir führen.»

Roy wartete.

«Rußland», sagte Giles langsam. «Was hältst du von Rußland, Roy?»

Der junge Mann verlor nie viele Worte. «Aufruhr, Schwierigkeiten, drohendes Chaos. Der größte, interne Machtkampf in Europa seit Attila. Die Revolutionäre haben eine Niederlage einstecken müssen, aber sie werden es dabei nicht belassen. Und das nächste Mal werden sie siegen.»

«Ja.»

Roy zuckte entschuldigend die Achseln. «Was kann ich mehr sagen, Großvater? Unsere eigenen Politiker erkennen die Gefahr nicht.»

Er stockte, als wollte er eine Prophezeiung aussprechen, für die er eines Tages zur Rechenschaft gezogen werden könnte. «Der Zar will St. Petersburg verlassen.» Er benutzte aus Gewohnheit noch die alte Bezeichnung, obwohl die Stadt in Petrograd umbenannt worden war. «Es ist allgemein bekannt, daß er selbst das Oberkommando übernehmen will. Und wenn er die Stadt erst einmal verlassen hat… nun, ich glaube, dann wird der Aufstand bald losbrechen.»

Giles nickte zustimmend. «Eine gute Zusammenfassung der Lage. Doch niemand wird uns glauben. Daher müssen zumindest

wir vorbereitet sein. Ich persönlich fürchte, daß die große Revolution nicht nur Rußland in den Abgrund stürzen wird, sondern ganz Europa. Es wird viel zu tun geben, wenn wir wieder nach London zurückkehren, aber ab Ende Januar wirst du nur noch zweimal wöchentlich ins Büro kommen.»

Roy hob fragend die Augenbrauen.

«Keine Angst, du wirst nicht untätig sein. Du wirst an den anderen Tagen Russisch lernen und dich mit russischer Folklore, Kunst, Kultur und Geschichte vertraut machen – ganz zu schweigen von der Art und Weise, wie man in diesem Land herumkommt.»

«Soll ich nach Rußland fahren?»

«Wenn die Zeit reif ist, vermutlich ja. Jedenfalls verlier diese Möglichkeit nicht aus dem Auge. Ich will, daß du wie ein Moskowiter sprichst, die Sitten und das Protokoll wie ein Diplomat kennst und die Folklore wie ein Bauer.»

«Ich verstehe.»

Sein Großvater zweifelte keine Minute daran, daß Roy ihn sehr gut verstanden hatte.

Als Giles wieder allein war, wandten seine Gedanken sich erneut den Problemen zu, die ihn während der ganzen Weihnachtswoche gequält hatten. Er rief sich noch einmal jedes Wort ins Gedächtnis zurück, das er unter härtestem Druck Madeline Drew entrungen hatte.

Giles, der die übelsten Verhörtricks kannte, hatte nicht erwartet, daß die junge Frau ihm viel Neues über den deutschen militärischen Geheimdienst erzählen könnte. Diese Aufgabe hatte Charles schon bestens gelöst. Aber es gab andere Möglichkeiten, bei denen Madeline Drew von Nutzen sein könnte. Giles' verschlagener Verstand spielte mit dem Gedanken, einen deutschen Geheimdienstler bloßzustellen. Er suchte nach einer schwachen Stelle in Walter Nicolais Organisation.

Madeline, die von den besten Geheimdienstlern in Berlin ausgebildet worden war, mußte viel über deren Privatleben wissen. Wer hatte eine Geliebte? Wußten die Ehefrauen davon? Wer hatte abwegige sexuelle Neigungen? Wer fühlte sich zu Jungen oder Männern hingezogen? Wer hatte seltsame Angewohnheiten? Wer machte Schulden? Wer hütete ein Geheimnis, das nicht an die Öffentlichkeit dringen durfte?

Dies waren Dinge, die er erfahren wollte, um sie an James weiterzugeben, bevor er nach Berlin fuhr, um nach Marie zu suchen. Wenn jemand solche Dinge wußte, dann eine Frau wie Madeline Drew, vermutete Giles.

Das Verhör, das Madeline als weinendes Wrack zurückgelassen und sechs Stunden gedauert hatte, begann harmlos, steigerte sich aber allmählich zu einer grauenvollen Tortur voller Drohungen und Beschimpfungen.

Innerhalb von zwei Stunden hatte Giles herausgefunden, daß diese goldblonde, unschuldig aussehende junge Frau, die ihn anfangs so treuherzig angeblickt hatte, mit vielen der hochrangigen Geheimdienstler in Berlin sexuelle Beziehungen gehabt hatte. Nachdem er dies festgestellt hatte, brach er langsam ihren Widerstand und lockte jedes Geheimnis ihres privaten Lebens aus ihr heraus.

Aber erst während der letzten Stunde ließ Madeline durchblikken, daß sie auch ein Verhältnis mit Charles habe.

Giles verbrachte den größten Teil seiner Weihnachtsferien damit, sich zu einem Entschluß durchzuringen, wie er die allgemeinen Informationen über Berlin am besten auswerten könne und was er hinsichtlich der verhängnisvollen Affäre von Charles und Madeline unternehmen solle.

An diesem Abend, am Ende des Essens, kam Porter hereingeschlurft, um zu sagen, daß ein Herr dringend Charles zu sehen wünsche.

Es war Brian Wood. Er entschuldigte sich wegen der Störung, sagte aber, es sei dringend. Mr. Kell hätte darauf bestanden, daß Charles sofort mit ihm nach London käme.

«Was zum Teufel ist los?» fragte Charles.

«Die ‹Möwe›, Sir. Sie droht auszusteigen, wenn sie Sie nicht innerhalb der nächsten vierundzwanzig Stunden sieht. Irgend etwas Entscheidendes ist passiert, und sie will mit niemand außer Ihnen reden.»

Charles fuhr sogleich nach London, sprach kurz mit Madeline und meldete sich dann bei Vernon Kell.

«Sie ist zurückbeordert worden», berichtete er dem Direktor des MO5. «Wir haben höchstens zehn Tage, um sie von ‹Adler› loszueisen, oder wir müssen sie gehen lassen.»

Kell schwieg volle fünf Minuten lang. Dann sagte er: «Sie kommen besser mit mir, ihr Onkel führt die Geschäfte, bis C

zurück ist. Wir brauchen den Ratschlag seiner Dienststelle. Vielleicht kann man das Mädchen irgendwie innerhalb Deutschlands im Auge behalten.»

Sie machten sich mit gemischten Gefühlen auf den Weg zu einer, wie Charles fürchtete, langen und unangenehmen Unterredung mit Giles Railton.

Der Mann, den sie als G und «Adler» kannten, hatte sich am Heiligabend mit Madeline Drew getroffen und ihr die Nachricht übermittelt, daß Berlin ihre Rückkehr wünsche. Ein U-Boot würde sie innerhalb der nächsten zwei Wochen abholen.

Wie gefährlich es auch immer sein mochte, denn es war gut möglich, daß das Mädchen sie an die Deutschen verriet, Giles' Entschluß stand fest: Madeline Drew mußte England verlassen.

Und so fuhr sie am 5. Januar 1915 von Coventry nach Holyhead und nahm dort die Fähre nach Kingstown in Irland. In Kingstown bestieg sie den Zug nach Galway.

In den Morgenstunden des 8. Januar holte sie in einer einsamen Bucht, sieben Kilometer von Galway entfernt, ein kleines Boot ab, das sie zwei Kilometer weit hinausruderte, um auf das U-Boot zu warten. Am 24. Januar traf Hanna Haas – wie sie jetzt wieder hieß – in Berlin ein. Ihre Gefühle waren in Aufruhr, sie war verängstigt und verwirrt, denn nach dem kurzen Gespräch mit Charles am zweiten Weihnachtstag hatte man ihr nicht mehr erlaubt, ihn allein wiederzusehen.

Einige Wochen später kam, ohne daß sie es wußte, Charles' Neffe James Railton in der deutschen Hauptstadt an. «Herr Franke» war heimgekehrt und trug als letzte Erinnerung an England zwei Bilder im Gedächtnis: die Abschiedsszene seiner Kusine Mary Anne, die nach Frankreich gefahren war, um dort Verwundete zu pflegen, und den Anblick Caspars im Rollstuhl an einem Schreibtisch in C's Vorzimmer.

17

Sara schien mit einer unbegrenzten Energie gesegnet zu sein. Während der zweiten Woche im Januar – der Winter in diesem Jahr war bitter kalt – kamen Mildred und Charlotte wie verabredet nach Redhill.

Während der Weihnachtsferien hatten sie ausgiebig erörtert, wie der Besitz am besten zu führen sei. Sara hatte eine Liste von kräftigen jungen Frauen und älteren Männern aus der Umgebung aufgestellt, die etwas von Landwirtschaft verstanden und gern Geld verdienen wollten. Die Railton-Frauen mußten alle bestimmte Aufgaben übernehmen. Charlotte, Mildred und Margaret hatten mit ihren Ehemännern gesprochen, die alle Saras Plan bewunderten. Sogar Denise war einbezogen worden, die Giles davon berichtete. Anfangs hatte Giles sich gefragt, ob nicht irgendeine Intrige dahinterstecke, sich dann aber gesagt, Intrige hin oder her, Saras Idee, die ganze Familie einzuspannen, war zweifellos nicht dumm.

Die Frauen hatten zugestimmt, daß jede im Turnus eine Woche im Herrenhaus verbringen würde, und sie wollten auch Rachel Berry dazu überreden, sich ihnen anzuschließen. «Sie ist schwierig», hatte Sara erklärt, «aber wenn wir sie geschickt behandeln und sie glauben lassen, die ganze Organisation liege bei ihr, kann sie uns von größtem Nutzen sein. Wir brauchen jemand, der mit den Mädchen und alten Männern auf gleicher Ebene reden kann. Sie wird die Peitsche in unserer Hand sein.»

Als Porter an die Tür des Arbeitszimmers klopfte, dachte Sara, er wolle Rachel anmelden.

Aber Porter verkündete mürrisch: «Miss Mary Anne.» Porter hielt nichts von Frauen, die sich um Geschäfte kümmerten.

«Was ist mit ihr?»

«Sie ist hier.»

Mary Anne stand im Türrahmen. «Nur eine Stippvisite. Ich habe vierundzwanzig Stunden Urlaub, und man hat mir gesagt, Mammi sei hier. Ich fahre morgen nachmittag nach Frankreich.»

Mildred stand auf, umarmte ihre Tochter und überschüttete sie mit Fragen. Bekam sie genug zu essen? Genug Schlaf? Wie behandelte man sie? Zum Schluß mußte Mary Anne sie sanft beiseite schieben.

«Mammi, mir geht es gut. Ich wollte nur nicht fahren, ohne auf Wiedersehen zu sagen.»

«Du siehst übermüdet aus. Mußt du denn unbedingt...»

«Nach Frankreich?» Mary Anne lächelte. «Ja, ich muß Befehlen gehorchen wie jeder Soldat.»

Sie setzten sich, und Sara klingelte nach dem Tee. «Wir werden dich ordentlich füttern beim Abendessen, aber erst mal entspann dich, ruh dich aus und bleib bei deiner Mutter.»

Mary Anne warf ihr einen dankbaren Blick zu, der ausdrückte, daß Sara sie weit besser verstand als ihre eigene Mutter.

Rachel Berry kam kurz danach, und die Besprechung nahm ihren Fortgang. Mary Anne ging nach oben, um sich auszuruhen. Aber später gesellte sie sich wieder zu den anderen und erzählte, sie hätte gerade zwölf Stunden Dienst hinter sich.

«Aber das ist ja Wahnsinn», sagte Charlotte.

«Krieg *ist* Wahnsinn.» Mary Anne war nicht mehr das liebenswürdige – wenn auch hartnäckige – wohlerzogene junge Mädchen. «Nur die Männer auf den Schlachtfeldern und die Frauen, die sich um die Verwundeten und Sterbenden kümmern, wissen, was für ein Wahnsinn der Krieg ist.» Und dann sprach sie voller Mitgefühl und Verzweiflung von den grauenvollen Wunden und Verstümmelungen, die sie bereits in England im Lazarett gesehen hatte.

Nach Mary Annes Ausbruch folgte ein bedrücktes Schweigen, und alle, besonders aber Charlotte, dachten über Caspar und seine Tapferkeit nach.

Caspar wußte, daß sie einen Agenten oder eine Agentin in Berlin hatten mit dem Decknamen «Peewit». Aber er ahnte nicht, daß «Peewit» sein Vetter James war. Er wußte ebenfalls, daß sich ein anderer Agent vermutlich in Berlin aufhielt, dessen Code «Möwe» lautete. Man erwartete täglich, daß «Möwe» sich mit einem der Leute, die im Britischen Büro in der Schweiz arbeiteten, in Verbindung setzen würde. Dieser Vertrauensmann war als «Ruby» bekannt. Auch «Peewits» Verbindungsmann «Pearl» lebte in der Schweiz. C fragte jeden Tag, ob von «Ruby» oder «Pearl» irgendwelche Nachrichten eingetroffen seien. Aber beide meldeten sich

nicht. Caspar beunruhigte das nicht weiter, er hatte anderes im Kopf. Besondere Sorgen bereiteten ihm die Informationen, die von den Beobachtern der Militärzüge kamen.

«Die Zahlen sprechen für sich, Sir.» Er hatte sich im Rollstuhl in C's Büro begeben. Auch C benutzte einen Rollstuhl, beide Männer übten sich im Gebrauch ihrer Holzbeine nur in ihrer Freizeit. «Selbst wenn unsere Leute übertreiben, verfrachten die Deutschen siebzig Prozent mehr Truppen und Munition an die Front als wir.»

C nickte, dringende Berichte waren an das Chefbüro für die Imperiale Defensive und die Regierung gegangen. Es wurde viel darüber geredet, die Waffenproduktion zu erhöhen, aber geschehen war bislang nur wenig.

«Unsere Truppen werden aufgerieben, wenn sie nicht mehr Munition erhalten», sagte Caspar erregt. «Und wenn die Front zusammenbricht, dann wird der Feind mit den Kanalhäfen leichtes Spiel haben.»

«Genau das habe ich in meinem Bericht geschrieben.» C's Tonfall war wütend. «Diese verdammten Narren sind so damit beschäftigt, durch eine Hintertür den Feind einzukreisen, durch die Türkei und so weiter, daß sie nicht sehen, wie schnell der Krieg verloren gehen kann.»

Ins Vorzimmer zurückgekehrt, blätterte Caspar in der eingegangenen Post. Er nahm ein Blatt aus dem Haufen. Es war eine Nachricht aus der Schweiz. «Peewit» hatte sich mit «Pearl» in Verbindung gesetzt. Ein ausführlicher Bericht würde folgen.

Gustav Franke stieg am Charlottenburger Bahnhof aus dem Zug, bahnte sich seinen Weg durch die Menge und ließ sich vom diensthabenden Polizisten eine Metallmarke geben. Die Nummer auf der Metallmarke war die des ihm zugeteilten Taxis.

Er fuhr ins Hotel Minerva Unter den Linden. Herr Franke kehrte nach jahrelanger Abwesenheit nach Berlin zurück. Auf seinem Gesicht zeichneten sich alle sentimentalen Gefühle eines Mannes ab, der in seine Geburtsstadt zurückkommt. Zuweilen lächelte er glücklich, wenn er Wahrzeichen aus seiner Kindheit wiedererkannte.

Die letzten zehn Jahre hatte Herr Franke in der Schweiz verbracht, seine Familie war aus Gesundheitsgründen dorthin gezogen. Seine Mutter war zwei Jahre nach dem Umzug gestorben, sein Vater im vorangegangenen Jahr. Und nun befand sich Deutschland

im Krieg, und es gab keinen Grund mehr, warum Herr Franke nicht in sein Vaterland zurückkehren sollte. Zwar hinderte ihn sein bei einem Skiunfall schwerverletztes Bein, aktiven Militärdienst zu leisten, aber seine theoretischen Kenntnisse der Fliegerei könnten von Nutzen sein.

Seine Papiere zeigten, daß er keine materiellen Sorgen hatte. Er trug einen Kreditbrief in Höhe von mehreren tausend Mark bei sich – der Hauptteil des Nachlasses seines Vaters. Er besaß keine Verwandten mehr in der Stadt, deshalb würde er ein paar Tage im Hotel Minerva wohnen, bis er eine geeignete Wohnung gefunden hätte. Danach würde er sich bei den Behörden melden und fragen, auf welche Art er seinem Vaterland am besten dienen könne.

Sogar an diesem feuchten, kalten und dunstigen Abend hüpfte beim Anblick der Linden Gustav Frankes Herz vor Freude. Die hohen Gebäude und die Läden waren genauso, wie er sie in Erinnerung hatte. Und nun stiegen noch andere, halbvergessene Bilder aus seinem Gedächtnis auf: Tante Irmas Haus in der Nähe des Tiergartens, die eleganten Damen und Herren, die auf der Siegesallee flanierten, das große Marmordenkmal von Friedrich Wilhelm III., zu dem er sonntags mit Großvater Franke von ihrem Haus in Wilmersdorf immer gepilgert war.

Vor seinem geistigen Auge sah er ganz deutlich das Haus mit den schweren Mahagonimöbeln und den roten Samtvorhängen vor sich. Ihm fielen wieder seine Zinnsoldaten ein, Grenadiere in schmucken roten Jacken, angeführt von einem Offizier auf einem Rappen.

James Railton hatte tatsächlich den Eindruck, als seien diese Dinge Teil seiner Kindheit. Die Professoren in Oxford hatten gute Arbeit geleistet.

Er empfand keine Angst, sich mitten im Feindesland zu bewegen. «*Seien* Sie Gustav Franke», hatten die Professoren ihm eingebleut. «Seien Sie ein Deutscher mit einer Vergangenheit, einer Gegenwart und einer Zukunft. Schlüpfen Sie in seine Haut. Tun Sie, was er tun würde. Betrachten Sie Ihren Auftrag als Sinnestäuschung.»

Das Minerva war ein gut geführtes, erstklassiges Hotel. Selbst zu dieser frühen Morgenstunde, er war um sieben Uhr früh angekommen, waren schon mehrere Gäste in der Halle. Viele trugen Uniform. Nur gelegentlich schlich sich die Wirklichkeit in seine Gedanken ein: ein blitzartiges Aufleuchten von Margarets Gesicht, ein Geräusch auf der Straße, das ihn an London erinnerte.

Er nahm ein Bad, rasierte sich und zog sich um. Man hatte ihm

drei Adressen mitgegeben, zwei von Leuten, die zwar keine aktiven Agenten waren, aber von denen man wußte, daß sie England Sympathien entgegenbrachten. Und als dritte das Haus in der Courbierrestraße 8, wo der deutsche Geheimdienst den größten Teil seiner Arbeit erledigte. James hatte aber noch einen anderen Namen bei sich, den von Major Joseph Sterkel, dem kritischen Offizier, mit dem er sich kurz in Friedrichshafen unterhalten hatte.

Um zehn Uhr, nachdem er sich aufgefrischt und gefrühstückt hatte, nahm James ein Taxi in die Elisabethstraße, um Sterkel aufzusuchen. Der Herr Major sei nicht zu Hause, wurde ihm gesagt. Er sei bereits ins Büro gefahren, es läge am Alexanderplatz gleich neben dem Hauptpostamt.

Es war fast elf Uhr, bis James herausfand, daß Major Sterkel der stellvertretende Leiter der militärischen Zensurstelle war. Eine halbe Stunde später betrat er Sterkels Büro.

Ein säuerlicher Beamter fragte ihn, aus welchem Grund er den Major zu sehen wünsche.

«Ich habe seine Visitenkarte.» James zog die gravierte Karte hervor. «Er hat mich aufgefordert, ihn zu besuchen, wenn ich in Berlin bin. Sagen Sie ihm, ich sei der Schweizer, den er in Friedrichshafen getroffen hätte.» Drei Minuten später saß er Sterkel an dessen Schreibtisch gegenüber.

«Ah, Herr... Herr Graber, nicht wahr?»

«Franke.» James sah ihm voll ins Gesicht und bemerkte, wie der andere seine rechte Augenbraue hob.

«Ach, mein Gedächtnis läßt nach. Ich dachte, Sie hießen Graber und seien Schweizer.»

«Nein, Deutscher.» James beschloß, alles auf eine Karte zu setzen. «Ich bin hier in Berlin geboren, habe aber jahrelang in der Schweiz gelebt, meine Familie ist dort hingezogen, weil –»

«Und was kann ich für Sie tun, Herr Franke?»

James wandte den Blick nicht von dem Offizier. «Ich bin nach Deutschland zurückgekehrt, um meinem Vaterland zu dienen. Ich dachte...»

Joseph Sterkel schob den Stuhl nach hinten. «Kommen Sie, Herr Franke. Ich mache immer eine Stunde Mittagspause. Kennen Sie Habel Unter den Linden? Ein vorzügliches Restaurant.»

Habel hatte eine reichhaltige Speisekarte, es war ein international bekanntes Lokal und besonders mittags immer rammelvoll.

Ein unterwürfig dienernder Kellner führte sie an den Tischreihen vorbei an einen Eckplatz am äußersten Ende des Raums.

Der Major war offensichtlich ein häufiger Gast bei Habel. Der Kellner redete ihn mit Namen und Dienstrang an. Sie fingen mit einer Leberknödelsuppe an und aßen anschließend Königsberger Klopse. Aber erst als der Oberkellner mit den Berliner Pfannkuchen kam, begann Sterkel eine ernsthafte Unterhaltung.

«Nun, Herr Franke, was wünschen Sie von mir?»

James senkte die Stimme. «In Friedrichshafen hatte ich den Eindruck, daß Sie von diesem Krieg nicht viel halten.»

«Das war zu einem Schweizer Geschäftsmann gesagt.»

«Tun Sie so, als sprächen Sie mit einem Schweizer Geschäftsmann.» James bekam plötzlich Angst, als erkenne er erst jetzt, welches Risiko er eingegangen war. Ein paar Worte mit einem Mann, der gerade von der Front zurückkehrte, waren als Vertrauensbasis nicht genug.

«Und selbst wenn ich es täte, was würde Ihnen das helfen? Die Ärzte haben mich fürs Militär für untauglich erklärt, und so überfliege ich Briefe von Frontsoldaten, um mich zu vergewissern, daß sie keine Indiskretionen begehen.» Er lächelte entschuldigend. «Sie mögen der Wahrheit jedoch nahekommen, wenn sie schreiben, der Krieg sei die reinste Hölle.»

«Es gibt zwei Dinge.» James blieb jetzt nichts anderes übrig, als mit offenen Karten zu spielen. «Erstens möchte ich wirklich etwas fürs Vaterland tun, sonst halten die Leute mich für einen Feigling, einen Drückeberger.»

«Und zweitens?»

«Ich suche nach einer Engländerin.»

«Ach, mein lieber Mann, das tun wir alle. Obwohl eine Französin auch mal eine ganz nette Abwechslung wäre.»

James ging auf die Bemerkung ein. «Man könnte sie fast als Französin bezeichnen. Ihr verheirateter Name war oder ist Marie Grenot.»

«Und sie ist in Berlin?»

«Ich weiß nicht. Sie verließ Paris einen Tag vor der Kriegserklärung mit einem deutschen Offizier namens Klaus von Hirsch.»

«Dann könnte sie jetzt Frau von Hirsch sein oder Gräfin Hirsch. Ich nehme an, Sie sprechen von dem Sohn des alten Grafen Hirsch? Derjenige, der so lange an der deutschen Botschaft in Paris war?»

James nickte.

«Und Sie wollen Ihrem Vaterland dadurch dienen, daß Sie diese Dame finden?»

«Sie ist Engländerin. Eine entfernte Verwandte.»

Sterkel lächelte erheitert. «So wie unsere Kaiserin und die englische Königin Mary?»

«Ja.»

«Es gibt eine Anzahl englischer, französischer sogar belgischer Damen, die mit deutschen Offizieren verheiratet sind. Es gibt sogar einige, die nicht verheiratet sind, aber in großem Stil leben. Ich werde sehen, was ich für Sie in dieser Richtung tun kann. Gleichzeitig werde ich mich erkundigen, ob jemand Sie gebrauchen kann.» James hatte ihm von seinen aeronautischen Kenntnissen erzählt. «Wo kann ich Sie erreichen?»

James sagte, es sei besser, er würde sich wieder mit dem Major in Verbindung setzen.

«Ach ja? Ich habe eine Büro- und eine Privatnummer. Aber ich halte es für besser, wenn Sie sich irgendeinen Phantasienamen zulegen. Sagen wir Baron Hellinger. Wenn ich Neuigkeiten habe, werde ich es Ihnen mitteilen. Die Einzelheiten werden in einem Brief stehen, adressiert an Baron Hellinger, postlagernd beim Postamt Alexanderplatz. Sagt Ihnen das zu?»

«Für den Moment ja. Aber ich hoffe, Sie bald wiederzusehen.»

Der Major lachte, dann wurde er plötzlich ernst, beugte sich vor und flüsterte: «Unsere Armee will eine grauenvolle Waffe einsetzen, vermutlich im Ypern-Gebiet im Frühjahr. Es ist ein Versuch durchzubrechen, um die Häfen am Kanal anzugreifen. Merken Sie sich Cl_2 und $COCl_2$.»

Herr Franke zahlte am Spätnachmittag seine Hotelrechnung, dann fuhr er in die Bayreutherstraße in der Nähe vom Zoo. Im zweiten Stock eines Etagenhauses fand er Frau Dimpling, eine Dame, die, wie man ihm gesagt hatte, aus Eastbourne stamme. Sie hatte 1909 Herrn Dimpling geheiratet, einen jungen deutschen Ingenieur. Briefe von ihr waren vom Foreign Office an C weitergeleitet worden.

Bevor James das Hotel Minerva verlassen hatte, war er noch aufs Postamt gegangen und hatte ein Telegramm abgeschickt. Es betraf eine Lieferung von Uhren und Uhrwerken und eine Bitte um Angabe von Seriennummern. Die Nachricht war von einem Herrn Helmut Gatti unterzeichnet, die Adresse für die Rückantwort lautete: postlagernd, Postamt Zoo.

Dieses inzwischen dechiffrierte Telegramm war auf Caspar Railtons Schreibtisch gelandet.

Sie hatte auffallende rote Haare und sah aus, als sei sie krank gewesen, denn ihr Gesicht über dem eleganten blauen Kleid war blaß. Sie sprach Deutsch mit starkem englischem Akzent. Später erzählte sie, sie sei Lehrerin gewesen.

«Frau Dimpling, ich muß mit Ihnen sprechen», sagte James auf deutsch an der Haustür.

«Ist es wegen Wolfgang?» fragte sie ängstlich.

In der Wohnung dann und nachdem sie sich vergewissert hatte, daß sie allein waren, verfiel er ins Englische. «Ich will offen zu Ihnen sein. In London hat man mir gesagt, ich könnte Ihnen vertrauen. Ich komme direkt aus London.»

Sie stieß einen kleinen Schrei aus, zitterte am ganzen Körper, schlang dann die Arme um ihn und brach in Schluchzen aus. «Gott sei's gedankt.»

Wolfgang Dimpling, ihr Mann, war als vermißt gemeldet, man nahm an, er sei im vergangenen Herbst in der Nähe von Antwerpen gefallen. Sie besaß keine Freunde in Berlin, ihre Schwiegereltern waren beide tot, und so hatte sie mehrere Briefe nach London geschickt. Hetty Dimpling, geborene Fairchild, hatte auf Antwort gewartet und die Wohnung nur noch verlassen, um Essen einzukaufen. Deutschland hatte ihr den Mann genommen, sie hatte Heimweh und Angst. Das Auftauchen dieses gutaussehenden jungen Mannes erschien ihr daher wie ein Geschenk des Himmels.

Sie verwöhnte ihn, wie sie sonst nur ihren Mann verwöhnt hatte, bereitete ihm ein heißes Bad, lief in die Läden, um einzukaufen, nachdem sie sich nach seinen Lieblingsspeisen erkundigt hatte. Dann verschwand sie in der Küche und anschließend in ihr Schlafzimmer. Das bei Kerzenlicht servierte Abendessen war köstlich und Hetty Dimpling eine veränderte Frau, lebhaft und anziehend. James war baß erstaunt über diese Verwandlung.

Aber er war noch erstaunter, als sie in der Nacht in sein Zimmer kam, in sein Bett schlüpfte und sich an ihn schmiegte. Ihr Mund war kühl, aber die lang zurückgehaltene Leidenschaft ergoß sich über ihn wie ein Wasserfall nach einer Regenflut.

Es war das erste Mal, daß James Margaret betrog, aber er fühlte weder Schuld noch Scham. Dafür sorgte das traurige Gesicht des Rotschopfs. Sein Auftrag bekam plötzlich eine neue Dimension.

«Er hat Verbindung aufgenommen», sagte Smith-Cumming zu Giles. «Mehr weiß ich auch nicht. Marie Grenot ist nicht erwähnt.»

«Nun, zumindest ist er in Berlin.» Giles' Stimme klang kühl und unbeteiligt.

C erwähnte den Hinweis auf Giftgas. «Chlor und Phosgen, sagen meine Experten. Die Militärs scheinen nicht sehr beeindruckt.»

«Sie sind nur von dem beeindruckt, was sie mit eigenen Augen sehen. Aber bei Gott, die Zahl der Gefallenen beeindruckt *mich*. Wissen wir, wo ‹Peewit› zu erreichen ist?»

«In einer Wohnung in der Nähe vom Zoo bei dieser Frau. Für uns ist sie ein unbeschriebenes Blatt. Aber ihre Adresse war eine der wenigen, die wir ihm zu bieten hatten. Sorgen Sie sich gelegentlich um Ihre Familie, Railton?»

«Warum sollte ich?»

«Nun, ‹Peewit› und der Grund seines Berliner Aufenthalts ... beide sind schließlich ...»

«Railtons. Ganz recht. Sie erfüllen nur ihre Pflicht. Das ist bei uns so üblich. Jeder nach besten Kräften. Patriotismus wird bald aus der Mode kommen, wenn ich mir diese untaugliche Regierung und diesen unfähigen Generalstab ansehe. Es könnte sein, daß wir zum Schluß ein bankrottes Land haben und eine Bevölkerung, die nach neuen Wegen sucht. Es ist sogar durchaus möglich, daß wir unser Weltreich verlieren. Unsere Sorte hat die Warnsignale vernommen, C. Wir mögen die letzte Generation sein, die sie noch hört.»

«Diese verdammten Militärs werden noch eine lange Zeit Vorurteile gegen uns haben. Ich hoffe nur zu Gott, daß sie diese Geschichte mit dem Giftgas ernst nehmen.»

Aber niemand nahm das Giftgas ernst, trotz der Informationen von «Peewit» und später von den französischen Agenten. Sogar die Aussagen der deutschen Kriegsgefangenen, die diese Bedrohung bestätigten, wurde mit einem Achselzucken abgetan. Luftaufklärer berichteten, sie hätten keine neue Waffengattung gesichtet. Die Kommandeure an der Ypern-Front, wo ein Durchbruchsversuch der Deutschen am wahrscheinlichsten war, um zum Ärmelkanal vorzustoßen, warnten ihre Kompagnie- und Zugführer, fügten aber hinzu, daß sie das Gerücht für höchst unwahrscheinlich hielten.

Die Krankenpflegerin Mary Anne Railton sah ihre ersten Gasopfer am 23. April auf dem Hauptverbandsplatz einige Kilometer südlich von Ypern.

Es gab keinen Zweifel darüber, daß eine größere Schlacht im Gang war. Fast eine Woche lang hatte der Boden geschwankt, und Rauchfahnen hatten sich über der Stadt gekräuselt. Mary Anne war am 17. April angekommen. Sie und zwei andere Pflegerinnen waren vom Lazarettzug direkt zum Verbandsplatz kommandiert worden, und Mary Anne dachte, sie sei dem Kriegsschauplatz nun so nahe wie nur irgend möglich.

Inzwischen war sie bereits zur gestählten Veteranin geworden. Sie versorgte die Verwundeten und Sterbenden mit Geschick und Mitgefühl, hatte aber schnell gelernt, sich von dem Grauen und der Wirklichkeit abzuschirmen, um nicht den Verstand zu verlieren.

Mary Anne hatte die beiden anderen Pflegerinnen, Dora Elliott und Jenny Cooper, schon zu Beginn ihrer Ausbildung kennengelernt. Sie waren zwar keine engen Freundinnen geworden, kamen aber gut miteinander aus. Dora war klein, blond und lebenslustig, während Jenny ständig in Schwierigkeiten steckte.

Als sie auf dem Hauptverbandsplatz ankamen, wurden sie von Oberschwester Price in Empfang genommen, die mehr einem Ausbildungsunteroffizier als einer Frau glich.

«Railton, Elliott und Cooper?» fragte sie barsch. Die von einer unbequemen Fahrt verschwitzten und durchgeschüttelten Frauen blickten sich um. Auf dem flachen Gelände standen vier große Zelte und dicht daneben einige khakifarbene, glockenförmige kleinere Zelte.

Mit knappen Worten erklärte Schwester Price, was von ihnen erwartet wurde. «Dies ist der frontnächste Hauptverbandsplatz. Sie werden Dinge sehen, die Sie noch nie zuvor gesehen haben. Die Arbeitseinsätze sind lang, und ich erwarte unbedingten Gehorsam und beste Leistungen. Sollte ich Sie bei der geringsten Unachtsamkeit ertappen, werden Sie nach Hause geschickt, und zwar innerhalb von fünf Minuten. Dieses Zelt dort drüben» – sie wies auf eins der glockenförmigen Zelte in ungefähr fünfzig Meter Entfernung – «ist Ihre Unterkunft. Sie haben fünfzehn Minuten Zeit zum Auspacken.» Sie drehte sich auf dem Absatz um und wies auf die Aufnahmestation in dem kleinsten der vier langen Zelte. «Fünfzehn Minuten.»

«Nichts geht über ein trautes Heim», sagte Dora, als sie in dem

kleinen Zelt standen mit den drei schmalen Pritschen, den drei Spinden und der Metallstange zum Aufhängen von Kleidern.

Jenny und Mary Anne ließen ihre zerbeulten Koffer neben den Pritschen zu Boden fallen. «Nun, ich ziehe die deutschen Granaten der Oberschwester bei weitem vor.» Dora hatte ein loses Mundwerk.

«Wir haben uns schließlich freiwillig gemeldet, um unserem Land zu dienen», sagte Mary Anne spröde.

«Also, ich hab mich freiwillig gemeldet, um von meinen gräßlichen Eltern wegzukommen», sagte Jenny und versuchte mit wenig Erfolg, ihr Haar unter die Haube zu stopfen.

«Dein Haar ist wieder runtergerutscht, Jenny.» Dora ging hin, um ihr zu helfen.

«Desgleichen mein Schlüpfer.» Jenny wandte sich um. «Und das schon mehrmals. Muß irgendwas mit dem Alterungsprozeß zu tun haben.»

«Dann mach mir aber keine Vorwürfe, wenn die Oberschwester dich abkanzelt.»

«Die soll sich doch selber ficken.»

«Jenny!» rief Mary Anne schockiert.

«Aber Railton, stell dich doch nicht so an. Wenn die alte Schachtel sich's nicht selber besorgt, tut's doch keiner. Frigide blöde Kuh.»

«Unanständige Reden helfen auch nicht weiter.»

Jenny lachte. «Railtons Gouvernante hört so was nicht gern.»

«Railtons Gouvernante würde es gar nicht erst mitbekommen», kicherte Dora. «Und unanständige Reden helfen gewaltig, Mary Anne, sie sind eine Art Sicherheitsventil.»

Mary Anne sagte verächtlich: «Männer führen manchmal solche Reden, aber sie wissen es nicht besser. Aber wir sind nicht nur Krankenpflegerinnen, sondern auch Damen.»

«Also, Railton, ich bin keine Dame, nie eine gewesen. Leb du mal mit sieben Geschwistern in einem feuchten Keller in Liverpool. Und ich wette, dein Papa ist auch noch nie Sonnabend abends besoffen nach Hause gekommen und hat vor deinen eigenen Augen deine älteste Schwester vergewaltigt. Nein, Railton, wir sind keine Damen.»

«Schwestern! Schwestern!» Oberschwester Prices schneidende Stimme durchdrang die Zeltleinwand.

Dora sah auf die Uhr. «Wir haben noch fünf Minuten Zeit.»

«Schwestern!»

Noch immer verschwitzt rannten die drei aus dem Zelt. Sie kehrten erst fünfzehn Stunden später zu ihren Pritschen zurück.

Das gesamte Pflegepersonal auf dem Hauptverbandsplatz bestand aus drei Ärzten, zwei Schwestern – Price und Beamish – und sieben Pflegerinnen. Und alle standen unter Oberschwester Prices Fuchtel. Sogar die Ärzte fürchteten und respektierten sie, denn so streng und barsch sie war, hatte sie durchaus ihre guten Seiten. Mary Anne fand schnell heraus, daß Oberschwester Price unglaublich tüchtig und sogar erstaunlich mitfühlend war.

An diesem Morgen, als die drei Mädchen zum Aufnahmezelt liefen, hatten sie das seltsame Vorgefühl, daß ihnen ein noch unbekanntes Grauen bevorstünde.

«Station A. Gas-Fälle. Tun Sie, was Sie können. Ich komme gleich», sagte die Oberschwester.

Mary Anne war die erste, die das Zelt betrat. «O Gott, nein», entfuhr es ihr.

Zwanzig Patienten lagen in Reihen nebeneinander, röchelnd, nach Atem ringend, ständig in Bewegung, als wären ihre Glieder von einem schrecklichen Zucken befallen. Die Pflegerinnen brauchten einen Moment lang, um zu begreifen, daß es verzweifelte Versuche waren, Luft zu bekommen.

Die Gesichter der anderen Schwestern und der zwei diensthabenden Ärzte waren von Grauen gezeichnet. Einer, ein Captain, ungefähr in Mary Annes Alter, faßte sie am Arm. «Los, packen Sie mit an. Der hier ertrinkt in seiner eigenen Lungenflüssigkeit. Helfen Sie mir.»

Gemeinsam lehnten sie den angstgeschüttelten Mann gegen die Wand. Mary Anne stopfte ihm Decken hinter den Rücken. Sie arbeiteten eine Stunde lang, um dem Verwundeten etwas Erleichterung zu verschaffen.

Mary Anne, die andauernd fortgerufen wurde, kehrte jede freie Sekunde zu dem jungen Soldaten zurück, aber sie kämpften umsonst. Er starb gegen fünf Uhr nachmittags, als Mary Anne bei ihm saß. «Er hat noch einmal seine armen, müden Augen geöffnet, dann gelang ihm der tiefste Atemzug des ganzen Tages, er lächelte und starb», schrieb sie an Mildred. Sie schrieb nicht, daß sie seinetwegen geweint hatte. Es war das letzte Mal, daß sie für einen Toten oder Sterbenden Tränen vergoß.

Von den zwanzig Gasvergifteten, die an diesem Tag eingeliefert

worden waren, starben bis auf sechs alle vor Mitternacht. Der Rest hustete und keuchte, aber blieb am Leben. Andere Verwundete wurden eingeliefert. Die Kolonne der Sanitätswagen schien kein Ende nehmen zu wollen.

Als sie endlich abgelöst wurden, gingen die drei Pflegerinnen in das kleine Eßzelt, aßen ein paar Löffel Eintopf und schwankten todmüde zu ihrem Zelt.

In der Dunkelheit hörten sie das Knirschen von Spatenstichen im Boden und wußten, daß die Truppeneinheit, die zu ihrer Sicherheit und Unterstützung abkommandiert war, draußen Gräber aushob.

Mary Anne setzte sich auf ihre Pritsche und sah Dora an. «Diese Scheißdeutschen», sagte sie. Dora nickte.

Tag reihte sich an Tag, Nacht an Nacht. Soldaten wurden eingeliefert, behandelt, weitergeschickt, behaftet mit Zetteln, auf denen Anweisungen für weitere Operationen, Behandlungsarten oder für den Rücktransport nach England vermerkt waren. Eine Menge Männer kamen und blieben, begraben in einem fremden Land.

Innerhalb von zwei Wochen war die zweite Schlacht um Ypern vorbei. Danach kämpften die Männer nur mehr um ein paar Meter Bodengewinn. Ende der ersten Woche erschien die Otter.

Er kam am Abend, er schlurfte ins Aufnahmezelt, verdreckt und mit Blut beschmiert. Er war fast nackt außer ein paar Fetzen Unterzeug und den Überresten seines rechten Stiefels.

Mary Anne hatte Dienst in der Aufnahme, und in gewisser Weise war sie schuld daran, daß alle Hinweise auf seine Identität fehlten. Sie hatte ihm seine Lumpen ausgezogen und sie in den Metallbehälter mit gebrauchten Bandagen und Verbänden geworfen, die später verbrannt wurden.

Sie säuberte ihn und stellte fest, daß er nur zwei sehr leichte Wunden hatte; eine Schramme am Kopf und eine andere am Oberschenkel. Sie mußten verbunden werden, was sie selbst tat. Er hatte den wilden, ängstlichen Tierblick derer, die unter Schock stehen. Sie versuchte, ruhig mit ihm zu reden, aber alles, was er herausbrachte, war: «Ott... Ott... Ott...» Daher gaben sie ihm den Spitznamen «Otter».

«Ein Heimatschuß, Sir?» fragte Oberschwester Price, als der Arzt ihn später am Abend untersuchte.

Er schüttelte den Kopf. «Nein, keinesfalls, wir wissen nicht

einmal, ob er einer der unsrigen oder einer von den anderen ist. Am besten behalten Sie ihn einige Tage hier. Der Mann steht unter Schock, und sein Zustand könnte sich verschlimmern, wenn wir ihn verlegen.» Diese Art von Mitgefühl konnte sich eigentlich keiner von ihnen erlauben, aber der Oberarzt, ein Major, hatte gesprochen, also: keine Widerrede.

Als der Hauptverbandsplatz nach rückwärts verlegt wurde und das Pflegepersonal ins Allgemeine Krankenhaus Nr. 6 in Rouen geschickt wurde, war Otter noch immer bei ihnen – ohne Namen, ohne Identität, ohne Rang, Nummer oder Staatsangehörigkeit. Er war ungefähr Mitte Zwanzig, groß, blond, gut aussehend und ständig bemüht, jedem zu Gefallen zu sein. Er machte Botengänge, half Schwestern und Ärzten, Schwerverwundete zu heben, brachte den Tee auf die Krankenstationen, lächelte jeden an und sagte: «Ott... Ott... Ott» wie ein Papagei. Seine Augen hatten den Ausdruck eines streunenden Hundes, der sich nach Liebe sehnt, sein Gang war merkwürdig ungeschickt, er trippelte hastig, statt große Schritte zu nehmen, wie es für seine langen Beine normal gewesen wäre.

In Rouen fiel er niemand auf. Es war so, als sei Otter einzig und allein deshalb in einen vormenschlichen Zustand zurückversetzt worden, um Pflegerinnen und Ärzten als Maskottchen zu dienen. Niemand schrie ihn an oder gab ihm scharfe Befehle, aber er hatte eine rasche Auffassungsgabe und lernte sogar die Grundregeln der Ersten Hilfe.

Das Pflegepersonal des Hauptverbandsplatzes blieb zusammen und arbeitete auch im Allgemeinen Krankenhaus als Team. Und Otter war immer mit dabei.

«Entweder kommt seine Erinnerung zurück, oder irgendein blöder Psychiater schnappt ihn sich und dreht ihn durch die Mangel», sagte der Major zu Oberschwester Price.

Otter hatte eine besondere Vorliebe für Mary Anne, vermutlich weil sie die erste gewesen war, die Mitleid für ihn gezeigt hatte. Häufig trottete er hinter ihr her wie ein treues Hündchen und hatte nie Schwierigkeiten zu verstehen, was sie von ihm wollte.

Eines Morgens, drei Wochen nach ihrer Ankunft in Rouen, als Mary Anne Wunden verband, wurden einige Verwundete auf Bahren hereingetragen. Die Sanitäter halfen ihnen ins Bett, und kurz darauf kam der Major mit Oberschwester Price, um sich die neuen Fälle anzusehen. Mary Anne fuhr fort, ihren Patienten zu

verbinden, war sich aber wohl bewußt, daß der Major am Bett hinter ihr stand.

«Schrapnellwunden linke Schulter, Fleischwunde linke Backe», sagte die Oberschwester.

«Mmh.» Der Major beugte sich über den Mann.

«Heimatschuß, Sir?»

«Nein, tut mir leid, alter Bursche, in ein paar Tagen können Sie aufstehen und herumlaufen. Wollen mal sehn, wie's in einer Woche aussieht.»

«Name, Rang, Nummer, nächste Verwandte?» fragte die Oberschwester barsch.

«Hunter, Jack, Korporal. Zwei-fünf-vier-null-eins-null. Keine Verwandten.»

Mary Anne blickte sich um. Der Name und die Stimme erinnerten sie an ihre Kindheit. Sie sah den Mann im Bett an.

Später ging sie zu ihm. «Sie heißen Hunter?»

«Ja.»

«Jack Hunter?»

«Ja.»

«Haben Sie nicht für meinen Großvater, General Sir William Railton, gearbeitet?»

«Kann schon sein. Ihr Großpapa, was? Und wer sind Sie? Nein, lassen Sie mich raten, Sie sind Mr. Charles' kleine Tochter.»

«Ja. Sie sind also der Hunter, den ich meine, Sie waren Großvaters Gutsverwalter.»

Er nickte, und sie vermeinte ein freudiges Aufleuchten in seinen Augen zu sehen, weil er jemand von der Railton-Familie wiedertraf.

Aber es war keine Freude im normalen Sinn des Wortes. Jack Hunter hatte auf diese Gelegenheit lange gewartet. Seit dem Tag, an dem diese hochnäsige Gans, die Frau von Mr. John, ihn vom Gut gejagt hatte, kreisten seine Gedanken nur um eins: Rache, und zwar grausame Rache, an einer Railton zu nehmen.

James verließ das Haus jeden Tag. Keiner schien sich um Frau Dimpling zu kümmern. Er erklärte ihr seine Lage in einfachen Worten, obwohl sie keine dumme Frau war.

Sie war achtundzwanzig Jahre alt und hatte Wolfgang als Feriengast in Eastbourne kennengelernt, wo ihr Vater Direktor einer Bankfiliale war.

Wolfgang war bereits fertiger Ingenieur, erweiterte aber seine Kenntnisse, indem er als Volontär in einer Motorenfabrik in der Nähe von Croydon arbeitete. Seine Eltern, später beide bei einem Brand tragisch ums Leben gekommen, waren gutgestellte Kaufleute. Hetty Fairchild und Wolfgang Dimpling verliebten sich ineinander. Dimplings Vater besuchte Hettys Eltern, und die Heirat wurde beschlossen.

Seit sie die Nachricht vom vermutlichen Tod ihres Ehemanns erhalten hatte, sorgte sich Hetty Dimpling um ihre Sicherheit, wagte aber nicht, an ihre Eltern zu schreiben, weil sie Angst hatte, daß die Briefe abgefangen würden. Aber unlogisch wie Frauen manchmal sind, hatte sie ans Foreign Office geschrieben. James' Ankunft erschien ihr wie die Erhörung eines Gebets.

James hatte ihr natürlich nur die allernötigsten Informationen gegeben. Sie dürfe niemand verraten, daß er bei ihr wohne, sollte jedoch jemand fragen, so sei er ein Herr Gustav Franke, Sohn alter Familienfreunde Dimplings, der gerade aus der Schweiz zurückgekehrt sei.

Er begriff schnell, daß sie eine junge Frau war, die eine Menge körperlicher Aufmerksamkeit forderte. Er sagte sich, daß es seine Pflicht sei, sie glücklich zu machen, aber nachts wurde er oft durch leises Klavierspiel aufgeweckt. Das beunruhigte ihn.

Am dritten Tag nahm er den Autobus und die Straßenbahn zur Courbierrestraße. Er verbrachte einen ganzen Nachmittag in der Gegend und hielt sich so lange wie möglich in der Nähe von Nummer acht auf.

Aber es gab dort nichts zu sehen.

Er wartete eine Woche, bevor er Major Sterkels Privatnummer anrief. Ein Dienstbote antwortete. Ja, der Herr Major sei zu Hause, wer wünsche ihn zu sprechen? James sagte, Baron Hellinger.

«Herr Baron, wie nett, mit Ihnen zu sprechen, ich habe mich schon gefragt, ob ich je wieder von Ihnen hören würde.»

«Ich werde mich immer bei Ihnen melden, Joseph. Irgendwelche Neuigkeiten vom Alexanderplatz?»

«Ich wollte Ihnen eine Nachricht hinterlassen.»

«Ja?»

«Die Dame, die Sie verehren ...»

«Ja?»

«Sie wohnt in der Wilhelmstraße 36, Wohnung Nr. 23, zwei Häuser vom Michaelhospiz entfernt in der Nähe der Anhaltstraße.

Sie scheint es sich zur Gewohnheit gemacht zu haben, täglich zwischen elf und zwölf Uhr und nochmals am Nachmittag zwischen vier und fünf Uhr auszugehen.»

«Vielen Dank. Sie haben mir sehr geholfen.»

«Ich kann Ihnen auch anderweitig behilflich sein. Wann sehen wir uns?»

«Bald», sagte James und hängte ein.

Am Abend instruierte er Hetty Dimpling, was sie zu tun habe. «Du mußt ganz natürlich wirken. Stell dich vor ein Schaufenster und betrachte eingehend die Ware, wenn nötig, geh in den Laden hinein, aber vergewissere dich, daß du die Nummer 36 im Auge behältst. Ich werde in der Nähe sein, aber nicht in der Straße selbst. Und merke dir, zwei Dinge sind wichtig: Du mußt nach der Dame Ausschau halten, die ich dir beschreiben werde, und aufpassen, ob du etwas Verdächtiges siehst wie zum Beispiel Bewacher.»

Er erklärte ihr bis in die kleinste Einzelheit, auf was sie achtgeben sollte. «Bewacher tragen keine Uniform oder Erkennungsmarke. Jeder, der herumsteht, Frauen, die miteinander schwatzen, Männer, die irgend etwas reparieren, oder Anstreicher, alle, die die Straße beobachten können, sind verdächtig. Verhalte dich ganz lässig, aber paß auf, ob du beschattet wirst. Wenn ja, laß es dir nicht anmerken, sondern gib vor, daß du irgend etwas Bestimmtes zu tun hast.»

Er warnte sie, Angst zu zeigen, und wenn jemand sie anspräche, solle sie sich ohne Eile entfernen. Dann gab er ihr eine genaue Beschreibung von Marie.

Am nächsten Morgen folgte er ihr in sicherem Abstand und ging dann in eine der angrenzenden Straßen.

Das Café, wo er wartete, füllte sich allmählich, die Kellnerin kam mehrmals, um zu sehen, ob er seinen Kaffee ausgetrunken hatte. Er sagte ihr, daß er auf jemand warte.

Hetty trug ein hübsches himmelblaues Kleid mit einem dazupassenden etwas dunkleren Mantel und ein kokettes Hütchen mit Schleier. Sie kam kurz nach halb zwölf mit blitzenden Augen und erzählte ihm alles.

Zu Hause ließ er sich die Geschichte dreimal wiederholen. «Ich habe niemand Verdächtigen gesehen. Keine Arbeiter, keine klatschenden Weiber, niemand lungerte ziellos herum. Dann kam die Frau, die du mir beschrieben hast. Sie war in Begleitung eines gutaussehenden Offiziers in Uniform. Sie gingen bis zum Ende der Straße, wo der Offizier ein Taxi heranwinkte.»

«Hattest du das Gefühl, daß das Taxi zufällig vorbeikam oder gewartet hat?»

«Wenn du mich so fragst, ja.»

«Ja, was?»

«Ja, es sah so aus, als hätte das Taxi in der Nähe der Straßenecke gewartet.»

Er fragte sich, warum? Wollte Marie, angenommen, daß sie es tatsächlich gewesen war, gesehen werden? Es gab nur eine Möglichkeit, es herauszufinden.

Charlotte war an der Reihe, die Woche in Redhill zu verbringen. Andrew hatte einige Tage Urlaub und begleitete sie, um sich gründlich auszuschlafen, wie er sagte.

Sie waren im Haus und wollten sich gerade zum Mittagessen hinsetzen, als eine Depesche eintraf.

Sara öffnete sie und rief freudig aus: «Dick Farthing kommt nach England.»

«Wie nett für dich», sagte Andrew. «Höre ich von ferne Hochzeitsglocken läuten?»

«Nein.» Saras Tonfall war bestimmt. «Nein, ganz gewiß nicht. Zumindest jetzt noch nicht.»

«Oh, wirklich!» sagte Andrew, und die beiden Frauen sahen ihn an, denn seine Stimme hatte einen verzweifelten Unterton.

«Was hast du?» fragte Charlotte.

Andrew blickte wieder auf die Depesche und sagte: «Nichts, gar nichts.» Dann ging er zur Anrichte und goß sich noch einen Gin ein.

Er nahm die Depesche wieder zur Hand und las sie zum dritten Mal: «Verlasse New York ersten Mai auf der *Lusitania* stop Ankomme Liverpool Siebzehnten stop Alles Liebe Dick.»

Obwohl er leicht betrunken war, erinnerte sich Andrew ganz genau an eine Unterhaltung, die er zufällig mit angehört hatte.

Das war vor zehn Tagen gewesen. Er hatte im Vorzimmer des DMI gewartet. Die Tür zum Büro stand einen Spalt offen, und Andrew war erstaunt gewesen, die Stimmen von Lord Fisher und Winston Churchill zu vernehmen.

«Sind Sie sicher, die Deutschen wissen, daß das Schiff Munition mit sich führt?» hatte Admiral Fisher gefragt.

«Ich wäre erstaunt, wenn nicht. Jedenfalls wissen sie, wie knapp wir an Munition sind in Frankreich. Besonders nach dem Ypern-Fiasko.»

«Es besteht also durchaus die Möglichkeit, daß sie wissen, daß sich auf der *Lusitania* Munition befindet?» wiederholte Fisher seine Frage.

«Ich bin neunzig Prozent überzeugt davon.»

«Und Sie sind sicher, daß die deutschen U-Boote sich durchmogeln können?»

«Sie haben Signale ausgesandt, Sir. Und unsere Radioauffanggeräte haben ermittelt, daß U-Boote in den irischen Gewässern operieren.»

«Nun, damit ist die Frage erledigt.» Fisher erhob seine Stimme. «Lassen Sie die *Lusitania* den normalen Kurs einhalten. Ziehen Sie unsere eigenen Schiffe in den letzten vierundzwanzig Stunden auf eine sichere Distanz zurück. Es sieht mir sehr danach aus, als würden die Deutschen angreifen. Was meinen Sie, Winston?»

«Die Idee, daß viele Unschuldige vielleicht umkommen, flößt mir Grauen ein.»

«Es braucht mehr als einen Torpedo, um ein Schiff zu versenken. Ich vermute, sie werden blitzartig angreifen und sofort verschwinden. Unsere Kreuzer werden schnell genug zur Stelle sein, um die Überlebenden aufzufischen. Ganz ehrlich, ich glaube nicht, daß es Tote geben wird.»

«Vermutlich überwiegt der Vorteil bei eventuellen Todesfällen», sagte Churchill. «Ein deutscher Angriff auf einen Personendampfer mit vielen neutralen amerikanischen Passagieren wird auf der ganzen Welt als Barbarismus angeprangert werden.»

«Und wenn wir Glück haben – falls es überhaupt zu dem Angriff kommt –, wird er Präsident Wilson und die amerikanische Nation von der Notwendigkeit überzeugen, in den Krieg einzutreten.»

«Ja, Sie haben natürlich recht», erwiderte Churchill. «Wir müssen das Risiko eingehen. Wenn die *Lusitania* torpediert wird und die Amerikaner sich auf unsere Seite schlagen, dann wird dieser Krieg bald beendet sein. Geben Sie die Befehle, Jacky.»

«Schon gut, Winston.» Ein lautes Lachen. «Aber schriftlich lege ich mich nicht fest...»

Der DMI unterbrach. «Überlassen Sie mir das Ganze, Sir. Ich werde die Schiffsroute auf einer Seekarte eintragen, den Geleitschutz abberufen und dafür sorgen, daß die *Lusitania* sich zur richtigen Zeit an der gefährlichsten Stelle befindet.»

Die Worte hallten jetzt in Andrews Kopf wider. Weiß Gott, dachte er, der Plan war gut ausgedacht, um Amerika zum Kriegs-

beitritt zu überreden. Aber er mochte Sara und wußte, daß sie diesen jungen Mann sehr gern hatte. Sie hatte bereits einen Ehemann verloren, und nun sah es so aus, als ob sie auch den Mann verlieren sollte, der sie noch einmal glücklich machen konnte.

Als der verstorbene John Railton seinen Gutsverwalter Jack Hunter im Frühjahr 1910 in Pension schickte, wußte jeder in Haversage und Redhill, daß Hunter in Wirklichkeit entlassen worden war. Man wußte auch, daß Sara Railton die treibende Kraft gewesen war und Hunter das Cottage und die Leibrente nur auf Wunsch des Generals bekommen hatte.

Hunter war 1910 erst dreißig Jahre alt. Er hatte seit seinem vierzehnten Lebensjahr in Redhill gearbeitet. Ein Schützling des Generals, aber... Die Klatschmäuler im Dorf hatten viel über ihn zu sagen. Doch der General besaß einen unorthodoxen Geschmack, allerdings nicht für Knaben oder sehr junge Mädchen wie Hunter. Leben und leben lassen, das war des Generals Motto.

Hunter mochte den General. Sie verstanden einander, und der alte Mann mischte sich nicht in sein Privatleben ein. Er hatte Hunter eine Menge Dinge beigebracht, eins davon war, Würde zu wahren. Viele fürchteten Hunter, und als er gehen mußte, sagte Vera Boltons Mutter: «Jack Hunter ist nachtragend. Er wird Rache nehmen, selbst wenn er lange warten muß.»

Aber weder in Haversage noch in Redhill hörte man wieder von ihm. Er zog in sein Cottage, trank ein wenig, grub seinen kleinen Garten um und nährte seinen Zorn. Der einzige Railton, den er je gemocht hatte, war der General gewesen, die übrigen waren in seinen Augen ekelhafte Mistkäfer. Besonders die Frauen. Im Frühjahr 1911, als er seinen Garten umgrub, schwor er sich, Rache zu nehmen. Er war mißachtet wie ein Kriechtier und das wegen einer Railton-Frau.

Er schmiedete keine Pläne, er wartete ab, denn er wußte, eines Tages würde er einen oder eine Railton in seine Gewalt bekommen.

Einige der Einheimischen wußten über Hunter Bescheid und warnten ihre Kinder vor ihm. Andere machten sich keine Sorgen. In abgelegenen Dörfern geschehen oft seltsame Dinge. Man spricht nicht darüber, zumindest nicht, bis etwas wirklich Schlimmes passiert, so wie im Spätsommer 1914, als man die zwölfjährige Emma Gittins fand. Sie hatte halb nackt in einem Graben gelegen,

die Oberschenkel mit Blut bedeckt, und am Hals sah man blaue Würgemale.

Die Polizei war den ganzen weiten Weg aus Oxford gekommen und hatte Fragen gestellt. Hunter war dreimal verhört worden, aber ohne Erfolg. Er hatte Angst gehabt, obwohl er sich nur noch vage an irgend etwas erinnerte.

Doch dann, eines Nachts, kurz vor Weihnachten, war er schreiend im Dunkeln aufgewacht. Und die Erinnerung war zurückgekommen.

Am nächsten Morgen meldete er sich zum Militär. Im April 1915 wurde er in einem Schützengraben in der Nähe von Ypern verwundet.

Auf dem Hauptverbandsplatz hatte man ihm versichert, es wäre ein Heimatschuß, aber die Ärzte im Allgemeinen Krankenhaus in Rouen waren nicht dieser Meinung. Er brauchte nur einen Monat Pflege, könne aber schon nach einigen Tagen wieder laufen. «Sie können uns auf der Station helfen», hatte die barsche Oberschwester gesagt. Und er hatte freudig zugestimmt, denn seine Krankenpflegerin war eine Railton! Sie war zu alt für seinen Geschmack, aber für Schwester Mary Anne würde er eine Ausnahme machen. Schreien und jaulen würde sie, wenn er ihr die Schenkel spreizte.

Und so war Korporal Hunter respektvoll und freundlich, bedankte sich für alles und redete Mary Anne immer mit «Miss» an. Er wußte, seine Zeit würde kommen, so sicher wie das Amen in der Kirche.

Nur wenige Passagiere nahmen die Bekanntmachung ernst, als sie sich auf der *Lusitania* einschifften. Sie hatten sie schon in der Zeitung gelesen, und hier an Deck war sie wieder. Dick blieb kurz stehen, um sie zu überfliegen.

> Reisende, die den Atlantik überqueren wollen, werden nochmals nachdrücklich darauf hingewiesen, daß sich Deutschland und seine Verbündeten mit England und seinen Verbündeten im Kriegszustand befinden und die Kriegszone die an die britischen Inseln grenzenden Gewässer einschließt. In Übereinstimmung mit einer öffentlichen Bekanntmachung der Kaiserlich Deutschen Regierung sind Schiffe, die unter der Flagge Großbritanniens oder einer seiner Verbündeten fahren, der Zerstörung in diesen Gewässern ausgesetzt. Reisende, die auf Schiffen von

Großbritannien oder dessen Verbündeten in die Kriegszone fahren, tun dies auf ihre eigene Verantwortung.

Die Kaiserlich Deutsche Regierung

Es wurde eine Menge über die Bedrohung durch deutsche U-Boote gesprochen, aber die meisten Passagiere, einschließlich der Offiziere, waren sicher, daß ein Schiff wie die *Lusitania* nicht angegriffen würde. «Warum sollten sie?» sagte der junge Offizier, der an Dick Farthings Tisch saß. «Die deutsche Marine ist nur an Handelsschiffen, nicht aber an Passagierdampfern interessiert.»

Die anderen, die um den Tisch herum standen, nachdem sie gut gegessen und noch besser getrunken hatten, nickten weise.

«Und warum reisen Sie nach Europa, Mr. Farthing?» Der Mann zu Dicks Linken sprach ebenfalls mit amerikanischem Akzent.

«Um Freunde zu sehen. Besonders eine englische Dame, von der ich hoffe, daß sie mich heiratet. Außerdem will ich gegen die Deutschen kämpfen. Ich bin Pilot.»

«Bravo, Sir!» Der junge Offizier applaudierte.

«Ein wackerer Bursche», bemerkte ein militärisch aussehender Herr.

Der Amerikaner lächelte und nickte, und Dick fragte ihn, warum er die Reise unternehme.

«Die Frage steht Ihnen zu. Mein Name ist Frohman, Charles Frohman.»

«Der berühmte Impresario Charles Frohman?» rief Dick begeistert aus.

«Genau der.»

Dick war genauso fasziniert wie alle anderen Gäste, mit einem so weltbekannten Mann am gleichen Tisch zu sitzen.

«Und aus welchem Grund fahren Sie nach Europa, Mr. Frohman?» fragte jemand. «Irgendeine extravagante neue Revue?»

Frohman spreizte die Finger. «Leider nein, eine juristische Streitfrage zwingt mich nach Europa zu fahren.» Er erklärte in kurzen Worten eine höchst komplizierte Angelegenheit, die mit der Renovierung des Globe-Theaters zusammenhing.

Zum Schluß lachten sie alle, weil er aus einem höchst verworrenen Problem eine Art Sketch gemacht hatte.

Die *Lusitania* verließ die Hudson Bay und nahm Kurs auf den atlantischen Ozean.

In Rouen versah Mary Anne drei Tage später ihren ersten Nachtdienst. Sie war müde und deshalb froh, ein wenig in dem kleinen Büro dösen zu können, das die Oberschwester tagsüber benutzte.

Zum Glück lagen keine schweren Fälle auf der Station, sonst hätte sie die ganze Nacht an ihrem kleinen Tisch im Krankensaal sitzen müssen. Aber unter den gegebenen Umständen genügte ein gelegentlicher Rundgang.

Mary Anne konnte daher die ganze Nacht über dösen, lesen und sich gelegentlich auf dem kleinen Ofen einen Tee aufbrühen.

Es war vier Uhr früh, und sie war nur halb wach, als sie plötzlich hochschreckte. Die Tür des Büros hatte sich fast geräuschlos geöffnet, und Hunter kam herein.

«Korporal Hunter, Sie haben kein Recht, hier zu sein, wie Sie wissen.» Mary Anne lächelte, was immer das Beste war, um mit schwierigen Patienten fertig zu werden. «Aber was ist, Korporal, wollen Sie...» Mary Anne blieb das Wort im Hals stecken, als sie sah, daß er den Schlüssel im Schloß umdrehte, ihn abzog und in die Tasche steckte.

«Ja, gewiß, ich will was, verdammte Mary Anne, beschissene Railton.» Er lachte bösartig.

«Korporal, öffnen Sie die Tür.» Sie hatte sich daran gewöhnt, daß die Patienten ihr gehorchten.

Aber er schüttelte den Kopf. «O nein, *Miss* Railton.»

«Was wollen Sie?» Ihre Stimme verriet keine Angst.

«Was ich will, Miss Railton? Zuerst werde ich mal kriegen, was ich will, und das ist zwischen Ihren Beinen.»

Er bewegte sich blitzschnell und war über ihr, bevor sie Zeit hatte zu schreien. Sie fühlte eine seiner derben Hände über ihrem Mund, während die andere nach unten griff. Er stieß sie rückwärts über den Schreibtisch und riß an ihrem langen Rock.

Sie kämpfte, schlug um sich, biß ihn mit aller Kraft. Ihr Rock war jetzt über die Schenkel gerutscht, und sie trat ihn mit den Füßen. Als er die Hand von ihrem Mund nahm, geschah das so unerwartet, daß sie nicht schrie. Eine Sekunde später konnte sie nicht mehr schreien, denn er schlug sie hart mit dem Handrücken erst rechts, dann links ins Gesicht. Dann verschloß er ihr wieder den Mund. Mary Anne war nur noch halb bei Bewußtsein.

Sie wehrte sich wie durch eine dicke Nebelwand, wußte aber, was er ihr antat. Und das Schlimmste war, ihre Widerstandskraft schien zu erlahmen.

Seine eine Hand riß an ihrem Schlüpfer. Sie war unfähig, ihn daran zu hindern, sich zwischen ihre Schenkel zu stellen, als er sie mit dem Rücken auf den Schreibtisch preßte.

Der Schmerz brachte sie wieder zu sich. Es war, als dringe ein rotglühender Feuerhaken zwischen ihre Beine und zerfetze ihr Fleisch. In ihrer Qual und Verzweiflung entwickelte sie übermenschliche Kräfte und grub ihre Zähne tief in seine Hand. Eine Sekunde lang zuckte seine Hand zurück, und sie gab einen gellend lauten Schrei von sich. Dann schlug er sie wieder, und seine beiden Hände schlossen sich wie eiserne Klammern um ihren Hals. Und sie wußte, er würde sie erwürgen.

Sie hörte nur noch vage sein Keuchen, sie war wie betäubt.

Dann kam ein Splittern und Krachen, und das schwere Gewicht des Mannes wurde von ihr gehoben. Deutlich hörte sie die Worte: «Ott... Ott... Ott», immer lauter, wie in steigender Wut.

Otter war gekommen, hatte Hunter herumgewirbelt, ihm einen Faustschlag in den Magen versetzt und sein Knie in sein entblößtes Geschlechtsteil gestoßen.

Hunter krachte zu Boden, und Stimmen und rennende Schritte waren zu hören. Otter beugte sich über sie, zog ihr den Rock über die Knie und gab leise, beruhigende Laute von sich.

Sie gewann das Bewußtsein zurück und hörte seine Stimme: «Hauptmann Ott... Ott... Hauptmann Otto von Brasser, fünfte Batterie, Kaiserliche Berittene Artillerie. Zu Ihren Diensten, Fräulein, ich bin jetzt ein Gefangener, nicht wahr?»

Sie brachte mühsam einige schuldeutsche Worte hervor: «Nein, nein... vorgeben... mußt sagen Ott... Ott... nicht Wahrheit...»

Dann sank sie in Bewußtlosigkeit zurück.

Andrew begriff nicht, daß sein übermäßiger Gingenuß ihm schadete. Noch nie hatte er unter so starken Stimmungsumschwüngen und Depressionen gelitten. Vermutlich bin ich überlastet, dachte er. Seine Arbeit in der Admiralität machte ihm auch seelisch schwer zu schaffen. Im Moment ließ ihn der Gedanke an Dick Farthing auf der *Lusitania* nicht mehr los. Und dabei kannte er ihn kaum. Aber Sara kannte ihn, und daher war er nervös und gereizt, seit das Schiff den Hafen von New York verlassen hatte.

Am Freitag morgen, den 7. Mai, legte sich seine Sorge ein wenig, als er eine Nachricht des britischen Marinestützpunktes Queens-

town las: *U-Boote aktiv im südlichen Teil des irischen Kanals. Zuletzt gesichtet 20 Meilen südlich Coningbeg-Leuchtturm. Vergewissern Sie sich, daß* Lusitania *diese Warnung erhält.* Was immer für Intrigen sich innerhalb der Admiralität auch abspielen mochten, die Leute an Ort und Stelle taten ihr Bestes, um den großen Ozeandampfer zu schützen.

Die *Lusitania* nahm jetzt Kurs auf Land und peilte den Old Head von Kinsale an.

Dick saß zusammen mit Charles Frohman im Speisesaal der ersten Klasse. Sie hatten absichtlich das zweite Mittagessen gewählt. Während der letzten Tage waren alle Passagiere nervös gewesen, und am vergangenen Abend hatte Kapitän Turner bekanntgegeben, daß sie sich der Gefahrenzone näherten. Er hatte die Wachen verdoppelt, Verdunklung angeordnet und die Rettungsboote klargemacht. «Nur eine Vorsichtsmaßnahme», erklärte er den Passagieren. «Wenn wir morgen die Kriegszone erreichen, werden wir von der britischen Marine geschützt.»

«Schauen Sie, Dick, man kann schon Land sehen, wird wohl Irland sein.» Frohman unterbrach sich, um zwei Lammkoteletts zu bestellen. «Ich war gerade auf dem B-Deck. Wir scheinen eine Rechtswendung zu machen, um an der Küste entlang zu fahren. Was ist das, Backbord oder Steuerbord?»

«Steuerbord», sagte Dick grinsend.

Das Orchester spielte «An der schönen blauen Donau», und Frohman schlug mit der Hand den Takt zur Musik. «Ich vermute, nun kann nichts mehr passieren. Fahren Sie direkt nach London?»

«Nein, ich mache zuerst einen kleinen Abstecher.» Dick hatte vor, nach Haversage zu fahren. Er wollte gerade weitersprechen, als ein Zittern durch das Schiff lief und sie einen dumpfen Aufprall vernahmen. Es klang nicht wie eine Explosion, mehr wie ein Rumpeln.

Einige Sekunden zuvor hatte Walter Schweiger, der Kommandant des U-20, das dem großen, vierschlotigen Dampfer seit ein Uhr früh gefolgt war, mit ruhiger Stimme den Befehl gegeben, einen seiner letzten drei kostbaren Torpedos abzufeuern. Es war genau zehn Minuten nach zwei an einem schönen, sonnigen Nachmittag.

«Was zum Teufel war das?» fragte Frohman.

Eine Sekunde später folgte ein polterndes Geräusch, der ganze Speisesaal erzitterte, und der Boden rutschte ihnen unter den Füßen weg.

«Wir sind getroffen worden!» Dick schnellte hoch.

«Die Lammkoteletts können wir wohl vergessen.»

Sie brauchten weniger als drei Minuten, um das B-Deck zu erreichen. Und während der ganzen Zeit merkten sie, daß das Deck unter ihnen fortglitt.

Das große, stattliche Schiff hatte starke Schlagseite nach Steuerbord. Eine dicke Rauchwolke ballte sich über dem ersten Schornstein. Das Schiff fuhr noch mit eigener Kraft, aber die Schlagseite nahm bedenklich schnell zu.

Dann geschah alles mit unheimlicher Geschwindigkeit. Als Dick und Charles Frohman die Steuerbordreling erreichten, sahen sie unter sich Männer und Frauen im Wasser. Rettungsboote wurden hinuntergelassen, klatschten aufs Wasser, und sie mußten zusehen, wie eins davon die Menschen im Wasser erschlug.

«Auf die andere Seite!» Dick ergriff Frohmans Arm, und sie versuchten mühsam, an dem schiefen Deck hochzukriechen.

Aber an der Backbordseite sah es noch schlimmer aus. Die schiefe Lage des Schiffs erschwerte das Klarmachen der Rettungsboote. Sie erreichten eins der Boote und waren im Begriff einzusteigen, als der Befehl des Kapitäns kam, daß keine weiteren Rettungsboote mehr hinuntergelassen werden durften.

Zu seinem Erstaunen sah Dick, wie ein junger Offizier den Revolver zog und der Besatzung zurief: «Zum Teufel mit dem Kapitän! Der erste, der meinem Befehl zuwiderhandelt und sich weigert, die Rettungsboote loszumachen, hat eine Kugel im Kopf.»

Noch während er schrie, sah Dick voller Entsetzen, wie ein Matrose die Befestigungspinne löste. Das Boot fiel in die Tiefe, prallte auf der Schrägseite des Schiffs auf, glitt quietschend nach unten und zermalmte die Leute, die bereits im Wasser waren. Weiter nach achtern geschah das gleiche.

Frohman schüttelte den Kopf; Sie schlitterten zurück zur Steuerbordseite. Schreie und Rufe erschollen von allen Seiten, das Schiff neigte sich immer schneller zur Seite. Die großen Schornsteine hingen drohend dicht über den Köpfen der Menschen, die im Wasser um ihr Leben kämpften.

Dick wandte sich um und blickte über das Deck. Frauen kreischten und versuchten, ihre Kinder festzuhalten, Männer halfen ihnen, Schwimmwesten anzulegen. Andere liefen kopflos hin und her und wußten nicht, was sie tun sollten. Nur das Schiff hatte

sich augenscheinlich mit seinem Schicksal abgefunden. Der Bug war bereits tief im Wasser, und es sank.

Frohman legte seine Hand auf Dicks Arm. «Mir fällt im Moment nur Peter Pan ein: ‹Zu sterben wird ein toll großes Abenteuer sein.›»

Dick nickte. Er war völlig ruhig.

18

In Berlin grübelte James über sein Problem nach. Er hatte Hetty noch zweimal in die Wilhelmstraße geschickt, einmal morgens, einmal nachmittags. Sie beschrieb Marie ganz genau. Sie hatte Nummer 36 wieder zu der Zeit verlassen, die Sterkel ihm angegeben hatte. Derselbe Offizier hatte sie begleitet. Das Paar schien sich lebhaft zu unterhalten. Aber sie hielten genau die gleiche Routine ein: Sie gingen die Straße entlang, und er hielt an der Ecke ein Taxi an, das offenbar auf ihn gewartet hatte. Aber irgendwie überzeugte James diese Routine nicht. Er hatte den Eindruck, Marie würde vorgeführt – eine Art Lockvogel. Es blieb ihm nichts anderes übrig, als sie selbst zu identifizieren.

Er ging daher nicht gerade frohen Herzens in die Wilhelmstraße, um sich ein persönliches Urteil zu bilden. Es war in der zweiten Woche im Mai und ein sonniger Morgen.

Er kam um neun Uhr an, schlenderte die breite, saubere Straße entlang und warf nur einen flüchtigen Blick auf Nummer 36. Was ihn viel mehr interessierte, war, einen Platz zu finden, von dem aus er ungestört beobachten konnte. Als er die Straße zum zweiten Mal in Richtung der Anhaltstraße entlangging, sah er ein kleines Café mit Kuchenauslagen im Schaufenster. Innen saßen ehrbare Matronen, die ihren Morgenkaffee tranken und sich ein Tortenstück zu Gemüte führten.

Er bog in die Anhaltstraße ein, sein Gang war der eines vielbeschäftigten Manns. «Verhalten Sie sich immer zielbewußt, als wüßten Sie, wohin Sie gingen», hatte man ihm eingeschärft. Er wurde nicht beschattet. Um zehn Minuten vor elf war er wieder vor dem Café. Er blickte durchs Fenster und sah, daß ein Tisch frei war, von dem aus er die Straße übersehen konnte.

Er trat ein, bestellte einen Kaffee und wartete.

Sie kam kurz vor elf Uhr fünfzehn aus dem Haus. Er erkannte sie sofort wieder – der gleiche selbstbewußte Gang, der leicht geneigte Kopf. Seltsamerweise empfand er Ärger, als sie sich bei dem

Offizier einhängte. Ihm fiel ihre elegante, modische Kleidung auf. «Wenn es Ihnen nicht gelingt, sie aus Deutschland herauszubekommen», hatte C in Giles' Beisein gesagt, «müssen Sie dafür sorgen, daß sie aufhört zu existieren.»

Giles war bei ihrem letzten Treffen noch deutlicher geworden. «Du mußt sie töten», hatte er, ohne ein Gefühl zu zeigen, gesagt.

Das Paar ging wie immer die Straße entlang, der Offizier hob die Hand, das Taxi, das, wie James festgestellt hatte, vor dem Hospiz wartete, fuhr an und hielt vor ihnen.

Er ging zum Postamt am Zoo und schickte ein weiteres Telegramm in die Schweiz. Am Abend rief er Major Sterkel zu Hause an.

«Ja, Baron Hellinger, ich habe auf Ihren Anruf gewartet.» Seine Stimme klang rauh, aber herzlich. «Ich habe eine sehr dringende Nachricht für Sie.»

«Von wem?»

«Ein Brief wartet auf Sie am verabredeten Platz. Es ist von größter Wichtigkeit.»

James sagte, er würde den Brief sofort am nächsten Morgen abholen.

James benutzte die Spiegelung des Schaufensters, um den Eingang des Postamts am Alexanderplatz zu beobachten. Das Glas war auf Hochglanz poliert, und die ausgelegten Bücher waren eine gute Entschuldigung, länger stehenzubleiben. Eine anhaltende Straßenbahn verstellte ihm kurz die Sicht, aber als sie weiterfuhr, sah er, wie Hetty die Stufen hinaufging. Es war mit einem gewissen Risiko verbunden, aber er war fest davon überzeugt, daß sie aus dem Postamt wieder herauskommen und den Brief in ihre Handtasche stecken würde – das vereinbarte Signal.

Sie hatte eine von Gustav Franke unterzeichnete Vollmacht bei sich, die sie dazu berechtigte, seine postlagernden Briefe abzuholen.

Die Minuten vergingen. Eine andere Straßenbahn hielt und fuhr wieder ab, Passanten gingen vorbei, ein Dienstwagen hupte ungeduldig. Dann sah er Hetty herauskommen. Sie steckte einen langen weißen Umschlag in ihre Tasche und blieb eine Sekunde lang auf den Stufen stehen.

Sie tat zwei Schritte, als der Dienstwagen am Bürgersteig hielt. Vier Männer lösten sich aus der Fußgängermenge, zwei andere kamen aus dem Postamt und stellten sich hinter sie.

Er wußte, sie würde schnell zusammenbrechen. Zum Glück hatte

er ihr nur das Allernotwendigste erzählt. James blieb wie angewurzelt stehen und sah zu, wie man sie in den Wagen schubste. Er konnte nicht in ihre Wohnung zurückgehen, und er hatte niemand in Berlin, dem er vertrauen konnte. Sterkel fiel aus. James Railton, ein Fremder in Feindesland, war einzig und allein auf sich gestellt.

Die Versenkung der *Lusitania* sandte Wellen der Empörung durch die Welt. In der Admiralität wartete man voller Ungeduld, ob der Tod von mindestens hundert Amerikanern Präsident Wilson dazu bewegen würde, seine Neutralität aufzugeben.

Andrew rief Sara an und teilte ihr die schreckliche Nachricht mit. Dann fing er aus Mitleid zu stottern an: «Ich wollte ... du solltest es erfahren ... bevor die Zeitungen ...»

Sara fühlte sich wie vor den Kopf geschlagen, sie sagte kaum hörbar. «Ja.»

«Bist du noch da, Sara?»

«Ja.»

«Ich wollte nur, daß du Bescheid weißt ... dein Freund, der Amerikaner ...»

«Ja. Ich danke dir, Andrew.» Es war also passiert. War das der eigentliche Grund gewesen, daß sie Dick nicht gleich hatte heiraten wollen – weil sie etwas Derartiges befürchtet hatte? Ihn nicht heiraten! Und nun war es zu spät.

«Sara?»

«Ja, Andrew?»

«Es gibt Überlebende ... Ich ... ich halte dich auf dem laufenden.»

«Danke dir.» Sie dachte an Andrews Sohn, der durch eine Seekatastrophe zu einem Riesenbaby geworden war. O Dick, bloß das nicht! Sie legte den Hörer auf, dann ging sie zu Mildred, die in dieser Woche auf dem Gut half.

Es war Spätnachmittag, und Vera sagte ihr, daß Mrs. Mildred ins Glebe-Haus gegangen sei, um mit Mrs. Berry zu reden.

Sara bat Natter, den neuen Grauschimmel «Boston» zu satteln. «So schnell wie möglich, Ted.» Es gelang ihr sogar zu lächeln. Martha Crook kam auf dem Feldweg auf sie zu. Sie winkte, aber spürte, daß etwas geschehen war, denn ihr Lächeln erlosch, als sie vor Sara stand.

«Guten Tag, Miss Sara.» Sie legte ihre Hand auf Saras Arm, als versuche sie, durch die Berührung das Vorgefallene zu verstehen. «Was ist geschehen?»

Selbst dann brach Sara nicht in Tränen aus. «Die *Lusitania* ist versenkt worden.»

«Gott schütze uns!»

«Erinnern Sie sich an den jungen Amerikaner, der...»

«Mr. Farthing, ja.»

«Er war an Bord.»

Martha Crooks Hand umfaßte fest Saras Unterarm. «Und Sie lieben ihn, Miss Sara, nicht wahr?»

Sara biß sich auf die Lippen. Hinter Mrs. Crook führte Natter «Boston» aus dem Stall. Martha Crook nickte. «Es geht ihm gut», sagte sie leise. «Mr. Farthing lebt. Ich verspreche es Ihnen.» Sara glaubte ihr nicht.

Die Sonne senkte sich bereits dem Horizont zu, als Sara zum Glebe-Haus ritt. Er sah dieselbe Sonne heute nachmittag, dachte sie. Wo immer er war, als es geschah, er sah die Sonne, und vielleicht sieht er sie immer noch.

Sie war seltsam gelassen, als sie das Glebe-Haus erreichte. Mildred hatte sich als erstaunlich tüchtig erwiesen und ging Rachel zur Hand, die Arbeitskräfte einzuteilen. Rachel konnte mit den widerborstigsten Männern umgehen und verlangte von allen höchste Leistungen.

«Ich hab heute einen Brief von Bob bekommen», sagte Rachel etwas betreten.

«Na und?»

«Ihm steht Heimaturlaub zu. Ich glaub, er tät mich schon gern sehen und herkommen. Traut sich aber nicht.»

Sara lachte trotz ihres Kummers. «Also, sagen Sie ihm schon, er soll herkommen. Vor wem hat er denn mehr Angst, vor mir oder vor Ihnen?»

«Vor uns beiden, Miss Sara.»

«Sagen Sie ihm, er soll kein Trottel sein.»

Sie hatten fast schon das Herrenhaus erreicht, als Sara Mildred von der Versenkung der *Lusitania* berichtete.

Vera Bolton wartete an der Eingangstür, um zu sagen, Mr. Charles hätte telefoniert, er müsse Mrs. Mildred dringend sprechen.

«Er wird von der *Lusitania* gehört haben», sagte Mildred, «und macht sich Sorgen um dich.»

Aber Charles hatte aus einem anderen Grund angerufen. Ihm war gesagt worden, Mary Anne sei von einem Patienten attackiert

worden. Einzelheiten wisse er nicht. Nur, daß sie im Krankenhaus in Rouen sei und am Montag nach England zurückgeschickt würde.

Nun mußte Sara Mildred trösten.

«Ich fühle mich so hilflos», klagte Mildred mit rotverweinten Augen. «Die Ärzte sagen, sie sei nicht ernstlich krank. Was kann ihr nur passiert sein?».

Mildred beschloß, am nächsten Tag, einem Sonnabend, nach London zurückzufahren, «um bei Charles zu sein.»

Gott im Himmel, dachte Sara, diese Railton-Weiber! Bin ich auch so wie die? Mildred hatte einen endlosen Monolog über Mary Annes Kindheit gehalten und immer neue Theorien aufgestellt, was ihr wohl zugestoßen sein könne. Sie wußte zwar, daß Sara Dick Farthing sehr gern hatte und von Sorgen zerrissen war, aber sie sprach nur von Mary Anne. Kein Funken Mitgefühl, nicht von Mildred, dachte Sara.

Mildred nahm den Frühzug am Sonnabend, und Sara geriet immer mehr in Panik. Sollte Dick wirklich noch am Leben sein, hätte sie längst von ihm gehört. Sie verfluchte den Krieg, sie verfluchte sich selbst. Warum war sie so eine moralinsaure Zimperliese gewesen? Warum hatte sie ihn nicht gleich geheiratet? Zumindest wäre sie seine Frau – oder seine Witwe.

Sie versuchte zu schlafen, fand aber keine Ruhe. Sie wälzte sich im Bett hin und her, schließlich döste sie ein.

Es war fünfzehn Minuten vor sechs, als Vera Bolton, bereits angezogen und geschäftig, ins Zimmer stürzte. «Telefon! Telefon!»

Sara warf ihren Morgenrock über, ihre Hand zitterte, als sie die Hörmuschel ans Ohr drückte: «Hallo?»

«Ich konnte Sie nicht eher anrufen. Mir geht es gut.»

Sara stieß einen kurzen Schrei aus, als sie Dick Farthings Stimme am anderen Ende der Leitung vernahm.

«Hunter? Jack Hunter? Dieser pervertierte Kerl, der Schützling deines Vaters?» Mildred runzelte die Augenbrauen.

Charles berichtete ihr, was er wußte. Mary Anne sei im St.-Thomas-Krankenhaus; die Ärzte sagten, es ginge ihr gut. «Das Merkwürdigste ist, daß anscheinend ein deutscher Offizier, Brasser, ihr Leben gerettet hat», fuhr Charles fort. Und dann erzählte er ihr die ganze Geschichte.

«Sie ist von einem dieser Hunnen gerettet worden, aber...»

«Also das steht einwandfrei fest, Mildred. Kell hat mit ihm

gesprochen, und wir haben die Erlaubnis erhalten, ihn erst mal auszukurieren. Der Mann hat einen furchtbaren Schock erlitten. Aber er hat unsere Tochter gerettet! Wir verdanken es ihm, daß Mary Anne noch lebt.»

Sie weinte still vor sich hin. «Wird diese Geschichte etwa an die Öffentlichkeit gelangen, Charles? Ich meine, was sind Mary Annes Zukunftsaussichten. Ein junges Mädchen, das ...»

«Vergewaltigt wurde», beendete Charles ihren Satz. «Du mußt dich mit dieser Tatsache abfinden, Mildred.»

«Niemals, die Schande, diese Schande ...»

Er legte den Arm um ihre Schultern. «Mary Anne muß vor dem Kriegsgericht aussagen und der Deutsche ebenfalls. Nichts wird an die Öffentlichkeit dringen, mach dir darum keine Sorgen. Und anschließend kommt natürlich ein Zivilprozeß.»

«Ein Zivilprozeß! Und Mary Anne muß auch aussagen?»

«Die Polizei in Oxfordshire will Hunter verhören. Kurz vor dem Krieg wurde ein kleines Mädchen ermordet. Komm, jetzt wollen wir unsere Tochter besuchen.»

Mildred wandte sich ab und starrte aus dem Fenster auf den Frühlingsregen, der sanft auf die Bäume in der Straße fiel. Sie sagte: «Ich glaube nicht, daß es mir möglich ist, meine Tochter je wiederzusehen.»

Die Kleider, die er anhatte, einige deutsche Mark, sein Messer, eine Mauser-Pistole, zwei Sorten von gefälschten Papieren und seine Kenntnisse, das war alles, was James übriggeblieben war. Sein Instinkt sagte ihm, sich aus dem Staub zu machen, in die Schweiz zu fliehen. Statt dessen nahm er die Straßenbahn nach Wilmersdorf und schickte ein weiteres Telegramm ab. Dann suchte er die letzte Adresse auf, die C ihm gegeben hatte.

Es war die eines lutheranischen Pfarrers, der unter anderem auch in Oxford studiert hatte. Und dort hatte er verschiedene Leute getroffen, die inzwischen hohe Posten im Foreign Office bekleideten. Pastor Bittrich hatte einige von ihnen während der Jahre 1908 und 1914 in seinem Haus bewirtet. Im Verlauf dieser Jahre hatte er des öfteren eine Bemerkung fallenlassen, daß er, falls es zum Krieg zwischen Deutschland und England käme, bereit wäre, den Engländern zu helfen. Sie hatten ihm sogar ein Paßwort gegeben, falls sie seine Hilfe brauchten.

Das Haus in der von Bäumen gesäumten Gasterstraße war

altmodisch und anziehend, es machte fast einen ländlichen Eindruck. James klingelte an der Eingangstür. Ein dickliches, apfelwangiges Mädchen öffnete ihm und sagte, der Herr Pfarrer mache Besuche, würde aber bald zurücksein. Könnte Herr Graber – James hatte wieder seinen Namen gewechselt – bitte auf ihn warten?

Herr Graber setzte sich in einen Sessel im Wohnzimmer und starrte trübselig auf die Lithographie eines gekreuzigten Christus, die über dem Kamin hing.

Als Pastor Bittrich das Zimmer betrat, erhob sich James, um ihn zu begrüßen. Der Pastor war ein großer, hagerer Mann mit einem permanent erstaunten Ausdruck.

James sprach ihn auf deutsch an. «Ich habe eine Mitteilung für Sie, Herr Pfarrer. Wir haben einen gemeinsamen Freund, der mich gebeten hat, Ihnen zu sagen, daß ‹Edelleut' ein England, jetzt im Bett, verfluchen einst, daß sie nicht hiergewesen›.»

Der hagere Pastor drehte sich um und blickte auf Christus am Kreuz und bemerkte, daß sich am Helm des einen römischen Soldaten Moderflecken gebildet hatten. «‹Und werden kleinlaut, wenn nur jemand spricht, der mit uns focht am Sankt-Chrispinus-Tag›», erwiderte er.

James sah weder, wie alle Farbe aus dem Gesicht des Pfarrers wich, noch das Aufblitzen panischer Angst in den Augen des Manns.

«Haben Sie noch andere Mitteilungen für mich?» fragte der Pfarrer.

«Nein, ich möchte für ein oder zwei Tage bei Ihnen unterschlüpfen, bis ich andere Vorkehrungen getroffen habe.» Was er in Wirklichkeit meinte, war: Entschlüsse gefaßt habe. «Ich werde Ihnen keine Umstände machen.»

Als der Pfarrer sich umwandte, lächelte er. «Sie sind mir willkommen.» Er streckte seine Hand zum Gruß aus.

Caspar benutzte jetzt die ganze Zeit sein Holzbein, und es hieß sogar, daß er eine neue Art von künstlichem Arm bekommen sollte. Er saß in C's Vorzimmer und ging die Informationen vom sogenannten *«Frankignoul-Netz»* und von einem anderen von belgischen Katholiken aufgebauten Spionagenetz durch. Letzteres war als *«Biscops»* bekannt, aber wegen des religiösen Hintergrunds bezeichnete C es als den *«Sacré-Cœur-Ring»*. Caspars Aufgabe bestand darin, besonders wichtige Punkte für C herauszusuchen.

Er kümmerte sich auch um die frisch eingetroffenen Meldungen. Zwei davon hatten an diesem Morgen viel Aufregung ausgelöst und seinen Großvater dazu veranlaßt, in C's Büro zu kommen. Giles hatte beim Hereinkommen einige Worte mit Caspar gewechselt, und sogar den «Sacré-Cœur-Ring» erwähnt, an dem er besonderes Interesse zeigte, da er seine Privatagentin Monique von Paris abgezogen und in Belgien stationiert hatte, von wo aus sie erfolgreich als «Briefträgerin» agierte, indem sie Informationen durch die deutsche Frontlinie nach Frankreich schmuggelte.

In C's Büro erfuhr Caspars Großvater von den jüngsten Meldungen, die von «Pearl» und «Ruby» eingetroffen waren.

«Er hat also die betreffende Person identifiziert?» Giles lächelte.

«Sie können sich selbst davon überzeugen. Sogar die genaue Adresse hat er herausgefunden. Sie ist in Berlin, Giles. Die Frage ist, was soll er jetzt tun?»

«Es ist *Ihr* Mann.» Nachdem er die ganze Sache angekurbelt und seinen Neffen ins Feindesland geschickt hatte, schien Giles plötzlich ganz bereit, die Sache auf sich beruhen zu lassen. «Was ist mit der ‹Möwe›?»

Es war das erste Mal, seit Madeline Drew England verlassen hatte, daß sie über «Ruby» von ihr gehört hatten. Es war eine lange Mitteilung über die Verlegung von deutschen Regimentern und Divisionen an die Westfront. Giles bemerkte, daß ihnen das alles längst bekannt sei. Die Pointe der Mitteilung kam erst ganz zum Schluß: «Hinweise, daß ich nach England zurückgeschickt werden soll. Bitte um Rat.»

«Und wie zum Teufel kann ich ihr raten?» knurrte C.

Giles verbarg seine Gefühle. «Sie ist Ihre Agentin. Zugegeben, sie wurde von Kells Leuten dirigiert, als sie hier war, aber der Rat muß von Ihnen kommen. Am besten Sie tun nichts, C. Wir können uns noch immer entscheiden, wenn sie tatsächlich zurückkommt. Aber etwas viel Wichtigeres, was ist mit der Cavell?»

Die Krankenpflegerin Edith Cavell stand einer Klinik in Brüssel vor. Die Klinik diente als wichtigste Zwischenstation, von der aus Verwundete und Agenten zurück nach England geschleust wurden.

«Ich habe nichts mit ihr zu tun. Sie hat einer Menge von Leuten geholfen, aus Belgien herauszukommen. Aber offiziell wird sie nicht geführt. Ich –»

In diesem Moment klopfte Caspar an der Tür. «Eine weitere Nachricht von ‹Peewit›, Sir.»

C überflog die entschlüsselte Nachricht und fluchte. «Sie haben die Dimpling geschnappt. Ich glaube, der Pastor ist zuverlässig, hat in Oxford studiert. Aber wer weiß?»

Giles stand auf. «Keine Sorge, ‹Peewit› wird seine Sache schon gut machen.»

Als Giles gegangen war, starrte C noch lange auf die Tür. Die völlige Gefühlskälte von Giles Railton war ihm unbegreiflich. Dann rief er Caspar zu sich. Nach einer Stunde ging eine Nachricht an «Peewits» Vertrauensmann «Pearl» in der Schweiz ab. Im Klartext hieß sie: «Peewit Rückkehr nach London auf sicherstem und schnellstem Weg unbedingt erforderlich und von höchster Wichtigkeit stop C.»

«Fabelhaft mutig von Mr. Frohman, Peter Pan zu zitieren. Was für ein Glück, daß Sie noch mal davongekommen sind.»

«Ich fürchte, er nicht, Sara.»

Sie hatte die Dienstboten ins Bett geschickt und das Essen selbst gekocht. Sie wurde von Tag zu Tat tüchtiger.

Als Dick endlich am frühen Nachmittag angekommen war, hatte sie ihm befohlen, sich auszuruhen. Er hatte ein Bad genommen und sich hingelegt, aber gebeten, sie möge ihn zum Abendessen aufwekken.

Sie weckte ihn um halb neun und hörte jetzt bei einer Lammkeule seiner Geschichte zu.

Er sprach leise: «Nachdem Frohman Peter Pan zitiert hatte, wurden wir durch eine Gruppe panischer Passagiere getrennt. Es war wirklich grauenvoll.»

Zum Schluß war er das nunmehr fast senkrecht stehende Deck nach achtern hochgeklettert. «Ein Matrose lag mit zerschmetterten Beinen da, er wußte, daß ihm niemand mehr helfen konnte. Er hielt mir seine Schwimmweste hin und sagte: ‹Hier, nehmen Sie das Ding, Sir. Sie müssen verdammt weit springen, aber Sie haben eine gewisse Chance.›»

Dick war gesprungen. «Ich habe mir einen Platz ausgesucht, weit entfernt von den Leuten im Wasser. Ich dachte, ich würde es nicht überleben. Aber ich habe überlebt, wie Sie sehen. Das Wasser war kalt. Ich erinnere mich, daß ich vom Schiff weit fort schwamm und mich dann auf dem Rücken treiben ließ. Die *Lusitania* stand grotesk schief, wie ein Spielzeug, das ein Kind achtlos in seichtes Wasser geworfen hat. Der Bug schien im Meeresboden verankert, und die

Schiffsschrauben staken in die Luft. Dann sank sie. Die Heizkessel müssen geplatzt sein, aber nicht mit einem lauten Knall, sondern eher mit einem langen Seufzer, als ob das Schiff sein Schicksal beklage. Dann bildeten sich die Wasserstrudel, und das ist das Letzte, an das ich mich erinnere, bis ich im Krankenhaus aufwachte.»

«Und Sie haben mich nicht gleich angerufen?»

«Ich wollte so schnell wie möglich raus aus dem Krankenhaus. Ich fühlte mich frisch und ausgeruht und hatte sogar alle meine Dokumente bei mir. Ich zog mich also an, man hatte meine Kleider getrocknet, ging hinaus, nahm den Zug nach Dublin und die nächste Fähre. Dann rief ich Sie an.»

Sie saß eine Weile lang schweigend da und sah ihn an. «Ich kann Ihnen gar nicht sagen, wie glücklich ich bin, Sie wiederzusehen. Und was sind nun Ihre Pläne?»

Er zuckte die Achseln. «Ich will gegen die Deutschen kämpfen. Und ich muß mit Giles sprechen. Ich habe eine Botschaft für ihn.»

«Und glauben Sie, der Untergang der *Lusitania* wird nun endlich die Amerikaner dazu bringen, an unserer Seite zu kämpfen?» Ihre Stimme klang verächtlich und kalt.

«Präsident Wilson will sich unter keinen Umständen in diesen Krieg hineinziehen lassen, aber früher oder später wird es sich nicht vermeiden lassen.»

«Ah, wirklich?» Sie blickte an ihm vorbei.

«Bevor ich irgend etwas unternehme, wie mich als Freiwilliger zu melden oder mit Giles zu sprechen, muß ich Ihnen eine wichtige Frage stellen.» Er sah sie aufmerksam an. «Das letzte Mal, als ich hier war, haben wir beide ein Gelöbnis abgelegt. Meine Gefühle für Sie sind unverändert. Ich liebe Sie. Und ich möchte Sie heiraten. Wenn Sie wollen, daß ich Sie kniefällig darum bitte, würde ich auch das tun. Wollen Sie meine Frau werden, Sara?»

Sie antwortete eine lange Zeit nicht. Und Dick vermeinte das stöhnende Krachen der untergehenden *Lusitania* zu hören. Dann sagte sie:

«Ich... ich. O Dick!»

«Bitte», flüsterte er.

«Ja, später, aber noch nicht, Dick. Nach Caspars Verwundung und der schrecklichen Sache, die Rupert widerfahren ist, habe ich mich entschlossen zu warten, bis dieses grauenvolle Sterben vorbei ist. Ich kann einfach nicht...» Dann brach sie in Tränen aus.

«Dick, o Dick, ich liebe dich, ich weiß nicht...» Sie saß zusammengekauert im Stuhl, dann plötzlich stand sie auf, sah ihn an und sagte mit ruhiger Stimme: «Ja, Dick, ich heirate dich, wann immer du willst.»

Er nahm sie in die Arme, und sie blieben lange dicht aneinandergeschmiegt stehen. Dann löste er sich sanft von ihr und sagte: «Dann fahren wir morgen nach London und kaufen einen Ring. Anschließend geben wir unsere Verlobung bekannt. Ist dir das recht so?»

«Was immer du willst, Dick. Ich liebe dich. Aber nun genug der Worte...»

Sie ging ihm voran in ihr Schlafzimmer.

Der Pfarrer lud ihn zu Kartoffelsuppe und einem Schmorbraten ein. Sie sprachen wenig miteinander; nach der Mahlzeit führte sein Gastgeber James in eine kleine Dachkammer.

«Hier werden Sie zumindest ein paar Tage lang in Sicherheit sein», sagte der Gottesmann. James legte sich angezogen aufs Bett und fiel in tiefen Schlaf.

Er träumte von Tönen – ein Klavier spielte Bach und Liszt. Er hörte den Pastor nicht, der in den frühen Morgenstunden das Haus verließ, noch hörte er ein wenig später die Ankunft der Männer. Er wachte erst auf, als ihn jemand unsanft an der Schulter schüttelte. Er griff unters Kopfkissen, doch seine Pistole war nicht mehr da.

«Sie sind Gustav Franke?» Zwei Männer standen vor ihm, beide untersetzt, ihr barsches, herrisches Wesen verriet James, daß sie Polizisten waren. James versuchte, seine Schlaftrunkenheit abzuschütteln.

«Nein, ich heiße Graber.»

«Und wir wissen, daß Sie Franke heißen», sagte einer der Männer.

«Und Sie werden mit uns kommen.» Der andere riß ihn vom Bett hoch und ließ James keine Zeit zu widersprechen.

Er sah weder den hageren Pfarrer noch das rotwangige Hausmädchen, als sie ihn die Treppe hinunter zum wartenden Wagen stießen.

19

Als Mary Anne aus dem Krankenhaus nach Hause kam, war sie wie eine Maus, die beim geringsten Laut ängstlich hochschreckte. Mildred zwang sich, nett zu ihr zu sein, obwohl sie sich durch die Vergewaltigung ihrer Tochter persönlich gedemütigt fühlte. Am zweiten Abend nach Mary Annes Rückkehr ging Mildred ins Kinderzimmer und fand dort ihre Tochter vor, die mit ihrem kleinen Bruder spielte. Sie schrie Mary Anne an und befahl ihr, den Kleinen in Ruhe zu lassen. Man hätte fast meinen können, Mildred hielte Mary Annes Schande für ansteckend.

In Mildreds Augen war es Mary Annes Schuld, daß ihr diese schreckliche Sache widerfahren war, und so sah sie ihre Tochter als eine Überträgerin des Bösen, die die Sünden des Fleisches an Unschuldige weitergeben konnte. Ihre Ablehnung alles Sexuellen, die sich nach der schweren Geburt von William Arthur eingestellt hatte, steigerte sich zu Abscheu. Alle Erinnerungen an das Vergnügen, das sie früher empfunden hatte, verblaßten und wurden verdrängt.

Sie ging immer öfter in die Kirche, gelegentlich zu drei Gottesdiensten an einem Sonntag, und vier oder fünf Mal in der Woche. Sie sagte sich, daß ihre Tochter schändliche Sexualwünsche in sich genährt habe, ohne die sie nie das Opfer einer Vergewaltigung geworden wäre. Die Unlogik dieses Arguments ging ihr nicht auf.

Dann kam die Verhandlung vor dem Kriegsgericht.

Mildred weigerte sich, hinzugehen und Mary Anne beizustehen. Aber Charles hielt zu seiner Tochter. Er fuhr mit ihr nach Aldershot, saß neben ihr im Gerichtssaal und war stolz auf ihre präzisen Aussagen.

Sie hatten Otto von Brasser von London geholt. Es stellte sich heraus, daß er etwas Englisch gelernt hatte, aber der größte Teil seiner Zeugenaussage wurde von einem Dolmetscher übersetzt. Am letzten Tag sprach der Richter Artilleriehauptmann von Brasser seine Hochachtung aus und betonte mehrmals, daß der Deutsche

der Pflegerin Railton das Leben gerettet habe. Korporal Jack Hunter wurde aus der Armee ausgestoßen und zu fünfzehn Jahren Gefängnis verurteilt und den Zivilbehörden überantwortet, die ihn ihrerseits in die Zange nahmen. Er wurde einen Monat später des Mordes an Emma Gittins angeklagt. Im April erschien er vor dem Hauptgerichtshof, bekannte sich schuldig, wurde zum Tode verurteilt und am 26. Juni 1916 gehängt.

Auf dem Heimweg fragte Mary Anne ihren Vater, ob es möglich wäre, den Deutschen zu besuchen. «Ich habe noch keine Gelegenheit gehabt, ihm zu danken.»

Charles sagte, er würde sich erkundigen. Er sprach am folgenden Tag mit Vernon Kell, weil er wußte, daß dessen Leute Brasser aushorchten und seine eventuelle Loyalität überprüften. Sie benutzten zu diesem Zweck dasselbe Haus in Maida Vale, wo er sich so unvorsichtigerweise mit Madeline Drew eingelassen hatte.

Kell arbeitete an einem Plan, die deutschen Gefangenenlager mit Agenten zu durchsetzen, um sich über dort geführte Unterhaltungen zu informieren, da er sich davon neue Erkenntnisse versprach. Es gehörte zu Charles' Aufgabengebiet, diese Informationen auszuwerten und zu analysieren. Er dachte auch jetzt oft an Madeline, erkundigte sich vorsichtshalber jedoch nur sehr beiläufig nach ihrem Verbleib. Aber während seines Gesprächs über Brasser ließ er eine Frage einfließen.

«Gut, daß Sie mich fragen, C hat erst kürzlich eine Nachricht von ihr erhalten.» Kell erzählte ihm daraufhin, daß Nicolai angedeutet habe, daß sie nach England zurückkehren solle. Dann sprachen sie über Brasser, und Charles kam mit der erfreulichen Nachricht nach Hause, daß einem Treffen nichts im Wege stünde.

Am folgenden Dienstag trafen sich Brasser und Mary Anne für eine Stunde. Charles war nicht anwesend, aber ein anderer MI5-Offizier saß dabei und der Dolmetscher, der im Haus in Maida Vale Dienst tat. MO5 war Anfang des Jahrs in MI5 umbenannt worden.

Die Unterhaltung war steif, dennoch zeigte sich offensichtlich, daß die zwei jungen Leute sich sehr gerne mochten. Später erwähnte Kell dies Charles gegenüber und fragte ihn, ob Mary Anne in bezug auf Brasser von irgendwelchem Wert für MI5 sein könnte.

Aber Charles hielt das für höchst unwahrscheinlich, auch schien er an der ganzen Sache plötzlich völlig uninteressiert zu sein. Kell war leicht beunruhigt.

Der Grund war, daß Charles eines Abends versucht hatte,

Mildred zu einem normalen Verhalten zu überreden, und ihr des längeren von Mary Annes Dankesbesuch bei Brasser erzählt hatte.

Zuerst schien Mildred die Sache sehr ruhig aufzunehmen, aber als Mary Anne zum Essen herunterkam, überschüttete Mildred sie mit den übelsten Schimpfreden, nannte sie ein deutsches Liebchen und fragte höhnisch, ob Mary Anne ihrem Hunnen genauso zu Willen gewesen sei wie den anderen Patienten im Krankenhaus. «Frauen aus unserer Gesellschaftsklasse werden nur vergewaltigt, wenn sie es selbst wollen!» kreischte Mildred und fügte melodramatisch hinzu: «Du hast Schande über unsere Familie gebracht bis ins dritte und vierte Glied.»

Charles versuchte zu protestieren und seine Tochter gegen die hirnlosen Anklagen zu verteidigen, mit dem einzigen Erfolg, daß Mildred sich noch wilder gebärdete. Sie schrie, sie könne nicht einen Tag länger mit einer Frau wie Mary Anne unter einem Dach leben, sie wolle nicht, daß Mary Anne ihren Sohn infiziere, und brach in hysterisches Weinen aus.

Mary Anne versuchte mit Tränen in den Augen, ihrer Mutter gut zuzureden. Aber schließlich verlor sie die Geduld, lief aus dem Zimmer und schlug die Tür hinter sich zu, während ihr Vater versuchte, ihre Mutter zu beruhigen.

Als Charles Mildred schließlich halbwegs besänftigt hatte, ging er in den ersten Stock, um sich um seine Tochter zu kümmern. Aber das Zimmer war leer. Der Schrank stand offen, und er konnte sehen, daß ein Teil der Kleider und Mary Annes Koffer fehlten.

Er rief sofort Kell an, der mit Thomson sprach. Diskrete Nachfragen wurden angestellt und Beschreibungen an die Streifenpolizei verteilt. Dann setzte sich Charles mit Andrew, Margaret, Giles und Sara in Verbindung, doch keiner hatte von Mary Anne gehört. Charles war wütend auf Mildred. Nicht nur war ihm die ganze Sache der Familie gegenüber peinlich, vor allem fand er, seine Frau hätte sich unerhört benommen. Er sagte ihr, es sei wohl an der Zeit, daß sie einen Arzt konsultiere.

Mildred lachte laut auf, zog sich ihren Mantel an und ging in die Kirche, um für ihre Hurentochter zu beten.

«Nun, Dick, meine herzlichen Glückwünsche.» Sie saßen nach dem Abendessen in Giles Railtons Wohnzimmer in Eccleston Square. Denise hatte Kaffee und Kognak gebracht. Dick Farthing war Giles' diktatorisches Verhalten seiner Enkelin gegenüber reich-

lich peinlich. Sie hatte zwar die Mahlzeit mit ihnen eingenommen, aber ansonsten behandelte Giles sie wie eine unbezahlte Haushälterin.

«Vielen Dank!» Dick lachte. «Ich hätte Sie vermutlich um Erlaubnis oder so was bitten sollen.» Er hatte immer gefunden, daß hochgestellte Leute wie Giles Schmeicheleien nicht abgeneigt waren.

«Wohl kaum.» Die Antwort war wie eine kalte Dusche. «Sara tyrannisiert alle Railtons. Eine äußerst schwierige Situation für eine so altetablierte Familie wie die unsrige. Ihre Wiederverheiratung wird zweifellos einige juristische Fragen aufwerfen. Aber darüber werden wir zu gegebener Zeit sprechen.» Er hob das Glas. «Auf Ihr und Saras Wohl. Werden Sie Sara mit sich nach Amerika nehmen?»

«Nein.» Nachdem Liebenswürdigkeit sich nicht ausgezahlt hatte, war Dick durchaus bereit, Giles in seinem eigenen Spiel zu schlagen.

«Ah, nein? Was sind denn Ihre Pläne für die nächste Zukunft?»

«Zuerst einmal Sara zu heiraten. Wir haben den Termin auf den 23. Dezember festgelegt. Eine Weihnachtshochzeit. Ich habe den Eindruck, Sara würde sich freuen, wenn Sie die Rolle des Brautvaters übernehmen würden.»

«Sie plant also, in Redhill zu heiraten.»

«Natürlich.»

«Und danach?»

«Danach werde ich mich um eine Offiziersstelle beim Royal Flying Corps bewerben.»

«Das wird keine großen Schwierigkeiten machen, ich kenne eine Menge Leute beim RFC...»

«Vielen Dank, Sir, aber das erledige ich allein.»

«Ah, wirklich? Aber Dick, Sie haben um eine Privatunterredung mit mir gebeten. Ich vermute, Sie wollen die Hochzeit mit mir besprechen und die finanziellen Vorkehrungen, die Sara bei einer Wiederverheiratung natürlich treffen muß. Ich würde vorschlagen –»

«Nein, Sir, ich bin nicht gekommen, um über die Hochzeit zu reden. Ich weiß, daß Sara sich bereits mit den Familienanwälten in Verbindung gesetzt hat, und ich nehme an, sie wird auch mit Ihnen sprechen wollen...»

«Ich wäre äußerst erstaunt, wenn sie es nicht täte.»

«Nein, Sir, ich bin hier in offiziellem Auftrag.»
«Offiziell?»
«Mr. Wilson, der Präsident der Vereinigten Staaten, bat mich, mit Ihnen zu reden.»
«Ich fürchte, ich bin dafür der falsche Mann, Dick. Ich bin nur Berater beim Foreign Office. Die Interessen des Präsidenten werden vom amerikanischen Botschafter wahrgenommen und an jemand Ranghöheren, als ich es bin, weitergeleitet.»
«Nicht diese Angelegenheit, Sir.» Dick ließ sich nicht beirren. «Ich weiß, bei Ihnen laufen alle Fäden des britischen Geheimdienstes zusammen.»
Giles' Gesicht versteinerte. «Dann wissen Sie mehr als ich, Sir. Woher stammt diese ausgefallene Idee?»
«Vom Präsidenten selbst, der Botschafter hat ihn informiert. Sie sind eine bekannte Persönlichkeit in geheimdiplomatischen Kreisen, Sir. Deshalb bin ich gebeten worden, privat mit Ihnen zu sprechen.»
Schweigen. Ein Hund bellte, ein Auto fuhr vorbei.
Schließlich sagte Giles: «Sprechen Sie.»
Dick Farthing begann. Er erklärte, daß die innere Sicherheit der Vereinigten Staaten in den Händen des Federal Bureau of Investigation läge. «Der militärische Geheimdienst ist völlig unorganisiert, und eine Spionageabteilung existiert praktisch nicht.»
Giles nickte, um zu zeigen, daß er dies bereits wußte.
«Ein Offizier namens Van Deman genießt das Vertrauen des Präsidenten. Er reorganisiert die Informationszweigstelle des Kriegsministeriums. Der Generalstab sträubt sich energisch, einen Geheimdienst auf Ihrer Linie, Sir, aufzubauen. Die Generale –»
«Die Generale wissen, daß die Engländer wie die Franzosen ihnen alle Geheiminformationen auf einem silbernen Tablett servieren müssen, sobald sie in den Krieg eintreten. Sie brauchen sich überhaupt nicht anzustrengen.»
«Sie haben vermutlich recht. Aber der Präsident ist ein weitsichtiger Mann. Er findet, daß zumindest einige Leute in den USA lernen sollten, wie ein Geheimdienst wie der Ihre funktioniert...»
«Ach, das findet er.»
«Er bat mich, mit Ihnen privat zu sprechen.»
«Und was ist der Zweck der Übung?» Giles schien sich zu amüsieren.
«Er bittet darum, daß Sie zwei oder drei Offizieren die Erlaubnis

erteilen, die Arbeitsmethoden Ihres Geheimdienstes zu studieren, um etwas Ähnliches in Amerika aufbauen zu können.»

Giles dachte einen Augenblick nach, dann stand er auf. «Da dies eine private und *sehr* vertrauliche Unterhaltung ist, kann ich Ihnen eine nur für den Präsidenten bestimmte Antwort mitgeben. Sollte Mr. Wilson sich entscheiden, Europa zu Hilfe zu kommen, dann werde ich ihm mit dem größten Vergnügen mein ganzes Wissen und den ganzen Apparat zur Verfügung stellen. Und sagen Sie ihm auch, er solle mir einen anderen Sendboten schicken, falls Amerika beschließt, an unserer Seite zu kämpfen.»

«Gott behüte, der Mann ist kalt wie eine Hundeschnauze.» Dick gab vor zu frösteln. «Als ich ihn verließ, hatte ich Rauhreif auf den Augenbrauen.»

«Hab ich dir's nicht gesagt, Liebling.» Sara lachte. «Aber es gibt auch jemand, der sogar Giles ausstechen kann.»

«Da frage ich mich aber wer? Du etwa?»

Sie sah ihn so unschuldig an wie eine Katze, die gerade Sahne aufgeschleckt hatte. «Ich war heute früh beim jungen Mr. King von King, Jackson & King. Er sieht zwar etwas unbedarft aus, aber sein Verstand funktioniert. Er hat mir gesagt, daß John in seinem Testament eindeutig festgelegt hat, daß ich auch nach einer Wiederverheiratung mit meinem Mann in Redhill wohnen und das Gut verwalten kann. Das einzige, was ich nicht darf, ist, das Gut an meinen neuen Mann vererben. Ich muß es James hinterlassen. Giles wird außer sich sein und befürchten, daß ich das Railton-Vermögen verprasse. Aber Mr. King sagt, Johns Testament sei hieb- und stichfest. Und selbst wenn der alte Giles vor Wut platzt, vertreiben aus Redhill kann er mich nicht.»

Sie hatte bereits mit Andrew gesprochen, der die Idee begrüßt hatte, daß sie in Redhill wohnen blieb. «Er hat mich Schwesterchen genannt, ich glaube, er war schon sehr betrunken. Ich werde natürlich auch mit den anderen Railtons reden, die Frauen stehen bestimmt auf meiner Seite – außer Mildred vielleicht. Sie ist völlig unberechenbar geworden, seit Mary Anne verschwunden ist.»

Sie beendeten ihr Mittagessen und verließen das Ritz, wo sie sich getroffen hatten. Dick mußte eine Verabredung im Kriegsministerium einhalten, Sara ging zu Caspar.

Er hatte sich, als wolle er seine Unabhängigkeit öffentlich demonstrieren, ein kleines Haus in der Nähe von Bedford Square

gemietet. Sara hatte in der Früh im Büro angerufen und erfahren, daß er einen freien Tag hatte, und nun wollte sie ihm einen Überraschungsbesuch abstatten.

Es war kurz vor drei, als sie klingelte. Niemand antwortete. Sara bemerkte, daß die Haustür nur angelehnt war, stieß sie auf und betrat die kleine Halle. Hinter der Tür zu ihrer Rechten hörte sie beunruhigende Laute: ein Stöhnen, als hätte jemand Schmerzen, und heftige Atemstöße.

Sie wollte Caspar nicht erschrecken, falls er gefallen war und sich verletzt hatte. Sie öffnete mit äußerster Vorsicht die Tür und schloß sie sofort wieder.

Das Paar hatte sie nicht bemerkt. Sie schlich sich auf Zehenspitzen aus dem Haus und eilte die Straße entlang.

Sieh mal einer an, dachte sie, Phoebe Mercer, Tochter von Lord Mercer, macht Liebe mit Caspar. Bald werden wohl wieder die Hochzeitsglocken läuten.

Seit der Nachricht im Mai, die besagte, daß Frau Dimpling verhaftet worden war, hörten sie nichts mehr von «Peewit». Im Juni erschien eine kurze Notiz im *Berliner Tageblatt,* daß eine Frau Henrietta Dimpling, Engländerin, durch Heirat mit einem Deutschen aber deutscher Nationalität, der Spionage angeklagt, für schuldig befunden und erschossen worden sei.

Franke, Graber, Railton – diese Namen wurden nicht erwähnt.

«Sie werden noch nicht mal den Anstand haben, es uns mitzuteilen.» Giles war überzeugt von James' Tod. C bemerkte zum ersten Mal eine gewisse Trauer in Giles' Gesicht.

C verfügte, daß niemand Margaret vor der Geburt ihres zweiten Kindes, das im August erwartet wurde, von den Ereignissen berichten dürfte.

Mary Anne war noch immer verschollen. Aber Charles hatte erreicht, daß Mildred einen Arzt konsultierte. Sie lief zwar noch ständig in die Kirche, aber die Beruhigungsmittel schienen etwas zu wirken.

Sie warteten also bis August, bevor sie Margaret die Wahrheit sagten. In der Zwischenzeit waren sie alle voll beschäftigt. Charles überprüfte die Berichte der in die Gefangenenlager eingeschleusten Männer, unter denen sich auch Otto von Brasser befand. Einige von Kells Leuten arbeiteten eng mit ihren Kollegen in Frankreich und Irland zusammen, wo die Lage sich deutlich zuspitzte. «Irland ist

wie ein ständig beaufsichtigter Kochtopf», sagte Kell. «Er kocht nie ganz über, aber eines Tages wird er es tun, vielleicht gerade in dem Moment, wo wir nicht hingucken.»

Nach der Katastrophe von Gallipoli verließ Churchill die Admiralität und wurde Minister ohne Portefeuille in Asquiths neuer Koalitionsregierung. Später im Jahr würde er ganz aus dem Kabinett ausscheiden. Der dringend benötigte und so lange vernachlässigte Munitionsnachschub funktionierte endlich, und der Krieg hatte eine neue Wendung genommen. Deutsche Zeppeline begannen, England anzugreifen. Sie bombardierten sogar London. Niemand fühlte sich mehr sicher.

An der Westfront kämpften und starben Männer für ein paar hundert Meter Bodengewinn. Unbekannte Orte wie Neuville und Givenchy waren plötzlich in aller Leute Mund und wurden auf den Landkarten in Wohnzimmern mit Stecknadeln markiert.

«Setz dich hinter dein Russisch», ermahnte Giles seinen Neffen Roy. «Du wirst es eher brauchen, als du glaubst.»

Am 20. August gebar Margaret eine Tochter, eine Schwester für den kleinen Donald. Sie wurde auf den Namen Sara Elisabeth getauft.

Eine Woche später fuhr Giles mit C nach Redhill, um mit Sara zu sprechen. Sie hatten beschlossen, in der nächsten Woche Margaret über James' Schicksal aufzuklären, und gefunden, daß Sara, als James' Stiefmutter, als erste davon unterrichtet werden müsse.

Die schreckliche Neuigkeit warf einen Schatten auf Saras Hochzeitsvorbereitungen. Dick war vom britischen Fliegerkorps angenommen worden, mußte seinen Dienst aber erst im Januar antreten. «Ich dachte, sie würden jeden Piloten mit Jubelschreien empfangen», sagte Dick verbittert.

«Sei dankbar», flüsterte Sara. «So haben wir doch noch etwas Zeit für uns.» Doch plötzlich bedeckte sie ihr Gesicht und schluchzte. «Ich kann es nicht glauben, daß James tot ist. Bitte sag mir, daß es nicht wahr ist.»

Aber es war Margaret, die ihnen sagte, daß er noch am Leben sei. Zwei Offiziere von C's Dienststelle gingen zu Margarets Haus, und Sara hatte es so eingerichtet, daß sie zur gleichen Zeit anwesend war.

Die zwei Offiziere entledigten sich ihres schweren Auftrags mit Takt und Mitgefühl. Sara legte den Arm um Margaret, um sie zu trösten, und war verwirrt, als sie den Anflug eines Lächelns auf den

Lippen der jungen Frau sah, die langsam den Kopf schüttelte. Sie dankte den beiden Offizieren mit ruhiger Stimme und geleitete sie zur Tür.

Sara unterbrach sie ungeduldig: «Wie kannst du so sicher sein, daß er noch lebt, Margaret?»

«Er lebt, Sara.» Margarets Gesicht leuchtete auf, als sie das sagte. «Ich *weiß*, daß er lebt.»

Sara fühlte sich plötzlich merkwürdig an Martha Crook erinnert. «Aber wieso bist du so sicher?»

«James und ich wissen immer, was mit dem anderen los ist. Er ist bei mir, wenn ich Klavier spiele. Glaub es mir, Sara.»

Im Dorf Ashford trafen sich Padraig O'Connell und Malcolm Railton in der üblichen Bar.

Sie hatten sich schon eine Stunde unterhalten, als Malcolm seine Hand auf Padraigs Arm legte. «Sie haben mich noch nie hintergangen.»

«Nein, weil ich Ihnen vertraue. Sie sind der erste Engländer, dem ich je vertraut habe. Aber was bedrückt Sie?»

«Nichts Wichtiges. Aber Sie sollten es doch wissen. Ich muß an Weihnachten nach England fahren und Bridget ebenfalls. Es läßt sich nicht vermeiden, es ist eine Familienfeier, eine Hochzeit. Es würde Verdacht erregen, wenn wir absagen würden.»

«Vielleicht habe ich Arbeit für Sie da drüben. Wie lange bleiben Sie?»

«Eine Woche, höchstens zehn Tage.»

«Gut, seien Sie Neujahr wieder zurück, denn dann geht die Sache hier los. Wie kann ich nur einem verdammten Engländer vertrauen? Das weiß der Himmel allein. Casement kommt nach Irland, und dann wird das Land in Flammen stehen. Um das zu wissen, braucht man keine Spione.»

20

Es war Anfang Oktober – kurz nachdem die Krankenschwester Edith Cavell verraten und in Brüssel hingerichtet worden war –, als Giles mit Sicherheit wußte, daß sein Neffe Charles sich bloßgestellt hatte.

«Cavell hatte nichts mit uns zu tun», wiederholte C zum soundsovielten Mal, als wollte er sich selbst überzeugen.

«Wir haben sie aber benutzt.» Caspar war tief beunruhigt.

«Gewiß, sie hat vielen zur Flucht verholfen. Eine mutige Frau. Aber die Tatsache bleibt bestehen, daß sie nicht offiziell für uns tätig war. Wenn das Publikum eine Märtyrerin aus ihr machen will, mir soll's recht sein.»

Später am gleichen Tag war Giles mit Vernon Kell und Charles zusammen. Sie sprachen ebenfalls über Edith Cavells Hinrichtung. «Verrat, Niedertracht – all das ist Teil unseres Gewerbes. Unser Markenzeichen, wenn Sie so wollen.»

Giles fuhr in seinem Monolog fort. «Nehmen Sie zum Beispiel diesen Brasser. Er leistet uns im Gefangenenlager gute Dienste, aber er verrät damit seine eigenen Leute. Und dann die ‹Möwe›, sie verrät gleich zwei Länder.» Er hielt inne und versuchte, Charles' Aufmerksamkeit auf sich zu ziehen. «Sie schickt interessantes Material, hat C mir gesagt.»

Irgend etwas an Charles' Haltung war unnatürlich – eine seltsame Steifheit, eine verkrampfte Kopfhaltung.

Am Abend saß Giles über seine Zinnsoldaten und Landkarten gebeugt in seinem Arbeitszimmer. Aber sein stets reger Geist war mit Charles beschäftigt. Natürlich war er sehr beunruhigt über Mary Annes Verschwinden und das hysterische Verhalten seiner Frau. Aber Giles witterte, daß noch mehr hinter Charles' Unruhe steckte, und der einzig andere wichtige Mensch in seinem Leben war diese Frau, die sie die «Möwe» nannten.

Anfang Oktober 1915 schöpfte Charles neue Hoffnung, daß Mildred doch noch zu kurieren sei. Dieser vage Hoffnungsschim-

mer kam von einer völlig unerwarteten Seite. Charles saß wie so oft am Abend in seinem Club, um sich mit einigen Glas Gin Mut für den Nachhauseweg anzutrinken.

Der Club war an diesem speziellen Abend nicht sehr voll. Charles nahm sich die *Times* und setzte sich auf seinen Lieblingsstuhl. Nach einigen Minuten spürte er, daß ihn jemand anstarrte. Der Mann war ein rundlicher Pfarrer mit dicken Brillengläsern, rosigen Wangen, schneeweißem Haar und zarter Babyhaut.

Charles nickte ihm kurz zu. Er hatte den Pfarrer schon mehrmals im Club gesehen, kannte aber nicht seinen Namen. Der Mann kam auf ihn zu.

«Stört es Sie, wenn ich mich zu Ihnen setze?» Die Stimme war kräftig und ohne den salbungsvollen Ton, der so vielen Klerikern zu eigen ist. «Sie erinnern sich natürlich nicht an mich. Sie sind doch Charles Railton, nicht wahr?»

Charles nickte.

«Mein Name ist Merchant», sagte der Mann. «Paul Merchant, Pfarrer in Haddington. Sie haben doch die junge Mildred Edwards geheiratet, die Tochter von Pastor Edwards. Ich war Pfarrer der benachbarten Gemeinde. Wir haben uns einmal im Pfarrhaus getroffen.»

Charles grub in seinem Gedächtnis nach. Er konnte sich nur sehr vage an das düstere, etwas schäbige Pfarrhaus erinnern, wo er Mildreds Vater, einen typischen frömmlerischen Landpfarrer, der am laufenden Band Bibelsprüche von sich gab, kennengelernt hatte.

«Nein, es tur mit leid, ich erinnere mich nicht», sagte Charles mit verlegenem Lächeln.

«Nein, natürlich nicht. Aber ich würde gern mit Ihnen sprechen. Wissen Sie, ich kenne nämlich Mildred, seit sie ein Kind war, und ihre Eltern waren mir auch gut bekannt.» Er kicherte freundlich. «Ich bin jetzt in einem Alter, wo ich mich nicht mehr erinnern kann, was ich gestern getan habe, dafür aber steht mir die Vergangenheit völlig deutlich vor Augen.» Er blickte nachdenklich zu Boden, dann fuhr er fort: «Es mag sein, daß Sie darüber nicht reden wollen. Aber ich glaube, es wäre wichtig.»

«Worüber?» Charles war auf der Hut. Die Londoner Clubs, dachte er, werden sich nie ändern. Jeder weiß alles über jeden, aber die Geheimnisse wurden so wohl gehütet wie die Kronjuwelen. Sicher wußten alle Mitglieder über Mary Annes Verschwinden

und Mildreds Hysterie Bescheid. Natürlich würde keiner von ihnen es Außenstehenden gegenüber erwähnen, aber im Club würden sie darüber sprechen.

«So manches kommt einem zu Ohren.» Merchant sah ihn nicht an.

«Was zum Beispiel?»

«Ich möchte keinen Klatsch wiederholen, aber darf ich Ihnen eine Geschichte erzählen? Sie betrifft Mrs. Railton – Mildred Edwards –, als sie zwölf Jahre alt war.»

Charles war beunruhigt, nickte jedoch. «Ja, bitte.»

«Sie war ein liebes Mädchen, streng im Glauben erzogen, gehorsam und anmutig. Hat sie sich sehr verändert? Natürlich hat sie sich verändert. Es fing schon damals an, nachdem die Sache im Pfarrhaus geschehen war.»

«Welche Sache?»

«Es war unerfreulich. Ich will nicht ungerecht sein, aber Pastor Edwards und seine Frau haben sich nicht sehr geschickt verhalten. Ich weiß von der Sache nur, weil ich im aller ungeeignetsten Moment hereingeschneit bin.»

Er erzählte seine Geschichte ohne weitere Umschweife, beschränkte sich auf die Tatsachen wie ein gewissenhafter Zeuge, der eine Aussage macht.

Einige Wochen vor Mildreds zwölftem Geburtstag war sie an einem Nachmittag allein im Pfarrhaus gewesen.

Als die Eltern zurückkamen, war Mildred nirgends zu finden. Es war Sommer, und die Eltern vermuteten, das Kind wäre in den Wald gegangen.

Dort fanden sie ihre Tochter auch. Ihre Kleider hingen in Fetzen an ihr herunter, ihre Oberschenkel waren blutverschmiert und ihr Geist verwirrt.

«Ich war im Haus, als sie hineingebracht wurde», sagte Merchant. «Zuerst dachten wir, sie sei nur überfallen worden. Der Arzt kam und... nun... ja... jemand hatte sich an ihr vergangen. Sie konnte keinen zusammenhängenden Bericht geben und sagte auch nicht, wer sie vergewaltigt hatte, ob es ein Mann gewesen sei oder ein junger Bursche...»

Ihre Mutter verrannte sich in die fixe Idee, daß Mildred an allem schuld war, und wurde von Pastor Edwards in dieser verrückten Ansicht auch noch bestärkt. Das arme Kind hatte einen furchtbaren Schock erlitten und brauchte Zuspruch, Liebe, Verständnis und

ärztliche Behandlung. Statt dessen beschimpften ihre Eltern sie und quälten sie mit endlosen Fragen.

«Aber für die kleine Mildred hatte das Erlebnis anscheinend eine so große Bedeutung – ich persönlich glaube, es hat ihr sogar Vergnügen gemacht –, daß sie beschloß, die Einzelheiten für sich zu behalten. Sie gab keine Antwort und keine Auskunft, woraufhin der Pastor und seine Frau sie als Sünderin behandelten. Ich bitte Sie, ein Kind von zwölf! Sie wurde zwei Tage lang bei Wasser und Brot in eine dunkle Kammer gesperrt. Als die Eltern sie wieder herausließen, sagte sie immer noch nichts. Aber zu diesem Zeitpunkt hatte sie die Erinnerung wohl tatsächlich so gründlich verdrängt, daß sie für immer begraben war.»

«Und Sie schwören mir, daß sich das alles wirklich abgespielt hat?» Charles' Gedanken wanderten in die Vergangenheit zurück, zu ihrer Hochzeitsnacht, die Mildred so sehr genossen hatte. Nach dem ersten Mal war sie unersättlich gewesen und hatte ihn immer wieder gierig an sich gezogen. Und dann plötzlich fiel ihm eine merkwürdige Bemerkung ein. In den frühen Morgenstunden hatte sie ihre Beine um seine Lenden geschlungen und geflüstert: «Wäre es nicht wunderbar, sich im Freien zu lieben, unter den Bäumen im Wald?»

Konnte dieses schreckliche Kindheitserlebnis der Grund für ihre hysterische Reaktion auf Mary Annes Vergewaltigung sein?

«Es gibt noch etwas anderes, das ich Ihnen sagen sollte», fuhr der Pfarrer fort. «Ich tue es nur ungern, aber vielleicht hilft es Ihnen. Ungefähr eine Woche nach dieser furchtbaren Sache sprach ich mit einem weisen alten Mann, der sich sehr gut mit den Sitten und Gebräuchen von Bewohnern abgelegener Dörfer auskannte. Wir unterhielten uns darüber, was sie im Alltag so alles sehen und hören, und dann sagte er etwas sehr Aufschlußreiches: ‹Die Schwierigkeit, mein lieber Merchant, ist, daß die jungen Leute die Tiere dabei beobachten, und dann wollen sie es ihnen gleichtun. Nur zu verständlich! Aber manchmal fangen sie es nicht ganz richtig an, obwohl sie es von den Tieren genau kennen. Neulich sah ich sogar Pastor Edwards Mädelchen, und› – er nannte den Namen eines Jungen aus dem Dorf – ‹die beiden versuchten es, aber sie bekamen den Bogen nicht ganz raus.›»

Charles dankte dem Pfarrer und verabschiedete sich.

Am nächsten Morgen ging er zu Mildreds Arzt und wiederholte ihm das seltsame Gespräch. Eine Woche später sprach der Arzt

ausführlich mit Charles. Er sagte ihm, daß er überzeugt davon sei, daß es in Mildreds Kindheit ein sexuelles Erlebnis gäbe, das ihr Vergnügen bereitet hätte, aber mit Schuldgefühlen belastet sei. «Ich zweifle, ob sie es je wagen wird, sich daran zu erinnern. Das Bewußtsein geht seine eigenen Wege. Das Gedächtnis ist voller Tricks. Wenn sie sich dazu überwinden könnte, die Erinnerung an ihr Kindheitserlebnis wieder in sich wachzurufen, würde ihr das sehr gut tun.»

Doch so weit war es in der ersten Oktoberwoche noch nicht, als Charles den Telefonanruf von Madeline Drew erhielt, die ihm mitteilte, daß sie wieder in England sei.

Sie trafen sich, wie verabredet, in einem kleinen Café in Knightsbridge, und kaum wurde Charles ihrer ansichtig, spürte er wieder die Macht, die sie über ihn hatte.

«Was tust du in London?»

«Charles.» Ihre klaren, ehrlichen Augen strahlten ihn voller Liebe und Begierde an. «O Charles, ich habe solche Angst gehabt. Ich habe dich so vermißt.»

«Wann bist du angekommen? Ich muß berichten, daß du hier bist, du brauchst Schutz. Sie werden dir Fragen stellen wollen...»

«Nein, nein, nicht gleich», gurrte sie. «Ich will mit dir allein sein! Ich muß mit dir reden.»

Es war acht Uhr abends. Glücklicherweise brauchte Charles Mildred nicht zu erklären, wohin er ging, wenn er abends plötzlich wegmußte. Sie hatte gesagt, sie wolle sich früh hinlegen. Mildred hatte am Nachmittag Doktor Harcourt gesehen, und als Charles Cheyne Walk verließ, machte sie einen müden Eindruck.

«Ich kenne ein, zwei Wohnungen, die zu vermieten sind.» Er hatte kürzlich mit einem Kollegen einige Tage damit verbracht, sich nach «Sicherheitshäusern», die sie dringend brauchten, umzusehen.

Sie hatten zwölf Wohnungen besichtigt und drei davon gekauft. Eine von denen, die sie abgelehnt hatten, lag im zweiten Stock eines großen Hauses in Hans Crescent. Sie war voll möbliert, nicht zu teuer und sofort beziehbar. Die Besitzer, die im Parterre wohnten, würden sich an ihn erinnern und wissen, daß er im Staatsdienst war.

Sie aßen eine einfache Mahlzeit, dann nahm Charles Madeline mit in die Hans Crescent und zahlte einen Monat im voraus. Er unterstrich den offiziellen Charakter des Mietvertrags und er-

wähnte den Geheimhaltungserlaß. Der Besitzer, ein pensionierter Major, war voller Verständnis.

«Es ist nur für kurze Zeit», sagte Charles zu Madeline.

«Das werden wir sehen, Charles. Aber zuerst nimm mich ins Bett, bevor ich vergehe.»

Was er auch tat. Die Erleichterung war so groß, daß er seine Verpflichtung, ihre Ankunft zu melden, in einen fernen Winkel seines Gehirns verbannte. Das hätte er nicht tun sollen, denn schon jetzt hatte er gegen alle offiziellen Regeln verstoßen. Korrekterweise hätte er Madeline an einen sicheren Ort bringen und Kell sofort anrufen müssen. Von nun an war jede Minute gestohlene Zeit. Charles' Verhalten war nicht nur töricht, sondern auch äußerst gefährlich. Doch ein Mann, der sich von seiner Begierde leiten läßt, verliert leicht sein Verantwortungsgefühl.

Er bat Madeline, nicht auszugehen, und besuchte sie am nächsten Abend wieder, entschlossen, die Wahrheit herauszubekommen. Nicolai habe sie zurückgeschickt, gestand sie. Heute sei sie zwar auf Charles' Wunsch hin zu Hause geblieben, aber morgen früh müsse sie unbedingt ausgehen, denn ihre deutschen Auftraggeber hätten von ihr verlangt, zwei Herren in London zu treffen. Sie würde Charles hinterher darüber berichten. «Es werden wichtige Informationen sein über die Anzahl der Agenten, die in England und Frankreich arbeiten. Das verspreche ich dir, Liebling. Aber sag bloß nicht, von wem du die Informationen hast, sonst bin ich verloren. Die Deutschen mißtrauen mir bereits, und sie sind schlau, Liebling, sie werden mich aufstöbern, wo immer ich mich auch verstecke. Sie werden mich töten.» Ihre Augen weiteten sich vor Angst. «Bitte, unterrichte Mr. Vernon erst dann von meiner Anwesenheit, wenn ich die Deutschen von meiner Zuverlässigkeit überzeugt habe.»

Mildred war noch wach, als er spätabends nach Hause kam. Sie war zugänglicher und erkundigte sich sogar nach Mary Anne. «Der Arzt hat meine Nerven großartig beruhigt.» Sie lächelte, was nur noch selten geschah. «Er stellte mir lauter komische Fragen nach meiner Kindheit im Pfarrhaus. Warum tut er das wohl, Charles?»

Er schüttelte den Kopf. «Ärzte stellen manchmal Fragen, die völlig unsinnig erscheinen.»

In der Nacht träumte Mildred, daß sie unter einem Baum lag, ein junger Mann mit einem Pansgesicht beugte sich über sie, sie wanden sich gemeinsam am Boden zwischen den Blättern, dann zerriß er ihr

Kleid. In der Früh wachte sie auf, ihre Bettdecke war zerrissen und einer ihrer Fingernägel abgebrochen.

Am nächsten Tag erfuhr Charles, daß sie noch immer Nachrichten von der «Möwe» aus Berlin über die Schweiz erhielten.

«Du hast mich hintergangen!» Zum ersten Mal brüllte er Madeline an. «Du arbeitest noch immer für die Deutschen. Die Nachrichten von ‹Möwe› treffen regelmäßig ein. Du bist eine Närrin, Madeline, ich kann nichts mehr für dich tun ...»

«Und was geschieht mit dir, mein Liebling?» Ihre Stimme klang zärtlich und sanft. «Du hast mich hier versteckt. Und ich habe an dich bereits Informationen weitergegeben. Du wirst ins Gefängnis kommen, weil du den Feind unterstützt hast. Vermutlich erschießen sie dich. Wenn du gleich zu deinen Vorgesetzten gegangen wärst, dann sähe die Sache anders aus. Aber nun ist es zu spät. Verstehst du nicht, mein Liebling, wir sitzen jetzt im selben Boot. Meine Chefs bedrohen mich, deine machen dir den Garaus.«

«Ich kenne meine Pflicht.»

«Ach, wirklich? Wir können uns gegenseitig helfen und uns gleichzeitig vergnügen. Unsere jeweiligen Chefs kommen dabei auch noch zu ihrem Recht. Niemand braucht je etwas davon zu erfahren. Und wenn der Krieg aus ist, werden wir schon zu einer Einigung kommen.»

«Madeline, du vergißt, ich bin ein Railton ...»

«Unsere Tochter ist auch eine Railton.»

Sein Kinn fiel herunter, er wurde aschfahl.

Madeline Drew erklärte ihm freundlich die Situation anhand einiger Fotos, die sie mitgebracht hatte. Er starrte wie hypnotisiert auf die Bilder. Obwohl das Kind noch winzig war, die typischen Railton-Merkmale waren deutlich erkennbar.

Als Charles an diesem Abend das Haus in Hans Crescent verließ, sah er nicht mal die zwei Geheimpolizisten im Schatten der Bäume stehen.

Der Oktober wich dem November, der November dem Dezember. An der Westfront starben die Männer, Dörfer wurden erobert und wieder aufgegeben. Das unbeständige Wetter, das den ganzen Sommer über geherrscht hatte, veränderte sich. Der Winter stand vor der Tür.

An einem Novemberabend kam Giles, den Kopf voller Geheimnisse und Intrigen, ins Wohnzimmer, wo Denise beim Schein einer

Lampe Ordnung schaffte. Sie war zu einer schönen jungen Frau herangewachsen.

«Setz dich einen Moment hin, Denise.» Giles lächelte seine Enkelin freundlich an.

«Was wünschst du, Großvater?» Sie sprach ein sehr gutes Englisch.

«Bist du glücklich hier?»

«Ja. Ich fühle mich hier geborgen. Ich habe alles, was ich will, und die Familie ist furchtbar nett zu mir. Stell dir vor, Großvater, Sara hat mich gebeten, eine ihrer Brautjungfern zu sein. Ich bin schon jetzt ganz aufgeregt.»

Er nickte. «Ich möchte dich um einen Gefallen bitten. Würdest du ...» – er legte eine Pause ein – «nächstes Jahr ein paar Wochen in meinem Auftrag nach Frankreich fahren?»

«Nur ungern. Aber warum?»

«Ich möchte, daß du einigen Freunden von mir gewisse Nachrichten übermittelst.»

«Wenn es dein Wunsch ist, dann muß ich es wohl tun.»

«Wir sprechen wieder darüber.»

Sara Railton heiratete in der Dorfkirche von Haversage am 23. Dezember 1915. Um zu sparen, trug sie dasselbe Brautkleid, in dem sie John geheiratet hatte, was bei der Familie und besonders bei den abergläubischen Einheimischen heftige Diskussionen auslöste.

Die Nacht vor der Hochzeit verbrachte Dick im Hotel in Haversage, wo er ein kleines Diner gab, zu dem alle Railton-Männer eingeladen waren. Alle sagten zu, außer Giles und Malcolm. Sie hatten zwar plausible Entschuldigungen gefunden, aber alle wußten, daß die beiden Männer und Bridget den größten Teil des Abends im Arbeitszimmer des Generals geheime Besprechungen führten. Sie einigten sich während dieses Gesprächs auf verschiedene Taktiken, die die Situation in Irland während des kommenden Jahrs einschneidend beeinflussen sollten.

Andrew betrank sich beim Abendessen, und Charles, der, wie alle fanden, sehr mitgenommen aussah, mußte ihn zu Bett bringen. Charles sollte am folgenden Tag Dicks Trauzeuge sein, da keiner der Farthings nach Europa kommen konnte.

Bei seiner Tischrede sagte Dick, daß eigentlich James sein Trauzeuge hätte sein sollen, und sie legten eine Schweigeminute zu seinem Gedenken ein.

Margaret schien als einzige nicht daran zu zweifeln, daß er noch am Leben war. Sie war ihrer Sache anscheinend so sicher, daß sie mit jedem lachte und scherzte. Sara war etwas verärgert, als Caspar ankam und ihr die Schau ein wenig stahl, indem er erklärte, daß er und Phoebe vor einer Woche heimlich geheiratet hatten.

Billy Crook und Bob Berry hatten es fertiggebracht, Urlaub zu bekommen, und das ganze Dorf nahm an den Festlichkeiten teil.

Sogar Mildred sah besser aus, aber nur wenige wagten, sich nach Mary Anne zu erkundigen.

Die Neuvermählten verließen Redhill am Spätnachmittag, um Weihnachten in Ruhe in einem Hotel zu verbringen. Die übrigen Railtons blieben für die Festtage im Herrenhaus und feierten auf ihre traditionelle Art. Nur Giles zog sich wieder ins Arbeitszimmer des Generals zurück und nahm an den Ferienvergnügungen nicht teil. Er dachte lange über James nach.

Sie ließen ihn in der gleichen Zelle, in die sie ihn nach seiner Verhaftung in Wilmersdorf gebracht hatten.

In der ersten Woche gab es wenig Schlaf für ihn. Die Deutschen kamen zu dritt oder viert und verhörten ihn fast pausenlos. James hatte ihnen gemäß seinen Instruktionen erzählt, er sei Gustav Franke, arbeite jedoch unter dem Namen Graber für eine Schweizer Firma.

Sie bedrohten ihn nicht körperlich, erhoben auch keine Anklage wegen Spionage gegen ihn, sie überließen ihn nach einer Woche einfach sich selbst.

Jeden zweiten Tag führten ihn Gefängniswärter den langen Korridor entlang zu einem Hof, wo er eine Stunde umhergehen konnte. Das geschah immer genau um drei Uhr nachmittags, egal, ob es regnete oder die Sonne schien.

James erlernte die Kunst, in Einzelhaft bei Verstand zu bleiben. Er kratzte mit dem Daumen die Tage in einen der weicheren Steine seiner Zellenwand ein. Er hielt sich an eine strenge Routine. Jeden Morgen machte er ein paar Turnübungen, soweit das in dem kleinen, engen Raum möglich war, danach zitierte er alles, was er von Shakespeare auswendig wußte. Jeden Nachmittag flog er im Geist ein Flugzeug. Er startete in Farnborough, flog eine bestimmte Strecke, schloß die Augen und ging alle Handgriffe durch. Nachts führte er fiktive deutsche und französische Gespräche, um in Übung zu bleiben.

Man gab ihm weder Papier noch Schreibmaterial, so war er ganz auf sich selbst gestellt. Aber er wußte, daß sie ihn wieder verhören würden.

Er wußte jedoch nicht, daß es der Tag von Heiligabend war, als das Guckloch sich zu einer ungewöhnlichen Zeit öffnete und wieder schloß. Es war noch früh am Morgen, und er war gerade beim Aufstehen.

James war verwirrt, weil unerwartet eine Erinnerung in ihm erwachte und ein Hauch von Parfüm in seine Zelle eingedrungen zu sein schien. Ein angenehmer Duft wie von Frühlingsblumen, der ihm vertraut vorkam. Er wußte aber nicht, woher.

Major Nicolai wartete am Heiligabend am Gefängnistor, als die Frau kam. Er begrüßte sie mit größter Höflichkeit, und sie tranken in einem kleinen Büro zusammen Kaffee, bevor er sie ins Innere der alten Festung führte.

Es war ein feuchter, trostloser Ort, und später dachte sie, er hätte nach Verzweiflung gerochen.

Walter Nicolai und Steinhauer hatten ihr erklärt, was von ihr erwartet wurde. Sie blieben vor der Zellentür stehen, stellten sie direkt vor das Guckloch, und als sie nickte, öffneten sie es.

Es dauerte nicht länger als drei Sekunden, als sie wieder nickte. Das Guckloch wurde geschlossen.

Einige Minuten später stand sie Nicolai allein in demselben Büro gegenüber.

«Nun», fragte er, «haben Sie ihn wiedererkannt?»

Sie nickte. «Ja, er ist weder Deutscher noch Schweizer. Er ist Engländer und heißt James Railton. Amüsiert Sie das?»

Nicolai schüttelte langsam den Kopf. «Nein, aber es interessiert mich. Wir können einen Mann namens James Railton sehr gut gebrauchen.»

In seiner Zelle zitierte James laut aus dem *Sturm*, und er vermeinte, den Duft englischer Sommerblumen zu riechen. Und plötzlich fiel es ihm ein: Seine Kusine Marie benutzte ein Parfüm, das nach Sommerblumen roch. Und er wußte, daß ihm eine Hölle bevorstand, mit der verglichen seine Einsamkeit ein Kinderspiel war.

Dritter Teil

Januar 1916 – Oktober 1935

21

Giles Railton hatte persönlich, im Einverständnis mit Basil Thomson, dem Chef der Geheimpolizei, die Anordnung gegeben, Charles zu beschatten. Diese Anordnung war allerdings nur einem kleinen Kreis bekannt. Vernon Kell zum Beispiel gehörte nicht dazu. Eine Folge dieser Überwachung war, daß sie die Wohnung in Hans Crescent entdeckten.

Ohne daß Madeline oder Charles es wußten, war ein Geheimdienstler in die Wohnung eingedrungen und hatte Abhörgeräte eingebaut.

Es waren keine sehr raffinierten Geräte, aber achtzig Prozent der Gespräche im Schlafzimmer wurden abgehört, in Stenographie übertragen und von mehreren Sekretärinnen abgetippt. Die vollständigen Berichte gingen ausschließlich an Polizeichef Basil Thomson und Giles Railton.

Giles las diese seitenlangen Gesprächsübertragungen nur mit Mißvergnügen. Da sie direkt aus dem Schlafzimmer kamen, gab es natürlich oft Passagen, in denen es schlicht hieß: «Die betreffenden Personen betätigen sich sexuell. Gespräche fanden während dieser Zeit nicht statt.»

Aber es gab einige hochinteressante Unterhaltungen, und eine davon fand Anfang Januar statt.

Sie waren im Schlafzimmer, als Charles auf die Problematik ihres Informationsaustauschs zu sprechen kam. Madeline schien sich der Ernsthaftigkeit der Situation, in die sie sich beide hineinmanövriert hatten, nicht voll bewußt zu sein.

«Aber ich erzähle dir doch alles, was ich weiß», beklagte sie sich. «Ist denn das nicht genug?»

«Natürlich nicht. Verstehst du nicht, daß alles, was du mir sagst, unter den gegebenen Umständen nicht verwendbar ist? Du hast mich angefleht, meinen Leuten nichts von deiner Rückkehr zu sagen, und ich Narr habe zugestimmt. Nun ist es zu spät. Ich muß eines Tages...»

Wie immer wurde sie fast hysterisch, wenn er davon sprach, zu seinen Vorgesetzten zu gehen. «Steinhauers Leute werden mich umbringen», schluchzte sie. «Ich schwöre dir, Charles, dies hier ist die einzige Möglichkeit. Du liebst mich doch, Charles, bitte laß mich nicht im Stich.»

«Begreifst du nicht, unser beider Leben steht auf dem Spiel. Sie können dich jederzeit der Spionage anklagen. Und sie werden nicht zögern, dich zu erschießen, nicht, nachdem man Edith Cavell hingerichtet hat. Und was mich betrifft...» Er holte tief Luft. «Morgengrauen, eine Wand und ein Exekutionskommando.»

«Du weißt nicht, was Steinhauers Leute mir antun werden. Er kontrolliert das gesamte deutsche Spionagenetz in England.

«Unsinn. Wenn wir sagen, du wärst zurückgekommen, und wir dich Tag und Nacht bewachen lassen, passiert dir nichts...»

«Er wird mich töten lassen.»

Er schwieg, und die Horcher hörten, daß er vom Bett aufstand, die Vorhänge zuzog und den Gasofen anzündete. «Madeline, ich *weiß*, daß wir dich beschützen können. Warum bist du so sicher, daß man dich töten würde?»

Sie sprach so leise, daß sie kaum zu verstehen war. «Weil Steinhauer einen Mann hier in England hat. Er hat schon öfters Menschen getötet und wird es wieder tun.»

«Woher weißt du das? Erzähl mir mehr von dem Mann.»

«Ich weiß nur, daß er hier ist.»

«Wer hat dir das gesagt? Steinhauer?»

«Nein, Steinhauer hat mir nichts gesagt. Ich habe nur zufällig mal hier, mal dort etwas gehört. Manche sprechen ganz offen über ihn. Aber er ist allgemein gefürchtet. Sein Codename ist ‹Der Fischer›.»

«‹Der Fischer›? Warum?»

«Woher soll ich das wissen? So nennen sie ihn eben in Berlin. ‹Der Fischer› oder ‹Sankt Peter›, weil er Seelen fischt. Erinnerst du dich an das Schiff, das explodierte? Wann war es noch? 1914? Im November? Kurz nach Kriegsausbruch.»

«Du meinst das Panzerschiff *Bulwark?* Es explodierte ohne Warnung, niemand weiß warum.»

«Das war er, ‹Der Fischer›. Er hat eine Bombe gelegt und das Schiff flog in die Luft, genauso wie im Dezember die *Natal.* Charles, er soll noch andere Schiffe hochgehen lassen.»

«Wenn das stimmt, was du sagst, dann ist der Mann ein Saboteur. Gewiß, er hat Menschen getötet, aber es waren Seeleute...»

«Er hat mindestens auch drei andere Leute umgebracht.» Ihre Stimme verriet Angst.

«Wirklich?» Charles klang aufgeregt. Die Horcher konnten nicht wissen, daß plötzlich ein erschreckendes Bild vor seinem geistigen Auge auftauchte: die dunkle Gasse in Rosscarbery, Irland. Das Blut und die Axt. Ein riesiger Mann, der auf der gegenüberliegenden Straßenseite humpelnd davoneilte.

«Ich weiß von einem Mann in Portsmouth, einem anderen in London und von einer Frau in Schottland.» Madeline flüsterte fast.

«Zwei Männer und eine Frau... Keine Namen? Nichts anderes?»

«Nein... doch...»

Eine Weile herrschte Schweigen. Dann sprach sie wieder: «Ich weiß, wie sie getötet wurden. Alle drei wurden mit einem weißen Seidenschal erwürgt.»

Diese Unterhaltung lag jetzt Giles Railton und Basil Thomson in der Übertragung vor. «Wir sollten daraufhin die Akten noch mal durchgehen», sagte Thomson.

Giles schüttelte den Kopf. «Nein... oder vielmehr ja, erkundigen Sie sich auf alle Fälle bei der polizeilichen Ermittlungsstelle, aber ich würde anraten, erst mal nichts zu unternehmen.»

«Wenn es stimmt... ich meine, daß Pläne bestehen, auch noch andere Schiffe in die Luft zu sprengen... dann können wir den Mann nicht frei rumlaufen lassen.»

«Geben Sie mir einen, höchstens zwei Tage Zeit. Ich weiß, ich habe den Ruf, kaltschnäuzig zu sein, aber ich möchte nicht, daß mein Neffe wegen Spionage und Landesverrat vors Kriegsgericht kommt. Vielleicht ergreift Charles doch noch von sich aus die Initiative.»

«Gut, also zwei Tage.» Thomson fand die ganze Sache äußerst beunruhigend.

Giles desgleichen. Und aus diesem Grund hielt er sich am Spätnachmittag des gleichen Tages in Vernon Kells Büro auf und war daher der erste, der von einer Nachricht, die Mary Anne betraf, erfuhr.

Kell nahm sich immer Zeit für Giles. Während der ersten zehn Minuten sprachen sie über Belangloses, dann erkundigte sich Giles beiläufig, wo Charles im Moment sei.

Kell hob die Hände. «Charles ist wirklich ein Unentwegter. Im

Moment faselt er irgendwas von Sabotage. Sagt, er hätte einen Hinweis bekommen. Heute ist er nach Portsmouth gefahren – wobei mir einfällt, ich habe von Mary Anne gehört. Sie ist mit ein paar anderen jungen Frauen im Allgemeinen Krankenhaus in Rouen aufgetaucht. Sie haben sich zum Dienst zurückgemeldet. Der Kommandeur vom Medical Corps hat irgendwelche amtlichen Papiere verlangt, die sie natürlich nicht hatte. Woraufhin er die Sache auf sich beruhen ließ.»

Giles nahm diese für die Familie höchst erfreuliche Nachricht kaum zur Kenntnis, sondern fuhr mit seinen Fragen nach Charles fort. Was das sei mit der Sabotage. Wer habe ihm einen Hinweis gegeben. Was Charles unternehme.

«Charles ist inzwischen ein alter Hase. Er ist erfolgreich und braucht meine Hilfe nicht.»

«Zumindest nimmt er die Sache ernst», sagte Giles am nächsten Tag zu Basil Thomson.

«Ich weiß.» Thomson klang verärgert. «Nach unserem Gespräch habe ich zwei meiner Leute zu Scotland Yard geschickt. Aber Ihr Neffe ist uns zuvorgekommen. Die Idioten von der Ermittlungsstelle haben die drei Morde nicht in Zusammenhang gebracht, wobei es doch geradezu ins Auge sticht, auch wenn die Morde in verschiedenen Teilen des Landes verübt worden sind. So sind sie einfach unter ‹ungelöste Fälle› abgelegt worden.»

«Und es sind zwei Männer und eine Frau, wie sie gesagt hat?»

«Genau wie sie gesagt hat. Ein Leutnant zur See Fiske, gefunden in Portsmouth, November 1914, ein fünfzig Jahre alter Apotheker namens Douthwaite im Hinterzimmer seines Ladens in Camberwell, vergangenen Juli, und eine zweiunddreißig Jahre alte Frau, eine Mrs. Gregor, in einer Fremdenpension in Invergordon. Kurz vor Weihnachten. Alle erwürgt mit einem weißen Seidenschal, ein ganz ungewöhnlicher Knoten übrigens. Die Gregor hatte kurz vor dem Tod Geschlechtsverkehr, keine Anzeichen von Vergewaltigung. Einige meinen, der Täter könnte ein Marineoffizier sein wegen des weißen Schals, den die immer tragen.»

«Glauben etwa auch Sie, unser Mann könnte ein Marineoffizier sein?»

«Verrat ist nicht nur auf den Feind beschränkt, Giles. Wenn der deutsche Geheimdienst so schlau war, schon vor vielen Jahren Agenten ins Land einzuschleusen, können sie durchaus in die Marine oder ins Heer eingedrungen sein. Ich werde einen meiner

besten Männer mit der Sache beauftragen. Aber zuerst müssen wir herausfinden, was den dreien, Fiske, Douthwaite und Mrs. Gregor, gemeinsam ist.»

Giles nickte. «Charles ist der Sache also bereits auf der Spur.»

«Ja, und wenn dem so ist, dann finde ich es an der Zeit, daß Charles Farbe bekennt und diese Walküre von Hans Crescent verhaftet wird. Genug mit der Geheimniskrämerei.»

«Noch vierundzwanzig Stunden, Basil. Warten wir ab, ob Charles wirklich etwas herausfindet. Es könnte uns viel Arbeit ersparen.»

Charles hatte Madeline gesagt, sie solle nur ausgehen, wenn ihre Auftraggeber es von ihr verlangten, und ihm immer eine Notiz hinter das Bild über dem Kamin stecken, so daß er eine Ahnung habe, wo sie sei. Er wisse nicht, wie lange seine Nachforschungen dauern würden, er sei schließlich kein gelernter Detektiv. (Thomson erzählte später, daß er dennoch die Geheimpolizei bei weitem geschlagen hätte.)

Er begann mit dem Apotheker in Camberwell. Es widersprach zwar der chronologischen Reihenfolge, aber Charles war in London, und so fing er in London an.

Cecil Douthwaite hatte in einer Fünfzimmerwohnung über seiner Apotheke gewohnt. Nach dem Tod seiner Frau im Jahre 1913 hatte er gelegentlich ein Zimmer vermietet.

Er hatte die Apotheke 1899 gekauft und sie bis zu deren Tod mit Hilfe seiner Frau geführt. Sein einziger Angestellter war ein kleiner Junge gewesen, der Rezepte bei Kunden ablieferte oder Medikamente von den Ärzten holte. Nach dem Tod seiner Frau hatte er eine junge Person namens Dorothy Knapp angestellt. Sie war die einzige, die ein zweites Paar Schlüssel besaß. Die gelegentlichen Untermieter hatten einen Schlüssel zu einem Seiteneingang, der aber keine Verbindung mit der Apotheke oder dem Lagerraum hatte.

Am Abend des 16. Juli 1915 hatte Miss Knapp den Laden wie üblich um halb sieben Uhr verlassen. Mr. Douthwaite hatte ihr fröhlich einen guten Abend gewünscht und sie ermahnt, sich am nächsten Morgen nicht zu verspäten. Abgesehen von dem Mörder war die zweiundzwanzigjährige Dorothy Knapp die letzte gewesen, die den Apotheker lebend gesehen hatte.

Am nächsten Morgen, den 17. Juli, war sie um halb neun Uhr

erschienen. Als sie ihren Chef nicht wie üblich in der Apotheke vorfand, war sie sofort beunruhigt gewesen. Es war für ihn ganz ungewöhnlich. Der Lagerraum war abgeschlossen gewesen, und so war sie zur Treppe gegangen und hatte hinaufgerufen. Keine Antwort. Sie war nach oben gegangen und hatte ihn aufrecht sitzend in seinem Lieblingssessel vorgefunden. Sein Gesicht war blau angelaufen, und der Seidenschal um seinen Hals war so fest geknotet gewesen, daß seine Luftröhre zerquetscht worden war.

Der Polizeibeamte, der den Fall bearbeitete, war der Ansicht, daß das Opfer seinen Mörder bestimmt gekannt und ihm sogar vertraut hatte. Der Apotheker war zweifellos überrascht worden, und es gab gewisse Hinweise, die darauf schließen ließen, daß jemand eine Zeitlang im gegenüberstehenden Sessel gesessen hatte.

Charles machte Gebrauch von seinem Polizeiausweis, den alle höheren Geheimdienstler immer bei sich trugen, ließ sich auf dem Revier die Akten geben und sprach mit den Nachbarn. Innerhalb weniger Stunden fand er heraus, daß die verstorbene Mrs. Douthwaite mit Mädchennamen Gerda Erzberger hieß und in Hamburg geboren war. Ihre Eltern hatten sich, als sie sieben Jahre alt war, in London niedergelassen. Diesen wichtigen Punkt hatte die Polizei übersehen.

Charles setzte sich sofort mit der Fremdenpolizei in Verbindung, die ihm mitteilte, daß die Eltern 1911 nach Deutschland zurückgekehrt seien.

Von Dorothy Knapp, einer kecken, lustigen Brünetten mit großen Augen, erfuhr er, daß Mr. Douthwaite gegen Ende 1914 einen ständigen Mieter aufgenommen hatte. «Er war nicht die ganze Zeit über da, wie konnte er auch, wo er doch zur See fuhr. Aber gezahlt hat er regelmäßig.»

Nein, seinen Namen hätte sie nie gehört, aber gesehen hätte sie ihn oft. Ob sie ihn beschreiben könne? Natürlich, ja. Charles hörte ihr zu und fühlte, wie ihm eine Gänsehaut über den Rücken lief. Rosscarbery und der riesige, humpelnde Mann. Die Beschreibung paßte genau. Woher sie wisse, daß er ein Seemann war? Sie zuckte die Achseln, vielleicht hätte Mr. Douthwaite es ihr erzählt. Sie könne sich wirklich nicht erinnern.

Charles fuhr nach Portsmouth und ließ sich dort die Akten geben. Leutnant zur See Alexander Paul Fiske, dreißig Jahre alt, hatte am 14. November auf seinen neuen Einsatzbefehl gewartet. Er war wie so viele Marineoffiziere in Dartmouth ausgebildet worden.

Wo er zur Schule gegangen war, wurde nicht erwähnt. Seine Dienstzeugnisse waren einwandfrei. Beide Eltern waren tot. Was Charles aber am meisten interessierte, war der Grund, warum Leutnant Fiske auf einen neuen Einsatzbefehl gewartet hatte. Zuletzt hatte er auf der *Bulwark* gedient. Aber der Leutnant hatte Glück gehabt. Er war am Morgen der Explosion auf Urlaub gegangen.

Eine Küstenpatrouille hatte am 28. November 1914 seine Leiche halb versteckt hinter Ölkanistern gefunden. Er war mit seinem eigenen Schal erdrosselt worden.

Abgesehen von diesen Informationen erfuhr Charles nur noch, daß Fiske wenig Freunde gehabt hatte und Deutsch sprach.

Charles war im Begriff, nach Schottland zu fahren, als ihn die telefonische Nachricht erreichte, er möge sich umgehend mit seiner Frau und Vernon Kell in Verbindung setzen.

Kell sagte ihm kurz am Telefon, daß Mary Anne gefunden worden sei. Dann bat er ihn, die Reise nach Schottland zu verschieben. «Ich glaube, Sie sollten erst mal Ihre Frau sehen, bevor Sie nach Norden reisen.»

Mildred klang seltsam verstört, als er sie anrief. Sie brachte kaum einen Satz zu Ende und sprang von einem Thema zum anderen. Sie war offensichtlich erleichtert, zu erfahren, daß Mary Anne nichts zugestoßen war, aber sie stellte lauter nervöse, unsinnige Fragen. Wo sie wohl gewesen sein mochte? Warum sei sie nach Rouen zurückgekehrt? Und zum Schluß, was Charles am meisten beunruhigte, bat sie ihn, doch wieder diese köstlichen Opiumtropfen, die er ihr manchmal gekauft hatte, mitzubringen. Mildred gierte offensichtlich nach diesen Tropfen. Sie hörte nicht auf, davon zu reden, bis sie völlig den Faden verlor und nur noch schrill lachte. Charles, aufs äußerste alarmiert, nahm den nächsten Zug nach London.

«Der Fischer» ging in letzter Zeit nur selten aus dem Haus, er wartete auf neue Anweisungen. Er hatte bereits den Befehl bekommen, ein weiteres Opfer aufzusuchen und damit in gewohnter Weise umzugehen.

Er hatte alles befehlsgemäß erledigt, aber dann war diese unglückliche Geschichte in Invergordon passiert. Fiske und Douthwaite hatten ihm beide leid getan, aber es war notwendig gewesen. Was sonst sollte man mit Leuten tun, die ihre Nerven verloren?

Aber Alice Gregor stand auf einem anderen Blatt. Ihre kleine Pension war ein absolut sicherer Schlupfwinkel gewesen. Niemand hatte je Fragen gestellt, und er war kilometerweit gelaufen und hatte beobachtet, welche Schiffe in Cromarty Firth vor Anker lagen. Das richtige würde schon irgendwann auftauchen, und er hatte alle Papiere, die Uniform und andere notwendige Dokumente zusammen mit dem Sprengstoff an einem sicheren Ort verstaut.

Alice Gregor war einsam gewesen und hatte ihn gemocht. Sie hatte dies vor vielen Jahren bewiesen. Total zuverlässig, so hatte er sie eingeschätzt, bis zu dem Abend, wo alles platzte. Nun, eine Zeitlang dürfte er sich in Invergordon oder Cromarty Firth nicht mehr blicken lassen, daher blieb ihm nichts anderes übrig, als erst mal in Deckung zu gehen. Sollte sich bis Ende März nichts rühren, würde er wieder in den Norden reisen.

Der Brief wurde am Spätnachmittag abgegeben. Er war an ihn adressiert und unter seinem Namen stand in großen Buchstaben: WICHTIG.

Der Inhalt war kurz und präzise: «M6 die Dame Ihrer Bekanntschaft wird Ihre weiteren Aktionen verhindern. Erledigen Sie die Angelegenheit persönlich – St.»

Angeheftet an den Brief war eine Adresse. «Der Fischer» rasierte sich, zog einen schweren Mantel an und nahm einen Seidenschal aus seiner Schublade. Morgen würde er einen neuen kaufen müssen.

Sie dachte, es wäre Charles, der an ihre Tür klopfte, und sie rannte zum Eingang.

«Ach, Sie sind es?» Sie lächelte.

»Sie dachten wohl, ich würde nicht...»

«Nein, nein, das ist es nicht. Walter Nicolai hat mir gesagt, Sie würden...»

«Wir müssen ernsthaft miteinander reden. Darf ich hereinkommen?»

«Natürlich.» Sie ließ ihren Besucher ein und schloß die Tür.

Sie wandte ihm dabei den Rücken zu. In diesem kurzen Moment erwürgte er sie in dem engen Korridor.

«Der Fischer» ging vorsichtig um das Gebäude herum. Er witterte Bewacher, und er täuschte sich nicht. Zwei von ihnen standen verborgen im Schatten eines Torbogens mit Blick auf den Haupteingang.

Aber niemand beobachtete den Dienstboteneingang um die Ecke, nicht einmal von einem Fenster aus. «Der Fischer» erkannte Bewacher immer, selbst wenn sie sich hinter dunklen Scheiben verbargen.

Die einzigen Spuren, die er hinterlassen würde, waren seine Fußstapfen im Schnee. Doch die würden bis zum Morgen verweht sein.

Er zog ein kleines Stemmeisen aus der Manteltasche und brach das Schloß des Dienstboteneingangs auf. In der Halle brannte Licht, und er hörte das Gemurmel von Stimmen hinter der Tür im Parterre.

Leise ging er die Treppe hinauf. Klopfte an. Keine Antwort. Er wartete eine Minute lang, klopfte wieder. Immer noch keine Antwort. Er klopfte ein drittes Mal, bevor er das Stemmeisen ansetzte. Die Tür knirschte, er stemmte sich vorsichtig dagegen. Die Tür gab nicht nach.

Dann sah er ihre Beine.

«Der Fischer» machte sich schnell und leise davon. Es war an der Zeit, aus London zu verschwinden. Er würde seinen Bericht schreiben und dann nach Glasgow oder vielleicht nach Aberdeen fahren.

Mildreds Augen blickten seltsam, aber ansonsten machte sie einen besseren Eindruck.

Sie saßen im Wohnzimmer in Cheyne Walk und sprachen über die karge Nachricht, die sie von Vernon Kell und Giles bekommen hatten.

«Ich bin so erleichtert.» Es war das erste Zeichen, daß Mildreds Einstellung sich verändert hatte. «Meinst du, man wird ihr erlauben, in Frankreich zu bleiben?»

Charles sagte, Mary Anne hätte um eine schriftliche Bestätigung ihres Postens gebeten. «Sie hat zu Weihnachten einen Brief an diesen deutschen Otto von Brasser geschrieben, in dem sie sagt, sie hoffe, nach Rouen zurückzukehren, jedenfalls würde sie wieder von sich hören lassen.»

Mildred blickte lange ins Feuer, dann wechselte sie das Thema. «Ich muß unbedingt Dr. Harcourt wieder aufsuchen. Ich *muß* ihn unbedingt morgen sehen.»

Sie begann zu zittern, dann nahm sie sich zusammen und sagte mit fester Stimme: «Ja, ja, ich hoffe, er hat morgen Zeit für mich.»

Aus den fernsten Winkeln ihrer Erinnerung tauchten seltsame, lebhafte, beunruhigende Bilder auf. Sie wirkten so lebenswahr, als seien es Dinge, die sie tatsächlich erst vor wenigen Tagen erlebt hatte. Sie sah Bäume vor sich und einen sehr jungen Knaben, sie lag auf dem Rücken und spürte den Atem des Knaben. Sie mußte an sich halten, um nicht aufzuschreien, als ein plötzlicher Schmerz zwischen ihren Schenkeln sie durchzuckte. Dann war sie wieder im Wohnzimmer und hörte das Klopfen an der Eingangstür.

Das Dienstmädchen kam herein und sagte, Major Kell und Mr. Thomson wünschten Mr. Railton zu sehen.

«Ich war auf dem Weg zum Büro, Vernon», fing Charles an. Dann sah er den Ausdruck auf den Gesichtern der beiden.

Sie waren erstaunlich milde. «Wir wissen Bescheid, Charles», sagte Basil Thomson. «Vernon hat es erst vor einer Stunde erfahren. Die Geheimpolizei hat Sie seit dem ersten Treffen beschattet, das Sie mit ihr verabredet haben. Rechtmäßig müßte ich Sie wegen Landesverrats verhaften, aber meiner Meinung nach sollten wir es unter uns ausmachen. Was denken Sie, Vernon?»

Kell legte eine Hand auf Charles' Schulter. «Eine interne Untersuchung, mehr nicht. Wir wissen, Sie hatten nichts Böses im Sinn, aber warum sind Sie nicht zu mir gekommen, Charles?»

In gewisser Weise war Charles erleichtert. Er stieß einen Seufzer aus. «Hat Madeline Ihnen den Grund nicht gesagt?»

Er sah plötzlich Mitleid und Verlegenheit in Kells Augen aufflakkern, aber es war Basil Thomson, der ihm antwortete: «Sie konnte uns den Grund nicht sagen, Charles. Es tut mir leid, aber sie ist tot. Erwürgt mit einem weißen Seidenschal.»

Am ersten Mittwoch im Februar wurde Monique, Giles' spezielle Agentin, die jetzt eng mit dem «Sacré-Cœur-Ring» zusammenarbeitete, festgenommen und verhört, als sie von einem besetzten Teil Belgiens in einen anderen überwechselte.

Der deutsche Offizier bestand auf einer entwürdigenden Leibesvisitation. Sie fanden nichts, ihre Papiere waren in Ordnung. Es gab keinen Grund, sie zu verhaften.

Monique hatte diese Möglichkeit vorausgesehen und Vorsichtsmaßnahmen ergriffen. Die Informationen waren sorgfältig in ihren mit breiten Spitzen besetzten Schlüpfer eingestickt.

Die Stickerei wurde später auf Papier übertragen, zutage trat eine detaillierte Karte des deutschen Verteidigungssystems entlang der

Somme. Der Karte war deutlich zu entnehmen, daß dieser Frontabschnitt, eine sechshundert Kilometer lange befestigte deutsche Linie, fast undurchdringbar war. Eine Tatsache, die keinerlei Einfluß auf die Strategie der Generale hatte.

Sie gaben James dreimal am Tag zu essen. Morgens bekam er zwei Scheiben Brot mit irgendwelchem Fett bestrichen, das als Butter ausgegeben wurde, und eine Tasse scheußlichen Kaffees. Das Mittagessen bestand aus einer wäßrigen Suppe, in der gelegentlich einige Gemüsestückchen schwammen, einer Scheibe Brot und einem Glas Wasser. Abends gab es Pellkartoffeln und manchmal Kohl.

Einmal in der Woche durfte er in den Hof. Er sah nur seine Wächter und hörte nie einen anderen Gefangenen. Die Verhöre hatten abrupt aufgehört, keiner schien sich mehr für ihn zu interessieren. Die Zelle war feucht und roch nach Moder, die zwei Decken schützten ihn nur mäßig vor der Kälte. James fragte sich, ob sie ihn eines Tages ohne Warnung erschießen würden. Es war alles zu friedlich.

Etwas mehr als zwei Wochen vergingen, bevor etwas passierte, und selbst dann merkte er nicht, wie erfolgreich sie ihn eingelullt hatten. Es begann eines Abends, nachdem er eine ungewöhnlich dicke Suppe gegessen hatte. Als er sich übergeben mußte, stellte er fest, daß sie seinen Eimer entfernt hatten.

Er rief und hämmerte gegen die Tür, doch niemand kam. Seine Übelkeit nahm zu. Er fühlte sich nicht besonders schlecht, nur der ständige Brechreiz war unangenehm und zum Schluß das Würgen, als sein Magen leer war.

Er schlief kaum, die Übelkeit überkam ihn wellenartig, die kleine Zelle fing zu stinken an. In der Morgendämmerung begann er wieder zu rufen, aber der Wärter kam nicht.

Das Frühstück wurde zur üblichen Zeit durch die Klappe in der Tür hereingeschoben. Er rief laut, doch die Schritte entfernten sich.

James war schwach, müde und hungrig, er trank einige Schluck Kaffee und aß den Brotkanten. Er schmeckte ein wenig bitter. Eine halbe Stunde später bekam er Durchfall. Er krümmte sich vor Schmerzen und fühlte sich hundeelend, er hatte seine Hosen beschmutzt.

Der Gestank in der Zelle wurde unerträglich, aber kein Wärter ließ sich blicken. Nur das Essen wurde ihm regelmäßig durchgereicht. Er rührte es nicht an.

Erschöpft und noch immer unter Durchfall leidend, lag er hilflos auf der Pritsche.

Am nächsten Morgen war er überzeugt davon, daß er schwer krank war und die Wärter ihn aus irgendeinem unerklärlichen Grund nicht gehört hatten.

«Mein Gott!» Die Tür sprang auf, und ein bulliger Unteroffizier, dessen Gesicht ihm unbekannt war, stand vor ihm und legte die Hand vor Nase und Mund. Die zwei Soldaten, die ihm folgten, preßten Taschentücher vor ihr Gesicht.

«Sie stinkendes, dreckiges Schwein», brüllte der Unteroffizier. «Ihre Zelle! Ich habe noch nie so eine Sauerei gesehen. Das werde ich dem Kommandanten melden!» Er drehte sich auf dem Absatz um und knallte die Tür hinter sich zu.

Eine halbe Stunde später kamen sie zurück und brachten zwei Eimer, eine Scheuerbürste und einen Lappen in die Zelle. «Machen Sie diesen Dreck weg, Gefangener, und säubern Sie Ihre Kleider. Befehl vom Kommandanten. Bis sechs Uhr abends muß alles tipptopp sein.»

Ein Eimer enthielt lauwarmes Wasser, der andere ein Desinfektionsmittel, vermutlich Lysol, dachte James. Um sich vor weiteren Krankheiten zu schützen, versuchte James, mit den unzureichenden Putzmitteln das Beste zu erreichen. Er bekam die Zelle sauber, aber nicht seine Hosen, an denen die Exkremente klebten.

Der Kommandant erschien in Begleitung des Unteroffiziers, der ihn anbrüllte aufzustehen. James hatte kaum die Kraft, sich zu erheben.

«Das ist nicht gut genug», erklärte der Kommandant. «Geben Sie dem Gefangenen saubere Kleider und mehr Material, um die Zelle zu putzen.»

Sie schleppten James fort. Zogen ihn aus und steckten ihn in ein brühheißes Bad. Die zwei Soldaten schrubbten ihm mit zwei harten Bürsten und einer Art Karbolseife fast die Haut ab. Als sie ihn in die Zelle zurückbrachten, war er so sauber wie nie zuvor.

Diesmal stand der Eimer wieder da und ebenfalls Essen.

James war ausgehungert, und er wußte, er mußte essen und trinken, um wieder zu Kräften zu kommen. Die Nacht verlief ereignislos. In der Früh erschien der Kommandant wieder. «Das ist schon besser», schnarrte er. «Aber noch nicht gut genug.» Er wandte sich an den Unteroffizier und befahl, der Gefangene solle die Wände tünchen.

Sein Körper brannte noch immer wie Feuer von dem rohen Schrubben im Bad. Sie brachten einen Eimer mit Tünche, und er machte sich langsam an die Arbeit.

Sie ernährten ihn normal, und nach zwei Tagen war er mit der Arbeit fertig. Danach verlief alles normal, ungefähr eine Woche lang.

Und wieder fing es in der Nacht an. Er hatte nicht bemerkt, daß sie ihm den Eimer wieder fortgenommen hatten und die Suppe dicker als üblich war. Ganz offensichtlich hatten sie ihm starke Abführmittel unter das Essen gemischt.

Die frühen Morgenstunden waren die schlimmsten. Er übergab sich unentwegt, und seine Eingeweide fühlten sich an, als würden sich glühende Nägel hineinbohren.

Diesmal stellten sich die Wärter nicht taub. Er war sogar zu schwach, um aufzustehen, als sie kamen, ihn aus der Zelle zerrten, den Korridor entlang in eine andere, größere Zelle schleppten und ihn systematisch verprügelten.

Dann setzten sie ihn halb bewußtlos in einen Stuhl, und das Verhör begann.

«Ihr Name?»

«Franke.»

«Falsch.» Ein Schlag auf den Kopf sandte ihn zu Boden.

«Was haben Sie mit dieser Dimpling zu tun?»

«Nichts.»

«Falsch.» Ein Faustschlag ins Gesicht.

Sie fragten ihn stundenlang aus. Schließlich schleiften sie ihn in seine Zelle zurück. Er bekam vierundzwanzig Stunden nichts zu essen.

Die Zeit schien stillzustehen. Aber er vermutete, daß es ungefähr eine Woche später war, als sie kamen, ihn einen langen, gewundenen Korridor und ein paar Stufen hinauf in eine Wachstube führten. Vier Soldaten mit Gewehren begleiteten ihn zu einer Art Lieferwagen und befahlen ihm einzusteigen. Im Wageninneren war es dunkel, und es roch nach Schweiß. Die Soldaten setzten sich neben ihn. Jemand schloß die Tür. Der Wagen setzte sich in Bewegung.

Die Fahrt dauerte zwei Tage lang. Sie hielten nur an, um zu essen, sich zu erleichtern und zu schlafen.

Während der Fahrt zitierte er im stillen den ganzen *Hamlet*. Wenn er am Ende war, fing er wieder mit Akt eins, Szene eins an. Bei der sechsten Wiederholung hatten sie ihr Ziel erreicht.

Sie hielten in einem Hof. Es schneite, Stiefel knarrten und rutschten aus. Der Schnee schien auf Kopfsteinpflaster zu liegen. Über ihnen erhoben sich Mauern, die Fenster waren hauptsächlich romanisch. James versuchte sich zu erinnern, in welchem Teil Deutschlands oder Österreichs sich eine guterhaltene romanische Burg befand.

Die Zelle war größer und lag hoch oben im Gebäude. Die Wände bestanden aus soliden Steinquadern, ein Bogen bildete eine natürliche Trennungslinie zwischen dem Schlaf- und einem Wohnraum. Das Bett war bequem mit sauberen Kissen und Decken.

Im Wohnraum standen, in den Boden eingeschraubt, ein Tisch und zwei Stühle. Zum ersten Mal seit Wochen saß er an einem Tisch und aß eine genießbare Mahlzeit – eine Art Lammragout mit Zwiebeln und Kartoffeln, dazu Wein und Brot.

Das Verhör begann am folgenden Tag bei Morgendämmerung.

Der Untersuchungsbeamte war ein kleiner Mann, fast eine Karikatur eines Deutschen: vierkantiger Schädel, kurzer Haarschnitt, Schmiß auf der rechten Backe. Er trug einen grauen Anzug, aber alles andere an ihm war militärisch. Er stellte die üblichen Fragen: Name? Warum er nach Berlin gekommen sei? Wieso hatte er Hetty Dimpling und Pastor Bittrich aufgesucht?

James gab dieselben Antworten wie zuvor. Als die Sprache auf Major Sterkel kam, verneinte er alles, was diesen belasten könnte. Es sei des Majors Idee gewesen, auf diese heimliche Art zu korrespondieren. Er, Franke, habe nur nach einer englischen Dame namens Miss Brown geforscht, die einen deutschen Offizier in Paris geheiratet habe. Sie sei eine gute Freundin seines Vaters gewesen. Nein, er wüßte wirklich nicht, warum der Major ein Geheimnis aus der Sache gemacht hätte.

Warum habe dann Frau Dimpling den Brief vom Postamt am Alexanderplatz abgeholt? Einen an ihn adressierten Brief? Es sei vermutlich irgendein Irrtum gewesen.

«Frau Dimpling ist als Spionin erschossen worden.»

James zeigte keinerlei Gefühl, zuckte nur die Achseln und sagte, er kenne keine Frau Dimpling.

«Vielleicht wird man auch Sie als Spion erschießen.»

James zuckte wieder die Achseln und machte eine gleichgültige Miene. Das wäre höchst ungerecht. Er sei ein patriotischer Deutscher, obwohl seine Familie in der Schweiz gelebt habe.

Bei Morgendämmerung am folgenden Tag führten sie ihn in den

Hof, stellten ihn gegen die Mauer, gaben ihm eine Zigarette, erlaubten einem katholischen Priester, ihn zu fragen, ob er die Beichte ablegen wolle. Dann erschien das Exekutionskommando, lud die Gewehre und wartete auf den Befehl zu schießen.

James hatte innerlich mit dem Leben abgeschlossen.

In London stillte Margaret gerade die kleine Sara Elisabeth, als sie die Chopin-Sonate hörte. Später erzählte sie, die Musik sei so klar zu hören gewesen, als spiele jemand im Nebenzimmer. Dann schwieg das Klavier.

Das Klavier hatte zwar aufgehört zu spielen, aber James war ihr den ganzen Tag lang ganz nahe, auch als sie zu Charlotte ging, die sie besuchte, um die Schwägerin seelisch zu unterstützen.

Charlotte erholte sich langsam, ihre Besuche in Redhill taten ihr gut. Sara hatte darauf bestanden, daß die Railton-Frauen im Sommer wie im Winter einen strikten Dienstturnus einhielten. Charlotte genoß die langen Gespräche, wenn andere Familienmitglieder sie besuchten, und war einfach hingerissen, als sie Ende Januar von Caspar erfuhr, daß sie Großmutter werden würde.

«Und wie nimmt Andrew es auf, Großvater zu werden?» fragte Margaret. Sie machte sich Sorgen um Andrew. Er war für sie das klassische Beispiel eines Idols, das von seinem Piedestal gefallen war.

Charlotte machte eine vage Geste. «Er schluchzte wie ein Baby. Und das nicht zum ersten Mal. Vor einem Monat ungefähr kam er nach Hause, setzte sich in den Sessel und weinte fast eine Stunde lang. Ich versuchte, ihn zu trösten, fragte, was los sei...»

«War er betrunken?»

«Nicht mehr als sonst. Er sagte, Rupert hätte nicht in seine Fußstapfen treten sollen. Es sei alles so schrecklich. Und dann wiederholte er immer wieder: ‹Zu spät, Charlotte, zu spät.›»

Obwohl Andrew vom Alkohol manchmal angeregt, manchmal deprimiert war, erledigte er seine Arbeit zur größten Zufriedenheit seiner Chefs. Seit Reginald Hall als neuer Chef die Dienststelle übernommen hatte, war das Zimmer 40 in einem ständigen Tumult. Hall war es gelungen, Zimmer 40 um mehrere Büros zu erweitern, und fast jeden Tag tauchten neue Gesichter auf – meistens Universitätsprofessoren. Manche blieben nur für eine bestimmte Aufgabe, andere für immer.

Nach der *Lusitania*-Katastrophe entfaltete alles, was in der

Admiralität mit Abhören, Analysieren, Dechiffrieren beschäftigt war, eine fieberhafte Tätigkeit. Die Marine-Informationsdivision unter ihrem neuen Chef Reginald Hall galt als die tüchtigste Abteilung von allen.

Giles beschwerte sich bei C: «Unsere Aufgabe ist es, den Militärs und den Politikern Material zu liefern.»

«Genau das tun wir doch, Giles. Hall ist uns gegenüber im Vorteil, weil seine Arbeit kurzfristiger angelegt ist. Unser Problem ist es, Leute dazu zu veranlassen, in der *Zukunft* die richtigen Entschlüsse zu fassen, aber darüber haben wir schon, ich weiß nicht wie oft, geredet.»

Caspar hörte der Diskussion zu und fragte sich, nicht zum ersten Mal, ob er nicht, trotz eines fehlenden Beins und Arms, der einzige ausgeglichene Railton in dieser großen Familie war. Er hatte keine Komplexe, sein Privatleben hätte nicht besser sein können, und seine Arbeit machte ihm Spaß. Aber wenn an den Gerüchten, die ihm zu Ohren gekommen waren, etwas Wahres dran war, dann saß sein Onkel Charles gewaltig in der Patsche, und sein Großvater hatte sich nicht nur in zwielichtige Intrigen verstrickt, sondern hing augenscheinlich auch neuen und gefährlichen Ideologien an. Sein eigener Vater schwankte zwischen weinerlichem Pessimismus und falscher Hochstimmung, Marie war in Berlin mit ihrem deutschen Liebhaber, James vermißt auf einer Geheimmission, und Tante Mildred schien durchzudrehen.

Er wurde aus seinen Überlegungen durch eine Bemerkung seines Großvaters hochgeschreckt. Ob die «White Lady» – ein sehr erfolgreiches belgisches Spionagenetz – oder der «Sacré-Cœur-Ring» einen weiteren Kurier brauche? C antwortete: «Je mehr wir haben, desto besser.»

«Dann habe ich genau die richtige Person für Sie.»

Caspar war empört, als er begriff, daß sein Großvater seine Enkelin, Denise Grenot, Caspars Kusine, für diesen Posten vorschlug.

«Mrs. Railton, haben diese Tagträume oder plötzlichen Erinnerungsbilder mit Ihrer Kindheit zu tun?»

Mildred blickte über den Schreibtisch, wagte aber nicht, Dr. Harcourt in die Augen zu sehen. «Ich erinnere mich am deutlichsten an diese Bilder, nachdem ich die Medizin eingenommen habe.

Wenn sie so wichtig sind, dann sollten Sie mir erlauben, die Medizin mit nach Hause zu nehmen, damit ich sie immer zur Hand habe.»

Harcourt bekam einen Schreck, denn er wußte, was sich hinter Mildred Railtons Bitte verbarg. Er war ein verantwortungsbewußter, erfahrener Arzt, der sich jetzt fast täglich mit den seelischen Problemen, hervorgerufen durch die Angst, die Belastung und den Kummer, die der Krieg mit sich brachte, konfrontiert sah. Der Fall Mildred Railton faszinierte ihn, besonders nachdem ihr Mann ihm von dem Kindheitserlebnis erzählt hatte.

Er hatte mit anderen Ärzten gesprochen und die einschlägige Fachliteratur studiert und wußte daher, daß eine Möglichkeit bestand, Mildred das verdrängte Kindheitserlebnis zu entlocken, wenn sie entspannt genug war. Und dann wäre das Trauma beseitigt und seine Patientin geheilt.

Das Hauptproblem war die Entspannung, und deshalb hatte Harcourt ihr einige Tropfen Laudanum in Wasser aufgelöst verabreicht.

Ihr Unterbewußtsein versuchte offensichtlich das Kindheitstrauma emporzuholen. Mildred sprach von Blättern, Moos, auf dem sie lag, einem jungen Burschen und gelegentlichen Schmerzen im Genitalbereich. Er wollte keinesfalls die Behandlung jetzt abbrechen, aber ihre Bitte, Laudanum mit nach Hause zu nehmen, war ein klarer Beweis ihrer Süchtigkeit.

Sie unterhielten sich noch eine halbe Stunde. Sie war zweifellos ausgeglichener als am Anfang der Behandlung, und er wußte aus Erfahrung, daß es nicht schwierig sein würde, sie zu entwöhnen, sobald sie geheilt war.

Also gab er ihr beim Abschied ein Rezept für eine Dosis für die zwei folgenden Tage, am Freitag würde er sie wiedersehen.

22

Sie verbanden James die Augen nicht und ließen ihn stehend seine letzte Zigarette rauchen. Seine Gedanken konzentrierten sich auf Margaret. Er konnte sie deutlich eine «Gigue» spielen hören. Bach, dachte er.

Er bemerkte, daß die Soldaten verängstigt und sehr jung aussahen. Der Offizier schüttelte ihm die Hand und trat zurück. James nahm Haltung an. Aus dem Augenwinkel sah er, daß der Offizier seinen Säbel aus der Scheide zog. Er hörte den Befehl zum Anlegen. Dann erschien keuchend ein Bote, der auf den Offizier zulief. Sekunden später machte das Exekutionskommando kehrt und marschierte ab. James wurde ins Gebäude zurückgeführt.

Man brachte ihm Kaffee. Ein Untersuchungsbeamter kam herein. James gab ihm im stillen sofort den Spitznamen «Professor». Er trug einen zerknitterten Anzug, seine Haare bedurften dringend eines Friseurs, die Nickelbrille war ihm auf die Nase gerutscht. Sein Auftrag schien ihm unangenehm zu sein.

Der «Professor» sagte, er hieße Einster, und schüttelte ihm die Hand. Er blätterte in der dicken Akte herum, als fände er sich nicht zurecht. Zum Schluß hob er den Kopf und lächelte freundlich.

«So, so, Sie sind James Railton. Ihre Eltern sind beide tot. Tut mir aufrichtig leid. Ich glaube, ich habe Ihren Vater mal vor Jahren in London getroffen. Er hat ein zweites Mal geheiratet. Wie war bloß ihr Name. Anna? Hanna?»

James schüttelte den Kopf. Sein Name sei Franke. Es stünde in den Akten.

Der «Professor» lächelte wieder, jetzt ganz erleichtert. «Nein, natürlich ist ihr Name Sara! Und sie hat sich wieder verheiratet, mit einem Amerikaner. Nun, Leutnant Railton, ich möchte mich gerne über gewisse Dinge mit Ihnen unterhalten. Und wenn Sie mitmachen, wird Ihnen die unangenehme und endgültige Wirklichkeit, deren Vorspiel Sie heute früh erlebt haben, erspart bleiben.»

Sie setzten ihre Gespräche fast zwei Wochen lang fort. James

verneinte, je von einem Railton gehört zu haben. Der «Professor» nickte, nahm keine Notiz von James' Einwürfen, sondern erging sich des langen und breiten über die Tugenden und Fehler, die Stärken und Schwächen der Railton-Familie.

Er wußte über alles Bescheid, wußte sogar, daß Giles eine hohe Position im Foreign Office einnahm. Zum Schluß weigerte sich James, irgendwelche Aussagen zu machen.

Jeder versuchte, nett zu Charles zu sein. «Wir verstehen ja, unter welchem Druck Sie standen, alter Knabe, aber Sie haben schon eine riesige Dummheit begangen», sagte Kell. Giles blieb vorerst im Hintergrund. Aber Basil Thomson suchte ihn mehrmals auf.

Die erste Unterhaltung in Thomsons Büro in Scotland Yard drehte sich hauptsächlich um den «Fischer» und die Dinge, die Charles über ihn herausgefunden hatte.

Ein Wagen holte ihn ab, setzte ihn in Scotland Yard ab und fuhr ihn direkt nach Cheyne Walk zurück. Polizisten in Zivil hielten vierundzwanzig Stunden Wache, einer an der Vorderfront, ein anderer an der Rückseite des Hauses.

Nach vier Tagen kam Kell ihn besuchen. «Wir wollen die Sache unter uns abmachen, das heißt, nur wenige Leute von MI5 und der Geheimpolizei sind eingeweiht. Eine Untersuchung ist natürlich unvermeidlich, und ich kann Ihnen nichts versprechen. Das Schlimmste, was passieren kann, ist Entlassung, das Beste ein strenger Verweis. Ich würde Sie, offen gesagt, gern behalten, Charles, und werde mein möglichstes tun. Nehmen Sie sich einen guten Anwalt, und sehen Sie zu, daß Thomson Ihnen nicht alle Würmer aus der Nase zieht.»

«Was heißt nicht alle Würmer?» Charles war wie benommen. Er konnte nicht schlafen, und seine Gedanken kreisten unentwegt um die Frage, warum er sich so töricht benommen hatte. Er wußte natürlich die Antwort, aber das Ganze kam ihm jetzt so banal vor. «Was heißt nicht alle Würmer?» wiederholte er.

«Die Sache mit dem ‹Fischer›. Lassen Sie die wenn möglich unter den Tisch fallen. Ich möchte mir den Halunken persönlich vornehmen. Basil hat Wood auf ihn angesetzt. Ein Freund von Ihnen, nicht wahr?»

«Wenn Wood dem Mörder auf der Spur ist, dann lohnt es sich nicht, irgendwas zu verheimlichen. Ein großartiger Mann, er wird alles herausfinden, was ich weiß, und mehr.»

Kell sah enttäuscht aus, dann sagte er, Wood sei tatsächlich schon auf etwas gestoßen.

«Ah, ja?»

«Diese Drew, Haas, wie immer man sie nennen will...»

Charles wartete.

«Wood glaubt nicht, daß sie von derselben Person ermordet wurde wie die anderen. Der Schal sei anders geknotet gewesen.»

«Ist das der Grund, warum mich Thomson immer wieder fragt, was ich an dem Tag getan habe? Verdächtigt er etwa mich?»

Kell sagte etwas verlegen: «Es wurde erwähnt – nicht ernsthaft natürlich. Sie haben schließlich ein Alibi. Aber Sie wissen ja, wie Detektive sind...»

«Aber das ist hirnverbrannt.»

«Ja, ja, gewiß.»

«Was ist mit dem Knoten?»

Kell blickte zu Boden. «Fiske, Douthwaite und Mrs. Gregor wurden mit einem Schal aufgefunden, der fachmännisch hinter dem linken Ohr verknotet war. Ich weiß nicht, was für eine Art von Knoten es war... während Miss Drew... nun, der Schal ist einfach hinten am Hals fest zugezogen worden... wir nannten es als Pfadfinder einen Altweiberknoten.»

Beim Abendessen redete Mildred ohne Unterlaß, aber nur wenig ergab einen Sinn. Sie sprach über ihre Kindheit, ihren Vater, ihre Muttter, über die Zukunft und den Krieg. Mildred ahnte nichts von Charles' Schwierigkeiten und schien die Polizisten in Zivil nicht zu bemerken.

Am nächsten Tag wurde er wieder nach Scotland Yard gefahren, und alles wurde erneut durchgekaut. Es nahm viel Zeit in Anspruch. Gegen Abend sah Kell ihn allein, um zu sagen, daß der Untersuchungsausschuß in der nächsten Woche zusammenträte.

«Ich habe einen guten Anwalt für Sie, und natürlich findet die Verhandlung unter Ausschluß der Öffentlichkeit statt, aber wollen Sie, daß wir Mildred Bescheid sagen?»

«Nein, lieber nicht, es würde sie nur beunruhigen.»

«Ich meine nur, falls...»

«Falls die Polizei mich des Mords bezichtigt?»

«Ich halte das für höchst unwahrscheinlich, aber...»

«Nein.» Charles klang bestimmt. «Nein, ich will nicht, daß Mildred davon erfährt, noch meine übrige Familie, mit Ausnahme von Onkel Giles natürlich.»

«Und Mary Anne?» Kell hob die Augenbrauen.

«Nein!» Er hatte nur selten an Mary Anne gedacht, seitdem das Ganze passiert war. Während der Nacht ging er noch einmal die Ereignisse der Nacht ihrer Flucht aus Cheyne Walk durch. Wo war sie hingegangen? Wie war es ihr gelungen, nach Rouen zurückzukehren?

Als Mary Anne tränenüberströmt an jenem Juliabend 1915 aus dem Haus lief, wußte sie nicht, wohin sie sich wenden noch was sie tun sollte. Sie hatte in ihren Koffer das Notwendigste verstaut und sechs Pfund achtzehn Shilling in der Tasche und ihr Scheckbuch.

Sie fand ein Taxi und gab ihm Andrews Adresse in King Street an. Doch auf halbem Weg entschloß sie sich anders. Es war unsinnig, zu einem Verwandten zu laufen. Das beste wäre, möglichst schnell aus London herauszukommen. Sie war wütend auf ihre Mutter. Gleichzeitig tat sie ihr leid. Mammi, dachte sie, hat den Verstand verloren. Kein Wunder, die ganze Welt war verrückt. Das Grauen und das Sterben hatte sie, Mary Anne, sicher seelisch abgehärtet, aber ihre Mutter hatte nie schwere Zeiten erlebt.

Sie wies den Taxichauffeur an, sie zum Euston-Bahnhof zu fahren. Dora Elliott war sicher noch auf Urlaub, sie hatte erst gestern einen Brief von ihr bekommen.

Der Bahnhof war voll mit Reisenden und Soldaten. Sie löste eine Fahrkarte nach Liverpool. Der Zug hatte Verspätung, so daß sie erst um sechs Uhr früh dort eintraf. Sie winkte ein Taxi heran und gab dem Chauffeur Doras Adresse an. Er warf ihr einen merkwürdigen Blick zu. Als er in Hafennähe in die engen, schmutzigen Straßen mit ihren verwahrlosten Häusern einbog, verließ sie der Mut. «Tut mir leid, Fahrer», stammelte sie. «Ich... ich habe mich umentschlossen, können Sie mich bitte ins Lime Street Hotel fahren.»

Er zuckte die Achseln und machte kehrt.

Als er sie abgesetzt hatte, war sie von sich selbst angeekelt. Was machte es schon aus, wo Dora wohnte? Dora war mehr als eine Kollegin, sie war während dieser letzten Wochen in Frankreich eine Freundin geworden. Sie war gescheit, heiter und praktisch und behandelte alle Leute gleich, ob Mann, ob Frau. Niemand hatte je über Doras Herkunft nachgedacht. Dora war einfach Dora. Mary Anne trug sich als Miss Edwards ins Hotelregister ein.

Um zwei Uhr nahm sie ein Taxi. Sie bat den Chauffeur, sie an der Ecke von Doras Straße abzusetzen, und ging zu Fuß zu Doras

windschiefem Haus. Schmuddelige Kinder spielten auf dem Bürgersteig, einige Türen standen offen, und der mufflige Geruch von abgestandenem Essen und schwitzenden Körpern strömte heraus. Frauen und Männer lehnten an Türrahmen, ein Mann pfiff bei ihrem Anblick, ein anderer schnalzte mit der Zunge.

Die Frau, die auf ihr Klopfen hin öffnete, war schwarz gekleidet und trug einen zerrissenen Schal. Sie war mager, verschlampt und mißtrauisch. Fettige graue Haarsträhnen fielen ihr ins Gesicht.

Mary Anne fragte, ob Dora zu Hause sei. Die Frau antwortete nicht, drehte sich aber um und rief mit schriller Stimme: «Dora, 'ne Dame will dir sehen.»

Mary Anne fühlte, wie ihr ein Stein vom Herzen fiel, als sie über die Schulter der Frau Doras vertrautes Gesicht auftauchen sah.

«Mary Anne!» Dora holte tief Luft. «Bist du von allen Göttern verlassen? Zum Teufel, was tust du hier?»

«Ich brauche Hilfe, Dora...»

«Jesus, Maria und Joseph. Du kannst nicht reinkommen. Es wimmelt hier von Kindern, und Vater kommt gleich nach Hause. Warte!» Die Frau stand noch immer im Türrahmen, ihre Augen warnten Mary Anne, den Fuß über die Schwelle zu setzen.

Einige Sekunden später kam Dora im Mantel herunter, nahm Mary Anne beim Arm, ging schnell mit ihr die Straße entlang und redete auf sie ein. «Du Idiotin, du spinnst ja, hierherzukommen, ein Mädchen wie du! Die Westfront ist weniger gefährlich als diese Gegend. Ich bin hier geboren, ich kann mich wehren, aber eine Fremde! Man wird dich bestehlen, dich anfallen oder... verdammt, ich wollte schon sagen oder Schlimmeres. Aber du hast ja ‹oder Schlimmeres› erlebt. Hier geht es wüst zu...»

«Ich war schon an anderen Orten, wo es wüst zugeht.»

«Ja, die ‹Deux Bateaux› in Rouen, wo die Soldaten sich einen antrinken. Das kommt dir schon wüst vor, nicht wahr? Mein lieber Schwan, du hast keinen Schimmer. Wenn Vater nach Hause gekommen wäre und ein Auge auf dich geworfen hätte... Ich mußte ihm mal 'ne Bratpfanne über den Schädel hauen... Aber nun sag mal, wo wohnst du, und was ist los?»

Sie gingen zurück ins Lime Street Hotel. Beim Tee erzählte Mary Anne ihre Geschichte. Aber sie fand wenig Mitleid bei Dora: «Also, ihr feinen Leute, ihr kostet mich wirklich den letzten Nerv. Nun hastes geschafft, daß man dich nicht abgemurkst hat, und dann läufste davon, weil Mutti sich wie 'ne blöde Kuh aufführt. Also du

bist wirklich ’ne Primel. Du hast keine Ahnung, wie das Leben wirklich ist, nicht wahr?» Sie warf ihre Arme in die Höhe, wobei sie fast das ganze Teeservice umstieß, was ihr verächtliche Blicke der Kellnerinnen eintrug.

«Ich kann nicht die ganze Verantwortung für diese lausige Welt übernehmen, Mary Anne. Und sowieso fahr ich morgen fort, zu meiner Tante, bei der bleib ich bis zum Ende meines Urlaubs.» Sie sah Mary Anne an und lächelte. «Und du kommst mit. Tantchen wird dir gefallen. Sie wohnt in einem Dorf an der See, Cottage und Heckenrosen wie aus dem Bilderbuch. Ihr Mann fängt Krabben. Frische Butter, Eier, Milch und frische Luft, und nur die Vögel machen Krach. Nach einer Woche fühlste dich besser, das schwör ich dir. Also morgen früh, halb neun. Bahnsteig drei. Abgemacht?»

Sie verbrachten eine unvergeßliche Woche. Doras Tante entpuppte sich als eine pummlige Frau mit sonnengebleichten Haaren und einer Haut wie altes Leder. Sie nahm Mary Anne auf, als gehörte sie zur Familie. Und sie und Dora führten Mary Anne in ein Leben ein, das ihr fremd war, aber unendlich reizvoll erschien. Sie hatten schönes Wetter, machten lange Spaziergänge, saßen im Gras und beobachteten die Vögel und das ständig wechselnde Meer.

Am Ende der Woche lagen die beiden Mädchen auf ihren Betten in dem kleinen Zimmer, das sie teilten. Dora seufzte und wälzte sich hin und her, während Mary Anne auf dem Rücken lag und die Muster betrachtete, die der Mond auf die Zimmerdecke zeichnete.

«Kannst du nicht schlafen?» flüsterte sie.

«Es ist so heiß… und Montag muß ich nach Frankreich zurück. Wenn ich bloß an Oberschwester Price denke, wird mir schon schlecht, und dann der meckernde Sanitätsoffizier…»

«Worüber meckert er denn?»

«Behauptet, ich hätt’ ’nen schlechten Einfluß. Sie behalten mich nur, weil ich zupacke und ihnen Schwestern fehlen.»

«Warum bist du denn ein schlechter Einfluß?»

Dora kicherte. «Sie haben mich erwischt mit ’nem Offizier in der Abstellkammer.»

«Aber wegen ein wenig Knutschen können sie dich doch nicht entlassen.»

«Ach, mein süßer kleiner Unschuldsengel! Der Knutscher des Offiziers war tief in mir, als sie die Tür aufrissen. Kann kein sehr

erhebender Anblick gewesen sein – Schwester Elliott mit hochgerafftem Rock und Leutnant Ponsonby-Smythe oder wie immer der Kerl hieß, kräftig mit Stoßen beschäftigt.»

«Aber Dora, du hast doch nicht etwa...»

«Natürlich. Ich hab's dir doch eben gesagt. Und denk ja nicht, ich bin die einzige. Ich kenn 'ne Menge Krankenschwestern in Rouen, die den Genesenden dabei helfen, ihr Selbstvertrauen als Mann zurückzugewinnen, und die dabei selbst nicht zu kurz kommen. Und ehrlich gesagt, grad jetzt könnt' ich einen gebrauchen.»

«Einen Mann?»

«Also bestimmt keinen Besenstiel! Tut mir leid, Mary Anne, du hast 'ne schlimme Erfahrung hinter dir, und du hast was gegen Ficken.»

«Du hast unrecht», erwiderte Mary Anne fast scharf. «Ja, die Vergewaltigung war grauenvoll. Aber unter uns beiden gesagt, ich kenne einen Mann, mit dem ich jederzeit ins Bett gehen würde.»

«Was du nicht sagst!»

Eine Weile lang schwiegen sie, dann fragte Mary Anne: «Wie ist es denn, ich meine, wenn es gut ist? Was fühlt man?»

«Komm zu mir, und ich zeig's dir. Zier dich nicht, komm schon. Es ist nicht so gut wie mit 'nem Mann. Aber ich kann dir was beibringen.»

Mary Anne stieg aus dem Bett, ihre Knie zitterten, als sie vor Dora stand. Ihre Freundin schlang die Arme um ihren Hals und zog sie zu sich hinab. Ihre Lippen berührten sich, und Doras Zunge glitt in Mary Annes Mund. Ihre Körper berührten sich, ihre Hände trafen sich. Nach einer Weile sanken beide beglückt zurück.

Danach blieben sie eng umarmt liegen, streichelten sich über Haare und Gesicht und flüsterten zärtliche Worte. Dann schliefen sie ein, aneinandergeschmiegt wie Kinder.

«Mit 'nem Mann ist es natürlich noch viel besser», sagte Dora am nächsten Morgen. «Der einzige Nachteil ist, die Männer haben Stoppeln im Gesicht. Kommste mit mir nach Rouen, Mary Anne?»

Es war das erste Mal, daß Mary Anne an diese Möglichkeit dachte.«Sie werden mich postwendend nach Hause schicken. Niemand hat mir die Erlaubnis gegeben, meinen Dienst wieder anzutreten. Abgesehen davon, ich bin zu jung für Frankreich, obwohl das bislang keinem aufgefallen ist.»

«Und ich geh' jede Wette ein, daß diese Blödiane nicht mal

wissen, daß du keine Erlaubnis hast. Ich muß meinen Rückreiseschein von dem Transport-Heini in Liverpool abholen. Natürlich stehst du nicht auf der Liste, aber das passiert oft. Hast du deine Rotkreuzuniform dabei?»

«Natürlich.»

«Dann komm mit mir. Keiner wird vor Weihnachten der Sache auf die Spur kommen, und bis dahin haste dich unentbehrlich gemacht. Es heißt, im Frühjahr geht's wieder los. Und dann wird *jede* von uns gebraucht.»

Doras Voraussage erwies sich als richtig. Weihnachten war lange vorbei, als jemand von Mary Anne Notiz nahm, und als das geschah, war sie bereits unentbehrlich.

Der Untersuchungsausschuß, der Ende März zusammentrat, befand, daß Charles sich eines schweren Vergehens schuldig gemacht hätte. Das Disziplinarverfahren fand unter Ausschluß der Öffentlichkeit statt; Giles erschien als Zeuge und erklärte dem Gericht, daß sein Neffe zur fraglichen Zeit unter großem seelischem Druck gestanden habe.

Vernon Kell lobte Charles' Loyalität und Disziplin und wies die Richter auf die inoffiziell verliehene Tapferkeitsmedaille hin.

Die Geheimpolizei enthielt sich jeglicher Verdachtsäußerung, daß Charles irgend etwas mit dem Tod von Hanna Haas, anderweitig bekannt unter dem Namen Madeline Drew, zu tun hatte.

Am sechsten Tag sprach das Gericht ihn schuldig, und Charles verbrachte eine unruhige Nacht, bevor das Urteil gefällt wurde. Er bekam eine strenge Verwarnung. Danach nahm er seinen Dienst wieder auf.

«Ich hoffe, dies war Ihnen eine Lehre», sagte Kell zu ihm. «Wie hat Mildred es aufgenommen?»

Charles sah ihn nicht an. «Mildred weiß von nichts. Sie ist sehr krank, Vernon, und ich benutze ihre Krankheit nicht als Ausrede. Sie ist wie ein brodelnder Vulkan, der jederzeit wieder ausbrechen kann. Es ist unmöglich, vorauszusehen, was in der nächsten Minute passiert.» Er machte eine verzweifelte Geste. Dann riß er sich zusammen und fragte seinen Chef, was seine nächste Aufgabe sei.

«Etwas Ausgefallenes. Sie werden als unser Verbindungsmann bei unserem Freund Thomson bei der Geheimpolizei arbeiten.»

«Und was soll ich da tun?»

«Ihm auf der Pelle sitzen. Genau zuhören, was er sagt, beobach-

ten, was er macht. Wir beide wissen, daß Basil Thomson den ganzen Rahm abgeschöpft und sich manchen Übergriff auf unsere Abteilung erlaubt hat. Er will einen erfahrenen Offizier haben, der ihm zur Hand geht. Und den soll er kriegen. Nämlich Sie.»

Charles fragte sich, ob Basil Thomson von seiner Berufung wußte. Sehr entzückt würde er darüber jedenfalls nicht sein.

An diesem Abend, als er nach Hause kam, beging er eine neue Torheit.

Mildred war schon zu Bett gegangen. «Sie hat wieder einmal starke Kopfschmerzen, Sir», berichtete das junge Dienstmädchen. Er trank einen Kognak im Salon, und als er durch die Halle zu seinem eigenen Zimmer ging, bemerkte er einen am Boden liegenden Briefumschlag. Er war an ihn adressiert. Er machte ihn auf und nahm einen Bogen heraus, auf dem in sauberen Druckbuchstaben folgende Mitteilung stand: «Hanna Haas gebar in Deutschland ein Kind. Ihre Tochter. Sie ist in Sicherheit, wird es aber nur so lange sein, wie Sie unseren Anordnungen Folge leisten. Sie werden diesen Brief niemand zeigen. Sollten Sie es dennoch tun, muß Ihre Tochter sterben, und jedermann wird von Ihrem Fehltritt in Kenntnis gesetzt werden. Wir haben stichhaltige Beweise.»

Charles ging in den Salon zurück und verbrannte den Brief. Seine Hände zitterten so stark, daß er sich nur mit Mühe ein zweites, großes Glas Kognak einschenken konnte. O Gott! dachte er, das Kind auf den Fotos. Sein Bastard, nein, sein Kind der Liebe, von der armen, bedauernswerten Madeline. Er war den Tränen nahe.

«Giles, Sie wissen, ich kann die beiden nicht treffen. Sie sollten keine privaten Agenten beschäftigen, obwohl ich zugeben muß, daß sie sehr nützlich sind.»

«Ich dachte, Sie könnten sie übernehmen», sagte Giles mißmutig. Er hatte gerade versucht, seine zwei wichtigsten irischen Agenten – seinen Sohn und seine Schwiegertochter – an C weiterzugeben.

«Eigentlich sollte Kell sie übernehmen, sie schlagen mehr in sein Ressort.»

«Aber ich vertraue Ihnen mehr, C.»

«Soll das heißen, Sie mißtrauen Kell?»

«Natürlich nicht. Es wäre mir einfach lieber, daß sie unter Ihrer Obhut wären. Sie sind nicht leicht zu behandeln und werden täglich schwieriger.»

«Kell, Thomson und sogar Hall» – C seufzte – «haben alle Hände

voll mit Irland zu tun. Wenn Sie mich fragen, wird die Grüne Insel sich bald rot färben – blutrot.»

Giles schüttelte den Kopf. «Nun, vielleicht Thomson. Er hat eine Menge Leute drüben, wie Sie wissen.»

«Es wäre ratsamer.»

Nachdem Giles gegangen war, rief C Caspar herein und bat ihn um die letzten Informationen von dem Zugüberwacher-Netzwerk. «Ich sage es nur ungern, Caspar» – er hüstelte – «aber ich fürchte, Ihr Großvater wird zu alt für unsere Art Arbeit. Er wird ein wenig senil. Äußert höchst seltsame Ideen. Manchmal sagt er Dinge, daß man meint, man spräche mit einem von diesen verdammten Revolutionären. Zu alt, Caspar, zu alt.»

Caspar bezweifelte das. Ein Mann, der seine eigene Enkelin als Kurier hinter die feindlichen Linien schickte, wie Giles es gerade mit Denise getan hatte, war nicht zu alt. Rücksichtslos, hart, das ja, aber nicht zu alt.

«Der Fischer» entschlüsselte die chiffrierte Nachricht. Der Klartext lautete: «Fahren Sie sofort nach Dublin. D2 hat Arbeit für Sie.» Unterzeichnet war sie wie üblich mit St. für Steinhauer.

«Wenn Kell wünscht, daß Sie für mich arbeiten, bin ich nur zu dankbar. Wir haben eine Menge zu tun.» Basil Thomson zwang sich zu einem Lächeln, und seine Stimme klang erfreut.

«Ich stehe Ihnen ganz zur Verfügung, Sir. Was soll ich tun?»

«Sie kennen doch Brian Wood, nicht wahr?»

Charles sagte, er kenne ihn sogar sehr gut.

«Er ist noch immer hinter diesem ‹Fischer› her. Nun, Sie haben uns als erster auf die Spur gebracht, so ist es nur logisch, daß Sie die Sache zu Ende führen.»

«Vielen Dank. Das täte ich gern.»

Thomson nickte nachdenklich. «Aber das ist noch nicht alles. Es sieht brenzlig aus drüben auf der Insel. Rebellionen, Gerüchte über Rebellionen. Wir arbeiten eng zusammen mit dem DID in dieser Angelegenheit. Hier, nehmen Sie diese Akte und lesen Sie sie zu Hause aufmerksam durch. Wir müssen uns über den Mann gründlich informieren.»

Er schob Charles über den Schreibtisch einen prall gefüllten Aktendeckel zu. Der Name auf der ersten Seite lautete: Sir Roger Casement.

23

Als Charles mit der Casement-Akte unter dem Arm nach Hause kam, sah er auf dem Silbertablett in der Halle einige an ihn adressierte Briefe.

Einer war von Mary Anne aus Frankreich. Es war bereits ihr zweiter Brief, den ersten hatte er umgehend beantwortet. Sogar Kell hatte nicht gewagt, ihm zu sagen, daß sie unter einer Deckadresse auch an den Deutschen Otto von Brasser schrieb. Der ehemalige Artilleriehauptmann leistete für MI5 gute Arbeit im Gefangenenlager.

Mary Annes Brief war kurz. Sie dankte ihrem Vater, daß er ihr bei der Bestätigung ihrer Versetzung in Rouen keine Schwierigkeiten gemacht hatte. Sie beschrieb den bitterkalten Winter an der Front, die tägliche Routine von Tod und Verwundungen, was durch Frostbeulen und Erfrierungen alles noch verschlimmert wurde. Ihre Schlußsätze verrieten, daß sie sich ernsthafte Sorgen um ihre Mutter machte: «Soll ich ihr schreiben? Ich bin ihretwegen sehr beunruhigt, verstehe aber, daß man ihr Zeit lassen muß.»

Er faltete den Brief zusammen und steckte ihn in die Tasche, dann goß er sich einen Whisky ein, setzte sich in einen Ledersessel und öffnete die Geheimakte, die Thomson ihm gegeben hatte.

Er hatte schon die MI5-Akte über Sir Roger Casement gelesen und vermutete, daß er nicht viel Neues erfahren würde.

Er blätterte schnell die Seiten durch. Sie enthielten die ihm schon bekannten Informationen. Casement war in Dublin geboren, hatte die übliche Ausbildung durchgemacht, war dann in den Konsulardienst eingetreten und hatte seinen berühmten Bericht über die Greueltaten in Belgisch-Kongo geschrieben, der Empörung in ganz Europa hervorgerufen hatte. Später war sein aufsehenerregender Bericht über die Mißhandlungen von Engländern und anderen Europäern im Amazonasgebiet erfolgt.

Das hatte ihm die Erhebung in den Adelsstand eingebracht, und er war nicht nur in Großbritannien ein hochangesehener Mann,

sondern auch in Amerika. Im Frühjahr 1912 war er aus Gesundheitsgründen in Pension gegangen und hatte sich in seinem heimatlichen Irland niedergelassen.

Charles gähnte, all das wußte er bereits. Casement hatte sich mit dem militanten Flügel der irischen Nationalisten und den irischen Freiwilligen eingelassen. Jedermann wußte, wo seine Sympathien lagen und daß er die englischen Politiker haßte.

MI5 war von Casements häufigen Besuchen in Berlin und seinem Plan, mit Hilfe der Deutschen die Engländer aus Irland zu vertreiben, aufs genaueste unterrichtet.

Charles wurde ungeduldig, doch dann erregte ein Abschnitt sein Interesse. Er setzte sich kerzengerade im Sessel auf und traute fast seinen Augen nicht, denn die Akte, die ihm von der Geheimpolizei übergeben worden war, enthielt eine Menge Informationen, die, soweit er wußte, an MI5 nicht weitergegeben worden waren.

Natürlich war MI5 bekannt, daß Casement auf der Inhaftierungsliste stand. Aber obwohl Patrick Quinn eng mit Kell zusammenarbeitete, hatte die Geheimpolizei gewisse Aktionen für sich behalten. Zum Beispiel, daß eine Hausdurchsuchung von Casements Londoner Wohnung genehmigt worden war. Auch hatten Kell oder andere höhere Beamte nie erfahren, was Quinn bei der Hausdurchsuchung gefunden hatte. Und dabei war er äußerst erfolgreich gewesen! Charles starrte auf die Fotografien und Kopien der zahllosen Seiten von Sir Roger Casements Tagebuch. Es war von ihm selbst verfaßt. Graphologen hatten das bestätigt.

Niemand hatte MI5 auch nur den geringsten Hinweis gegeben, daß dieses Tagebuch, abgesehen von anderen interessanten und belastenden Fakten, auch den unwiderlegbaren Beweis für Casements aktive Homosexualität lieferte.

Es wurde immer klarer, daß der DID und die Geheimpolizei engzusammenarbeiteten, Kell aber ausschlossen.

Charles war jetzt hellwach, er las jede Zeile sorgfältig, gewisse Teile lernte er auswendig, um seinem Chef zu berichten.

Die Besuche Casements in deutschen Gefangenenlagern, wo er mit irischen Gefangenen gesprochen hatte, waren genau aufgezeichnet. Notizen von diesen Unterhaltungen machten den Eindruck, als seien sie mitstenographiert worden, dann gab es seitenlange Übertragungen von abgefangenen und dechiffrierten Telegrammen. Es war offensichtlich, daß DID-Chef Hall seine Informationen direkt an Thomsons Geheimpolizei weitergab.

Aufgrund dieser Unterlagen schien es durchaus möglich, daß Casement bereits eine Waffenlieferung an die irischen Rebellen eingeleitet hatte, so daß ein Aufstand kurz bevorstand.

Die letzte Eintragung bewies diese Hypothese. Sie bestand aus einem entschlüsselten Telegramm von Graf Bernstorff, dem deutschen Botschafter in Washington. Er hatte nach Berlin telegraphiert, daß der Aufstand für den 23. April, Ostersonntag, geplant war. Des weiteren wurden für die sogenannte Nationale Armee Maschinengewehre, Geschütze und zwischen fünfundzwanzig- und fünfzigtausend Gewehre angefordert.

Charles überschlug, daß ungefähr dreißig abgefangene und dechiffrierte Telegramme betreffs Unterstützung und Waffen für die irischen Rebellen zwischen der deutschen Botschaft in Washington und Berlin hin- und hergegangen waren. Für die MI5 war diese Akte eine Sensation. Die Geheimpolizei, Halls und bis zu einem gewissen Grad auch C's Dienststellen hatten genug Informationen zusammen, um jeden Aufstand in Irland im Keim zu ersticken.

Die Uhr auf dem Kamin schlug acht, und Charles wurde sich bewußt, daß er sich noch nicht zum Abendessen umgezogen hatte. Ihm schwirrte der Kopf, und am liebsten hätte er sofort Kell angerufen, aber der Chef von MI5 hatte alle seine Mitarbeiter davor gewarnt, Geheimsachen am Telefon zu diskutieren.

Er ließ die Akte auf der Sessellehne liegen und ging eiligst aus dem Zimmer. Wenn nicht anders verabredet, aßen sie immer pünktlich um halb neun. Er hatte Mildred am Morgen nicht gesehen, so daß er keine Ahnung hatte, in welcher Stimmung sie sich befand.

Nachdem er sich umgezogen hatte, ging er wieder ins Wohnzimmer. Mildred saß im gleichen Sessel, in dem er zuvor gesessen hatte, und blätterte in der Casement-Akte.

Charles lächelte, küßte sie auf die Stirn und nahm behutsam die Akte von ihren Knien. Mildred lächelte zurück. Ihre Augen glänzten. Sie war gut gelaunt.

«Wie war's denn heute, Liebling?» Er legte die Akte beiseite. «Was hat Dr. Harcourt gesagt?»

«Dieser alte Langweiler!» Sie sah ihn fast schelmisch an. «Hab ich es dir nicht erzählt? Ich gehe jetzt zu jemand anderen. Eine Frau in Harcourts Wartezimmer hat mir die Adresse gegeben. Er praktiziert gleich um die Ecke von Dr. Harcourt. Ein Dr. Fisher. Sehr guter Mann, viel besser als Harcourt. Er sucht sich seine

Patienten sehr sorgfältig aus und hat eine Privatklinik. Er ist nicht teurer als Harcourt.»

Charles nahm sich vor, Erkundigungen über Dr. Fisher einzuziehen. Seine enge Beziehung zur Geheimpolizei würde ihm dies erleichtern.

Sie gingen zum Essen. Charles nahm die Casement-Akte mit und legte sie auf den Boden neben seinen Stuhl. Er hatte das Gefühl, sie würde ein Loch in den Teppich brennen.

Am gleichen Tag hatte Caspar auf C's Anweisung hin die Casement-Akte von MI5 gelesen. Er wußte nicht, daß seine Version sehr viel dünner war als die Akte der Geheimpolizei. Ein großer Teil der abgefangenen Telegramme fehlte und vor allem auch das Tagebuch. Alle Informationen, die von C's Leuten stammten, waren natürlich vorhanden, aber was Caspar und MI5 nicht ahnte, war, daß die Akte «ausgeweidet» war, wie die Marine-Informationsdivision das nannte.

In der Admiralität wurde die Akte – eine exakte Kopie von der, die neben Charles' Stuhl lag – von Andrew auf den neuesten Stand gebracht. Von einem sehr veränderten Andrew.

Das dechiffrierte Telegramm, das er hinzufügte, war bereits an alle interessierten Stellen weitergegeben worden. Eines Tages würde es historische Bedeutung erlangen. Das Telegramm stammte vom deutschen Generalstab und war an Graf Bernstorff gerichtet. Es besagte, daß die angeforderten Waffen für Irland auf ein kleines Schiff, dessen Namen sie nannten, verladen würden. Zusätzlich enthielt es noch eine Menge Codewörter und die Chiffren, die anzeigen sollten, wann Casement nach Irland fuhr, wann die Waffen abgingen, ob die Aktion abgebrochen oder ob sie verschoben werden mußte.

Charlotte, die außer ihrer Arbeit in Redhill auch noch andere Kriegspflichten übernommen hatte, bemerkte, daß ihr Mann jetzt immer ungewöhnlich spät aus der Admiralität heimkehrte. Seltsamerweise hatte sie das nicht mit der deutlich sichtbaren Veränderung in Andrews Verhalten in Verbindung gebracht. Er war abends nicht mehr so häufig betrunken, dafür aber um so müder. Dagegen war sein Äußeres wieder so gepflegt wie früher. Fast schien es, als hätten sie die Rollen vertauscht, denn jetzt ließ sich Charlotte oft gehen.

Der Grund für Andrews Veränderung war seine neue Sekretärin

Miss Grizelda Greatorex. Sie war klein, dunkelhaarig, hübsch und gute achtzehn Jahre jünger als Andrew, überdies Besitzerin einer eleganten Wohnung, die ein reicher und verständnisvoller Vater ihr bezahlte.

Andrew war siebenundvierzig Jahre alt, sah noch immer sehr gut und sehr distinguiert aus und wirkte, was Miss Greatorex als erste bestätigt hätte, besonders anziehend auf jüngere Frauen.

Charles, Caspar und Andrew hüteten also persönliche Geheimnisse, die sowohl für ihr Privatleben wie Englands Sicherheit gefährlich werden konnten. Charles' Liebschaft mit der ermordeten Hanna Haas barg noch immer eine Zeitbombe in sich, und Miss Grizelda Greatorex war die personifizierte Indiskretion. Ganz im Gegensatz zu den Railtons konnte die Greatorex-Familie keinerlei Information bei sich behalten.

Der «Professor» sah James jeden Tag. Doch James blieb vorsichtig. Es war töricht, Tatsachen abzuleugnen, aber ebenso töricht, ihnen etwas hinzuzufügen. Also schwieg er. Dies schien den «Professor» nicht sonderlich zu stören. Er fragte, bekam keine Antworten, und so gab er sie sich selbst.

«Sind Sie verheiratet?»

Keine Antwort.

«Sie heißt Margaret. Sie haben einen Sohn Donald und eine Tochter namens Sara Elisabeth. Sara benannt nach Ihrer Stiefmutter. Die hat übrigens wieder geheiratet. Einen alten Freund von Ihnen, Dick Farthing.» Der «Professor» sah ihn belustigt über die Brille an. «Das muß Ihrem Onkel Giles schlaflose Nächte bereiten – der Familienbesitz und all das.»

Ein Achselzucken.

«Und was ist mit Ihrem Onkel Charles, dem schwarzen Schaf der Familie?»

«Was geschieht mit mir?»

«Was soll geschehen?»

«Wird mir kein Prozeß gemacht?»

«Prozeß? Aber mein lieber Freund, Sie wollen doch keinen Prozeß am Hals haben.»

«Dann werden Sie mich also erschießen?»

«Wie kommen Sie auf die Idee? Kein Mensch will Sie erschießen. Man hat viel interessantere Dinge mit Ihnen vor. Also, James Railton, was ist mit Ihrem Onkel Charles?»

Wieder ein Achselzucken. Sie versuchten es mit einer neuen Methode. Der «Professor» kam jeden Tag und stellte ihm endlose Fragen. Nachts ließen sie ihn nicht schlafen. Der bullige Unteroffizier trampelte jede halbe Stunde mit zwei Soldaten in die Zelle, fluchte, polterte und ging wieder. Niemand machte das Licht aus.

James zitierte laut Shakespeare, wenn der Unteroffizier hereinkam. Manchmal flog er in Gedanken die Farman. Nach einer Woche gelang es ihm, zwischen den Störungen kurz zu schlafen.

Zuweilen versuchte er, der Sache logisch beizukommen: Sie hatten ihn erwischt. Nun, sein Pech. Sie konnten nicht daran zweifeln, daß er zu Kriegszeiten Spionage betrieben hatte. Dafür gab es nur eine Strafe – den Tod. Aber sie schienen es mit seiner Hinrichtung nicht eilig zu haben, was hieß: sie brauchten ihn.

Er dachte lange Zeit darüber nach, was sie wohl von ihm wollten.

Charles benutzte einen der sichersten internen Briefkästen der Abteilung, um Kell eine Nachricht zukommen zu lassen. Ob sie am Sonntag zusammen zu Abend essen könnten? Kell sagte zu. Am nächsten Tag jedoch nahm man ihm den Fall Casement wieder aus der Hand.

«Ab heute kümmern Sie sich wieder um den ‹Fischer›, zusammen mit Chefinspektor Wood», sagte Thomson ihm. «Finden Sie mir mehr über den ‹Fischer› heraus, besonders im Zusammenhang mit dem Mord an Hanna Haas.»

Am Morgen las er die amtlichen Befunde, die ihm alle bekannt waren, außer den letzten Zeugenaussagen im Mordfall Mrs. Gregor. Die Beschreibung des möglichen Täters stimmte mit der von Douthwaites Assistentin überein: ein großer, schwerer Seemann, der hinkte.

«Klingt, als hätte er ein Holzbein», sagte Wood.

«Ich bin überzeugt davon.» Charles war jetzt ganz sicher, daß es sich um denselben Mann handelte, dem er vor Jahren begegnet war.

Aber das waren auch alle Informationen, die sie hatten. Dann, kurz vorm Mittagessen, rief Thomson sie zu sich. «Hall hat mir etwas geschickt, was Sie interessieren könnte. Es lag unter ‹Verschiedenes› ein paar Tage in seinem Büro herum. Ein drahtloses Signal, jede Stunde einen ganzen Tag lang wiederholt, am vergangenen Mittwoch. Ein Code, den die Deutschen schon öfters benutzt haben.» Er reichte ihnen den Klartext über den Tisch.

«Achtung Angler, Achtung Angler, fahren Sie sofort nach

Dublin. Nehmen Sie Verbindung auf mit D2, der Arbeit für Sie hat. St.»

«St.?» Charles zog die Augenbrauen hoch. «Kennen wir den nicht?»

«Freund Steinhauer», half Wood seinem Gedächtnis nach.

«Und wer ist D2?»

«Codename für einen der irischen Rebellen. Ein Allzweck-Verbindungsmann. Hall sagt, die Krauts stünden laufend in Verbindung mit ihm.»

«Unser Mann ist also in Irland?»

«Gut möglich. Warten wir's ab, wir haben schon eine Menge Beobachter dort. In der Zwischenzeit werden wir die Hafenbehörden alarmieren. Sie sollen nach einem hinkenden blonden Riesen Ausschau halten.»

Beim Mittagessen sagte Charles zu Wood: «Können Sie mir herausfinden, ob irgend etwas gegen einen Mann namens Fisher, Arzt mit Praxis und Privatklinik, vorliegt?»

Die Antwort kam am Spätnachmittag. Henry Fisher, dreiundvierzig Jahre alt. «Ein ehrenwerter Mann. Sehr beliebt, besonders bei eleganten Damen, die an Nervosität leiden und beruhigt werden müssen. Verschreibt Laudanum, Morphium, Kokain, diese Art Mittel, wohlhabend, untadeliger Ruf. Sollten wir mehr über ihn in Erfahrung bringen, Sir?»

«Nicht nötig.» Wood mißfiel die Schärfe in Charles' Stimme. Später sagte er zu Basil Thomson, daß Mr. Railton «außerordentlich beunruhigt» geklungen hätte.

Sie hatten Padraig O'Connell gesagt, er soll pünktlich um halb neun in der Bar in Kingstown in der Nähe des Piers sein. Er kam um acht Uhr achtundzwanzig Minuten. Der riesige Mann saß in einer Ecke, das eine Bein von sich gestreckt, als gehöre es nicht zu ihm.

Padraig holte sich einen Whisky an der Bar, blickte um sich, um zu sehen, ob niemand ihm verdächtig vorkam. Dann ging er auf den Riesen zu, der Stiefel, dunkle Hosen, eine kurze Jacke und einen schwarzen Rollkragenpullover trug.

«Landurlaub?»

«Kommt drauf an.»

«Suchen Sie Arbeit?»

«Hängt von der Bezahlung ab.»

Beide Männer hatten sich «identifiziert», wie es bei C's Leuten oder auch bei Hauptmann Nicolai hieß.

Padraig sprach fast eine Stunde lang. Jeder spendierte einige Runden. Als Padraig ging, ließ er ein Exemplar des *Independent* auf dem Tisch zurück.

Der Riese nahm es auf und überflog die Seiten. Auf der Seite mit den Todesanzeigen stand ganz unten mit Bleistift geschrieben: «Railton. Malcolm und Bridget. Glen Devil Farm. Grafschaft Wicklow. *Requiescant in pace.*»

«Reggie Hall versucht, zu verdammt schlau zu sein», sagte Kell ohne Bosheit.

Sie hatten sich, wie verabredet, in seinem Haus getroffen und saßen jetzt nach dem Abendessen im Arbeitszimmer des Chefs von MI5. Charles hatte mehr als eine Stunde gebraucht, um die Unmengen von Informationen zusammenzufassen, die Hall und die Geheimpolizei besaßen, MI5 jedoch vorenthalten hatten.

«Erstens muß ich Ihnen danken», fuhr Kell fort, «aber zweitens glaube ich nicht, daß es einen großen Unterschied macht. Hall hat eine Menge Möglichkeiten, aber ich glaube, die Hausdurchsuchung von Casements Privatwohnung wird ihm auch nichts einbringen.» Was bewies, daß auch Vernon Kell sich irren konnte.

«Ich traue der Geheimpolizei und der Marine-Informationsdivision einfach nicht über den Weg.»

«Das habe ich noch nie getan. Aber genauso wenig traue ich den C-Leuten. Muß schwierig für Sie sein, Charles, in jeder Geheimabteilung sitzt mindestens eins Ihrer Familienmitglieder.»

«Der einzige, der mir Kopfschmerzen bereitet, ist mein lieber Onkel Giles.»

Kell lachte kurz auf. «Ich war schon immer der Meinung, daß Giles Railton in einem falschen Jahrhundert zur Welt gekommen ist. Er gehört ins fünfzehnte Jahrhundert – Intrigen für oder gegen den Papst, Machiavellis graue Eminenz –, da wäre er am Platz gewesen. Wissen Sie eigentlich, daß er mir Verwandte von Ihnen als irische Agenten angeboten hat?»

«Angeboten ...?»

«Ihren Vetter – seinen Sohn – und dessen Frau. Er beschäftigt die beiden bereits seit einiger Zeit als seine Privatspione.»

«Malcolm?» Charles traute seinen Ohren nicht.

«Und Bridget.» Kell seufzte. «Ich werde sie mir so bald wie

möglich vorknöpfen. Wenn sie auf eigenes Risiko spionieren wollen, bitte, aber ich kann sie nicht gebrauchen.»

«Es sei denn, Onkel Giles ist mit ihrer Hilfe in die irische Rebellenorganisation Sinn Fein eingedrungen.»

«Das hat er mir weismachen wollen. Allein, mir fehlt der Glaube.»

Die Kälte drang ihm durch alle Poren. Es lag kein Schnee, aber der Boden unter den Pferdehufen war steinhart. Das letzte Tageslicht verglomm.

Malcolm hoffte, daß seine Frau wenigstens eine heiße Suppe auf dem Herd hatte, denn er hatte kaum etwas gegessen, und wegen des Wetters hatte der Ritt von Dublin doppelt so lange gedauert wie üblich.

Er bog von der Hauptstraße ab, so daß er sich dem Gutshaus von der Rückfront her nähern würde. Sie hatten seit langem gewisse Geheimsignale ausgemacht, wenn einer von ihnen beiden außer Haus war. Und nun, als er den Hügel erreichte und das weiße Gebäude unter sich sah, überfiel Malcolm plötzlich entsetzliche Angst.

Als er zuerst nach Irland kam, hatte er sich strikt geweigert, sich in die politischen Intrigen seines Vaters hineinziehen zu lassen, ein Entschluß, den er hauptsächlich Bridgets wegen gefaßt hatte. Aber dann, eines Tages, entdeckte er, daß der alte Ränkeschmied seine Frau in sein Netz eingefangen hatte. Erst dann reagierte er. Aber sogar diese Reaktion hatte er hinausgezögert, bis er herausfand, daß Bridget vor ihrer Heirat eng mit vielen von jenen jüngeren Männern und Frauen befreundet gewesen war, die jetzt fanatische Sinn-Fein-Anhänger waren.

Am Anfang wollte er Bridget aus der ganzen Sache heraushalten, aber schon nach wenigen Monaten erkannte er, daß dies unmöglich war. Und so arbeiteten sie jetzt bereits seit mehreren Jahren erfolgreich zusammen und führten Padraig O'Connell, ihren Vertrauensmann, und die gesichtslosen Männer, die Padraigs Marionetten waren, hinters Licht. Zuweilen lachten sie sogar über Padraig O'Connell, der versuchte, sie zu erpressen, indem er den einen gegen den anderen ausspielte.

Sie hatten im Lauf der Jahre gelernt, vorsichtig und stets auf der Hut zu sein. Wenn eines der beiden allein in Glen Devil zurückblieb, zeigten bestimmte Signale dem heimkehrenden Partner an,

ob alles in Ordnung war. Die Lampe, die am rückwärtigen Treppenhausfenster brannte, müßte gemäß ihrer Verabredung eigentlich links stehen, aber sie stand weit rechts. Im schnell verblassenden Tageslicht konnte er auch sehen, daß die Milchkannen noch in einer Reihe standen und die Fensterläden des zweiten Schlafzimmers geschlossen waren. Die Tür des Schuppens rechts vom Haus wurde durch einen großen Stein weit offen gehalten. Unter normalen Umständen hätte sie seit zwei Uhr geschlossen sein müssen.

Seit ein paar Wochen trug er eine geladene Pistole bei sich, denn zweimal schon hatte sein sechster Sinn ihn vor Gefahr gewarnt – ein seltsam lauernder Ausdruck in Padraigs Augen, eine halbherzige Unterhaltung über einen bewaffneten Aufstand. Jetzt zog er die Pistole aus seiner Reitjacke. Er dirigierte seinen Grauschimmel vorsichtig hinter eine Hügelkuppe, redete beruhigend auf ihn ein und band ihn an. Dann kroch er den Hügel wieder hinauf.

Er wählte die westliche Ecke des Tals, weil dieser Zugang zum Haus der am meisten gefährdete war – auf dieser Hausseite gab es keine Fenster, nur zwei Giebel wie ein großes unförmiges M, und die vielen Büsche am Abhang gewährten genügend Deckung. Sollte es Schwierigkeiten im Gutshaus geben, dann würde ein Wachposten im Hof postiert sein, um zu sehen, ob sich jemand von Westen her näherte.

Abgesehen von der falsch stehenden Lampe brannten noch zwei andere Lichter im Haus, eins in der Eingangshalle und das andere im Wohnzimmer. Zwanzig Meter vom Haus entfernt entsicherte Malcolm seine Pistole.

Als er die fensterlose Giebelseite des Hauses erreichte, blieb er stehen und lauschte angestrengt. Irgend etwas stimmte nicht, denn normalerweise würde sich im Haus etwas rühren. Er hatte Bridget am Morgen mit zwei vertrauenswürdigen Landarbeitern zurückgelassen. Und selbst in dieser bitterkalten Nacht sollten im Haus oder auf dem Hof irgendwelche Laute zu hören sein.

Er schlich sich, so leise er konnte, an der Hauswand entlang, duckte sich unter den Fenstern, bis er die Hausfront erreichte. Der Hof war durch das Licht in der Halle und im Wohnzimmer hell beleuchtet. Die Haustür stand offen, doch überall herrschte Stille.

Sein Herz klopfte ihm bis zum Hals, sein Atem ging stoßweise, trotz der eisigen Kälte war er schweißbedeckt.

Mit dem Rücken zur Hausmauer schob er sich bis zum ersten Vorderfenster vor und warf von unten kurz einen Blick hinein.

Nichts. Niemand. Der Tisch war nicht gedeckt, das Feuer war am Verglühen. Er kroch unter dem nächsten Fenster vorbei, von wo aus er die Küche sehen konnte. Sie war dunkel. Und noch immer kein Schatten, kein Laut. Dann erreichte er die offenstehende Tür und ging leise mit gezückter Pistole hinein.

Die Halle war leer, die Deckenbeleuchtung eingeschaltet, und auf der Konsole brannte die kleine Öllampe. Er stieß die Eingangstür mit dem Fuß hinter sich zu. Sie fiel knallend ins Schloß. Er vermeinte im ersten Stock ein Geräusch zu vernehmen, wie Fußtritte auf knarrenden Dielen. Er nahm die Öllampe in die linke Hand, in der rechten hielt er schußbereit die Pistole. Langsam schlich er von Zimmer zu Zimmer, jeden Muskel gespannt.

Es dauerte lange, bis er das Parterre durchsucht hatte, denn er hielt alle paar Sekunden an, um zu lauschen und in dunkle Ecken zu leuchten.

Dann schlich er die Treppe hinauf. Auf halbem Weg hörte er deutlich ein Geräusch, als habe jemand eine Tür geöffnet. Ein Lichtschein – von der falsch stehenden Lampe – fiel auf die Treppe. Er stand fast eine Minute lang vor der Schlafzimmertür, mit dem Rücken zur Wand.

Dann vernahm er ein weiteres Knarren, es kam aus dem Schlafzimmer. Langsam drückte er die Klinke hinunter und stieß die Tür weit auf. Die Scharniere quietschten, die Tür schwang nach innen. Er vermeinte von unten Fußtritte zu hören. Oder ächzte das Gemäuer nur unter der Kälte?

Ein Windstoß trieb feuchten Schnee gegen die Fensterscheiben. Er betrat das Zimmer und hielt die Lampe hoch. Sie warf seltsame Schatten, der Schein reflektierte sich in sternengleichen Mustern auf dem Spiegel von Bridgets Frisiertoilette, der Kleiderschrank wirkte wie eine schwarze, bedrohliche Masse.

Er trat aufs Bett zu und hörte jetzt ganz deutlich ein Geräusch im Schrank.

Malcolm hielt die Lampe in die Höhe und sah sich um. Das Zimmer war leer, doch wieder hörte er das Geräusch. Er ging auf den Schrank zu, die Pistole in der rechten Hand.

Er zog an der Tür, sie klemmte, und er öffnete sie mit einem energischen Ruck. Der Anblick, der sich ihm bot, war von unüberbietbarem Grauen, unfaßbar, ein Alptraum – Bridgets Gesicht wie schwebend, glänzte in einem schrecklichen, unnatürlichen Blau, ihre schönen Augen starrten ihn blind an, ihre Zunge hing

heraus, ihre Lippen waren zu einem gespenstischen Grinsen verzogen, und um ihren Hals war ein weißer Seidenschal geschlungen, der ihr Kinn in einem unnatürlichen Winkel hochhielt.

Malcolm stieß einen Schrei aus, trat einige Schritte zurück und sah, wie sie einige Sekunden lang aufrecht im Schrank stand, bis sie vornüberfiel. Seine rechte Hand fuhr in die Höhe, als wolle er sich verteidigen. In genau diesem Augenblick warf der «Fischer» einen zweiten Seidenschal über Malcolms Kopf.

Aber der Schal schlang sich nicht nur um seinen Hals, sondern auch um sein rechtes Handgelenk und drückte es gegen sein Gesicht. Malcolm nahm instinktiv diesen Vorteil wahr und verhinderte mit dem Arm, daß sich die Schlinge zuzog.

Die Pistole flog ihm aus der Hand und prallte auf die Seitenwand des Schranks, die kleine Öllampe explodierte, als sie auf den Boden fiel.

Danach war alles nur noch Kampf, Schweiß, Gestank und Feuer.

Seltsamerweise wurde Malcolm erst ganz zum Schluß bewußt, daß er um sein Leben kämpfte. Der Gegner hinter ihm versuchte mit allen Kräften den Seidenschal zusammenzuziehen, aber Malcolm, stämmig wie sein Onkel, der General, und mit Muskeln, die durch jahrelange Landarbeit gestählt waren, stemmte seinen Arm gegen die Schlinge, um zu verhindern, daß sie um seinen Hals rutschte.

Er fühlte etwas Hartes in seinem Rücken, als hätte sein Angreifer das Knie gehoben, um eine größere Hebelwirkung zu erzielen. Malcolm ließ sich nach hinten ziehen, dann schwang er sich mit aller Kraft nach vorn und schlug gleichzeitig mit dem Fuß nach hinten aus. Sein Knöchel traf auf etwas Hartes, wie Holz, und er spürte, daß sein Gegner nachließ, als wäre er aus dem Gleichgewicht gekommen.

Malcolm stieß noch einmal mit dem Fuß, griff mit dem freien Arm in die Schlinge, warf sich nach vorn und bog seinen Oberkörper nach links.

Er hörte ein Grunzen, der Druck der Schlinge gab nach, als sein Gegner das Gleichgewicht verlor. Erst jetzt bemerkte er die Flammen, die am Holz und an den Gardinen hochzüngelten und furchteinflößende Schatten auf die grausige Szene warfen. Er fühlte, wie die Hitze und der Rauch in seine Lungen drangen.

Der weiße Seidenschal flatterte zu Boden, als sein Angreifer

krachend hinfiel, ein riesiger Mann, ganz in Schwarz gekleidet. Ein Teil seines Körpers wälzte sich in den züngelnden Flammen.

Malcolm versetzte ihm einen Tritt mit dem rechten Stiefel und hatte den Eindruck, ihn am Kopf getroffen zu haben. Er hörte einen unterdrückten Schmerzensschrei und holte zu einem weiteren Fußtritt aus. Der Mann lag auf dem Gesicht und rührte sich nicht mehr.

Eine Sekunde lang dachte Malcolm daran, Bridget aus den Flammen zu zerren, gab die Idee aber auf. Die Hitze wurde unerträglich. Die Kleider im Schrank hatten Feuer gefangen, und weißer Rauch stieg von ihnen auf. Rette dich selbst, sagte er fast laut. Er sah seine Pistole am Rand des Flammenmeers liegen und ergriff sie. Sie war glühend heiß und versengte ihm die Hand.

Als er die Treppen hinunterlief, vermeinte er das Keuchen seines Gegners zu hören, aber er blickte sich nicht um, dachte nicht mal an die Möglichkeit, daß noch jemand anderer im Haus sein könnte. Die Tatsache von Bridgets Tod und der plötzliche Schock waren noch nicht in sein Bewußtsein eingedrungen. Im Moment begriff er nur eins, daß die irische Bruderschaft herausgefunden hatte, daß Bridget und er englische Agenten waren. Er hatte nur ein Ziel vor Augen: zu fliehen und sich zu verstecken. Aber wo? Wenn die Rebellen herausfanden, daß er nicht tot war, gab es keinen sicheren Ort für ihn in Irland. Er mußte irgendwie nach Dublin kommen, um in der Festung, dem Quartier der englischen Soldaten, Zuflucht zu finden.

Es war der einzig klare Gedanke, den er fassen konnte, als er keuchend den Hügel hinauflief. Der Wind heulte, und der Schnee stach wie Nadelspitzen in seine Haut.

Das Pferd wieherte auf der anderen Hügelseite. Bevor Malcolm die Kuppe erreichte, blickte er sich noch einmal um. Der Himmel war rot gefärbt, das Gutshaus in dicke Rauchschwaden gehüllt, aus dem Dach schossen die Flammen in die Höhe.

Er sah nicht den riesigen Mann, der hustend und röchelnd aus der Haustür schwankte. Seine rechte Backe war verbrannt, seine Kleidung versengt. Doch sogar in diesem Zustand blieb der «Fischer» einen Moment lang stehen, um Malcolm zu verfluchen. Dann schleppte er sich zur Pferdetränke, um seine Kleider mit Wasser zu begießen.

Er fluchte noch immer über das Wetter, Malcolm und über seine eigene Torheit.

Es war töricht gewesen, Zeit mit dieser Frau zu vergeuden. Das wurde ihm jetzt, als das eiskalte Wasser durch den Stoff seiner Jacke drang, nur zu deutlich klar. Das war der Sex nicht wert gewesen. Genauso wie damals nicht mit dieser Gregor, nur daß sie eine willige Partnerin gewesen war.

24

Denise Grenot war im Einsatz. C hatte beschlossen, es sei besser für sie, mit dem bereits etablierten, gut funktionierenden Agentennetz «Frankignoul» zu arbeiten. Sie wurde nach Holland geschickt und erhielt ihre Anweisungen in einem der «Frankignoul»-Häuser in Maastricht, denn die meisten Berichte kamen direkt von Lanaken an diese Zentrale.

Eine Straßenbahn verband Maastricht und Lanaken, das Haupttransportmittel für die Kuriere. Denise machte ihre erste Kuriertour Ende Januar. Sie fuhr an einem Montagmorgen nach Belgien, kam am Donnerstag zurück und brachte eine Menge Informationen mit – teils aufnotiert, teils auswendig gelernt.

Ihre Informationen waren von höchster Wichtigkeit für den Frühjahrsschlachtplan. Doch weder der französische Generalstab noch das englische Kriegsministerium nahmen von ihnen Notiz. C bezweifelte, daß sie je an das Oberkommando weitergereicht worden waren.

Der «Professor» besuchte James weiterhin jeden Tag und setzte seine seltsamen Verhöre fort, bei denen er sich die Antworten auf seine eigenen Fragen selbst gab.

Sie entwickelten eine gewisse Zuneigung zueinander und unterhielten sich oft über Musik.

Dann, Ende Januar, als es so kalt war, daß James sich fragte, ob der Winter je enden würde, teilte ihm der «Professor» mit, daß sie sich bald trennen müßten.

«Wohin schickt man Sie?» fragte James mit ehrlichem Bedauern.

«*Mich* schickt man nirgendwohin.» Der «Professor» hob die Augenbrauen. «*Sie* werden verlegt.»

James lachte. Er hatte seit Wochen so etwas erwartet. Sein Verstand sagte ihm, daß die Deutschen eines Tages die Geduld mit ihm verlieren würden. Nun, jetzt war es soweit. Und das war das Ende. James zuckte resigniert die Achseln.

«Wird mir wenigstens vorher der Prozeß gemacht?»

Der «Professor» schüttelte den Kopf. «Ich habe Ihnen doch schon gesagt, kein Mensch ist daran interessiert, Sie vor Gericht zu stellen.»

«Man wird mich also einfach verschwinden lassen?»

«Sie sind schon verschwunden. In London hält man Sie für tot.»

«Mein Schicksal ist also eine Kugel in den Kopf und ein unmarkiertes Grab?»

Der «Professor» schüttelte wieder den Kopf. «Begreifen Sie doch endlich, daß niemand Ihren Tod will. Sie stehen unter besonderem Schutz. Gehen Sie in Frieden.» Er klang wie ein Priester.

Giles saß in seinem «Versteck», die Lampen leuchteten nur matt, auf dem Tisch lagen keine Landkarten. Er saß in diesen Tagen oft untätig da und sann nach wie ein grüblerischer Mönch. Aber er sann nicht über Religion nach, sondern über politische Ideologien, die Gesellschaft und die Zufälligkeit der Geburt. Aber seine Gedanken beschäftigten sich auch mit Intrigen, Verrat und Treuebruch und mit der Frage, wem ein Mann, der ein reines Gewissen haben will, zur Loyalität verpflichtet ist.

Er hörte vage Geräusche und fragte sich, ob die Zeppeline wieder angriffen.

Dann klopfte sein Diener Robertson an der Tür und rief: «Sir! Sir! Kommen Sie schnell, Sir!»

Es dauerte eine Minute, bis ihm klar wurde, daß irgend etwas Außergewöhnliches passiert war. Er ging zur Tür, schloß sie auf und trat auf den Korridor.

Er blickte über das Treppengeländer, erkannte die schmutzige, zerlumpte Gestalt aber nicht, die in der Eingangshalle stand.

Erst auf der vorletzten Stufe sah Giles, daß der vermeintliche Landstreicher sein Sohn Malcolm war.

«Heimgekehrt ist der Jäger.» Malcolms Stimme war voller Bitterkeit.

«Eine gute Jagd gehabt?» fragte Giles ungerührt.

Eine Woche später, am 21. Februar, als der Schnee zu tauen begann, eröffnete die mächtige deutsche Artillerie ihr Sperrfeuer bei Verdun und machte damit alle schlecht vorbereiteten alliierten Schlachtpläne zunichte.

Das Morden begann aufs neue, und keine Spionageberichte von C oder anderen Dienststellen konnten es verhindern.

Auch im Vereinten Königreich setzte das Tauwetter ein, und mit ihm kam die Nachricht, auf die Dick Farthing so lange gewartet hatte. Er hatte gehofft, gleich nachdem er sich freiwillig gemeldet hatte, einer Staffel in Frankreich zugeteilt zu werden, aber die Herren, die das Leben der Piloten bestimmten, waren anderer Meinung gewesen. Er hatte die meiste Zeit in Farnborough verbracht, und wenn er flog, dann eine lahme DH-2, was ihm gar nicht gefiel.

Sara war natürlich erleichtert, daß er noch in England war. Ihre erst wenige Monate alte Ehe mit Dick hatte ihr Leben mehr verändert, als sie zu hoffen gewagt hatte. Und sie dankte Gott fast täglich für den Tag, an dem James Dick kennengelernt und mit nach Redhill gebracht hatte.

Sie sah Dick fast jedes Wochenende, und ihr war wohl bewußt, daß sie ihm eine nie gekannte emotionelle Sicherheit verdankte. Dick unterschied sich in allem von den Railton-Männern, er war offenherzig, ohne Hintergedanken, ohne Geheimnisse. Seine Großzügigkeit und sein umfassendes Wissen – angefangen von Maschinen über moderne Musik bis zu Kunst und Literatur – machten ihn in ihren Augen zu einem einzigartigen Mann. Ja, dachte sie, das ist die Voraussetzung für eine gute Ehe: Partner, die die Einzigartigkeit des anderen achten. Sie verstand jetzt die enge Beziehung zwischen James und Margaret, glaubte aber nicht, daß die anderen Männer oder Frauen der Familie auch nur annähernd eine ähnlich enge Gefühlsbindung hatten, mit Ausnahme vielleicht von Caspar, obwohl Phoebe ihr selbst fremd geblieben war. Solche Gedankengänge pflegten oft bei James zu enden, und manchmal weinte sie über seinen Tod, denn sie war sicher, ihn nie wiederzusehen, und insgeheim wunderte sie sich über Margaret, die fest von seiner Rückkehr überzeugt war.

Es gab nur einen Schatten, der zuweilen auf Saras Glück fiel, und das war die Angst, daß ihr Dick eines Tages entrissen werden könnte.

Und daß sie glücklich waren, merkten alle. «Man kann sehen, daß die beiden viel Spaß im Bett haben», sagte Natter eines Tages zu Vera Bolton, als sie dem wegreitenden Paar nachsahen.

«Ach, Ted, paß auf, was du sagst, du denkst immer nur an das!» piepste Vera.

«Und du etwa nicht? Ich hab dich mit Billy Crook gesehen, als er auf Urlaub hier war. Dabei ist er fast noch 'n Kind.»

Vera wurde puterrot, drehte sich auf dem Absatz um und fauchte: «Ich weiß nicht, worüber du sprichst, Ted Natter. Du bist einfach gemein!»

«Alberne Gans», gab Natter zurück.

Vera wußte genau, worüber Ted Natter sprach. Gewiß, Billy Crook war einige Jahre jünger als sie, aber Billy war, seitdem er den Orden bekommen hatte und befördert worden war, sehr selbstsicher und ein richtiger Mann geworden. Vera verbrachte ihre Tage im Herrenhaus unter dem stets wachsamen Auge ihrer Mutter, und so hatte sie ihre ersten Erfahrungen als Frau erst an Weihnachten gemacht, als Billy auf Urlaub gekommen war.

Das erste Mal war es nach Saras Hochzeit passiert. Sie waren auf den Heuboden über den Ställen gekrochen, und danach hatten sie dieses Versteck fast täglich aufgesucht. Jetzt schrieb er ihr regelmäßig von der Front. Während sie sich allmählich Sorgen machte: Seit Januar war ihre Periode, sonst immer pünktlich eintreffend, ausgeblieben.

Sara dagegen hätte viel darum gegeben, wenn die Tage bei ihr ausgefallen wären. Und über Mangel an Gelegenheit konnte sie sich nicht beschweren. Dick war ein zärtlicher, leidenschaftlicher Liebhaber, die Erfüllung all ihrer sexuellen Träume.

Nur eins konnte er nicht verstehen: ihre Angst um seine Sicherheit. Er war ein so guter und geübter Pilot, daß er nie daran dachte, er könnte abgeschossen werden.

Als der Stellungsbefehl endlich kam, konnte er sich vor Freude nicht fassen. Das einzige, worüber er murrte, war, daß er auch in Frankreich eine DH-2 fliegen mußte. «Die deutschen Flugzeuge sind so viel besser», sagte er an dem Tag, als er seinen Marschbefehl bekam. «Besonders ihr Albatros ist ganz große Klasse. Die DH-2 ist robust, behende im Aufstieg, stabil, und sie kann einen Puff vertragen, aber gegen eine Albatros kommt sie nicht an.»

Sara war beunruhigt und bat ihn, keine unnötigen Risiken einzugehen. «Mach dir keine Sorgen, Liebling.» Er grinste. «Wir Farthings sind auch robust und können viele Püffe vertragen, und behende sind wir auch. Ist dir das noch nicht aufgefallen?»

«Mir ist nur aufgefallen, daß dir die Munition eine Nacht lang nicht ausgeht.» Sara lächelte anzüglich.

«Soll ich es dir noch mal in London beweisen?» Er legte den Arm um sie. «Ich brauche neue warme Pilotenkleidung, bevor ich die Krauts aus dem Himmel hole. Wir können zuerst einkaufen gehen,

und dann hauen wir ein wenig auf die Pauke. Wie wär das? Danach kommst du mit nach Hendon und winkst mir zum Abschied mit einem Taschentuch zu.»

Und all das taten sie. Tanzten bis in die Nacht, aßen mehr, als gut für sie war, kauften Dick eine Fellweste und einen ledernen Fliegermantel und liebten sich, so oft sie konnten.

Am Morgen, als Dick abflog, stand Sara mit einer anderen Frau am Rand des Flugfelds in Hendon. Sie sah, wie er seine behandschuhte Hand hob, als die kleine DH-2 in die Höhe surrte. Das Flugzeug schien ihr erschreckend zerbrechlich. Sie sah ihm nach, bis es ihrer Sicht entschwand.

Als Sara nach Redhill zurückkam, hatte sie nur einen Wunsch, sich in ihr Zimmer zu verkriechen.

Aber Vera Bolton wartete schon auf sie und bat um eine Unterredung.

Sara seufzte, führte Vera ins Arbeitszimmer des Generals und forderte sie auf, sich hinzusetzen. Sie hatte eine Vorahnung, daß das Gespräch schwierig werden würde. Vermutlich wollte Vera kündigen. Viele junge Frauen aus der Umgebung hatten sich bereits zum Kriegsdienst gemeldet und fuhren Motorräder oder Sanitätswagen. Dick hatte ihr erzählt, einige würden sogar die Flugzeuge in Hendon und Farnborough warten.

«Was ist, Vera?» Die junge Frau brach in Tränen aus. «Mein Gott, Vera, was ist los, reden Sie doch.»

«Ich... ich bin... schwanger», stotterte sie unter Schluchzern. «Ich wag' es nicht, Mutter zu sagen. Ich kann es ihr nicht sagen. O Gott, o Gott...»

Sara vergaß ihren eigenen Kummer und zwang sich, geduldig und verständnisvoll zu sein. Der Vater war zweifellos Billy Crook. «Liebt er Sie denn, Vera?»

«Er hat gesagt ja, Mrs. Sara, aber das sagen sie alle. Er war mein erster.»

«Lieben Sie ihn denn? Das ist schließlich noch wichtiger.»

Vera erklärte in einem fast poetischen Redefluß, daß sie Billy von ganzem Herzen liebe. Er sei ihr alles, ihre Sonne, ihr Mond, die Spinngewebe auf den Bäumen an einem Frühlingsmorgen, der Glanz auf frischen Äpfeln. Sara mußte den Kopf senken, um ihr Lächeln zu verbergen. Dann erinnerte sie Vera daran, daß sie älter als Billy war.

«Ich seh nicht, was das ausmacht, nicht, wenn man liebt.»

«Haben Sie –» Sara hielt inne, weil sie nicht sicher war, ob sie das Richtige sagte. «Haben Sie schon mit Mrs. Crook gesprochen?»

«Nein, o Gott, nein, Mrs. Sara. Ich wag ja nicht mal, mit Mutter zu sprechen, wie kann ich da mit Billys Mama reden.»

«Ich habe nicht gemeint, daß Sie ihr sagen sollen, daß sie Großmutter wird.» Sara schwieg.

Vera sah sie verständnislos an, dann ging ihr ein Licht auf. Sie öffnete den Mund zu einem langgezogenen: «Nein, o nein. Niemals. Das kann ich nicht tun.»

«Sie wollen also das Baby bekommen? Nun gut, ich werde sehen, ob ich von Billy eine Antwort bekomme. Es wird nicht leicht sein, aber ich werde es versuchen.»

«Wenn er mich doch bloß heiraten tät, Mrs. Sara.»

«Billy ist ein anständiger Kerl. Aber da ist der Altersunterschied. Ich persönlich glaube, Sie werden ihm eine gute Ehefrau sein. Er wird sich anständig verhalten.» Als sie den letzten Satz aussprach, erkannte Sara, wie sehr die Railton-Familie auf sie abgefärbt hatte. Dick würde sich totlachen, wenn er sie hören könnte.

Sie sprach zuerst mit Mrs. Bolton. Die diplomatische Art, mit der Sara die Sache vorbrachte, zusammen mit den Plänen, die sie für Vera und Billy im Sinn hatte, milderten den Schlag etwas ab.

«Ich hätt' das nie von ihr gedacht, Mrs. Sara. Ich sollte ihr den Hintern versohlen ...»

«Das würde ich nicht tun. Sie ist schließlich eine erwachsene Frau und in ihrem Zustand ...»

«Nur ihr Zustand hält mich davor zurück. Spar an der Rute, und du verdirbst das Kind.» Dann legte sich ihr Zorn. «Unsere Vera, nein so was ...» Mrs. Bolton verabschiedete sich lächelnd, und Sara hatte den Eindruck, sie würde ihre Tochter eher bemuttern als sie beschimpfen.

Sie versuchte, Giles anzurufen, aber Robertson sagte ihr, daß Mr. Giles erst spätabends nach Hause käme. Danach bat sie Mrs. Crook zu sich. Sie nahm die Neuigkeit ruhig und gelassen auf. «Sie ist ein braves Mädchen, und Billy wäre ein Dummkopf, sie nicht zu heiraten, immer vorausgesetzt, daß er noch lebt. Ich werde mit ihr reden und mich, wenn nötig, um sie kümmern, bis das Baby auf die Welt kommt.» Sie lächelte. «Ich kann Billy keine Vorwürfe machen. Ich habe heute einen Brief von ihm bekommen. Er ist ein paar Tage lang in der Etappe, um sich auszuruhen.»

Später am Abend telefonierte Sara mit Giles. Sie tauschten ein

paar Höflichkeiten aus, dann bat sie ihn, ob er nicht seine Beziehungen zum Kriegsministerium spielen lassen könnte, um Billy ein paar Tage Urlaub zu verschaffen.

«Und wenn es nur eine Woche ist.»

«Ich werde mein Bestes tun, Sara, aber jeder Mann wird im Moment gebraucht. Die Dinge sehen nicht gut aus. Aber da er schon in der Etappe ist, gibt es vielleicht eine Möglichkeit.»

Als sie sich verabschiedeten, sagte Giles, es hätte ihm leid getan, nicht früher erreichbar gewesen zu sein. «Aber ich habe Malcolm begleitet.»

«Malcolm? Ist Malcolm denn bei dir?»

«Hat dir denn niemand Bescheid gesagt? Hast du nichts erfahren? Verzeih, Sara. Ja, Malcolm ist seit einem Monat bei mir in London. Es geht ihm besser. Aber es war ein furchtbarer Verlust für ihn.»

«Was?... Wer?... Was ist geschehen?»

Giles entschuldigte sich wieder. «Ich kann nicht verstehen, warum niemand dich benachrichtigt hat. Bridget ist tot. Sie ist bei einem schrecklichen Unfall umgekommen. Das Gutshaus ist bis auf die Grundmauern abgebrannt. Malcolm ist nach England zurückgekehrt. Das Ganze hat ihn sehr mitgenommen.»

Erst sehr viel später fand Sara heraus, daß bis zu jenem Tag *niemand* etwas von Bridgets Tod oder Malcolms Rückkehr erfahren hatte.

An dem Abend, als Malcolm nach Eccleston Square zurückkehrte, schnitt er die freudigen Begrüßungsworte seines Vaters brüsk ab. Wenige Minuten später saß er im «Versteck» und brach unkontrolliert in Tränen aus.

Giles tröstete ihn voller Mitgefühl, befahl, daß man Wärmflaschen in Malcolms Bett legte, bestellte eine heiße Suppe und ließ einen diskreten Arzt holen.

Es dauerte einige Zeit, bis Malcolm fähig war, ihm die ganze Geschichte zu erzählen. Nach der grausigen Nacht hatte er versucht, die Festung in Dublin zu erreichen, was ihm aber nicht gelungen war, da er Männer der Bruderschaft erkannt hatte, die nach ihm Ausschau hielten.

Er hatte sich tagelang versteckt gehalten, bis er wie ein Landstreicher aussah, dann war er als blinder Passagier auf einem Schiff mitgereist. Als er in Holyhead an Land geschlichen war, hatte er einen Zustand erreicht, in dem er niemand mehr traute. Er war ein

großes Stück zu Fuß gelaufen oder hatte sich in Güterwagen versteckt, bis er endlich London erreichte.

Der Arzt sagte, der junge Mann hätte einen schweren Schock erlitten und bräuchte Ruhe, Pflege und rücksichtsvolle Behandlung. Malcolm schlief erst mal achtundvierzig Stunden. Als er aufwachte, saß sein Vater an seinem Bett, so wie er es früher getan hatte, als Malcolm noch ein Kind gewesen war, und redete begütigend und liebevoll auf ihn ein.

«Ich ziehe mich langsam aus den offiziellen Geschäften zurück», sagte Giles. «Mein Leben dauert schließlich nicht ewig...»

«Aber Papa, du hast noch einige aktive Jahre vor dir.»

Giles hoffte dies auch. Mit etwas Glück könnte er noch zwanzig Jahre leben, bis ins hohe Greisenalter hinein. Es gab noch einige Dinge, die er zu tun hatte, und sie könnten viel Zeit in Anspruch nehmen. Vor allem mußte er Frieden mit dieser Welt schließen, und das war etwas, das einem Mann wie Giles nicht leichtfiel. Um Frieden zu schließen, mußte er seine ganze Arglist aufbieten.

Er versicherte seinem Sohn, daß er in Eccleston Square von niemand gestört werden würde. «Ich werde dafür sorgen, daß du in Ruhe gelassen wirst, bis du dich erholt hast. Ich werde die Dienstboten anweisen, nichts über deine Rückkehr verlauten zu lassen. Niemand außer deinem Neffen Roy kommt in dieses Haus. Keine Menschenseele wird von deinem Hiersein erfahren.»

Und so geschah es auch.

Erst als Malcolm wieder völlig hergestellt war, ließ Giles Leute ins Haus, um mit ihm zu reden. Der erste war Vernon Kell, denn Giles wußte, daß Malcolm bei einer weiteren Agententätigkeit unter Kells Oberaufsicht kam. Dann bat er MI5-Chef Reginald Hall zum Abendessen und führte ihm Malcolm als Überraschung vor.

Zum Schluß erhielt Geheimpolizeichef Basil Thomson eine Einladung. Malcolms Informationen wurden von den drei Dienststellen ausgewertet, und gemeinsam kam man zu der Überzeugung, daß der «Fischer» noch am Leben und vermutlich wieder in England war.

Über den irischen Aufstand befragt, äußerte Malcolm die Meinung, daß er schnell niedergeworfen werden könnte.

Charles ahnte nichts von Malcolms Rückkehr, obwohl er noch immer eng mit Basil Thomson zusammenarbeitete. Eine von Giles'

Bedingungen war gewesen, daß es ihm überlassen blieb, wann er die Familie von Malcolms Anwesenheit unterrichten wollte. Charles setzte also seine Tätigkeit fort, berichtete Kell und versuchte, seine Arbeit bei Thomson so gut wie möglich zu erledigen.

Es war nicht einfach, denn im Verlauf der Wochen stellte es sich immer deutlicher heraus, daß Mildred eine schwerkranke Frau war. Sie war immer stärkeren Stimmungsschwankungen unterworfen, so daß sie sich in ihren klaren Momenten selbst Sorgen um ihren Seelenzustand machte, besonders da sich die vergessenen Erinnerungsbilder immer häufiger in ihr Bewußtsein drängten.

Gewöhnlich tauchten sie auf, wenn sie mehr Laudanum brauchte. Sie hatte Angst vor diesen Bildern, weil sie nicht mehr wie früher nur flüchtig aufblitzten, sondern immer konkreter wurden, als hätten sie einen direkten Bezug zur Wirklichkeit.

Dennoch gelang es ihr nicht, diese Bruchstücke in die Chronologie ihres Lebens einzuordnen. Aber in ihrem tiefsten Inneren wußte Mildred, daß irgend etwas zu einer nicht spezifizierbaren Zeit geschehen war – etwas Abstoßendes, von dem sie nichts Genaues wissen wollte.

Das Ergebnis war, daß sie immer mehr Laudanum nahm, um diese Bilder zu verbannen. Dr. Fisher verschrieb ihr mit größtem Vergnügen die Droge – zu hohen Preisen.

Charles' Sorge nahm täglich zu, bis er es nicht mehr aushielt und Kell um Hilfe bat.

Vernon Kell, zuverlässig wie immer, nannte Charles den Namen eines Arztes, an den er sich wenden sollte. «Ich werde Sie mit ihm bekannt machen, und vielleicht können Sie zu irgendeinem Arrangement kommen, zum Beispiel, ihn zum Abendessen einladen. Er ist ein ausgezeichneter Mann. Wenn ich nicht irre, hat Giles Railton ihn auch mal konsultiert.»

Doch bevor das Treffen zustande kam, erhielt Charles eine andere, merkwürdige Nachricht. Sie lag mit der üblichen Post auf dem Silbertablett in der Halle.

Sie war in London abgeschickt worden, und die Adresse war mit den gleichen Druckbuchstaben geschrieben wie der Inhalt. Der Schreiber erinnerte Charles an die Existenz des Kindes von Hanna Haas und teilte ihm mit, daß Charles' Mitarbeit bald erforderlich werden würde, falls er Wert darauf lege, daß das Kind am Leben und die ganze Sache geheim bliebe. Keinesfalls dürfe er sich an seine Vorgesetzten wenden. Dann folgte eine Adresse und eine Zeitan-

gabe. Er müsse sich an einen bestimmten Ort begeben und sich genau an die Anweisungen halten. Sogar das Beförderungsmittel und die Route, die er zu nehmen hatte, waren vorgeschrieben. Ein gewisser Brenner würde ihn dort erwarten. Vermutlich würde er ihn wiedererkennen, dürfe aber keine Überraschung zeigen und müsse stets nur den Namen Brenner benutzen.

Die Verabredung war auf halb sieben Uhr am folgenden Tag festgesetzt. Es war die letzte Woche im März.

Der Treffpunkt war ein unpersönliches Zimmer in einem Teil Londons, den Charles nicht gut kannte. Dirnen sprachen ihn in der Straße an, wo sich das Haus befand – und er mußte zugeben, daß ihre Angebote ihn lockten. Er hatte das Gefühl, die ganze Zeit beobachtet zu werden. «Brenner» war ihm in der Tat wohl vertraut, Charles hatte bis zu diesem Moment gedacht, daß er ihn in- und auswendig kannte, mußte nun aber feststellen, daß kein Mensch über einen anderen wirklich Bescheid weiß. In diesem ersten Moment der Begegnung mit Brenner fühlte Charles, wie die Fundamente, auf die er sein Leben aufgebaut hatte, unter ihm zerbröckelten. Der Mann, dem er jetzt gegenüberstand, verbreitete den Geruch der Fäulnis.

«Ein Schreck in der Abendstunde, nicht wahr?» Brenner lachte.

«Ich... ich kann es...»

«Nicht glauben? Nein, vermutlich nicht, Mr. Rathbone. Wir benutzen am besten unsere Decknamen. Nennen Sie mich einfach Brenner. Verstanden?»

Fast wäre ihm der richtige Name herausgerutscht, aber er hielt sich zurück und sagte: «Sind Sie ein verdammter Verräter, weil...»

«Werden Sie bitte nicht melodramatisch, Mr. Rathbone, hören Sie mir lieber zu. Wir beide treiben ein doppeltes Spiel. Machen Sie sich darüber keine Illusionen. Sie haben sich töricht benommen, und Toren müssen für ihre Torheiten zahlen.»

«Aber diese Leute...»

«Diese Leute werden einen hohen Preis von Ihnen verlangen. Sie wollen gewisse Informationen haben über Schiffe, Truppenverlegungen und einige Aktivitäten der Geheimpolizei. Aus irgendeinem Grund glauben sie, daß ich Sie am besten bei der Stange halten kann. Alles, was Sie zu tun haben, ist, ihren Befehlen zu gehorchen. Stehlen Sie, belauschen Sie Gespräche, liefern Sie, was man von Ihnen verlangt. Ihre Auftraggeber werden sich direkt mit Ihnen in Verbindung setzen. Ich bin nur eine Durchgangsstation. Sie werden

die Informationen bei mir abliefern. Und Sie können es mit ruhigem Gewissen tun, denn Sie kennen mich gut genug, um zu wissen, daß ich nicht alles, was ich von Ihnen bekomme, weiterreichen werde. Sie werden Halbwahrheiten bekommen, wolkige Edelsteine.»

«Schwören Sie mir, daß alles, was ich Ihnen liefere, nicht weitergeht als bis zu Ihnen?»

«Der größte Teil zumindest nicht. Ja, das schwöre ich Ihnen. Das heutige Treffen ist nur dazu da, Kontakt aufzunehmen. Mehr nicht. Ich soll Ihnen eine falsche Sicherheit vorspiegeln, Sie einlullen. Betrachten Sie sich also als eingelullt. Aber machen Sie sich keine Sorgen. Wir kriegen sie schon zu fassen. Aber alles zu seiner Zeit.»

Zwei Tage später erhielt Charles eine andere Mitteilung. Es war eine Anfrage: War den Geheimdiensten der augenblickliche Aufenthaltsort von Sir Roger Casement bekannt?

Charles hatte an verschiedenen Besprechungen zwischen Thomson und Hall teilgenommen, daher wußte er genau, daß Casement in Wilhelmshaven darauf wartete, nach Irland gebracht zu werden. Charles gab die Informationen pflichtschuldig an Brenner weiter.

25

Kurz vor Ostern erhielten Andrew und Charles Informationen, daß der irische Aufstand für Ostersonntag geplant war.

Ein deutscher Frachter war von Lübeck mit Waffen und Munition für die Rebellen in See gestochen; außerdem hatte Sir Roger Casement in einem U-Boot Wilhelmshaven verlassen und befand sich auf hoher See.

Was nun folgte, hatte peinliche Konsequenzen für Andrew.

Alle wichtigen, dechiffrierten Telegramme mußten direkt an den DID persönlich weitergegeben werden, egal, um welche Tages- oder Nachtzeit. Als Verbindungsoffizier, bei dem alles Material zusammenlief, war das Andrews Aufgabe.

Aber am Freitag, den 14. April, als diese äußerst wichtige Nachricht eintraf, war Andrew nicht aufzufinden. Es war fast sieben Uhr abends, und Andrew war um fünf Uhr gegangen. Der diensthabende Offizier rief bei ihm zu Hause an, erfuhr aber, daß er nicht da war. Charlotte schöpfte Verdacht. Andrew hatte erklärt, er würde bis Mitternacht arbeiten, im Büro aber hinterlassen, er sei zu Hause erreichbar.

Er lag in diesem kritischen Augenblick in den Armen von Miss Grizelda Greatorex in deren Schlafzimmer in Mayfair.

Schlimm wurde die Sache jedoch erst dadurch, daß Reginald Hall plötzlich beschlossen hatte, Zimmer 40 aufzusuchen, wo er die Nachricht auf dem Tisch liegen sah. Er fragte, warum Fregattenkapitän Railton nicht informiert worden sei.

Während des Abends bekam Charlotte vier Anrufe. Der erste war von Hall persönlich, der Andrew zu sprechen verlangte, der letzte enthielt nur noch den Befehl, daß Andrew sich sofort im alten Gebäude der Admiralität zu melden habe.

Als Andrew in die King Street zurückkehrte, empfing ihn Charlotte mit den freundlichen Worten: «Du mußt todmüde sein, Liebling.»

Andrew bestätigte, daß er einen teuflischen Tag hinter sich habe.

«Es tut mir leid, daß ich so spät komme, aber Hall war übelster Laune und hat mich den ganzen Abend auf Trab gehalten.»

Charlotte sagte mit engelsgleicher Miene, daß Hall tatsächlich übelster Laune sei. Er habe den ganzen Abend nach Andrew gefahndet und bäte ihn, umgehend in die Admiralität zu kommen.

Andrew wurde aschfahl, drehte sich wortlos um und verließ das Haus.

Am nächsten Morgen suchte Charlotte einen Privatdetektiv auf.

«Sie haben Casement erwischt.» Trotz des mißlichen Zwischenfalls sah Thomson Charles gut gelaunt an, als dieser endlich am Sonnabendmorgen sein Büro betrat.

«Nun, das ist mehr oder weniger das Ende.»

Thomson nickte schadenfroh. »Ja, gestern haben sie ihn hochgenommen, aber gar nicht realisiert, wen sie da eingefangen haben. Er hat seinen Bart abrasiert und sein Haar abgeschnitten. Hall will die Sache bis auf weiteres geheimhalten. Sie bringen ihn heute nach Dublin und morgen nach hier. Das heißt, keine Osterferien für uns, Charles.»

Charles fragte nach den Reaktionen in Irland. Thomson lächelte höhnisch. «Keine Reaktionen, weil keiner etwas weiß. Wollen Sie bei dem Verhör dabeisein?»

Und so kam es, daß Charles zusammen mit einem Stenographen der Geheimpolizei in Thomsons Büro saß, als am nächsten Morgen Sir Roger Casement hereingeführt wurde. Es war nicht verwunderlich, daß sie den Mann ohne Bart und mit glattrasiertem Kopf nicht erkannt hatten. Aber auch so zeigte der des Landesverrats verdächtigte Mann eine Würde, die Charles tief beeindruckte.

Thomson, obwohl kühl, war ausgesucht höflich. Casement beachtete ihn kaum, setzte sich und starrte den Stenographen feindlich an.

Basil Thomson nannte seinen Namen, dann stellte er Charles vor. «Mr. Rathbone, einer unserer Mitarbeiter.» Casement starrte weiterhin den Stenographen an.

«Sie sind Sir Roger Casement?» begann Thomson.

Casement blickte in eine andere Richtung.

«In den frühen Morgenstunden am vergangenen Freitag, den 14. April, wurden Sie in einem Schlauchboot von einem feindlichen U-Boot aus in Irland an Land gesetzt. Stimmt das?»

Casement betrachtete seine Hände.

«Sir Roger, Ihre Gefährten in diesem törichten, aber gefährlichen Unternehmen sind bereits verhaftet. Sie haben eine Menge ausgesagt. Meine Anklage lautet, daß Sie mit dem Feind zusammengearbeitet haben, daß Sie aktiv daran beteiligt waren, Waffen und Munition zu beschaffen, um eine Rebellion zu entfachen, daß Sie gegen die Krone konspiriert und britische Kriegsgefangene dazu überredet haben, gegen ihr eigenes Land zu kämpfen. Dies, Sir Roger, ist Hochverrat.»

Casement hob den Kopf und sprach zum ersten Mal. «Ich bin gern bereit, mit Ihnen zu sprechen, Kommandeur Thomson, aber ich werde kein Wort sagen, solange dieser Stenograph dabeisitzt.»

Thomson zögerte eine Sekunde lang, dann nickte er dem Stenographen zu, der daraufhin das Zimmer verließ. Kaum hatte sich die Tür hinter ihm geschlossen, begann Casement zu reden.

«Ich will Ihre Zeit nicht vergeuden, Sir. Natürlich werden Sie Anklage gegen mich erheben, und ich werde jeden Punkt widerlegen. Mein Hauptanliegen in diesem Moment ist, einen Irrtum öffentlich richtigzustellen, und zwar schnell, bevor Blut fließt. Gewiß bin ich nach Irland zurückgekehrt, es ist mein Zuhause. Doch ich kam mit einem bestimmten Ziel. Ich bin gekommen, um die Rebellion zu unterbinden, nicht um sie anzuführen. Ich flehe Sie an, im Namen Gottes, erlauben Sie mir, eine öffentliche Erklärung abzugeben, lassen Sie mich mit den irischen Zeitungsleuten reden. Das irische Volk muß von meiner Inhaftierung und von den wahren Gründen meiner Rückkehr nach Irland in Kenntnis gesetzt werden.»

Thomson sagte ruhig, daß es nicht im Bereich seiner Macht läge, Sir Rogers Bitte stattzugeben. Er würde aber mit jemand sprechen, der eine solche Entscheidung treffen könnte.

«Dann sprechen Sie sofort mit ihm, bevor es zu spät ist.»

«Sie glauben doch nicht im Ernst, daß die Rebellen jetzt etwas unternehmen werden? Denn die Waffenlieferung wurde versenkt.»

«Ich halte dies für sehr möglich, es sei denn, sie erfahren, warum ich nach Irland zurückgekehrt bin.»

Casement wirkte aufgeregt und besorgt.

«Ich werde sehen, was ich tun kann», sagte Thomson, stand auf und verließ das Zimmer.

Charles nahm drei Anläufe, mit dem Gefangenen eine Unterhaltung anzufangen, aber ohne Erfolg.

Nach zehn Minuten kam Basil Thomson zurück. Als er sprach,

klang seine Stimme ernst. «Es tut mir leid, aber Ihre Bitte ist abgelehnt worden. Ihre Verhaftung wird weiterhin geheimgehalten, und Sie dürfen keine Erklärung an die Presse abgeben.»

Casement stieß einen tiefen Seufzer aus. «Die Schuld liegt jetzt bei Ihnen. Ich werde einem Gerichtshof Rede und Antwort stehen, aber niemand anderem.»

«Warum?» fragte Charles, als er mit Thomson allein war.

«Warum was?»

«Sie sind vermutlich zu Hall gegangen, um die Erlaubnis zu holen. Warum wurde sie verweigert?»

Thomson schien einige Minuten nachzudenken, dann sagte er: «Vermutlich hofft Hall so wie ich auf das Unmögliche, nämlich, daß sie irrwitzig genug sein werden, doch irgendeine Art Aufstand zu probieren. Ich habe den Eindruck, daß Hall keinesfalls will, daß jemand, und ganz bestimmt nicht Casement, das Ganze abbläst. Auch ich wünsche aus ganzem Herzen, daß sie einen Versuch machen, denn dann können wir den Aufstand mit aller Härte niederschlagen. Die irische Laus würde ein für allemal zerquetscht und zertreten. Es wird eine Lektion sein, die die Iren niemals vergessen werden.»

Und genau das geschah. Es begann am folgenden Tag, sehr zum Erstaunen der meisten Menschen.

Am Ostermontag besetzten die Rebellen ohne nennenswerte Unterstützung des irischen Volkes verschiedene Stützpunkte und unterbrachen die Verbindungen zur Festung von Dublin. Sie errichteten Barrikaden im Stadtzentrum und auf den Zufahrtsstraßen, um Truppenverstärkungen zu verhindern.

Die Kämpfe dauerten knapp eine Woche, und es wurde keine Gnade gezeigt. Nach der Niederwerfung des Aufstands fanden die Kriegsgerichtsurteile und Hinrichtungen im geheimen statt. Sie waren ungemein grausam und riefen in ganz Irland helle Empörung hervor. Einer von vielen, denen die Flucht gelang, war Padraig O'Connell, der an der Seite von Michael Collins im Postamt gekämpft hatte – einer der Hauptschauplätze erbarmungsloser und heroischer Kämpfe. Padraig lag auf dem Heuboden einer Scheune in der Grafschaft Wicklow, und zum zweiten Mal in seinem Leben schwor er England ewige Feindschaft. Seine Zeit würde kommen und vermutlich bald, denn nach den britischen Brutalitäten war das Volk auf der Seite der Rebellen.

Er dachte an seine Vertrauensleute in Deutschland. Sie würden

Informationen über die englischen Geheimpolizeimethoden brauchen, um Feuer mit Feuer zu vergelten.

Er fragte sich, was aus dem deutschen Riesen geworden war, den Malcolm Railton fast getötet hatte. Vermutlich war er während der Unruhen aus Irland entkommen. Seine Verbrennungen waren fast verheilt.

Die meisten Mitglieder der Railton-Familie mißtrauten Giles' Entschluß, sich aus dem Berufsleben zurückzuziehen. Wie Charlotte so richtig bemerkt hatte: «Mein Schwiegervater gehört nicht zu der Sorte Menschen, die bei den ersten Anzeichen ihrer Sterblichkeit das Gesicht der Wand zukehren.» Doch sie gab auch zu, daß sie es für unmöglich gehalten hatte, daß gerade Andrew Ehebruch begehen würde. Und dafür hatte sie handfeste Beweise – sechs sauber getippte Seiten von Mr. James Prosser, Privatdetektiv.

Charlotte hatte beschlossen, die Beweise für Andrews Untreue erst mal für sich zu behalten. Sie war nicht im geringsten gewillt, die Vorteile, die die Zugehörigkeit zur Railton-Familie mit sich brachte, über Bord zu werfen, nur weil ihr Mann mit einem Flittchen ins Bett ging.

Sie würde nichts unternehmen, es sei denn, Andrew wäre töricht genug, die Scheidung einzureichen.

Und so fuhr sie fort, Sara in Redhill zu helfen, besuchte Margaret und sorgte sich – mit allen anderen – um Mildreds offensichtlichen seelischen wie gesundheitlichen Verfall. Dem nicht genug, nahm sie sich ernsthaft vor, Zuneigung zu ihrer Schwiegertochter zu fassen. Phoebe war fast in der ganzen Familie unbeliebt, mit Ausnahme von Caspar und Margaret. Die anderen lehnten sie alle aus einem Wirrwarr von Gründen ab. «Unbeugsam und anmaßend», sagte Sara; «ein unerträglicher Snob», sagte Mildred in ihren klaren Momenten. «Hinterhältig», sagte Charles; Andrew gab keine besonderen Gründe an. «Baumwolle», knurrte Giles, als Charlotte ihn nach seiner Meinung fragte. Baumwolle hießen alle Menschen in der Railton-Familie, die Handel trieben. Kein Railton hatte sich je mit Handel die Finger beschmutzt.

In Wirklichkeit war Phoebe längst nicht so anmaßend, wie die Familie glaubte. Sie war zwar ein wenig barsch, aber das kam von ihrer nordischen Erziehung, und ihre Unbeugsamkeit war auf ihren herrischen Vater zurückzuführen. Im Grunde genommen waren alle ihr angedichteten Eigenschaften nur eine Art Verteidigungswall

gegen ihre tiefwurzelnde Unsicherheit. Caspar war der einzige Mensch, der allen ihren Bedürfnissen und Wünschen gerecht wurde, und den sie überdies noch respektieren, lieben und bewundern konnte.

Caspar hatte große Fortschritte mit seinem Holzbein gemacht, und er hoffte auf weitere technische Fortschritte auf dem Gebiet von Prothesen. Vielleicht bekam er eines Tages auch einen künstlichen Arm? Aber seine größte Befriedigung zog er aus seiner Arbeit im Geheimdienst, wo ihm viel Lob zuteil wurde.

C sagte viele Jahre später, daß Caspar zweifellos der beste Abteilungsleiter war, den man sich vorstellen könnte. Caspar brauchte nur selten in den vielen Akten etwas nachzuschlagen. Er schien ein fast fotografisches Gedächtnis für Namen, Gesichter, militärische Operationen und Topographie zu haben. Er würde, sagte man flüsternd, für den Feind ein ideales Entführungsopfer sein, denn er hatte alle Einzelheiten des Geheimdienstes im Kopf.

Wie seine Mutter Charlotte mißtraute auch Caspar der Erklärung seines Großvaters, daß er sich allmählich zurückziehen wollte. «Der alte Fuchs führt etwas im Schilde», sagte er eines Abends zu Phoebe. «Er ist länger als jeder von uns in diesem zwielichtigen Gewerbe und kennt alle Tricks. Er hat es auf irgendeinen unglücklichen Tölpel abgesehen.» Nach einigen Minuten murmelte er. «O Gott, nein, das kann doch nicht sein ...» Er hatte das erste Teilchen zu dem großen Puzzlespiel gefunden, das ihm noch viel Kopfzerbrechen machen sollte.

Später am selben Abend ging er in die King Street und verbrachte einige Zeit mit seinem geistesgestörten Bruder Rupert. Während er mit ihm sprach, durchsuchte er das Zimmer.

Roy war ausgegangen, und so schlich er auch in dessen Zimmer und durchsuchte es systematisch.

Er sagte nichts zu Smith-Cumming, aber er war tief beunruhigt, denn ein furchtbarer Verdacht stieg in ihm auf. Ein weißer Schal fehlte aus Ruperts altem Uniformkoffer. Vor einem Monat war er noch dagewesen. Caspar hatte ihn mit eigenen Augen gesehen.

Malcolm war «bis aufs Letzte ausgepreßt», wie C es nannte, von seinen eigenen Leuten, der MI5 und der Geheimpolizei. Alle drei Abteilungen schrieben ihre Berichte, die dann zusammengefaßt wurden und als erweiterte Akte über die revolutionären Tätigkeiten in Irland an alle einschlägigen Dienststellen gingen.

Als alles vorbei war, erklärte Malcolm, daß er die verdammte grüne Insel nie wiederzusehen wünsche. Er wollte ein ordentliches Stück Land bearbeiten und weiter nichts. Aber aufgrund seines Alters und seines guten Gesundheitszustandes mußte er natürlich zum Militär.

Er wohnte noch immer bei seinem Vater in Eccleston Square, und Giles setzte sich voll ein, um seinem Sohn die Wege zu ebnen.

Er hatte sogar mit Sara gesprochen und ihr vorgeschlagen, daß Malcolm Redhill bewirtschaften sollte und so freigestellt werden konnte. Sara hatte ihm kühl geantwortet, wenn Malcolm ihr *helfen* wolle, das Gut zu verwalten, wäre ihr das durchaus willkommen.

Roy besuchte seinen Großvater mindestens dreimal in der Woche. Malcolm wurde während dieser Besuche immer unter irgendeinem Vorwand weggeschickt.

Während der Woche vor dem Casement-Prozeß im Mai kam Roy später als üblich nach Eccleston Square.

Giles saß dem jungen Mann gegenüber im «Versteck». Seine Augen blickten freundlich, aber verließen nie Roys Gesicht.

«Niemand wird uns stören», fing er an. «Malcolm hat sich zurückgezogen, und die Dienstboten habe ich ins Bett geschickt. Also...» Wie immer sprach er die jüngsten Ereignisse durch und wiederholte den neuesten Foreign-Office-Klatsch. Roy war jetzt seine Hauptinformationsquelle für alle internen Vorgänge.

Sie hatten sich vor drei Tagen zum letztenmal gesehen, aber Roy, der einen scharfen Blick und ein aufmerksames Ohr für alle Einzelheiten hatte, gab mühelos eine detaillierte Zusammenfassung von allem, was er in den letzten zweiundsiebzig Stunden gehört oder gesehen hatte.

«Und wie geht's dir, Roy?» Es war eine Frage, die Giles immer stellte. Roy sah ihn aus offenen Augen an, aber seine glatte Zunge verriet nur das, was er sagen wollte, nie mehr. Auch seinem Großvater gegenüber nicht.

«Beschäftigt wie immer. Du hast mir viel beigebracht, Großvater, alles ist verhältnismäßig einfach...»

«Wenn du einmal das Spiel gelernt hast, wirst du sehen, daß es verschiedene Varianten gibt.» Der alte Mann lächelte. «Wie beim Schach.»

Roy nickte. «Ich glaube, ich habe alles unter Kontrolle. Die eventuellen Feinde werden beschattet, gewisse Fallen aufgestellt, so daß sie mich nicht mehr belästigen können...»

«Und dein Russisch?» fragte Giles beiläufig.

«Ich büffle noch immer vier oder fünf Stunden am Tag. Ich glaube, ich werde dich nicht enttäuschen, wenn die Zeit reif ist.»

Giles nickte. «Und jetzt der Grund, weswegen ich um deinen späten Besuch bat.» Er öffnete eine seiner Schreibtischschubladen. «Hier haben wir gewisse Einzelheiten, spezifische Dokumente.» Er schlug das Dossier auf. «Kannst du es dir leisten, zwei Tage nicht ins Büro zu gehen, ohne unliebsame Aufmerksamkeit zu erregen?»

«Natürlich.»

«Nun, gut. Ich will, daß du nach Schottland fährst, aber du mußt dich genau an meine Vorschriften halten. Die kleinste Abweichung wäre verheerend.»

Während Giles seinem Enkelsohn erklärte, was er von ihm erwartete, kam Sergeant Billy Crook am Waterloo-Bahnhof an, um einen unerwarteten Heimaturlaub zu genießen.

Er war in der Etappe gewesen, als der Kommandeur ihn zu sich rief.

«Sie haben ein paar Tage Urlaub bekommen, Sergeant Crook.»

«Urlaub, Sir? Ist meiner Mutter was passiert?» Sein Herz setzte einen Schlag aus. Sie hatte an Weihnachten so wohl ausgesehen.

«Nein, Sergeant. Kein Urlaub aus dringenden familiären Gründen. Ihre frühere Arbeitgeberin, eine Mrs. Farthing, hat Urlaub für Sie beantragt.»

«Mrs. Sara?»

«So ist es, Sergeant. Hat Beziehungen, die Dame.» Der Colonel blätterte in seinen Papieren. «Nun, viel Spaß, Sergeant. Aber hängen Sie nicht in Paris oder London herum. Schnurstracks nach» – er warf einen weiteren Blick auf die Papiere – «Haversage, nicht wahr?»

«Ja, Sir.»

«Also, packen Sie Ihr Zeug zusammen und einen guten Urlaub.»

Was konnte Mrs. Sara von ihm wollen? Es lohnte sich nicht, darüber nachzudenken. Solange mit Mutter alles in Ordnung war, spielte der Rest keine Rolle. Eine Woche in Redhill, im Frühjahr! Keine Geschütze! Keine Angst! Ein Geschenk des Himmels.

Er nahm die U-Bahn nach Paddington. Von dort aus den Zug nach Haversage. Er mußte eine halbe Stunde warten.

Es wäre ein seltsamer Zufall gewesen, wenn er auf dem überfüllten Bahnhof einen vorbeigehenden Maat bemerkt hätte, der an einem Stock ging, als hätte er ein Holzbein. Ein Riese von einem Mann,

dessen eine Gesichtshälfte bandagiert war. Er trug seine Ausgangsuniform und darüber einen Marineregenmantel und einen weißen Schal.

Der Maat ging auf Bahnsteig zwei zu, von wo der Zug nach Bristol abfuhr.

«Natürlich werden sie das Schwein für schuldig befinden. Er ist ein Verräter, und sie werden ihn hängen. Ich war dabei, Brian, ich habe mir seine verdammten Lügen angehört. Er behauptete, er sei in Irland gelandet, um den Aufstand zu *verhindern.*»

«Aber...» Wood überlegte, daß Charles sich stark verändert hatte seit Kriegsausbruch, als er ihn kennengelernt hatte.

«Und ich sage Ihnen, Sir Roger Casement endet am Galgen.» Charles bemerkte, daß seine Hände zitterten. Seine Nerven waren völlig zerrüttet. Es war nicht nur seine Tätigkeit – die enge Zusammenarbeit mit Thomson, die Verpflichtung, Kell täglich berichten zu müssen, die kindischen Fehden zwischen den einzelnen Geheimdiensten, in die er hineingezogen wurde –, die ihm zu schaffen machte, sondern auch seine privaten Sorgen.

Mildreds Verhalten beunruhigte ihn mehr und mehr. Wie war es möglich, daß ein ausgeglichener Mensch wie Mildred zusehends so verfiel? Es wurde immer schlimmer mit ihr, euphorische Stimmungen wechselten rapide mit tiefen Depressionen ab, auf die Wutanfälle folgten.

Mildred war immer eine gute und sparsame Hausfrau gewesen, aber in letzter Zeit bat sie monatlich um Erhöhung des Haushaltsgeldes.

Charles konnte nicht wissen, daß Dr. Fisher das Laudanum stillschweigend abgesetzt hatte und sie jetzt mit Morphium behandelte. Doch Kell hatte sein Versprechen gehalten und Charles mit seinem Arzt bekannt gemacht, einem ernsthaften, sympathischen und offensichtlich zuverlässigen jungen Mann namens Martin Harris.

Sie hatten sich eine Stunde lang unterhalten, und Charles hatte alle Fragen so klar wie möglich beantwortet. Wie Kell vorausgesehen hatte, war Dr. Harris durchaus bereit, auf das kleine Komplott einzugehen, sich als Gast auszugeben. Und so lud Charles ihn zum Abendessen ein. Doch am verabredeten Tag hatte Mildred einen Gallenanfall, und so wurde das Essen auf Anfang August verlegt, da Harris verreisen mußte.

Zusätzlich zu alldem, mußte er Brenner gesetzwidrige Informationen liefern über Munitionsproduktion, Flugzeugtypen, Rekrutierung und die Beziehungen zwischen dem Kriegsministerium und der Admiralität. Kaum eine Woche verging, während der er nicht eine kurze Liste mit Fragen erhielt.

Da Charles Brenner voll vertraute und das verwickelte Doppelspiel zu durchschauen vermeinte, das verhinderte, daß die Wahrheit die Fragesteller erreichte, tat er wie befohlen. Er sammelte alles Wissenswerte, nahm an geheimen Sitzungen in den «Sicherheitshäusern» teil, erstattete Brenner Bericht und versuchte, nicht weiter über die Sache nachzudenken.

Doch irgendwo am äußersten Rand seines Bewußtseins hing ein großes Fragezeichen. Er hatte Brenner sogar um nähere Erklärungen gebeten, aber der hatte nur lächelnd den Kopf geschüttelt.

Und nun hatte Basil Thomson ihn gebeten, den Weißen-Schal-Mord mit Wood und Partridge zu diskutieren.

Sie warteten, daß er den Anfang machte. Er räusperte sich und sagte, am besten wäre es, erst mal alles zusammenzustellen, was sie über den Mann wüßten, den der Feind den «Fischer» nannte.

Er sei zweifellos ein Saboteur und ein vierfacher – wenn man Miss Drew mitrechnete – sogar ein fünffacher Mörder.

«Haas, Sir», korrigierte Wood ihn. Es war beschlossen worden, die Tote in allen Unterlagen als Hanna Haas zu führen. «Aber wir können sie nicht mitrechnen, die ‹Arbeitsweise› ist eine völlig andere.»

«Sie meinen den Knoten? Dann können wir auch meine Verwandte in Irland nicht mitrechnen, denn alles, was man gefunden hat, waren verbrannte Überreste...»

«Und Mr. Malcolm Railtons Aussage?» korrigierte ihn Wood wieder. «Es ist nicht nur der Knoten. Es gibt auch andere Hinweise. Wer immer Miss Haas ermordet hat, benutzte eine andere Methode. Die anderen Morde waren schnell und professionell ausgeführt. Ein Schal von hinten über den Kopf geworfen, am Nacken gekreuzt und zugezogen, der Knoten war hinzugefügt wie eine Art Unterschrift.»

Charles nickte. Sie wußten, der «Fischer» war verantwortlich für die Explosion auf der *Bulwark* und hatte den Auftrag, ähnliche Sabotageaktionen durchzuführen. Konnten sie den Ablauf der früheren Vorgänge rekonstruieren? Ein Tatmotiv finden?

Sie begannen, jeden Mordfall in allen Einzelheiten noch einmal

durchzugehen, zusammen mit den Daten und Zeitabschnitten, von denen sie genau wußten, wo der «Fischer» sich aufgehalten hatte.

Fiske, der Marineoffizier, das erste Opfer, war der einfachste Fall. Er hatte auf der *Bulwark* gedient und war einen Tag vor der Explosion auf Urlaub gegangen.

«Nehmen wir mal an» – Wood hatte einen Papierbogen vor sich liegen – «daß der ‹Fischer› die *Bulwark* nicht betreten konnte. Für Fiske war es nicht schwierig, ein Paket mit an Bord zu nehmen. Wenn die Sache so gelaufen ist, dann mußte er vermutlich Fiske aus dem Weg räumen.»

Charles nickte. «Ja, ich glaube auch, daß Fiske das Paket an Bord geschmuggelt hat. Und die einzige Erklärung für den Tod des Apothekers Douthwaite und die arme Mrs. Gregor ist, daß die beiden ihm zufällig auf die Spur gekommen sind. Und Mrs. Gregor war seine Geliebte», fügte Charles hinzu.

Übrig blieb Bridget und der Mordversuch an Malcolm. Und wer hatte Hanna Haas umgebracht?

Wood zog eine dechiffrierte Nachricht aus der Tasche, die den «Fischer» nach Dublin beorderte. Und Charles wurde plötzlich klar, daß er nicht in diesem Zimmer war, um bei der Aufklärung der Morde des «Fischers» zu helfen, sondern um den anderen mitzuteilen, ob er einen Verdacht hege, wer Hanna Haas getötet haben könnte. Thomson hatte ihm diese Falle gestellt. Und nun würden Wood und Partridge ihn zum hundertsten Mal versuchen auszufragen. Er stieß einen tiefen Seufzer aus.

«Also hören Sie zu, Charles.» Brian Wood redete ihn zumeist mit «Sir» an, aber als Chefinspektor nahm er sich gelegentlich die Freiheit heraus, ihn beim Vornamen zu nennen. Diesmal war es wohl berechnet, es sollte heißen: Sie sind unter Freunden! «Wir beide, David Partridge und ich, sind alle Akten durchgegangen. Wir wissen, was passiert ist. Sie sind frei von jedem Verdacht. Niemand beschuldigt Sie, ein Doppelspiel zu treiben. Sie haben Dummheiten gemacht, Indiskretionen begangen, aber keinen Mord.»

«Und?»

«Nur einige Hinweise. Es hat Sie schwer getroffen damals. Hatten Sie den Eindruck, die Haas sei in Gefahr?»

«Natürlich. Sie schwebte in tausend Ängsten, war einer Panik nahe.»

«Vor wem hatte sie Angst?»

«Vor ihren eigenen Leuten und vor uns. Sie fürchtete sich vor der MI5, sagte, es sei viel zu früh, sich unter unseren Schutz zu begeben. Danach sprach sie über den ‹Fischer›.»

«Welche der beiden Seiten, Sir», fragte Partridge respektvoll, «hätte nach Ihrer Meinung am meisten von ihrem Tod profitiert?»

«Ihre Seite natürlich – falls sie wußten, daß sie unter meinem Schutz stand. Aber woher konnten sie es wissen?»

«Ja, eben.» Wood lächelte. «Sie war eine gute Agentin. Hätte sie gemerkt, wenn ihr jemand gefolgt wäre?»

«Ja, sicher...» Charles hielt inne. «Aber eigentlich hätte sie auch Ihre Leute bemerken müssen.»

«Gestatten Sie, Sir, wenn ich das sage, aber Sie auch.»

Ein Gedanke zuckte in Charles' Kopf auf. Er *hätte* die Beobachter bemerken müssen. Laut sagte er: «Ich frage mich, ob sie sie vielleicht bemerkt *hat.*»

Wood erkundigte sich, warum er das gesagt habe.

«Weil ich plötzlich nicht mehr so sicher bin, welche Seite von ihrem Tod am meisten profitiert hätte.»

«Wer käme in Frage, Charles? Kells Leute? Er hat ein paar Rabauken an der Hand, die gewalttätig genug sind, um jemand um die Ecke zu bringen.»

Charles schüttelte den Kopf. «Oder C's Handlanger?»

«Oder die Admiralität? Dem DID traue ich alles zu. Es könnte natürlich auch sein, daß sie von einer anderen ‹Firma› als der euren als Doppelagentin benutzt wurde. Von C's Dienststelle oder der Marine-Informationsdivision. Bitte denken Sie mal darüber nach.»

Er hatte bereits darüber nachgedacht und sich gefragt, wie es möglich gewesen war, daß ein Mörder unbemerkt in die Wohnung gelangt war. Hans Crescent war gespickt gewesen mit Abhörgeräten.

Roy kam zwei Tage nicht zum Dienst. Er nahm den Frühzug nach Glasgow, übernachtete im Central Hotel und suchte die Hauptfiliale der Bank of Scotland in Glasgow auf.

Der Besuch nahm nicht länger als eine halbe Stunde in Anspruch.

Er kehrte mit dem Nachmittagszug nach London zurück, ging nach Hause und saß am folgenden Morgen wieder an seinem Schreibtisch im Foreign Office.

Bei seinem Besuch in Eccleston Square wandte Roy sich an der Tür um. «Nein, Großvater», sagte er und blickte in die harten

Augen, «nein, es ist nicht wie ein Schachspiel, eher wie ein Damespiel.»

Sein Großvater hatte gelächelt, und das Eis hatte sich in ein weißes, warmes Feuer der Freude verwandelt.

Der «Fischer» fand ein nettes, kleines Fremdenheim in Bristol, dessen Kundschaft aus Matrosen bestand. Jeden Abend stellte er sein Funkgerät an, sendete zehn Minuten lang sein Signal, wartete fünfzehn Minuten, gab weitere zehn Minuten sein Signal, wartete noch mal fünf Minuten.

Keine Antwort. Kein Befehl. Er wußte, was das bedeutete: Finden Sie ein Schiff, zerstören Sie es noch vor Jahresende. Bald würde er nach dem Norden reisen.

Sergeant Billy stand müde vor Mrs. Sara, die ihm sagte, Vera sei schwanger. Dann fragte sie ihn, ob er Vera liebte. Billy war so verblüfft, daß er sofort antwortete: «Natürlich liebe ich sie.»

«Nun, wenn dem so ist, dann gehen Sie am besten gleich zu ihr und halten um ihre Hand an. Die Hochzeitsvorbereitungen können Sie mir überlassen.»

Und bevor er recht wußte, wie ihm geschah, hatte er eine Sondergenehmigung in der Hand, die sich Sara direkt vom Bischof beschafft hatte. Zwei Tage nach seiner Ankunft stand Billy in der Dorfkirche, der blinde Organist spielte den Hochzeitsmarsch. Fregattenkapitän Andrew Railton führte Vera zum Altar, Ted Natter schneuzte sich laut ins Taschentuch, Ken Raines und George Sharp, beides Schulkameraden von Billy, prusteten vor Lachen, und der alte Dorflehrer Gregory sah verstört aus, als könne er es nicht fassen, daß einer seiner Schüler alt genug war, um zu heiraten. Porter, der alte Soldat, Diener und Freund des Generals sah uralt und traurig aus, er war jetzt pensioniert, und die Familie hatte ihm ein Cottage zur Verfügung gestellt, aber heute trug er alle seine Auszeichnungen und stand aufrecht da, als wolle er sagen: «Ich vertrete den General.»

Rachel Berry war die Brautführerin, und als das Paar aus der Kirche trat, applaudierte die versammelte Dorfgemeinschaft.

Sara hatte sich nicht lumpen lassen. Im Herrenhaus war eine riesige Hochzeitstafel aufgestellt. Überdies hatte sie in einem bekannten Hotel in Oxford für zwei Tage ein Zimmer bestellt und bezahlt und für weitere zwei Tage in einem Londoner Hotel, damit Vera Billy an den Zug begleiten konnte.

Am 26. Juni wurde Roger Casement vor Gericht gestellt und des Hochverrats angeklagt.

Der Prozeß dauerte drei Tage. Der Richter ließ die Geschworenen nicht im Zweifel über das Urteil, das er von ihnen erwartete. Die Beratung dauerte eine knappe Stunde, das Urteil lautete: schuldig.

Bevor das Todesurteil verkündet wurde, las Casement eine lange, wirre und eitle Erklärung vor, die darauf angelegt schien, die Geschichte zu verfälschen. Gleich nach Verkündigung des Urteils legte er Berufung ein.

Dann folgte ein seltsames Zwischenspiel, in dem keiner der Railtons eine aktive Rolle spielte. Aber sie hörten wie alle anderen die Gerüchte und fragten sich, inwieweit sie der Wahrheit entsprachen.

Der Premierminister war sich unschlüssig über Casements Todesurteil. Die öffentliche Meinung schwenkte zu Casements Gunsten um, und viele setzten sich öffentlich für ihn ein. Einer der vielen Proteste war von einflußreichen Männern unterschrieben, darunter von berühmten Autoren wie John Galsworthy, Arnold Bennett und G. K. Chesterton. Die Amerikaner setzten Asquith unter Druck, und einige Kabinettminister warnten davor, Casement hinzurichten.

Die Geheimpolizei hatte seit Jahren versucht, Casement dingfest zu machen. Und nun war es Reginald Hall und Basil Thomson gelungen. Auch hatten Hall und Thomson – egal, ob Casements Erklärung, er wäre nach Irland gekommen, um den Aufstand zu verhindern, nun der Wahrheit entsprach oder nicht – die Presse ausgeschaltet und zweifellos zu dem unseligen Osteraufstand beigetragen, der von den Militärs so brutal niedergeschlagen worden war.

Es hieß, daß Hall und Thomson das Gesetz jetzt in die eigenen Hände genommen hatten. Beunruhigt, daß das Todesurteil aufgehoben würde, griffen sie auf ihre geheime Beute zurück – die Tagebücher, die sie in Casements Wohnung gefunden hatten.

Gewisse Seiten und Fotografien wurden kopiert. Die Auszüge waren sorgfältig ausgewählt, denn alle bewiesen Casements Homosexualität. Diese Dokumente, hieß es wiederum, wurden auf Veranlassung von Thomson und Hall in neutralen Umschlägen durch Boten an die einflußreichen Leute verteilt, die sich für Casement eingesetzt hatten. Alles ehrenwerte Männer, die davor

zurückschrecken würden, öffentlich für einen Homosexuellen einzutreten – eine schwere und unverzeihliche Sünde zur damaligen Zeit. Und so besiegelten Thomson und Hall auf hinterlistige Weise das Schicksal Casements. So wurde gemunkelt.

Tatsache ist, daß sich alle Sympathie für Casement schlagartig verflüchtigte und die Berufung abgelehnt wurde. Er wurde am 3. August gehängt, am gleichen Tag, an dem Charles Dr. Harris zum zweiten Mal eingeladen hatte, um Mildred kennenzulernen. Er führte ihn als einen Kollegen ein.

Mildred war von peinlicher Ausgelassenheit und Exaltiertheit und flirtete sogar mit Harris. Während der Mahlzeit und danach sprach Charles nur wenig, statt dessen hörte er aufmerksam zu. Es entging ihm daher nicht, daß Harris unauffällig einige gezielte Fragen stellte. Je weiter der Abend fortschritt, desto nervöser und niedergedrückter wirkte Mildred. Ihre Selbstsicherheit schien dahinzuschwinden, und um halb elf Uhr ging sie zu Bett.

Nach ihrem Weggang schwieg Harris eine Weile und trank seinen Kognak. Dann sagte er: «Sie gehört in eine Entziehungsanstalt, mein armer Freund. Man braucht kein Experte zu sein, um zu sehen, daß sie drogensüchtig ist, und zwar in einem vorgeschrittenen Stadium. Vermutlich Morphium. Aber Sie können sie nicht ohne weiteres einweisen, und wir können uns nicht mal an ihren behandelnden Arzt wenden, denn der verschreibt ihr ja das Zeug.»

«Und was passiert, wenn ...»

«Wenn wir nichts unternehmen? Tut mir leid, Charles, aber sie steckt schon zu tief drin. Es würde lange dauern und intensive ärztliche Betreuung erfordern, sie zu kurieren – wenn es überhaupt noch möglich ist. Wenn wir nichts tun, ist sie in drei Monaten tot.»

Denise Grenot, unter dem Namen Jacqueline Baune, stieg an ihrer üblichen Haltestelle in Lanaken in die Straßenbahn. Seit einiger Zeit unternahm sie diese Fahrt zweimal wöchentlich; es bestand ein großer Bedarf an Informationen über deutsche Truppenverstärkungen, da an der Westfront um jede hundert Meter Boden erbittert gekämpft wurde.

Das «Frankignoul»-Netz hatte viel dazu beigetragen, daß genaue Berichte regelmäßig in London eintrafen, und ein Kommunikationssystem aufgebaut, bei dem eigentlich nichts schiefgehen konnte.

Zwei Mitglieder der Organisation fuhren immer gemeinsam mit der Straßenbahn nach Holland. Eines hatte die Informationen in der Schuhsohle versteckt oder in die Unterwäsche eingenäht, das andere hielt Ausschau. Heute bewachte Denise einen alten Belgier, genannt Paul, der die neusten Nachrichten über Munitionszüge bei sich trug.

Ihre Aufgabe war es, dafür zu sorgen, daß Paul ohne Zwischenfälle nach Holland gelangte und mit dem alliierten Vertrauensmann in Maastricht Kontakt aufnahm. Auch mußte sie sich vergewissern, daß niemand Paul oder ihr folgte. Eine Stunde später würde sie dann mit gefüllter Einkaufstasche nach Belgien zurückfahren.

Sie erreichten den Grenzposten, und die deutsche Polizei stieg ein. Für gewöhnlich durchsuchten sie den Straßenbahnwagen nur sehr oberflächlich. Doch heute spürte Denise eine gewisse Spannung. Die Deutschen beachteten niemand, sie schienen auch von Paul keine Notiz zu nehmen, der eine Einkaufstasche aus Hunderten von verschiedenen Lederflicken trug, die in langen Winternächten aneinandergenäht worden waren. Paul war über siebzig und sah klapprig aus. Was ein großer Vorteil war. Denn wer würde schon vermuten, daß ein alter Trottel wie Paul so viel Verstand hatte, für London bestimmte Informationen nach Holland zu schmuggeln?

Denise wurde unruhig. Die Polizeibeamten unternahmen nichts, aber sie gingen auch nicht. Der Straßenbahnschaffner fragte sie auf halb französisch, halb deutsch wie lange sie noch bleiben würden? Einer der Polizisten zuckte die Achseln und gab vor, unter die Sitze zu schauen.

Sie hörte das Auto, bevor sie es sah. Ein großes Cabriolet mit einem langen Kühler. Vier uniformierte Deutsche saßen auf den Sitzen. Als der Wagen hielt, sprangen sie hinaus wie vier komische Akrobaten. Aber die vier waren alles andere als komisch.

Einer trug ein Gewehr, die anderen hielten Pistolen in der Hand. Sie stürmten in die Straßenbahn, ergriffen Paul und schleiften ihn hinaus.

Keiner nahm Notiz von dem Zwischenfall, jeder hatte genug eigene Sorgen. Bloß kein Aufsehen erregen. Am besten nicht hinsehen.

Die Klingel läutete. Die Straßenbahn ratterte in Richtung Holland und der holländischen Posten. Das letzte, was Denise sah, war der Faustschlag, den einer der Soldaten Paul versetzte, als er ihn in den Wagen stieß. Denise vermeinte Blut auf Pauls Gesicht zu sehen.

26

Sie verlegten James in eine alte Burg, hoch oben zwischen Felsen und Tannen, an den Mauern war Stacheldraht hochgezogen wie eine Art bösartiger Efeu.

«Hier wird nicht herumgelungert», sagte ihm der Kommandant. «Bei uns wird gearbeitet fürs tägliche Brot.» Der Kommandant war ein ältlicher Mann, der lange und gern von seinen mutigen Taten bei der Kavallerie erzählte.

James hatte den Eindruck, er befände sich irgendwo im Rheinland. Er schien der einzige Gefangene in der alten und zugigen Burg zu sein. Aber er wurde respektvoll behandelt, was ihn verwirrte. Normalerweise hätte ihn ein Verhör und anschließend ein Exekutionskommando erwartet.

Die Worte des «Professors» kamen ihm oft in den Sinn. «Sie stehen unter besonderem Schutz.» Marie? Verdankte er es ihrem Einfluß, daß er getrennt von anderen Gefangenen untergebracht wurde, ein geheimer Gefangener, der bis Kriegsende festgehalten wurde? Aber was dann?

Irgendwie mußte er sich den Glauben an die Zukunft erhalten. Und so zitierte er Shakespeare, flog in Gedanken, lauschte Margaret, die in ihrem gemeinsamen Haus Klavier spielte. Manchmal vermeinte er sogar die Kinder lachen und herumtollen zu hören.

Aber sie ließen ihn nicht lange allein. Am Ende der ersten Woche erschien ein englisch sprechender Steinmetz, für den er arbeiten mußte.

Einige der Innenwände der Burg waren reparaturbedürftig. Der Steinmetz zeigte ihm, was er zu tun habe – große Steinplatten schleppen, primitive Flaschenzüge errichten.

Abends aß er beim Kommandanten, der ihm unendliche Geschichten aus seiner Kavallerievergangenheit, von Duellen und dem preußischen Ehrenkodex erzählte, doch gelegentlich ließ er auch einige Kriegsneuigkeiten einfließen – zwischen Obst und Käse, sozusagen als Extra-Gang.

James nahm alles mit einem gewissen Vorbehalt zur Kenntnis – Berichte von enormen französischen Verlusten bei Verdun, die erbitterten Kämpfe an der Somme, die Schwächung der britischen Armee.

«Um Verdun wird Tag und Nacht gekämpft», sagte der Kommandant. «Wir werden noch vor Weihnachten siegen.»

Erst viel später erfuhr James Railton die volle Wahrheit: die sinnlos geopferten Soldaten, die entsetzlichen Kampfbedingungen, der mangelnde Nachschub an Verpflegung, Munition und Menschen.

Das Jahr nahm seinen Fortgang. Aber zumindest nahm James jetzt den Wechsel der Jahreszeiten wahr. Eines Abends, Ende August, teilte der Kommandant ihm zwei bereits überholte Neuigkeiten mit. Beide beunruhigten James. Und eine davon hielt er für bestimmt zutreffend.

Die erste war, daß Lord Kitchener tot sei. Das Schiff, auf dem er sich befand, sei versenkt worden, erklärte der Kommandant. Die zweite war, daß im Mai eine große Seeschlacht stattgefunden habe. «Und nun», sagte der Kommandant, «beherrscht Deutschland die Weltmeere.»

Sogar den Männern und Frauen in den Städten und Dörfern Großbritanniens hätte man den Gedanken nicht verübeln können, daß Deutschland nach der Schlacht vor dem Skagerrak die Weltmeere beherrsche. Die amtliche Verlautbarung machte fast den Eindruck, als sei sie von den Deutschen verfaßt.

Sara las den Bericht in Redhill und war so deprimiert, daß sie sofort Charlotte anrief.

«Ich sehe Andrew nur selten», sagte Charlotte spitz. «Aber ja, ich gebe dir recht, es sieht nicht gut aus. Obwohl Andrew sagt, ganz so schlimm, wie das offizielle Kommuniqué lautet, wäre es auch wieder nicht.»

«Haben wir wirklich sechs Kreuzer und acht Zerstörer verloren?»

Charlotte sagte trocken, ja so sei es. «Soweit ich höre, sind mehr als sechstausend Mann umgekommen.»

Andrew arbeitete jetzt im Zimmer 40 und im Kriegsraum der Admiralität. Aber nicht einmal er kannte die vollen Ausmaße des Muts, der kühnen Taten und des völligen Versagens während dieser einzigen großen Seeschlacht des ganzen Kriegs.

Erst viel später kam die volle Wahrheit über die Seeschlacht vor dem Skagerrak ans Tageslicht.

Es stimmte zwar, daß die Engländer große Verluste erlitten und Schwächen in bezug auf Waffen und Bewaffnung aufgewiesen hatten, aber Anfang Juni war die deutsche Flotte erneut in ihren Häfen blockiert, unfähig sich zu rühren, so wie es seit 1914 der Fall gewesen war, während die britische Flotte trotz ihrer Verluste nach wenigen Wochen wieder aktionsfähig war.

Andrew war nur noch selten in der King Street, denn er hielt sich entweder in der Admiralität auf oder in der Wohnung der attraktiven Miss Greatorex. Seinen Vorgesetzten fiel auf, daß er sehr viel weniger trank und seinen Pflichten aufs pünktlichste nachkam. Aber jeder, der ihn näher kannte, spürte, daß er tief unglücklich war. Andrews Niedergeschlagenheit war auf sein momentanes Leben zurückzuführen. Er war von der Welt enttäuscht, aber besonders von Grizelda Greatorex.

Anfangs fühlte er sich rein physisch sehr von ihr angezogen. Sie hatte ihm seine Männlichkeit zurückgegeben, die ihm durch die Schicksalsschläge, die seine Familie erlitten hatte, verlorengegangen war. Aber sein Versagen war nicht allein seine Schuld. Andrew wie Charlotte hatten beide versäumt, sich in der schweren Zeit gegenseitig zu trösten. Jeder hatte sich in seinen eigenen Kummer vergraben, statt ihn mit dem anderen zu teilen. Und so war Andrew, als sich die Gelegenheit ergab, den Reizen der sehr viel jüngeren Frau verfallen.

Aber die Flitterwochen waren vorbei. Charlotte wußte über die Affäre Bescheid, unternahm aber nichts. Die Beziehung zwischen ihm und Grizelda kühlte ab, dennoch war er nicht willens, auf die Freuden von Miss Greatorex' Bett zu verzichten. Andrerseits brauchte er die Gespräche und die Gegenwart der sehr viel reiferen Charlotte.

Diese zwiespältige Situation wurde durch einen merkwürdigen Zwischenfall gelöst, der Andrew fast seine Karriere gekostet hätte.

Eines Abends im Juni führte er Grizelda zum Abendessen ins Savoy aus. Während sie über die lästige Lebensmittelknappheit, Dienstbotenprobleme und die unkleidsame Mode klagte, blickte sich Andrew gelangweilt im Speisesaal um. An einem Tisch am anderen Ende des Saals erspähte er zufällig Reginald Hall, der angeregt mit einem Mann in Zivil sprach, dem Andrew ein- oder zweimal in den Korridoren der Admiralität begegnet war.

Er murmelte halb zu sich selbst: «Wer kann das bloß sein?»

«Wer, Liebling?» fragte Grizelda, die ihr Geplauder unterbrach und in die gleiche Richtung wie Andrew blickte.

«Der Marineoffizier da drüben...»

«Aber den solltest du doch kennen...»

«Das tu ich auch. Ich arbeite für ihn.»

«Ach, das ist also der berühmte Hall?»

«Woher weißt du das...?» Er runzelte die Stirn.

Sie klopfte ihm auf die Hand. «Du sprichst manchmal im Schlaf, Dummerchen. Nein, Papa hat mir von ihm erzählt. Aber wen kennst du nicht?»

«Den anderen, der mit ihm spricht.»

«Ach, der! Das kann ich dir sagen. Er ist ein Amerikaner. Ich hab ihn auf einer Party getroffen. Er hat irgendwas mit der Botschaft zu tun. Ich werde Papa fragen, wenn es dich interessiert.»

Andrew hatte vergessen, wie geschwätzig Miss Greatorex war.

Am nächsten Abend in der Mitte einer langen, belanglosen Geschichte über eine Freundin, die, während sie in Frankreich einen Sanitätswagen gefahren hatte, verwundet worden war, unterbrach sie sich plötzlich. «Du hast dich doch nach dem Mann erkundigt, der gestern mit Reginald Hall zu Abend aß. Ich habe Papa gefragt. Er heißt Bell. Eddie Bell. Sie nennen ihn Ned Bell. Er ist zweiter Sekretär an der amerikanischen Botschaft. Ganz dick befreundet mit Reggie Hall, sagt Papa...»

«Ja, Grizelda, es war nicht so wichtig.»

Um halb elf Uhr früh am nächsten Morgen wurde Andrew ins Büro des DID zitiert. Hall war zornrot im Gesicht. Er forderte Andrew nicht zum Sitzen auf und redete ihn formell an.

«Fregattenkapitän Railton, unterhalten Sie intime Beziehungen zu Miss Grizelda Greatorex?»

Andrew, noch immer nicht wissend, worum es ging, sagte ja.

«Sie scheinen sich auch mehr als notwendig um mein Privatleben zu kümmern.» Er starrte Andrew wütend an.

«Es tut mir leid, Sir, aber ich verstehe Sie nicht ganz.»

«Ach, wirklich nicht? Haben Sie Miss Greatorex nicht speziell darum gebeten, herauszufinden, mit wem ich am vorletzten Abend im Hotel Savoy gegessen habe?»

«Es war nicht ganz so, Sir.»

«Nicht *ganz* so? Wie war es denn dann, Railton?»

Andrew suchte nach den richtigen Worten. Er habe mit Miss

Greatorex im Savoy gegessen und den DID gesehen. «Ich glaube, ich habe beiläufig gesagt, wer mag wohl der Herr in Zivil sein...»

«Sie haben gesagt, wer mag wohl der Herr in Zivil sein, der mit dem Direktor der Marine-Informationsdivision ißt, nicht wahr?»

«Ganz gewiß nicht, Sir. Ich mag zwar unvorsichtig in gewissen Dingen sein, aber nicht was Geheimhaltung anbelangt.»

«Was Sie nicht sagen.» Hall klang noch immer mißtrauisch. «Kennen Sie den Vater der jungen Person?»

«Nein, Sir, ich hatte nicht das Vergnügen...»

«Kein Vergnügen, Railton. Alles andere als ein Vergnügen. Der Mann ist ein übler Kriegsgewinnler. Macht zweifelhafte Geschäfte. Kauft Land auf, um Luxusbungalows zu bauen. Sagt, nach dem Krieg würde er, wie er sich ausdrückt, ‹kräftig absahnen›. Nein, Railton, kein angenehmer Zeitgenosse, aber aufgrund eines unverzeihlichen Fehlers des Aufnahme-Komitees ist er Mitglied meines Clubs. Ich gehe dem Ekel stets aus dem Weg, aber gestern abend hat er mich in ein Gespräch verwickelt. Sagte, seine Tochter hätte sich nach mir erkundigt, und dann kam die ganze Geschichte heraus – daß einer meiner Offiziere sich nach dem Namen des Mannes, mit dem ich zusammensaß, erkundigt habe. Greatorex' Version ist, daß Sie seine Tochter nur aus dem Grund eingeladen haben, um Eddie Bells Namen herauszufinden. Streiten Sie das ab?»

«Voll und ganz, Sir.»

«Gut, Railton. Ich glaube Ihnen. Glaube Ihnen hundertprozentig. Ein ganz mieser Typ, dieser Mann. Setzen Sie sich.»

Hall sprach jetzt mit fast onkelhafter Freundlichkeit. «Als mir die Sache zu Ohren kam, habe ich einige Erkundigungen eingezogen. Steht nicht alles zum besten zu Hause, was, alter Knabe?»

«Nein, Sir, es gibt gewisse Schwierigkeiten...»

«Geht mich natürlich nichts an, Railton. Aber ich möchte Ihnen doch den guten Ratschlag geben, das Greatorex-Mädchen fallenzulassen. Geschwätziges Flittchen!»

«Danke für den Ratschlag, Sir.» Andrew kochte innerlich vor Wut über Grizeldas falsche Darstellung der ganzen Angelegenheit.

«Wissen Sie was, Railton» – der DID lächelte gütig – «nehmen Sie zwei Tage Urlaub, wird Ihnen guttun.»

Andrew salutierte und ging. Innerhalb einer Stunde war er in Grizeldas Wohnung und legte eine kurze Mitteilung zusammen mit dem Hausschlüssel auf den kleinen Tisch in der Halle. Dann begab er sich in die King Street.

Charlotte war nicht zu Hause, und so machte er es sich in der vertrauten Umgebung bequem. Als Charlotte heimkehrte, warf sie ihm einen flüchtigen Blick zu und ging zur Treppe. Er rief sie zurück.

«Charlotte, ich möchte mit dir reden. Wir müssen miteinander reden.»

Sie blieb stehen, einen Fuß auf der untersten Stufe, und drehte sich halb um. «*Wir*? Wer sind wir? Das Greatorex-Hürchen und du, Andrew?»

«Grizelda hat nichts damit zu tun.»

«Du beliebst wohl zu scherzen.»

«Sie bedeutet mir nichts, hat mir nie etwas bedeutet. Bitte, setz dich, Charlotte, und sprich mit mir. Ich will...»

«*Du* willst? Du? Das kann ich nicht glauben, lieber Andrew, denn du hast immer alles bekommen, was du willst. Nie hast du gefragt, was ich will, oder der arme Rupert oder Caspar, ja nicht einmal Roy, der kaum noch den Mund aufmacht in diesem Haus.» Aber sie ging dennoch langsam auf ihn zu.

«Ich will das ändern.» Seine Stimme blieb ruhig. «Ich möchte einen neuen Anfang machen.»

Sie stand jetzt vor ihm und lachte ihm laut ins Gesicht. Dann fingen sie an zu streiten und zu brüllen, bis beide erschöpft waren.

«Natürlich habe ich immer gewußt, daß er zurückkommt», vertraute Charlotte Sara am Telefon an. «Wir gehen morgen ins Theater und danach ins Ritz, wie in alten Zeiten.»

Caspar war beunruhigt. Am frühen Nachmittag war ein Stoß Nachrichten aus dem Kriegsministerium eingetroffen, aus denen hervorging, daß zumindest eins ihrer Agentennetze – «Frankignoul» – von den Deutschen unterwandert worden war. Dann trafen Signale vom «Sacré-Cœur-Ring» ein, die äußerst beunruhigend klangen. Er wartete bis zum Abend, während C seine «Techniker», wie er sie nannte, holen ließ. Es waren Spezialisten auf vielen, unterschiedlichen Gebieten, einige von ihnen recht zwielichtiger Herkunft.

Es war September, und Phoebe war hoch schwanger. «Wenn nur das Austragen und Gebären so angenehm wäre wie das Empfangen», klagte sie, als Caspar das Zimmer betrat. «Also, wenn das vorbei ist, geb ich den Beischlaf auf.»

«Red nicht wie ein idiotisches Gänschen, wir beide wissen, daß

du, sobald die Ärzte es dir erlauben, wieder eifrig dabei bist. Ich weiß, es ist meine Schuld, aber was kann ich dafür, daß ich so unwiderstehlich bin?»

Phoebe merkte plötzlich, daß er in Gedanken woanders war. Er starrte stumm ins Feuer. «Was bedrückt dich, Caspar?»

«Hundert Dinge, tausend Dinge und alle geheim.»

Aber sie ließ nicht locker.

Endlich gab er nach. «Roy macht mir Sorgen. Ich habe ihn noch nie an unserem Ende der Straße gesehen. Er und Großvater sind dicke Freunde. Auch ich sehe den alten Gauner gern, aber mein kleiner Bruder ist mir nicht geheuer. Er kam heute früh aus C's Büro heraus, gerade als ich hineingehen wollte. Ich sagte ‹Hallo Roy› in meinem muntersten Tonfall, als Antwort grinste er mich nur blöde an und ging...» Er hielt inne, als Phoebe sich im Stuhl zurücklehnte und einen Schrei ausstieß. «Phoebe? Was ist... Phoebe?»

«Der kleine Quälgeist will raus...» japste sie, «Caspar, schnell...»

Er brachte sie ins Krankenhaus. Sechs Stunden später brachte sie einen Sohn zur Welt. Sie nannten ihn Giles nach seinem Großvater.

Eine Woche später gebar Mrs. Vera Crook eine Tochter – Martha Sara.

Dick Farthing suchte Deckung in den Wolken. Die kleine DH-2 stieg prächtig.

Er war auf dem Rückflug von einer Foto-Aufklärung – ein Auftrag, den er nicht sehr schätzte.

In einer DH-2 war man schon unter normalen Umständen verdammt ungeschützt, man saß weit vorn, während hinten der Propeller knatterte, und der Wind blies einem ins Gesicht und machte es fast unmöglich, die Trommeln im Maschinengewehr dicht vor dem Pilotensitz auszuwechseln. Aber damit nicht genug, hatte er jetzt auch noch einen riesigen, kastenartigen Fotoapparat an der Seite festgeklemmt.

Und nun, als er sich der feindlichen Linie näherte, sah er zwei Albatros auf der Jagd. Er tauchte in die Wolken und spürte die Feuchtigkeit auf seinem Gesicht. Wann würden sie endlich die lang versprochenen Sopwith Pups bekommen? Nächste Woche, hatte der Major gesagt. Nächste Woche, nächsten Monat, nächstes Jahr. In einer Pup wäre man nicht so exponiert, und man hatte mehr Feuerkraft und brauchte keine Fotos zu machen.

Er warf einen Blick auf den Kompaß und beschloß, kurz nach unten zu spähen. Die Gefahr sollte eigentlich vorbei sein. Sie war vorbei. Eine zerschossene Kirche auf der Steuerbordseite und dahinter die schreckliche Schlange der Schützengräben, große, im Zickzack verlaufende Narben, die sich bis zum Horizont ins Erdreich eingruben.

Er nahm Kurs auf den Heimatflughafen, sah den Bauernhof, dann die Büsche und schließlich das Feld. Drei weitere DH-2 rollten heran, als er den Motor abstellte, und er erkannte ein älteres, größeres Modell, eine zweisitzige FE-2, dicht bei der Offiziersmesse.

Dick ging zur Messe – eine Blechbaracke, versteckt unter den Bäumen –, als der Adjutant ihm zurief, der Major wolle ihn sprechen. «Sie haben Besuch!»

Der Major war mit ihnen geflogen und war selbst gerade erst zurückgekehrt. Er saß in seinem unordentlichen Büro, Papiere türmten sich auf dem Schreibtisch, Teile seiner Fliegerausrüstung lagen auf dem Stuhl, und der zersplitterte Überrest eines Albatros-Propellers war an die Wand genagelt.

«Haben Sie die Fotos, Dick?» Der Major zündete sich eine Zigarette an.

«Ja, klar. Haben Sie 'ne Albatros erwischt?»

«Also, da war doch –» dann unterbrach er sich. «Ach, Pardon, wir haben einen Gast. Captain Farthing, Leutnant Berry von der 70. Staffel.»

Dick grinste. «Bob Berry von Redhill! Sie waren bei meiner Hochzeit. Aber die ist noch kein Jahr her, und damals waren Sie noch ein einfacher Soldat.»

Berry stand auf und streckte ihm die Hand hin. «Unteroffizier, Sir, um genau zu sein. Ich wollte Rachel nicht beunruhigen, aber ich habe meine Pilotenausbildung fast hinter mir. Ich bin hier seit Februar.»

«Was Sie nicht sagen...» Es war Dick, der nicht wußte, was er sagen sollte, aber der Major half ihm aus der Patsche.

«Mr. Berry ist hergekommen, weil die 70. Staffel Arbeit für Sie hat.»

«Arbeit? Ich hab genug Arbeit, verdammt noch mal.»

«Nein, Dick. Eine Spezialaufgabe.»

«Ich weiß doch was von der 70. Staffel?» sagte Dick mehr zu sich selbst.

«Sondereinsätze, Sir», sagte Berry.

«Mein Gott, ja, richtig. Sie machen solche tollen Sachen, wie Leute hinter der deutschen Front absetzen. Nein, vielen Dank für die Blumen.»

«Würden Sie mich bitte zu Ende anhören, Sir?»

«Lassen Sie ihn ausreden, Dick», sagte der Major fast im Befehlston. «Sie haben einen besonderen Grund, sich an Sie zu wenden.»

«Na gut, schießen Sie los.»

«Erinnern Sie sich an Mr. Giles, Sir?»

«Den kann man wohl schwer vergessen.»

«Seine Tochter... die in Paris. Sie wissen...»

Dick nickte und zwinkerte Berry zu, der offensichtlich nicht gewillt war, in der Gegenwart des Majors näher auf die Geschichte einzugehen.

«Sie hat zwei Kinder. Der Junge fiel schon 1914, das Mädchen hat hinter der feindlichen Front gearbeitet. Wir sind in einer verflixten Situation. Wir haben den Befehl, sie während dieser Woche aufzulesen. An irgendeinem Morgen zwischen sechs und halb sieben. Unser Kommandeur war in London, um sich die Einzelheiten geben zu lassen. Unser Problem ist, daß wir nicht wissen können, ob sie's tatsächlich ist oder ob man uns eine Falle stellt.»

Er blickte Dick in die Augen. Seine heruntergezogenen Mundwinkel verrieten den Druck, unter dem er stand. «Verstehen Sie, Sir, ich habe sie nur von weitem gesehen, ich kenne sie nicht gut genug, um sie zu identifizieren.»

«Aber ich kenne sie gut genug, nicht wahr?» Dick preßte die Lippen zusammen.

«So ist es, Sir. Sie würden das Mädchen wiedererkennen, nicht wahr?»

«Natürlich würde ich das, Berry. Dunkles Haar, sieht aus wie ein Traum auf zwei Beinen, heißt Denise.» Er ließ sich in einen Stuhl fallen und zündete sich eine Zigarette an. «Wann geht's los?»

«So schnell wie möglich. Morgen, übermorgen.»

Dick sog den Rauch ein. «Übermorgen. Geben Sie mir einen Tag Zeit, mich an das Monstrum zu gewöhnen.» Er sprach von der FE-2. «Mit der soll ich ja wohl fliegen?»

Bob Berry nickte.

«Bekomme ich Begleitschutz?»

«Wir geben Ihnen Begleitschutz.» Der Major drückte seine

Zigarette aus. «Wir müssen alle nach Abele, um uns die Karten und Befehle genau anzusehen. Es wird ein langer Flug werden, Dick. Sie müssen das Mädchen auf der anderen Seite von Tournai auf einem Feld an Bord nehmen.»

«Hoffen wir, daß sie es tatsächlich ist.» Er fügte nicht hinzu, daß er auch hoffte, er würde sie noch wiedererkennen.

Charles war auf Reisen. Er war mit Wood und Partridge nach Norden gefahren, um dem «Fischer» nachzuspüren. Mildred wußte das natürlich nicht, aber als sie im dunklen Zimmer in Cheyne Walk erwachte, erinnerte sie sich genau, daß er fort war.

Sie zitterte unkontrollierbar und gierte nach einer Spritze.

Sie stand auf, zog ihren Morgenrock an und ging zum Fenster. Kein Mond schien.

Ihr ganzer Körper bebte, in ihrem Schädel schienen Bienen zu summen.

Sie ging zu ihrem Schreibtisch, wo sie die Utensilien aufhob, stolperte und fiel hin. Dr. Fisher hatte ihr schon vor langer Zeit beigebracht, sich selbst Injektionen zu geben.

Sie ergriff eine Ampulle, dann eine andere, falls sie sich geirrt hatte, und nahm sie samt der Spritze mit ins Bett.

Sie mußte noch einmal aufstehen, um die Vorhänge wieder zuzuziehen und das Licht anzumachen.

Das Aufblitzen in ihrem Gehirn geschah in dem Moment, als sie die Spritze leerte. Dann explodierte ihr Kopf. Sie dachte, sie hätte das Zeug in eine Vene gespritzt, war sich aber nicht ganz sicher.

Und endlich wußte sie, daß es tatsächlich passiert war. Sie erinnerte sich sogar an den Namen des Jungen – Peter Bryden. Blond und frech. Älter als sie, und er kannte sich aus. Aber sie wußte sogar noch besser Bescheid, weil sie eins der verbotenen Bücher ihres Vaters gelesen hatte. Sie hatten es sorgfältig vorbereitet. Im Wald. O Gott, nein! Sie werden mich bestrafen, wenn ich sage, wie sehr ich es genossen habe. Da war Blut. Am Anfang tat es weh, aber dann war alles warm und angenehm. Sie hatte es wieder und wieder tun wollen. Aber jetzt in der Mitte der schweigenden Nacht schrie sie laut auf, und Schuldgefühle quälten ihre Seele. O Mary Anne! Mary Anne! Verzeih! Verzeih! Das junge Gesicht von Peter über ihr unter den dunklen Bäumen. Der kleine Schmerz. Das große Vergnügen.

Das Gesicht der Oberschwester war nicht so streng wie sonst, wenn sie einen zu sich befahl.

«Setzen Sie sich, Railton.» Sie lächelte sogar.

«Vielen Dank, Oberschwester.»

«Ich habe eine traurige Nachricht für Sie...» fing die Oberschwester an.

«Oh, Gott, nicht mein Vater...»

«Nein, meine Liebe, Ihre Mutter. Es tut mir aufrichtig leid. Sie bekommen natürlich sofort Urlaub.»

Aber Mary Anne dachte nicht an Urlaub. Es war furchtbar, sie wußte, daß es ganz furchtbar war, aber sie empfand keine Trauer. Aus der Ferne hörte sie das Donnern der Geschütze.

27

Dicks ganze Staffel stieg auf, um ihn am nächsten Nachmittag in Abele zu treffen. Bis sie ankamen, hatte er eine Stunde lang die schwerfällige FE-2 ausprobiert. Dick fand sie laut und unbequem, aber er startete und landete ein halbes dutzendmal und versuchte, eine möglichst kurze Anlauf- und Aufsetzstrecke zu benutzen.

Der Kommandeur der 70. Staffel – Captain Cruickshank – erklärte ihm und Major Grouse die wesentlichen Punkte des Unternehmens. Denise hatte den Codenamen «Dot» erhalten. Ihr richtiger Name wurde nicht erwähnt.

Das Feld, wo sie aufgenommen werden sollte, lag außerhalb eines Dorfs ungefähr zehn Kilometer östlich von Tournai. «Leicht überblickbares Gelände», sagte Captain Cruickshank, «und daher gefährlich. Wir haben das Feld nur ein einziges Mal benutzt.»

Wenn Dick es von Nordosten anflöge, könne er fast bis zur Ecke des Felds rollen, wo eine kleine Baumgruppe stand. Die einzig halbwegs geschützte Stelle. «Dot» würde unter den Bäumen warten.

«Vergewissern Sie sich, daß sie tatsächlich ‹Dot› ist, nehmen Sie sie an Bord, und dann nichts wie weg», riet ihm Cruickshank, bevor er auf die unerfreulicheren Einzelheiten zu sprechen kam. «Falls sie die falsche Person ist oder wenn sie auf dem Weg zum Flugzeug verwundet wird, erschießen Sie sie. Keine Gefühlsduselei. Befehl von ganz oben.»

«Au, verflucht!» stöhnte Dick.

«Das Beste für das Mädchen, wenn man die anderen Möglichkeiten bedenkt.»

Dick nickte resigniert. Den Nachmittag verbrachte er mit Landkarten und Fotos des Geländes, kurz vor der Dämmerung flog er probeweise noch einmal die FE-2.

Denise war einkaufen gegangen – nicht daß man viel kaufen konnte in Lanaken in diesen Tagen. Nach drei Stunden Wartezeit hatte sie einen Kohlkopf und ein halbes Stangenbrot ergattert.

Als sie in die Avenue Sint-Ulrik einbog, wo sie bei einem zu dem Agentennetz gehörenden Ehepaar wohnte, war sie gut gelaunt. Aus dem Kohl könnten sie eine Suppe kochen, und Brot hatten sie schon seit zehn Tagen nicht mehr gesehen.

Vor dem Haus standen zwei Autos und ein von Pferden gezogener Lieferwagen. Soldaten hatten die Straße abgesperrt. Denise erinnerte sich an ihre Instruktionen, ging scheinbar unbekümmert weiter und bog in eine Gasse ein, die fast bis zur Kirche führte.

Sie hatte nur wenig Geld bei sich und blieb sogar stehen, um es zu zählen. Es würde gerade für eine Fahrkarte nach Brüssel reichen. Am Bahnhof mußte sie eine Stunde warten. Jede Minute war eine Qual. Der Bahnhof würde als erstes kontrolliert werden. Wenn sie das Ehepaar Valerie und Albert erwischt hatten, wüßten sie auch über sie – Jacqueline Baune – Bescheid.

Der Zug fuhr ein, und sie fand ein volles Abteil. Man hatte ihr eingebleut, immer ein volles Abteil zu wählen.

Sie unterbrach ihre Reise in Leuven. Die Deutschen würden alle Züge, die direkt aus Lanaken kamen, überwachen. Sie wollte eigentlich die Lokalbahn nehmen, aber sie sah Polizisten und bestieg den Autobus nach Brüssel.

Kurz vor der Polizeistunde klopfte sie an Marguerite Walraevens Tür in der Rue Medori. Marguerites Haus war der Treffpunkt des «Biscops-Rings», und dort stand auch ein Funkgerät. Allen Agenten waren Fluchtwege angegeben worden.

Marguerite war ruhig und beherrscht, als sie Denise fast beiläufig sagte, daß ihre Personalbeschreibung und die von einer zweiten Person zirkulierten. «Nur zwei von euch sind entkommen. Ich glaube, die Deutschen haben euer Agentennetz infiltriert.»

Dann stellte sie Denise vor die Wahl, sich entweder im Keller zu verstecken, was das sicherste wäre, oder zu fliehen. Wenn sie letzteres vorzöge, müßte sie weit gehen und zwei Tage und zwei Nächte in der Kälte im Freien verbringen. «Es ist eine lange Strecke zu Fuß, und wenn du es nicht schaffst, dann ist es aus. Eine zweite Chance bekommst du nicht.»

Denise sagte, sie würde es schaffen.

Marguerite zuckte die Achseln. «Ich kann um elf Uhr fünfundvierzig per Funk deinen Entschluß weitergeben und habe noch vor Morgendämmerung die Antwort. Sieh dir inzwischen gründlich die Landkarte an, aber du mußt deinen Weg auswendig lernen, denn mitnehmen kannst du sie nicht.»

Sie arbeitete bis drei Uhr früh. Marguerite half ihr dabei, indem sie ihr Fragen stellte. Um fünf Uhr erfuhren sie, daß ein Flugzeug sie abholen würde. «Mach dich um acht Uhr auf den Weg», sagte Marguerite.

Die erste Nacht war nicht so schlimm. Sie war gut vorwärts gekommen und fand eine Scheune in der Nähe einer Farm. Das Stroh hielt sie warm.

Der zweite Tag war nicht so gut. Der Wind blies bitter kalt und schneidend. Ihre Glieder wurden steif, aber sie marschierte weiter über das flache Land.

Am Abend erreichte sie die Anhöhe, von der man das Dorf und das Feld sah. Ihre Erleichterung verwandelte sich in Furcht, als sie die zwei Lastwagen in der Dorfmitte erblickte und die Soldaten, die sich um das kleine Café scharten.

Eine Staffel Sopwith Pups landete, als er zurückkam. In der vollen Offiziersmesse fanden die Einsatzbesprechungen statt.

Die Pups waren zu seinem Schutz abkommandiert worden. Die Einsatzbesprechungen dauerten eine Stunde. Es gab eine Menge Fragen, und niemand schien sehr glücklich über den Plan. Cruickshank schloß die Bar um sieben Uhr und befahl Offizieren und Mannschaften auf dem Flugplatz zu bleiben.

Sie starteten kurz vor der Morgendämmerung; benzingetränkte Lappen in Ölbehältern markierten die Feldgrenzen. Eine sehr unbequeme Art des Abfliegens, wie sich zeigen sollte, als zwei Piloten, die zu dicht aufgefahren waren, zusammenstießen. Zum Glück passierte beiden Männern nichts, aber ihre Einsatzfähigkeit war reduziert.

Die Hälfte der Pups stieg steil auf mit einigen von Dicks eigener Staffel. Die anderen flogen unter ihm. Dick befand sich ungefähr in einer Höhe von tausendzweihundert Metern, zwei Pups bewachten sein Heck.

Der Tag begann wie üblich mit blutrotem Glanz, untermalt von den orangen Mündungsfeuern der Geschütze. Einige Explosionen erleuchteten den ganzen Himmel, und als die Sonne hinter den grauen Rauchwolken höher stieg, entfaltete sich unter ihm die vertraute Landkarte des Grauens: die braune, schwarze, sandfarbene Erde, zerrissen und wund.

Sie überflogen die deutschen Linien, und der Flak-Beschuß begann. Dick vollführte ein Ausweichmanöver, vergaß aber einen

Moment lang, daß er eine langsamere und schwerere Maschine flog, so daß er bei seiner ersten steilen Kurve fast aus dem Himmel getrudelt wäre.

Der Feind schien es auf die über ihm fliegenden Maschinen abgesehen zu haben, denn bösartige schwarze Wölkchen erschienen rund um die Pups und DH-2. Dick zuckte zusammen, als eins der Flugzeuge seiner eigenen Staffel eine zu scharfe Wendung machte, das Rumpfende verlor, abstürzte und zwischen den zerschossenen Bäumen in Flammen aufging.

Sie vermutete, daß sie eine halbe Stunde brauchen würde, um zu dem Wäldchen an der entferntesten Ecke des Felds zu gelangen. Das würde bedeuten, daß sie die ganze Nacht über wach bleiben und beim ersten Tageslicht das Feld überqueren müßte.

Die Soldaten unten im Dorf machten eine Menge Lärm bis zum frühen Morgen. Dann kehrte Stille ein. Es gibt auf der ganzen Welt nur mich, dachte Denise, und die Kälte und irgendwo ein Flugzeug, das mich herausholen soll. Beim ersten Dämmerlicht bewegte sie sich vorsichtig auf das Wäldchen zu.

Der Boden war uneben, und sie fiel mehrmals hin, schürfte sich ein Knie und die eine Handfläche auf. Es war jetzt hell, und sie fühlte sich nackt und bloß, eine innere Stimme sagte ihr, daß nicht alles zum besten stand.

Sie erreichte die Straße, das schützende Wäldchen lag nur einen halben Kilometer entfernt. Sie begann zu rennen, als sie Motorengeräusch hörte. Zuerst dachte sie, es sei ein deutscher Lastwagen, dann wurde ihr klar, daß die Geräusche aus der Luft kamen. Sie waren gekommen, sie zu retten.

Dann änderte sich das Geräusch, und diesmal war sie sicher, daß es ein deutscher Lastwagen war.

Das Wäldchen lag rechts von ihr. Sie erspähte das Flugzeug, dann warf sie einen Blick zurück auf die Straße und sah den Lastwagen Tempo zulegen, Männer lehnten sich über die Rückwand.

Die ersten Kugeln schlugen in der Böschung und am Straßenrand auf. Die nächste Salve ging über ihren Kopf hinweg, dann folgte das Tack-Tack-Tack der Maschinengewehre.

Eine Stunde lang flog er nach Kompaß und Landkarte. Dann entdeckte er die Kreuzung, die man ihm als Markierungspunkt angegeben hatte, und erkannte, daß er ungefähr einen Kilometer zu

weit rechts vom Ziel war. Er korrigierte seinen Kurs, blickte hinter und über sich, sah aber nur eine Sopwith Pup in seiner Nähe.

Er drosselte den Motor, verlor an Höhe und suchte nach dem nächsten Orientierungspunkt: einem Bach. Endlich kam er in Sicht, und dann sah er auch die Straße, die zu ihm im rechten Winkel verlief, und das Feld.

Das Flugzeug gehorchte ihm jetzt wie ein Pferd, das sich an einen neuen Reiter gewöhnt hat. Dick berührte den Steuerknüppel, drückte die Nase herunter, brachte die Maschine in Schräglage, senkte die Tourenzahl und setzte zur Landung an.

Das Feld unter ihm sah sumpfig und feucht vom Tau aus. Er fühlte eine kalte Brise im Gesicht. Noch dreißig Meter, und er überflog die hohe Hecke, über ihm kurvte die Pup nach rechts und folgte der gerade verlaufenden Straße. Trotz des Motorenlärms vernahm er das Ballern der Geschütze.

Irgend etwas war schiefgegangen, aber er mußte landen, der Motor konnte jeden Moment stehenbleiben, der Steuerknüppel bohrte sich ihm fast in den Magen. Dann setzten die Räder rumpelnd auf.

Er rollte so schnell wie möglich auf das Wäldchen zu. Die Pup war jetzt zu seiner Rechten, der Pilot wies mit einer Handbewegung nach vorn und schoß wieder. Irgend etwas geschah auf der Straße.

Die Bäume waren jetzt ganz nah, Dick wendete, ließ den Motor auf Hochtouren laufen, um schnell starten zu können. Der Wind hatte sich verstärkt.

Und da war sie. Eine schlanke Gestalt in einem beigen Mantel mit einem schwarzen Hut und einem kleinen braunen Koffer. Sie rannte aus dem Wäldchen, als sei ihr eine Meute von Hunden auf den Fersen.

Er erkannte sie, wollte aber kein Risiko eingehen.

«Der Name des Arbeitszimmers in Redhill?» schrie er.

«Arbeitszimmer des Generals.»

«Das Arbeitszimmer Ihres Großvaters?»

«Das Versteck. Aber zum Teufel, die Boches sind gleich hier!» Sie erklomm die Pilotenkabine und zog den Koffer nach. Die Pup war genau über ihnen, schwang das Heck und flog dicht über den Bäumen. Die Zweige bogen sich und bebten oder brachen ab, als die Geschosse Holz und Borke durchbohrten.

Als Dick Vollgas gab, sah er zwei Soldaten, die aus dem Wäldchen gelaufen kamen. Eine Sekunde später pfiff eine Kugel an seinem Kopf vorbei. Die Räder holperten über das Gras.

Er lehnte sich vor, versuchte, der Maschine seinen Willen aufzuzwingen. Der Wind kam von links und drückte die Flugzeugnase nach rechts. Er bräuchte mehr Anlauf, mehr Platz, um eine sichere Fluggeschwindigkeit zu erreichen. Die Maschine bockte und zitterte, die Furchen auf dem Feld verminderten ihr Tempo. Und die ganze Zeit flitzten Geschosse wie bösartige Hornissen an ihm vorbei.

Eine Hornisse stach ihn ins Bein – ein kurzes Brennen und dann ein heftiger Schmerz, der sich bis zu seinem rechten Knie ausdehnte. Er schrie auf, stemmte sein Bein gegen das Seitenruder, die Bewegung war qualvoll.

Sie würden es nicht schaffen. Die Hecke ragte vor ihnen auf, und trotz des zu geringen Tempos stieß er den Steuerknüppel nach vorn. Das Rumpfende hob sich, aber sie waren noch immer zu langsam. Die Hecke kam jetzt mit erschreckender Geschwindigkeit auf sie zu. Er wußte, daß er schrie, sein rechtes Bein brannte wie Feuer, vorsichtig zog er den Steuerknüppel zurück. Er fühlte sich schlaff an, als ob das Höhenruder nicht reagiere. Dann kam ein plötzlicher Ruck, und die Nase stieß nach oben, fast im Zeitlupentempo. Aber nicht hoch genug, die Hecke war dicht vor ihnen. Er drückte den Steuerknüppel vor, wissend, daß die Nase dann vielleicht zu hoch war und sie in einem Haufen von Holz, Metall und Leinwand sitzen würden, der nicht mehr fliegen konnte.

Sie würden abstürzen, und der schwere Motor würde sich in seinen Rücken bohren. Die Maschine stöhnte und schwankte, als sie versuchte, an Höhe zu gewinnen. Vielleicht würden sie doch noch mit knapper Not über die Hecke kommen – nein, die Haupträder prallten mit aller Wucht gegen die Büsche.

Fünf Sekunden lang schienen sie bewegungslos in der Luft zu hängen, er hörte ihren Schrei und das grauenvolle Krachen, als die Räder fortgerissen wurden. Sie sackten ein paar Meter ab. Er fühlte, wie das Höhenruder die Hecke streifte. Aber durch irgendein Wunder flogen sie noch, zwar nur ein paar Meter über dem Boden, und ein Teil des Räderwerks schlug auf dem Gras auf.

Dick berührte nicht den Steuerknüppel, aber trat auf die Pedale, um die Nase gerade zu halten. Sein rechtes Bein war so gefühllos, daß er nur hoffen konnte, daß er das Seitenruder bewegte. Die

Geschwindigkeit nahm zu, aber unendlich langsam, sie gewannen an Höhe, aber nur zentimeterweise.

Die Pup flog jetzt ungefähr in zweihundert Meter Entfernung neben ihm her. Dick stellte fest, daß seine FE-2 völlig aus dem Gleichgewicht war, aber langsam kletterten sie dennoch auf siebenhundert Meter Höhe. Sein Bein schmerzte, als schnitte ein stumpfes Messer in sein Fleisch. Auch fühlte sich das Bein feucht an.

Sekundenlang verschwammen die Instrumente vor seinen Augen. «Konzentriere dich, Farthing», sagte er laut zu sich selbst. Zwei weitere Pups und eine DH-2 begleiteten ihn jetzt. Gemeinsam erreichten sie die deutschen Linien. Er bemerkte die Flak kaum, obwohl sie aus allen Rohren schoß.

Dann tauchten die drei Albatros auf, aber jedes Ausweichmanöver war unmöglich, er konnte nur stur weiterfliegen und zu Gott beten, daß die Pups und die DH-2 sie abfingen. Anscheinend hatten sie Erfolg, denn plötzlich waren sie allein. Major Grouses DH-2 kam an seine Steuerbordseite und gab ihm ein Zeichen, daß er ihn nach Hause begleiten würde. Erst als sie fast bei der Flugbasis waren, wurde Dick klar, daß ihm das Schwierigste noch bevorstand.

Er flog eine Maschine, die bekannt dafür war, daß sie bei langsamem Tempo und mit niedriger Tourenzahl schwer zu handhaben war. Und ihm fehlten die Räder, und Gott allein wußte, was für ein Gerümpel lose am Rumpf herunterhing.

Der Major brachte ihn auf den richtigen Kurs und wünschte ihm mit einer Handbewegung Glück. Dick verlor langsam an Höhe.

Sie schienen das Feld für ihn leergeräumt zu haben, und Dick wußte, es würde keine Landung aus dem Lehrbuch werden. Die Nase war zu schwer, sie hätten den großen Motor nicht hinten anbringen sollen, dachte er. Er drückt die Nase hoch, sobald man das Gas wegnimmt. Der Motor lief auf niedrigsten Touren, aber die Nase ragte hoch und höher. Den Steuerknüppel nach vorn, mehr, noch mehr, rief er sich selbst zu. Du willst doch Sara wiedersehen! Er versuchte zu singen, aber seine Kehle war trocken.

Wie eine Feder schwebten sie nach unten, berührten den Boden, wurden hochgerissen – zwei-, dreimal.

Dann kam das Krachen, das Splittern von Holz, das grauenvolle Knirschen von Metall.

Sie überführten Mildreds Leiche in das Dorf in Essex, wo sie geboren und aufgewachsen war. Das Pfarrhaus hat sich wenig verändert, stellte Charles bei sich fest. Zu großen Gefühlen war er nicht mehr fähig. Er war wie betäubt.

Nachdem sie den Friedhof verlassen hatten, sah er sich um, und sein Blick fiel auf den kleinen Wald, der an den Pfarrgarten angrenzte. Dort fing alles an, dachte er. Ein kleines Mädchen, das in Furcht vor Sünde und der ewigen Verdammnis lebte, mit einem wichtigtuerischen Vater, der zweimal an jedem Sonntag Gottes Zorn von der Kanzel verkündete, wird von der Sünde angezogen wie eine Motte vom Licht.

Er wandte sich an seine Tochter. «Wir müssen gehen, Mary Anne, der kleine William Arthur braucht uns beide jetzt.»

«Er ist bei Sara. Wir haben Zeit, heute abend miteinander zu reden, Papa.» Mary Anne trug Uniform. Sie lächelte ihn an. Seine Miene hellte sich auf. Einen Moment war ihm zumute, als seien ihm alle Sorgen abgenommen.

Als er nach Hause kam, erwartete ihn wieder eine Nachricht. Er machte sie auf, als er allein war. Sie wollten genaue Einzelheiten über die Verluste der britischen Flotte bei der Schlacht vor dem Skagerrak.

Andrew war nicht zur Beerdigung gekommen, aber er würde mit Charlotte am Abend vorbeikommen. Sie hatten viel zu bereden.

Giles hatte noch immer gute Beziehungen zu den Behörden, und so holte ihn ein Auto vom Kriegsministerium ab, um ihn nach Redhill zu fahren. Er brachte Sara die schlechte Nachricht schonungsvoll bei.

«Ich dachte, es sei besser, es dir persönlich statt am Telefon zu sagen.»

Dick sei verwundet worden, sagte er ihr. Sie brach in Tränen aus, so daß er ihr schnell versicherte, daß die Verwundung nicht lebensgefährlich sei. «Vielleicht kann er nicht mehr fliegen», setzte er hinzu. «Sein rechtes Bein hat ein Schrapnell abbekommen und ist beim Absturz mehrfach gebrochen.»

«O mein Gott.»

«Er hat etwas sehr Mutiges getan.» Ausnahmsweise waren Giles' Augen voller Wärme, fast tränenfeucht, stellte Sara erstaunt fest.

Giles war in Gedanken bei Denise, die mit blutunterlaufenen Augen und einem gebrochenen Arm in ihrem Zimmer in Eccleston Square lag. Sogar C hatte sie besucht. Natürlich nachts.

«Vermutlich bekommt er einen Orden», sagte er. Sara wollte jede Einzelheit wissen. Könnte Giles schwören, daß es nichts Ernsthaftes war? Würde Dick am Leben bleiben?

Giles sagte, er würde bald zu Hause sein.

«Sind Sie sicher, daß diese Informationen nicht mißbraucht und auf eine Art weitergegeben werden, die uns schaden kann?» Charles stellte Brenner jedesmal die gleiche Frage und fügte hinzu: «Schwören Sie es mir?»

Und Brenner sagte jedesmal, daß keine Informationen weitergegeben würden, die England schaden könnten.

Charles gab alle gewünschten Einzelheiten. «Ich hätte gedacht, die Deutschen wüßten, daß die Flotte am 2. Juni wieder einsatzbereit ist. Die Schlacht hatte offensichtlich nicht so verheerende Folgen, wie wir zuerst gedacht haben.»

Er ging in seinen Club. Das Wissen, daß seine Tochter sich am heutigen Abend mit einem verdammten Deutschen traf, bereitete ihm Mißbehagen. Otto von Brasser konnte sich jetzt frei bewegen.

Das Paar aß in einem kleinen Restaurant zu Abend. Mary Anne fragte ihn, was er nach dem Krieg zu tun gedächte.

«Ich bin sicher, wir gewinnen – ich meine die Aliierten. Ich bin ein Ehrenengländer geworden.» Er sprach jetzt perfekt Englisch, sogar mit «Oxford-Akzent». «Wenn wir nicht gewinnen, dann werden meine wahren Landsleute mich vermutlich erschießen ...»

«Aber wenn wir gewinnen ...»

Er schien zu zögern, ihr eine vermutlich unerfreuliche Tatsache mitzuteilen. «Ich bin hier nur geduldet. Mein Land führt Krieg mit Großbritannien. Wenn alles vorbei ist, wird mein Geburtsland Männer brauchen, um beim Wiederaufbau zu helfen. Ich muß zurückkehren und mein Bestes tun.»

Mary Anne fand diesen Entschluß nur gut und richtig.

Sie schwiegen, während der alte Kellner ihnen keinen sehr guten Kaffee brachte. Aber es herrschte nicht nur Mangel an Kaffee in letzter Zeit. Die Lebensmittelknappheit nahm beängstigende Ausmaße an.

«Ich würde gern ...» Sie sagten es gleichzeitig.

«Bitte.» Otto bat sie mit einer Handbewegung weiterzusprechen.

«Ich würde gern Ihr Land sehen ... Das wollte ich sagen. Nun sind Sie an der Reihe, Otter.»

«Ha! Sie nennen mich noch immer Otter. Das alles scheint so lange herzusein.» Er sah ihr in die Augen und legte seine Hand auf ihren Arm. «Ich wollte das gleiche sagen. Aber ich hätte Ihnen auch gern eine Frage gestellt, nur zur Zeit wäre es falsch.»

Sie half ihm nicht weiter, so daß er gezwungen war fortzufahren. «Ich hoffe, daß Sie mit mir nach Deutschland kommen. Sie wissen, daß ich das möchte. Ich frage Sie jetzt noch nicht, aber eines Tages werde ich Sie bitten, meine Frau zu werden.»

Sie lächelte, als hätte das Glück endgültig Zweifel und Verzagtheit besiegt. «Genau das wünsche ich mir auch, Otter. Aber Sie haben recht. Wir dürfen darüber erst reden, wenn der Krieg gewonnen ist.»

«Und verloren», fügte er hinzu.

(Mary Anne und Otto heirateten nach dem Krieg im Jahr 1920. Sie verließen England, um in Deutschland zu leben. Die Familie nannte es «die Entführung». Aber das ist eine andere Geschichte.)

Der Herbst des Jahres 1916 ging nicht wie üblich unmerkbar in den Winter über. Der Winter kam wie ein Peitschenhieb und war der längste und kälteste seit Menschengedenken. Im folgenden April lag noch Schnee in England. Truppenbewegungen waren unmöglich, die Kämpfe vereisten, die Gewehre froren ein.

Der Lazarettzug, mit dem Dick Farthing nach England zurückkam, brauchte vier Tage für die Reise. Doch Sara, einen Tag zuvor von der Ankunft in Kenntnis gesetzt, fuhr nach London, übernachtete bei Charlotte und ging zum Charing-Cross-Bahnhof, um Dick in Empfang zu nehmen.

Der Zug traf um acht Uhr abends ein. Es war die letzte Woche im November, bitter kalt und regnerisch.

Er stieg mit Hilfe einer Krankenschwester und zwei Stöcken aus dem Zug – sein rechtes Bein lag in Gips. Sara brach fast in Tränen aus, als sie ihn sah. Er schien geschrumpft zu sein und war spindeldürr. Langsam humpelte er den Bahnsteig entlang. Dann sah er sie und strahlte über das ganze Gesicht. Und da wußte sie, daß er bald wieder der alte sein würde.

«Liebe, Pflege und ein gemütliches Zuhause werden den jungen Mann bald wiederherstellen», sagte der Arzt im Militärkrankenhaus. «Er soll sich in sechs Monaten wieder bei uns melden. Sein Bein ist ziemlich zertrümmert. Es ist noch zu früh zu sagen, wieweit es heilen wird.»

Am nächsten Morgen sah Sara zu, wie sein Bursche im Krankenhaus die Sachen zusammenpackte. Dann fuhr sie mit Dick nach Haversage. Sie wollte ihn stützen, aber er bestand darauf, alleine auf seinen zwei Stöcken zu gehen.

Es lag schon Schnee in der Luft, und sie konnte die Erleichterung auf seinem Gesicht sehen, als sie ihn zu Bett brachte.

«Giles hat gesagt, du hättest etwas sehr Mutiges getan», sagte sie und küßte ihn.

Er lächelte sie müde an. «Du weißt doch, was für ein Lügner Giles ist. Ich bin über einen Fliegerstiefel gestolpert.»

Als nach dem harten Winter das Frühjahr 1917 endlich kam, waren viele Veränderungen eingetreten. Lord Kitchener war tot. Großbritannien hatte unter Lloyd George eine neue Regierung. Hindenburg und Ludendorff hatten das Oberkommando über die deutsche Armee übernommen, Joffre war ausgebootet, Kaiser Franz Joseph gestorben und die Romanow-Dynastie stand auf schwachen Beinen. Viele russische Gefangene, deren revolutionäre Tendenzen wohlbekannt waren, wurden von den Deutschen entlassen und nach Rußland zurückgeschickt.

In Redhill war das Haus zu Weihnachten voll, und das Fest verlief verhältnismäßig glücklich. Giles war ausnahmsweise nicht dabei, aber Andrew und Charlotte kamen – beide stolze Großeltern. Ihre Beziehung zu Phoebe hatte sich verbessert. Charles, einsam und ein wenig verzweifelt aussehend, brachte Mary Anne mit, die viel Zeit mit der Kinderfrau Coles und dem jungen William Arthur verbrachte. Auch Margarete mit ihren zwei Kindern und deren Kinderfrau waren da.

«Die Arme, sie glaubt noch immer, daß James am Leben ist», sagte Charlotte zu Caspar, der wütend entgegnete:

«Und sie hat völlig recht, Mama. Du wirst es sehen.»

Rupert hatte keine Fortschritte gemacht. Roy war liebenswürdig, aber verschlossen. Da Billy Crook noch an der Front war, hatte Sara Vera und ihr Baby am Weihnachtsnachmittag eingeladen, damit sie ihre Geschenke abholen konnte.

Am Heiligabend erhielt Dick ein Telegramm. Er las es, steckte es sofort in die Tasche, und Sara mußte ihn vor allen Gästen bitten, es ihr zu zeigen.

Sie überflog es und stieß einen kleinen Freudenschrei aus, dann verkündete sie der Familie die gute Neuigkeit: «Er hat ein tolles

Weihnachtsgeschenk bekommen, einen hohen Orden...» Sie wedelte mit dem Telegramm in der Luft herum und las: «Für außergewöhnliche Tapferkeit vor dem Feind. Setzte sein eigenes Leben aufs Spiel, um andere zu retten.»

Jeder gratulierte und applaudierte ihm. Dann trat Denise vor, die auf Giles' Anordnung mit Malcolm gekommen war, und flüsterte Dick ins Ohr: «Dank dir, ich bin dir so dankbar.» Sie küßte ihn auf beide Backen und umarmte ihn.

«Warum tut sie denn das?» fragte Sara mißtrauisch.

«Französisches Blut, momentane Sentimentalität», murmelte Charlotte, und Caspar, der Bescheid wußte, zischte ärgerlich:

«Mach kein Theater. Eines Tages wirst du's erfahren.»

Eine Fregatte lag an Weihnachten in Cromarty. Der Dienst war normal. Männer kamen und gingen.

An dem fraglichen Morgen achtete der wachhabende Offizier nicht auf den hinkenden Maat mit der vernarbten Gesichtshälfte, als er salutierend das Achterdeck betrat.

Später, nach der Wachablösung, warf der neue wachhabende Offizier nicht einmal einen Blick auf den Maat, als er das Schiff wieder verließ.

Dreißig Minuten später explodierte die Fregatte mit einem enormen Knall und einer weißen Stichflamme. Die gesamte Besatzung wurde getötet.

In Redhill erhielt Charles einen Anruf von Basil Thomson. Eine Stunde später saß er mit seinen beiden Kollegen, Wood und Partridge, im Zug nach Schottland.

Abgesehen von der Explosion, wurde ein junges Mädchen in einem abgelegenen Cottage entdeckt. Sie war mit einem weißen Seidenschal erwürgt worden.

Als Charles und die beiden Geheimpolizisten eintrafen, befand sich der «Fischer» bereits auf der Rückreise nach London.

28

Als der lange, dunkle Winter endete, traten mehrere Ereignisse ein, die den Fortgang des Kriegs und das Schicksal der Railton-Familie stark beeinflussen sollten.

Erstens ging Giles' größter Wunsch in Erfüllung: C's Dienststelle wurde dem Foreign Office unterstellt. Niemals wieder würden Diplomaten über wichtige geheimdienstliche Erkenntnisse im dunkeln gelassen werden.

Zweitens erhielt der «Fischer» eine Anweisung, die zu einem direkten Zusammenstoß mit den Railtons führen sollte.

Hans-Helmut Ulhurt war befohlen worden, Wohnsitz in London zu nehmen, um von dort aus heikle Aufträge für Steinhauer auszuführen, der, wie schon so oft in der Vergangenheit, seinen Agenten dazu benutzt hatte, um den inzwischen zum Oberst beförderten Nicolai zu unterstützen.

Der «Fischer» erledigte seine Arbeiten zuverlässig und tüchtig wie immer. Dann erhielt er eines Morgens neue Instruktionen. Zweimal in der Woche zu einer bestimmten Stunde solle er eine vorgezeichnete Route abgehen. Während einem dieser Routinegänge stieß ein junger Mann mit einem Kaninchengesicht mit ihm zusammen und steckte ihm einen Umschlag zu.

Er kehrte in sein in der Nähe liegendes Zimmer im Haus einer gewissen Mrs. Blacket zurück, die annahm, er sei ein verwundeter Unteroffizier. Der «Fischer» nahm sein Codebuch und entschlüsselte die Nachricht: «Verlassen Sie umgehend London. Finden Sie neues Ziel. Handeln Sie wie zuvor.»

Der «Fischer» roch Gefahr und machte sich aus dem Staub wie eine verbrühte Katze.

Drittens erklärte Amerika den Mittelmächten den Krieg. Aber es dauerte fast ein Jahr, bis die amerikanischen Truppen in Frankreich eine nennenswerte Stärke erreichten.

Dick Farthings Onkel dagegen, Colonel Bradley Farthing, erschien schon drei Wochen nach der Kriegserklärung in Redhill.

Das Gemetzel an der Westfront hielt an. Die Armeen hörten ständig den Ruf «Die Amerikaner kommen», aber die Tatsache, daß sie nicht da waren und Beistand leisteten, außer aus der Luft, machte die Soldaten skeptisch, die noch immer um inzwischen nur zu vertraute Orte wie Bapaume, die Anhöhe von Vimy und Cambrai kämpften und dort ihr Leben ließen.

Caspar und sein Chef beschäftigten sich häufiger als je zuvor mit den Problemen in Osteuropa. Es war nicht mehr zu übersehen, daß die russische Armee und das ganze Land gespalten waren. Caspar bemerkte, daß sein Bruder Roy mit beunruhigender Regelmäßigkeit C's Büro aufsuchte.

Auch sollte er bald Bradley Farthing kennenlernen. Die Ankunft von Dicks Onkel in England hatte sich schnell bei den Railtons herumgesprochen. Und die gesamte Familie verhielt sich so, als gehöre die Verwandtschaft von Saras Mann einer seltsamen Gattung an, die man genau und gewissenhaft studieren müsse.

Charles und seine Kollegen hatten in der Zwischenzeit einige Fortschritte gemacht. Durch einen Zufall waren sie dem «Fischer» in Holborn auf die Spur gekommen. Eine Mrs. Blacket, Besitzerin eines sogenannten Privathotels, hatte den Diebstahl einiger kleiner Silbergegenstände angezeigt.

Die örtliche Polizei hatte sich alle Gäste notiert, die plötzlich abgereist waren. Darunter hatte sich auch ein ehemaliger Soldat befunden, der in der Sommeschlacht ein Bein verloren hatte. Er war sehr plötzlich verschwunden, und Mrs. Blacket hatte sein Zimmer noch nicht weitervermietet. Die Polizisten durchsuchten das Zimmer und fanden hinter einer Kommode ein Notizbuch. Es enthielt nur zwei beschriebene Seiten, hingekritzelte deutsche Worte, aber sogar die Polizisten konnten «Natal» entziffern. Sie gaben das Notizbuch an die Geheimpolizei weiter. Im Frühsommer gelangte es auf dem Dienstweg in Charles' Hände.

Charles schien sich von dem durch Mildreds Krankheit und Tod hervorgerufenen Trauma allmählich zu erholen.

Wood beobachtete, daß er nur noch gelegentlich verstört wirkte. Er konnte nicht wissen, daß diese «Rückfälle» zeitlich mit den Geheimaufträgen zusammenfielen, Informationen an Brenner zu liefern.

Einer dieser Aufträge kam im Frühling und forderte Informationen über neue Tanktypen und deren Bewaffnung. Brenner hatte

keinerlei Verständnis für Charles gezeigt, als dieser ihm kurz und bündig erklärte, er spiele das Spiel nicht länger mit und statt dessen verlange *er* jetzt von Brenner Informationen.

«Mein lieber Freund, verstehen Sie nicht, daß diese Auskünfte notwendig sind? Wir tun es für Großbritannien. Sie *müssen* weitermachen.« Soweit Brenner.

Charles hoffte, daß man ihn von nun an in Ruhe lassen würde, denn endlich waren sie dem «Fischer» auf den Fersen.

Von Mrs. Blacket wußten sie, daß er sich als kriegsbeschädigter Unteroffizier ausgegeben hatte. Sie kannten sogar seinen Namen – Sergeant Willis. Bald fanden sie auch heraus, daß Willis einen Verwundetenausweis benutzt hatte, um sich eine verbilligte Fahrkarte nach Schottland zu verschaffen. Der «Fischer» wurde unvorsichtig, und Charles, Wood und Partridge beschlossen, die Spur weiterzuverfolgen. Vermutlich war Cromarty der beste Platz, nach ihm zu fahnden?

Sie verließen London am Spätnachmittag des 9. Juli. Als der Zug sich in Bewegung setzte, kam die Meldung von einem weiteren Sabotageakt. Die *Vanguard*, ein Schlachtschiff, war ohne Grund explodiert. Siebenhundert Menschen hatten den Tod gefunden.

James erfuhr erst Ende Juni, daß Amerika in den Krieg eingetreten war, und das nur sehr beiläufig, als sei es eine unwichtige Nachricht. Er war schwächer und dünner geworden. Der Winter hatte ihn arg mitgenommen, und der Kommandant war sehr beunruhigt, als James zweimal schwer an Bronchitis erkrankte.

Die Verpflegung war auch keine Hilfe, ab Januar wurden die Rationen immer knapper. Und sogar als das Frühjahr endlich kam, verbesserte sich die Nahrungslage nur um ein geringes. Für James war es ein Beweis, daß die Blockade Deutschlands einschneidende Wirkungen hatte. Der Kommandant schwärmte nach wie vor von seinen Kavallerieattacken, aber eines Abends nach einem fast ungenießbaren Essen fing der alte Mann an, von dem grausamen Gemetzel an der Westfront zu berichten. James sagte nichts, dachte aber, daß der alte, etwas trottelige Offizier unwissentlich eine Menge preisgab. Die Tanks richteten anscheinend große Verheerung unter den Infanteristen an, und Giftgas, Luftangriffe und die Schützengräbenkämpfe dezimierten Europas Jugend.

James erkannte nicht zum ersten Mal, daß er in einer Traumwelt lebte. Er hatte keine Ahnung, wie die Schlachten verliefen, auch

konnte er sich kein klares Bild der Lage machen. Nur die Neuigkeit, daß Amerika in den Krieg eingetreten war, gab ihm neuen Mut.

Colonel Bradley Farthing war der jüngste Bruder von Dicks Vater. Die Familienähnlichkeit war verblüffend – der gleiche ständig amüsierte Ausdruck, der gleiche Körperbau. Colonel Farthing, dachte Sara, war unwahrscheinlich anziehend, knapp fünfzig Jahre alt und von einem Charme, der vermutlich auch saure Milch noch trinkbar machte.

Redhill gefiel ihm großartig. «Genauso habe ich mir England immer vorgestellt», erklärte er. Sara blinzelte ihm zu und meinte, daß Frankreich und Belgien sich wohl sehr verändert hätten und sicher weniger angenehm werden würden.

«Ich glaube nicht, daß ich viel von Frankreich zu sehen bekomme.» Er kratzte sich am Kopf. «Aber ich kann Ihnen versprechen, daß unsere Jungens bald nach Europa kommen und Hackfleisch aus den Hunnen machen werden. Aber unser Generalstab sieht mich nicht unbedingt als Frontkommandanten.»

Mehr brauchte er nicht zu sagen. Sara hatte eine ziemlich genaue Vorstellung, warum Brad Farthing mit der Vorhut gekommen war. Aber im Moment war ihr das völlig egal, denn er heiterte Dick auf, um den sie sich große Sorgen machte.

Er war beunruhigend niedergeschlagen, sein früherer Sinn für Spaß war einem verdrossenen Schweigen gewichen, nur in Gegenwart seines Onkels lachte er zuweilen.

Er war bislang von zwei Sanitätskommissionen untersucht worden, und beide hatten die Rückkehr zu seiner Staffel für die nächste Zeit verboten. Sara glaubte ihren Mann gut zu kennen und wußte, daß er jetzt erst recht fliegen wollte, besonders da sein eigenes Land in den Krieg eingetreten war.

Dick wußte nicht, daß sie ihn jeden Morgen regelmäßig beobachtete, denn er schlüpfte leise aus dem gemeinsamen Bett und versuchte, ohne sie zu stören, in sein Ankleidezimmer zu gelangen. Das erste Mal, als es passierte, brauchte sie volle fünfzehn Minuten, um herauszufinden, was er trieb. Sie schaute aus dem Fenster im ersten Stock und sah, wie er im Rosengarten ohne Stock hin- und herstampfte, sich dann auf eine der niedrigen grauen Steinmauern setzte und die Beine, Stock zwischen den Schenkeln, weit von sich streckte. Erst stieß er das linke Bein, dann das rechte nach vorn, als säße er im Pilotensitz eines Flugzeugs.

Am nächsten Abend stachelte sie ihn absichtlich auf. «Du hast Heimweh», sagte sie anklagend, als sie sich zum Abendessen umzogen.

«Unsinn, ich bin jetzt hier zu Hause, du bist mein Zuhause.»

«Und warum bist du plötzlich so verändert, wenn dein Onkel in *mein* Haus kommt?»

Er lachte. «*Dein* Haus, Liebling? Giles würde das nicht gern hören...»

Ihr Gesicht verfinsterte sich, sie öffnete den Mund, aber Dick stoppte den Wutanfall mit einem Kuß, bevor er ausbrechen konnte. «Ein Scherz, Sara.»

«Also, sag schon.» Sara war noch immer verärgert, aber gleichzeitig erfreut, daß er auf sie zugekommen war, denn in den letzten Wochen hatte immer sie die Initiative ergreifen müssen.

«Was soll ich dir sagen?»

Er humple im Haus herum wie eine lahme Ente, beschuldigte sie ihn. Er mache eine saure Miene, sei schlecht gelaunt und empfindlich. Aber kaum erscheine Onkel Brad, sei er wie umgewandelt. «Ich habe dich heute früh laut lachen hören. Bist du dir klar darüber, wie lange es her ist, daß du gelacht hast?»

«Ja», sagte er ruhig und in einem so seltsamen Tonfall, daß sie sich umdrehte und ihn ansah. Er zitterte am ganzen Körper, sah bleich aus und hielt sich mit einer Hand an der Tischkante fest. «Ja, ich weiß.»

Dann begann er zu sprechen. Er berichtete ihr von Anfang bis zum Ende von Denises Rettung, bis zu dem Augenblick, wo er das Bewußtsein verloren hatte. Während er redete, entdeckte Sara etwas, das sie an ihm früher nie bemerkt hatte: Angst. Er sprach von Furcht; von dem Entsetzen, als er sich den deutschen Linien genähert hatte, der blinden Panik, die er bei dem schrecklichen Start empfunden hatte, der nur durch schieres Glück gelungen war.

«Ich habe noch nie im Leben so Angst gehabt, Sara, und ich hoffe, daß mir das auch nie wieder passiert. Ich... ich...» Er blickte zu Boden. «Ich habe vor Angst in die Hosen geschissen. Und warum? Weil dein lieber, reizender Onkel Giles...»

«Er ist nicht *mein* Onkel.»

«Gut, also dein angeheirateter Onkel, dieses Kind hinter die deutsche Frontlinie geschickt hat. Sie hat Nachrichten von Belgien nach Holland geschmuggelt. Zehn ihrer Mitagenten sind erschossen worden...»

«Woher weißt du das?»

«Caspar hat es mir an Weihnachten erzählt. Giles hat seine Enkelin bewußt in Lebensgefahr gebracht...»

«Das gehört zu seiner Arbeit. Aber ich höre, er zieht sich zurück.»

«Seine Sorte zieht sich niemals zurück. Die bleibt mißtrauisch bis ins Grab. Ich werfe ihm meine Verwundung nicht vor, aber zum ersten Mal im Leben hatte ich Angst und habe sie immer noch. Und was Onkel Brad betrifft, seine Gegenwart tut mir einfach gut. Er gehört zu meiner Vergangenheit, und wenn ich mit ihm rede, erinnere ich mich, wie ich einmal war. Er gibt mir ein Stückchen meines früheren Selbstvertrauens zurück. O Sara...» Er lag in ihren Armen, und sie hätte nie geglaubt, daß ein Mann so hemmungslos weinen könnte. Schluchzen schüttelte seinen Körper, und sie konnte die Worte nur erraten: «...immer noch Angst... weiß nicht, ob ich es noch einmal tun kann...»

«Das brauchst du bestimmt nicht, Liebling...»

«Nein, nicht kämpfen... fliegen. Ich weiß nicht einmal, ob ich noch mal den Mumm habe, ein Flugzeug zu besteigen. Ich bin ein Feigling geworden.»

Sie gab leise, beruhigende Laute von sich. Er fröstelte, stöhnte, murmelte, daß er den Orden nie hätte annehmen dürfen. «Sie sind für Helden...» Sie brachte ihn zu Bett, schloß die Tür ab, zog sich aus und legte sich neben ihn. Eng an ihn geschmiegt, versuchte sie, ihn zu trösten. «Du hast dir nichts vorzuwerfen, Liebling», flüsterte sie. «Das passiert vielen Männern. Es ist eine Art Erschöpfungszustand...»

«Und man erschießt sie dafür, erschießt sie, weil sie Feiglinge waren...»

«Nein, Dick, du bist kein Feigling. Erinnere dich daran, wie du vor dem Absturz, vor dem Flug, warst. Du sagst, Onkel Brad ruft dir dein früheres Ich ins Gedächtnis zurück. Du *kannst* wieder fliegen, obwohl dich niemand dazu zwingen wird. Und du *bist* ein Held. Glaub es mir.» Er entspannte sich allmählich und wurde ruhiger. Und mit der Ruhe kam die Zärtlichkeit zurück. Sie liebten sich und schliefen eng umschlungen ein.

Sie verpaßten das Abendessen und fragten sich, was Onkel Brad wohl von ihnen dächte. Aber dann sagte Sara, es sei nicht besonders wichtig, was er dachte. Um Mitternacht schlich sie nach unten, bereitete eine kalte Mahlzeit zu und nahm sie auf einem Tablett mit

hinauf. Sie aßen kichernd wie Kinder, die ein verbotenes Fest im Schlafsaal feiern.

Am nächsten Tag fuhr Onkel Brad nach London. Er wollte nach einer Woche zurückkommen.

Colonel Farthing hatte eine Menge offizieller Empfehlungsschreiben in der Tasche. Seine Hauptaufgabe war, sich über die Zusammenarbeit der Geheimdienste zu informieren. Reginald Hall war der erste, den er in der Admiralität kennenlernte. Im Vorbeigehen wurde ihm Andrew vorgestellt.

«Ich habe bei Dick und der reizenden Sara gewohnt», dröhnte er und drehte Andrews Arm fast aus dem Schultergelenk.

Er unterhielt sich lange mit Hall, der liebenswürdig, aber äußerst zugeknöpft war und den Amerikaner nicht einmal in die Nähe von Zimmer 40 kommen ließ.

Farthings Besprechung mit Vernon Kell und den Leuten von MI5 beschränkte sich auf technische Einzelheiten.

Charles war noch immer in Schottland, so daß Farthing ihn nicht treffen konnte. Am vierten Tag seines Londoner Aufenthalts lernte er jedoch Caspar kennen, als er C aufsuchte – ein Besuch, der von den gebührenden Vorsichtsmaßnahmen begleitet war.

Sie verbrachten fast einen ganzen Tag miteinander, denn gewisse Dinge beunruhigten C und die Leute vom militärischen Geheimdienst – «beunruhigten» war in diesem Fall eine Untertreibung. Eine Katastrophe zeichnete sich am Horizont ab.

Am 16. März hatte Zar Nikolaus II. abgedankt. Gerüchte über eine bevorstehende Rebellion der russischen Armee, Lebensmittelknappheit und mangelnden Nachschub waren in Umlauf. Die Situation war unüberblickbar. C und viele seiner Kollegen sahen Bolschewisten an jeder Ecke. «Wenn die Burschen geschickt sind, ist ihre Zeit gekommen», sagte C zu Caspar, der jetzt verstand, warum gewisse bekannte Rußlandkenner so oft bei C ein und aus gegangen waren – unter ihnen die vertraute, geheimnisumwobene Gestalt seines Bruders Roy.

Ende der Woche fuhr Brad Farthing nach Redhill zurück. Er fand Dick in einem unvergleichlich besseren Zustand vor.

«Charles kommt vielleicht übers Wochenende», verkündete Sara fröhlich. Sie hatte ein Telegramm von ihm erhalten. «Aus Glasgow, schauerliche Stadt. Aber man weiß ja nie, wo Charles unerwartet auftaucht.»

«Hoffentlich bald hier.» Onkel Brad trank seinen Whisky. «Ich würde ihn gern kennenlernen. Kell hat mir viel von ihm erzählt.»

Es war Vernon Kell, der ursprünglich für Charles' Rückkehr nach London verantwortlich war, obwohl er nie etwas von dem dramatischen Geschehen erfahren würde, das sein Befehl ausgelöst hatte. Die zwei Männer hatten öfters miteinander telefoniert, während Charles, Wood und Partridge die Spur des «Fischers» in Schottland verfolgten. Aber nun schienen sie an einem toten Punkt angelangt zu sein, und Kell hatte beschlossen, Charles woanders einzusetzen. Er gab Thomson Bescheid und beorderte Charles telegrafisch zurück. Charles packte seinen Koffer, legte ihn für den Gepäckträger des Hotels aufs Bett, überprüfte automatisch seinen Revolver, eine Webley, den er jetzt immer bei sich trug, und ging zum Bahnhof, um ein Bett im Schlafwagen zu buchen.

Am Schalter vor ihm stand ein Mann, der ebenfalls ein Bett reservieren wollte. Charles, inzwischen ein erfahrener Agent, war immer auf der Hut. Seine Augen standen nie still, und seine Ohren nahmen jedes Geräusch, jeden Gesprächsfetzen auf.

«Harker», sagte der Mann vor ihm zu der Beamtin und buchstabierte seinen Namen H-A-R-K-E-R.

Charles blickte in die Richtung der Bahnsteige und sah, daß eine der Sperren schon offen war und die Passagiere für den Londoner Nachmittagszug bereits durchgelassen wurden. Er traute seinen Augen nicht, als er den großen, stark hinkenden Mann erspähte. Der Mann wandte sich etwas zur Seite, um seine Fahrkarte vorzuzeigen, und Charles sah die grauenvolle rote, schlecht verheilte Brandnarbe auf seiner rechten Backe. Der «Fischer» war in greifbarer Nähe.

Charles trat an den Schalter und löste ein Billett erster Klasse nach London, dann ging er im Eilschritt zum Hotel zurück. Innerhalb weniger Minuten hatte er seine Rechnung bezahlt, der Gepäckträger holte seinen kleinen Koffer aus dem Zimmer. Charles ergriff ihn und lief zum Bahnhof. Er hatte noch fünfzehn Minuten Zeit und wußte, er mußte sich eines Tricks bedienen, dem er immer mißtraut hatte – nämlich sich zu verkleiden.

Auf der Herrentoilette öffnete er den Koffer und holte einige Artikel hervor, die er für einen solchen Notfall bei sich hatte. Der Schnurrbart war genau auf seine Haarfarbe abgestimmt. Er klebte ihn sich an, setzte eine Brille auf und betrachtete sich im Spiegel. Sein verändertes Aussehen erstaunte ihn selbst.

Er kaufte sich eine Zeitung und begab sich zum Zug. Vor seinem geistigen Auge stand deutlich das Bild des Mannes aus Rosscarbery, des Mannes, der Schiffe in die Luft sprengte und Menschen mit einem weißen Seidenschal tötete.

Charles schlenderte den Zug entlang und blickte in die Abteilfenster, scheinbar auf der Suche nach einem freien Platz. Er nahm alles in sich auf: die aus dem Urlaub zurückkehrenden Soldaten, die nervösen jungen Mädchen, die Glasgow und ihr Zuhause verließen, um in der Hauptstadt ihr Glück zu versuchen, die bürgerlichen Paare, die sich zum Abschied umarmten.

Er erreichte die Zugmitte und die Waggons erster Klasse. Eine Gruppe junger, beschwipster Offiziere, aus deren Gepäck Flaschen herausragten, versuchte, sich für die Rückkehr an die Front Mut anzutrinken. Der Zug war nicht voll. Dann sah er den «Fischer». Er saß allein in einem Abteil auf einem Fensterplatz und las Zeitung. Jetzt hatte er ihn in der Zange.

Er ging weiter den Zug entlang und zählte die Waggons. Erst als der Bahnhofsvorsteher die grüne Scheibe hob, bestieg er den vordersten Wagen.

Der Zug verließ den Bahnhof. Charles trat langsam den Rückweg an in Richtung auf das Abteil, wo der ahnungslose «Fischer» saß.

Zuerst dachte er, er hätte sich verzählt. Der Mann saß nicht im Abteil. Charles setzte seinen Gang bis zum Zugende fort; er durchquerte den Speisewagen in der Hoffnung, ihn dort zu entdekken, drängte sich an den Männern und Frauen vorbei, die die Korridore in der dritten Klasse blockierten. Schließlich erreichte er das Zugende mit dem abgeschlossenen Gepäckwagen.

Noch einmal ging Charles die schwankenden Korridore entlang. Der Zug gewann an Geschwindigkeit. Wieder kein Zeichen von dem riesigen Mann mit der verbrannten Backe und dem Holzbein.

Schließlich kam er zu dem Schluß, daß der «Fischer» aus dem Zug gesprungen war, denn er war nirgends zu sehen. Charles kannte die plötzlichen Ängste von Agenten, die Intuition, die sie veranlaßte, ihre Pläne zu ändern, auf Nummer Sicher zu gehen, niemand zu trauen, sich aus dem Staub zu machen. Er fühlte sich betrogen wie ein Jäger, dem seine Beute entkommen war.

Er fand ein Abteil in einem fast leeren Waggon und machte es sich bequem. Er würde gleich bei Ankunft Kell Bericht erstatten, damit er Wood und Partridge Bescheid sagen konnte.

Kurz vor Carlisle öffnete sich die Abteiltür. Charles blickte

hoch, und sein Magen krampfte sich zusammen, denn vor ihm stand der «Fischer». Er sah aus wie die Karikatur eines Spions: schwarzer Mantel, breitrandiger Hut und eine automatische Mauser-Pistole in der riesigen Pranke.

Für seine Größe und sein Gewicht war er erstaunlich behende. Während die Tür aufglitt und sich mit einem Klicken wieder schloß, war die Pistole auf Charles gerichtet, mit der anderen Hand zog der «Fischer» die drei Rouleaus an den Fenstern zum Korridor herunter.

Dann setzte er sich lächelnd Charles gegenüber. Der Zug fuhr durch Carlisle. Vor ihnen lag die lange Strecke nach Manchester.

«Mr. *Charles* Railton, wenn ich nicht irre?» Die Stimme hatte keinen gutturalen Anklang, nichts Fremdländisches.

Charles blickte auf die Pistole und dann auf das vom Feuer in Glen Devil grauenvoll entstellte Gesicht.

«Ich fürchte, Sie sind mir gegenüber im Vorteil...» Ein wenig dümmlich, aber er brauchte Zeit zum Nachdenken. «Mein Name ist Rathbone, Leonard Cyril Rathbone.»

«Und ich glaube, Sie heißen Railton – das heißt, ich *weiß* es mit Bestimmtheit.» Der «Fischer» sprach ruhig und sachlich. «Sie sind mir durch ganz Schottland gefolgt, ich habe Sie dabei beobachtet, auch heute morgen im Hotel.»

Charles' Gesicht mußte Erstaunen verraten haben, denn sein Gegenüber fuhr fort: «Hat man Ihnen nicht beigebracht, daß eine Verkleidung nutzlos ist, es sei denn, sie ist vollkommen? Das Fischgrätenmuster Ihres Anzugs, der Schnitt des Jacketts, der Hut – also wirklich, Mr. Railton! Ein Schnurrbart und eine Brille verändern zwar das Gesicht, aber Kleider machen Leute, Kleider und Schuhe.»

Charles schwieg. Der «Fischer» sah ihm in die Augen. Dann brach Charles das Schweigen und sagte, auf die Waffe weisend: «Entspricht nicht Ihrem Stil, Sir. Wo ist der weiße Schal heute, oder Ihre Sprengladung, oder die Axt, die Sie vor so langer Zeit in Irland benutzten, als ich Sie zum ersten Mal sah?»

Das Lachen des «Fischers» war nicht unsympathisch, ja sein ganzes Benehmen war fast zuvorkommend. «Ich könnte Ihnen die gleiche Frage stellen, Mr. Railton.»

«Wieso das?»

«Unsere gemeinsame Freundin Fräulein Haas wurde mit einem weißen Schal umgebracht. Aber *ich* habe es nicht getan. Sie vielleicht?»

«Nein, wie Sie selbst wissen.»

Der Zug rumpelte über Weichen, der Rhythmus wechselte. Charles fragte, ob der andere ihn erschießen wolle. «Ich?» Ein freundliches Lachen. «Warum sollte ich? Wie ich verstehe, ziehen wir am gleichen Strang. So zumindest lauten meine Instruktionen, aber nachdem Sie darauf bestehen, mich zu verfolgen und sich zu verkleiden, dachte ich, wir sollten uns ein wenig unterhalten.»

«Über was?»

Der «Fischer» fing an, Charles Dinge zu erzählen, von denen dieser nicht die geringste Ahnung hatte. Er sprach von Hanna Haas, von Marie und Hirsch, und vor allem von den Informationen, die Charles an Brenner weitergab. Der «Fischer» lachte wieder. «In Berlin nennt man Sie ‹Brenners Botenjunge›.»

Charles erkannte plötzlich die ganzen Ausmaße des Komplotts, in das man ihn hineingezogen hatte. Das einzige, was er nicht verstand, war das Motiv. Er überlegte, ob er noch genug Zeit hatte, sich des Mannes zu entledigen, und beschloß ja – wenn auch knapp. Er ließ daher den «Fischer» weiterreden, verschränkte die Hände, rutschte auf dem Sitz hin und her, so daß eine plötzliche Bewegung natürlich erscheinen würde.

Der «Fischer» verlegte sich jetzt aufs Fragen. Nahm Charles an, daß sich sein Verrat am Ende auszahlen würde? Was waren seine Gründe? Haßte er England? War er enttäuscht worden, oder fürchtete er sich vor dem, was geschehen würde, wenn Großbritannien den Krieg und sein Weltreich verlor?

«Zigarette?» fragte Charles, und seine Hand glitt unauffällig an seinen rechten Schenkel.

«Warum nicht?» Ein spöttischer Blick, dem Charles standhielt. Dann sprang er blitzschnell auf, warf sich vornüber, vermied die Hand, die die Pistole hielt, prallte gegen die Brust des «Fischers» und in dieser Sekunde, wo die Mauser außer Aktion war, versuchte er, sein Opfer niederzuschlagen.

Später erinnerte er sich nur noch sehr unklar an den Kampf, außer an die ungeheuerlichen Kräfte des Mannes und an den einen Moment, wo sie beide nach der Mauser grapschten. Was er allerdings nie vergaß, war sein eigener verzweifelter Versuch, seine Webley aus der rechten Hosentasche zu ziehen, während sie Körper an Körper miteinander rangen – und dann der Schuß! Und die plötzliche Erkenntnis, daß ein eben noch lebendiger Mensch tot, zusammengesackt, blutend vor ihm lag.

Irgendwie gelang es ihm, die Mauser aufzufangen, bevor sie auf den Boden aufschlug. Die Hand des «Fischers» öffnete sich in einer letzten Anstrengung. Charles schoß ein zweites Mal. Die Kutgel traf den «Fischer» mitten ins Herz.

Charles bewegte sich mit äußerster Schnelligkeit. Er knöpfte den Mantel des «Fischers» zu, damit der Stoff das Blut aufsaugte. Dann vergewisserte er sich, daß die Kugeln im Körper steckengeblieben und nicht etwa in die Polsterung eingedrungen waren.

Der Zug schaukelte stärker, und Charles hatte Mühe, die Abteiltür zu öffnen, die immer wieder zurückglitt. Er zerrte die Leiche über den Gang zur Wagentür, öffnete sie und wartete einen günstigen Moment ab. Die Leiche hing halb aus der Tür, und als sie über eine schmale Brücke fuhren, stieß er sie mit einem kräftigen Fußtritt ganz hinaus.

Charles säuberte sorgfältig das Abteil, stellte seinen Koffer neben den des «Fischers», dann ging er den Gang entlang zur Toilette und entfernte, so gut es ging, alle Spuren des Kampfes von seinen Händen und seinem Anzug.

Am Euston-Bahnhof ging er ins nächstliegende Hotel, behielt seine Verkleidung bei, durchsuchte den Koffer des «Fischers» und entdeckte all dessen Geheimnisse. Charles' eigener Name und der von Brenner wurden in mehreren Nachrichten und Dokumenten genannt, die er alle verbrannte. Er blieb die ganze Nacht über wach und verließ das Hotel nur einmal, um sich zu vergewissern, daß weder Wood noch Partridge mit dem Nachtzug angekommen waren.

Am nächsten Morgen entfernte er Schnurrbart und Brille, rasierte sich und nahm ein Taxi nach Cheyne Walk. Dort packte er seine Sachen in einen größeren Koffer, den Anzug, den er getragen hatte, legte er zuunterst, denn die von der Wembley versengten Stellen würden sich nicht entfernen lassen. Er nahm sich vor, den Anzug in Redhill zu verbrennen. Dann säuberte er den Revolver, lud ihn wieder auf und kam gerade zur rechten Zeit nach unten, um der hocherfreuten Mary Anne zu begegnen, die auf dem Weg zum Krankenhaus war.

Er sagte ihr, daß er William Arthur fürs Wochenende mit nach Redhill nehmen würde, dann schickte er ein Dienstmädchen zu der Gouvernante Miss Coles, um ihr Bescheid zu sagen.

Brenner, dachte er, kann bis Montag warten. Überschlaf es, überdenke es dir. Irgendeine Lösung mußte es geben.

29

Am Freitag nachmittag kam Charles in Redhill an. Es war ein wunderschöner, warmer Tag, und er bewunderte mit Sara, Dick und Colonel Bradley Farthing vom Rosengarten aus den goldroten Sonnenuntergang.

Ein wenig später ging Sara nach oben zu William Arthur und Miss Coles. Die Männer blieben im Freien bei ihren Getränken sitzen.

Brad Farthing interessierte sich ganz besonders für Charles und stellte ihm viele Fragen, anscheinend um herauszufinden, wie MI5 funktionierte. Charles umschiffte mit viel Geschick die meisten dieser Fragen. Nach einer halben Stunde entschuldigte er sich, ging ins Arbeitszimmer des Generals und rief Vernon Kells Privatnummer an.

Als Kell an den Apparat kam, fragte er Charles als erstes, wann er zurückgekommen sei.

«Ich spreche von Redhill aus, Vernon, ich habe den Nachtzug genommen, wie verabredet.»

«Nein, Charles, das stimmt nicht.» Kells Stimme klang kühl, schlimmer noch, verletzt.

«Aber doch stimmt es. Natürlich nicht unter meinem richtigen Namen.»

«Unter welchem Namen denn? Jedenfalls nicht unter Rathbone.»

«Vernon, was zum Teufel ist los?»

«Unter welchem Namen, Charles?»

«Harker. Ist mir einfach so eingefallen. Mr. C. Harker.»

«Warum haben Sie mich angerufen?»

«Ich bin in Redhill und ein wenig beunruhigt. Dicks Onkel ist hier. Colonel ...»

«Bradley Farthing, ja und?»

«Er sagt, er sei bevollmächtigt, unsere Sicherheits- und Geheimdienstmethoden zu untersuchen.»

«Das trifft absolut zu. Netter Kerl. Ich habe mit ihm gesprochen.»

«Ich wollte nur wissen, wie ich mich verhalten soll.»

Danach folgte eine längere Pause, dann sagte Kell: «Seien Sie vorsichtig. Reden Sie über Allgemeines, über die technischen Aspekte. Gehen Sie nicht in Einzelheiten, nennen Sie keine Namen, erwähnen Sie keine Einzelfälle.»

«Das ist alles, was ich wissen wollte. Bis Montag, Vernon.»

Kell hängte ein. Er ließ weder in diesem Moment noch in den folgenden Monaten eine Bemerkung über die Auffindung einer Leiche kurz vor Manchester an der Bahnlinie Glasgow–London fallen.

Etwa um die gleiche Zeit, zu der man sich an jenem Freitagabend in Redhill zu Tisch setzte, bewirtete Giles Railton seinen Lieblingsenkel Roy in Eccleston Square.

Denise hatte ihre Mahlzeit auf einem Tablett in ihr Zimmer genommen, sie brauchte seit ihrer Rückkehr viel Ruhe. Malcolm hatte das Haus verlassen; er war als Offizier zur Marine beordert worden.

Nach dem Abendessen zogen sich Giles und Roy ins «Versteck» zurück. Sie blieben dort fast vier Stunden lang. Während dieser Zeit redete Giles fast ununterbrochen, und Roy beantwortete Fragen.

«Bei all diesen Verhandlungen», sagte der alte Mann zu seinem Enkel, «darfst du nie vergessen, daß ich sie alle persönlich kennengelernt und lange und ausgiebig mit ihnen gesprochen habe – mit Uljanow, der neuerdings vorzieht, Lenin genannt zu werden, mit Kerenski, Trotzki, Swerdlow, Zinowiew und all den anderen, die in ihrem Kielwasser mitschwimmen. Gib acht, jeder von ihnen ist wie ein Haifisch, und die Führung kann innerhalb einer Sekunde wechseln.»

Als der junge Mann das Haus verließ, sagte sein Großvater: «Roy, bald ist es soweit. Du bist bestens vorbereitet. Sollten sie dich so schnell fortschicken, daß ich dich nicht mehr sehe, wünsche ich dir alles Gute. Befolge meinen Rat, tu, was ich dir gesagt habe, und die Zukunft wird gesichert sein.»

Wie sich herausstellen sollte, würde Giles seinen Enkelsohn noch mehrmals sehen, bevor C ihm die Aufgabe übertrug, für die Giles ihn vorbereitet hatte. Roy pendelte mehrfach zwischen C's Büro und dem «Versteck» in Eccleston Square hin und her.

C's Dienststelle konzentrierte ihre Aufmerksamkeit mehr und mehr auf die Vorgänge in Rußland.

Die Verwirrung innerhalb der Geheimdienste in London war fast ebenso groß wie die politische Unsicherheit in Rußland. Die Bolschewisten hatten ihr Hauptquartier nach Moskau verlegt, und Roy wartete täglich auf seinen Befehl, nach Rußland zu fahren. Er wies C mehrmals darauf hin, daß er genau für solch eine Eventualität ausgebildet worden sei. Aber C reagierte nicht.

Eine britische Mission unter Führung von Bruce Lockhart kehrte Anfang Oktober 1918 nach England zurück.

Zwei Tage später rief C Roy zu sich ins Büro.

«Nun, mein Junge, Sie liegen mir schon wochenlang in den Ohren, daß Sie nach Rußland wollen. Und jetzt ist der Moment gekommen. Unsere offiziellen Leute sind raus, aber wir haben noch einige Agenten und auch Verbindungsleute zu den Weißrussen im Land. Bevor Sie Ihren endgültigen Einsatzbefehl bekommen, möchte ich jedoch, daß Sie einen Mann kennenlernen. Er ist ein Schuft und ein Abenteurer, undiszipliniert und geneigt, private und komplizierte Unternehmungen auf eigene Rechnung durchzuführen, aber durchaus sympathisch. Vielleicht begegnen Sie ihm irgendwo, denn ich spiele mit dem Gedanken, ihn wieder hinzuschicken. Er heißt Sidney Reilly. Er wird Ihnen einige nützliche Tips geben.»

Roy fand Reilly charmant und robust, allerdings war es schwer zu beurteilen, wann er die Wahrheit sagte und wann er log. Reilly beschrieb ihm das Minenfeld, das ihn erwartete. «Trauen Sie niemand», sagte er. «Die Ereignisse überstürzen sich, und der Freund von gestern kann der Feind von morgen sein.» Das gleiche hatte sein Großvater ihm gesagt.

Sie gaben Roy drei Namen und drei Identitäten, Papier, Gold, das er in einem Gürtel trug, und eine deutsche Pistole. Zusätzlich mußte er einige Namen und Adressen von Verbindungsleuten auswendig lernen. Seine Aufgabe war, möglichst viele Informationen über Lenins Revolutionskomitee zu sammeln. «Sie werden den Weg über Helsinki nehmen», sagte C. «Und sobald Sie in Rußland sind, begeben Sie sich nach Petrograd. Sie sind ein Student der Literatur und der politischen Wissenschaften aus Moskau namens Wladimir Christianowitsch Galinski. Sie sind während der ersten Kämpfe abgedrängt und leicht verwundet worden und versuchen jetzt, Ihre Kameraden wiederzufinden, um sie beim Endkampf zu

unterstützen. Das ist Ihre Geschichte. Wir können Sie ins Land schmuggeln und Ihnen bei der Informationsübermittlung helfen. Den Rest müssen Sie selbst übernehmen.»

Roy dachte: Und dieser Rest ist Schweigen. Was in vieler Hinsicht stimmte. Vierundzwanzig Stunden nach Roys Abfahrt erlitt sein Großvater einen Schlaganfall.

Denise, beunruhigt, daß ihr Großvater nicht wie üblich zum Frühstück erschienen war, hatte Robertson in Giles' Zimmer geschickt. Der Diener fand seinen Herrn halb angezogen auf dem Boden liegen. Er war leicht sprechbehindert, aber die Ärzte meinten, mit etwas Ruhe würde sich das geben. Er sei stark wie der sprichwörtliche Ochse und könne sie noch alle überleben.

Roy betrat am 14. Oktober 1918 russischen Boden, aber er brauchte fast zwei Wochen, um Petrograd zu erreichen, wo er in der Nähe des Smolny-Instituts eine Unterkunft fand. Am Morgen des 29. Oktober lungerte er am Ende der Gorochowaia herum. Wie alle Railtons war er schlank und groß. Sein blondes Haar verschwand unter einer Pelzmütze; er hatte sich einen dichten Bart wachsen lassen und trug eine Lammfelljacke und Lederhosen, die in schweren Stiefeln steckten. In der rechten Hand hielt er eine Maurerkelle. Seine Art, sich zu bewegen, und die innere Ruhe, die selbst bemerkbar war, wenn er ging, würden sich nie ändern. Aber weder Andrew noch Charlotte hätten ihn wiedererkannt.

In Petrograd herrschte Chaos. Gelegentlich wurde geschossen und gekämpft. Die Obrigkeit war über Nacht verschwunden. Niemand wußte Bescheid.

Am Abend des 29. Oktober ging Roy durch die unsicheren Straßen, beobachtete Banden von Jugendlichen, die hauptsächlich auf Plünderung und Brandstiftung aus zu sein schienen.

Einige Frauen standen Schlange vor den Läden in der Hoffnung, daß ein Wunder geschähe und ein Lebensmitteltransport ankäme. Unternehmungslustigere zogen aus der Stadt hinaus und plünderten Bauernhöfe.

Viele Menschen standen in kleinen Gruppen zusammen, die Stärksten übernahmen die Führung, obwohl die Hälfte von ihnen nur politische Vagabunden waren. Er schloß sich einer Gruppe an.

Sie ließen sich in einem Haus in der Nähe des alten finnischen Bahnhofs nieder und redeten und diskutierten die ganze Nacht über. Bei Morgengrauen schlich Roy sich davon. Männer und

Frauen lungerten noch immer auf den Straßen herum. Junge, bis zu den Zähnen bewaffnete Männer marschierten vorbei und versuchten, gefährlich auszusehen.

Roy trug seine Kelle wie ein Amtszeichen. Vielleicht glich sie zu sehr einem Amtszeichen, oder vielleicht sah sie wie eine Waffe aus. Drei junge Tschekisten hielten ihn an und fragten ihn nach seinem Namen und seinen Papieren. Einer ergriff seine Maurerkelle und schien ihm mit ihr drohen zu wollen.

«Sind Sie Wladimir Christianowitsch Galinski?» fragte er.

«Ja.»

«Sie stammen aus Moskau?»

«Ursprünglich ja.»

«Warum sind Sie jetzt nicht dort?»

Roy erzählte seine Geschichte. Die drei Männer umzingelten ihn, tauschten Blicke aus, reichten einander die Papiere weiter, als seien sie gefälscht. Schließlich erklärte der Anführer, Galinski müsse mit ihnen kommen.

«Warum? Ich habe nichts getan. Wohin gehen wir?»

«Nur bis zum Ende der Straße. Nummer zwei, zum Hauptquartier der Tscheka. Ein paar Fragen.»

Um fünf Uhr nachmittags des gleichen Tages brachten sie ihn zum Bahnhof. Vier Männer begleiteten ihn, sie brauchten zwei Tage bis Moskau. Oktober 1918 war nicht die beste Zeit, um in Rußland zu reisen.

In Moskau schien Ruhe zu herrschen, aber die Atmosphäre war seltsam – eine Mischung aus Euphorie und Spannung.

«Wohin gehen wir?» fragte Roy.

«Nicht weit. Ins neue Tscheka-Hauptquartier, Bolschaia Lubianka Nummer elf in der Nähe des Kremls.»

Sie schubsten ihn ins Haus und die Treppe hinauf in ein großes Büro, in dem nur ein Stuhl und ein Tisch standen, hinter dem ein Mann saß.

Der Mann war in ein Dokument vertieft und murmelte: «Setzen Sie sich.» Dann sagte er zu Roys Begleitern, er wünsche, allein gelassen zu werden.

Der Mann sah Roy an. Sein Blick war kalt, fragend, fast amüsiert, eine Haarsträhne fiel ihm über die hohe Stirn. Über seinem harten Mund bog sich der Schnurrbart an beiden Enden hoch, sein Spitzbart war sorgfältig gestutzt. Etwas Unerbittliches, Kompromißloses ging von ihm aus.

Dann lächelte er, und Roy lief ein kalter Schauer über den Rücken wie bei den seltenen Momenten, wenn der Blick seines Großvaters eisig wurde. «Willkommen, Mr. Roy Railton.» Er sprach kein reines Russisch. «Wir haben Sie erwartet. Mein Name ist Feliks Edmundowitsch Dzerschinskij, wir haben eine Menge miteinander zu reden.»

Roy dachte wieder: Der Rest ist Schweigen. Feliks Dzerschinskij war der allmächtige Chef der revolutionären sowjetischen Geheimpolizei.

Roy sollte recht behalten. Der Rest *war* Schweigen. Der Name Roy Railton verschwand aus den offiziellen Akten.

Als Charles nach dem Wochenende in Redhill ins Büro zurückkehrte, gewöhnte er sich nur widerstrebend an die Schreibtischarbeit.

Nach zwei Monaten fühlte er sich ein wenig erleichtert, denn Brenner hatte ihn zu keiner Zusammenkunft mehr bestellt.

Falls Charles während dieser Zeit bemerkte, daß seine Bewegungsfreiheit innerhalb des MI5 eingeschränkt worden war, so ließ er sich das nicht anmerken. Vernon Kell verhielt sich freundlich wie immer und sah ihn oft.

Die Bombe platzte erst über ein Jahr später im Oktober 1918.

Die Anklage gegen Charles wurde nicht öffentlich bekanntgemacht, aber die Familie erfuhr aufgrund ihrer gesellschaftlichen Stellung und ihrer Beziehungen die volle Wahrheit innerhalb von vierundzwanzig Stunden.

Die Reaktion der Familie war voraussehbar. Die schlimme Nachricht von Charles' Verhaftung folgte kurz nach einem freudigen Ereignis. Sara hatte im September einen Sohn zur Welt gebracht. Sogar Giles hatte von seinem Krankenbett aus einen Brief geschickt, in dem er zu verstehen gab, daß die Familie, obwohl dieser Sohn kein direkter Blutsverwandter sei, ihn dennoch als einen Railton ansah.

«Die höchste Ehrung, die Giles zu vergeben hat», sagte Sara.

Jeder spürte, daß der Frieden in Sicht war, aber nur wenige ahnten, daß er so nah bevorstand. Als die Mitteilung über Charles eintraf, reagierten sie alle verschieden. Dann bildeten sie eine geschlossene Front. Alle waren wie vor den Kopf geschlagen. Andrew faßte die Gefühle der Familie in folgenden Worten zusammen: «Wenn das, was man Charles vorwirft, wahr ist, dann haben

Rupert und Caspar umsonst gekämpft; Mary Anne ist für nichts durch eine Hölle gegangen; Dick Farthings Rettungsaktion war sinnlos; und Denise hat ohne Grund gelitten. Aber noch schlimmer als all das: wenn ein Mann wie Charles mit seiner Familientradition, seiner Erziehung und seinen Vorrechten sich des Verrats schuldig gemacht hat, dann sind Zehntausende von jungen Männern in Flandern und Frankreich und im Nahen Osten für eine Illusion gestorben.»

An dem Morgen, als es geschah, betrat Charles wie üblich sein Büro um halb zehn Uhr. Er verhielt sich nach allgemeiner Ansicht völlig normal und war auch nicht erstaunt, als Granby, der Quartiermeister, um neun Uhr sechsundvierzig zu ihm kam, ein Formular vorwies und Charles bat, ihm seine persönliche Waffe – die Webley – auszuhändigen. «Nur für eine Routine-Überprüfung, alter Knabe. Sie haben sie in einer Stunde zurück.»

Charles las weiter seine Akten. Um zehn Uhr fünf kam Miss Wedge und bat ihn, in Colonel Kells Büro zu kommen.

«Sie wollten mich sprechen, Vernon?» Partridge schloß die Tür hinter Charles und stellte sich auf seine rechte, Wood auf seine linke Seite. Basil Thomson lehnte an Kells Schreibtisch.

Kell murmelte: «Tut mir leid, Charles.» Basil Thomson sagte in dienstlichem Tonfall: «Sie sind Charles Arthur Railton, wohnhaft in London, Cheyne Walk?»

Charles schien den Ernst der Situation noch immer nicht zu begreifen. «Zum Teufel, was soll das, natürlich bin ich Charles Railton, Basil. Was –»

Thomson unterbrach ihn. «Ich habe einen Haftbefehl für Sie. Die Anklage lautet, daß Sie in der Zeit zwischen März 1916 und Juli 1917 geheime militärische und wirtschaftliche Informationen an den Feind weitergegeben haben. Der Empfänger der Informationen war ein gewisser Hans-Helmut Ulhurt, ein Agent des deutschen Geheimdienstes.»

«Das ist... Was...» Charles faßte sich an die Kehle, Wood riß seine Hand herunter.

Basil Thomson hatte seinen Kollegen zuvor gesagt, sie müßten so schnell wie möglich eine Aussage von Charles bekommen. «Bevor er Zeit hat nachzudenken.»

«Wer zum Teufel ist Hans-Helmut Ulhurt?» fragte Charles verwirrt.

«Charles» – Thomson wurde wieder zum alten Kameraden –

«wir glauben alle, daß es mildernde Umstände gibt. Wir kennen sogar einige. Also, rücken Sie schon mit der Sprache heraus.»

Die Pause war wie ein langes Einatmen. «Ich weiß nicht, worüber Sie reden. Die Bedingung war doch...» Er hielt inne.

«Was war die Bedingung?»

Charles zuckte die Achseln, senkte den Blick und schüttelte hilflos den Kopf, bis Kell zu sprechen begann.

«Wenn Sie wollen, können wir Sie vor ein Zivilgericht bringen.» Kell erhob sich. «Aber wir würden alle ein Militärgericht vorziehen, unter Ausschluß der Öffentlichkeit selbstverständlich. Es würde Ihrer Familie den Presserummel ersparen und uns erlauben, die Angelegenheit auf wenige Mitwisser zu beschränken.»

«Tun Sie, was Sie wollen.» Charles richtete sich zu seiner vollen Größe auf. «Ich habe nur eine Bitte, ich will meinen Onkel Giles Railton sehen, und zwar allein.»

Ein peinliches Schweigen verbreitete sich im Büro. Basil Thomson hüstelte, dann sagte Kell sehr leise: «Haben Sie es nicht gehört? Hat keiner es Ihnen erzählt?»

Charles antwortete nicht. Seine Augen flackerten, er blickte in die Runde der ernsten Gesichter.

Sie überließen es Kell. Er bot Charles einen Stuhl an. «Ich glaube, Sie setzen sich besser.» Charles setzte sich, und Kell holte tief Atem. «Denise ist gestern abend ins Schlafzimmer ihres Großvaters gegangen. Sie fand ihn halb liegend auf dem Bett.»

«O nein, nicht tot!» Charles schluchzte fast.

«Nein, nicht tot. Er hatte einen zweiten Schlaganfall. Er ist gelähmt und kann nicht mehr sprechen.»

Charles' Reaktion entsetzte alle, denn er lachte. Aber es war kein hysterischer Lachanfall, sondern ein trockenes, höhnisches Lachen. «Typisch Giles! Er kann also nicht mehr sprechen! Der alte Teufel ist unschlagbar.» Dann beruhigte er sich und fügte mit fester Stimme hinzu: «Trotzdem, ich will ihn sehen – allein und so bald wie möglich.»

Thomson riet ihm, sofort eine Aussage zu machen. «Wir haben einen Haufen von Beweisen. Es wäre das Beste für uns alle.» Aber Charles erklärte, sie könnten reden, bis sie blau im Gesicht wären, er müsse zuerst Giles Railton sehen.

Die Ärzte sagten, er könne Giles besuchen, müßte aber mindestens achtundvierzig Stunden warten. Er hätte nicht mehr lange zu leben, vermutlich nur noch einige Tage, bestimmt nicht länger als

zwei Monate. Zwei Ärzte besuchten ihn täglich. Churchill, jetzt Premierminister, hatte ihn aufgesucht, die Familie sah ihn regelmäßig für kurze Zeit. Was, fragten sich die Leute in Kells Büro, konnte der Angeklagte davon haben, einige Minuten am Bett eines Sterbenden zu sitzen, der nicht sprechen konnte? Charles bestand zum zweiten Mal darauf, daß er seinen Onkel allein sehen wollte, ohne Zeugen.

Einer nach dem anderen versuchte Charles zu einer Aussage zu überreden. «Die Informationen, die Sie weitergegeben haben, waren schließlich nicht *so* wichtig. Uns interessieren vielmehr die Gründe.»

«Sagen Sie uns doch wenigstens, warum», bat Wood.

«Nein, nein und nochmals nein. Zuerst muß ich Giles sehen und dann – vielleicht. Ich bin unschuldig. Ich kenne diesen Mann nicht, von dem Sie reden.»

«Wir haben unwiderlegbare Beweise, Charles.» Es war das letzte, was Basil Thomson an diesem Tag sagte.

Charles war offensichtlich niedergeschmettert, aber er weigerte sich zu reden und ging nicht einmal auf die freundlichen Bemerkungen ein, die sie machten. Es wurde ihm nicht gestattet, die anderen Familienmitglieder zu sehen, auch nicht Mary Anne. Man hatte sie geholt und sie von der schweren Anklage in Kenntnis gesetzt. Wie die restliche Familie konnte sie es nicht glauben. «Ja, gewiß, es gab da irgendeine Sache mit einer feindlichen Agentin, aber Hochverrat – unmöglich!» Dennoch mußte sich jeder seiner Kollegen in ruhigen Momenten gefragt haben, ob Charles während der schrecklichen Krankheit von Mildred und den turbulenten Zeiten in seinem Privatleben nicht doch noch weitere Torheiten begangen hatte.

Sie beschlossen, seiner Bitte stattzugeben. Sollte er ruhig den alten Mann sehen, den Doyen ihres Gewerbes. Und danach würden sie ihn mit ihrem ganzen Beweismaterial konfrontieren und ein Geständnis erzwingen. Es wäre unsinnig, den Mann ohne ein Geständnis vor ein Kriegsgericht zu ziehen. Zu viele zwielichtige Dinge würden zur Sprache kommen.

Die Vorbereitungen wurden mit militärischer Genauigkeit getroffen. Thomsons Leute durchsuchten das Krankenzimmer. Die einzigen Ausgänge, die Tür und die beiden Fenster, wurden fest verrammelt, auch nahmen sie alle Gegenstände fort, mit denen der Angeklagte Selbstmord begehen könnte. Alles Schwere, Spitze oder Scharfe verschwand, das Zimmer war fast leergeräumt.

Der schwache Patient beobachtete die Männer, seine wachen, ängstlichen Blicke verfolgten jede ihrer Bewegungen.

Sogar die große Bibel mit dem dicken, breiten Lederbuchzeichen, die auf dem Nachttisch lag, wollten sie fortnehmen. Aber Giles grunzte so aufgeregt, daß die Schwester, die nicht recht wußte, was vor sich ging, sagte: «Lassen Sie die Bibel ruhig liegen. Er würde nie zulassen, daß sie auch nur einen Zentimeter verrückt wird. Sie scheint ihm Trost zu geben.» So blieb die Bibel liegen. Die Geheimpolizisten postierten sich vor der Tür und auf der Treppe.

Die Ärzte hatten gesagt, Giles' beste Zeit sei am Frühnachmittag. Einer der Ärzte war zufällig im Haus, als man Charles hineinführte. Er warnte ihn, daß der Patient sich weder bewegen noch sich verständlich machen könne. «Er gibt gelegentlich Grunzlaute von sich und kann sehr ungeduldig werden. Die einzige Verständigungsmöglichkeit ist mit den Augen. Sein Verstand ist offenbar nicht gestört.»

Charles betrat das Zimmer acht Minuten nach zwei Uhr. Bevor der Geheimpolizist die Tür schloß, sah er noch, wie Charles sich einen Stuhl heranzog, so daß er in der Nähe des Kopfes des alten Manns sitzen konnte.

Charles kam um drei Uhr wieder zum Vorschein und wurde zurück in eines der «Sicherheitshäuser» in der Stadtmitte gefahren, das Kell sich mit C's Leuten teilte.

C, Kell, Thomson und ein Vertreter des DID erwarteten ihn.

Kell begann etwas nervös: «Nun, wir haben unser Versprechen gehalten. Sind Sie jetzt bereit zu sprechen?»

Charles sah sie an, dann schüttelte er den Kopf und sagte ruhig: «Nein. Ich werde keine Aussage machen, nicht jetzt und auch nicht in der Zukunft. Wenn Sie mich vor Gericht stellen wollen, tun Sie das. Ich will keinen Anwalt, ich werde keinen Einspruch erheben und werde mich nicht verteidigen.»

Sie dachten, er wolle sie nur in Schwierigkeiten bringen, aber etwas in seinen Augen hatte sich verändert. Wood sagte später, er hätte sie «stahlhart» angeblickt.

Charles saß an einem Tisch, unbeweglich und schweigend, während die verschiedenen Spezialisten ihre Beweise auftischten. Zuerst kamen die dechiffrierten Nachrichten zur Sprache, angefangen vom Frühjahr 1916, aber ausgehend von früheren Quellen. «Wir haben gelegentlich Botschaften aufgefangen. Wir nannten es das Angler-Dossier. Ein kaufmännischer Code mit einigen Ein-

schiebungen, um das Dechiffrieren schwieriger zu machen. Anweisungen kamen herein, verschiedene, kurze Nachrichten gingen hinaus, wir wußten jedoch, daß wir nicht alle abfingen. Einige wurden durch einen Kurzwellensender übermittelt, vermutlich von einem U-Boot. Der Verdacht lag nahe, daß sie von einem deutschen Agenten, der in Großbritannien arbeitete, stammten.»

Das Angler-Dossier bezog sich offensichtlich auf den «Fischer». Der Inhalt der Botschaften blieb im dunkeln. Das Prunkstück der Ankläger war eine ausgesandte Botschaft, die den Tod eines anderen Agenten, M6, ankündigte. Der Spezialist sagte, M6 sei zweifellos Hanna Haas.

Dann gab es mehrere hereinkommende Nachrichten, anscheinend Listen mit Fragen. Eine dieser Nachrichten enthielt den Codenamen Brenner.

«Wir vermuten, daß Sie, Charles Railton, Brenner sind.» Charles lächelte nicht einmal.

Die Nachrichten waren bruchstückhaft und fragwürdig, aber sie ließen darauf schließen, daß der «Angler» gewisse Befehle erhalten hatte, einschließlich einer Liste von Fragen, die sein Vertrauensmann Brenner zu beantworten hatte. Aufgrund des bruchstückhaften Charakters lag es nahe, anzunehmen, daß der «Angler» – nach einiger Zeit gingen sie dazu über, ihn den «Fischer» zu nennen – Instruktionen durch Boten erhalten hatte und seine Antworten durch einen befreundeten, neutralen Postdienst hinausgeschickt hatte.

Als nächstes kamen sie auf Hans-Helmut Ulhurt zu sprechen, dessen Leiche in den frühen Morgenstunden jenes Tages im Juli in der Nähe von Manchester auf der Strecke Glasgow–London gefunden worden war, an dem Charles aus Schottland zurückgekehrt war.

Sie hatten eine genaue Beschreibung des Mannes und eine beglaubigte Aussage, daß er den Nachmittagszug bestiegen hatte, und eine weitere Aussage, daß ein Mann mit Schnauzbart und Brille, der einen Anzug mit Fischgrätenmuster trug – derselbe, in dem Wood und Partridge Charles gesehen hatten –, ebenfalls den Nachmittagszug genommen hatte. Der Mann war so groß und schlank wie Charles.

Die Beweiskette wurde fortgesetzt, sie war schier endlos. Hans-Helmut Ulhurt war zweifellos der «Fischer», und er war erschossen worden. Vermutlich von Charles Railton, der jedoch alles dazu

getan hatte, diese Tatsache zu verheimlichen. Es sei seltsam für einen Jäger, sagten sie, einen Meisterschuß zu verleugnen.

Dann übergaben sie Wood das Wort. Er berichtete, daß er die Leiche untersucht und im Jackenfutter ein wasserdicht verpacktes Päckchen gefunden habe.

Das Päckchen und die Papiere, die es enthielt, wurden auf dem Tisch ausgebreitet: Landkarten mit Kreuzchen versehen, vermutlich Treffpunkte mit U-Booten, Codes und ein kleines, dünnes Notizbuch mit verschiedenen hingekritzelten Bemerkungen in deutscher Sprache. Eine davon war besonders aufschlußreich: *Brenner – M6 Liebhaber.* Sie sagten, was sie beträfe, sei der Fall sonnenklar. M6 sei offensichtlich Hanna Haas, und Charles hätte schon einmal wegen seiner Beziehung zu Fräulein Haas unter Anklage gestanden.

Aber sie waren gewissenhaft. Eines Abends waren Beamte der Geheimpolizei in Redhill erschienen. Unter den Gartenabfällen hatten sie einen halbverbrannten Anzug mit einem Fischgrätenmuster gefunden. Sie sagten Charles, dies allein genüge, um ihn zu verurteilen. Doch überdies wären mehrere Beamte bereit, auszusagen, daß Charles mehrfach versucht hätte, sie auszuhorchen.

Zum Schluß – und das mußte Charles einen Schock versetzt haben – legten sie ihm finanziell belastendes Material vor: Auf der Royal Bank of Scotland in Glasgow existierte ein Konto auf den Namen Georg Brenner. Vier Summen von je tausend Pfund waren ausgezahlt worden. Sie alle waren mit der Post direkt auf Charles' Konto auf der Coutts Bank überwiesen worden.

Charles sagte nichts. Er schien wenig beeindruckt von der dicken Akte, die zu seiner Erschießung führen konnte.

«Laßt ihn eine Woche in Warminster schmoren», schlugen sie vor. «Kells und C's Untersuchungsspezialisten werden ihn wie eine Zitrone auspressen.»

Das weiträumige Haus, das zu jener Zeit von MI5 und dem Geheimdienst benutzt wurde, war eine Neuerwerbung. Es lag auch nicht in Warminster, sondern sieben Meilen entfernt in der Nähe eines Dorfs.

Sie überführten Charles in das alte Gebäude und begannen ihn zu bearbeiten.

Er schwieg weiterhin, war ruhig, aß normal, tat, was man ihm befahl, aber sagte kein Wort. Es schien so, als hätte er, nachdem er seinen stummen, sterbenden Onkel gesehen hatte, das Trappisten-

gelübde abgelegt. Sie versuchten alles, außer Gewalttätigkeit, aber ohne jeglichen Erfolg. Dann griff das Schicksal ein.

Im Frühling des letzten Kriegsjahrs wurde aus dem Nahen Osten die «Spanische Grippe» eingeschleppt. Die Krankheit verbreitete sich rapide; zwischen Mitte Juli und Ende November starben über hundertfünfzigtausend Menschen daran, zumeist Zivilisten.

Jedes einzelne Mitglied der Railton-Familie, außer Giles, steckte sich an. Aber nur einer starb. Charles erkrankte in der ersten Novemberwoche. Ein Arzt wurde geholt, konnte aber nur hilflos dabeistehen, als die Temperatur immer höher stieg und der Patient zu phantasieren begann.

Diejenigen, deren Aufgabe es war, die Wahrheit aus ihm herauszuholen, hielten an seinem Bett Wache. Als Charles immer schwächer wurde, notierten sie einige seiner abgerissenen Fieberphantasien: «Onkel... Onkel...» wiederholte er eines Tages, und dann: «...Onkel Brenner!»

Sie holten Mary Anne herbei, da er häufig nach ihr verlangt hatte, und hörten zu, als er röchelnd mit ihr sprach in dem festen Glauben, daß sie Mildred war: «Verzeih, Liebling... verzeih... eine Bitte... Madeline, ein Kind in Deutschland... wenn alles vorbei ist... nimm das Kind... zu dir... oder gib es Sara... Sara... soll sich... kümmern...»

Er starb am 12. November, einen Tag nach Kriegsende. Mary Anne war untröstlich. Sie hatte ihren Vater trotz allem sehr geliebt.

Giles war noch am Leben. Die Railton-Familie stellte viele Mutmaßungen an, was wohl geschehen wäre, wenn Charles am Leben geblieben wäre. Denn die Ereignisse, die nun folgten und zu einer Familienlegende führten, das heißt, zum Erkennen der vollen Wahrheit innerhalb der Railton-Familie, hätten vermutlich Charles Railton zum Reden gebracht und die offizielle Version der Geschichte widerlegt.

Doch die ganzen Ausmaße des Verrats wurden erst bekannt, als auch der Schlußakt dieser Tragödie über die Bühne gegangen war. Der Anfang dieses Endes fand in Deutschland statt, zwei Tage bevor Charles in Warminster starb.

30

Margaret erwachte am Morgen des 10. November und spürte eine plötzliche Erleichterung, als sei über Nacht etwas Unverhofftes geschehen. Eine Welle von Glück stieg in ihr hoch, sie sprang aus dem Bett, lief nach unten und spielte Chopins Polonaise auf dem Klavier – Tränen strömten ihr über die Wangen.

Die Kinder folgten ihr und tanzten im Zimmer herum, während sie spielte.

In einem anderen Land, in einem Schloß am Rhein, erwachte James und vermeinte in den letzten Sekunden seines Schlafs Kinderlachen und Musik gehört zu haben. Es blieb ihm im Ohr, während er sich wusch und rasierte, das heiße, gefärbte Wasser trank, das als Kaffee fungierte und die dicke, mit Schmalz beschmierte Brotscheibe aß. Es war der 10. November 1918, zehn Uhr morgens – obwohl er, außer daß es Spätherbst war, weder die Zeit noch das Datum wußte. Er blickte aus dem Fenster und sah einen großen Stabswagen, der mühsam den steilen Abhang zum Haupttor hinauffuhr.

Zehn Minuten später rief der Kommandant ihn zu sich. Ein hoher Offizier wartete. Sie gingen in eins der kalten kleinen Büros, wo ein müde aussehender Mann saß, der sich als Walter Nicolai vorstellte.

«Sie sind gekommen, um mir etwas zu sagen», verkündete James, bevor Nicolai den Mund öffnen konnte. «Werden Sie mich erschießen?»

Nicolai hob schweigengebietend die Hand. «Nein, ich bin gekommen, Sie abzuholen. Wir müssen uns beeilen, zwei andere Passagiere sitzen im Wagen. Um elf Uhr morgen früh wird der Krieg zu Ende sein. Das weiß jedoch noch niemand. Ich meine damit die Bevölkerung – die deutsche wie die englische. Es ist alles vorbei, deshalb ist es wichtig, daß Sie morgen um elf Uhr nicht mehr in Deutschland sind. Morgen ist Waffenstillstand.»

James fragte verwirrt: «Und wer hat gewonnen?»

Nicolai sagte es ihm und fügte hinzu, daß er es besser fände, wenn Mr. Railton die zwei anderen Wageninsassen privat träfe, bevor sie sich auf den Weg machten. Einen Teil der Reise würden sie im Auto zurücklegen. «Danach habe ich ein Flugzeug bestellt, das Sie in die Schweiz fliegen wird. Entsprechende Nachrichten sind schon abgeschickt. Sie werden in Zürich erwartet.» Nicolai vermied es, ihn anzusehen, aber James hielt ihn am Ärmel zurück und fühlte, wie schwach er war, als er versuchte, den Mann aufzuhalten. Aber der blieb von sich aus stehen und blickte James endlich an.

«Warum?» fragte James.

Nicolai antwortete langsam: «Weil Sie unter besonderem Schutz standen. Ein Abkommen wurde getroffen. So, und jetzt hole ich die anderen.»

James hatte nicht die geringste Idee, wer die anderen sein könnten. Er erkannte die Frau nicht wieder, die genauso abgemagert war wie er und schäbige, abgetragene Kleider trug. Ein kleines, vielleicht dreijähriges Mädchen lugte ängstlich hinter ihrem Rock hervor.

Sie sahen sich aufmerksam an. Ein vages Erkennen glomm in beider Augen auf.

«James?» Er erkannte ihre Stimme sofort wieder.

«Marie?» Er konnte es fast nicht glauben. «Marie! Mein Gott, Marie!» Sie sanken sich beide weinend in die Arme.

Das Kind begann auch zu weinen. Und James, der seine eigenen Kinder während seiner Gefangenschaft so sehr vermißt hatte, ließ Marie los, beugte sich hinunter und hob es auf. Er hielt den kleinen Körper dicht an sich gepreßt und murmelte Trostworte.

Noch viele Jahre später erinnerte sich das Kind an dieses erste Zusammentreffen mit Onkel James. Er hatte so hager und traurig ausgesehen, mit vom Weinen geröteten Augen.

«Deins?» fragte er die ebenfalls tränenüberströmte Marie über die Schulter des Kindes.

Mit einem tieftraurigen und verzweifelten Blick schüttelte sie verneinend den Kopf. «Charles' Kind von irgendeinem deutschen Mädchen, das er verhört hat. Das zumindest haben sie mir erzählt, aber es ist bei mir seit seiner Geburt.» Sie fing wieder zu schluchzen an. «Ich habe sie nach meiner Mutter Josephine genannt.»

Nicolai stand an der Tür. «Sie sind verwandt, nicht wahr? Es freut mich zu sehen, daß Sie wieder vereint sind. Wir haben Sie gut

behandelt und unser Bestes für Sie getan. Aber jetzt müssen wir gehen.»

Sie rissen sich zusammen, nahmen Josephine in die Mitte und verließen den Raum wie eine zerlumpte Flüchtlingsfamilie.

Im Hof verbeugte sich der Kommandant tief vor ihnen. Ein unglücklich aussehender Soldat stand neben dem Auto.

Sie saßen körperlich und seelisch erschöpft auf den Rücksitzen und schenkten Nicolai, der sie gelegentlich auf Sehenswürdigkeiten aufmerksam machte, keine Beachtung.

Nach zwei Stunden hielten sie vor einem Gasthof. Nicolai verlangte zu essen und zu trinken. Der Wirt verbeugte sich tief, aber sagte, er habe nichts anzubieten. Dann holte er seine Frau, die anscheinend doch noch einige Eier vorrätig hatte und ihnen ein Omelett machte.

Nicolai hatte endlich begriffen, daß sie ihn nicht in ihrer Nähe wollten, und setzte sich zusammen mit dem Chauffeur an einen anderen Tisch. Während sie aßen, fütterten sie abwechselnd Josephine.

Und erst jetzt tauschten sie ihre Erlebnisse aus. Zuerst waren beide zurückhaltend. Marie berichtete, daß sie im Moment ihrer Ankunft in Berlin von ihrem Liebhaber getrennt worden sei. «Sie haben mich in eine Falle gelockt.» Sie flüsterte. «Ich war noch nie dem Selbstmord so nah.» Dann brach sie ab. Sie sprachen erst wieder über persönliche Dinge, als sie in der sicheren Schweiz waren.

Am Nachmittag fuhren sie durch Karlsruhe. James war von dem Anblick, der sich ihnen bot, entsetzt. Verschmutzte, frierende Soldaten schlurften in unordentlichen Haufen vorbei. Später sagte James, er hätte erst in diesem Moment wirklich geglaubt, daß der Krieg vorbei war.

Um vier Uhr fuhr der Wagen durch das Tor eines hohen Drahtzauns. Sie hatten während der letzten fünfzehn Minuten Fahrt bereits Flugzeuge gesehen. James war über ihre Größe erstaunt. Keines der kriegführenden Länder hatte solche Riesenapparate besessen, als er England verlassen hatte. Jetzt standen sie vor ihm in einer langen Reihe, drohend und massiv wie räuberische Insekten.

Sie hielten vor dem Offizierskasino, bekamen den üblichen wäßrigen Kaffee zu trinken und wurden mit vier Männern, ihrer Flugbesatzung, bekannt gemacht.

Nicolai schüttelte ihnen die Hand. «Ich hoffe, Sie verstehen, daß es in unserem Gewerbe gewisse Regeln gibt – Handelsabkommen. Manchmal ein Leben für ein Leben, oder ein Leben für Informationen, oder einen Tod für einen Tod. Die Bedingungen sind hart in unserem Gewerbe.»

Um sechs Uhr landeten sie in Zürich. Ein pedantischer Vertreter der Botschaft begrüßte sie und sagte, sein Name sei Smythe-Gilbert. Es klang nicht sehr überzeugend. Sie würden ihre Reise mit dem Zug fortsetzen, aber man würde versuchen, es ihnen so bequem wie möglich zu machen.

Sie hatten keine Zeit, sich auszuruhen, bekamen aber eine gute Mahlzeit vorgesetzt. Beide konnten nicht viel essen, Josephine gelang es jedoch, eine Menge der Speisen in ihr Haar zu schmieren.

«Er mag uns nicht», sagte Marie, als Smythe-Gilbert sie kurz allein ließ. «Wir bringen ihn in Verlegenheit.» James erkannte, daß er in den letzten Stunden keinen klaren Gedanken gefaßt hatte. Jetzt kam ihm eine unvorausgesehene Möglichkeit in den Sinn. «Vielleicht bringen wir *alle* in Verlegenheit. Wir sind wie Tote, die plötzlich auferstanden sind.»

«Du zumindest wirst ein Held sein.» Ihre Augen füllten sich wieder mit Tränen. «Aber ich? Sie können mich vor Gericht stellen, mich erschießen.»

«Red keinen Unsinn.»

Smythe-Gilbert verhielt sich äußerst zurückhaltend auf der Fahrt bis zur Grenze, wo er sie Militärpolizisten übergab, die sich äußerst höflich benahmen, mehr wie Dienstboten als wie Gefängniswärter, die sie anscheinend waren. Einer fragte: «Ist wirklich bald Waffenstillstand, Sir?»

James sagte, das schiene ihm durchaus wahrscheinlich.

Während der langen Nachtfahrt erzählte Marie ihm den Rest der Geschichte. Die Deutschen hätten sie verhört und sie vermutlich auch gegen den britischen Geheimdienst eingesetzt. Sie wäre als Lockvogel mißbraucht worden und hätte ständig unter Bewachung gestanden. «Sie haben mich sogar gezwungen, nach deiner Verhaftung in deine Zelle zu sehen und dich zu identifizieren. Tut mir leid, James, ich habe es getan, mir war alles gleichgültig geworden.» Sie schliefen nicht, aber Josephine rollte sich wie ein kleines Tier zusammen, als der Zug sich in Bewegung setzte.

Im Morgengrauen erreichten sie die Küste, ein Zerstörer nahm

sie an Bord. In Dover erwartete sie ein anderes Auto mit Männern, die wie Detektive aussahen. Sie wurden nach Warminster gebracht.

Um elf Uhr nachts, als sie durch ein ihnen fremdgewordenes England fuhren, drehte sich einer der Männer zu ihnen um und sagte unbeteiligt: «Nun, das wär's. Alles vorbei. Der Krieg ist zu Ende.»

Sein Begleiter murmelte: «Und jetzt – Gott helfe uns.»

Caspar erwartete sie in Warminster. Marie weinte wieder, als sie sah, daß er verkrüppelt war, James bewunderte seine übersprudelnde, gute Laune und die Geschicklichkeit, mit der er sich auf seinem künstlichen Bein bewegte und ihnen mit dem provisorischen Metallarm die Türen aufmachte. Er lachte oft und vergnügt und sagte, daß C mit einigen Leuten kommen würde, um sie über ihre «Eskapaden» auszufragen. Marie weinte wieder und fragte, was mit ihr geschehen würde.

«Mit dir geschehen? Was meinst du damit?» Caspar sah sie entgeistert an. «Du hast dich für König und Vaterland geopfert, Marie. Ich kenne nicht viele Frauen, die ihren Mann und ihre Kinder verlassen hätten, um sich den Hunnen auszuliefern.»

Sie öffnete den Mund, um zu sprechen, fühlte aber James' Hand auf ihrem Arm. Caspar fuhr fort: «Sogar Großvater hat uns hinters Licht geführt mit seinem Spruch: ‹Diese Person darf die Schwelle meines Hauses nicht mehr betreten.› Aber er hat C die volle Wahrheit gesagt, als er sein privates Agentennetz auflöste. Er hat zugegeben, daß er dich dazu überredet hat, ein Techtelmechtel mit dem Hunnen anzufangen und mit ihm nach Berlin durchzubrennen, um, wenn es dir möglich wäre, Nachrichten an uns zu übermitteln.» Er nickte strahlend. «Aber, wie ich höre, haben sie dich unter scharfer Kontrolle gehalten, und dann wurde James nach Deutschland geschickt, um dich hinauszubringen.»

Um ihr zu helfen, erzählte ihr James, daß er wegen der großen Gefahr, in der sie schwebte, und den möglichen Konsequenzen den Befehl gehabt hatte, sie zu töten, falls er sie nicht herausbekäme. «Onkel Giles hat wirklich sein Möglichstes getan.» Er gab ihr einen sanften Rippenstoß. «Hast du eigentlich gewußt, daß die Deutschen dich gezwungen haben, eine Sondervorstellung für mich zu geben?»

Sie nickte. «Sie haben von mir verlangt, mich hübsch anzuziehen und mit einem jungen Geheimdienstoffizier, der Hirsch ähnlich sah, die Straße entlang zu einem Taxi zu gehen – eine Woche lang, jeden Morgen, jeden Abend. Sie haben mich den Käse genannt, mit dem

man Ratten fängt. Ich wußte nicht, liebster James, daß du die Ratte warst.»

Dann wurde Caspar ernst und teilte ihnen die traurigen Nachrichten mit. «Mildred und Charles sind beide tot. Und dein Vater Giles, Marie, liegt im Sterben. Du willst ihn vermutlich noch einmal sehen?»

«Ja», sagte Marie zähneknirschend. «Ja. Wird er noch lange leben?»

«Wahrscheinlich nicht. Aber ich weiß, daß C dieses Abschlußverhör möglichst schnell hinter sich bringen will, und ich bin sicher, daß Denise dich sobald wie möglich wiedersehen möchte. Wir haben ihr noch nicht Bescheid gesagt, nur wenige Familienmitglieder wissen...»

«Margaret...?» fragte James.

«Weiß, daß du dich in Sicherheit befindest. Wir haben ihr allerdings noch nicht gesagt, daß du hier in England bist. Das Ganze nimmt nur ein paar Tage in Anspruch. Mein Gott, wir werden alle zusammen ein tolles Weihnachten in Redhill feiern!»

Die Kinderfrau Miss Coles war nach London geschickt worden, um Josephine mit nach Redhill zu nehmen, wo sie bereits Saras kleinen Sohn versorgte und sich während der Schulferien um William Arthur kümmerte. Die Familie hatte zu diesem neuen Problem noch nicht Stellung genommen, aber Sara hatte bereits beschlossen, daß Redhill der ideale Ort für alle Railton-Waisenkinder sei – legitime oder illegitime. In Redhill sollten sie aufwachsen, Redhill sollte ihr Zuhause sein, eine Zuflucht in stürmischen Zeiten.

Nach C's Auskunft wurde James sofort klar, daß seine Kusine Marie straffrei ausgehen würde. C war wie immer ein wenig zu plump vertraulich, aber er stellte seine Fragen mit großer Höflichkeit. Jeder von ihnen erzählte seine Geschichte, sie wurde an andere Offiziere des Geheimdienstes weitergegeben. Sie unterzeichneten beide ihre Aussagen und wurden in die Freiheit entlassen.

James kehrte zu seiner geliebten Margaret zurück, Marie fuhr nach Redhill, wo Denise und die anderen sie erwarteten. Bevor beide Warminster verließen, bat Marie James, sie nach Eccleston Square zu begleiten. Marie Grenot wollte ihrem Vater einen letzten Besuch abstatten.

Er sah zusammengeschrumpft aus, die Schläue seines Gewerbes war aus seinen Augen gewichen, sie glänzten fiebrig und angstvoll.

Niemand wird je erfahren, was wirklich geschah. Aber eine

Version des Zusammentreffens, die die Krankenschwester, die vor der Tür gewartet hatte, am folgenden Abend Andrew erzählte, gewann im Laufe der Jahre immer mehr an Glaubwürdigkeit.

Der Krankenschwester zufolge hatte Marie gebeten, mit ihrem Vater allein gelassen zu werden. Die Krankenschwester war besorgt, da der alte Mann an diesem Morgen besonders unruhig war, und so blieb sie vor der Tür stehen und hörte einen kurzen Monolog: «Adieu, Papa. Du hast mich fast in den Tod getrieben. Ich hoffe, du fährst zur Hölle, und wenn du dort Qualen leidest, denk an mich!»

Dann spuckte sie ihm ins Gesicht. Und darüber, sagte die Krankenschwester, gäbe es keinen Zweifel, denn sie habe nach Maries Fortgehen die Spucke eigenhändig von der Backe des alten Manns gewischt.

Giles Arthur Railton starb am folgenden Nachmittag, am 20. November 1918, um fünf Minuten nach sechs.

Sein Sohn Andrew und die anderen kamen nach Eccleston Square. Und es war an diesem Abend, daß Andrew den endgültigen Beweis für Giles Railtons Verrat fand.

Andrew und Charlotte standen an Giles' Bett, als er starb. Caspar und Phoebe kamen ein wenig später. Niemand wußte, was zu tun war, nachdem die ersten Vorkehrungen getroffen waren und der Rest der Familie telefonisch benachrichtigt war.

Robertson bot auf einem Tablett Getränke an. Um sieben Uhr schlug Andrew vor, daß die anderen nach Hause gehen sollten. «Es gibt nichts mehr hier für euch zu tun. Ich warte auf die Leute vom Bestattungsinstitut. Sie sagten, sie würden um halb acht hiersein.»

Caspar und Phoebe waren froh, gehen zu können, aber Charlotte, die sah, daß Andrew von seines Vaters Tod tief getroffen war, sagte, sie würde bleiben.

Als die beiden jungen Leute gegangen waren, fragte Andrew mit einer für ihn ungewöhnlichen Sentimentalität, ob Charlotte etwas dagegen habe, wenn er noch einmal nach oben ginge. «Ich würde gern mit dem alten Mann noch einmal allein sein.»

Charlotte nickte. «Der Tod war das Beste für ihn, Andrew, seit dem zweiten Schlaganfall war er nicht mehr wirklich am Leben.»

Andrew nickte geistesabwesend, ging in den ersten Stock und öffnete leise die Schlafzimmertür, als wolle er die zugedeckte Gestalt nicht aufwecken. Andrew hob das Leintuch auf, um einen

letzten Blick auf das Gesicht zu werfen. Sein Vater wirkte jünger, nachdem der Tod ihn übernommen hatte. Schmerz und Angst waren aus seinen Zügen gewichen.

Andrew deckte das Gesicht wieder zu und blickte sich im Raum um, als täte er es zum ersten und letzten Mal. Er hörte in seinem Kopf seinen Vater Shakespeare zitieren: *Und dieses kleine Leben umfaßt ein Schlaf.*

Dann, er konnte nicht sagen, warum, spürte Andrew, daß irgendetwas nicht ganz in Ordnung war. Er drehte sich langsam im Kreis um und betrachtete aufmerksam jeden Gegenstand.

Alles war völlig normal. Das Bett, der Toilettentisch, auf dem als einziges Vaters Uhr lag, und auf dem Nachttisch ein in Leder gebundener Shakespeare-Band.

Er blickte noch mal hin. Er hatte seinen Vater seit dem Schlaganfall fast täglich besucht und nie etwas Ungewöhnliches wahrgenommen. Das Buch hatte immer dort gelegen, und Andrew hatte automatisch angenommen, daß es ein Shakespeare-Band seines Vaters war. Aber es war kein Shakespeare – es war eine große, in Leder gebundene Bibel. Nie hatte sein Vater eine Bibel am Bett – oder sonst irgendwo – liegen gehabt.

Er hob sie auf und drehte sie um. Sie war verhältnismäßig neu, vielleicht ein Jahr alt. Zwischen den Seiten steckte ein dickes ledernes Buchzeichen. Vielleicht hatte der alte Giles tatsächlich eine Vorahnung gehabt und sich mit seinem Gott versöhnt?

Innen auf dem Vorsatzpapier stand in seiner kleinen, sorgfältigen Handschrift geschrieben: Suchet, so werdet ihr finden. Giles Railton 1917.

Suchet, so werdet ihr finden.

Andrew, der seit seiner Kindheit mit seinem Vater in einer einfachen Chiffrenschrift korrespondiert hatte, hörte eine ferne Stimme aus dem Jenseits murmeln: *Wo sind deine Schwänke jetzt?*

Er öffnete die Bibel und sah, daß das Buchzeichen mit seinem goldgeprägten Pfeilmuster schräg auf eine Ecke hinwies. Diese Ecke war leicht zerfranst. Er legte das Buch hin und musterte sie eingehend. Das Buchzeichen war aus doppeltem Leder, und die beiden Teile waren mit winzigen Klammern zusammengehalten. Wenn man den Daumen- und den Zeigefingernagel zwischen die Nahtstelle schob, lösten sich die Lederteile voneinander und zwei lange, dünne Papierstreifen kamen zum Vorschein.

Sie waren mit Giles' winziger Handschrift vollgeschrieben.

Andrew erkannte sofort, daß es sich um den einfachsten aller Codes handelte, den er und sein Vater oft benutzt hatten.

Er holte sich einen Bleistift und begann zu schreiben und hatte das Ganze innerhalb von fünfzehn Minuten entschlüsselt. Er vermutete, daß Charles fast eine Stunde dazu gebraucht hatte, und fragte sich, was sein Vetter bei der Enthüllung wohl empfunden haben mochte. Eine ruchlose, fast teuflische Enthüllung. Andrew verstand nur zu gut. Aber er hatte seinen Vater immer verstanden.

Er sagte Charlotte nichts von seiner Entdeckung, aber nachdem die Leute vom Bestattungsinstitut gegangen waren, nahm er die Bibel mit nach Hause und fertigte eine Kopie der Botschaft mit seiner eigenen Interpunktion an, denn es bestand kein Zweifel an der Absicht seines Vaters. Er würde diese Botschaft der Familie an Weihnachten vorlesen. Es stand ihnen zu, bis auf die letzten Einzelheiten, von den Marotten und politischen Ränken Giles Railtons zu erfahren.

Aber er war taktvoll und einfühlend genug, die Botschaft zuerst Mary Anne zu zeigen, für die sie eine besondere Bedeutung hatte, weil sie ein neues Licht auf ihren Vater warf. Charles hatte zweifellos aus Respekt vor Giles und dieser Mitteilung bis zuletzt geschwiegen. Wie so viele vor ihm war Charles von einem Meister des Verrats verführt und hintergangen worden.

«Ich brauchte einige Minuten, um gewisse Dinge auszuknobeln», sagte er zu Mary Anne, als sie allein während der Weihnachtsferien im Büro des Generals saßen. MARIA ist natürlich Marie, JAKOB ist James und der BRUDER DES JOHANNES kann nur dein armer Vater sein. MARKUS und DAVID haben mir zuerst einige Kopfschmerzen bereitet, bis ich mich daran erinnerte, daß Lenins Codename DAVIS war oder immer noch ist. Wenn man für DAVID DAVIS liest, hat man LENIN, MARKUS steht für MARX. Der Rest ist einfach», er schob ihr das Papier hin – «wenn man weiß, daß der Schlüssel mit dem Ersten Johannesbrief beginnt. 1. 1, 2, 3, 4, 5, das bedeutet, der Erste Johannesbrief, Kapitel eins, die ersten fünf Worte: ‹Das da von Anfang war.›»

Die entschlüsselte Botschaft lautete:

«Das da von Anfang war mein Glaube, habe ich dreimal verraten, mit Herz, Kopf und Leib. Alle Dinge werden vergehen, der Kaiser und der König wird vergehen, die Heere werden sich erheben, und die Menschen werden gleich sein untereinander.

Dies hat mich die Lehre des Markus und David vor langer Zeit zu glauben gelehrt. Ich habe meinem Land gedient, es aber das erste Mal mit meinem Herzen betrogen, um jene zu schützen, die ich neben meiner Frau am meisten liebte und doch schon verraten hatte. Ich spreche von Jakob und Maria. Meinetwegen fielen sie wie Schafe unter die reißenden Wölfe. Ich mußte Verrat üben, um sie zu retten. Ich habe Geheimnisse an den Feind verkauft für ihre Errettung und benutzte den Bruder des Johannes, um mich selbst zu schützen und meine Sicherheit zu wahren. Er war mehr Tor als Schurke, und ihm sollte vergeben werden, obwohl der Verrat bei ihm leicht Eingang fand, denn er hat ein Kind, das der Willkür des Feindes preisgegeben ist. Seit langem bin ich des Glaubens, daß Aufstand in die Welt kommen muß. Ein neues Königreich wird erstehen, und es wird schneller kommen können durch einen Sieg gegen uns. Ein großer Aufruhr wird kommen aus dem Osten. Möge Gott dieses neue Königreich des Volkes retten und mir meine Sünden vergeben. Sollte der Bruder des Johannes dies vor den anderen lesen, bitte ich ihn, zu schweigen um Marias, Jakobs und seines eigenen Kindes willen. Er soll schweigen bis ins Grab. Blut benetzt meine Hände. Ich wand ein weißes Tuch um den Hals einer Frau.»

Damit war alles gesagt. Die Familie saß schweigend und wie betäubt da, als Andrew nach dem Abendessen am Weihnachtstag seine Lektüre beendet hatte.

Sie kannten nun alle die ganze Geschichte von Giles' politischem Umschwung am Abend seines Lebens, von seinem Übertritt zu einem neuen ideologischen Glauben, den man Kommunismus nennt. Nur seine Beweggründe kannten sie nicht.

Sie wußten nun, wie er die Torheiten und Fehltritte von Charles zu seinem Vorteil benutzt hatte und wie es ihm gelungen war, sich mit dem Feind zu einigen, indem er ihm – vielleicht nur unwichtige – Informationen über deren Mittelsmann, den «Fischer», zukommen ließ. Er hatte Charles geopfert, um Marie und James das Leben zu retten.

Und er hatte Hanna Haas getötet.

Giles Railton hatte an die Unabwendbarkeit einer sozialen Neuordnung geglaubt – und zwar je eher, desto besser. Sein Glaube war so stark gewesen, daß er selbst in Aktion getreten war. Er hatte Verrat begangen, um den Deutschen zum Sieg zu verhelfen und

damit die Revolution zu fördern. Niemand wußte, wann ihm diese politische Vision zum ersten Mal gekommen war, aber alle wußten, daß er die Vision in Taten umgesetzt hatte.

Die dechiffrierte Enthüllung wird laut der Familienlegende in einer Stahlkassette in Redhill aufbewahrt, zusammen mit der Bibel und dem Buchzeichen, das den Code enthält.

Jenes Weihnachten 1918, das ein Freudenfest hätte sein sollen mit den zurückgekehrten Kriegern und der zunehmenden Kinderschar, war statt dessen wohl zum düstersten seit Kriegsbeginn geworden.

Die Familie trauerte nicht nur um Charles und Giles, sondern war auch völlig außer sich über die Tatsachen, die nach Andrews Lesung von «Giles' Enthüllungen» – ein Ausdruck, der sich erst später einbürgerte – zutage getreten waren. Der Verrat, die schnöde Ausnutzung von Charles' Schwäche und Torheit und die Doppelzüngigkeit waren schon schlimm genug, aber am schwersten fiel ihnen zu akzeptieren, daß diese Säule der Ehrbarkeit, dieser große Mann des Geheimdienstes, einer Ideologie anheimgefallen war, die sie alle von ganzem Herzen verabscheuten.

Die Männer diskutierten stundenlang über Giles' Motive, besonders Caspar, James und Dick Farthing versuchten, rationale Erklärungen dafür zu finden.

«Die Vexierfrage ist», sagte James, «warum hat er den Deutschen Informationen geliefert, um Marie, mich und Charles' Kind zu beschützen, wo er doch so erpicht auf soziale Umwälzungen durch Unruhen war?»

«Das ist leicht zu erklären.» Caspar schien über die augenblickliche Situation, die Kämpfe, die in Rußland und den angrenzenden Ländern noch im Gange waren, genau informiert zu sein. «Wir waren alle seine Schüler, nicht wahr? Jeder einzelne von uns. Wir waren Marionetten, und er war der Meister. Die ganze Familie tanzte, wenn er an den Fäden zog.»

«Außer Sara», fiel Dick ein. «Ich weiß nicht, ob auch ich von ihm gegängelt worden bin – vermutlich. Aber er hat uns schnöde an die Deutschen verkauft, Caspar, um die Revolution zu fördern.»

«Ich vermute», sagte Caspar, der Giles' Puzzlespiel fast zusammengesetzt hatte, «daß der ‹Fischer› nicht nur ein Verbindungsmann war, der Nachrichten weitergab, sondern auch eine Bedrohung, falls der alte Mann nicht mehr parierte.»

Zum Schluß mußten alle zugeben, daß die Tatsachen akzeptiert

werden mußten, was auch immer die Gründe dafür gewesen waren. James glaubte, der alte Mann habe am Abend seines Lebens möglicherweise Schuldgefühle entwickelt. Vielleicht hatte er gefunden, daß es zu viele Menschen wie ihn gab, die reich, mächtig und privilegiert geboren waren. Die verschlungenen Korridore der Macht waren voll von Leuten seiner Herkunft, die durch gute Erziehung, Geld und Beziehungen Karriere gemacht hatten.

«Ich glaube, er begriff, daß die Dinge so nicht weitergehen konnten», sagte er zu Margaret. «Und so griff er nach dem ersten Strohhalm, der sich ihm bot.»

Ihre Antwort war typisch für ihre Lebenseinstellung: «Zur Hölle mit dem verdammten Giles! Warum hat er sich gerade den armen Charles ausgesucht? Natürlich war er töricht, aber ich mochte ihn. Armer Charles.»

«Armer Charles, daß ich nicht lache!» James' Augen nahmen den harten Glanz an, den viele so oft bei Giles beobachtet hatten.

«Komm zu mir», rief Margaret fröhlich, denn die Übergangsphase, als sie vorsichtig miteinander umgegangen waren, lag hinter ihnen. Jetzt gab es kein Zögern, keine verlegenen Pausen mehr. Sie hatten sich wieder aneinander gewöhnt.

Caspar sprach vertraulich mit C über die Sache, der, weise wie immer, keine Notizen machte. C war der einzige außerhalb der Familie, der genau Bescheid wußte. «Straße nach Damaskus.» C lächelte nie, wenn er von Giles sprach. «Typische Damaskus-Bekehrung. Denken Sie ein wenig darüber nach, Caspar, und dann können Sie den genauen Moment festnageln. Und in der Zukunft mißtrauen Sie allen Menschen, die plötzlich zu irgend etwas bekehrt worden sind. Ich persönlich hätte den heiligen Paulus, wäre ich der Chef des christlichen Geheimdienstes gewesen, bestimmt beschatten lassen, und zwar längst bevor er stolpernd nach Damaskus kam und brüllte, er sei blind gewesen und Christus sei der Erlöser. Ich hätte Hunde auf ihn gehetzt, ihn bis nach Warminster gepeitscht und ihn dort ausgequetscht, ohne Erbarmen.» Er verfiel in Schweigen und fügte dann, nach längerem Nachdenken, traurig hinzu: «Und genau das hätte ich mit Giles Railton tun müssen, in dem Moment, wo er seine privaten Agenten und sein kleines geheimes Spionagenetz uns zur Verfügung stellte.»

«Und es war mein Großvater, der den schlauen Roy unterstützte», fügte Caspar düster hinzu.

Woraufhin C erst mal ein Grunzen von sich gab, und dann sagte

er: «Das letzte, was wir von Ihrem kleinen Bruder gehört haben, Caspar, war, daß man ihn in Petrograd verhaftet und fortgeschleppt hat. Vermutlich wurde er noch am selben Tag erschossen. So viele von unseren Leuten in Rußland sind verschwunden. Ich hatte einen furchtbaren Krach mit Giles Railton. Er tat alles, um ein britisches militärisches Eingreifen in Rußland gegen die Bolschewisten zu verhindern. Der DID hatte den gleichen Ärger. Jetzt wissen wir, warum.»

Epilog
1935

Die Wirtschaftsflaute und die Streiks hatten unter anderem zur Folge, daß sich viele Studenten, die in Oxford und Cambridge ein verwöhntes Leben führten, plötzlich für den Sozialismus begeisterten, darunter Giles' Urenkel Donald, ältester Sohn von James, der 1935 in Cambridge kurz vor der Abschlußprüfung stand.

«Viel Geschwätz über halb verdautes, sentimentales Zeug», sagte James ärgerlich zu Caspar. Beide hatten inzwischen hohe Positionen im Geheimdienst inne. «Arbeiter aller Länder vereinigt euch! Marschiert unter dem Banner der Freiheit!» Er grunzte höhnisch. «Laß sie marschieren. Laß sie zur Krippe der Revolution pilgern, und dann sollen sie sehen, ob ihnen die Säuberungsaktionen der Freiheit gefallen.»

«Eine Entwicklungsphase.» Caspar zuckte die Achseln. «Donald hätte sich gut mit dem alten Giles vertragen. Er ist Mitglied der Jungen Sozialisten, nicht wahr?»

«Ich glaube nicht, daß es so weit geht.»

Es ging sogar noch weiter, aber weder James noch Caspar wußten, daß Donald nur aufgrund strenger Anweisung nicht der Labourpartei beigetreten war. «Du dienst der Partei besser», hatte ein Freund ihm gesagt, «wenn du deine politischen Ansichten nicht publik machst. Geh nicht auf Arbeiterversammlungen, nimm nicht an Demonstrationen teil. Und vor allem, schließ dich nicht der Kommunistischen Partei an.»

Im Oktober 1935 lud derselbe Freund Donald in sein Zimmer im Trinity College ein. «Um einen Kameraden zu treffen, der uns instruieren und helfen wird. Er ist englischen Ursprungs, aber lebt schon seit einiger Zeit in der UdSSR.» Der Name dieses Freundes ist in diesem Zusammenhang uninteresssant, aber heutzutage ist er so bekannt wie ein gängiger Markenartikel.

Donald ging ins Trinity College. Es war ein feuchter, bitterkalter Oktoberabend.

Der Kamerad aus Rußland hielt seinen sechs Zuhörern eine fast

zwei Stunden lange Rede. Er erklärte ihnen, daß sie verstohlen und listig für die Partei agieren müßten, dann forderte er sie auf, Fragen zu stellen. Er war groß und schlank, Mitte Vierzig, mit früh ergrautem Haar.

Donald begleitete ihn mit einem anderen jungen Mann zum letzten Zug nach London. Der Kamerad aus Rußland kam Donald irgendwie ungemein vertraut vor, aber er hätte nicht sagen können, warum – war es seine Stimme, bestimmte Eigenheiten, sein Gang, seine Gesichtszüge?

Der russische Besucher lehnte sich in seinem Sitz im Zugabteil zurück und schloß die Augen. Er war müde. Morgen müßte er zu anderen in London sprechen, und dann war es an der Zeit, nach Rußland zurückzukehren, seine Eindrücke aufzunotieren, Namen weiterzugeben, der Tscheka Bericht zu erstatten.

Er lächelte. Also das war James' Sohn. Er ähnelte seinem Vater sehr. Man würde sehr vorsichtig mit ihm sein müssen. Roy Railton – jetzt bekannt unter vielen Decknamen – stellte Überlegungen über den kreisförmigen Verlauf der Geschichte an. Wer hätte es je für möglich gehalten, daß er unerkannt unter diesen Umständen seinen Verwandten treffen würde? Großvater wäre natürlich nicht erstaunt gewesen...

Viele, viele Jahre später – aber das ist eine andere Geschichte –, als die Ereignisse dieser Nacht ihre Folgen gezeitigt hatten und die handelnden Personen bekannt wurden, stand Caspar am Fenster seines Büros in Whitehall und blickte auf das regennasse Pflaster. «Verdammter Giles», murmelte er und dann leise: «Und ist der alte Erzschelm endlich tot?»

Die Familie Railton im Januar 1910

General Sir William Arthur (1834–1910) Railton = Nellie Maude (1840–1884) Catchpole

John Arthur (1860) Railton = 1] Beatrice Emily (1867–1893) Dance
2] Sara Elizabeth (1885–) Champney-Owen

James Arthur (1893–) Railton

Charles Arthur (1874–) Railton = Mildred Elizabeth (1876) Edwards

Mary Anne (1894–) Railton

Giles Arthur (1849–) = Josephine Marie (1855–1890)
Railton Simon

Andrew William (1875–) = Charlotte Hester (1875–)
Railton Michael

Caspar Arthur (1893–)
Railton

Rupert William (1895–)
Railton

Roy Giles (1895–)
Railton

Marie Simone (1876–) = Marcel (1870–)
Railton Grenot

Paul (1895–)
Grenot

Denise (1898–)
Grenot

Malcolm William (1877–) = Bridget (1880–)
Railton Kinread

Funktionen der verschiedenen Familienmitglieder im britischen Geheimdienst

Giles	hoher Beamter im Foreign Office und Vorsitzender eines Komitees für das CID (Chefbüro für Imperiale Defensive)
John	arbeitet für das CID
Charles	arbeitet für Vernon Kell, Chef von MO5 bzw. MI5 = Spionageabwehr Inland, und für die Londoner Geheimpolizei (Paddy Quinn bzw. Basil Thomson)
Andrew	Flaggoffizier des DID (Direktor der Marine-Informationsdivision), Reginald Hall
James	arbeitet für C = Smith-Cumming, Chef der Spionageabwehr Ausland (MI 1c bzw. MI6)
Malcolm	arbeitet in privatem Auftrag von Giles als Spion in Irland
Bridget	arbeitet in privatem Auftrag von Giles als Spionin in Irland
Marie	arbeitet in privatem Auftrag von Giles als Spionin in Frankreich
Denise	arbeitet in privatem Auftrag von Giles als Spionin in Frankreich und Belgien
Caspar	Adjutant von Smith-Cumming (MI6)
Roy	Giles' Mitarbeiter